大鱼

有爱的青春陪伴者

以仁算法则

归无里 / 著

台海出版社

图书在版编目（CIP）数据

心算法则 / 归无里著 . -- 北京 ： 台海出版社，
2023. 12
ISBN 978-7-5168-3687-3

Ⅰ . ①心… Ⅱ . ①归… Ⅲ . ①长篇小说－中国－当代
Ⅳ . ① I247.5

中国国家版本馆 CIP 数据核字（2023）第 201336 号

心算法则

著　　者：归无里

出 版 人：蔡　旭　　　　　　责任编辑：戴晨

出版发行：台海出版社
地　　址：北京市东城区景山东街 20 号　　　邮政编码：100009
电　　话：010-64041652（发行，邮购）
传　　真：010-84045799（总编室）
网　　址：www.taimeng.org.cn/thcbs/default.htm
E - mail：thcbs@126.com

经　　销：新华书店
印　　刷：长沙鸿发印务实业有限公司
本书如有破损、缺页、装订错误，请与本社联系调换

开　　本：880 毫米 ×1230 毫米　　　　1/32
字　　数：456 千字　　　　　　　　　印　张：11
版　　次：2023 年 12 月第 1 版　　　印　次：2023 年 12 月第 1 次印刷
书　　号：ISBN 978-7-5168-3687-3

定　　价：45.80 元

目 录 /contents

Xinsuan
Faze

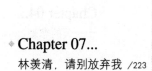

目
录 /contents

Xinsuan
Faze

Chapter 01
抱猫的少年

/ 林羡清这才看见，他手里摸着一只橘猫。

那只猫的毛发很旺盛，在阳光下看上去像是膨起来的一朵橙色棉花糖。/

（1）

仲夏的日光像决堤的洪水，洒在人的身上，激起片片滚烫的浪，阳光见缝插针地钻过成片遮挡的树叶，投映在珠算协会门前的石砖上。

林羡清今天一共遇见两件倒霉事，一件是大中午顶着三十八摄氏度的高温来珠算协会考级；另一件是她背包里装的算盘，在大巴的一路颠簸之下被她给撞裂了。

这算盘还是她爷爷送她的，说是"前进牌"老古董，她爷爷用了半辈子没舍得扔，而林羡清父母那辈都下海经了商，这算盘最后像个传家宝一样到了她手里。

下了大巴后，她找了个树荫把算盘从背包里拿出来，上面果然有个大裂口，套上去的珠子也尽数散落在她背包的犄角旮旯里。

林羡清叹口气，盯着自己的古董算盘。她抬腕看了眼表，离考级开始就剩十分钟，而她现在仿佛是没有魔法棒的哈利·波特，没有电锯和斧头的"光头强"。

几乎所有人都紧赶慢赶进了大堂参加考试，林羡清叹口气，本以为只剩下她一个人孤苦伶仃地蹲在这儿，结果一瞥，看见花坛边上还坐着个人，半边身子匿在树荫里。

他的坐姿很端正，瘦削的背挺得笔直，单肩包的拉链只拉了一半，露出算盘的一个角来。

这人够怪的，这么热的天气还穿着长袖卫衣，袖口堪堪挽到腕骨处，露出线条骨感的手指。

林羡清猜测他应该也是来考级的，出于好心就提醒他一句："考级要开始了，你不进去吗？"

少年侧了身子扭头看过来。

林羡清这才看见，他手里摸着一只橘猫。那只猫的毛发很旺盛，在阳光下看上去像是膨起来的一朵橙色棉花糖。此时橘猫正敞着肚皮冲他撒娇，但他只是淡然垂着眸子，偶尔轻浅地眨几下眼睛。

"我不用考。"那人言简意赅。

林羡清懒得去深思其中原因，她看了眼表，还有五分钟才停止进场。

"那个——"她急急忙忙拉好自己书包拉链，卷起旁边她吃完的一堆零食袋子，说话有些扭捏，"你不考的话，要不把你的算盘借我用一下？"

像是怕他不信任，林羡清伸出三根指头对天发誓："我不是骗子，而且也没人骗算盘的吧。我保证考完就还你。"

她正磕磕巴巴地捣鼓着一套说辞，对面少年却很爽快地把算盘掏了出来。他眼瞳漆黑，视线定格在她脸上，然后启唇说："一小时一百，抵押金一百，合计两百。"

林羡清伸出去接算盘的手一瞬间僵住，连带着脸上讨好的笑容也一瞬间凝滞了。

他把算盘轻轻放在她手里，然后伸了手，说："只收现金，人民币。"

火辣的日光卷着热浪朝地面扑腾过来，林羡清鼻尖冒汗，头顶树叶打下片片光影，投在面前少年冷漠又漂亮的脸上，而她只是咬牙切齿地回答："成交。"

痛失两百块后，林羡清抱着租来的算盘就往会场里面冲，卡着最后半分钟坐上凳子，然后长出一口气。

将算盘工整地放在桌面上后，林羡清突然摸到算盘边上有几处坑洼，她竖起来一看，上面刻了个名字。

"温郁……"

林羡清反复咂摸了一下这个名字，感觉好像在哪儿听过。

还来不及等她回忆，已经打了铃，场内拨算盘的声音此起彼伏。

单面一张卷，限时二十分钟。

第一个大项加减算，能手级二十题，八题为加减混合，第十题和第二十题是倒减法题型。第二和第三个大项是乘算和除算，答案保留至小数点后四位。

对于珠算的加减法她已经十分熟练，但是遇到乘除就会慢下来，眼看着离交卷时间没剩几分钟了，她却还卡在第三个大项的除算。

林羡清呼吸停了一瞬，耳边立马响起了收卷的铃声，而此时她还空了四个题没写。

卷子收上去那一刻，林羡清脑袋空空，只挂了两个大字：完了。

她当即想一头砸在桌子上，忽然又想起自己的两百块钱，更难过了。

抱着算盘走出珠算协会大门的时候，日头高照，阳光对着眼睛扎。

林羡清微眯了眼，看见温郁还在树荫下摸着橘猫。

他百无聊赖，手指有一下没一下地顺着橘猫背上的软毛，小猫小声"喵呜"叫着，惬意得很。

而林羡清一点也不惬意，她坐在温郁旁边，重重叹了一口气，脑袋耷拉下来。

温郁没看她，眼睛仍注视着自己的猫，只是出了个声探问："考不过？"

林羡清闷闷"嗯"了一声，失魂落魄地抱着他的算盘。温郁斜眼看过来，伸手拽了拽自己的算盘，却没拽动。

他抿了下唇，说："算盘不还我？"

林羡清抬眼盯了他一阵，好久才反应过来，然后伸手要钱道："一百块押金退给我。"

两人一手交钱一手交货。林羡清拿着红色大钞摸了又摸，还对着阳光看纸币里的印花，确认无误后才揣进兜里。

她这人一直有点儿自来熟，从背包里翻翻找找，掏出一大袋牛肉干，分了温郁一小包，一边吃一边跟他搭话："你也是学珠算的吧，不考级来协会蹭着干吗？"

温郁慢条斯理地把算盘收进包里，眼睫毛都没抬一下，说："我等人。"

"什么人？"

"认识的人。"

得，这答了等于没答。

林羡清虽然反射弧长，但是到这一阵也咂摸出来这人根本不想跟她闲聊。她一边在心里想着自己好歹是被他坑了一百块的冤大头，结果连个陪聊服务都不送；一边又很识时务地拍拍屁股站起来，找着自己回程的大巴。

她这次是跟培训班的老师一起来的，那班里就她一个人过了能手级，所以这大巴几乎是专程送她来的，就等着她为培训班争光，好回去挂横幅。

可没承想，她这次又是满载失望而归。

林羡清又是一声长叹，抓着自己的背包带子往大巴走，还没上车呢，珠算刘老师的脸就落进她的眼中，林羡清被惊得连连后退几步，差点撞上旁边的花坛。

刘老师满脸堆笑，和声和气地说："这次怎么样啊，能过不？"

林羡清咽了咽口水，紧紧攥着自己的书包带子，鹌鹑般缩着脖子摇了摇头。

空气滞了好几秒，大巴里的冷气直直朝她面门扑来，呼吸间是冷气裹着汽车尾气的难闻气味。

林羡清紧张起来，小心翼翼地抬了眼看过去。刘老师脸上有点失望，但也没责怪她，安慰了一句："没事儿，下次再努力吧。"

他不这样说还好，安慰了反而让她心里过意不去，一上大巴就缩在角落里郁闷起来。

大巴发动了好一会儿，还是没有要开走的趋势，林羡清抻着脖子问了声："什么时候走？"

刘老师正低头发送着消息，抽空回了她一句："再等个人。是新来我们珠算班的，说好在协会门口一起把他接上，人怎么还没来？"

他拨了个电话过去，听了几秒就忍不住讶异道："这都什么年代了，怎么还会有成年人不用手机的？"

"有吧，比如我。"

温郁踩着阶梯上来，臂弯里还托了只橘猫。

少年眸色清冷，略略瞥了刘老师一眼就往大巴里走。他托着的橘猫轻盈地跳下来，仰着头撅着屁股就窝到了林羡清旁边的座位上蜷着，轻舔着自己的爪子。

林羡清的爷爷不喜欢宠物，她苦苦哀求多次都不成，现在骤然看见一只大胖橘出现在眼前，还觉得挺新奇。

她试探性地伸了个手指头过去，结果橘猫立刻多毛，冲她龇牙咧嘴的，把林羡清吓得不轻。

温郁过来把猫捞进怀里，温声道歉道："抱歉，它有点怕生。"

林羡清摆摆手说没事儿。开大巴的司机猛得不行，一见人上了车就关门踩了油门，大巴往前冲了一段儿，温郁没稳住，身子晃荡了几下就直接倒在她旁边的座位上，还不忘护住怀里的猫。

"没事儿吧？"她问着，默默把自己的包往旁边挪了下，"你就坐这儿吧。"

温郁没说话，微拧着眉翻身坐起来，闷着吐了口气。

林羡清又拆了包牛肉干，嚼得"吧嗒"响，还不忘跟他聊天："你最好护好你的算盘，我的算盘就是被这位生猛的司机给弄残的。"

这一下子又提起了林羡清的伤心事，她还不知道怎么跟爷爷交代老古董算盘要退休的消息，立马又唉声叹气起来。

温郁沉吟几秒，突然无厘头说了句："这不是个好习惯。"

"什么不是个好习惯？"

"吃东西吧唧嘴。"

林羡清撇撇嘴，默然。

她胸口闷了一股气，却只敢小声咕哝道："好歹坑了我一百块，就不能包容点儿？"

温郁抬眼看过来，小姑娘讨好地笑笑，撒谎道："我背口诀。一上一，一下五去四，一去九进一……"

大巴在培训班门口停住，此时正值暑假，珠算班里小孩子很多，个个抻长了脖子从窗户里看她。

山中无老虎，猴子称霸王。

林羡清虽然也不算什么天花板级的人物，但在这么个小培训班里也能称得上是个小霸王了，时常会受到小孩子们的观摩。

她刚拎着背包推门而入，从楼上忽地跑下来个小女孩，抱住她的腿追问："姐姐你这次成功了吗？"

她有些羞愧地摇摇头，还不知怎么跟小孩子解释，就见小女孩突然撒开她的腿，一手捂住嘴巴，一手指着温郁，两个豆豆眼睁得大大的，惊呼道："我认识你！"

温郁半挑着眉，低头瞄了一眼，没搭腔。

小女孩一副"迷妹"样："你是上上个月在电视上跟计算机比赛的那个哥哥！"

她这样一提醒，林羡清才想起来，自己前一阵子陪爷爷看电视时确实见过他。

那是一场挑战赛，珠心算一级的少年对阵计算机，六位一百笔，极限心算，是令人瞠目结舌的程度。

但她记得那场比赛的结果是……

"我是，但我输了。"

温郁敛下长睫毛，回答那个小女孩。

是的，那场挑战以计算机的胜利而告终，温郁的最终结果是正确的，但比计算机慢了一拍。

"没关系啊，下次再努力就可以了。"小女孩眨巴眨巴眼睛。

实际上只有大人会把输赢看得特别重要，在不谙世事的孩童心里，做一切事情都是为了快乐，如果这一次我失败了，那么我下次再努力就行了，下次如果成功了，我还是会很自豪。

橘猫舔舔爪子，逃离了温郁的桎梏，像个巡城的皇帝一样慢悠悠地四下闲逛。小孩子们的注意力顷刻间都被转移了过去，一个个小豆丁排着队蹲在橘猫屁股后面亦步亦趋，窃窃私语。

这家"唯心珠算班"已经开了快十五年了，林羡清来这里，还是因为她爷爷跟这里的老板有点情分，可以减学费。

这儿地方小，生源也不多，大多是街坊邻居嘴传嘴介绍来的，尤以刚上学的新生代小学生为主，跟林羡清差不多大的学生寥寥无几。温郁也算一朵奇葩了，既然都到珠心算一级了，还来这个破地方重新捡起算盘学珠算干吗？

他俩都在刘老师带的进阶珠算班里，这个班在筒子楼最顶层，楼里也没安电梯，得生生爬楼梯上去。

楼梯间的过道也窄，两人并肩走不成，肩膀蹭肩膀，温郁便主动给她退了位，让林羡清走前面。

唯心珠算班的教室都不大，几乎是桌子边挨着桌子边，教室里的人都低着头拨算盘，没人注意到又进来了两个人。

林羡清今天没有课程，回教室匆匆收了东西就拎着包准备回家，而温郁是第一次来这里，一上楼就被刘老师给拉到办公室里了。

临走前他俩对视一眼，少年眸色漆黑，眼帘低垂着没什么情绪，仅仅一秒，眼神刚打了个照面就掠过去了。

走到楼下时，那群小豆丁还围着温郁的猫叽叽喳喳地吵个不停，他们极为大方地献出自己珍藏多年的小零食，橘猫心安理得地张了嘴准备叼过来，林羡清跑过去猫口夺食，顺带着拍了下猫脑袋。

"不可以一直喂它零食吃，会把猫养娇的。"她把玉米棒咬在嘴里，理直气壮地说。

橘猫恼了，"喵喵"叫着，用爪子扒林羡清的腿，林羡清便低头冲它做了个鬼脸。

下一秒。

她的腿上多了一道血淋淋的抓痕。

林羡清惊得忘记了呼痛，脸上的鬼脸表情凝滞了几秒，然后皱成一团。

她弹簧般往后跳了几步，皱着眉说："你这猫怎么这样啊。"

因为天气热，林羡清穿的短裤，小腿全露在外面，被挠了个正着。

小豆丁都往外退了几步，围成个半圆，个个瞪着眼睛用小手捂着嘴，有几个反应快的"啪嗒啪嗒"跑上楼去叫人。

林羡清拖着腿移到一旁的小沙发上坐下，低头看伤口。

大概五分钟以后，从楼上下来两个人——温郁跟在刘老师身后一起下来了，两个人一起蹲在她跟前，看了眼那道抓痕。

温郁眉头微皱，从刘老师手里接过碘酒和纱布，略低了头凑近，垂眸为她处理伤口。

楼里吵吵嚷嚷的，小孩子们围坐一片，还有几个愤愤不平地把所有的玉米棒都往她怀里塞，用稚嫩的声音抱怨道："那猫好坏！玉米棒都给你不给它了！"

林羡清搂着一堆玉米棒哭笑不得，失笑着把零食退了回去。

蘸了碘酒的棉签蹭上她的小腿，带来冰凉又酥麻的战栗感，林羡清倒吸一口冷气，腿抖了一下。

温郁捏着棉签的手顿了一下，抬起睫毛看着她，声调轻缓地问："疼？"

第二次对视。

林羡清觉得他瞳色实在是黑，几乎跟长长的睫毛融为一体了，她猜想这人是不是小时候误用墨水滴了眼。

她的思绪正四处飞着，外面有下午来上课的学生撩开遮阳的帘子进来，一缕缕耍滑头的阳光见缝插针，挡在二人交织的眼神之间，衬得温郁整个人像是镀了一层金光，冷白骨感的下颌更为清晰。

林羡清眼睛被日光晃了一下，生理性地闭了眼，再睁开的时候，温郁已经别开眼睛了。

一旁的刘老师催她道："人家问你疼不疼，怎么一直发怔呢？"

林羡清僵着背"啊"了声，生硬地把头转过九十度，小声说："还好，不太疼。"

碘酒的气味散在闷热的空气里，林羡清忍不住吸了吸鼻子，觉得这味道实在是难闻。

包好纱布后，温郁站起身，正经地背上书包，一只手搭上她的胳膊，把人拉了起来。

他说："去医院，看要不要打疫苗。"

林羡清听见"疫苗"两个字就害怕，她缩了缩肩膀："没那么严重吧？"

温郁转头看向她，神情很认真："有。"

林羡清闷着声音，答了个"哦"。

她不敢太使劲儿，只能小心翼翼地拖着左腿走路，刚走到门口还没撩开帘子，突然想起什么就回了头。温郁站在她身后不远处，眼神清冷得跟现在扑在她脚踝的冷气没什么区别。

　　林羡清从上到下扫了他一眼，询问："猫呢？不带上吗？"

　　温郁步子没停，说："今天就让它自己在这儿饿着吧，我不会带它回家。"

　　刚说完这句，他回头叮嘱那群小朋友道："都不要喂它吃东西了。"

　　想了想，他又补充道："小心它用爪子挠你们。"

　　一群小孩子立马被唬住了，小鸡啄米般点头。

　　然后温郁就抬手抓起她一只胳膊，力道不轻不重。

　　他瞥了她一眼，说："我扶着你走。"

　　疼是有点疼，但林羡清也没那么矫情，一点小伤还不至于这样小题大做，她说："就破了点儿皮，我又没瘸，能自己走。"

　　说着，她抬起胳膊挣开温郁的手，自个儿往前跳了几步，还不忘回头嘚瑟，挑着眉的表情好像在说：看吧，都说了我可以。

　　温郁没怎么搭理她，低头叫了车。

　　林羡清蹦跶着上了出租车，然后自食其力地进了医院大门，医院大门有几道坎，温郁本想搀着她，但还是被林羡清拒绝了。

　　看诊的医生建议她打个疫苗，钱是温郁付的。当护士举着针头靠近的时候，林羡清本能地咽了下口水，紧紧拽着旁边温郁的袖子，眼都不敢眨。

　　温郁眼睁睁看着自己原本整齐挽上去的袖口变得皱巴巴的，他轻叹了口气，抬手拍了下林羡清的后脑勺，叫她："喂，我说——"

　　鼻腔里充斥着消毒水味，林羡清眼睛还瞪得大大的，被温郁一叫，下意识回头盯着他，眉头拧着。

　　温郁看着她，半晌没说话，长睫掩住眼瞳，指尖冰凉的温度蹭上她手腕——他把她的手给拽开了。

　　"别抓我。"他面不改色地说。

　　林羡清满脸疑惑。

　　她的眉头皱得更紧了，瘪了下嘴，手规规矩矩地放在自己膝盖上，心下有点担心，温郁是不是生气了。

　　给她打针的护士叫了她一声："自己摁着棉签。"

　　林羡清慌忙腾出一只手摁在手臂上，思绪空了几秒，温郁已经背着单肩包站起身来了。

　　他看都不看她，只是说："针打完了，要我送你回家吗？"

　　她仰头，客气了一句："不用了。"

　　少年说："哦，那再见。"

　　林羡清心想：你还能再干脆一点吗？

温郁抬着大步走了，头也不回，一点儿都不拖泥带水。

刚打完针的针口突然发疼，林羡清摁着棉签叹了口气，好像也不是突然发疼，从温郁跟她搭腔的那一瞬间开始，她注意力就全转移了，完全没注意到针头已经扎进了她胳膊。

连疼都忘记感受了。

真是神奇。

(2)

下午回到家里，爷爷正在院子里修板凳，铁锤敲得凳腿"吭吭"作响，他敲几下就停下来抬抬老花镜，所以敲击声总是一阵一阵的。

林羡清从包里拿出已经不像样的算盘，小步踱到院子门口，歪头探出半个脑袋，眼睛滴溜溜地跟着爷爷转。

林老爷子拎着铁锤起身，瞅见她畏畏缩缩的身影，大着嗓子问："你躲那儿干吗？考试考了没啊？"

"考了。"她也确实没撒谎，考试是考完了，只是过不了而已。

林羡清鼓起勇气走进院子里，眼神躲闪地清了几下嗓子。

她把算盘背在身后，道："我有两个消息要说。"

"什么消息？"林老爷子抬着老花镜瞅她。

林羡清绷了绷嘴角，声音从齿缝里飘出来，说："一个是坏消息，另一个也是坏消息。"

林老爷子瞥她一眼，他鼻间重重哼了声，抡起铁锤锤向凳子腿，老神在在地说："小女娃考试又考不过吧。"

这事儿果真被他猜中了，林羡清心虚地摸了摸鼻尖。

"另一件呢？"他问。

林羡清慢吞吞地把装着算盘的袋子拿出来，搁在他眼皮子底下，然后转身拖着一条腿跑，溜进房间里后把门反锁。

半分钟后，院子里传来老人的怒吼："你这败家子把我的传家宝弄成这个鬼样子！"

林羡清连忙锁上窗户，跳上床去用被子盖住头。

她现在住的房间是爷爷奶奶以前住的，很小的时候爸妈就把她放在这里，爷爷奶奶把大房给了她，两个人搬去挤书房。

后来奶奶生病去世，就剩爷爷一个人住书房。老人家平时也没什么爱好，就爱干干木工活儿、打打算盘，林羡清这个房间里还有林老爷子以前参加珠算比赛得的奖，摆了一橱柜。

林羡清小时候不懂事儿，手欠得很，撕了他几张奖状，老头儿气得从街这头追着她打到街那头。

那气势跟当年逼她进珠算班时有得一拼。

就是因为知道林老爷子有多宝贝他这古董算盘，林羡清才怕成这样，躲了一晚上不敢出门。

大概到晚上九十点左右，天上疏疏朗朗挂了几颗星，月牙露出尾巴，剩下的都隐匿在云层之后。

这地方早晚温差大，中午热得要把人烤化，到了晚上就冻得人直打战。

林羡清到这个点儿了还没吃晚饭，也不知道是不是因为爷爷气得不想理她，半天没喊她出去吃饭。

她一瘸一拐地走到窗前，窗户下面是她的书桌，还摆着她高三的复习书，但是现在都没什么用了。林羡清把乱七八糟的书推到一边，抻着脖子往外看，爷爷房里的灯还亮着。

他正坐在桌子旁边修他的算盘，那把修凳子的铁锤还搁在手边，只不过他拿起来用的时候没像修凳子那样，小心得很，生怕劲儿使大了。

林老爷子的老花镜也用了挺久了，镜框有些变形，挂在鼻梁上的时候总是往下滑，林羡清之前说了好几次让他换，老人家就是不干，他说对旧东西有感情。

旧镜框也好，旧算盘也好，还有那把已经被修到变形的木板凳，林老爷子从来没换过，坏了就修，修了接着用。

拉好窗帘后，房间里不透一丝光，黑漆漆的。

林羡清抱着腿坐在书桌旁边，背脊往后靠了靠。

坐了一会儿，她转头，借着昏暗的光线，看见了橱柜里属于她的一小块地方，旁边都是林老爷子的得奖记录，她的只有一个小角落——因为她根本没得几个奖。

能摆上去的更是少得可怜。

虽然她学珠算学了很久，但是一开始是被爷爷逼着的，那时候她逆反心理很重，成天心不在焉，根本没学什么，所以一直到现在都没什么成就，如果说林老爷子这规矩刻板的一生有什么败笔，其中一定有一笔是她添上去的。

算盘被林老爷子修了修，钉了几块浅色的木板上去固定住，看上去有些寒酸，但是林羡清挺无所谓的，把算盘装进包里就去了珠算班。

直到上课时老师让她上去做个展示，林羡清把修好的算盘当众拿出来时，大家那种别扭的视线她还是能很清楚地注意到。几个比较好的朋友下课后都来找她，说要不要她们一起送她一个新算盘。

林羡清知道她们是好意，她的手指捏着自己的古董算盘，垂眸抿着唇，半晌才说："不了，这算盘我用惯了，不想换。"

听罢，她们也只是叹气，不再劝她。

上第二节课前五分钟，温郁才姗姗来迟。他好像有特权一样，上不上课完全由他的意愿决定，毕竟到这个阶段，听不听课对他来说好像也没有多大区别。

他坐在林羡清旁边，一坐下就拉开书包拉链拿出一个破破烂烂的算盘。

要是比破烂程度，这算盘跟林羡清的比起来简直有过之而无不及。

林羡清瞪大了眼睛，看着温郁把拼图似的算盘摆在桌上，她几乎瞠目结舌，指着那团破烂问："它遭遇了什么？"

温郁偏头看着她，面色冷静毫无异常，声线是一贯的清冷好听，他说："哦，它碎了。"

她当然知道它碎了，她又没瞎。

温郁把算盘零件拼了下，终于肯解释道："早上赶车太急，不小心撞碎了。"

林羡清狐疑地看着他，要多大的力度才能把算盘撞成这样，这得是遇上了八级地震吧？

温郁好像不打算继续解释下去，旁边的人看见这两人一人一个破烂算盘，脸上的表情也很精彩。

有几个管不住嘴的开始小声讨论："这算盘还能打吗？也太寒酸了一点。"

"听说天才都是贫穷逼出来的。"

说着说着，几个脑袋凑在一起小声笑，骂道："你这话也太缺德了吧？"

"实话而已啦，两个穷人凑一块儿吧，哈哈哈。"

其实他们说话是故意压着声音的，毕竟没人会傻到当着"正主"的面调侃，基本都是在背后窃窃私语。但是林羡清和温郁恰好就在他们身后，听了个清清楚楚。

林羡清刚想怼回去，就被温郁摁住了，少年冷着眸子抬眼，漆黑的瞳孔盯着对方，直接开口道："确实，脑子不好的人，就算拿金算盘都算不赢人。"

说着，他还极为无辜地轻歪了下头，说话的语气没什么波澜，字里行间却夹枪夹弹的，挑衅意味极重。

偏生那人是个经不住挑衅的，火气当即窜上脑门儿，站起来大拍桌子叫嚷："你口气挺大啊，虽然我等级比你低，但你拿个一拨就散架的破烂算盘能怎么牛？"

林羡清眉头一跳。

站在他们面前的这个寸头小四眼，叫祝元宵，珠算刚考过普通一级，马上就要跃到能手六级了。这人是珠算班里除了林羡清外考级最高的，如果温郁有个能使的算盘，林羡清肯定百分百相信温郁能赢他，但拿着这个破烂算盘……还真挺不好说。

她顺手抓着温郁的胳膊，凑近他耳畔小声说："你别轻敌啊，他不菜的。"

温郁扭头看着她，语气也很认真地说："我没觉得他菜。"

他把林羡清的手抓起来搁在桌面上，神色自若地说："实话实说也不行？"

林羡清无话说了。

趁着老师还没来，几个看热闹不嫌事儿大的把桌子拼在一起，祝元宵和温郁两个面对面坐着，各自面前放着把算盘，林羡清正埋头给他们出题。

考虑到祝元宵还是普通级，公平起见，林羡清乘除题出得并不多，只是在最后计算总值时设了个大额乘法的关卡，主体还是加减法。

对抗赛开始后，祝元宵立马拨起了算珠，珠子打在隔盘上"啪嗒"响，而温郁这边几乎没有什么声音。

林羡清守在温郁桌旁，因为他的算盘是坏的，温郁只能用左手挡着，避免裂开的算盘碎片到处滑，他只有右手正儿八经地在拨珠子。

围观的人自觉分成两拨围在桌子旁边，一群人看得正起劲儿，连刘老师来了都不知道。

刘老师背着手来凑热闹，他手里拎着书和算盘，脖子前倾挤进人堆里。

温郁有条不紊，骨节分明的长指四处游走，轻轻拨动珠子，低敛着长睫，神情带了些漫不经心，就好像是短跑比赛里突然来了个闲庭信步的散漫人。

更神奇的是，这个散步的人最后拿了第一——温郁快了祝元宵七秒报出答案。

祝元宵还有些不服气，红着脸鼓着腮帮子，大叫着要再比一次。

林羡清扬着眉回他道："拿着个破算盘跟你比，本来就是让着你了，别说你没赢，你就是赢了又能证明什么呢？"

这个道理想必祝元宵也懂，你可以接受别人以处于劣势的状态挑战你，但是你不能要求别人要以劣势条件跟你比赛。

见两人争得吹胡子瞪眼，刘老师适时出来调解，他抬手拉开怒气冲冲的祝元宵，说："行了行了，技不如人就不要觉得不服气了，等你什么时候能考到能手一级，温郁同学也欢迎你再来挑战。"刘老师扭头看向温郁，"对吧？"

温郁仍坐在原地，神色未动，背脊挺得笔直，闻言敷衍地点了几下头。

"哼。"祝元宵偏着头还不甘心，他定了目标，"能手一级算什么，我要拿珠心算一级。"

这话听得林羡清心里不舒服了，林老爷子从小跟她说："珠算一定要摸到算盘，只有手指头摸上了珠子，才算没把老祖宗留下来的丢掉。"

但是现在的形势是：所有人都认为珠心算是比珠算更高级的存在。

林羡清不能否认，但也许是家庭教育的原因，她还是更喜欢珠算而不是珠心算，只有摸到了算盘，她才能心安。

所以在听到这话的时候，林羡清眉头轻皱了一下，但是每个人都没有资格对别人的价值观评头论足，所以她也就没出声。

人都散了以后，刘老师把自己的算盘推到温郁面前，他缓了几秒，突然开口问："你为什么要砸了自己的算盘？"

大概十分钟以前，他在办公室里坐着，突然听见"啪嗒"一声响动，刚走到门口，就看见温郁淡着一张脸，抬脚在算盘上踩了好几脚，直到算盘变得稀烂，少年才蹲下身子把残骸收进书包，面不改色地走进教室里去了。

林羡清就坐在旁边，听完这话就怔住了，原地眨了几下眼睛，转头看向温郁。

他仍旧处变不惊，好似天地在他面前崩塌都换不来他一次睫毛的颤动，温郁轻抬眼回视着刘老师，说："没为什么，想砸就砸了。"

像是也觉得这个回答太过于敷衍，温郁略抿了唇，补充说："正好换个新的。"

刘老师默了几秒，有种无计可施的无奈，叹着气说："这算盘你先拿着用吧，等你买了新算盘再还我。"

温郁没客气，大方收下了。

刘老师走到讲台上以后，林羡清才得了空凑过来问："你刚才干吗骗我说是不小心撞碎的？"

她一副"我很想知道"的表情，刘老师在讲台上大喊着安静，吵嚷的教室慢慢回归平静，又小又闷热的房间里，只有十几个人的呼吸声，窗外蝉在叫，风掠过桦树发出阵阵婆娑声。

温郁在下一刻撩起眼皮看她，轻声吐了几个字："谁知道呢？"

静得出奇的教室里，他的声音落地可闻。

林羡清闻言瘪了嘴，失望地转头回去，嘴里还小声嘀咕："不想说算了。"

她百无聊赖地拨了下自己的算盘珠子，下巴抵在桌面上出了一会儿神，大概五分钟后，突然又像没事儿人一样，凑过来跟温郁说悄悄话。

林羡清弓着身子，伸出一根指头戳了他的大腿几下，用气音小声问："你都到珠算顶峰了，怎么还要来学？"

此时此刻，课堂上刘老师高谈阔论、唾沫横飞，空调吐冷气的声音不绝于耳，混杂着学生们拨算盘的声响。教室的窗户露出一条缝，热风裹着阳光往室内跳，一下子跳进了林羡清眼睛里。

她轻眨几下眼睛，睫毛也挂上暖光一样。

林羡清很好奇地看他，又害怕被老师发现，头低得不能再低，略略歪向温郁这边。

温郁轻抬眼眸扫向她，然后抬指把她的脑袋推了回去。

林羡清不解地看向他。

少年推开破烂算盘，单手支着下颌侧眸睨她，暖黄色的阳光滑进睫毛下的眼瞳里，中和了漆黑冷然的瞳色。

温郁说："来试试满级'大佬'痛扁'小菜鸟'的感觉。"

林羡清无语一阵，嘴角抽搐几下，缓着调子应了声："哦。"

她正了神色，竖起耳朵听了几分钟课，呆了好几分钟才反应过来什么，瞪圆了眼睛，指着自己惊讶道："你说的'小菜鸟'也包括我吗？"

温郁默然一会儿，转了眸子紧盯了她几秒，好像觉得从来没见过反射弧长成这样的人。

他略略侧过身子，上下打量她，才轻皱着眉问："你珠算考试是自己考的吗？"

林羡清点头。

"好神奇。"他说，然后就扭过头去听课，不再跟她说悄悄话了。

整整一节课，林羡清都疑惑，她到底有什么神奇之处？

但是温郁好像不想跟她说话了，林羡清也觉得老是打扰人家上课是个不好的行为，就收敛了点儿，竖起耳朵听课去了。

这天的课截止到十一点，大中午天气正热，林羡清推开培训班大门往外走时，觉得自己就是从冰箱被拿到蒸笼里的速冻包子。

她对外面的大太阳望而却步，而温郁已经捞着猫堵到她身后了，她没有退路。

林羡清回头讪讪看了下，他臂弯里的橘猫被晾了一整天，也没有小朋友再敢给它喂吃的，现在蔫了吧唧地挂在温郁胳膊上，无精打采的。

经过上次的教训，林羡清也不太敢靠近这猫，抖着步子往外走了几步。滚烫的日光筒直要烧穿她的头皮，林羡清眯着眼睛用手遮了下，顺带着好心把门给拉开，方便温郁捞着猫出来。

温郁出来后她才撒手，正想扫个小黄车回去，猝不及防听见身后少年叫住她，嗓音清朗好听，他说："林羡清，需要我送你回去吗？"

这倒是神奇了，一贯冷淡的人居然这么热心？

"你的腿还没好。"温郁又补充了一句。

她愣了一瞬，下意识地摆摆手，客气回答："没事儿，已经结痂了，我能自己骑车回家。"

"哦，好的。"他脸上什么表情都没有，唇角平直，一张扑克脸。

林羡清也是第一次碰见这样的人，好像很有礼貌，又好像没有礼貌，别扭得很。

见林羡清一直盯着他，温郁又抬了眉问："那要不要我帮你修一下算盘？"

他补充道："至少能修得好看点儿。"

这次轮到林羡清面不改色，回答得飞快："好。"

林羡清低头把算盘掏出来，还凑了点儿零钱出来。

十三块七毛。

虽然有点寒酸，林羡清还是一股脑儿把钱都给了温郁，一边把一毛一毛的硬币往他手里倒，一边惋惜说："你好像很喜欢钱的样子，我现在身上就这点儿，要是不够我再补一些。"

说完后她蹙了眉，神色难得认真，小姑娘一字一顿地要求："千万不要用太贵的材料，尽量便宜。"

林羡清拉上书包拉链，抬起眼皮看了他一眼，咕哝说："太多了我也拿不出来。"

神奇的是，温郁掌心一合，把钱都装进兜里，说："好的。"

后来，他走到哪儿，兜里的硬币就响到哪儿，跟挂了一串铃铛一样，拉开车门上车时惹得司机频频从后视镜看他。

温郁摁住自己的口袋，拉下车窗偏头看着窗外，撒了个谎："刚去完超市。"

怀里的猫被他抛到一边，无精打采地蜷在座位上，温郁瞄了它一眼，失神了几秒，然后扯过猫爪子低头看了看。

"该剪指甲了，小霹雳。"

司机不知道在这儿等了多久，车窗烫得吓人，车里震人的老年迪斯科音乐盖过了大马路边上的蝉鸣声。今年夏天平均气温实属历史最高，气象中心这几天频频发布高温预警，短信收了一条又一条。

(3)

林羡清骑车到半路的时候，口袋里突然震了下，她停下来一看，短信提醒她今日最高温度要到三十九摄氏度。

她叹了口气，连忙骑着自行车回去。

林老爷子今天没在河旁边下象棋，兴许是天气太热，路上除了躲在树荫下吐舌头的流浪狗几乎没有行人。

还没进家门就听见屋子里吵吵嚷嚷的，林羡清没带钥匙，敲了好久的门才有人来开。

不是老爷子。

林羡清一见到那人就耷拉了眼帘，低头用脚戳着地上的灰。

"你怎么回来了？"她闷着声音道。

林柏树单手插着兜，两指搭在一起毫不留情地弹了下她脑门，说："放暑假。"

林羡清被他弹得有些恼，瞪了他一眼，伸手推开他挤进屋里。

"那你怎么不回爸妈家？"

她话音刚落，客厅里满屋子的人都齐齐对着她看，林羡清原地怔愣几秒，然后低头冲进屋子里。

什么鬼，七大姑八大姨齐聚一堂？

屋外由于她的出现静了一瞬，有人为她打着圆场道："小清太内向啦，怕是没见过我们这些亲戚，怕生。"

几家人七嘴八舌地过渡着话题，然后焦点又回到她哥身上了。

"柏树这次又拿了奖回来，'985'高才生呀！"

"我记得你是计算机专业的吧，这专业好，薪水高好就业！"

"柏树你这次回来多久呀，要不要去二姨家里吃顿饭？"

……

林羡清在房间里听着外面不绝于耳的夸赞声，心里狠狠憋了股气。

从小到大，她哥稳坐第一、拿奖、保送顶尖大学、读赚钱的专业，还长了一张帅脸。

而她，从小因为性格迟钝，时常因为考试不及格而被各科老师排着队骂，在别人印象里，她除了每天像个老大妈一样打算盘，好像没有什么别的标签了。

明明是一家人，却是云泥之别，林柏树在天上，她在地下十八层。

老房子里没装空调，林羡清屋子里只有天花板上挂了个老旧的吊扇，慢慢吞吞地转着。

她热得不行，心里也堵。

林柏树是天之骄子，而她什么也不是，怪不得爸妈只把她哥带在身边养。

郁闷了两分钟后，林羡清突然听见自己爷爷没好气的声音说："你来干吗？不回你自己家跑我这小破屋子里来。"

她哥顿了几秒，说："来看看您。"

林老爷子可不领这情。因为观念的问题，老人家一直对林柏树没听他的话去学学珠算而介怀，当初她跟她哥一起被林老爷子举着大算盘追了两条街，她哭着屈服了，林柏树咬着牙也不学。

后来他去学了计算机，更是在林老爷子雷点上蹦跶，他再没提什么意见，但跟她哥一点儿也不亲了。

林羡清心里偷乐，想着终于有人能把她哥赶走了，就躲在房门后面，偷偷把门拉开一个小缝，眯着一只眼往外看。

林老爷子像是刚从外边儿回来，还穿着白汗衫，手里举着破了个大洞的蒲扇。

老人家慢悠悠迈着步子走进客厅，鼻间重重地哼了一声，唇线下拉，很不给面子地冷了脸。

看到桌子上被亲戚们掏出来的奖状时，林老爷子的脸拉得更狠了。

他一把将奖状和林柏树带来的行李推到一边，嘴里催促道："快带着你这些东西走，我家里不需要这样的玩意儿！"

林柏树原地垂眸站着，轻吐一口气后，固执地说："东西我会收起来。"

他抬眼，插在兜里的手也抽了出来，工整地搭在了身体两侧，恰才还懒散的少年收了脾性，嘴硬道："我住一阵再走。"

客厅里十几双眼睛盯着，林老爷子看都不看他，摇着蒲扇进了自己房间，老旧的木门被他重重关上。

亲戚们你看我我看你，气氛一瞬间有些尴尬。

林柏树走到桌子边，把被捣得一团乱的证书和奖状一股脑儿塞进包里。他背对着众人，说话的声音平静，他说："天儿太热了，回去吧。"

林羡清蹲得腿都麻了，她站起来活动了一下脚腕，目送着七大姑八大姨走出门。

刚转了个身，一只骨感的手突然从门缝里扒进来，林柏树单手推开房门，轻垂了视线盯着她。

林羡清被他突如其来的动作惊了一下，声音有些抖，问："你干吗？"

林柏树说："我们做个交易。"

"什么交易？"林羡清问。

林柏树一只胳膊撑着门，松散地垂眸扫视她，说："你帮我搞定爷爷，我给你五百。"

林羡清抬头跟他对视几秒，然后弯着眸子笑了，她伸出手来，说："一次性结账哦，先付款吧。"

面前的人拿出手机准备给她转账，林羡清突然想到什么，一把抓住林柏树的手，面露纠结地问："能给现金吗？"

林柏树问："为什么非要现金？"

她撇撇嘴，腹诽着：温郁他只要现金，能怎么办？

主要是林羡清担心修算盘的钱不够，这下正好可以从她哥手里薅点儿，给温郁。

但这事儿解释起来又麻烦，待会儿她哥估计又得问："他为什么只收现金？"

从某方面来说，她哥跟温郁有点儿像，都是一根筋。

所以林羡清也不想多费口舌，只是堪堪叹了口气回答："反正我就要现金，不然你就自己说服林老爷子吧。"

林柏树眉头轻拧了一瞬，抿着唇说："赊账。"

很难想象，这两个字是怎么穿过重重心理障碍，从她哥牙齿缝里钻出来的。

林羡清好不容易有机会看他吃瘪，自然不会放过。她佯装不耐烦，使劲儿推门，把门关上，不怀好意地道："概不赊账，什么时候有钱了再来交易。"

林柏树吃了她一记闭门羹，也没再打扰，安静地走了。

林羡清终于有扳回一城的快感，她撒欢般扔了拖鞋往床上跳，仰面躺着，身子呈"大"字。

她看了会儿天花板，老电扇慢慢悠悠地转着，摇摇晃晃的。

后来它转得越来越不对劲儿，跟荡秋千似的，林羡清直勾勾盯着它，一直到那吊扇离开天花板开始往下坠了，她才反应过来，一个翻身就滚到床底下了。

"嘭啪"一声响，积了厚厚一层灰的吊扇直直砸在她床上。林羡清半撑着身子跌坐在床边，惊魂未定地呆愣着。

直到林老爷子举着个锅铲，大大咧咧拉开她的门喊着"怎么了"，林羡清才回过神，手指颤抖地指着吊扇哭诉："它掉下来了。"

林羡清大喊："又要花钱修啦！"

吊扇摔得有点儿散架，按林老爷子念旧的观念，是万万不会换的，只要东西没碎成粉末，就有挽救的余地。

第二天林羡清没珠算班的课，她跟林老爷子两人把吊扇搬上小三轮，准备去店里修修。

其间林柏树本欲搭把手，被林老爷子一巴掌拍了回去，他说："把林志斌喊来！明天就让他把你接回去。"

林羡清坐在小三轮后座上，双手托腮，她麻木地想：您昨天好像也是这么说的。

天际尽是霞色，绯云轻吻红日，尽管已经临近傍晚了，热度却未退。

暖人的晚风撩起林羡清的刘海，小三轮跌跌撞撞地驶出巷子，她看见墙上乱七八糟的涂鸦，满身灰的小孩儿竞相追逐。

后座上还搁着把破洞的蒲扇，林羡清想着等那五百块到手了，给爷爷买个新的。

虽然他可能不会要。

修理店离这儿挺远的，林羡清帮着爷爷把吊扇抬进店里，这铺子门面小，里面堆的乱七八糟的零件一大堆，两人很艰难地绕进去。林老爷子跟老板侃侃而谈，不仅砍了价，还非要在旁边盯着人做工。

　　林羡清看不懂，也觉得没意思，跟林老爷子汇报了一声就想出门走。

　　她熟悉的只有花溪巷那一小块地儿，离得远的地方一概不熟。

　　林羡清本意是出来买点吃的，结果转悠了一会儿，不知怎么就到了河边。天色略沉下来，重重压在河堤两岸，杂草疯长，河面波光粼粼，像堆了一河钻石。

　　这景色实在是好，林羡清拿出手机准备拍一张，结果在画面里捕捉到一个模糊的人影。

　　她把画面放大，眯着眼睛从模糊的画质中努力辨认，恰逢少年此时侧身，一双熟悉的眼就穿过手机屏幕对上她。

　　林羡清关了照相功能，站在河岸上冲温郁招手。

　　这一秒，天光乍泄，金黄暖光兜头泼在少年乌色的发上，温郁半眯着眼看过来，冷感的外表被暖光柔和。

　　林羡清往下走了一段距离，额头沁着薄薄的汗。她站在温郁旁边，俯身看着他挽起袖子，清瘦的小臂尽数埋在河水里，不断捞着石头。

　　石块大小质地不一，温郁安静地捞出一堆，然后挑拣一下，剩下的都扔回河里，石子挨个坠入水中，响声清脆。

　　林羡清看不懂他的举动，问："这是做什么？"

　　温郁头也没抬，说："捞出石头当算珠。"

　　该说不说，这简直比她的古董算盘更寒酸了。

　　再加上温郁之前一直表现得很在意钱的样子，林羡清更加确定他的家境可能不太好。

　　所以听到这句话，她颇有些同情温郁，温着声音开口道："可是刘老师不是送了你一个算盘吗？"

　　石子好像够数了，温郁顺势把手上的泥洗干净，蹲在河滩上，低着头把石头整齐排列好。做完一切后，他才漫不经心回答："我只是为了确认一件事而已。"

　　他突然歪头，轻轻扫了她一眼，语气轻松地问："要我教你吗？"

　　他说得玄乎，林羡清的好奇心也被勾了起来，她并排跟温郁蹲在一起，问："怎么玩？"

　　温郁伸手捻住一颗下珠，表情很专注地说："你报数，我算，然后交换。"

　　林羡清讶异一瞬，难以置信地问："你要跟我比吗？但我们本来就不在一个层级上啊。"

　　温郁轻抿了一下唇，有点为难地说："那我放水吧。"

　　林羡清无语。

　　见她半晌没反应，温郁担心她是跟上次一样没反应过来，还解释道："我的意思是，我让着你。"

林羡清眼角直抽抽。

其实，用不着再重复一遍的。

虽然被打击到了，但林羡清还是答应陪他过一局。

"八千二百三十，加七百一十九，减三千九百零五……"

她随口报了一大串数字，挨个记在手机备忘录里，最后停了几秒，说："以上，乘以三百五十六再除以二点三零六二，你摆的算盘能保留几位就保留几位吧。"

她话音落后没几秒，温郁已经报了答案："五千二百四十八点四六零六七。"

说完后他侧头看向她，求证道："答案对吗？"

地上的石块被他当作算盘珠子摆弄，最后公式定位法得出答案，动作行云流水，速度也惊人。

林羡清低头用计算器验证，她一边摁着数字一边想，她摁计算器好像还没他拨珠子快。

最后按下等于号后，弹出来的答案跟温郁报的答案保留位数后完全一致。

"是对的。"林羡清回答。

随后她往侧边小幅度移了几步，表情有几分尴尬，吞吞吐吐地说："要不我就别跟你比了，你放水放成洪灾我都比不过你。"

温郁看了她一眼，小姑娘双手抱膝，一副囧样，还时不时抬起眼皮看他。

他突然觉得有些好笑。

温郁背脊往后仰了仰，双手反撑在后面，身体看上去很放松。

少年懒懒地半合着眸子，望向天际的落日，喉结轻滚，闷闷笑了几声。

"认输得太快了吧。"

他半弯着眼眸看过来，林羡清被他看得愣了几秒，下巴埋进膝盖。

她突然发问："对了，你在确认什么？"

温郁听了以后背脊僵了下，几秒后又松散起来，他用脚尖把摆好的石头踢乱，回答道："确认一下我还想不想学珠算。

"我第一次接触珠算，就是在河边，我爷爷用石头给我摆了个算盘，那就是我的第一把算盘，连梁都没有。"

林羡清安静地听着，然后笑吟吟地说："我第一次摸算盘也是被我爷爷追在后面打，然后哗哗流泪，一边哭一边拨珠子。"

身旁传来窸窸窣窣的声音，温郁从地上爬起来，低头拍了拍衣服上沾的灰，挑起一个有点沉重的话题："现在几乎只有老一辈还在用算盘了。"

是的，就连温郁，后来也踏进珠心算的门槛，攀到顶峰，然后……

掉下神坛。

林羡清的心沉了一瞬，但她向来擅长自我说服，很看得开，甚至开始开导温郁："没那么夸张吧，珠算班里仍然有很多孩子啊。"

她偏头，侧靠在自己的膝盖上，说："而且，你和我不还是在坚持吗？"

温郁低头理了理衣摆，目光缓缓移到她脸上，视线像羽毛一样轻，最后却敛了眼，慢声说：

"可我不一定会坚持。

"就像刚刚跟你说过的，我还在确认。"

尾音刚落，林羡清"噌"地站起来，她眉头蹙着，语气很肯定地说："其实你已经确认好了吧，你来这里找回自己人生的第一把算盘，不是为了找到最开始对珠算的热情吗？"

兴许是地域太空旷了，旷野的晚风直直扑到她脸上，可能已经把她的刘海吹得四仰八叉了。

但这一刻，林羡清不是太在乎自己看起来傻不傻，在这一分这一秒，她只是不想让温郁放弃。

"温郁，你还是喜欢，还是不甘心。"

温郁动作很慢地偏过头看了她一眼，余晖挑染发丝，林羡清半张脸暴露在暖光下，但表情却意外的认真。

他轻垂了眼，说："我不知道，但也许你说得对。"

下一秒，他抬腕看了眼手表，时间已经临近下午七点半，温郁跟她道道别："该回家了。"

他突然想起什么，提了一句："你的算盘我后天才能拿给你。"

谈到这个话题，林羡清翻了翻口袋，又掏出二十块钱。

一个刚高考完的孩子，再加上林羡清成天宅在家里不爱出门，所以平时也没得到什么零花钱，而且她是绝对不会主动开口向林老爷子要的，所以这些已经是林羡清能找到的所有了。

她走上前去，把钱塞进温郁卫衣前面的口袋里，头还低着就说："再给你二十吧，要是还不够你再告诉我。"

林羡清个子比他矮不少，说完抬了眼，跟他对视了一下，小心翼翼地问："到底要多少钱啊？"

温郁眨了下眼，说了个惊人的数字。他说："两千三百二十六。"

声音落地后，林羡清久久回不过神来，她僵了有半分钟，突如其来一阵风，更是吹得她有点迷乱。

良久，她听见自己的声音无比艰涩地说："你讹我？"

第二次了。

暮光晃得她视线有些模糊，林羡清眯了眼，才清楚地看到温郁脸上平静无波的神色。

他开口道："我没讹你，确实是这个价。"

"用什么东西修算盘要这么贵？金子吗？"

"嗯。"

林羡清震惊了。

她的眼里满是不可思议，嘴巴开开合合半天，差点儿连话都不会说了，好半晌后才把舌头捋直了说："你要用金子修我的算盘？"

温郁沉沉看她，还补了一句："不是'要用'，是'已经用了'。"

"你的算盘年代挺久远的，老算盘价值很高，如果用别的材料修会让它贬值的。"他继续解释，"所以我让工匠用金水补在裂缝里，描了花。"

事到如今，就算温郁再舌灿莲花，也无法掩盖一个事实——她没有钱。

"能赊账吗？"林羡清叹气。

"不。"温郁嘴里蹦出一个字来。

林羡清讶异地看着他，然后瘪了瘪嘴，正埋怨他呢，温郁又说了下一句话："不用你给钱，我的猫把你挠伤了，这算我赔你的精神损失费。"

等等，你不是应该很穷吗？

林羡清更迷乱了，但她也说不出"你家里是不是很有钱"这样的话来，莫名其妙的物质攀比会使她心痛。

她把被风吹乱的刘海抓顺，咕哝着说："虽然但是……要不我付一半吧，毕竟医药费也是你垫的。"

温郁双手插在兜里，两指夹出她皱皱巴巴的二十块大钞，嗓音清朗好听，他说："截至目前，你给了我三十三块七，"他停了一秒，声音变得很轻，"够了，不要多给了。"

"哪里够？"她不解，这明明就只抵得上个零头。

温郁不咸不淡看了她一眼，黑漆漆的眸子映了些河面上的粼光，在眼瞳里荡漾，发着光一样。

"不一定要从数额上计算。三十三块七是你能给的所有，你付了我你的百分之百。"他说着，嗓音闲散起来，"感受到你的真诚了，剩下的算我晚送的见面礼。"

林羡清听进去了，却有种很奇怪的感觉，好像既被温暖到了，又被人在心口扎了一刀。

所以，三十三块七就是她的所有？

她突然觉得更难过了，而温郁挑着眸子瞄了她一眼，然后随意又散漫地冲她摆了几下手，跟她道别："回家了，明天见。"

天色沉得吓人，林羡清还留在这片河岸，她又蹲下身子，重新把散乱的石子铺整齐，她用这个简陋得不能再简陋的算盘，算了一道很简单的题。

2326 减 33.7。

等于 2292.3。

小姑娘下巴压在膝盖上，压出一道红印，她很小声地喃喃自语："算得真快啊。"

声音散在晚风里。

河岸上边传来老人的叫喊声，大声喊着她的名字。林羡清惊得回了神，一下子抬头，顶着下巴上一圈红印就往上跑，因为腿麻了还跑得踉跄。

她一边小声"哎哟"着，一边应着林老爷子的话："我在这儿呢！"

温郁还没走出这片草地，听见有人叫着林羡清的名字，他突然顿住脚步，顺着声音看过去，眯着眼看见了那个穿白汗衫的老头儿。

他看了很久，才默默收回视线继续往前走，眼里的情绪很复杂。

林羡清往上跑了几步，林老爷子穿着个白汗衫，眼皮松松垂着，严肃地训斥她道："多大人了，还像个小孩子一样乱跑，让人找半天！"

林羡清走到他眼前后，才叹着气建议道："您出门儿把手机带上呗，找不着了给我打个电话。"

老人重重哼了一声，不耐烦地道："带什么带，麻烦。"

林羡清无奈，知道他就是怕磕坏了，平时不知道多宝贝他那老人机，还用个铁皮盒子把手机装着。

这河两边的草长得杂，而且不整齐，有的高有的矮，还硬得很。林羡清从里面走了一遭被刮了无数下，她挥手赶走飞舞的蚊虫，催着道："快回去吧，腿上好痒啊。"

小三轮坑坑巴巴地往前行进着，林羡清坐在后座舔着冰棒，身上虽然汗涔涔的很难受，但她莫名觉得，这就是最好的生活。

（4）

大概过了个三五天的样子，林柏树终于凑足了五百块现金，他把钱推到林羡清面前，惜字如金地说："交易。"

林羡清笑纳五百块，利落地答应了。

她的计划是明天再展开策略，结果晚上她出门买个夜宵的工夫，回来就看到她哥屈着两条大长腿，坐在门口的台阶上，表情有点憋屈。

她掏了钥匙出来，问："这是什么情况？"

林柏树撩起眼皮看了她一眼，然后冷淡地说："被赶出来了。"

这一块都是老巷子，住户年纪都偏大，夜里的蝉叫嚷得最凶，门口的道上不时有几个出来遛弯儿的老太太老大爷，反正路了都会看一眼林柏树。他扯了扯嘴角，无语地低下头，胳膊搭在脖颈上。

林羡清倒不怕被别人看，捏着钥匙跟她哥并排坐着，很八卦地问："为什么啊？你惹他了？"

林柏树捏了下眉心，说："赶代码的时候被爷爷看到了，他发了通脾气。"

微风轻掠，夜里多了些寒气，林柏树只穿了件薄短袖，冷风一吹，精瘦白皙的小臂上隐隐起了一层鸡皮疙瘩。

林羡清皱着眉，嘴上说着"活该"，却还是起了身用钥匙打开门，说："进来吧。"

她这句话刚落音，屋内就传来铿锵的一声："不行，不能让他进来。"

林老爷子正坐在他那修理了无数次的小板凳上，守着门口，吹胡子瞪眼地说："没地方去就让他回林志斌那儿。"

林羡清好歹收了她哥五百块钱，想着要为她哥说点儿好话："爷爷，我哥——"

"关门。"林老爷子打断她，下了命令。

林羡清乖乖转身，把门推到只剩一个缝时，跟她哥无声做了个口型："我会搞定。"

屋里只开了一盏灯，灯泡用了太久已经不怎么亮了，林羡清脱了鞋子，见老头儿还是正襟危坐，两个胳膊交叉着搁在胸口，一点儿没有要离开小板凳的架势。

她状似无意地开口道："爷爷，您还不睡吗？"

林老爷子扬了扬眉，说："我睡了。你好给你哥开门？"

林羡清被他噎了一下，讪笑着打了个哈哈，说："怎么可能，我肯定听您的啊。"她拎起手里的夜宵，"我买了吃的，咱别坐在这儿了，去客厅吃夜宵。"

林老爷子不为所动。

为了长远大计考虑，林羡清转身把门反锁，然后轻推着林老爷子的肩膀，说："行了，他进不来的，我们去吃点儿，咱俩还没吃晚饭呢。"

客厅里灯火熹微，林羡清把窗帘拉开，让月光透一点儿进来，凉气也顺势钻进屋子里。

她把饭盒一个个打开，低头直接问："爷爷，您对我哥是不是也太狠了点儿？"

她把椅子拉开坐下，两只胳膊撑在桌面上，掌心托着脸，说："就因为他没去学珠算吗？"

想了想，林羡清还是轻皱着眉问："可是爷爷，您不能强行要求他的意愿为您而改变，那是他的人生，他要做他认为有意义的事。"

她能坚持到现在，是因为渐渐真的喜欢上珠算了，但林柏树不行，因为他不喜欢。

林羡清也不知道林老爷子听进去没，他只是吃了一大口菜，皱着鼻子冷哼道："我们林家，林志斌不听劝跑去经商，现在就传到你们孙子辈，你们都不学，老祖宗留下来的东西怎么办？"

他说得起劲儿，用筷子敲着桌面，声音响如雷鸣，老头儿气得涨红了脸道："我们林家，祖上就是管账的，不会用算盘，就别进我林家门！

"林志斌也好，林柏树也好，都别来我这儿！"

林羡清嚼东西的动作停滞了，耳朵里"嗡嗡"作响。作为现在唯一能进林老爷子家门的，她可真是荣幸。

看来第一阶段说服计划宣告失败。

一直到大半夜，林羡清轻手轻脚跑到林老爷子房门口贴耳听着，屋内鼾声如雷，她才呼出一口气，蹑手蹑脚地踱到大门口，把林柏树放进来。

彼时林柏树还坐在门口的台阶上，两条腿伸得老长，神色恹恹。

林羡清推开一道门缝，举着手电筒，光从门缝里钻出来，呈一条直线，映在她哥清瘦的背上。

她用气声小声说："你偷偷进来，别被老头儿发现。"

林柏树转头看她一眼，复而轻垂着眸子站起身来。

这门也用了挺多年了，合页有些生锈，开关门的时候有不小的"吱呀"声，于是两个人一边听着门"吱呀"作响，一边胆战心惊地看林老爷子的屋子有没有亮灯，完事儿后才松了一口气。

第二天她很早就溜出门，害怕林老爷子逮着她问，为什么要把她哥放进来。

这还是破天荒第一次，她跟打开大门的刘老师一起进了培训班，结果她一进去就被叫到办公室，说让她跟温郁、祝元宵一起去南街坐镇，招生。

南街这边是繁华地带，三个人到的时候已经快中午了，人行道两边人流不绝。

林羡清怕热，就躲在绿化带的树荫下乘凉，却被蚊子叮了一腿的红疙瘩，她一边挠着一边转换阵地。

招生的小桌子那边让温郁守着，时不时有几个家长拉着小孩儿来要几张宣传单看看，林羡清实在热得不行，就进了一家小卖部买瓶冰镇的水喝。

结账时，排在她前面的是个个子矮矮，胖乎乎挺可爱的小姑娘，脑袋上还扎了个巨大的蝴蝶结。她身高不够，踮着脚把篓子里的零食往收银台上放。

扫描仪每扫一次条形码，显示屏上会有累计的价格，林羡清一只胳膊撑在收银台上，视线恰好落在吐出来的小票上。

收银员的动作很快，扫完码就把小票扯了，小姑娘也不太在意，拎着袋子把小票一塞就准备走。

林羡清结完账后皱着眉追了几步，她蹲下身子问："能把你的小票给我看看吗？就是刚刚收银阿姨给你的那张小纸片。"

可能也是觉得这张纸不太重要，小姑娘没什么防备地把小票给了她。

林羡清拿过小票扫了几眼，但是因为手头没有算盘，她计算速度还是慢了些。

"你等我一下可以吗？刚刚那个阿姨算错账了。"她哄着说，然后拿着小票又进了小卖部。

小孩子一共买了八样东西，林羡清算了三遍，总价应该是五十九块六毛，可小票的合计总价却是七十二块七毛，差价十三块一毛。

她起初跟收银员陈述这个事实的时候，那人很不服气，认为她是故意来找碴儿，撇着嘴叨叨着："收银系统算的，计算机怎么会出错？"收银员一边埋怨着，又拿手机计算器摁了一遍，答案却是五十九块六毛。

收银员不信，又摁了一遍，最后难以置信地瞪大了眼睛，大声喊："老板，这机子坏了。"

老板从后屋里匆匆赶来，拿着小票对了下金额，确实合计错误。

他跟林羡清赔礼道了歉，把差价补给她，林羡清拿了钱准备还给小姑娘。

林羡清推门走出去，火辣辣的日光像是要把人烤化，她手里拎着的冰可乐瓶身立马凝了水珠。她微眯着眼，在小卖部门口看见了温郁。

他正靠着墙站着，房子屋檐恰好投下一小片阴凉，温郁半张脸在阴影下，另一半暴露在金黄色阳光下。

他额头沁了些汗，脸颊也有些绯色，但他好像不太在意的样子，撩起眼皮盯了她几秒，然后低下头用袖子擦了擦汗。

是的，这么热的天他还是穿着长袖卫衣，袖子遮过手腕，骨节分明的手指从袖口探出来，像一块雕刻完美的暖玉。

林羡清有点儿看不过去，毕竟刚刚自己在树荫下乘了半小时的凉，温郁却没休息过。

"祝元宵在那儿守着吗？"她一边问，一边拧开瓶盖。

温郁点了几下头，林羡清又问："你在这儿干吗？买东西？"

又是几次点头。

林羡清感觉他状态很差，眼神有点儿失焦一样，她把可乐塞进温郁手心，眉头拧成一团，把人扶进小卖部里坐一会儿。

小卖部里开了冷气，比外面温度低一些，而且因为刚刚的乌龙事件，老板看见她还觉得有几分不好意思，就允许他们在这儿歇一会儿。

"你低血糖？"她问。

温郁灌了几口可乐，耷拉着眼睫毛，很闷地发了个鼻音："嗯。"

林羡清又给他买了糖，各种口味的都有，她随手挑的。温郁也没怎么注意，拆了一颗塞进嘴里，然后眉头皱了一下，表情很凝滞。

他直接把糖吐在卫生纸上，表情难看得有点生动。

林羡清不解地问："怎么吃糖还挑呢？"

"没挑。"

他顺口回了一句，然后把包装袋拎起来一看：哈利·波特怪味豆。

林羡清也拿了一袋低头看着介绍，各种乱七八糟的味儿都有，大多不是什么好味道。

如果她没看错的话，温郁刚刚吃进嘴里的那个，应该是……

呕吐物味。

她没忍住，很大声地笑出来，边笑还边说："你也有今天。"

温郁没好气地侧眸看了她一眼。林羡清正笑得蹲在地上，丝毫不注意自己的形象。

小卖部的空调有些旧了，有一搭没一搭地喷着冷气，一阵阵打在温郁的后脖颈上，他又喝了几口可乐，感觉状态好一点后，就提了个醒："你再去买几瓶水吧，给外边那个捎一瓶。"

"外边那个"这个描述虽然模糊，但好歹林羡清听懂了，她脸上还带着笑，指责道："人家叫祝元宵，这名字挺好记的啊。"

"记不住。"他直截了当地道。

林羡清心想：你当初叫我名字，说要不要送我回家的时候怎么喊得挺顺溜呢。

最后在她转身准备去拿冰水的时候，身后少年突然出了个声："看着点儿，别又让别人算错账。"

她脚步顿了下，看来当时他在门外都听见了，刚觉得自己有了点儿面子，温郁却又补了一刀："毕竟你好像只有算钱的时候又快又准。"

这算夸奖吗？

林羡清缓了口气，告诉自己不要跟病秧子计较，哼了一声就跑去冰柜那边了。

因为温郁状态不太好，林羡清没让他拎水，自己一个人"哼哧哼哧"地把一袋子水拎回去，还很严肃地要求温郁必须坐在树荫下休息，等培训班派大巴来接。

两人回到小摊的时候，林羡清又看见了那个胖胖的小姑娘，她左手牵着自己的妈妈，很兴奋地跟她招手。

林羡清走到桌子旁边，听见小姑娘指着她说："就是这个姐姐，她计算好快好快的！"

林羡清这人不禁夸，一夸就会害羞，耳朵都红起来，客气地说："一般一般吧。"

可能林羡清也没想到，自己无意之举，招揽来今天第一个客户，小姑娘歪歪扭扭地在报名表上填下名字。

在南街这里驻守大半天，终于填完第一张表，林羡清很珍视地把表格收进文件夹里，连个角都不舍得弄折。

温郁不知道什么时候从树荫下移步过来了，看着她做贼似的装报名表，略有些无语。他问："你在干吗？"

林羡清手上动作没停，老神在在地说："这都是人家的梦想，很珍贵的。"

她抬眼打量一下温郁，又叹口气，道："现在学珠算的本来就少，能找着一个已经很珍贵了。"

温郁垂眼看着她，没搭腔，唇色红了些，没有恰才那样苍白。

林羡清还是不放心，催着他去阴凉地坐着，她说："你别管了，去休息，没事儿就多吃几颗糖。"

祝元宵也在这儿扛了挺久的太阳了，他去休息的时候林羡清就得顶上，整个人暴露在太阳底下，连桌上搁着的小风扇吹出来的风都是滚烫的，空气里哪儿哪儿都像刚煮沸的开水一样，充满着热腾腾的蒸汽，闷得人要窒息。

林羡清热得快受不了了，大喘了几口气。她给刘老师拨了个电话过去，嗓子有点儿哑涩地说："我们什么时候可以回去啊，太热了。"

刘老师回复说大巴马上就到，林羡清实在顶不住了，就撑着桌子站起来，想要去阴凉点儿的地方坐着，结果一站起来眼前就发绿，她身子晃了几下，撞倒了桌子上堆着的矿泉水瓶子。

那一刻，林羡清感觉自己身子轻飘飘的，在模糊的视线里，有个穿长袖卫衣的人从树荫底下跑向她。

在她尚有意识的最后一刻，林羡清想的是：温郁自己还没休息好呢，最后不会两个人都被抬进医院吧？

很刺鼻的消毒水味。

林羡清在医院的小板床上醒过来，眨了好几下眼睛才使视线变清晰。

刚看清头顶坏了一块的天花板，一张严肃的老头儿脸又戳进她眼睛里。

她无言，林老爷子很粗鲁地把一块浸了凉水的毛巾盖在她脸上。

林羡清被闷了一阵，突然听见林老爷子大着嗓门打电话："现在来装一下空调，这个天儿，不装是要把人热死啦！"

林老爷子夏天再热也是摇扇子，他不怕热。

怕热的是林羡清。

嘴硬心软这个词算是被林老爷子践行到了极致，林羡清很轻地叹了一口气，用没扎针的手扯下脸上的毛巾。

她只是有点轻微中暑，但还是要在医院里躺一会儿，把几瓶葡萄糖给打完，而林老爷子要去处理空调的事，来换岗的是林柏树。

但是林柏树来的时机有点不巧，温郁刚给她捎了些吃的过来，两只脚踏进门槛还不到两分钟，他就紧接着来了。

奇怪的是，当林柏树看见温郁的时候，表情突然变得很冷漠。

虽说哥哥一贯没什么表情，但还算是平和的，而现在这种冷漠的神色更尖锐一点，有很明显的敌意。

林柏树走过来时，温郁也会自动往边上退一段距离，礼貌地垂眸避开他。

"你俩认识？"她问。

温郁没说话，林柏树倒是很快回答："不认识。"

他应该是不可能认识温郁的，毕竟温郁才搬到这里没多久，而且年龄上也存在一定差距，两人不在同一个圈子里，几乎是没有认识的可能性的。

那么，现在这种剑拔弩张的氛围是什么情况？

温郁刚把饭盒放下，林柏树看都没看他，背着身子跟林羡清说："他是你的同学吗？送完东西该走了。"

林羡清不能理解，好歹是温郁把她送来医院的，还给她买了饭吃，怎能轰人家呢？

于是，她跟林柏树唱反调："为什么要赶他走？"

林柏树蹙着眉，看了她好久，好像想说些什么，最后又没能说出口，半晌只憋出一句："男女有别。"

林羡清被他这四个字给噎住了，说："那你也是男的，你怎么不走？"

林柏树眉头拧得更紧了，他几乎是下命令一样地说："我是你哥，你听我的就行了。”

看吧，这套说辞又拿出来了。

好像只有这个时候他才能想起来，他还有个妹妹。

林羡清低了头，喉咙里不清不楚地低声说："以前不见你把我当妹妹，管我的时候倒是想起来了。"

林柏树有些怔，他调子很缓地问："你是在怪我？"

林羡清别过头去，执拗地肯定了："对。你没进入过我的生活。对于我来说，他比你更值得信任，你凭什么赶走我的朋友？"

林柏树眸色沉沉地看了林羡清好久，林羡清跟他赌气，梗着脖子不看他。温郁安静地站在墙边，指尖蜷了一下，来的时候没出声，走的时候也安静。

林羡清注意到他都要踏出门槛了，急急喊住他道："温郁，你别听他的，他在抽风。"

林柏树听到这个名字太阳穴就抽着痛。

温郁回了头，对上林柏树的视线又移开，轻垂了眸，说："跟他没关系，我有点儿事先走。"

看见那样一副表情，无论事实如何，在林羡清心里，现在就是她哥恶意赶走了温郁。

她手上还扎着针，动不了，只能恶狠狠地瞪着林柏树，报复性地说："你等着吧，今天我就让爷爷把你赶走！"

林柏树的眉头自始至终没松过，他很烦闷地说了几个字："你不懂，他——"

林羡清比他更烦闷，一手掀起被子盖到脑袋上，声音闷在被子后面，道："你厉害你懂，你什么都懂。"

打完葡萄糖后，林羡清也没给林柏树一个好脸色。

林老爷子开小三轮带她回家，林柏树就自行解决交通问题。

一到家门口，她看见几个工人进进出出，这块地曾经要拆迁，但最后又放弃了没拆，比较破败偏僻，路面也多年没派人来修一下，坑坑洼洼的。几个工人一边往里抬空调，一边小心翼翼地盯着路面。

后来当林羡清贴在空调面前，刘海被凉风吹得乱飞时，她就想着：这还是头一回，在艳阳天、在自己家，吹到了冷气。

那天下午林柏树自己收拾东西说要走，一老一小看着他的背影，林老爷子最先冷哼一声，林羡清学他背着手，也冷哼一声。

林老爷子狐疑地看了她一眼，说："你上次不是还帮了你哥？"

林羡清说："我帮他是为了钱，没有利益关系的牵扯，我就跟他势不两立。"

Chapter 02
盛夏蝉鸣

/ 林羡清突然觉得，这个肩头披星戴月、顶着万丈光芒的少年，
有时也是孤独得可怜。/

（1）

正是暑假招生的热潮，珠算班里也有很多新来的学生，原来就那么几十个人，林羡清闭着眼睛都能认出来，现在多了不少新面孔。

自从温郁来了以后，他就成了培训班的活招牌，楼底下贴着的宣传海报上就是他之前比赛视频的一帧截图，两个眼睛糊成一条闪电。

上面还用毫无排版效果的大字印在温郁头顶：**珠算天才等你来！**

这张海报被林羡清笑了好几天，本尊就在旁边，她也没收敛一点儿。每到这时候温郁就会很奇怪地看着她，然后用一种很无奈的语气反问："有那么好笑吗？"

她一边憋笑一边说："十分、非常、极其！"

林羡清指着海报上他糊成一团的脸说："看你这眼睛，跟放电一样，你外号叫闪电侠吧。"

她清了几下嗓子，略略低着头，用指头很轻但很频繁地戳着温郁的小臂。

林羡清刻意逗人："这位珠算天才，你有什么秘诀可以传授给我吗？"

温郁低头斜睨她，长睫毛翕动几下，直接说："你已经在珠算班里了，刘老师会教你的。"

听到这话，林羡清又叹了口气，下巴磕在桌面上，说："说实话，刘老师为了照顾大部分学生，很少讲技巧性的东西，最常说的就是多练。"

她歪了头，半张脸贴在桌面上，瘪着嘴哀叹道："我也没少练啊，可是还是卡级了，到现在这个阶段后，是不是只能靠天赋了？"

"不。"温郁低头，指尖摸上算盘上的梁。

他又突然问："你觉得我算是有天赋吗？"

林羡清闻言一下子坐起身来，很正经地说："当然，你才十八岁。"

"可是也有不少人七八岁就拿到珠心算大赛一等奖了，他们才是有天赋。"温郁的声音低下来，眼睫毛垂着，遮住小半片瞳孔。

"最开始学珠算的时候，我也是从早到晚拨珠子算数，后来接触珠心算后，只要一听到一串数字，我就自动开始心算。"

他第一次说这么多话，捏着算盘的指尖因为过于用力而泛白，林羡清听得咽了下口水，她不懂为什么夸他他还不高兴。

空气静止十几秒后，温郁依旧没抬头看看她，一直维持着原来的动作，眼神很平静，他说：

"林羡清，我是练出来的。"

——我也不是天才。

可能是察觉到自己的情绪过于低落了，温郁很久后才轻轻颤了下睫毛，眸光闪动几下，松了劲儿。

他抿了唇，最后缓着声音很轻地说："所以刘老师说的是对的，要多练。"

教室里打珠子的声音此起彼伏，热气滚烫，有种让人窒息的闷热与压抑。

仲夏，绿叶，蝉，假期，青春，少年。

这应该是一段快乐而又热烈的假日，可是温郁却轻扯着嘴角说："多练，然后像我一样去参加人机比赛。"

然后像他一样，被打败，又认不清现实似的灰溜溜地回来。

林羡清安静地听他说完，时间空白了半分钟，她才很小心地开口道："所以，你愿意教我练吗？"

她反射弧长，一下子没能听懂温郁话里的东西，只是下意识地用指尖搭上他的小臂，这是她习惯性的小动作，说话喜欢拉一下别人。

温郁轻眨了几下眼睛，然后僵硬地偏过头来，看了眼自己的胳膊，就好像有窗外的阳光跳在他小臂上。

见他怔着，林羡清又想起之前温郁好多次把她的手拿开的事情，察觉到温郁不太喜欢这种身体接触，所以她反弹似的把手悬在空中，小声说了"对不起"。

"我以后不碰你了。"她说道。

教室本来占地就小，还摆了足足三十二张桌凳，坐下的时候前胸几乎贴着桌沿，所以温郁很慢地转过身子，面朝她，漂亮的眉微微蹙了起来："你好像没理解我的意思，我并没有你想的那么聪明，也不是天赋人员，让我教你什么呢？"

"这下更好啊。"她两手一拍，"如果你太聪明可能还教不会我，因为天赋是教不到我的，但是技术可以。"

林羡清思索了一会儿，下了结论："又不是只有脑子好的人才叫天才。"

温郁盯着她看了很久，然后回过头去，说话语速很快，又带了点儿刻意的懒腔，说："随便你。"

教学计划自此敲定，但是什么时候教、在哪儿教，温郁通通只回两个字："随便。"

东区桥头新建了一条商业街，前几天剪彩的时候还上过地方台的电视新闻。

那块儿原来是珠算协会，附近还开了一连串的珠算班，后来珠算协会迁址了，本来还留下不少珠算班，这一下子全被收购后拆了。

林羡清很少出门，好不容易出来一次，自然要去好玩一点儿的地方，于是就跟温郁约了在商业街见面。

现在她的算盘简直堪比她的命，林羡清里三层外三层地把算盘给包住，小心翼翼地装进书包里。

温郁是个很准时的人，但林羡清磨磨蹭蹭了好一会儿，果然迟到了。她到的时候看见温郁蹙着眉有点儿不耐烦的样子，本来以为要被教训了，结果温郁开口说了一句毫不相关的话："我们不是来学习的吗？"

街上正有人在敲锣打鼓地游行，一个锣敲下去，响得林羡清没听清温郁的话，她大喊了一句："你说什么？"

温郁叹了气，略略低头，嘴唇靠近她的耳郭说："我说，这么吵的地方，怎么学？"

这是种很奇妙的感觉，有人凑在你耳边说话，每一次呼吸都清楚可闻，热气扑在耳畔，饶是林羡清活了十八年，也觉得新奇。

一语完毕，她摸了摸自己的耳朵，停了几秒才回道："我打听过了，拐进去有一家新开的咖啡店，那里很安静。"

她笑嘻嘻地道："而且学完了一出来就是小吃街和电玩城，还能放松一下。"

温郁侧眸看着她，直接戳穿，说："你的重点是后面那句吧。"

林羡清心虚了一下，然后嘴硬道："才不是，我真的想来学习的。"

咖啡店开在比较偏的角落，来这里的人都是为了热闹，所以很少会有人在这里驻足，店里很空，只有两个人招呼生意。

点单时，温郁很懒散地靠在小沙发上，指尖一点点掠过餐单上的字，漫不经心地垂着眸子，看起来就像世家显赫的富家小少爷，举手投足都很矜持。

这让林羡清更好奇了，一点完她就凑上去小声问："你不会是什么落魄少爷之类的吧，会不会马上就冲出来几个黑衣保镖说：'少爷，老爷让我们接你回家。'"

她还刻意模仿了保镖的语气语调，听起来很滑稽。

温郁被她逗乐了，说："你无不无聊？"

林羡清耸耸肩，嘟囔道："确实有点儿。"

温郁说："那就练题。"

林羡清说："恐怖。"

林羡清一向对自己很有自信，但饶是她再有意志力，也总有走神去看窗外表演的时候。

游街拉二胡的、穿着玩偶服送气球的、街头试吃的……每一个事情都让林羡清很感兴趣。

她有一搭没一搭地拨着珠子，脑袋却偏过去看着窗外，动作明显得温郁想装看不见都不行。

他指尖敲了下桌面，说："专心。"

林羡清讪讪地缩回脑袋，把头埋得很低，两只手拨来拨去，但是算了几道题却没一个对的。

她低着头，不敢跟温郁对视。

温郁的语气还算平和，说："学不进？"

林羡清小心翼翼地抬眼瞄了一下温郁，温郁手边还搁着半杯咖啡，他一只胳膊撑在桌面上，单手支着下颌，姿势很懒散，表情很淡，看不出什么。

见他好像没有发脾气的迹象，林羡清就大着胆子点了几下头，声音细若蚊蚋地说："要不我们先玩一下，等我不感兴趣了就不会被分散注意力了。"

温郁看着她，漂亮的眼睛很轻地眯了一下，声音染着笑地说："想出去玩就直说。"

林羡清很识时务，飞快地说："我想出去玩。"

他开始收东西，低着头说："那我回去了，下次你有空再叫我。"

林羡清可怜巴巴地说："别啊。"

咖啡店里流淌着缓慢的古典纯音乐，醇厚的咖啡味直冲鼻尖。

林羡清伸手去够他的袖子，想留住他，神色有些别扭，说："我一个人玩多没意思啊。"

她把温郁的袖子攥得发皱，温郁低眸看了一眼，嗓音有些含糊地说："玩什么？"

林羡清松了手，扒在玻璃上指着对街的电玩城，问："你会打电玩吗？"

温郁皱着眉绷了下唇角，说："不会。"

想来也知道，像温郁这样连手机都不用的人，应该也不太懂这些。

她眼睛很亮，立马开始收拾东西，得意扬扬地说："没关系，我教你。"

这种情节发展逐渐变得奇怪，明明说好是温郁来教她珠算的，怎么成她教温郁打电玩了？

更可恶的是，这人一开始啥也不会，后来上手后操作得越发熟练，林羡清的角色被他摁在地上打得起都起不来。

她松了摇杆，气得不行，说："不玩了。"

她一松手，温郁也立马放弃操作，屏幕上一个满血肌肉男和一个只剩血皮的萝莉美少女两相对峙。

温郁劝她道："你这个角色选得不行，技能伤害低。"

林羡清一向颜值主义，只玩好看的女角色，但一般这样的角色都是中看不中用的花瓶类型，于是她大放厥词："那我们交换，你玩美少女，我玩肌肉男。"

"不。"温郁直接拒绝。

她又提议道："那我们都玩美少女。"

温郁作势起身要走，说："我回去了。"

林羡清强行摁住他，就差成为他身上一个甩不掉的挂件了，她不甘心地说："好不容易来一次，我不能什么都没得到就走吧。"

温郁一言难尽地低头望着她，轻叹道："那你想得到什么？"

那一刻她只是想给温郁出个难题，于是就指着娃娃机兑奖台上那个美少女的人物模型，说："那个，那个。"

模型下面贴了张纸，用记号笔标着要用美少女的角色打赢一百场游戏才能兑换，而且必须是跟一百个不同的账号打。

所以，还是要用美少女打游戏？

温郁拎起包，说："走了。"

林羡清拉不住他，只能不情不愿地跟在他后面，抬眼间突然看到自己以前的高中同学，估计也想来凑商业街的热闹。

那几个人跟林羡清的关系不好，高中时，因为林羡清的学习成绩挺差的，经常是班级垫底成员，再加上开家长会什么的一直是爷爷去，难免落人口舌，冷嘲热讽的东西听了不少。

林羡清一直到高三，咬着笔头把成绩冲上去后，这种现象也没改善，因为固有印象已经形成了。

那几个人突然偏头看向林羡清这边，她一惊，直接低着头往温郁背后钻，两只手揪着温郁的 T 恤。

温郁沉默了一瞬，问："怎么了？"

街上车水马龙，林羡清的头低得不能再低，她小声说了句什么，但是太吵了，温郁听不清，只好耐心地等着，略略弯着腰方便她抓紧。

拥挤的人潮往前涌去，这边静了些，温郁才开口道："我骗你的。"

林羡清观察到那些人已经走了，才仰了头跟他对话："骗我什么？"

少年纵容地任她牵着衣角，轻瞥她一眼："你不是不想我走？我骗你的，我不走。"

林羡清看着他，心"啪嗒"一下炸开，她指间还攥着他的衣服，隔着一层布料还能感觉到他身上的体温。

"那就……别走。"她听见自己说。

后来她有一刻想过松手，但手指还没撒开，就听见温郁头也不回地说："抓紧，别走散了。"

林羡清默默用了点儿力，小鸡仔似的跟在他后面。

她从前没什么要好的朋友，所以很少有人约着一起出去玩，但晚上躺在床上的时候，她看见书桌上搁的一大堆东西，突然有种满足感。

虽然这种满足感是用她空空如也的钱包换来的。

她给林老爷子偷偷买了把新扇子和老花镜，趁他出门下象棋的时候，神不知鬼不觉地给他换了。

后来这事儿被林老爷子发现，林羡清只能装傻，坚持说自己不知道。她说："什么？可能是隔壁家的猫给您叼走了，又给您叼了个新的来吧，要不您问问隔壁李爷爷家有没有？"

林老爷子都被她气无语了，说："李老头儿家根本不养猫！"

林羡清咽了下口水，说："是吗？"

用脚指甲盖都能想明白的事，林老爷子最后也没追问了，把两个东西当宝贝似的又找了块花布给它们盖上。

（2）

老屋子里的空调声音很大，喷出来的冷气甚至是有实体的，在燥热的空气里凝聚成一股股的白雾，这是第一个吹到空调的暑假，刚修好的老吊扇也没了用武之地。

林羡清这几天甚至直接吹感冒了，大早上起来就连打了好几个喷嚏，脑袋跟灌了铅一样沉重，抬不起来。

早上洗漱的时候，甚至一脑门撞在厕所的门上，额头撞红一片，更晕乎了。

大热天的，她穿起了长袖，到培训班的时候，晕晕乎乎地抱着自己的书包呆愣着，然后又打出一个喷嚏。

温郁从门口进来，弯着身子拍了下她的肩膀，说："刘老师找你。"

林羡清很迟钝地扭过脖子，耸了耸鼻子，瓮声瓮气说了个"哦"。

办公室里冷气的温度开得很低，林羡清不自觉地缩了缩肩膀，小心翼翼地走到刘老师跟前。

刘老师把一张表格推到她面前，抬了抬眼镜告诉她道："我们班呢，准备跟市里几个培训班一起开个训练营比赛。"

那张表格就是这次联合比赛的报名表，林羡清只呆呆看着，刘老师继续说："你也知道，我们培训班最能拿出手的就数你和温郁，所以这次你俩都去，行不？"

她忍住一个喷嚏，说话的声音有些哑。她问："温郁呢？他同意了？"

提到这里，刘老师很狐疑地看向她，语气带着试探地说："我还纳闷呢，那小子听完说的第一句话就是问你去不去。"

他转了身子，抬头看着林羡清，眼镜后探究的视线挡都挡不住，说："你俩还真是一个德行，关系很好？"

"一般吧。"她回。

好像确实也没有到很铁的关系，毕竟才认识了大概半个月。

刘老师没继续八卦，反正这两个都是成年人了，他本来也管不着他们关系好不好、有多好。

他塞了两张表给她，说："给温郁一张，你俩商量着填一填。"

林羡清接了，捏着宣传单和两张表回了教室。

把表递给温郁的时候，少年歪着头看她一眼，问："你要去？"

林羡清很认真地指着宣传单上的奖品栏，说："第一名有一万块呢，不去白不去。"

温郁轻点了几下头，很慢地说了个"哦"，然后也低头填起表来。

这个比赛是几家培训班自发组织的，市里的几家大培训班占了鳌头，而且几家大培训班的装备都很完善。

林羡清他们是乘着珠算班里唯一一辆大巴来的，车身有不少剐蹭的痕迹，为了鼓励他们，车身甚至用颜色鲜艳的喷漆挨个把他们的名字喷了上去，温郁的最大，放在正中间。

这天的太阳一如既往的毒辣，因为所有人都要在集合营的大广场集合，林羡清只能迎着日光站着，用手挡在眉前遮太阳。

她看着好几辆崭新的大巴从大门口驶进来，喷出来的车尾气好像都跟别的车不太一样。

最后来的一辆车最气派，双层设计，款式好像是最新版的，速度很慢地从大门进来。第一个下来的是个头发留得有点长的男生，看起来跟林羡清他们差不多大，背着个双肩包下来。

那人的视线巡视一圈，最后停在他们这边，林羡清也分不清楚他到底在看谁，只是看他很礼貌地笑了下。

下一刻，林羡清就看见那人迈着漫不经心的步子朝这边走过来，他脸上仍旧笑着，但给人的感觉并不能称得上舒服。

他最后站定在温郁面前，个子比温郁矮不少，要仰着头才能跟温郁对视，但这人好像并不太在意这种事，一边伸出手，一边说："师兄，很高兴再相遇。"

温郁垂着眸子，视线很轻地在他身上落了一瞬，说话的声音一贯的毫无感情。他说："是吗？我并不高兴。"

男生仍旧笑得灿烂，只是笑意不达眼底，他轻低了头，把手收回来往身上蹭了蹭，动作很优雅。

下一秒，他转头重新向林羡清伸了手，两个眼睛弯起来，他自报家门道："我叫徐寒健，很高兴认识你。"

林羡清这几天重感冒，本就迟钝的思维简直像卡在一起的齿轮，根本转不动。

她只是在原地怔了一会儿，然后很慢地伸手握了一下，粗着声音说："你好。"

徐寒健温和地松手，然后突然叹了口气，用一种很遗憾的口吻说："师兄，你不该沦落至此的，现在居然到了这样的珠算班里，不觉得憋屈吗？"

温郁自始至终只是冷着眸子睨着他，说："你用不着担心我，我怎么样都与你无关。"

徐寒健突然变脸，撇开眼睛冷嗤一声，他转身往前走了几步，轻飘飘留下一句："丧家之犬罢了。"

声音不大不小，他们却听得足够清晰。

林羡清说话带着鼻音，问："他是你以前的朋友？性格好讨厌。"

温郁说："不是朋友，只是之前恰好在一个班里。"

林羡清"哦"了一声，又打了个喷嚏。

集合营的氛围很奇怪，努力的人能一直熬到大半夜，大堂里都是"啪嗒啪嗒"的拨算盘的声音；也有很散漫的公子哥，自认为自己天下第一，成天去空地上打球，然后回来倒头就睡，老师们对这种行为睁一只眼闭一只眼。

林羡清他们肯定是前者。

虽说祝元宵之前跟温郁闹过不愉快，可到了这儿也是梗着脖子问他一些技巧性的内容。林羡清每次看着他找各种借口，面色不善地跑到温郁面前问问题都特别想笑。

"刘凡想问你……"

"赵梓吟想问你……"

"胡玉婷想问你……"

直到某一次林羡清坐在温郁旁边，看着祝元宵又皱着眉红着脸跑过来，支吾半晌也说不出什么，林羡清就打趣他道："我们班的人都被你拉出来问完了，这次又是谁要问温郁问题？"

祝元宵的脸涨得通红，舌头打结一样，半晌都说不出一个字来。

林羡清被他这傻样逗乐了，在旁边闷着笑。温郁好像无知无觉一样，淡着表情说："随便问，不用找什么借口。"

意思好像是：我知道每次都是你想问。

糗成这样，祝元宵哼了一声，就端着自己的算盘走了。

林羡清干脆不憋了，大声笑出来。

她还感冒着，嗓子又干又疼，没笑一会儿就开始咳嗽，为了避免传染，她立马偏头拉上口罩，自己闷着声音咳。

好不容易舒服一点后，林羡清才把身子坐正，趴在桌面上，神色恹恹，很小声地嘟囔道："我这感冒到底什么时候能好啊？"

她坐起身子，才发现自己身边的座位已经空了，温郁不知道什么时候起身走了，她毫无察觉。

大概两分钟后，林羡清才看见温郁端着一杯白开水过来，那白开水上还冒着热气。

温郁把杯子放在她面前，状似不经意地说："喝点热水，吃过药了吗？"

"药是吃过了，但这水可能喝不下去。"她嗓音无比艰涩。

温郁歪着头看向她，眼神好像在问："为什么？"

林羡清禀着一副很无奈的表情，伸出一根指头，指了指起来就烫手的杯子，瓮着声音说："这开水喝下去，我的五脏六腑可能都要烫报废。"

温郁抿了下唇，又端着杯子走了，下一次递过来的，就是一杯温度恰好的温水。

林羡清捧着杯子小口啜着，抽空问了他一句："你是不是从来没照顾过别人啊？"

听了这话，温郁的眉头很轻地蹙了一下又松开，他轻声回道："我会学。"

午睡时间，大堂里几乎没有什么人，大广场上还有几拨人在孜孜不倦地踢球，林羡清看着他们都觉着热。

下午通知在大堂里集合，刚打完球的那几个带着一身汗走进来，还排队站在林羡清旁边，她略有些嫌弃，就侧着身子往温郁那边躲了躲，一不小心跟他垂在身旁的手搭在一起。

他手温很低，触碰的一瞬间，像是在雷阵雨的日子伸手摸到了闪电，林羡清触电般收回手，放低了声音道歉道："抱歉，我不是故意要摸你的手的。"

温郁听完了，眉梢抖了几下，咬着字说："最后那几个字你可以不说出来。"

不说还好，自己说出来反而更像是故意的了。

集合的人太多，领队的老师好一会儿才把场子镇住，最前面的人举着个大喇叭说："明天上午八点，在场地集合，进行第一轮珠算考试！"

刚安静下来的人群突然嘈杂起来，好多人窃窃私语。

喧闹的人群里，突然有人高声喊了一句："有点儿不公平吧，唯心珠算班里那位跟我们一起比赛？"

随即有人附和道："对啊，这干脆别比了，把大奖直接颁给他算了，我们从第二名开始争。"

"有什么意义呢？"

……

那时，温郁仿佛置身于舆论中心。

但他只是直直站着，淡漠地敛着神情，不发一言。

最前方那个老师举着喇叭大声喊着"安静"，他发了脾气，喊了三四下才让场子静下来。

林羡清踮了脚，勉强能看清他的脸。

是本市珠算协会的会长，叫冷思成。

冷会长板着个脸，说道："你们说这种话好意思吗？人家比你们厉害、比你们牛，是他的错吗？"

尽管这样，还是有不服气的，高声阐明自己的主张："我们只是想要公平的比赛！"

冷思成沉默了一会儿，他又问："你说说哪里不公平？"

他又说道："我最听不得你以'不公平'为借口，来掩盖自己不如人的事实，技不如人就多练，你只能够要求自己跟上走得快的，不能要求走得快的停下来被你超越吧，做什么青天白日梦呢？"

冷思成又拔高了音调，几乎快喊破音了。他说："温郁正常参赛，没信心的你就退赛，自己收拾东西走人，谁惯的你们？"

场内所有人都害怕地低下头，大气都不敢喘一下，大厅里鸦雀无声，只能听见窗外唧唧不绝的鸟鸣。

林羡清也跟大家一样把脑袋往下压，她偷偷别着眼睛，往温郁那边瞟了一眼，少年仍抬着头，微眯了眸子往前台看，轮廓分明的侧脸镀上阳光。

一直到冷会长背着手离开，室内才恢复生机，被教训的那个人开始骂骂咧咧地说："我还没说几句呢他就怂，口水快喷我这儿来了。"

"走吗？"温郁偏头问她。

林羡清点点头。

两个人从那人身边掠过，温郁侧眸睨他一眼，然后轻飘飘收回视线。

今天算是大家最安分的一天，球场没人打球，空了一下午，只是偶有几只蝉在上面跳。

大厅里挤满了人，拨算珠的声音经久不绝，林羡清大半夜起来接水，还从楼上看到一楼有人点着灯练习。

不知道是不是一万块奖金的诱惑，林羡清难得起了个大早，跟打了鸡血一样，第一次跟着温郁去大操场跑了几圈步，那时候天还没亮，只有零星几个路灯点着，欢赠一点灯火。

八点。

他们准时坐进布置好的考场里，跟学校里的卷面考试制度差不多，都需要上交一切智能设备。

探测仪挨个检查，没出问题。

林羡清坐在自己的位置，突然觉得有点儿紧张，明明感冒已经好得差不多了，她还是打了个喷嚏出来。

考试前听说会长临时改了几个题，不知道是不是因为昨天被气到的原因。

所以，拿到卷子的时候，林羡清看着那几个复杂的大额混合运算，甚至还有加括号的优先级运算，跟考级的卷子不同。

林羡清觉得，这甚至已经超过能手三级的难度了。

可这才是第一轮筛选。

林羡清做了几下深呼吸，在铃声响起的时候拨了第一个珠子，逼仄狭小的房间里充斥着"啪嗒"声，好像进入了枪林弹雨的战场。

不知道过了几分钟，也可能是十几分钟，林羡清突然看到坐在自己左前方那个男生从口袋里掏出一个小型计算器，大概只有四个大拇指盖拼起来那么大，进场时居然没被监考老师发现。

林羡清眼睁睁看着他一个一个地摁上去，而前后两个监考老师，好像没看见。

她皱了眉，毕竟是被正义使者林老爷子教出来的孙女，林羡清怕被记仇，只能假装自己遇到问题，举了手向前面那个老师示意。

她看过考场信息，这个女老师好像叫庄羽。林羡清压低了声音跟庄羽说："我左前方那个人带了计算器作弊。"

好久，庄羽没有给她任何回应。

林羡清不解地抬眸，看见庄羽的神色有点不太对劲，庄羽冷眼看着她，脸色绷得很难看。

这一瞬间，林羡清忽然懂了。

为什么探测仪没探测出来？为什么她打了报告这个老师却不为所动？

因为这分明是有预谋的、计划好的作弊。

她刚出了个声："你——"

庄羽立马厉声打断道："这位学生！"

所有人的动作都滞住了，庄羽的脸色变了下，冲林羡清伸了手高声说："交出来。"

好多人抻着脖子看热闹，被庄羽斥了一顿："看什么看，考试还继续呢。"

她干脆把林羡清拉到教室外面去了，现在考场里只剩下一个男监考老师。

他喊道："安静考试。"

被带出教室的时候，林羡清看清了所有人脸上鄙夷的神色。

可明明作弊的不是她。

庄羽把林羡清带到了隔壁的一个房间里，她关上门。

林羡清盯着庄羽，问："你报复我？"

庄羽的高跟鞋一下一下地踩着地板，她提了个条件。她说："我可以让你现在回去正常考试，也可以帮你压住作弊的事，前提是，你把刚刚看到的事情烂在肚子里，谁也别说。"

林羡清几乎要被她气笑了，什么叫帮她压住作弊的事，她作了哪门子的弊？

庄羽见林羡清没有松口的意思，继续说："这里的教室没有监控，事实如何还不是全靠嘴说？你想想是你一个珠算班学生的话有分量，还是我的话更有分量？况且，就算你指认他作了弊，能保证有另一个人也看到了，并且愿意站出来帮你吗？"

虽然很不想承认，但庄羽说的是对的。

林羡清无法保证有另一个目击者，更无法保证自己的话能被大家相信，她没有证据。现在大家只是听见了庄羽逼她交东西的话，会下意识认定她才是那个作弊的人，此后她的任何话都是在为自己"作弊"的行为狡辩。

"我现在好像确实没有证据。"她冷静地说。

不知道生气是不是会使人智商增加，林羡清现在感觉自己前所未有地清醒着，她直直拉开门，飞快地跑了出去。庄羽穿着高跟鞋行动不便，只能在后面大声喊她。

可惜声音不能幻化成实物，庄羽叫的声音再大，也挡不住林羡清的脚步。

林羡清一把拉开考场的门，所有人都抬起眼睛看着她，神色各异。

林羡清径直走到刚刚那个男生的座位旁边，伸手往他抽屉里摸，却什么也没摸到，看来已经被他换了地方。

"你起来一下。"林羡清看着他说。

那个男生有点局促，骂了她一句"神经病"，然后说："我凭什么听你的，你要干吗？"

庄羽这个时候姗姗来迟，她扶着门吼道："你干吗啊？自己作弊就算了，还来干扰别的学生的考试，你这人怎么这么恶毒呢？"

"作弊？"林羡清觉得很好笑。

她这句话刚说完，本来坐在位置上的那个男生突然从自己的抽屉里摸出一个小计算器，还装模作样地讶异说："这是什么？是你刚刚塞进我抽屉的！"

林羡清冲他翻了个白眼，脏水泼得太快。

"你凭什么说是我的，不是你栽赃到我身上的？"

林羡清喉头发涩，突然好像又回到了高中时期，被众人以异样的眼光看待。

好像无论她做出多么伤天害理的事情，都不会有人觉得奇怪。

庄羽也走上来，装作很心痛的样子说："我本人亲眼看着你拿出计算器的，现在人证物证都有了，你干吗还要拉别人下水？"

林羡清在这一瞬间突然觉得很委屈，没人会帮自己，也没人信她的话。

她眼眶红成一片，就是倔强地不肯掉下眼泪，这太难堪了。

这件事被捅到举办方那儿，谣言也传得很广，说 701 考场有个女生带计算器作弊被抓了。

林羡清看见了坐在一排培训班正中间的冷会长，板着个脸，神色严肃得不行。

他问："怎么让人相信你没作弊？"

林羡清死死咬着下唇，说不出话来。

她怎么证明？

她没办法证明啊。

"能怎么让人相信？我说那个女老师跟那个学生是串通好的，她纵容他带计算器进来，然后在我向她举报后，把所有的脏水都往我身上泼，有人信吗？"

她越说越想哭，鼻头酸得不行。

冷会长沉默一阵，问了个问题："按你的逻辑，你在发现有人作弊后，为什么不当众说出来呢？"

林羡清没出声，冷会长替她回答了："因为你害怕枪打出头鸟，自己惹祸上身是吗？"

她没办法否认。

林羡清闷了好一会儿没说话，办公室里寂静下来，突然有敲门声传来，格格不入地打破了这场沉默。

她看见温郁走进来，踏着一贯散漫闲适的步子，最后站定在她旁边。

温郁进来的第一句话是低声问："怎么都快哭了？"

他不开口还好，一开口林羡清的情绪就绷不住了，眼泪"啪嗒啪嗒"往下掉，她抹了好几下也抹不干净，最后还是温郁递给她一包纸巾，声音放得很轻："擦擦。"

他又说："我知道你委屈。"

林羡清想让他别说了，他越说她的眼泪越止不住，但是她哭得哽咽，根本说不出完整的话来。

在场的还有几个老师，虽然是珠算班的老师，但事实上没几个人关注珠算，也没几个人认得出温郁。

有人问："你来干吗？"

温郁答得理所应当。

"为她做证。"

"你是 701 考场的吗？"

"不是。"

那你做什么证？

一群人无语地想：这人怕不是来搅浑水的吧？

温郁继续说："虽然我人不在考场，但是我能提供个信息。难道你们分考场的时候不核实一下，监考老师和学生是否有亲属关系的吗？"

他嗓音很淡，语调轻飘飘地说："不去查查清楚，反而在这儿逼一个小姑娘？"

温郁往前移了几步，把林羡清严严实实地挡在后面。

"现在两方都没有客观的证据，凭什么要把她拉到这里受审？"

他把手伸到背后，捉住了林羡清的手腕，直接转身把人拉走，林羡清整个人被他带着走，脚下生风。

这是一种很奇怪的感觉，好像只要有个人一直陪着自己，那么捅破了天也没关系。

林羡清很感激地看着他，温郁这种"你做什么我都无条件支持你"的态度，好像是一把在她心里燃起的篝火，暖乎乎的。

两人直接跑出了大楼，这个时候大家刚考完，都聚集在大厅领盒饭吃，再加上天气热，几乎没人愿意出来，外面空得很，几乎找不到人。

温郁走得太快了，林羡清实在有点跟不上，两个人就停在小树林里的阴凉地里休息一会儿。

林羡清缓了几口气，才想起来问："你怎么知道他们俩有亲属关系？"

温郁靠在树边，语气很随意地说："作弊的那个是她儿子，她儿子原来跟我是同班同学，上下学时经常看见她来接他。"

她难以置信地瞪大了眼，问："你那么多同学，连家长的样子你都记得住？"

温郁看了她一眼，漫不经心地道："也不是每个，主要是他妈每次都会穿那种真动物毛做的外套，我比较在意这种事，印象就很深。"

林羡清点点头，温郁养猫，对小动物有点爱心很正常。

她低了头，脚尖戳着地上的土块，闷闷不乐地说："现在怎么办？我们也拿不出证据啊。"

"看运气。"温郁不咸不淡地说。

林羡清惊了下，问他什么叫"看运气"。

"这里不是学校，房间里没安摄像头，我们恐怕拿不到清晰的录像，只好寄希望于有人也看见他作弊了，并且愿意出来帮你，而且人数不少，不然也没可信度。"

听起来好像有点希望，但是又好像几乎不可能做到。

先不说存不存在其他"目击者"，一个"人数不少"就简直不可能，当时大家都低着头做题呢，哪里找得到那么多人？

"这不可能做到。"林羡清失望地说。

温郁侧眸看着她，说："所以我们不用那个方法。"

"我们让他自己承认。"

林羡清没太理解这句话，让谁承认？庄羽还是她儿子？

她脑子时快时慢，这会儿还在努力地想着怎么做到这件事，结果远处突然有人喊："那两个人，在小树林里干吗呢？成年了吗你们？"

林羡清被他吼得身子一抖，下一秒就猝不及防被温郁拉着手腕，他鼻尖顶着灿烂的光，回头瞥了她一眼，嗓音松散又轻快地说："快跑。"

她迷糊着，感觉脑袋转动的速度跟不上身体的动作，莫名其妙地就跟着温郁一起跑起来，后面还有个大叔拿手机追着拍。

在燥热的天气里，空气好像着了火，尘埃就是火种，点燃一切，林羡清觉得身上每个毛孔都在燃烧。

明明不在学校里。

明明已经成年了。

明明没有在谈恋爱。

怎么就……被当成幽会的小情侣了？

（3）

说到底，大人还是没有他们这样正青春的人跑得快，追他们的老师没跑一会儿就单手撑在旁边的树上，大口地喘着气。

林羡清跟着温郁跑了很久，到了篮球场后面的桦树林里，这里的树长得又密又高，把两个人完全遮了进去。

这天因为考试，篮球场上没有人，大家考完都去大厅领盒饭了。

林羡清扒着树干，弓着身子喘气。她直起身子后，瞥了温郁一眼，看见他也喘得不行，鼻尖上还有汗。

缓了好一会儿，林羡清才能正常地说出一整句话："我们又没什么好心虚的，干吗跑这么快。"

她又喘了几下，靠着树干直起身子，说："而且，这又不是在学校，我们也不是未成年啊。"

这句话说完，她突然卡了下壳，直愣愣地站在那儿，默默看着少年侧眸盯向她，极深的瞳色泛了点光。

温郁难得好心情地弯着嘴角笑了声，他懒着调子说："喂，成年人躲在小树林里就很合理吗？"

他迈了几步，就靠在林羡清旁边，单薄的卫衣勾勒出好看的身体线条，他略略低着头，不经意地撸起一点袖子，想散热。

林羡清瞄了他一眼，恰巧瞥见他露出来的一截手腕，不知道是不是阳光晃得她眼花，林羡清好像看见他腕骨内侧有一道疤，颜色还挺深。

下一秒，温郁的袖子又垂了下去。

林羡清回神般抬眼，发觉温郁正看着她，刚翘起的嘴角也被拉得平直。

他轻垂了眼，右手捏着左手腕骨，长睫毛掩住眼里的神色，温郁声调很慢地发了个声："你——"

"不是。"她一惊一乍地说。

林羡清眼都不眨，很紧地抿了下唇，说："成年人当然也不可以在小树林里偷情。"

说完她转了视线，先于温郁往大厅那边走。

很莫名其妙，林羡清好像从温郁递过来的那个眼神里感觉到什么，而且刚才他靠在树上，抬手捏腕骨的姿势，莫名让她觉得惊悚。

虽然这个形容有点夸张了，但林羡清那一瞬间就是那么觉得的，所以她及时打断了温郁的话，装作什么也不知道。

不是所有问题都要求一个结果，温郁好像想瞒住什么，那么林羡清也不会刻意去探究。

某些时候，她觉得"傻"也不是什么坏词。

大厅里已经有不少人拎着盒饭开始吃了，唯心珠算班的人坐了一桌。

温郁跟着林羡清进来，从开始到结束再没说一个字，神色也很平淡，只是手指略有些刻意地捏住了袖口。

701 考场的事目前还没传开，当时老师们怕事情扩散影响不好，叮嘱考场的考生都不要外传，但这种软性威胁作用不大，估计起不到什么效果。

但至少现在还没多少人知道，就算知道了，也没几个人认识她。

林羡清仍旧按照以前的习惯生活，举办方的态度目前还不明朗，但是至少没有再把她找过去问，颇有些"暴风雨前的宁静"的意味。

第二天她看见温郁拎着个快递盒进来，拆开了是一支录音笔。

温郁拿着录音笔看了林羡清一眼，林羡清心领神会地问："让我去套话吗？"

"庄羽现在估计很小心，不会让你见她儿子的。"温郁回道。

那林羡清就没有办法了。她问："那怎么办？"

"我跟你一起。庄羽对唯心珠算班并不是很熟，可能还不知道我跟你的关系，我引开她，你去套陈少彦的话，我尽量阻止庄羽去打扰你。"

林羡清眨眨眼，话题突然偏离。她问："我们是什么关系？"

温郁难得蹙了下眉，避重就轻地回："这不重要。"

林羡清噘了下嘴，心想这人真是死鸭子嘴硬，现在他俩不已经是好朋友了吗？

他们必须尽快行动，否则谣言会越传越广，到时候林羡清才是百口难辩，毕竟当时考场的人都下意识信了庄羽的话，因为她是老师。

林羡清能感觉到，因为这件事情不好查，如果两边没人起哄的话，主办方估计打算偃旗息鼓，就装不知道。

所以这几天无论是林羡清还是庄羽的儿子陈少彦，都没有一方受到过惩罚，该吃吃，该睡睡。

林羡清在吃饭的时候刻意留意了一下陈少彦，庄羽为了避嫌并没有跟他同桌吃饭，隔得挺远。

知道他们关系的人很少，庄羽还想继续隐瞒下去，好暗戳戳给她儿子行方便。

一看见陈少彦吃完饭，林羡清就立马跟在他身后扔饭盒，另一边的温郁顺势拎着盒饭坐在庄羽的对面，他低眸掀开盒饭的盖子，突然跟庄羽闲聊一样地问："你认识林子祥吗？"

林羡清后脚跟着陈少彦出去，拍了下他的肩膀，放了个笑脸出来。

陈少彦看向她的眼神有点紧张，他看了下四周，确定没人注意这边后，才低声恶狠狠地说："你来找我干吗？"

她还是笑。

温郁说，一定要让陈少彦口不择言才行。

"庄羽是你妈吧？我知道。"

陈少彦眉心一跳，恨不得冲上去捂住她的嘴。

"你瞎说什么？我可不认识庄老师。"

估计是庄羽嘱咐过什么，他的嘴很紧，没说出什么有用的信息。

林羡清别无他法，只好又使"苦肉计"。

她低头，大大地睁眼，尽量让眼睛发干发涩，还抽着鼻子装哭腔道："可是你这样陷害我，我回家一定吃不了兜着走……我需要赢了比赛，不然我妈妈回去肯定要骂死我，家里本来就不支持我学珠算，现在你又栽赃我，我肯定要被取消资格，要是我妈妈听说我作弊了，我肯定就……"

几滴眼泪被挤出来，林羡清低头抹了把脸，哽咽出声："我肯定就见不到明天的太阳了，她会用衣架打我，用鸡毛掸子打我，用筷子敲我头的……"

林羡清心想这话说得她自己都要同情自己了。

不知道戳中哪个点了，陈少彦沉默了好久，嗓音闷闷地道："我俩都差不多，要是这次我没取到好成绩，我妈也会打我。"

盛夏的风在吹，林羡清的眼泪就干在眼眶里。

同一时间，她看见陈少彦的眼眶居然也开始泛红。

"那你也不能把作弊的事栽赃到我身上啊……这事说到底不是我做的，你就同情我一下吧，你妈是老师，她肯定不会像我妈那个粗人一样的。"

陈少彦咬牙摇了摇头，苦笑道："她是个老师，但不是什么好母亲。这次我妈放了狠话了，如果我拿不到这个奖，我就吃不了兜着走。她只在乎我能不能让她有面子，从不在乎我的感受。"

他嗓音到最后有点哽咽。

林羡清倒是没想到，本来是想自己博同情的，到最后却反过来很同情陈少彦。

陈少彦抽了抽鼻子，说话的声音很小，他说："我爸早死了，我就她一个妈。而且……小时候她对我特别好的，有什么吃的宁愿自己饿着都留给我，后来那些家长总在她面前攀比，我妈就逐渐看我不顺眼了。我知道她工作压力大，也是我自己不争气，蠢笨如牛，一点儿长处都没有，要是我有个温郁那样的天才大脑，我妈估计还像以前一样对我。"

这是在公共场合，陈少彦也不想出丑，忍了忍后，背对着她，声音很低地说："我俩家庭情况差不多，我也很同情你，但我也只能说抱歉。我很自私，不是什么好人，除了跟你说对不起我也不会做别的了。我实在是怕了我妈，我要是去承认的话，丢了她的人，我恐怕要被打死。"

他说完后就很快地跑走了。

林羡清很纠结地站在原地，慢吞吞摁灭了录音笔。

没录下什么有用的内容，毕竟陈少彦没有直接说出有关作弊的事，最后一句低语虽然带有暗示性，但还是站不住脚，不直接。

把录音笔带回去后，林羡清跟温郁一起又听了一遍。

林羡清双手托腮，表情很苦恼地说："他好像很惨的样子。"

温郁坐在她旁边，单手撑着下巴，略略转向她，询问："所以，你要原谅他吗？"

"这不是道德绑架嘛。"她长叹一声，下巴磕在桌面上，"但我偏偏很有道德意识。"

她想了很久，窗外的风撩动帘子，帘角划过她后脖颈，有点痒，她抬手挥了几下，脑子里还在权衡。

温郁起身把窗帘卷起来，好听的嗓音随着微凉的风打在她耳畔。他说："善良不是要挟的借口。"

他坐下，百无聊赖地翻了两页面前的书，垂眸看了几行后，跟她说："这是你的人生，你可以决定要不要原谅他。"

林羡清听着，点了点头。

"但我不原谅他，所以我要报复。"

林羡清下意识还想点头，却突然反应过来他话里的意思，弯着的上半身一下子直了起来。

"你要报复？"

温郁停止翻看不进的书，很理所当然地说："我已经跟庄羽谈妥了，她会让陈少彦主动承认作弊的事。但庄羽不愿意让陈少彦退出比赛，她说要请主办方重比第一轮。至少你作弊的事儿可以被澄清。"

林羡清听得满脑袋问号，庄羽那么难搞定的人，怎么就被温郁给说服了？

她两只眼睛跟闪光一样，问："你给了她多少好处？一千？"

温郁摇头。

"一万？"

"别告诉我是十万！"

林羡清惊恐地捂住嘴，说："天哪，不会是一百万吧，你把我卖了都没这么多钱！"

温郁一句话都没插上呢，她直接自己从一万叫到了一百万，敢情还是全自动叫价机呢。

他有点无奈地说："我一分钱没花。"

林羡清松开捂嘴的手，很好奇地问："那你是怎么做到的？"

温郁看了她一眼。不知道是不是林羡清的错觉，她总觉得这个眼神有恶劣且戏谑的那种感觉。

果不其然，下一秒她就听见温郁回答："秘密。"

林羡清无语。

她这辈子最不想知道的事就是"别人的秘密"，因为她只能想想，被吊足了胃口却又知道不了。

无法得到的东西她向来坦然放弃，林羡清也不坚持了，换了个话题："反正就是……我可以继续留在这里比赛？"

温郁点头。

但林羡清想起陈少彦又有点内疚，可这本来就不是她的错，别人的痛苦她也没必要承担。

第二天早上吃早饭的时候，林羡清在大厅里看见了陈少彦和庄羽两个坐成一桌吃饭，他缩在角落，脸上有很明显的指印，像是被谁打过。

温郁怎么谈妥的，林羡清无从知，但她现在能知道，庄羽一定是被迫妥协的，而陈少彦是被庄羽压迫的。

林羡清只能告诉自己，她好像并没有做错，作弊的是陈少彦自己，他必须要承担这份后果。

庄羽的嘴张张合合一直没停，好像在嘱咐着什么，而陈少彦的头耷得很低，鼻尖几乎要贴在桌面上。

没一会儿后，庄羽看了眼时间，拎着包走了，走之前还用手拍了一下陈少彦的后脑勺，看样子挺用力的，陈少彦的鼻子这下彻底撞在桌子上。

庄羽皱着眉头，嘴一张一合的。

林羡清看见陈少彦扒开眼镜，用力搓了两下眼睛，自始至终嘴都没张过，默默听着庄羽的话。

其实能猜出来那边是什么情况，大概是庄羽觉得她丢了脸，把事情都怪在孩子身上，正朝他发火。

林羡清本来约了班上的几个人一起来吃早饭，但是由于不想跟庄羽对上，她在楼梯下面等到她踩着高跟鞋走了以后，才飞快地跑到祝元宵他们那桌。

留给她的位置在温郁边上，林羡清坐下的时候他已经吃完一半了。

她一过来，就听见祝元宵缩着脑袋小声问："不看公告我还不知道呢，你什么时候被栽赃作弊的？怎么没跟我们说过？"

祝元宵撞了撞温郁的胳膊，嘴里还咬着半根油条呢，含含糊糊地问："温大神，你知道这事儿吗？"

温郁动作顿了一下，不咸不淡地说："知道。"

祝元宵惊讶地瞪大了眼，指了指他们俩，说："你只跟他一个人悄悄说哦？"

林羡清觉得尴尬，抿着嘴沉默一会儿，又涩然开口说："他话少，不会外传。"

她没怎么看就捏住一根油条，嘴上说着"不告诉你是为了你好"的话。

她说完，突然发现油条扯不动了，一偏头就看见温郁正侧眸盯着她。

林羡清心想你突然看我干吗？又感觉到油条被往回扯了一截。

她低头一看，她扯过来的是温郁盘里的油条。

她很尴尬地松手，讪讪笑了两下。

温郁收了视线，说："你那份在你右手边。"

"温大神亲手给你挑的哦。"祝元宵看热闹不嫌事儿大。

林羡清略无语地看着他，换了个话题。她说："你之前不还看他不顺眼来着吗？怎么这么快就改口叫'大神'了？"

祝元宵重重哼了一下，耳朵发红。

扳回一城后，林羡清偷偷瞥了一眼温郁，语气很夸张地说："既然是大神给我挑的，我肯定要全部吃完呀。"

她摇头晃脑地剥着鸡蛋，没能看见她旁边那个少年的眸子很轻地弯了一下。

（4）

重考时间定在三天后，这期间大家都紧张起来，上次没入围的都盼望抓住最后的机会，入围过的又要想着怎么稳住成绩。

林羡清也是焦头烂额。

上次她考到一半被打断没能继续做下去，但是就上次考试成绩来看，温郁和徐寒健是满分，其他人里只错一道题的也能排一大串，她压力挺大。

大半夜灯都熄完了，林羡清还点着台灯在大厅练题，不知道是不是因为时间太晚，她越练越疲惫，做题的速度也一次比一次慢。

她打到手指发酸，干脆把算盘推到一边，整个人扑到桌面上长长地叹了一口气。

林羡清觉得眼皮很重，刚想合上，猝不及防被灯光晃了一下，她不太适应地眯起眼，没什么劲儿地坐起身子来。

她努力辨认了好一会儿，才看出来举着手电筒的那个人是陈少彦。

他一手拿着手电筒，一手抬了抬自己的大黑框眼镜，表情不太好地抿着嘴，没跟她搭腔，刻意坐在离她很远的位置，从包里掏个算盘出来，打算盘的声音很大。

林羡清打了个呵欠，手机突然亮了起来，是祝元宵发的消息："你回房间了吗？"

这个语气挺奇怪的，不太像祝元宵平时的风格。

她如实说："没，我还在大厅里。"

他几乎是秒回："别动，等我来接。"

林羡清莫名其妙，祝元宵来接她干吗？

祝元宵随即又发来一长串字：

"不是我来接你，是温郁！他不用手机嘛，我跟他说了你好像还在练题后，他直接就抢了我的手机，给你发消息去了，现在应该在去大厅的路上。"

"不是，你俩什么情况啊……"

林羡清被他轰炸了一番，觉得太阳穴一抽一抽的，她只回复了一句话：

"大人的事，小孩子少管。"

从前林羡清只有被别人这么说的份，没想到现在居然也可以用这句话来噎人了。

她眉梢刚一扬，突然发现陈少彦正盯着她，那视线藏在黑夜里，让人平白生出一身的鸡皮疙瘩，怪瘆人的。

林羡清不知道陈少彦盯了她多久，但是因为两人之间结过梁子，她挺害怕的。

陈少彦要找她报仇怎么办？

她立马收了东西，准备去门外等温郁，结果左脚刚迈出门槛，就听见陈少彦喊了她一声："你很得意吗？就算把我拉下来了又怎么样，你还是比不赢别人的啊。"

林羡清被他说得莫名其妙，问："什么？"

陈少彦的声音从黑漆漆的角落里传来，大厅里现在空荡荡的，回声响了好几遍。他说："你天天这么努力练习到凌晨，争的不过是别人轻而易举就能得到的东西，不觉得很失败很讽刺吗？"

林羡清听完，沉默了半响，寂静的空间里只有两个人的呼吸声，她听见自己很镇静地说：

"如果你要这么认为的话，那么活该你过这样碌碌无为的一辈子。"

她迈出右脚，头也不回地走出去，后来的夜里，大厅里就只剩下一盏灯。

半夜气温很低，风也挺大，林羡清搓了下肩膀，看着大风吹散几片树叶。

温郁来得挺快，连睡衣都没来得及换，头发很凌乱，像是睡了一觉后刚醒。

林羡清此时正蹲在大厅门口，用书包挡住一部分风，温郁站定在她面前，低了眸子打量着她。

少年皱了眉，问："怎么不在里面等？"

林羡清拍拍裤子站起来，叹息着抱怨道："里面有讨厌的人。"

她背上包，仰头看着他，说："其实从这儿到女宿楼不太远，没两分钟就到了，我自己一个人也没关系。"

温郁很执拗地要送送她。

他的睡衣袖子很长，包住他整个手，到女生楼前，温郁冲她摆了摆手说："早些休息。"

林羡清"嗯"了声，刚扭头没走几步，又转了身，两只手习惯性地捏着书包带子，她叫了温郁的名字，少年微微朝她颔首，清冷的月光覆盖上他漆黑的瞳孔。

"温郁，"她喊着，"买个手机吧。"然后继续嘟囔了一句，"别再用别人的手机给我发消息了。"

夜里太黑，温郁也没出声，也许他点了头，但是林羡清看不见。

她叹口气，就当他已经答应，于是说了"再见"就扭头上楼了。

考试当天，下着中雨。

林羡清只带了夏天穿的网眼球鞋，跑到考试地点的时候进了一脚的水。

她一边忍受着脚底的湿润冰凉，一边抓紧时间算题，这次的题难度跟上次差不多，好在林羡清速度有提高，打铃的时候堪堪填上最后一个答案。

她松出一口气，心里的大石头一下子落地。

林羡清出考场的时候，看见走廊里围了一圈人，在好奇心的驱使下，她踮脚往里瞅了一眼。

居然是庄羽和陈少彦。

看样子庄羽气得不行，大庭广众之下连扇了陈少彦几个巴掌，林羡清能很清楚地看到陈少彦脸上的指印叠了几层。

这还没完，庄羽好像还没撒完火，用高跟鞋的鞋跟往陈少彦腿上踢。

陈少彦被她打得一直往后退，直至退到角落里，抽抽噎噎地抹眼泪，连眼镜都滑落在地上被踩得稀烂。

几个老师连忙拉住庄羽，她还不依不饶地说："我怎么养了你这么个废物！这样的卷子你给我只做了三个题，你要丢死谁的人啊！屁用没有的东西！"

她言辞很激烈，越来越控制不住情绪，脱了高跟鞋就往陈少彦头上扔，说："我为了你跟各种人打交道，好不容易等来个机会，让你比赢了去参加人机赛，谁知道你是这么个废物，计算器都给你了还被人看见了，你还能干什么？"

陈少彦脑袋被她的高跟鞋砸个正着，有血顺着眉眼流下来，他抹了把掺着血的眼泪，推开围观的人冲出去了。

在场的有不少还是未成年的孩子，一个个的都吓得不知所措。

老师不耐烦地朝他们挥手，催促说："快散了散了，别随便拍照发到网上啊！"

下一秒，他接了个电话，声音喊得变了调："什么？跑人工湖那儿去了？！"

集合营的划定范围在郊区，山山水水的比较多，附近恰好就有一块人工湖，水还不浅。

一群大人慌得不行，万一闹出人命，他们都得吃不了兜着走。

庄羽刚撒完泼，头发凌乱不堪，用来砸陈少彦的高跟鞋也不知所终，听到有人说陈少彦企图跳湖，她也只是冷着眉眼嘲讽道："我倒看看那个屁货有没有这个胆去跳湖。"

所有人都对她的所作所为感到鄙夷，再怎么不争气那也是自己的孩子，大庭广众之下对孩子又打又骂，实在是过分了。

温郁考完试被堵在这里被迫围观，看完一场闹剧以后，他也觉得看不下去，提醒了庄羽一句："人疯了做什么都有可能。"

庄羽怨毒地瞪着他，她的声音尖锐地从齿缝里钻出来。她说："要不是你逼我，我怎么会逼他？"

真擅长泼脏水。林羡清想。

旁边那个老师的电话一直响个不停，但是场面太乱了他听不清，干脆开了免提，把音量调到最大。

屋外还下着雨，手机里传来"呼呼"的风声，陈少彦哭着叫喊："是我妈逼我！是你们逼我！既然没人希望我活着，那我干脆死了算了，这样大家都高兴。"

可能是他有了危险的动作，其他人都大喊着"等等""不要"之类的话，传出来的声音杂得不行。

给他打电话的那个人着急地催促道："快找个人来劝劝啊，人已经翻过栏杆了，再往外踏一步就掉下去了！"

这边走廊里的所有人都听得很清楚，本来咬定他不敢跳河的庄羽脸上也出现一丝恐慌，她丢掉的鞋来不及找，一瘸一拐地往外跑。

所有人都挤着往外跑，都想去人工湖那边围观，林羡清夹在中间，被人流裹着出去。

屋檐落雨，淋湿了她的头顶和肩膀，温郁突然从后面出来，不知道从哪里捞了把伞，撑开了勉强能遮住两个人。

他往林羡清那边凑了下，压低了眉眼问："你要去吗？"

林羡清担心自己去了反而会刺激到陈少彦，但她摸了摸口袋里的录音笔，里面还有陈少彦的控诉。

她沉吟了一下，捏住录音笔，然后点了下头。

地面都是水洼，积了水，林羡清的鞋里还是湿的，难受得紧，但现在没工夫去考虑那么多，两个人就撑着同一把伞跑进雨里，往人工湖那边去。

到的时候湖边已经挤了不少人，中间空了一大块，人们不敢靠近陈少彦。

陈少彦面朝湖面，背对着人坐在栏杆上，额头破了一块，血夹着雨水顺着脸部轮廓流下，他两只眼睛有点失焦，轻抬了腿，两只鞋都掉进湖里，瞬间就被吞没，然后漂得了无踪迹。

庄羽没打伞，浑身湿了个透，她也吓得不行，干脆把另一只高跟鞋也扔了，颤着声音叫了他一声："小彦……"

陈少彦的肩膀很剧烈地抖了一下，他反应很大地站起来，猝不及防，往旁边跌了几步，惹得人心惶惶。

他叫道："你别过来，别打我了。"

雨水模糊视线，明明是上高中的孩子，身体却抖得不行。

庄羽还嘴硬道："我没有经常打你呀，只是你让妈妈太生气了，我只是想教育你，如果你实在受不了的话，我以后绝对不动手了，你别冲动啊孩子。"

不知道这种漂亮话她说了多少次，语气拿捏得十分到位，如果不是刚刚还看见她发疯般打人的样子，林羡清估计也会认为她只是个有点严厉的苦心母亲。

大雨滂沱中，陈少彦很慢地摇头，他脱了上衣，胳膊上有几块很明显的青紫痕迹，腹部也有类似衣架或者棍棒打过的痕迹。

他哭，嗓子都喊哑了。他说："你怎么还要护面子啊？刚刚用鞋扔我的时候像疯子一样，那么多人都看到了，你还装温柔给谁看？"

庄羽脸色变了下，黑沉沉的，很难看。她突然冷了声音，说："我不信你敢跳下去，要是你胆子有那么大，早就在我打你的时候就冲上来反抗了。你不也是在做戏，希望大家可怜你，憎恶我吗？"

这么说着，庄羽也撩了把湿嗒嗒的头发，冲过去扒住栏杆，她用尖锐的嗓音大叫："你跳啊，你跳我也跳，反正你爸也死了，我就你一个儿子，大不了我们母子一块儿死，还能一家三口天上团聚。"

陈少彦绝望地摇头，声音轻得快要消失。他说："我不要跟你团聚，你该下地狱。"

他说完，很快地转身跳下去，完全陷进湖水里。

庄羽嘴巴张着，哑然失声。她怔了一会儿，也越过栏杆跳了下去，旁人根本来不及拦住。

好在这边的人很早就打了报警电话，救援人员及时赶到，把人救了上来。

庄羽跳得晚，救上来的时候吐了几口水，意识还有点不清楚，只是哑着嗓子喊儿子。

但是陈少彦是抱着必死的念头跳下去的，他噎了不少水，还不幸撞在石头上，人已经晕了，被抬上了救护车。

林羡清站在旁边围观，大多数人都跑去陈少彦那边打探，还有一部分人已经被人强行拉回去了，避免多生事端。

场面乱糟糟的，林羡清体格小，从人缝里挤出去，躲在庄羽边上。

庄羽并没什么大碍，靠在树边缓气，神色很颓靡。

林羡清把录音笔塞进她手里，想了想还是说了句："如果你不能好好关爱自己的孩子，这样的事情还会有下一次，他会永远讨厌你这个妈妈。"

不知道是不是牵扯到了林羡清自己的伤心事，她居然也觉得眼眶酸酸的。

如果有一天她也绝望跳湖，她爸妈可能根本都不会来看看她；他们可能还比不上庄羽，估计连跟着跳湖的勇气都没有。

林羡清揉了揉眼睛，站起来拉着温郁走了。

温郁把伞全撑在她头顶，自己全然暴露在雨里。

果然，他第二天就感冒了。

（5）

跳湖的事情被当地媒体报道了，虽然有惊无险，但这件事也被众人指责，比赛是没办法继续办下去了。

各个珠算班都派了大巴来接人，温郁大夏天的又穿起了长袖卫衣，下半张脸捂着口罩，一上大巴就开始补觉，神色倦怠。

大巴里开了空调，林羡清抬手把温郁旁边的空调风口给拨歪了些，还从包里扯出自己的小毯子给温郁裹上。

兴许是她动作太粗鲁了，温郁懒懒地抬了眼皮扫她一眼，嗓音很拖很哑地说："你包粽子呢。"

林羡清觉得他不识时务，撇撇嘴吐槽道："给你盖我的小毯子已经是对你很好了，别挑三拣四的。"

她上半身突然凑过来，右胳膊压在温郁胸前。

少年有点讶然，睫毛抖了几下，声音有点闷地问："你干吗？"

林羡清扭头看他。两人鼻尖凑得很近，温郁的口罩一张一弛的，能看出他的呼吸频率。

少年眼皮有点抬不起来，耷着，但还在盯着她看。

林羡清眨了几下眼，说："你的胳膊压住窗帘了，快让让，我把窗帘拉上遮太阳，太晒了。"

温郁吐了口气，说："哦。"

大巴只开到珠算班门口，来接车的刘老师看见几个人平安回来才松口气。

下了车，林羡清听见温郁一直在闷声咳，她有点担心，就跑去问："要不去医院看看吧，有的重感冒会导致发烧的。"

温郁拒绝道："先吃药睡一觉，没好转再说。"

"你别去一些小药店买药，有的药店是私人开的，会把过期的药卖给别人用，小心被坑。"

温郁看上去就是不谙世事的小少爷，身上连一点儿烟火气都闻不到，估计老板让他拿什么他就拿什么，碰到人好的老板就算了，有的老板净推销一些昂贵的药，赚利润。

林羡清对此还是不太放心，况且温郁的感冒多半是给她打伞导致的，她更内疚了。

于是她推着他往前走，表情很严肃地说："不行不行，还是我跟你一起去买吧。"

温郁看起来对这里不太熟的样子，而且不知道是不是因为感冒，整个人变得很迟钝，林羡清走在他前面没一会儿，他就跟不上了，她又得折回去找人。

后来她干脆直接扯着温郁的袖子走路，她真害怕他会像个陀螺一样原地打转。

因为林老爷子年纪大了，身上经常有点小病小痛的，有时候下不了床，都得林羡清帮着去买药。

久而久之，这附近药店的老板都对她眼熟了。所以她一进门就听见店里的人喊着："小清呀，又来给爷爷拿药了？这次又是哪儿伤着啦？"

温郁被她扯着袖子进来，恰好听见了。

林羡清指着温郁跟人解释道："不是我爷爷，是他。"

老板笑吟吟的，从柜台后面走出来，说："哟，这就交上男朋友了？你不是才高中毕业嘛，速度挺快嘛。"

林羡清被她的话吓了一跳，说："不是，不是。"

"那你牵着人家干吗？"

"对啊，"温郁看好戏就算了，还煽风点火，"你牵着我干吗？"

林羡清没好气地撒了手，说："那不牵了。"

她又嗫嚅道："待会儿你走丢了我也不管了。"

温郁整理好自己皱皱的衣摆，两只手揣进兜里不说话。

药店的老板笑眯眯看着，问他们要买什么药。

林羡清凑上去说了几款见效的感冒药，想了想又加上盒退烧药，以防万一。

出了店门后，她把袋子递给温郁，活像个唠叨的老太婆："这个药喝了以后会很困，你中午就喝，顺便睡个午觉，万一要是发烧了……赶紧去医院。"

她突然想到什么，又问："你家里有人照顾你吗？给你熬点绿豆粥什么的，我每次感冒最爱喝那个，一喝就好。"

温郁看着她，很慢地摇头，然后转眼就咳嗽了好几声，眼梢染上绯色，咳出眼泪来。

她凑上去帮他顺气，一下一下地拍着他后背，难以置信地问："你不会是一个人住着吧？"

温郁缓了一下，默默地把口罩拉紧，用泛着水汽的黑色瞳眸扫了她一眼，嗓音喑哑地说："是。"

"那你吃饭什么的怎么办？点外卖？"

他点头。

就上次接开水的那件事来说，温郁恐怕不怎么会照顾人，更别提照顾好自己了，林羡清也不指望他能自己煮粥。

她导航了附近的超市，说："去超市买点东西吧，我煮好了带给你？"

"没有现成的买吗？"他问。

林羡清已经开始导航了，头还低着，语气很老成地说："那可不一样，自己煮的放的东西足一些，外面买的大多不好吃。"

"去我家煮吧，免得你再跑一趟。"

他撩起眼皮瞥了她一眼，又补充道："我家很安全。"

天气热，好多店面小一点的铺子都歇业休息了，路边几乎没人摆摊卖东西，路上的小电动挤在同一个路口，喇叭摁得"嘀嘀"响。

沥青路被晒得冒出一种汽油味，不知道是不是分子热运动的作用，街上各种味道鱼龙混杂，闷得让人难以呼吸。

林羡清加快脚步推开超市的帘子，凉气吹得她头皮都放松下来。

温郁对买东西一窍不通，甚至分不清卷心菜和白菜，林羡清推着小推车在前面跑得飞快，他像个小尾巴一样默默跟在后面，林羡清到哪儿他跟到哪儿。

可能是在凉快的地方待久了，买完东西出超市的时候，她简直无法忍受这种灼热的温度，赶忙催着温郁道："快快快，你家远不远？"

温郁抿了嘴道："打车吧。"

林羡清叹气，她好几次打盹时为了醒瞌睡，从培训班的窗户往下看，会看到姗姗来迟的温郁从出租车上下来。

这人是把出租当成私家车坐的吗？

温郁家在春花巷尽头，这是条挺老的巷子，跟林羡清住的花溪巷有得一拼，但温郁家看上去更规整些，空间也大，院子里种了不少花草，看上去生机勃勃的。橘猫在客厅中间的凉席上蜷着，尾巴懒懒地在地面上扫来扫去。

他脱了鞋，只穿个袜子就进去，用脚踢了踢猫，胖橘很小声地咪呜，温郁不为所动地说："一边去。"

林羡清在玄关处喊："不换鞋吗？你还病着呢，怎么能光脚进去？"

事情越来越奇怪了，她明明是客人，却要操心主人的事。

温郁去冰箱拿水，声音没什么劲儿，说："我的拖鞋有一只被小霹雳叼不见了，还有一双是我爷爷的，他旅游去了，你要是不介意可以穿他的。"

林羡清还在纠结，结果温郁突然从冰箱门后面探了个头出来，语气平常地说："他有脚气，你小心点。"

林羡清：你能不能一句话说完？

她干脆也光脚进去。橘猫被温郁赶走，默默拖着尾巴缩在墙角，拿爪子扒墙，林羡清看到墙角那块都被刮秃噜了，落了一小堆墙灰。

她把东西搁在桌上，指了指它，问："它叫什么？小霹雳？墙都被它扒秃皮了。"

温郁拧开矿泉水喝了一口，挨个回答她的问题："它叫'霹雳无敌绝世帅气小可爱'。不用管，它指甲已经剪平了，那儿是它以前刮的。"

林羡清听得迷迷糊糊。

"你敢不敢再重复一遍它的名字？"

温郁面无表情地说："霹雳无敌绝世帅气小可爱。"

"那为什么你叫它'小霹雳'，不叫'小可爱'？"

温郁很明显地卡了一下，敷衍道："忘了。"

林羡清也没继续深究，她把感冒药挨个翻出来，说："我煮点儿粥，你吃完把药喝了。"

其实她的厨艺并不好，只会熬个粥煮个面什么的，绿豆粥还是林老爷子手把手教她的。

林老爷子并不知道现在社会上有"外卖"这种东西。

锅里的粥煮得"咕噜噜"冒起泡，林羡清等得百无聊赖，通往院子的后门上挂了串风铃，清风拂过就泠泠作响。

她忍不住打了个呵欠。

温郁家连电视都没有，他也不用手机，这样原始人的生活不知道他怎么过下来的。

等粥的时候，温郁从书架上抽了本很厚的书出来看。林羡清把脑袋凑过去，看见一串接一串的英文，顿时觉得脑袋疼。

"你是魔鬼吧？"她低声吐槽。

温郁扫了她一眼，看着她的脸几乎皱成一团，很轻地翘了唇角。

林羡清才发现，他笑的时候眼睛很弯，是属于"笑眼"那类的，只是平时脸上总没什么表情，她很少能观察到。

她直起上半身，歪着脖子凑到他眼前，笑得眉眼弯弯。

林羡清嗓音很轻快地说："我第一次见你笑，再笑个给我看看。"

她凑得很近，两人呼吸相错。

温郁的身子小幅度后仰，他抬了眼皮，对上她眼睛，喉结滚了下。

"你当我是宠物吗？"他回答，错开了眼神。

林羡清看见他的睫毛在很轻地抖。

锅上煮的粥正"咕噜噜"响，白色的水汽从锅盖边沿溢出来，小霹雳不知道什么时候爬到温郁脚边，睡得打起了小呼噜。

林羡清笑意更浓，她拖长声音"哦——"了声，然后把身子正了回去，撑着桌子站起来说："那算了。"

林羡清："我可养不起你这样金贵的宠物。"她说着，往厨房走。

林羡清忙活半天也没吃上饭，就跟着温郁一起吃绿豆粥，她嗜甜，煮粥的时候加了几块冰糖，温郁第一次吃这么甜的粥。

吃完后，林羡清有点不好意思在人家家里留一堆没洗的碗，干脆顺手把锅和碗都给刷了。

后来她拍拍手准备回家时，发现温郁居然已经倒在凉席上睡着了，怀里还抱着小霹雳。

少年头发很柔软松散，耷拉在他鼻梁上，后窗的窗帘没拉，日光就那样跳上他鼻尖。

可能是因为感冒呼吸不通畅，温郁的唇微张，很轻地吐气。

林羡清拿他没办法，小声吐槽道："怎么在这儿就睡着了。"

看来感冒药安眠的效果真不是盖的。

她在屋里找了一圈，在角落里找到一条沾满猫毛的毯子，林羡清把上面的毛抖掉一些，盖在温郁身上。

她正准备起身，却发现温郁的手越过橘猫勾住她衣摆，然后慢慢用力，攥在手里。

林羡清心说你故意的吧？

真的有正常人睡着了还能再伸手抓个东西的吗？

她扯了下，温郁就撒手了。

结果，那橘猫不知怎么突然醒了，它从温郁的胳膊下钻出来，迈着猫步扒到她腿上蜷成一团，又睡着了。

林羡清完全不敢动了，上次这猫还把她抓伤了，她现在已经有了心理阴影，万一她把猫弄醒了，它一爪子挥过来，又得留一道血淋淋的疤。

林羡清咽了咽口水，认命地当人形猫窝。

她习惯性弯腰，下巴压在书页上，看着温郁刚刚看过的英文原著书。

她也就高中毕业的英语水平，这种专业书里一堆名词，她见都没见过，句子也复杂晦涩，她看了几页眼皮就开始打架，趴在桌上睡着了。

等她醒过来的时候，天都黑下来了。林羡清一抬头感觉自己脖子像睡骨折了一样。她下意识地"嗷"了一声，一手扶着脖子直起上半身，缓慢地活动了一下。

客厅还维持着原样，灯都没开，小霹雳不知道什么时候从她腿上跑下去了，在客厅里到处散步，还跳上去抓窗帘。

温郁居然还没醒，睡觉姿势都没变，呼吸很重。

林羡清手指搭上他额头，温度不高，看来并没有发烧。

下一刻，大门突然被敲响，温郁动了一下，林羡清站起身来，应了声："来了。"

她走到玄关，从猫眼里往外看，是个中年妇女，她并不认识，也不知道是不是温郁的亲戚。

温郁拖着懒散的步子过来，嗓子还哑着，问："谁？"

"我不认识。"她诚实回答。

温郁看了一眼，说："是居委会的。"

他拉开门，外面的阿姨操着地道的乡音说："跟你说下哈，这边咧正在施工，如果家里有女娃的话小心点儿，晚上别出去了哈，以防碰伤。"

林羡清点点头道："没事儿没事儿，他家里没女娃。"

这话一说完，那一双眼睛盯着她。

她发觉这句话说错了，连连摆手说："不是，不是，我意思是……"

她的话卡壳了，自己都没办法解释了，当时嘴一快就秃噜出来了，现在舌头直打架。

温郁没睡醒地眯着眼睛，背脊靠在一边的柜子上，调子拖沓地说："我怎么没发现，你是男的？"

你能发现才出了鬼了。

她僵硬地笑了下，说："我现在就走，你家里就没女娃了。"

林羡清说着，从旁边捡起自己的鞋子准备穿上。

居委会大妈没逗留，赶着去通知其他住户。

林羡清刚穿好鞋子，手指搭上门把手，温郁却突然从后面扯住她。门外有不太亮的灯火，她扭头，看见温郁的头发被光染得毛茸茸的，却顶着一副冷淡的神色说："等下，我送你。"

春花巷弯弯绕绕特别多，如果不是温郁引路，她根本走不出去。

林羡清没看时间，也不知道现在多晚了，或者是这里的人都不爱出门，总之路上没几个行人，路灯下有不少飞虫在窜动，夜里静得吓人。

温郁在前面带路，这边的路年久失修，地面坑坑洼洼的部分还不少，林羡清视线模糊，差点被绊倒好几次。

前边的店都已经拉上了铁帘，不知道哪里的狗在狂吠，林羡清被吓了一跳，连连往前跑了几步揪住温郁的衣服，像只跟着鸡妈妈的小鸡崽。

走到一个分岔路的时候，林羡清听见不远处的一根电线杆后面突然"吧嗒"响了一声，她眉头一跳，连步子都不敢迈，站定在原处。

那电线杆下面排着一排垃圾桶，有许多垃圾都没扔进垃圾桶里，一个个垃圾袋都堆在地上，像个小山丘。

夜色黑得太沉，林羡清也看不太清，她隐隐听见几声很小的啜泣，以及一种摩挲声。

堆起来的垃圾袋耸动几下，她怕得不行，心脏狂跳，直接往温郁那边跳了几步，躲在他身后。

"你听到了吗？"

她小幅度伸了手指指了指电线杆，说话的声音有点抖，问："那边是不是有人？"

温郁很轻地捏了下她的手腕，很冷静地提醒道："拿手机照一下。"

林羡清边调出手电筒边侥幸地想，兴许是野狗野猫什么的在扒垃圾呢？

她抬高手往那边看过去，看见几件散出来的外套，还有一只脚，看起来很小，应该是女人的。

那边的人也注意到了她手机射出来的光，垃圾堆不再发出响声，林羡清很清楚地看见一个男人的头从一众黑色垃圾袋里抬起来。

剃着光头，长得就是不太和善的样子，上半身还光着。

被他压着的女人喉咙里哽咽地哭着，林羡清的手一下子松了劲儿，手机"啪嗒"掉在地上。

她掌心开始出汗，耳边却听见温郁压得很低的声音："手机捡起来，报警。"

林羡清重重咽了下口水，颤颤巍巍地蹲下去捡手机，却猝不及防听见那边的男人用粗哑的嗓音警告："两个小娃别逞英雄。"

林羡清抬头，看见他扯着嘴笑，很恶心，手上的动作还没停，左手擒着那女人，右手已经探进她的上衣里。

女人的嘴被胶布贴住了，头发凌乱，眼睛都快哭肿了。

还不等她反应过来，温郁已经蹙着眉往前迈了几大步，他抄起旁边的垃圾桶，直接往那男人的头上砸。

林羡清也没闲着，立马报警。

男人可能是注意到林羡清的动作，连忙爬起来往林羡清这边跑，温郁砸了个空。

温郁捡起地上的外套，扯开了，追上男人，用外套扣住他的喉咙，把人往后面带。他使了挺大的劲儿，男人被勒得咳了几声。

场面很混乱，垃圾袋散落一地，有的还破了，恶臭的气味开始散开。黑沉沉的小巷子里，林羡清手抖如筛，听见温郁喊了她一声："往远点儿躲。"

她连忙站起身来，转了个身，然后往旁边的住户那边跑去，拍人家的门，想叫点儿人过来。

一连串的住户被她吵醒，林羡清嗓子很涩，眼底也涩，声音听起来都快哭了。她说："那边有坏人跟我朋友打起来了，拜托帮帮忙。"

她拉了几个人出来，扭头就看见那男人不知道什么时候挣脱了束缚，从地上捞了个铁锹，往温郁身上砸。

温郁下意识抬起手去挡，铁锹头部砸在他手腕上，刮出好长一道口子。

林羡清眼睁睁看着他的手腕开始流血，滴在地上，她快急哭了，对后面的好心人大喊："求求你们了，快点儿可以吗？"

几个男人拿着家伙冲上去，那个光头男见事情不妙拔腿就想跑，被人追上，摁在地上，用麻绳绑住手和腿。

林羡清跌跌撞撞地跑上去，翻过温郁的手腕看了看，在旧伤上，又斜着拉了个新的豁口。

她没见过这样的场面，眼泪直接掉在他手心，温热的，一连串的。

温郁抬起另一只手，不轻不重地拍了下她的脑门，声音听起来就没劲儿。他说："去医院。"

她点头，架着他的胳膊，想拦辆出租车。

但这块儿流量本就不多，再加上时间比较晚，她半天拦不着一辆。

巷子里的居民把受害的女人安置好后，出来个人大声问："我看见兄弟受伤了，我家有送货的面包车，上来，我送你们去医院。"

林羡清连忙点头，扯着温郁就跟上人家。

面包车里有股汽油味儿，林羡清怕他闻不惯，就开了车窗通风。这车车速挺快，风卷着地上的尘土往里刮，温郁本来就还感着冒，忍不住咳嗽起来。

她反应过来，又小心地把车窗往上拉了点儿。

头顶传来一声叹哑，温郁的嗓子发哑，问："怎么老是哭？"

车窗外只有片片绿化带和路灯，风从车窗露的缝隙里钻进来，在她耳边呼啸，林羡清揉了揉眼睛，断断续续地说："这看起来就疼，手腕被割会死人的！"

温郁突然有点儿想笑，他声音轻缓地说："疼的不是你，会死的也不是你，你那么着急干吗？"

这句话说得真是奇怪，好像完全把两个人撇成陌生人，生和死都毫不相干。

林羡清被他说得有点恼，她重重皱眉，说："可是我把你当朋友，当然会关心你，会怕你疼。你这个问题真奇怪。"

温郁低眸看着她，小姑娘逆着光，头发丝被风吹得狂舞，神色却很严肃。

手腕还被她捏着，林羡清的手很暖和，温热感从他手腕逐渐蔓延到嘴角，他笑了，却只答了声"哦"。

她想清楚什么，抿了会儿嘴，又向温郁提问："你是不是从来没把我当过朋友？"

温郁看了她一眼，视线会着火一样，他漆黑的眼染了光，没正面回答她的话，只是说："那我三番五次救你，是为了什么？"

林羡清也觉得他的话有道理，温郁不缺钱，而且长得也比自己好看，自己身上也没什么对他有好处的东西，如果不是情谊使然，他没理由对她这么好。

当然，她对温郁也不差呀。

她把身子坐正，手上还很小心地捧着他的手腕，闷着声音妥协道："好吧。"

说完林羡清又俯身仔细观察温郁的伤口，温郁察觉到什么，下意识地想缩回手，却被林羡清摁住。

她没好气地说："你干吗呀？别乱动，还没止住血呢。"

温郁喉结滚动一下，很轻地蹙了眉，然后扭头看着窗外，嘴角绷得很紧。

算了，他近乎放弃地想，反正也不是第一次被她看见了。

已经，没关系了。

晚上医院里只有值班的医生在，他给温郁冲洗了一下伤口，又包扎了起来。

医生边处理，边埋怨道："你这手怎么回事儿？这么多刀痕，落下顽疾以后会很危险。"

温郁不说话，只是分外安静地坐着。

林羡清却突然出声问："他是学珠算的，影响大吗？"

"那速度肯定会减慢啊，以后小心点儿用左手。"

医生开了单子，让他记得涂药。

出了医院，温郁低头握着自己的手腕，眼睛都不眨一下，不知道在想什么。

林羡清跳到他眼前，歪着脖子看着他，突如其来说了句："明天不见。"

温郁没理解她的意思，抬着眼疑惑地看着她。

她理所当然地道："手都这样了还去珠算班打算盘？等你的手好点儿了再来上课吧。"

温郁沉默了一会儿，漆黑的眸子轻扫她一眼，低声道："没关系。"

想了想，他又补充道："而且旁听也可以。"

林羡清拿他没辙，明明什么都会，根本不缺那几堂课，不知道怎么这么执着地要去。

黑夜里，蝉在高声嘶鸣，医院的大门里不停有人进进出出，楼内灯火通明。

她刚叹出一声，就听见自己的手机响了，林老爷子打了个电话过来，她才想起来自己出来了这么久还没跟他报过平安。

林羡清赶忙接起来，听着林老爷子大着嗓门问她怎么还不回去。

她把手机拿得老远，一转眼看见温郁已经转身走了好远了，背影在路灯下影影绰绰。

温郁一个人回家，一个人上学，在家里只有一只很凶的胖橘猫作陪，没人会问他为什么不回家，没人会在深夜打电话关心他。

林羡清突然觉得，这个肩头披星戴月、顶着万丈光芒的少年，有时也是孤独得可怜。

这一刻，她突然大声叫住了他。

"温郁，回家把粥热一热，还能喝。

"温郁，小心点伤口，别碰水了，药膏要记得涂呀。

"温郁——"

她这句话还没想好要说什么，嘴快于脑子先做出了行动，然后又尴尬地卡住。

温郁停了脚步，在一盏很亮的老路灯下回了头，表情很无奈。

两人之间隔了将近一百米，她听见他叹道："我听见了。"

林羡清在听到这句话的同时，头顶的路灯倏然间灭掉，巧合得突然。

她视线变得昏暗，再看不清温郁的脸，只见地上被拖得长长的少年的剪影，在灯火下晃了几下。

恰好的风，吹到恰好的这一刻，凉意窜上耳尖，林羡清觉得松快不少，浑身上下是前所未有的舒爽。

她也终于明白，为什么韩剧和日剧里，都喜欢让男女主角在无人的街头分别，这太浪漫了。

林羡清踮了几下脚，朝他挥手道："一路平安，明天见。"

她看不见温郁的表情，只是听见他的声音散在很凉的夜风里，轻得像要被风吹走。他说："嗯，明天见。"

林羡清猜，温郁现在至少眉眼是弯起来的吧，她从他说的每一个字里，都听见了笑声。

Chapter 03
朋友游戏

/ 就让她的少女心事无疾而终吧，在这个炽热灿烂的夏天。/

（1）

假期里的人总会倦怠，林羡清又是极爱睡懒觉的，早上背着书包推开家里大门的时候，眼睛甚至还是闭着的，怎么也睁不开。

从家里到珠算班的这条沥青路上几乎掉满了她早上的哈欠，林羡清晃晃悠悠地进了珠算班的门，径直往自己的座位上走去，却撞了个人。

林羡清下意识道歉："对不起。"

她迷糊了一会儿，反应过来，这里就是她的位置啊。

她拍了拍座位上的人，说："同学你——"

刚说了三个字，她的话突然一顿，瞌睡瞬间飞走。

林羡清微微睁大眼，念出他的名字："徐寒健？"

徐寒健转过身子来，温和地笑着跟她打招呼道："嘿，是你啊，温郁的小跟班。"

林羡清眉梢跳了跳。

"你不是每天都绕着他转吗？跟个乌鸦似的一天天叽叽喳喳个不停。"徐寒健仍旧笑嘻嘻的，却说着讽刺人的话。

林羡清发现他很喜欢一边笑，一边恶作剧。

"跟在他边上就是跟班喽？你没交过朋友的吗？"她不满地回答。

徐寒健像是听到了什么笑话，他扯了扯嘴角，语调挑高，说："朋友？"

徐寒健说："温郁会交朋友，怕不是世界第九大奇迹？"他手里漫不经心地转着笔，速度很快，"他以前——"

"这是你的位置吗？"

徐寒健的话开了个头就被打断，林羡清一回头，看见温郁正单肩背着包，神情很冷漠地凝视着他。

徐寒健下意识噤了声，然后又觉得懊恼。

徐寒健撇了嘴，语气不太友善地说："我刚来的，老师让我随便坐。"

"哦。"温郁说着，面不改色地扯着林羡清的手腕往另一边走，"那我们离你远点儿。"

两个人坐到了另一排，温郁很自然地从书包里拿出算盘，林羡清坐在位置上越想越不对劲。

换个地方坐就算了，为什么还得拉着她一起？

林羡清突然觉得，徐寒健称她是温郁的小跟班确实不是空穴来风的，连她自己都觉得自己的确是天天跟在温郁身边。

她放下书包，问了温郁一个很严肃的问题："你觉得，我像你的小跟班吗？"

温郁皱了眉，问："谁跟你说了什么？"

林羡清毫不犹豫地把人供了出来，指着远处的徐寒健说："他。"

温郁都懒得扭头看她指的是谁，反正也不难猜。他说："别管他说的，小狗就会汪汪叫。"

林羡清怔了一会儿，突然很难以置信地说："我第一次听你骂人。"

其实这句也算不得多难听的骂人话，但是林羡清就是莫名觉得神奇，一个冷脸酷哥扯着唇说了句"小狗汪汪叫"，怎么莫名……幼稚。

温郁斜着眼睛看了她一眼，突然说："不是第一次。"

林羡清在记忆中检索了一下，如果说温郁还说过什么骂人的话，可能是那句"满级大佬痛扁小菜鸟"？

"哦，"她出了个声，"你也骂过我是小菜鸟。"

林羡清很正经地把自己的书往旁边一挪，低下头看练习题，又搭了一句："小菜鸟现在就跟你绝交。"

温郁看着两个人中间空出了半个桌子的距离，愣了神。

那么久以前的事儿了，她现在才想起来算账？

"多久？"

林羡清立马仰起头看向他，问："什么多久？"

少年侧过身子，像是把她半包围在墙边，声音里隐隐有逼迫威胁的意味，他咬着字说："绝交多久？"

林羡清很费劲地想了下，给了个答案："一小时吧。"

"不行。"他垂眼看着她，发号施令，"太久了。"

刚好打了铃，散落的学生都各归各位，温郁也慢慢把身子转了回去，留了句话："下课就和好。"

说完他居然还自己吐槽道："幼稚不幼稚。"

林羡清被他这一通操作搞得云里雾里。

到底是谁沉溺于小学生般绝交和好的戏码里无法自拔啊？

一节课上到一半，突然有几个穿着银行制服的人从门外进来，手里捏着一张卷起来的海报。

她们跟刘老师申明了情况，刘老师给她们让了地方。

卷起来的海报慢慢展开在他们面前，几个年纪小的都抻长了脖子够着看，眼里放光一样。

林羡清看见海报上的几个大字：小小掌柜。

她继续扫下去。

你是否在电视剧里看到那些钱庄的掌柜而觉得羡慕？

林羡清：不羡慕，谢谢。

你是否也想管理一家自己的钱庄？

林羡清：我只想要钱庄里的钱，不想管理，谢谢。

可是做掌柜的要用算盘计算好钱庄里的每一笔收账入账呀，如果现在你是一位小小掌柜，你能查清自己钱庄里到底有多少钱吗？

林羡清：可惜没如果，谢谢。

成功查清账的小掌柜，将会得到钱庄一半的钱作为奖品哦！现在请四人组队，创立自己的钱庄吧！

林羡清：可恶，被拿捏了。

她的手指本来已经逐渐向温郁靠拢了，想问他要不要一起组队，却突然想起来，现在还在"绝交"时间，就又讪讪收了手。

这一刻林羡清突然有点嫌弃自己，她怎么老是想缠着温郁，这太不正常了。

银行的人来宣传完以后，给了刘老师几张报名表，让他们自行决定。

一窝人冲上去疯抢，林羡清坐得远，连报名表的边都挨不到。

林羡清心里冒出无数个问号，都这么疯狂的吗？

幸运的是，祝元宵就坐在讲台边上，他一下课就拿着一张组队报名表跑过来，问他们要不要一起去。

林羡清无比感激地看着他，刚拿起笔想填上自己的名字，祝元宵却一下子把表滑到温郁面前。

"温大神先填。"

林羡清无语。

他才是温郁的小跟班吧！

她有些郁闷地丢下笔。半分钟后却被人很轻地拍了下，温郁把报名表传给她，她捏着笔看了眼。

第一行是她的名字，挨着温郁的。

温郁的字很草，连笔多，有种洒脱的艺术感，写她名字的时候却好像刻意写得很慢，一笔一画都很清楚落拓。

林羡清看见在自己名字上方，用铅笔写了三个字：和好吗？

其实她根本就没生气，只是刻意矫情一下，没想到温郁还愿意耐着性子哄。

她有点忍不住，翘了嘴角，说："勉强和好吧。"

比赛报名截止到月末，到最后一天，林羡清他们还没凑到最后一个人。

原因很复杂，祝元宵自己的几个好哥们对他"抱大腿"的行为觉得不齿，而且因为祝元宵找了温郁而忽略了其他朋友，他们心里都有点介意。

而温郁除了他俩再没有别的朋友。

林羡清熟悉的几个人也都各自组了队。

所以最后几乎只剩下一条路——跟落单的徐寒健组队。

他是刚来的，其实一开始因为他珠算考级高，而且有的人听说他当时参加联合比赛的时候得了满分，都想去巴结，结果这厮眼高于顶，抱着两只胳膊拿鼻孔对人："你们太菜了吧，别指望我带飞。"

后来，就再也没人邀请过他。

有好几次，他非要绕路从这边挤过去，然后假装"不小心"地撞倒温郁的东西，再漫不经心地说句"对不起"。

说实话，这存在感刷得太明显了。

临到最后关头，他们还没集齐人，林羡清就问："要不要把徐寒健拉进来？"

温郁默然好久，突然问："这个比赛有年龄限制吗？"

她摇头，比赛要求上确实没写明要多少岁才可以参加。

"上次你招进来的那个小孩儿呢，可以参加吗？"

林羡清快笑出来了，说："你跟徐寒健有多大仇啊，这么讨厌他。"

温郁的表情有点一言难尽，他撇了眼，声音放低，说："没有结过仇。"

见他表情有些凝重，林羡清也不敢多问，她收拾了一下，说："那我下去问问她。"

那个姑娘叫李欣怡，林羡清问她的时候，她眨了几下眼睛，说："我当然愿意啦。"

于是这事儿就这么决定下来了。

报名表的最后一栏终于填上去，而徐寒健眼睁睁看着他们把报名表交上去，脸黑了好几个度。

后来不知道他从哪里又搞了一张表，听人说好像是自己去银行里拿的，自己一个人交了表。

林羡清还猜想着他怎么凑到队友的。

直到趣味赛开始的那一天，几个队伍在银行门口集合，她看见徐寒健的脸色黑如锅灰，身后跟了三个小豆丁。

李欣怡见到她的小伙伴们，有点兴奋，笑嘻嘻地跟他们招手。

徐寒健心里还闷着气，他可不想跟温郁的队伍打好关系，于是他回头命令三个小豆丁道："别跟她打招呼，现在你们是敌人。"

小豆丁齐齐冲他做鬼脸道："你才是敌人！"

几个孩子模仿超人，冲他发射超人光波，嘴里还叫道："打倒敌人！"

徐寒健脸色更黑了。

所以他到底为什么沦落到这个地步？

林羡清在旁边笑得前仰后合，一群铅笔头似的小鬼把徐寒健围住，然后拳打脚踢，那个场面真的滑稽。

烈日高悬，几支队伍在银行门前集合完毕，林羡清注意到温郁捏了捏手腕。

她有点担心："你手腕的伤怎么样？要不你——"

林羡清的话说到半头，温郁边捏着手腕边瞥了她一眼，声调很淡地说："没事。"

他低眸看了眼手腕上的纱布，其实早已经结痂不再流血了，但是伤口比较狰狞，为了遮住疤痕，温郁一直没拆纱布。

他扯了下嘴角，语气挺无所谓地说："反正不至于现在就废掉。"

这话听得让林羡清不愉快，总觉得温郁的语气有种自暴自弃的意味。

她皱了下眉，从这以后就格外注意温郁的手腕，走路的时候都走在他左手边，空出一小块安全距离，就怕他的手腕撞到什么。

可能是小动作太明显，被温郁轻易识破了，他猝不及防地停了脚步，侧头看着她说："没必要，这点伤不影响什么的。"

可能是他的语气太轻飘飘了，林羡清就信了。

她小时候也经常磕得身上破一块，没几天就会结一块痂，痂掉了就又活蹦乱跳的，所以她下意识觉得温郁的伤也是这种类型。

这个比赛规模不算大，场地仅限于银行前边那块搭了棚子的空地，还立了几个大电扇搁那儿"呼呼"地吹着，实际上根本不解暑，该出汗还是出汗。

祝元宵一马当先地去柜台领了号码牌，然后一行人去领了玩具钞票。那钞票做得很是逼真，林羡清第一眼看上去还以为是真钱，吓了一跳。

她细细一看，最下面印了个"儿童银行"。

林羡清一下子丢下那沓玩具钞票，失望地叹气道："没劲。"

温郁看见她泄气的小表情后就抿着嘴，像是在憋笑。

他跟祝元宵一起运钞票，林羡清叹气，带着李欣怡又拿了几沓钞票出去。

因为她和温郁打算盘的速度快一些，所以就让祝元宵和李欣怡负责数钞票，他俩计算总额。

每一沓钞票都是捆好的，面额和数目都不一样，但是每沓钞票都有编号，在领取钞票时都要把编号报给银行，由银行人员核实钞票总额。

李欣怡年纪虽然小，但数钱特别快，一双小胖手点钱点得飞快。

祝元宵抓了一把钱，看得瞠目结舌。他抱怨了一句："小朋友你家里干什么的？数钱这么快。"

李欣怡眉飞色舞地斜了他一眼，手上把钱掐在指缝里，回答："我家就是普通开店的，点钞是我妈教的，每天我爸管店，我妈就在家数钱算营业额。"

祝元宵腾出一只手冲她比大拇指。

李欣怡已经数完一沓了，每点一张她就报出面额，嘴皮子飞快。林羡清跟不上她的速度，只有温郁可以。

温郁那边进度飞快，而林羡清听着祝元宵一张一张地报数，手上还手忙脚乱的，她看着都着急。

林羡清一把抢过祝元宵手里的纸币，催促着道："我自己看着算吧，你把剩下那些按面额分一下。"

她一手扒开纸币，另一只手打算盘，眼睛还要上下来回看，每个感官都忙得不行，没注意到温郁突然迟钝下来的动作。

他眉头很快地蹙了一下，然后佯装无事地松开，但左手的动作很明显地慢下来。

落地扇对着他的脸吹，温郁额前的头发被风卷得飞起来，眉间沁了汗。

徐寒健的钱庄在他们对面，就他一个坐在柜台算盘，三个小豆丁在旁边数纸币，场面特别乱，林羡清还能听到徐寒健快被逼疯了一样大喊：

"这边的已经数过啦！"

"天哪！别把钱撕了！"

"住手啊祖宗们！那是我们的钱，别拿去给别人啊！"

她听了他的哭喊，实在乐得不行，拨珠子的手指都笑得在抖。

林羡清还乐着，突然听见李欣怡问了声："哥哥，你的手好像在流血。"

她的心一跳，立马丢下手上的活，想都不想就翻过温郁的左手看。

纱布已经透出了红色，湿了一块，他却好像个没事人一样，轻轻挣开了林羡清的手，皱着眉嘴硬道："没事儿。"

林羡清很较真地责怪道："血都渗成这样还说没事，你别强撑了。"

温郁扭头盯着她，长睫毛抖了几下，语气很强硬地说："我可以继续。"

林羡清神色严肃地跟他对视。

温郁抿了唇，难得解释了一句："我真的……很讨厌半途而废。"

是上次突然停办的联合赛吗？还是说，曾经还半途而废过其他事情，所以导致他现在宁愿伤成这样也要比赛。

他究竟在坚持什么呢？

林羡清转回身子，她尊重温郁的故作逞强，于是她重新分配了任务。她说："祝元宵你去温郁那里，李欣怡给我报账。"

温郁不太放心，说："你可能跟不上她。"

她把温郁的算盘换过来，嗓音坚定地说："我也挺厉害的，别太小瞧我了。"

林羡清两只手搭上算珠，让李欣怡报数。

她劝不动温郁放弃，那唯一能做的就是尽快结束比赛，让他去处理伤口。

但她也确实想不通，明明就是个趣味赛，温郁何必这么冒险，珠算真的比他手腕上的伤还重要吗？

她看不懂温郁，越来越不懂。

可能是心里有了不得不去实现的目标，林羡清这次算盘打得很专心，无论徐寒健那边又闹了多少啼笑皆非的事儿，她都没听进去，此时此刻她只想让比赛快点结束。

终于，所有的纸币都被清算完毕，两个算盘的数额加在一起，得出了最后的结果。

她让祝元宵快去柜台那边提交答案，自己拉着温郁就走。

李欣怡及时提醒了一句："我看见大厅里好像有医生，听银行的阿姨说没想到今天热成这样，怕有人中暑，就派了医务人员来招呼一下。"

林羡清准备打车去医院的动作停住，转头进了大堂找医生。

医生说伤口裂开了，又重新消毒包扎了一下。

"上次就诊的医生没给你开过药膏吗？怎么伤口附近都没看见有药膏。"医生问他。

温郁难得失语，好半晌才吐了几个字："开了，忘涂了。"

林羡清拿他没办法，这种事都能忘记，就好像不把自己的命当回事一样。

包扎好后，林羡清问医生能不能给他上个夹板，让他挂脖子上，这样就能防止他再乱动了。

她这话把医生逗笑了。医生说："那是骨折了才上夹板，现在不至于到那步。"

"万一他不老实——"

林羡清还不死心，被温郁给拉走了。

他直觉太阳穴发疼，非常伤脑筋地说："我会老实的，我们走吧，那边在喊我们。"

林羡清回了头，看见祝元宵和李欣怡两个人正站在门口，祝元宵朝他们招着手。

四个人凑一块儿后，祝元宵很关心地指了指温郁的手，问："手怎么回事儿啊，手腕多重要啊，怎么伤了？"

温郁不太想说，敷衍道："不小心弄的，伤口不深。"

门口蹲着几个记者，这个比赛好像还有地方台的新闻要报道，派了记者来采访。

林羡清他们这队是第一个数完所有纸币的，理所应当成了被采访的对象，几个记者举着话筒凑过来，问他们问题。

温郁本身不太喜欢这种大场面，林羡清也说不出什么官方客套的话，两个人齐齐往后面站，让祝元宵挡在前面回答问题。

结果不知道他是不是真的毫无察觉，说了几句话以后，人家问他怎么做到这么快就算完所有账的，他摸着脑袋傻笑着回答："是我们队大神的功劳啦，就是后面那个哥们儿，他可是珠心算一级，贼厉害，我非常佩服他。当然，我还要——"

他第一次上电视，还想多说几句话呢，镜头已经从他面前移开，转到温郁面前。

记者举着话筒问："请问你对于珠算有什么想法吗？你那个朋友说你珠心算很厉害，那是什么原因使你又重新用起了算盘呢？"

温郁被记者机关枪一样的问题砸了个云里雾里，他颇无语地瞥了眼祝元宵，见他正很羡慕地看着得到了镜头的自己，那眼巴巴的神情让温郁无奈。

他叹口气，只对着镜头说了两个字："喜欢。"

镜头仍旧没移开，温郁难得有点儿招架不住，他慢慢眨了几下眼，说："其实我旁边这个女生更有发言权，她学珠算的时间比我长，可能对于中国的珠算文化和算盘的用处比我有更深的见解。"

镜头对向林羡清，映出她呆滞的表情。

林羡清愣住了。

她磨了下牙齿，面上却很勉强地挤出一个笑容。

话筒都贴到她嘴边了，林羡清没办法，磕磕巴巴地回答："我学珠算一开始是被爷爷硬逼着去的，当时我去的那个班就七个孩子，几乎没什么人学珠算的。"

她顿了一下，又弯起眼睛笑道："但是现在有很多孩子都开始学算盘了，我觉得能传承一种文化的话……证明我还有点儿用。当然最重要的是，我跟他一样，真的喜欢珠算。"

这么说着，林羡清笑吟吟地撞了下温郁的肩膀。

温郁无措地低眸垂视她，看见少女仰头对着他，露出很灿烂的笑容。

他错开眼，鼻间闷闷地"嗯"了声。

摄影机终于移开，两人都松了口气。

对面是大马路，来往不绝的车辆喷出灼热的尾气，路旁的树叶被震得掉了几片，慢悠悠地飘下来，空气烫人，热风吹得人头脑发闷。

李欣怡由于长得胖乎乎的，很快就出了汗，扯着林羡清的裙子说要吃雪糕。

他们先去领了比赛奖金，四个人平均分出来，大概一人五百多。

祝元宵乐得不行，直接把李欣怡背在背上，往前俯冲了一小段距离，得意忘形地保证："跟我混，保准你有吃不完的雪糕。"

李欣怡被他颠得快晕了，她两只手揪住祝元宵的头发，让他快停下。

林羡清看着两个人欢喜冤家般斗嘴，笑得站都站不住了，伸手搭在温郁的肩膀上。

温郁清淡的眸子侧着看了她一眼，从包里拿了一瓶水给她，说："嗓子都要笑哑了。"

林羡清很自然地接过来，温郁还很贴心地替她拧了瓶盖，她喝了一口又递回去，语气很愉悦地说："说实话，这么多年来，这是我最开心的一个夏天了，好难得。"

温郁低头把瓶盖拧好，眼都没抬地说："因为没作业吧。"

林羡清噎了下，小声吐槽他不解风情。

马路边的花坛里好像种了几簇石榴花，火红火红的，就跟夏天一样热烈滚烫。

林羡清在大太阳底下晒了一会儿就受不住了，她扫了个小黄车准备骑回去，刚坐上去又想起什么，回了头对已经走远了的温郁喊："什么时候买个手机啊！"

她想着提醒温郁记得每天涂药，结果又立马想起来，他这家伙根本没有手机。

温郁听了脚步，表情很为难。

林羡清不懂他为什么这么为难，明明不缺钱。

好久以后，她才听见温郁应了一声："你的号码。"

林羡清反应了一下才明白过来，她刚准备从包里拿张纸把号码写下来，结果温郁说："你直接说吧，我记得住。"

报完号码后，温郁点了几下头就走了。

当天夜里，林羡清躺在床上。

老房子的窗户关不太严，最近夜里又多风，窗帘被风吹得飞起来，月光倾泻到她窗边的桌面上，照亮了算盘上的金色镀纹。

黑漆漆的夜里，林羡清感觉到自己的手机振动了一下。

她打开一看，是一个陌生号码发的短信，内容只有两个字：温郁。

林羡清翻了个身，趴在床上把温郁的号码存进去，她又在微信里搜了这个号码，结果查无此人。

所以他是只办了个手机号码，都没注册微信或 QQ 什么的吗？

突然一阵强风吹进来，老旧窗户的插销松动，窗户直接弹开，凉风钻进屋子里，林羡清下意识地缩了缩肩膀。

她盯着手机，只能跟温郁回短信："号码存啦。"

温郁："嗯。"

林羡清："你确定以后都要跟我用短信交流吗？一条就要一毛钱！"

温郁："那我给你钱，发短信吧。"

林羡清盯着这句话看了一会儿，很莫名地，她觉得这句话说得怎么好像她是被温郁买去当陪聊的。

她实在是冷，就趿拉着拖鞋走到窗边，一只手捏住窗框，另一只手还在打字："晚安。"

她动作停住，头低着，一直在等温郁的回复，结果半天温郁都不理她。

林羡清皱了眉。

什么啊，客气地回她个"晚安"会怎么样啊。

抱怨完的下一秒，连续两条消息就弹进来：

"晚安。"

"好梦。"

她轻叹了口气，刚准备关上窗户，一抬头就看见一轮月亮挂在上面，周围绕了一圈星星，天上像撒了一把钻石，闪得很。

院子里种了好些绿植，夜里有几点萤火环绕在周围，场面很治愈，好像什么电影场面。凉风扑到林羡清脸上，她深吸一口气，觉得浑身舒畅。

手机屏幕还亮着，温郁发的"晚安"和"好梦"都挂在上面，林羡清低头看了一眼，心情越发快乐了。

她弯着眼睛，很轻地对月亮说："明天见。"

明天要见，明天的明天最好也要见。

另一边的温郁正靠在后窗旁，他家的院子里钻进好多蝉，夜里叫得吵人。

温郁刚摁灭手机，侧头往院子里看去，只看见洒了一地的清辉。

小霹雳从屋子的角落里钻出来，跳上他的腿。温郁低了头，手指轻搭上它的脑袋。

清冷的月光映在他好看的眉眼上，少年看上去心情很好，饶有兴致地逗猫。

温郁的手机突然响了一下，弹进来一条短信："终于舍得买手机了，什么时候舍得回来？"

下一条："爷爷不会回去了，你确定还要自己一个人住那儿？"

最后一条是："温郁，你无路可走。"

温郁扫视完所有的短信，长指拖动几下，把号码拉黑。

他这个号码只给两个人发过短信，一个是他爷爷，一个是林羡清。

他的神色忽然变沉，直接把手机关机，随手扔在凉席上，然后侧了头，推开往他身上蹭的猫脑袋，拖着步子回房间。

（2）

林羡清早上又差点迟到，一路跑到教室里，气喘吁吁地坐下。

温郁正趴在桌子上补觉，胳膊环着脑袋，只露出半边眼睛，林羡清看见他眼睫毛颤了几下，睁眼的时候连眼梢都看得出倦意。

"没睡好吗？"她问，从包里摸了下，却摸了个空。

她身子僵住，脑袋探进包里，确认自己真的没带算盘。

林羡清一边懊恼，一边给林老爷子打电话，让他把自己房里书桌上的算盘送过来。

林老爷子的脾气有点小爆，责怪了她几句后，嘴硬着说："看我要是不在家里谁给你送，多记着点儿事啊，你之前几次忘带钥匙……"

他说了个没完，电话那头却能很明显地听见小三轮被启动的声音。

林羡清拿他没辙，说："小心点儿开车，挂啦。"

挂了电话后，她注意到温郁正难耐地捏着眉心，身子懒散地往后靠，眉头紧皱。

林羡清顺手把窗户关严实，说："又生病了？还是感冒没好全啊？不舒服的话请假吧。"

温郁轻抬起眼，斜睨了她一眼，嗓子有点儿哑。他说："院子里的蝉总叫，我没睡好。"

他把抽屉里的算盘拿出来，语气很无所谓："没什么大事儿。"

林羡清信了。

但感觉他总是在受伤，要么是身体上的，要么是精神上的，好像没有几天是很有活力的，完全不像个十几岁的少年。

她想了想，把脑袋凑过去，邀请他道："过几天我过生日，你要不要去我家吃个饭，祝元宵、李欣怡，还有我的几个朋友都会去，你也不用觉得尴尬。"

温郁抿紧唇，好久以后才憋出两个字："不了。"

"为什么啊？"她追问。

她的朋友都会去，都是年纪差不多的人，应该相处得来。

实际上，林羡清只是想让温郁多在人堆里待一待，说不定能被感染一下，开心点儿，别这样每天都神色怏怏的。但如果温郁生性不爱热闹的话，林羡清也不会强求，他觉得一个人待着安静舒服的话，她也不想自作主张地去打扰他。

她叹道："你不方便的话就算了。"

温郁唇角绷了下，他突然张了嘴，好像想说些什么，最后却还是没能说出口，上下唇抿得发白。

他放弃般地回了个"嗯"。

林羡清学着他把背脊往后靠，歪了头盯他，又问："那你介意我去你家再过一次生日吗？"

温郁直接怔住，很缓慢地扭头跟她对视。

小姑娘眼底亮晶晶的，眼睛弯得像月牙。

"因为你好像总是不太快乐的样子，我的快乐很多的，快溢出来了，分你一点儿吧。"

她两手撑在凳子边缘，身体左晃右晃的，鬼灵精一样。

"温郁，开心一点儿嘛，我想看你笑。"

说完，她又想起什么，慌张地说："没有把你当宠物的意思啊，我就是很单纯地，想让你快乐。"

温郁一直看着她，好久才别开眼，手指轻轻拨动算盘上的珠子，但注意力好像丝毫不在算盘上。

他的声音终于轻快了些，说："随便你来。"

上课铃响了起来，拥挤的教室挤满了人，黑板上的粉笔灰四处浮动，讲台上的刘老师举着算盘讲得唾沫横飞。

林羡清撑着脑袋，一堂课听了一半，走神了一半。

但她一下课就忘了自己究竟为什么走神了。

珠算班的大门被拉开，穿白汗衫的老头儿终于进来，喊着林羡清的名字。

林羡清站起身来，想出去，却发现温郁正侧着身子看向门口，眼睛都不眨一下。

林老爷子看见了林羡清，也看见了温郁，他一贯古板的神色凝滞住，很不自然。

林羡清毫无察觉，她对温郁喊："让一下，我出去拿东西呀。"

温郁堪堪回神，低着头给她让路。

他再没抬过头。

拿东西的时候林老爷子的脸色有些奇怪，林羡清问他怎么了，他鼻间叹出一口气，说了一句话："没事儿，看你同桌那小伙长得挺好。"

他摆摆手，说事儿很多要走了，然后就下楼了。

林羡清被他说得莫名其妙，他几乎从未夸过一个人长得好看。

回到座位上后，她注意到温郁一直低着头，眸子压得很低，表情很颓靡。

"怎么了，手疼？"她下意识地问。

温郁恍惚间回神，紧抿着唇摇头。

林羡清的生日在夏天最热的那天，空气着了火一样，热浪一层一层地滚来，她用力关紧房间的窗户，把空调的温度下调一摄氏度，冷气化形，喷在客厅的桌子上。

林老爷子从厨房把最后一锅菜端出来，拿了把有点生锈的剪刀，把蛋糕盒子拆开。

他买了个很小的蛋糕，水果夹层。因为林羡清平时不怎么吃奶油蛋糕这类东西，林老爷子也看不上这种新鲜玩意儿，沾都不沾，所以每年生日林羡清的蛋糕都比较小，够分几个街坊就行。

客厅的桌子旁就只有林羡清跟林老爷子两个人，吃完饭后，老头儿把蜡烛拆出来插上，还很有仪式感地让她许个愿。

空调的冷气打在林羡清脚上，有点凉，她缩着脚许愿。

说想成为亿万富翁，说想要林老爷子活到两百岁不要死，说希望神明在上，不要觉得她太贪心，因为她什么都没有才许下这么多愿的。

吹灭蜡烛，她把蛋糕切分成几块，准备给有来往的邻居送去。

她一边穿鞋，一边冲客厅里的老头儿喊："我给我朋友送个蛋糕，待会儿可能会晚点儿回来，您先睡觉去吧，别等我了。"

林羡清急着出门，关门的最后一刻，她好像听见林老爷子从屋内跑出来问了她一句话，问她是不是去找她珠算班的同桌。

那时候林羡清已经跑出门了，手里拎着几块分好的蛋糕。

林老爷子打开门，盯着她的背影看了一会儿，然后叹着气把门关上。

她留了一块最大的给温郁，水果最多的，感觉他好像不太爱吃太甜的。

因为天气太热，蛋糕的奶油化掉了一些，黏在盖子上。林羡清骑着小黄车，跟路上送外卖的骑手抢道，骑得不太稳，那一块蛋糕被晃得稀烂。

到温郁家拆开后，林羡清苦恼地捧着稀泥般的蛋糕，哀怨地说："怎么会这样啊。"她把盖子盖上，说："算了，别吃了。"

温郁盯着她看了一会儿，又把盖子掀开，说："好歹是你骑了这么远的车给我送来的。"

他捏起叉子，又出一小块塞进嘴里，脸上没什么表情，低垂着眉眼说："你生日，不吃不吉利。"

温郁说着，还想再吃下一口，挑挑拣拣半天找不出一块好的。

林羡清看不过去，直接夺了他手里的叉子，说："你家有冰箱吗？放里面冻一会儿吧。"

她埋怨着说："这奶油都快化成稀汤了。"

温郁指了指墙角里的冰箱，林羡清就把东西放了进去。

不知道什么时候，小霹雳闲不住地从没关紧的玻璃门里出去了，跑到院子里扑蝴蝶。温郁见状起了身，拉开通往院子的门，热气翻涌着混进来，室内的温度一下子升高了。

林羡清放完东西后，就看见温郁正站在后门处喊："小霹雳，回来。"

橘猫不理他，在院子里粘了一身泥巴，好看的毛色变得灰扑扑的。

他出去逮猫，林羡清就跟着出去，看见院子里居然种了一簇一簇的石榴花，开得火红，特别惹眼。

温郁抱着猫过来，白色 T 恤上蹭了点儿泥。他一靠近，好闻的清爽皂角味就塞满她的鼻腔，好似夏日里的一阵冷流。

林羡清踮着脚，用手指拨了拨花瓣，说："这些花平时也是你照顾吗？"

温郁盯着那些花，点点头道："爷爷在的时候是他照顾，他不在就剩我了。"

这话说得可怜，林羡清直起身子，扭头看看他，说："有时间的话我来帮帮你。"

她背着手，笑道："反正你说的，你家随便我来。"

温郁半垂着眼皮，很轻地应了个"嗯"。

不知道突然有谁敲门，小霹雳也不听话，从温郁怀里跳出去，林羡清就自告奋勇去开门。

她拉开门，是个西装革履的男人，戴着个金丝眼镜，看起来文质彬彬的。

开门半天那人也不出声，林羡清就试探着问了一句："您好？"

男人又审视了一下她，看了一眼门牌号，问："这是温郁的家？"

林羡清点头，两只手握着门把，不知道为什么，她看见这个人的眼神就很紧张。这人总给她一种不太好的感觉，总之让人不舒服。

"你是谁？"男人问。

林羡清张了嘴，还没出声，温郁直接大步走过来，胳膊从她身后绕过来，手掌附上她的，隔着她的手捏住门把手，把门一下子关上，然后反锁。

林羡清鹌鹑般缩在温郁怀里，好像一抬头就能顶到他的下巴。

温郁的下巴蹭过她的发顶，他的手很凉，仍握在她的手背上。

林羡清听见他的呼吸很慢很慢，吐气却重。

大门一被关上，视线里暗下来，林羡清突如其来地觉得紧张，心脏狂跳，她一下子抽出手，摁在自己胸膛上，好半天才想起来要眨眼。

她尴尬，不说话，手背上好像还附着少年微凉的温度，像热气滚滚的烈阳下，突如其来地掠过一阵从北川来的风。

温郁的长睫毛颤了几下，盯了她发顶几秒，然后喉结上下滚动一下，往后退开，还给她呼吸的权利。

林羡清做了两个深呼吸后，听见温郁说："别给他开门。"

她眨了几下眼睛，愣愣地问："你……跟他结过仇？"

温郁懒散地迈着步子离开，说："嗯。"

敲门声随之又响起来，还有门外男人很平静的声音："温郁，你不开门我就进不去吗？你知道的，别让我再说第二次。"

温郁背对着林羡清，往客厅走的脚步一下子停住，他神色突然很阴郁，眉眼间变得戾气很重，嗓子也粗了些："林羡清，你去院子里躲躲。"

林羡清呆愣着转身，很磕巴地说："但是，他刚刚已经看见我了，而且……"

而且她又跟他没有仇，干吗要躲起来？

温郁缓了下声音，尽量克制住糟糕的心情，平扯着唇角说："你先躲开，别被他记住或者问出什么就行，不然你以后会很麻烦。"

林羡清越听越迷糊，怎么搞得像间谍一样？温郁到底在瞒什么啊？

她听话，蹲在院子的草丛后面，抬眼，看着温郁垂眸跟她对视，然后拉上帘子。

空气中，蝉鸣声在她耳边爆炸，不知道哪位大爷在用收音机听戏，黄梅戏的声音隔得很远还能听见。

林羡清瘪着嘴，抱着膝盖，捡了个树枝，把地上的土堆戳出一个又一个的洞。

她蹲得离大堂不远，听见温郁很冷漠的声音："你来干什么？"

"这里是我的房产吧，谁才是不速之客？"

"那我走。"

"你去哪儿？租房还是买房？不管哪个，你用的是谁的钱呢？而且，我没教过你在家里藏女人吧，你跑到这儿来除了玩算盘就是玩女人？既然不要少爷身份，也别染上少爷作风。"

林羡清听着那男人用很缓慢的声音说出一长串话来，在她的生活里，"玩女人"这种风流事还是出现在小说和电视剧里，在现实中听见有人这么说，说的还是温郁，她心里就很不平静。

她手上一使劲儿，把树枝折断了。

林羡清随手扔掉树枝，两手抱住膝盖，把下巴压在上面。

温郁沉默了半晌，林羡清听见他反问："我不可以交朋友吗？都逃到这里来了啊,你还找我干什么?"

男人呵笑一声,道:"前一阵子还从卡上支出两千多,拿了我的钱,又不想给我办事情,天下哪有那么好的事啊。"

屋里一阵窸窸窣窣的,温郁找出自己所有的卡,一张张地扔在男人面前,黑漆漆的眸子压得很沉,牙关也咬得很紧,字从牙缝里钻出来。他说:"满意了吗?"

他好像冷笑了一声:"你还有那么多合同没签、项目没谈,就别在我这儿浪费时间了吧。而且这处房产好像早就不是你的了,写的是我爷爷的名字吧,你有权利把爷爷留下,但没权利让我走。"

男人半晌没说话,金丝眼镜后面的眼睛眯起来。他的皮鞋踩在地上的银行卡上,跟温郁平视,说:"你只会弄这样不赚钱的东西,能坚持多久呢?"

他转身,最后说:"我只会找你一次,下次轮到你来求我了。"

温郁嗤了一声:"别做梦了。"

好一会儿,屋内再没有人声,林羡清后知后觉地发现,腿上被蚊子咬了好几个包,她伸手挠了好多下,直接挠破皮了,流了血。

帘子被拉开,温郁眉眼神色很沉郁,他开门让林羡清进去,瞥了眼林羡清腿上的破口,让她坐在席子上等等,然后从柜子上拿了碘伏和棉签,蹲下来给她消毒。

他低着头,林羡清只能看见他头顶。

"走吗?"

"走吧。"他说。

林羡清低了头,声音放得很轻,说:"你不需要我陪陪你吗?"

"不用。"

"嘴硬,你明明看上去很难过。"

她歪了头,本来想摸摸他的头安慰他,后来又觉得不太好,讪讪把手收了回去。

阳光钻进屋内,她一收手,握了一掌心的阳光。

想了想,她又说:"我很会哄人的。我爷爷也老容易生气,每次都能被我哄好,你要不要试试?我想让你开心。"

她又说了这句话,总让他无力招架的六个字。

温郁放下碘伏,脑袋往前一搭,垂在她膝盖上靠着。少年的呼吸尽数洒在她腿上,温温热热,酥酥麻麻。

"你为什么每次都不会问我?明明我已经漏洞百出了。"他突然问了这样一句话。

林羡清两手搭在腿上,脖子前倾,靠近他,告诉他:"因为你不想说啊,你要是想说,我会好好听的。"

温郁的唇张合一下,顿了好久,最后才说:"他是我的资助人,我没有创造出跟他的投资对等的价值,他想逼我回去赚钱而已。"

林羡清皱眉,手指还是搭上他的发顶,说:"既然不是亲人,就别放在心上。他要是想要钱,我也可以帮你还,毕竟那两千多是我的责任。"

温郁闭了眼，声音哑着说："不止两千多，是好多好多、好多好多钱。"

林羡清对"好多好多"没有概念，在她眼里，两千多已经是好多好多了。

"总会有办法的，温郁。"

她很轻地拨了几下他的头发。

午后，杳无人声，只有风动，撩动树叶婆娑起来，地上还散着几张银行卡，被温郁全部扔掉了。

林羡清还要赶回去吃晚饭。

她的生日，晚上还请了很多认识的朋友去，她必须走，不能留下。

林羡清最后还是问了他要不要去她家里吃饭，温郁有一刻好想答应，最后却还是改口，说不去。

门被关上，所有声音好像都被关在了门外，再没人跟他搭腔了，空气都变得寂寞起来，小霹雳也累了，蜷着打盹。

温郁慢步走到冰箱前，拿出那个乱糟糟的蛋糕，坐在桌前，一点点儿吃干净。

冻过以后，奶油变得又干又硬，夹层的水果也不是很新鲜。温郁蹙着眉，还是吃得一点都不剩。

室内的空气很凉，温郁趴在桌面上，闭上眼，突然觉得好累。

晚上的生日会很热闹，邻里街坊的小孩儿都来吃席，林老爷子跟她两个人都忙不过来，捣乱的小孩儿在老屋子里跑来跑去，吵得林羡清脑袋疼。

大堂的地板上都是脚印，她拖了好久也拖不干净，桌子上都是吃剩的碗，林老爷子去屋外送客，半天回不来。

林羡清抬眼看了下时钟，十点整，再有两个小时，她十八岁的第一天就过完了。

提着一大袋垃圾出去的时候，林老爷子正好回来，手上拎了块花布。

他一贯有这个癖好，喜欢的东西都要拿个花布盖上，家里各种颜色的盖布都有。

林羡清把垃圾扔到垃圾桶里，顺嘴问："怎么又买花布了，家里不是已经有好多了吗？"

林老爷子把花布张开，这次居然不是大红花配大绿叶，而是一只橘猫的图案，看起来很像小霹雳。

老头儿扬扬得意地说："这是专门买给你的，你的算盘以后就拿这个布裹上，别落了灰。"

说到这里，他终于找到机会问："我一直想问，你那算盘又修过？怎么金光闪闪的？"

林羡清愣了下神，脑子里飞快地想着对策，最后只好骗他道："喷的漆啦，我哪有钱用真金啊。"她笑着打了个哈哈，然后又换了话题，"家里好多东西没收拾呢，咱快回去吧。"

这一篇终于被翻过去。

收拾完家里后，已经临近十二点了，林老爷子由于晚睡，一连打了好几个哈欠。林羡清让他去睡觉，林老爷子摇了几下蒲扇，突然提了个话茬，问："女娃儿，你想回家吗？"

林羡清动作一滞，声音低下来，说："我不是在家吗？还要回哪儿去？"

白汗衫老头儿摇了两下头，说："我说的是林志斌那个家，你这马上就要去那儿上大学了，他们今天给我打电话，说想早点儿把你接过去。"

林羡清神情低落下来，两只手揪在一起。她赌气道："我不去，那也不是我的家。"

她起身，直直走进自己房间，鼓着腮帮咕哝："我就陪着你，而且我就这里一个家。"

回房间后，林羡清把自己埋在被子里，放在枕头上的手机振动了一下，温郁发了短信："今天忘说了，生日快乐。"

他还发了彩信视频，少年在院子里摆了一排生日花蜡。温郁蹲着，挨个把生日蜡点燃，花灯绽开，响起了生日快乐歌。

小霹雳被吓了一跳，夯着毛跳了几步。

温郁半张脸被蜡烛的灯火照亮，明明灭灭的，漂亮的眉眼柔和了几分，眼睛里笑意很浓。

他发了一个字："屁。"

莫名其妙地，林羡清听着想笑，郁结的心情一下子就被驱散了。

林羡清："你下次生日的时候，我也给你点生日蜡吧，摆满一整个院子。"

隔了好一会儿，温郁才回她："好，我等你。"

林羡清打字的手一下子停住，指尖对在"我等你"这三个字上，一瞬间失了神。

他们还会有下个生日吗？还会有这样一个夏天吗？

她不知道。

林羡清只是觉得自己的心脏突然跳得很快，她丢了手机，把头埋在枕头里，直到快喘不过来气才抬起头来，翻身仰躺在床上，盯着空荡荡的天花板。

脸被闷得通红，林羡清又捂住心脏，慢吞吞眨了两下眼睛，突然觉得有点难以喘息。

什么鬼？她现在在干吗啊这是……

夏夜不安静，林羡清心乱如鼓，她觉得自己好奇怪。

她因温郁而变得这样奇怪。

(3)

可能是因为在暑假期间，珠算班一下子参加了好多比赛。

林羡清跟温郁、祝元宵他们几乎没上几节课，每天都奔波于各个场地。

刚忙活完一个宣传赛，结果第二天又被刘老师叫过去，塞了另一张报名表。

祝元宵都累了，夯拉着眼皮抱怨道："这又是什么比赛啊，能不能有点儿技术含量啊，一等奖我都要拿吐了。"

刚说完这句话，他把报名表拿到眼前一看，一下子骂了句脏话。

林羡清低眼看了下。

人机大赛预选。

她指甲扣住纸张边缘，下意识地去看温郁。他表情倒是仍然很平静，眼睛很轻缓地眨了几下，只是目光一直没离开报名表。

林羡清皱了眉道："这大赛不是刚结束没多久吗？怎么又开始预选了？"

刘老师啜了口茶，解释说："这个比赛周期很长的，预选要一个月才结束，后面还有二轮赛、三轮赛和决赛，最后还要剪辑成视频放出来。现在参加，估计明年才能播出。明天或者后天，班里可能要安排你把能手级过掉，这比赛报名资格都抬高到能手三级了，你跟祝元宵两个人还得加油，争取在下周一前过完。"

祝元宵这阵子被安排去考了几次，已经到能手五级了，现在班上只有徐寒健和温郁在能手三级以上。

徐寒健倒是挺无所谓的，当场就把报名表填完了。

他瞄了温郁一眼，说："这世界上总有人要做到你做不到的事。"

这句话挑衅意味很重，但他下一秒又转了身，神情很倨傲，转了话音，说："有本事你就让我找不到这样的机会。"

温郁跟他平视，嗓音很淡，说："不用担心，我不会失败第二次。"

徐寒健哼了一声，转身往门口走，还提醒温郁道："养养手，别到时候输了还怪手伤。"

后来林羡清跟温郁一起回教室，她还吐槽道："这人好别扭啊，他到底是不是不喜欢你？"

林羡清小声八卦地问："他以前也这样吗？嘴硬心软的。"

温郁没看她，笔尖停在报名表的"姓名"那一栏，半天没落下字。

他很轻地眨了几下眼，又敷衍道："忘记了，我对他印象不太深。"

林羡清心里狐疑，因为在集合营见面时，两人的态度根本不像不熟或是接触不深的样子。

温郁一贯是克制又冷淡的，那时候却沾了点儿戾气，印象不深的话不至于会做成那样。

"嗯。"她的话突然变少。

其实林羡清以前就说过，温郁不想说她就不问，每个人都会有些难以启齿的事，如果温郁问她关于父母的事，她也会不想回答。

她能理解，但还是会感觉到难过。

也许是这种难过被温郁察觉了，他抿紧唇，好久后才说："没骗你，真的不记得了，不是什么重要的人。"

林羡清略略垂下眸子。

"我没说不信。"

大不了等等吧，温郁会愿意跟她说的吧。

……应该。

但是林羡清还是觉得有点儿失落，好像她在温郁那里占的分量并不重，不至于到什么都可以跟她坦白的程度。

她又变得奇怪了，明明以前不会太介意这个的。

第二天的考级她很顺利地通过了，珠算考到了能手三级，走出珠算协会大门的那一刻，林羡清下意识看了眼门口的花坛。

上一次来这里的时候，那里有只像棉花糖一样的橘猫。

还有温郁。

她脚步停住，然后突然皱眉，敲了下自己的脑袋。

中毒了吧她？

报名表交上去以后，名单被录入，系统立马分好了组。

一组四个人，组内比赛，每一组都要淘汰两个人。

林羡清跟祝元宵在一组，组内另两个人是一男一女，从北街那边一个老牌珠算班来的。

而温郁很不巧地，跟徐寒健分在一个组。

四个人上大巴时，举办方要求的是同组坐在一起，但上车后温郁径直走向林羡清。大巴已经发动，温郁为了稳住身子，不得不用胳膊撑在林羡清的座椅靠背上，半俯着身子。

众目睽睽之下，这姿势有点儿暧昧。

林羡清忍不住抬眼，对上温郁垂扫过来的视线，少年眼型很漂亮，眼瞳黑漆漆的，很蛊惑人，眼尾有下耷的睫毛，像勾了眼线。

她呼吸停了一秒。

温郁盯了她一瞬，视线又错开，他对祝元宵说："换个位。"

祝元宵愣了好半天，他指着林羡清跟他，瞪大了眼睛，结结巴巴地说："哈？我就知道你们两个……"

林羡清心下一跳，她立马扭头，否定道："不是！"

她吐出一口气，说："温郁跟徐寒健合不来，两人在一起容易吵架，你跟他换换。"

祝元宵说："我怎么觉得你在护着他？"

林羡清哽了一下，她动作极其僵硬地别过头去，斥他一句："瞎说什么？"

祝元宵不情不愿地拎起包，临走之前还频繁看他俩。

林羡清被他看得不自在，温郁却好像很无所谓的样子，很自在地坐在她旁边，然后把窗帘扯上。

他看上去很困的样子，上了大巴就靠在椅背上睡觉，直到车到了地方还没有要醒的趋势。

前座的那一男一女也是跟他们一组的，是市里一个很大的珠算班的学生，刚刚听他们聊天，女生到了能手一级，男生刚过三级。

林羡清咽了下口水，怀疑自己是否真的要参加这个比赛。

大巴停在场地门口，林羡清叫醒温郁，少年懒散抬眸，神色还很困倦。

"院子里的蝉又叫了？"她顺口问了句，然后低着头收拾东西，"要不你买个耳塞什么的吧，免得吵。"

温郁坐直身子，抬手扶着脖颈，眉头还蹙着，嗓音很哑地说："没事。"

他略一低眸，没看她，说："失眠了。"

林羡清动作停滞一下，下意识担心起他，说："我知道几个治失眠的方子，高三睡不着的那段时间我都那么干，要不——"

她话说到一半，接车的工作人员大声催促道："干吗呢，那两个人，快下车啊。"

林羡清抬头一看，车上就剩下他俩了。

她站起身来，飞快地告诉他道："我有时间给你发短信，到时候再说！"

她急急忙忙拎着包跑下车。

温郁还坐在原地，从车窗里看着女孩匆匆忙忙的身影，羽睫耷下，几不可闻地咬住下唇，然后松开。

少年唇上留下一个破口，渗出血，衬得唇色红艳，眸色却仍旧漆黑。

进门的时候要组内出两人抽签，林羡清组里另外两个人不见人影，于是只能由他俩抽签，她手忙脚乱地捏起纸签，是组内的那个男生，叫周忠涛。

她松了一口气，那人跟自己一样是三级，不至于实力悬殊太大。

而祝元宵就不那么幸运了，他哀号了一声，懊恼地说："怎么我抽到了那个林杏。"

她是能手一级，祝元宵会害怕也是情有可原。

下一秒，祝元宵就捏着自己的小纸条要跟她换，嘴里还嚷嚷道："不行不行，这不算！林羡清你比我厉害，你跟她比吧，反正你俩都姓林。"

林羡清满脑袋问号，这跟她姓什么有什么关系？

她赶忙护住自己的纸条，说："别想了，我不换！"

祝元宵郁闷着感叹道："算了，说不定小爷我的隐藏潜力上场时就会被激发。"

林羡清刚松一口气，身子放松了些，结果祝元宵见缝插针，又想来抢。

林羡清吓得往后退了几步，差点跌倒。

温郁不知道什么时候出现在她身后，抬着胳膊扶了她一把，然后看了祝元宵一眼，刚出了个声："你——"

祝元宵特别识时务，立马鞠了一躬，说："大神对不起，我不该欺负你的女人。"

林羡清觉得太阳穴直突突，问："你最近是不是跟你妈一起看了什么狗血电视剧？"

祝元宵摸了摸脑袋，说："也不是，是我妹在看小说，非推给我。她就一小学生，看的东西都挺幼稚的。"

林羡清心说你好像也才上高中。

因为这句话，林羡清下意识跟温郁拉开了点儿距离，然后澄清道："少看些有的没的了，大家都是朋友。而且之前你不是还说要拿珠心算一级嘛，专心。"

说"专心"两个字的时候，她下意识模仿了上次在咖啡店里温郁的语气，话说完后林羡清才反应过来，看了下温郁，正巧对上他低眸的视线。

他眼神倒没什么波澜，但林羡清发现他嘴上破了一块，就问："你的嘴怎么了？都流血了。"

温郁用指腹蹭了蹭，低敛着神色说："没什么，不小心磕到了。"

明明她下车前还没有这伤口的。

她还想说几句，结果温郁那组里的人都在叫他的名字，他扭头应了声，跟她道了别。

林羡清看着他的背影，叹着气想，怎么会有人总是受伤呢？

后来组内四个人要在大厅先会面，场地里都是四人桌，林羡清对面就是那个林杳，是个很冷感的女生，总是冷着一张脸。

她剪着齐耳的短发，看上去年纪并不大，至少没有林羡清大，但是眉眼长得锐利，很有锋芒，是富有攻击性的漂亮，只是她双手都缠着绷带。

林杳旁边的是周忠涛，一个笑呵呵的、戴眼镜的胖小伙，虽然看上去憨憨的，但已经大一了。

整场会面都很尴尬，林杳根本不说话，笔直着身子坐在那儿，真的像机器人。而周忠涛也是个不会接话的，祝元宵试探性提了两句话，他只会哈哈大笑。而且，是很豪迈的哈哈大笑，整个会场里都能听到的那种。

林羡清想把头埋进土里。

祝元宵被那哥们儿吓怕了，转头又去跟林杳说："怎么两只手上全是绷带啊，你这还能正常比赛吗……"

林羡清觉得他这话说得实在不礼貌，立马重重拍了下他的背，干笑着说："我听你嗓子好哑，多喝点儿水。"

祝元宵皱眉看她。

林羡清凑到他耳边咬牙告诉他道："能不能改掉你爱挑衅人的毛病？"

之前也是，出言不逊的，还是靠温郁跟他比了一场才制服他，他就是管不住嘴。

林杳看了他一眼，眼尾上扬，只是扫一眼就让人有点儿发怵，她冲祝元宵晃了晃手，嗓音清冷地说："我打拳击的，习惯了，并没受伤。"

祝元宵干笑，揪着林羡清的衣摆小声说："这两人怎么都这么恐怖……"

林羡清面上僵硬地笑着，心想：你问我我问谁啊……

比赛正式开始后，林羡清在入场口见到了温郁，他正斜靠在墙边，手里拎着算盘，低着头，眉眼耷拉着，看着兴致不高。

她迎了上去，跟他一起靠在墙边，侧头问："你什么时候上场？"

温郁头也不抬，吐了字："下一个。"

林羡清扯过他的手，低头在他掌心写了个"人"字。小姑娘手指很温暖，触在他掌心，像触了电一样酥酥麻麻的。

温郁没忍住缩了一下，却被林羡清一把抓住。

她攥得紧了些，说："别动。"

小姑娘低着头，很认真地把最后一捺写完，然后抬眼盯着他，语气很郑重地说："把掌心的'人'字吃下去，能带给你勇气。"

温郁难得笑了声，微微撩起眼皮，看着她认真的眉眼。

"什么玄学。"他说。

林羡清催他道："你试试嘛，说不定真有用呢？"

温郁一直低眸盯着她，久久移不开视线。他最后还是妥协，按照林羡清的方法试了一遍。

小姑娘立马凑上来问他，是不是不紧张了。

其实他压根儿没紧张过，但是看见林羡清的眼神，他又把真实的想法咽了下去，喉结轻滚一下，回了个鼻音："嗯。"

林羡清笑了，扬扬得意地说："我就说会有用的吧。"

场上叫了温郁的名字，他侧了头，目光投向大厅的灯光下，会场里闹哄哄的，十九组人同时对战，输的失意，赢的得意，两极反差极大。

温郁半边身子暴露在灯光下，林羡清拍拍他，笑吟吟地说："加油，我等你回来。"

温郁轻轻颔首，睫毛被白炽灯的光线缠绕，亮光化在眼里，他略一弯眸，笑了。

林羡清好多次说过喜欢看他笑，温郁就努力满足她，按她的喜好来。

她说想让他开心快乐，其实只要她一笑，他就已经感到快乐了。

很莫名其妙。

他勾起唇角的时候，重新撕扯到了下唇的破口，居然又开始渗血，有点儿疼，但痛感会让他轻松。

林羡清见状，从口袋里拿了纸巾，踮脚摁了上去。她的指尖也暴露在大门透进来的光线里，就好像抓住了温郁身上的光，在他唇峰和下颌投下阴影。

少年性格清冷，唇却炽热，血也滚烫。

林羡清很慢地抬眼，对上温郁漆黑的眼，仿若陷进一场宇宙黑洞。那眼神黑幽幽的，很勾人，林羡清差点儿出不来。

她摁了一会儿，见血不怎么渗出来了，就收了手，眼睛盯着地板砖，把属于他的光还给他。

"在叫你。"她很小声地说。

少年敛眸，很轻地抿了下唇，又是一声"嗯"，一旦不知道回复什么，他就总是"嗯"。

他迟迟不抽身离开，林羡清觉得这气氛着实奇怪，自己却心如擂鼓，紧张得根本说不出话来。

好奇怪。

好奇怪。

好奇怪。

她到底怎么回事儿？温郁一个眼神她就无力招架。

实在受不了他的视线，林羡清憋出两个字："走吧。"

温郁眨了两下眼，才错开眼转身，留下三个字："等着我。"

他迈步，走向属于他的灯光与辉煌。

而林羡清唯一能做的，是在他脆弱、没有勇气的时候，说声"没关系，我等你"。

她看见温郁坐下，手边是他的算盘。

下一个抬眼的瞬间，林羡清跟他对视，她露了个笑，冲他比了个"加油"的手势。

为了防止比赛被外人打扰，会场的大门要关上。

林羡清对着门，缓缓舒出一口气，然后靠在门边的墙上，按她的承诺，等温郁。

时间缓缓溜走，会场始终安静，直到打铃，林羡清往旁边退开了些，从出来的人堆里一眼就看见了温郁，然后挥手叫他的名字。

人潮里，窜动的身影里，她踮起脚，温郁低着头，看见了彼此。

温郁从人堆里挤过来，抵达她身边，然后突然拉着她的手，翻面朝上，很认真地还了她一个"人"字。

他低着头，额前的碎发挡在眉骨处，睫毛很长，林羡清看见他抬眼，而后对她说："勇气，还给你。"

被他碰过的掌心，都好像快要开花了。

温郁撒开手以后，林羡清低眼看着自己的掌心，然后一下子合住，她回答："我收到了。"

她扬了眉，抱着自己的算盘要进场，她就在下一场比赛。

一直到坐在了桌子边，她还有些失神，攥着的拳头一直没松开过，就好像她在害怕，害怕掌心的那个"人"在她松手一瞬间，就会消失不见。

天气热，室内虽然开了空调，但是门窗却大大开着没人管，热空气还是往里钻。

小胖子一贯都怕热，周忠涛坐在她对面，额头眉角都已经出了汗，他抬手擦了下，笑眯眯地问："你跟男朋友一起来比赛的？"

这是林羡清第一次听到他说出除了"哈哈哈"以外的话。

她两只手还攥着拳，放在桌子两边，耳朵尖有点儿泛红。

"不是男朋友。"她低眉。

周忠涛讶异了一瞬，说："不会吧，我看你俩腻腻歪歪的，还以为是在交往。"

其实不止他这样说了，祝元宵，包括药店老板，都会误以为她跟温郁在交往，是否是她真的太黏着温郁了，才会给人造成这种错觉？

距离比赛真正开始还有二十分钟，别桌的气氛都剑拔弩张的，就林羡清这边轻松得不行，周忠涛这人一打开话匣子后简直有聊不完的话。

他又问："你不喜欢他吗？老是搞暧昧又不确定关系的话，不太好，影响他也影响你。"

林羡清惊讶抬眼，一下子张了嘴想说什么，却愣着半天都吐不出一个字。

喜欢不喜欢，她不知道。

林羡清到现在没喜欢过谁，她不知道什么叫喜欢，怎样算喜欢。

挚友和恋人的界线，在她这里有点模糊。

所以张了半天嘴以后，她只能皱着眉"嗯"了声。

窗外的鸟儿在叫，吱吱唧唧的，几只贪阴的麻雀落在树梢，却很不巧地站在了排风机风口，又被热风吹走了。

林羡清听见鸟叫，听见蝉鸣，听见树哗哗被风吹动，听见会场里此起彼伏的拨珠声。

她尽量专心地算题，两只手拨得飞快，在算完所有题目举手的时候，突然如释重负地吐了气。

对面周忠涛见她率先举手，也没停下动作，因为还要比正确率。

裁判审了两人的题，都错了一道，但因为林羡清更快，于是，她胜出了。

两人站起身来，互相鞠躬，她弯下身子，看见桌案上算盘的金纹好像在发光一样。

出了会场，林羡清狠狠吸了一口空气，但是太燥热了，氧气都变稀薄了，她有种喘息不过来的感觉。

通道口，祝元宵和温郁都在那儿，还有林杳，她正被祝元宵扯住。

祝元宵哭喊道："教教我吧师父！"

林杳回头，很无语地看向他，说："我不是你师父，松开。"

祝元宵就差一把鼻涕一把泪了，他揪着林杳的衣服不让她走，哭号道："你怎么算那么快的啊！明明看起来跟我妹妹差不多大。"

林杳直直翻了个白眼，冷然的表情都快裂开，她干脆侧身，一拳打在祝元宵背上。

祝元宵疼得跳脚，两手一撒，弓着背叫嚷："好疼！"

林杳头也不回，好像急着走一样。她边走边说："都说我是练拳击的，你烦不烦？"

自始至终温郁站在一旁没吱声，祝元宵疼得慌不择路，到处乱撞，林羡清本想上去拉他一把免得他撞墙，结果后领口一下子被温郁扯住。

他垂了眼，睫毛在眼珠下方投下小片阴影，然后问："有纸没？破口又流血了。"

林羡清打量了一下他的伤口，确实又冒出几颗血珠，她一边从口袋里掏纸巾，一边埋怨道："你的嘴别动了，怎么老是把伤口重复扯裂？感染了怎么办？"

她拿出纸巾递到他眼皮子底下了，温郁只是盯着她，却没有动作。

林羡清疑惑。

一旁的祝元宵弓着背凑到两人跟前，痛苦地控诉道："你只顾他不顾我哦？不都是朋友吗，怎么还区别对待呢！"

温郁嫌他烦，一巴掌推开他脑袋，神色烦躁地扯过林羡清手里的纸，胡乱擦了两下。

祝元宵注意到大神不怎么爽的眼神，突然噤了声。

林羡清还在思考祝元宵的话。

她对温郁确实跟对普通朋友不太一样。

——"老是搞暧昧又不确定关系的话，不太好。"

不太好。

林羡清蹙了眉，这算不算是她无意间在跟温郁搞暧昧？

她太主动了，容易让人误会，男女之间应该有正常的社交距离，温郁万一一直为她逾矩的举动而苦恼，只是不好说呢？

但是她……

脑袋瓜转了半天也想不出个所以然来，林羡清干脆直接把所有的纸都塞给温郁，说："都给你了，自己好好擦擦。"

温郁收了她一大团纸，神色有点儿郁结。

预选结束后，唯心珠算班里只有祝元宵淘汰了，他上大巴的时候闷闷不乐的，被温郁赶去徐寒健那边还颇为埋怨。

温郁又坐到了她旁边，林羡清纠结起来。

快一天了，他俩好像都没怎么分开过，这不正常。

林羡清一转头，本来想说点儿什么的，却突然看见温郁手里捧了那个美少女角色的手办。

她想说的话一下子全都忘干净了，怔愣半天只是呆呆地问："这是？"

温郁看了她一眼，把手办放在她掌心。

"你想得到的，我拿来送你。"

林羡清的手有点失去知觉，她半晌才找回自己的声音，问："这个不是要打赢一百场比赛才可以兑换吗？"

温郁神色淡然，自然得不像话，只是嗓音还是很疲惫，说："没，我出钱让老板卖给我了，六百九十九。"

"真的吗？"林羡清狐疑地问他。

他又说了"嗯",辨不清真假的"嗯"。

林羡清慢慢皱起眉,趁着温郁还没睡觉,她突如其来地问:"你在跟我搞暧昧吗?"

温郁眉梢跳了下,他一下子瞥过眼看向她,神色迷茫起来。

大巴开得慢,窗外景色变换也慢,林羡清的语速也慢,说:"那你为我找人修算盘、做证、在你家握我的手、在院子里摆灯为我庆生、打自己不喜欢的一百场游戏送我手办,都是因为我们是朋友,对吗?"

温郁不错眼地盯着她的脸,眼睫毛很轻地抖,他启了唇,却错开话题:"都说了手办是买的。"

林羡清不给他机会挑开话题,她逼问道:"那不管这个,前面几个,都是因为我们是朋友,对吗?"

别再声明了。

别再声明这件事了啊。

他都知道的。

温郁撇过头,后脖颈抵在座椅靠背上,半合住眼睛,他扯了唇角,嗓音有点发笑:"不然呢?我们还有别的关系吗?你对我好,我也对你好,朋友不都该这样?"

林羡清听完,无言反驳,因为他说的好像也没问题。

她对温郁好,温郁还她的好意,礼尚往来而已。

她侧过身子,低低地"嗯"了一声。

林羡清说不来自己怎么会觉得难过,朋友还是朋友,一切好像没有变。

夏天还是夏天,蝉还是在叫,桦树仍旧在婆娑,石榴花还是开得艳,她还会拥有下一个暑假。

每一年还是有四季,还是会有夏天,但是好像,不会跟这个夏天一样了。

跟她十八岁过的这个夏天,不同。

在她十八岁的夏天,她拥有一个新朋友,却也止步于朋友,不该再前进。

她转过头去,塞了耳机在耳朵里,放着最躁动的音乐,仿佛这样才能压下心里的烦躁。

林羡清后知后觉,她所有的奇怪感觉,好像只是因为有点喜欢温郁,但是已经被拒绝了。

她仰靠在座椅上,闭了眼,冲动地决定:既然只是有点儿喜欢,就放弃吧,反正又不是没放弃过重要的东西。

大巴里的空调仍旧在吹,林羡清没带小毯子,也没心思给温郁把吹风口挑上去。

温郁抬了眼,自己伸手把空调风口往旁边拨了下,动作间有凉风钻过他手掌心,吹散了掌心的那个"人"字。

他闭了眼,又重新把下唇的伤口咬破,然后把血卷进嘴里,等伤口凝血后,再度咬破。

如此周而复始，他却还是烦躁。

少年要近乎疯狂地告诉自己：及时止损。

拉开家门回去的时候，客厅里乱成一团，小霹雳在家里捣乱，撞碎了桌上的杯勺，瓷片散了一地。

温郁光脚走过去，手指捏起几块瓷片丢在垃圾桶，橘猫还在他眼前懒洋洋地晃着尾巴走来走去。温郁没管它，瞳孔有点儿失焦。他突如其来地抓了一把瓷片渣，本想使点儿劲攥住，结果发力到一半又突然放弃，还是转身把瓷片扔进垃圾桶里。

尽管这样，他掌心还是有几道小划痕。

温郁低头看了几秒，随手扯过纸擦了，沾了血的纸巾被他团成一团随手扔在地上。温郁浑身失了劲，侧躺在凉席上，阳光透过后窗堪堪照亮他的发尾。

小霹雳从一旁踩上他的头发，少年"啧"了一身，抬起胳膊把猫推开，嗓音很轻很疲惫地说："我好累，别烦我了，也别再捣乱了。"

小霹雳缩了缩脑袋，又跳上桌子。

上面有一堆游戏券，日期最早的大概是两周前，一张连着一张，积了一百张，每一张都是夜里跟不同的人打出来的。

好在他游戏玩得不赖，美少女的技能虽然鸡肋，温郁还是赢了一百场，换回了林羡清想要的手办。

——"都是因为我们是朋友，对吗？"

不对。

温郁很轻地眨了几下眼睛，翻身仰躺在凉席上，用胳膊挡住眼睛，掌心的细小伤口还在渗血。

他突然用很哑的嗓音说了句："才不是因为那个。"

屋檐上挂着的风铃响动几下，声音清脆又悠远，玻璃窗外刮了风，撩动少年心绪。

可惜风听不懂，蝉听不懂，夏天听不懂，猫也听不懂，林羡清没机会懂，只有少年自己懂。

(4)

预选赛结束后，出了一轮赛的名单，林羡清、温郁、徐寒健三人都有一轮赛参赛资格，一轮赛时间在三天后，珠算班还专门开了个三人小班给他们进行培训。

林羡清这几天很纠结，她突然不知道要以什么态度面对温郁，现在两人应该还是朋友，但是她又很懊悔之前在车上那样直接地逼问，一下子把关系搞尴尬了。

她长叹一口气，双手环住脑袋趴在桌面上，空荡荡的教室里目前只有她跟徐寒健两个人，温郁还没来。

一直到过了上课时间快十分钟了，温郁还没来，明明之前提醒过他，重要时期不可以缺课的，当时他还点头答应了来着。

刘老师皱眉问："你俩能联系上他吗？我记得他好像没有手机？"

林羡清慢慢从桌面上抬起头来，慢吞吞说了句："我有他电话，我打一下吧。"

刚把手机掏出来，徐寒健突然侧过身子皱眉看着她，那眼神很莫名其妙。

电话"嘟"了好久都没人接，林羡清又打了第二次，才听见他沙哑着嗓音说："喂。"

林羡清哽了几秒，尽量把声音放自然，说："上课了，你到哪里了？"

电话那头有穿衣服的声音，窸窸窣窣的，磨人耳朵。兴许是收音筒离得很近，林羡清能听清楚他的每一次呼吸，吐气声总在耳边回荡。

"在家，快了。"他说。

林羡清又催了他几句，然后实话跟林老师说了。

徐寒健单脚摆在桌屉的隔板上，前后晃着凳子，笑道："能劝他买手机还成功把他叫醒。"

说着，他看了眼手机，现在是八点四十二分。

他又看了眼林羡清，吐了两个字："奇迹。"

林羡清被他说得莫名其妙，回了他一句话："总有人能做到你做不到的事。"

这句话是徐寒健曾经说过的，林羡清连语气语调都拿捏得入木三分。

徐寒健被她怼得噎住，冷笑一声后不再说话。

温郁大概在九点过一会儿才到，手上绕了几层纱布。

他本来下意识想扯开林羡清旁边的凳子坐下，结果动作又很生硬地停住，硬是转了个弯坐在了她右前方。

林羡清把笔捏得紧些。

她抠着老旧木制桌子上的坑洞，扯过一页稿纸，笔尖在上面停滞好久，洇出墨圈来。

她指尖松了一下，失神的眼重新聚焦，林羡清觉得很难过，她写：为什么被讨厌了？

朋友关系还没挑破，为什么被讨厌了？

是因为她问出的那句触线的话吗？

她心烦，把稿纸揉成一团，塞进了抽屉里，声响很大。

刘老师停止讲注意事项，问："林羡清你怎么了？"

她慌张抬眼，但温郁没回头。

"这页纸用完了，我换张新的。"

第一节课结束，休息二十分钟，温郁起身想往外走，林羡清直接伸手扯住他衣摆，换来少年很轻的一眼。

她发觉自己有点儿害怕这样，声音很刻意地问："你吃饭了吗？"

温郁沉默看她，不说话，眼瞳里融了化不开的墨色，黑得纯粹，很轻易就能控制她的心跳。

"别不理人啊。"她瓮着嗓音，很别扭地说出这句话来。

这样也不错，至少没到相见两厌的地步。

好半晌，温郁的指尖轻蜷起来，触到了掌心的伤口，泛起细细麻麻的疼痛，仿佛身体上的疼能代替精神上的。

他尽量模仿一贯清淡平常的语气，挨个回答她的问题："在路上吃了。没有不理你，位置又不挤，总坐在一起太刻意了。"

林羡清松了手，很闷地"嗯"了一声。

这很正常，即便是男女朋友也不能总是时时刻刻待在一起吧。

林羡清不断地告诉自己，这才是正常的朋友，是要有一定的距离的。

只是她好像有点儿没办法做到"正常"，她简直头脑一团乱。

第二节课上，林羡清在抽屉里翻翻找找，结果那个纸团一下子掉了出来，弹到了温郁的脚边。

林羡清心下一惊，赶忙弯着腰去捡，一只修长的手先于她捡起了纸团。

林羡清的身子一下子顿住，想起身拦住他，起得太急，脑袋一下子顶在桌板上，磕得她没忍住呼了一声痛。

眼泪生理性地挤满她眼眶，好在没掉下来，林羡清抱着自己的脑袋，缩成一团。

温郁上半身越过桌子，抬着胳膊想摸她的头看看，结果手突然停在半空，指节缩了下，然后收回。

他发现自己喉咙很干涩，问："还好吗？"

林羡清捂着脑袋摆摆手，嗓音已经染上哭腔，说："没事儿，没事儿。"

温郁没再吭声，转身抽了几张纸塞在她手心，嗓音很轻很温柔，说："擦眼泪。"

顺带着，他把那个被揉得一团乱的纸放在她眼前，声音一瞬间变得特别小，小得只有他们两个人才能听见，说："没说讨厌你。"

他难得哽了一下，喉结微动，眸色仍旧平静。

"我们是朋友。"他说。

林羡清不知道这算不算安慰，心里的感觉很复杂，一边因为他的"不讨厌你"而愉悦，一边又因为这句"我们是朋友"而酸涩。

她不说话，拿着纸胡乱地抹了两下眼睛，说："别看我了，继续上课吧，又不是什么大事儿。"

是嘛，不是什么大事儿。

不过就是没被喜欢的人喜欢而已。

说不定还称不上喜欢，只是有点儿好感而已呢？

林羡清耸耸鼻子，红着眼眶继续听课，继续拨着算珠，继续跟温郁玩"朋友游戏"。

三天的时间很短，尽管她夜以继日地练习，在上场时还是会觉得紧张，还是会害怕。

一轮赛上，林羡清很意外地看见了陈少彦，他好像比以前开朗了很多，靠在门框上跟别人侃侃而谈，肆无忌惮地哈哈大笑，跟之前那个缩在角落里怯怯的样子判若两人。

她只是因为惊讶而使目光停留了一会儿，就被陈少彦捕捉到，他眼睛微微睁大了，然后朝她挥手，还叫她的名字："林羡清？！"

霎时，在门口等待入场的人都看向这边，林羡清恨不得挖个地洞钻进去。

林羡清低了头，往旁边退了两步，想假装那人喊的并不是她，结果陈少彦直接穿过人群过来，跑到她边上，毫无拘束地笑了两声。他搭话道："没想到还能见到你，我还挺感谢你的。"

林羡清能理解他在说什么，大概是因为她之前把录音给了庄羽的缘故？看他现在这样子，庄羽可能已经改变态度了，他现在拥有很美好的生活。

她客气地摆摆手说："没什么好感谢的。"

陈少彦扯了两下她的袖子，指着旁边的奶茶店，又笑咧咧道："我请你喝奶茶吧，之前那事挺对不起你的，我也一直没道歉过，现在终于有机会了。"

林羡清想逃，讪讪地说："别了吧，我不爱喝奶茶。"

陈少彦还想说什么，远处的温郁突然叫她道："林羡清，进场了。"

她立马扭头回了一声，然后飞奔去温郁那边，还不忘跟陈少彦挥手道："好好比赛，有缘再见吧。"

陈少彦顺着她跑的方向看过去，远处少年正插着兜，眸子眯着，视线穿过所有树缝里投下来的阳光，扫向他。

那眼神很复杂，陈少彦无法评价。

没几秒，温郁就把视线收回，转而垂落到林羡清身上。

林羡清的包里装了不少东西，沉得很，再加上她为了躲开陈少彦，跑得飞快，到温郁这边的时候喘得不行。

温郁看她一眼，漫不经心地拎过她的书包带子，眸光清冷地说："脱下来我给你背。"

有人愿意帮自己背这么重的包的话，林羡清也不跟他客气，乐得清闲，当了个甩手掌柜。

即使是这样，温郁背着两个包都走得比他们快，长腿一迈就甩了他们一段距离，但这距离却被控制得挺好，不太近也不太远。

徐寒健走在最后面，也不知道是有意无意地，他踩到了林羡清的后脚跟。林羡清的鞋子被踩得不跟脚了，她没好气地瞪着徐寒健，徐寒健轻飘飘地说了声"对不起"。

林羡清只得弯下身子把鞋子套上，徐寒健堪堪停在她边上，莫名其妙地说了一句话："看着他点儿，他状态不行。"

她穿鞋的动作一顿，抬了头迷惑地看向徐寒健。他却只是低眉扫了她一眼，再没表露出其他意思。

走在前面的温郁不知道什么时候转过身来了，见他俩久久没跟上来，就靠在墙边等。

徐寒健大大方方地耸肩，声音很大地说："抱歉抱歉，不小心踩了她的鞋。"

他老大爷般把手负在背后往前走，林羡清落在他身后，看见他指了指左手手腕，又指了指右手掌心。

林羡清大概明白过来。

她抿着唇，把鞋带系好后又使劲扯了好几下，才跟上去。

温郁性格很敏感，林羡清一直不说话，他一路上就看了她好几眼，但她根本没注意到。

在储物间里，大家要把带来的背包都存到柜子里。储物似乎好久没用过了，积了一层灰，林羡清一进去被呛了好几下。

墙角里堆积着杂物，门锁也比较老旧了，盖了一层锈。

徐寒健动作很快，放完就走了，但温郁要放两个包，再加上他们来得太早，储物间里再没别人。

窗帘上还有几个大洞，遮不住什么光，金黄色的日光洋洋洒洒地倾泻进来，使得空气中的浮尘明晰可见。

温郁把包塞在最高处的两个柜子里，刚拍干净手掌上附着的灰，就听见林羡清问："你的手，怎么又伤了？"

她侧过头，指了指温郁掌心缠住的绷带。

温郁很刻意地把手往侧边藏了藏，毫无情绪地说："捡碎掉的瓷杯不小心弄的。"

林羡清的手指抠着自己的裤缝，她垂了眼，很轻地道："嗯，小心点儿。"

她转了身准备走，心里却在说骗人。

谁捡碎瓷片能不小心到把手掌心划伤，这概率未免太小了。

她走出去没几步，温郁突然扯住她的手，手指只是轻轻捏住她指尖，动作有些慌。

"你不信？"他问。

几乎是下意识地，林羡清触了电一般甩开他的手，转过身子面对着他，喉头哽住半响才想起来，自己应该要说点儿什么。

她一抬眼，看见面前的少年手指攥在一起，把手插进兜里，低着头道歉道："抱歉。"

"不是，我——"

她张了嘴，想为刚刚的行为解释，但也不知道说什么好。

窗外射进来的阳光晃了她的眼，温郁长身玉立，就在她面前。

林羡清喘了口气，又说："这地方挺恐怖的，我昨晚才看完一个恐怖片，你的手又凉，我还以为被鬼魂抓住了。"

犹豫了一下，她又伸出手，尽量做到像好朋友一样，拍了下他的肩膀，说："我相信你说的，你说的我都信。"

大家彼此彼此吧，说出这句话的时候，她明明也在骗温郁。

其实从前是毫无理由地相信他的，可是他的理由一个比一个拙劣，身上的疑点一个比一个多，林羡清实在做不到再去盲目地相信他了。

她只能告诉自己，温郁是很善良的人，他骗人一定有他的道理。

况且，只是朋友，没必要在意那么多。

林羡清觉得她需要好好把自己只划定在朋友的界限以内，不要僭越，不要管太多。

她没指望温郁再说些什么，刚把手收回来，就听见他坦白道："我骗你了。"

温郁的嗓音里有种坦然的放弃，他微低着头，乌黑的发搭在精致的眉眼上，扫过他眉心。

少年神色很沉，但阳光很青睐他，一直往他脸上凑，给冷白的皮肤染上一抹暖色。

他说："我自己弄出来的，左手的伤口也是。"

温郁扯起唇角，说："林羡清，我没那么好，没那么光明。"

她喉咙里有点涩，眼底也发干，干得疼。

林羡清不明白，明明应该只是有一点儿好感而已，但看着温郁这种颓靡的样子，她却难过得不行。

"为什么……会到这个地步？"

她发觉自己嗓音有点儿抖。

温郁别过头去不敢看她，云淡风轻地说："没什么，小时候不爱说话，被孤立过而已。"

兴许是他说话的语调太平常了，太轻太淡了，热风一吹就要被吹走一样，林羡清张了半天嘴，此刻很痛恨自己语言的匮乏。

最后她也只能捏了下他的胳膊，告诉他没关系。

"你现在已经拥有很多朋友了，我、祝元宵、李欣怡……包括徐寒健，大家都很关心你。"

林羡清不知道遇到这样的事该如何处理，她从未遇见过被霸凌过的人，也很难想象到明明是个温柔的少年，又怎么会被人孤立。

"徐寒健其实挺关心你的，他不好意思说，才让我来问问你手上的伤怎么回事。

"温郁，大家都很关心你。"

听完这句话后，温郁只是皱着眉，低低说了个"他真是多管闲事"。

声音太低太小，林羡清没能听清楚。

林羡清捏住他胳膊的手慢慢滑落，她心里一团乱，说："以后有什么事都可以跟我们说，别老……"

别老伤害自己。

温郁低眸应了声"嗯"，门外传来叽叽喳喳的聊天声，好像是别的参赛者到了，储物室的门被推开，老旧的门发出一声"吱呀"的叹息。

进来的人纷纷被室内扬起的灰尘给呛了下，林羡清也咳嗽起来，她扯了扯温郁，边咳嗽边说："我们出去吧。"

温郁不吱声，被她拉着走。

屋外徐寒健正靠在墙边，他表情很莫测，睨了温郁一眼。温郁与他对视，神色是一贯的毫无波澜。

良久，徐寒健收回视线，对他们招了招手，嚷嚷道："这边走。"

林羡清亦步亦趋地跟在他俩身后，两手不断地交错揉搓，心里烦得不行。

要给他请个心理医生吗？林羡清模模糊糊地想。

比赛前十五分钟，林羡清都坐在桌子边上了，思绪却还是很乱。

这是个很奇怪的现象，因为她上一次比赛坐到桌子边时，心里也在想温郁。

林羡清懊恼地摆了摆脑袋，想让自己脑袋变空一点。

她一连做了好几个深呼吸，两只手摸上木制珠子的时候还有点没进入状态。

铃声响起，一轮赛开始。

她对面是个高个子戴眼镜的女孩儿，年纪比她小，近几年来学珠算的基本都是小孩，练个几年考到级了后就来比赛，这并不奇怪。

那个小姑娘很厉害，手速也很快，能到一轮赛的人实力都不俗，也可能是林羡清运气不太好，遇见了比较强的那种。

那个女孩儿先于她算完所有的题，举起了手。

林羡清失败了。

拎着算盘出赛场的时候，温郁和徐寒健齐齐不见踪影，林羡清找了个没人的地方蹲下来，算盘搁在一边。

无人从她面前经过，只有屋外的风与鸟与她做伴，林羡清双手环抱住自己的膝盖，把头埋了进去。

她维持这个姿势坐了十来分钟，脖子酸痛，却突然听见一阵很慢的脚步声，有人站定在她面前，林羡清看见一双沾了泥的白色球鞋。

温郁低头，胳膊一抬，冰凉的罐装可乐就抵在她脖颈上，冻得她一哆嗦。

林羡清仰了头，看见他眉梢和眼角都是伤，唇边也破了口。

她愣愣接过温郁递过来的可乐，看着他姿势懒散地坐在她旁边，背脊抵着墙。

"你在考场跟人打起来了？"

温郁很莫名地看她一眼，舔了舔破口的唇角，不在意地说："没，考完后跟徐寒健打了一架。"

他夺过她的可乐，放在地上，单手拉开拉环又递给她，说："有仇报仇，有怨报怨，以前的仇我结完了，就当从现在重新认识他。"

林羡清抿了口可乐，碳酸气泡在口腔里炸开，像深水炸弹。林老爷子几乎不允许她喝这种不健康的饮料，林羡清喝得少，还不习惯，于是表情很痛苦。

温郁笑了声，说："多吃点儿苦，后来才会甜。"

林羡清抿了下嘴，气泡炸开后，可乐也就是糖水味。

他好像什么也没说，又好像意有所指。

（5）

那天的暮色很沉，林羡清踩着夕阳的尾巴回去，包里的算盘一颠一颠的，她绕着河岸走了几圈，然后才回去。

林老爷子正在大门口，支了个小桌子跟人一起下象棋，他嗓门大，一边扇扇子一边大喊："吃了你的炮！"

林羡清颇无聊地看了一阵，又被老头儿赶进门。她躺在房间的床上，眼睛失神地眨了几下，看着空白一片的天花板。

包里的算盘被她拿出来，用印着猫的那块布给盖上，桌上的日历上，14 号被她用油性笔画了个大大的圈，写着"决赛"。

可决赛那天，她没能去现场围观，因为她已经失败退出了，想看的话只有等到节目剪辑好后播出。

温郁当天也并没有跟她发过短信，一直都是这样，每次都是林羡清先开口的。

她忍着不去联系，盼着有一次是温郁先有分享欲。

话是这么说，决赛结束的那天晚上，她没事儿干，又去了很远的那片河岸。河上生风，吹得人瑟瑟发抖，林羡清一边搓着胳膊，一边在心里纳闷地想，她到底是来干吗的？

这片河岸少有人来，再加上最近一直没下雨，水位降了不少，好像也没有之前那样亮闪闪的了，在月光下变得越来越贫瘠。

林羡清沿着河堤走，大大小小的石子戳着她脚底，她看见了河边还没被清扫过的"算盘"——温郁上次摆的。

2292.3。

算盘上的数字还是这样，没有动过。

她蹲下，伸出手把一切归零，算盘恢复原状。

突然有什么东西在踩她的脚，林羡清一低头，看见了一只橘猫。

怎么跟小霹雳如出一辙？

她直愣愣低头看着，远处突然传来人声："小霹雳，过来。"

林羡清听得愣了一下，僵着脖子回头，看见了顶着一身夜色靠近的温郁。

他的脸在月光下逐渐被照亮，林羡清慢吞吞站起身来，拍了拍身上的灰。

"你来带猫散步吗？"她问。

温郁平着调子"嗯"了一声，弯着身子把猫捞起来，用纸擦了擦小霹雳脚掌上的泥。

少年不抬眼，给猫擦脚的行为也被他做得有几分矜持的意味，温郁突然出了个声："决赛……你没来看？"

林羡清垂眸，脚尖戳地，声音放得很小，说："我进不去的。"

温郁声音很干涩地"嗯"了声。

林羡清又问他比赛结果，他倏地歪头，问："你觉得呢？"

这是个几乎不用猜的问题，上一届比赛他就是第一名，这次应该也没出什么差错。

"那我肯定猜你赢，但是你的手还好吗？医生说你不能高强度用手的。"

小霹雳在温郁的怀里就变得很安分，尾巴愉悦地扫着，挠着他下巴。温郁叹着气把猫尾巴压下去，才回复林羡清的话："猜对了。手很好。"

他很直白，每次说话都跟列项了一样挨个回答别人的问题，总让人想笑。

河边的风吹得很冷，林羡清裹紧外套，有些受不住了。她眯着眼睛指了指另一边，问温郁要不要去那边躲风。

这里没有路灯，视线的昏暗与否都由月光决定，角落里虽然没风，但是也挡了光，林羡清再也看不清他的脸，居然会感到失望。

这里正好有两块大石头，林羡清毫不在意地坐下，还拍了拍旁边的位置，让温郁也坐。

眼前是泛着波光的河面，林羡清被风吹得眯着眼睛，她身子前倾，两只手撑住脸，很轻地问："温郁，要不我们去看医——"

"不用，我很好。"温郁固执地打断她。

林羡清喉头哽住，风撩过少年的额发，她看见月光下他毫无情绪的眼，显得有些单薄的背脊。

下意识地，她低眼去看他手上的伤，错落斑驳，新旧交错。

她不明白温郁有怎样的过去，至今为止从他口中所听到的话，也不知道有多少真多少假，哪部分是真，哪部分是假。

这一刻，林羡清突然很冲动地扯住温郁的衣角，侧头固执地看向他，要求他承诺："你能保证吗？保证不再做这样的事。"

温郁偏头看过来，黑漆漆的瞳眸里有几分错愕。他略略睁大了眼睛，温度好像会顺着他冰冷的衣角往前攀爬，他感受到女孩儿身上的温暖。

他想要的，他得不到的，他应该放弃的。

好久以后，温郁听见自己不受控制地问出声："为什么……要这么关心我？"

明明是她在强调，他们只是"朋友"。

也许夜晚最会蛊惑人心，尤其是湖色伴着月光的夜晚，会让人沉醉，让人迷乱，让人不清醒。

林羡清现在就想这样，她突然不想坚持什么原则，不想因为温郁不给她发短信而暗暗赌气，不想跟他维持在朋友关系上。

哪怕这层粉饰太平的膜布就此破掉。

"温郁，你说你对我好是把我当朋友，可我不是。我对你好、关心你、照顾你、总是黏着你，是因为我——"

她说得有些急，这一阵子所有郁结在心里的情绪，都仿佛要从今夜这个破口里逃逸，随着晚风一起。

可是温郁不给她说完所有的机会，小霹雳一下子跳下他的膝，温郁听见自己嗓音一瞬间变得干巴巴的，他说："不要说了。"

他声音发哑发涩，低了头，指节紧紧蜷缩，搭在膝盖上。

林羡清被他的态度吓到，噤了声。

半晌后，她才听见温郁开了口："抱歉，我对你没那个意思。"

他始终不抬头，睫毛泡在月光里一下又一下地颤。他几乎快说不出话来，但还是逼着自己去说出冷言冷语，他说："可能是我让你误会了，抱歉。我之前没交过朋友，你算是第一个吧，估计是这种特殊让你觉得我对你有什么感觉。"

温郁笑了下，笑音从鼻腔里溢出，摧枯拉朽般捣动她的心，林羡清发觉自己已经好久没呼吸，于是开始大口大口喘气。

他扬了头，视线回归平静，如幽湖般让人难以窥探。

"你应该明白的吧，我之前说过大家只是朋友，你又为什么……"

温郁难得无言了一下，没把后面的话说出口。

你又为什么非要说出这句话？

林羡清立马回过头去，用指甲抠着石头上的纹路。她张嘴半天，发觉自己很难出声，喉咙着了火一般发干，但眼眶却发酸。

她一般很少有眼泪掉下来的，想哭也死死忍住，估计是遗传了林老爷子的倔脾气。

但这一刻，她全身上下都发酸发涩，声音也是，好半天后才找回自己的声音，有些哽咽，有些被她死死压抑住的哭腔："因为我不想再跟你玩'朋友游戏'了，我做不到一边喜欢你，一边恪守朋友距离。"

她用指腹擦了下眼角，幸好只是有些湿，并没有到泪雨滂沱的程度，还不至于在温郁面前太过丢脸。

她站起身子，背朝着温郁，声音很低很低地说："我也很抱歉，希望我的话没对你造成困扰，以后不会了。"

林羡清往前探出几步后，小霹雳忽然摇着尾巴挡在她面前，它似乎分外喜欢趴在林羡清脚上。

橘猫抬头，用圆圆的眼睛盯着她，小声地"喵喵"叫。

远处的河面泛了涟漪，夜很静，蝉鸣在很远处，水波荡漾，催人安宁。

林羡清在这样的氛围里，听见温郁突然用毫无起伏的语气说："回来，别拦她的路。"

没有指向性的命令，不知道在命令谁。

小霹雳乖乖叫了一声，从她的脚上翻了个身滚下来。

温郁又说："你是我的第一个朋友。"

好像想要强调什么。

但是林羡清太迟钝了，她听不懂，她也不想听懂，于是耿直地回："有第一个就会有第二个的，温郁，你不会缺我一个，只要你想，很多人都可以成为你的朋友。"

朋友可以有很多很多个，她可以是"第一个朋友"，却做不到"唯一的恋人"。

背对着他，看不见他的脸的时候，林羡清发觉自己仍旧很难做到心平气和，只要感知到他的呼吸在这附近，林羡清就会心里发紧。

很突然地，她在背过身的这一刻觉得心疼，如果她不做温郁的朋友了，他还剩下谁呢？

还剩下谁愿意关心这个"撒谎精"呢？

温郁说他被孤立过，这尚且不知真假，但万一……是真的呢？

林羡清的心总因为他而乱七八糟，七零八落的。

她的步子停了好久，温郁在她身后久久没有动作，林羡清最后还是妥协。她说："我会当好你第一个朋友，比赛加油，我得走了。"

小霹雳不再拦她的路，林羡清走得很顺利，她在路上看见不灭的灯火，心里却怅然若失。

就当是同情心泛滥吧，做一阵子朋友，等温郁有了新的朋友，林羡清就断了这层"朋友"的膜布。

她没办法跟喜欢的人做朋友，那么这一刻开始，把那一点不太深刻的爱意给磨灭，在它肆意生长之前。

好像也并没有书里说的那样难过，心酸痛一瞬，麻麻的，然后就没别的知觉了。

不会太难过。林羡清告诉自己。

老屋子的木门被林羡清推得"吱呀"大叫，她从门缝里挤进去，屋里黑着，林老爷子早就睡了。

半夜里，她被迷迷糊糊地吵醒，发现下了雨，雨水从大开着的窗户里飘进来，洇湿了盖着算盘的那块布。

林羡清起身把窗户关上，捻起那块布，放在眼前看了看。

好像也没有那么像小霹雳，她当时到底是为什么会把这块布当成小霹雳的画像？还一直挺珍爱来着，明明她一点儿也不喜欢那只挠伤过她的猫。

答案几乎呼之欲出，可林羡清逼着自己不那样想。

左手边是那本展开的日历，一周后就要举行人机大赛，而温郁会第二次上场。

林羡清突如其来地觉得烦躁，她拿起记号笔把日历上那天的格子画上叉。

她一件事情也做不好，比赛也比不赢，想告白，但话只说了半截就被拒绝了。

雨夜，凉风从窗缝里钻进来，林羡清顺势趴在沾了雨水的书桌上，袖口逐渐变得潮湿。

林羡清那几天的情绪都不太好，在家也不怎么说话，算盘也被搁在一边再也没碰过。她开始准备大学入学的事，仿佛可以获得另一个开始。

最后一节珠算课是在人机大赛前一天上午，温郁为了准备大赛没有继续上课了，林羡清旁边那个位置就空下了。

这一阵子她跟温郁没有一句交流，冷战得顺理成章又莫名其妙。

上课前五分钟，林羡清听到旁边的凳子被拉开，有人坐了下来。她心里下意识一紧，垂着眼不往旁边看，捏着算珠的手指却越来越紧。

"你在等他吗？"那人说。

不是温郁的声音，林羡清的手一瞬间泄了劲儿。

她眼也不抬，继续算题，说："我谁也没等，你坐在这儿干吗？又不是没有位置。"

徐寒健两手交叉着，搭在胸前，他侧眼扫了下她，突然开口问："你想知道吗？"

"知道什么？"

"温郁的事儿。"

林羡清终于抬头看向他。徐寒健的额角、唇角都有青青紫紫的痕迹，一看就是被人打了，下手还不轻。

徐寒健注意到她的眼神，皮笑肉不笑地扯了下唇，语气隐隐含着威胁，说："看什么看，温郁被我揍得也不轻。"

他把腿跷起来，笑吟吟地说："上次他把我打了一顿，我这人天生反骨，就要报复。"

徐寒健又把腿放下，换了个姿势，耸了耸肩，像第一次见面时那样，一边微笑一边挖苦人道："他不是跟你关系好吗？我就偏要把他的不光彩告诉你，你最好开始讨厌他。"

这句话说得颇有敌意，但林羡清可不信他有多看不惯温郁，上次还提示她去关心温郁的伤，刚才那句话的语气也听不出来什么厌恶的语气。

嘴硬心软罢了，跟爷爷一个样。

林羡清捏着算盘的边框，声音一瞬间有些低，说："你跟我说没什么用，我估计我无法讨厌他。"

他轻飘飘地看了林羡清一眼，故作老成般说："我嘴欠，就想把他的黑历史抖搂出来，不行吗？"

林羡清无言以对。

下一秒，徐寒健的动作突然变得很规律，他很难得露出严肃的神态。

"其实我跟他也没太多交流，只是在一个珠算班里待过。他性子很孤僻，谁跟他说话都不搭理。"这么说着，他又瞄了一眼林羡清，"所以在我来到这里，看见你俩每天侃侃而谈的时候，我还挺惊讶。"

徐寒健叹了口气，道："他呢，是当时我们老师最得意的学生了，每天都会被老师留下来夸一顿，或者跟他交代比赛事宜什么的，他每次都是最后一个回去的。但是有一次，我有东西落在教室，就回去取了一趟。"

他哽了好久，连带着林羡清的心也揪了起来，她听见自己声音无比干涩地问："你看见了什么？"

徐寒健这个时候又变得欠欠的，他微笑，故意反问："你不是刚刚还一副'我不想知道'的样子吗？"

林羡清一时无话。

空气默然一瞬，他终究说了出来："你看见过他的左手手腕吧，他自己弄的，好多个午后，他都一个人躲在教室做那样的事。"

所以，疤痕新旧交替，一层叠着一层。

彼此默然一会儿后，徐寒健又兀自皱了眉，他接着说："但是据我了解，他家里有钱，父母都对他不错，平时上下课都有专车接送，不知道为什么会变成那样。"

林羡清感觉到了，她跟徐寒健之间有信息差，她虽然不知道温郁在以前珠算班的状态，但她知道温郁家里绝对算不上和睦，上次还大吵一架来着。

这种意外偷听来的事她也不能跟徐寒健说，只能假装吐槽道："有钱也不一定快乐啊。"

徐寒健撇撇嘴，说了句"也是"。

"总之，他能交到朋友也不算坏事，但既然都交到朋友了，手上为什么还有新伤？还在掌心……"

林羡清低下头，咕哝着："我哪知道。"

上课铃响了，徐寒健沉沉看她一眼后不得不离开，最后还很小声自言自语："你都不知道，怕是没别人能知道了。"

林羡清的手又紧了些，她抿住唇，心想着这是温郁不想告诉别人的事，就算是她又怎么样？

更何况，她在温郁心里又没有多重要。

话是这么说，课上到中途，林羡清突然盯着桌上阳光照亮的一片发起了呆。

——"好多个午后，他都一个人在教室里做那样的事。"

现在不是午后，但是日光很暖，教室很亮，林羡清似乎能想象到，空荡荡的教室里，窗户都没人关，黑板上还有遗留下的字迹，粉笔灰落了一地。

在这样寂静无声的空间里，少年默不作声地捻起一个薄薄的刀片，歪着头，很认真地在手腕上比画，甚至不管画出来的痕迹是艺术还是狰狞。

她不该再想下去。

可是，至少她还是温郁的第一个朋友。

明明她都自顾不暇了，却还时时刻刻想着温郁。

明明她都要走了，明明温郁都说不喜欢她了，明明应该只有一点点儿喜欢而已，可林羡清就是忍不住去想他、关心他、心疼他。

喜欢真是个不可理喻的东西，仅一点微火，就燎了她心上整片荒原。

这是她在这个夏天的最后一节珠算课，可林羡清什么也没听进去。

她只是记着，至少在她走之前，要为温郁做一件有意义的事吧，她只是不想再看见他身上又添一道伤疤了。

下课后，她骑着车去了琴台区那边的归元寺。

寺庙在两峰之间，林羡清没法骑着车上去，只能先把书包存在山底小超市的储物柜里，然后只身上了阶梯。

兴许是学珠算的影响，林羡清每上一阶都会在心里计数。

由于她一贯缺乏运动，还没上到半山腰就已经不行了，旁边的人健步如飞，林羡清却坐在阶梯旁林子里的大石头上，歇了好一阵才能继续。

很意外地，她看见了李欣怡跟她父母，他们似乎也是一起去归元寺里祈福的。李欣怡眼尖，一下子就看见了林羡清，远远地跟她打招呼，然后提着公主裙朝她跑过来。

李欣怡问林羡清是要给谁祈福。

林羡清张了张嘴，却哑着声音不说话，好久之后，她才舌头打转般回复："一个朋友。"

李欣怡父母也见到了林羡清，见她累得不行，很热心地递给她一瓶水。

"你呢，你来干吗的呀？"林羡清顺嘴问了下李欣怡。

小姑娘一蹦一跳的，笑眯眯地说："我明天要去考级啦！妈妈说去寺里求个好签保佑我！"

她歪了头，鬼灵精一般地问："姐姐，你是不是要给温郁哥哥祈福啊？为了明天的比赛吗？"

林羡清看着她，一时不知道如何回答更好，最后还是点了头说"嗯"。

后来是四个人结伴一起爬上去的，踏上最后一节台阶时，林羡清在心里念下一个数字——2292。

也许命运是一个轮回，之前温郁用 2292 元给她修了算盘，今天她用 2292 级台阶，为他祈一次平安。

李欣怡说到底是个小孩子，一爬上来就跑去小店铺里讨雪糕吃，她父母也很纵容，笑呵呵地带她去买，还给林羡清捎了一根。

林羡清看着她们一家三口，落寞地低了眉。

她从没有过这种经历，一家人手牵手去买东西吃，阖家团圆，幸福快乐。

心情低迷了一瞬，林羡清咬了口雪糕，冰得牙齿发麻，舌尖仿佛失去知觉。

她呼出几口凉气，看着寺庙门口拥挤的人群和将落的太阳，感觉没那么热了，就好像，夏天也快过去了。

林羡清不好意思一直跟着人家，就跟李欣怡道了别。她好不容易挤进庙里，看见签桶里的签居然已经没剩几个了，她曾听说这里管得不严，时常有被顺走签子的情况，没想到会夸张成这样。

好歹来了一趟，林羡清心诚地闭眼，在这一秒，她终于可以允许自己想起温郁。

签桶被她摇动，掉出一支签，居然是大凶。

林羡清僵着身子不敢动，她把签桶里所有的签子都看了一遍，竟然全是凶签。

这本就是一场注定了结局的赌博。

她愣了几秒，把木签又塞回桶里，然后起身离开。

林羡清给了香火钱，东屋的门口种着一棵年纪很大的扶桑树，因为是古树，众多香客都会在这棵树上用红绳挂签，以求所愿成真。

扶桑树旁边还有几个老人支了摊子，摊布上摆放着各式各样的卡纸和穿绳，香客可以在上面写字，挂在树上。

林羡清小步移过去，选了一张红签，蘸了墨写字。

她不太用得惯毛笔，写出来的字也歪歪扭扭的，很勉强地能认出来她写的是：

温郁万事顺遂，事事如愿，比赛顺利。

本想就写到这里为止，那摆摊的老人却嘱咐她把自己的名字留下，不然会不灵验。

她提笔，想了好久，最后只是写下了"LXQ"三个字母。

神可能看不太懂英文字母，但是那不重要，神不需要知道是谁在祈愿，只要他能好好保佑被祈愿的那个人就可以了。

出寺庙时，大门口有个小僧手里挂着一串串的平安结，他说是寺里的僧人手编的，送给香客保平安。

林羡清把平安结收下，骑上小黄车准备回去时，却发现平常一直走的那条路正在维修，她只能从东区桥头那边的商业街绕回去。

下午，商业街正是热闹的时候，林羡清骑着车又经过了那家电玩城，她莫名其妙地刹车，在大门口驻留了好一会儿，然后停了车走进去。

她目光首先扫向前台的奖品柜，那个美少女的手办不在了，应该是被温郁兑走了。

去前台兑换游戏币的时候，林羡清顺嘴问了一下老板："那个粉色双马尾角色的手办不补一下了吗？"

她指了指奖品柜里空缺的那个地方。

老板嘴里还咬着烟，顺着她指的方向看了一眼，然后含混不清地说："那个我这儿就剩一个了，前几天被一个男生兑走了。"

老板用手指夹起嘴里的烟，一边把游戏币拨到盒子里，一边跟她闲聊："那男生可猛了，每天来坐一下午，到半夜我要打烊了催他才走。但是我这儿客流量不多，他守一下午才蹲到十来个人愿意跟他打一局。"他把装着游戏币的盒子推到林羡清面前，"那段时间他每天都来，天黑透了才走，我看他那个劲儿，觉得是想拿手办去讨好女朋友了，哈哈哈。"

老板爽朗地笑了几声，林羡清低着头拿过盒子，很轻地应了一声就走了。

林羡清坐在机子面前打人机对战，她手感还不错，对战不至于输掉，但不知道为什么，她会觉得兴致全无。

温郁当时骗她了，他说是买的，连价格都胡编乱造出来了。林羡清边晃动摇杆边想。

可他没理由连这样的事都要骗她，这根本没道理。

不知道打了多少局，夜里的客流量多起来，来来往往的人手挽手聊天、玩游戏。他们这儿是小地方，还没引进那种自助买币的机器，游戏币都要经由前台老板收钱后给出来，于是现在前台大排长龙。大家等得无聊了，就聊家常，说哪里又开了新卖场，哪里又倒了几个珠算班。

林羡清听着，手上的动作一顿。

之前她在珠算班就有耳闻，听说这附近有不少珠算班都被收购去做了卖场，剩下的都是不愿意被收购的。

她的动作一停，塞进兜里的平安结意外掉了出来。

林羡清俯身去捡，盯了那平安结好一会儿，然后关了游戏，出了电玩城。

她骑着小黄车疯跑，夜里的路太黑，好在商业街的路灯是新装的，亮度很足，灯火通明的。

但是出了商业街以后，路边的灯都是用了很多年的老旧路灯了，环境一般，马路上也没什么人和车，空旷得不行。

夜风恣意地吹，林羡清大大喘着气，吃力地往温郁家骑去。她对温郁家的路并不太熟，凭着记忆绕了好几个圈才找到地方。

大门紧紧闭着，林羡清站在门口，抬了手好像想敲门，却突然停止在半空中，只是轻轻用指尖搭在门把手上，低了头。

她没那个勇气见温郁，好像一站在他面前就会说不出话来。

但在来这里的路上、在上一秒、在这一刻，林羡清的确是很冲动地想把这个平安结送给他，想祝福他平安比赛，想告诉他，她马上就要离开这里去上大学了。

她要走了，可她现在不明白要用怎样的身份、怎样的语气告诉他这件事。

最近晚上的风总是很大，林羡清被吹得耸了耸鼻子，然后蹲下身，把平安结从门缝里塞了进去。

很突然地，大门被倏地拉开，林羡清的动作还停在上一秒，就此滞住。

她微微睁大了眼，僵硬地抬起头看向他，看向那双一贯淡漠到毫无情绪的墨色瞳眸。

温郁还穿着白色POLO衫，他微微低眸，看向她，然后启唇，用清冽好听的声音道："你来了。"

——你来了。

这句话说得实在很莫名其妙，就好像他等了她好久，可事实上他们只是很偶然地打了个照面。

林羡清站起身来，还是不知道要以什么眼神与他对视，只能低着头，一出声，才发觉自己的声音被风吹得发哑："我想——"

"要进来坐坐吗？外面风大。"

温郁把大门拉开了点儿，视线很平静，就好像两人之间并没有发生过什么打破界限的事。

他又补充道："屋里开了暖气。"

"嗯。"她哑着嗓音回应。

林羡清把双手负在背后，又偷偷地把平安结塞了回去。

他家里不知道什么时候准备了一双新拖鞋，还恰好适合她的脚，鞋里很软很暖和。林羡清试着踩了好几下，温郁却猝不及防顿下身子。他长指一勾，鞋的后脚跟就套上了她的脚，大小刚好。

他还蹲着，林羡清低头只能看见他的睫毛，懒散地耷拉着。

温郁提醒她道："把鞋穿好，别光脚了。"

林羡清皱着眉，郁闷地咕哝："我还不是跟你学的。"

他站起身来，看向她的表情有点无奈，说："嗯，我的错。"

他进了客厅，转头去厨房倒了杯热巧克力递给她。

林羡清低头转着杯子，两人并肩坐着，却不知道该聊什么、从何聊起。

这是一件很尴尬的事，好在温郁没问她为什么要来，不然林羡清也不知道该怎么回答。

这一点他们居然心照不宣，以前林羡清很少问及他的过去，现在温郁也不会问出让她难以回答的问题。

到现在这个日子，蝉鸣声已经开始变小变弱了，客厅里十分安静，只有热巧克力入喉的吞咽声。

两人就这样安静地坐了一会儿，让人的心灵莫名安宁平和。

杯中的饮料快见底时，林羡清把平安结拿了出来，推到他眼前，说："寺里僧人送的，我送给你，希望你明天比赛顺利。"

温郁搁下杯子，侧目看了眼因为被她攥得太紧而已经变得皱皱巴巴的平安结，很珍视地收了下来。

"就当是……朋友之间临别的礼物吧。"她又说，挤了个僵硬的笑容出来，"温郁，我要去上大学啦。"

几不可察地，温郁的指尖抖了一下，回复的声音被压得很低，他说："什么时候走？"

他把平安结很小心地压在纸巾盒下面，白皙的手指漫不经心地挑动着平安结下面的流苏。

林羡清想了想，说："二十七号开学，我大概二十六号早上就要走，南希市挺远的。"

"好，我能去送你吗？"

他声音发干，语气却是在询问，有种把自己放得很低的意味，好像觉得自己本来连去送她的资格都是没有的。

林羡清很干脆地点头，说："可以啊，毕竟可能是最后一次见面了。"

她扭头看着他，叹着气说："多交点儿朋友吧，别说只有我一个了，让人……怪心疼的。"

心疼又心酸，林羡清很难形容这种感觉，像是柠檬汽水里鼓出水面炸开的气泡。

温郁不抬眼，指尖在杯沿上滑动，一下又一下。

他回得敷衍，只会说"嗯"。

林羡清几乎听过他各种情绪的"嗯"，尽管只是个鼻音，她却能听出他的情绪。

她两只手撑在桌面上站起来，从后窗里看了眼他家的院子。风还是很大，树叶被吹落一地，仿佛秋天就要来了。

她觉得自己该回家了，跟温郁告别。

温郁让她等一下，从房间里拿了件外套，不容置疑地披在她身上。

他垂着眼皮看她，语气意味不明地说："外面风大，你先穿上。"

"下次记得还我。"他最后说。

这衣服大，林羡清双手都缩在袖子里，呆愣地眨了两下眼睛。

还会有下次吗？她迷蒙地想。

该转身了，该回家了，该说最后一句再见了。

林羡清在原地站了好久，才转身，但温郁却突然精准地拉住她藏在袖子里的手。

他的手掌心包着她的手，隔着一层布料，不知道算不算得上一场不太标准的牵手。

温郁很执拗地重复道："下次记得还给我，你先答应。"

她慢吞吞地转过身子，两人的手还相连着，林羡清听见自己说："要是没有下次了呢？"

"要有下次。"

温郁语气很硬，黑色的眸直直盯着她。

林羡清在这一刻很自欺欺人地想，会不会他也在期待下一次见面？

说完那句话后，温郁突然反应过来什么，轻皱着眉，手上失了力气，松开了。

他把手揣回兜里，绷着嘴角转了调子："抱歉。"

几秒后，他又自顾自地推翻了刚刚说的"要有下次"，语气近乎放弃，说："算了，见不到的话就送你，算是朋友间的回礼。"

温郁刻意咬重了"朋友"这两个字，像是提醒她，也提醒自己。

林羡清不知道该回复他什么，只能低头理了理自己的衣角。她看向门外，暖黄色的灯光点亮黑夜，看上去好像并没有那么冷了。她道了最后一声别，心里想着这说不定就是最后一次见面。

两人一起走出大门，温郁说要送她上车。

坐进出租车时，林羡清拢了拢外套，鼻间是少年身上的清爽味道，味道不重却好闻，莫名让人有一种安心的感觉。

那件衣服第二天被她洗好晾了起来，洗衣液的味道跟温郁的不大一样，衣服上熟悉的气味就被冲淡。林羡清晾好衣服后把窗户关上，下意识看了眼墙上挂着的时钟。

十点了，人机大赛应该开始了。

她站在窗前，抬头看见云彩被太阳染红一片，这是个晴朗的好日子。

她轻闭上眼，祈求上天庇护一下那个少年，让他得偿所愿。

然后，在接下来的日子里，他们最好不要再相见，就让她的少女心事无疾而终吧，在这个炽热灿烂的夏天。

Chapter 04
十一天的恋爱

/ 原来，没有哪一个夏天不会结束。

一百八十个夏日昼夜俱焚，她还是没能等来"下次见"。/

（1）

不去找温郁而又无所事事的一天里，林羡清要么在手机上刷消息，要么就在自家大门口站着围观林老爷子跟别人一起下象棋。她的下棋技术不怎么样，跟一群大爷对阵几局是节节败退，最后只能灰头土脸地下场。

老大爷们笑呵呵地安慰她再接再厉，反正她还年轻。

那几天平安无事，夏天的热度渐渐褪去，披上了秋天的外衣，好像她能够安宁地过完暑假。

但林羡清在某一天突然接到刘老师的电话，话说得很急，林羡清听得迷迷蒙蒙，几秒后才反应过来，他话里的大概意思——温郁把自己关在家里，好几天不出门了。

这事儿的起因是居委会去他家里收水电费，因为那一片儿住着的多是一些独居老人，不怎么会线上交水电费，一般都是由专人挨家挨户收取，但那天敲了好久的门也没人应。

邻居说见到他打开门回去的时候神色不太乐观，后来没听见过开门的响声，看大门的大爷在十点后也都会锁门，晚上没人出去过。

因为怕独居老人在家里出什么事儿，这边对于这种家里没人应的事情还挺重视，居委会的就翻进他家院子里，但后门锁着，他们从窗户里看见屋里是有人的，不过怎么叫都不答应。

后来他们找到了温郁的老师刘武逸，刘老师又找上她，因为只有她有温郁的联系方式。

林羡清听完后，心里下意识"咯噔"一下，握着手机的手不太稳当。徐寒健之前的话像是恶魔的低语般又在她的脑子里荡来荡去。

她立马给温郁打了电话，电话响了几秒后居然被挂断了。

林羡清没放弃，边套衣服边给温郁发短信。

她心里隐隐觉得是因为人机大赛的事儿，于是她发短信的时候刻意不提比赛的事，只是问他能不能见面，想把外套还给他。

最后她发："我想见你。"

温郁仍旧不给她回复。

当林羡清着急地走到半路时，才感觉自己口袋里的手机振动了一下。她摸出来一看，温郁终于肯回复她，只有六个字："让他们走，你来。"

到温郁家门口的时候，大门边还站着几个人，他们已经准备报警了，担心这小孩儿在家是出事儿了。

林羡清怕真的把警察弄来了事情不好收场，就挤过去跟众人解释："不好意思啊，我是里面那个人的朋友，他最近心情不好才不理人的，谢谢大家担心他。"

她的打算是，让她先进去看看，如果温郁真的冲动做出什么的话，她再把人带去医院，尽量不要把事情闹大。她怕以后大家想起温郁，只会称他为——那个差点儿无声无息死在家里的人。

有人很谨慎，不太相信，就上前敲了门，大喊："你朋友来了……你叫什么名字？"

"林羡清。"

"你朋友林羡清来了，她说是你叫她过来的。"

屋内毫无动静，林羡清被人看得尴尬，只好缩着脑袋上前去敲了敲门，声音因为尴尬而不敢放得太大。

她只说了一句话："我是林羡清。"

"咔哒"一声，门开了。

大家一瞬间热心得想要凑上去问，林羡清想起温郁发给她的短信，立马转了个身子挡住门缝，打着哈哈说："我朋友比较社恐，怕人，大家都看到了，他真的没事儿，不用担心了，大家回去吧。"

几个人你看我我看你，最后妥协，摆了摆手说："那你多安慰一下你朋友的情绪，怪吓人的。"

林羡清连连应好。

一群人走了以后，林羡清才大大呼出一口气。

她转身，拉开门走进去，看见温郁又躺在那个席子上，略长的头发遮住清隽的眉眼，他一声不吭。

小霹雳的饭盆里早就空了，都快落上灰，小猫饿得"喵喵"叫。

林羡清看不过去，给它添了猫粮，于是客厅里就只剩下小霹雳狼吞虎咽吃东西的声音和林羡清的脚步声。

她看了眼温郁，把带来的外套拿出来盖在他身上，声音很柔很轻地说："要睡觉吗？去房间里吧，现在天气冷了。"

温郁连眼都睁不开，他身子缩了一下，动作很迟缓地把外套扯过头顶，盖住脑袋。

林羡清蹲在他跟前，先抬眼扫视一圈，确定没有看见血迹后才吁出一口气。

蹲得有点儿累，林羡清干脆坐下，她看了眼正在舔盆子的猫，又低眸看着把头藏在外套后面的少年，一时间觉得他俩好像没什么两样。

脾气大，喜怒无常，乖的时候很亲近人，凶的时候又很伤人。

客厅里一点儿灯都没开，窗帘也被拉得严实，密不透风的，视线暗得很。

林羡清凑近离他近一点，很小声地问："你吃饭了吗？要不我去做点儿吃的？"说完她又很懊恼地继续，"可惜我只会煮粥。"

好久，温郁不动也不说话。

林羡清当他默认了，刚准备起身去厨房，脚踝上却猝不及防出现了一只清瘦修长的手。温郁握着她脚踝的力道不重，却很有存在感。

好久后，林羡清听见少年微哑着嗓音说："别走，陪陪我。"

林羡清不动了，蹲在原地，两只手环住膝盖。

房间里细小的呼吸声四处扩散，她回复："那等你饿了，我再去煮粥，好吗？"

温郁松了手，林羡清顺势坐下，两条腿刚伸展开来，又被少年蹭上来抱住。温郁的脑袋枕在她腿上，温热的呼吸再也无法藏匿。

"我失败了，又。"

他说的话很无厘头，还支离破碎的，语序像他的心情一样混乱。

林羡清不知道这个时候去摸他的头发算不算合理，但温郁现在的行为本来也是不合理的，异性朋友不该把头枕在彼此的腿上，这太暧昧了。

于是，她压下心里的情绪，尽量轻缓地推开温郁的脑袋，温声说："谁没失败过？下次再尝试一次说不定会成功呢？而且至今没有人在人机大赛中取胜，会不会是因为这本来就是一件不可能的事，只是节目组提高收视率的噱头而已。"

她继续说："人要怎么做到不可能的事？"

温郁终于掀开眼皮，他撑着身子坐起来，背脊靠在桌沿。

昏暗的房间让他们看不清彼此的脸，林羡清只能看见少年的头微微低着，修长骨感的手轻轻搭在膝盖上。

她突然听见温郁的声音有些轻嘲："所以，我努力了这么多年，放弃了这么多东西才坚持下来的事，是不可能的对吗？"

林羡清被他这种阴郁又低沉的声音吓了一跳。她没见过这样的温郁，整个人沉浸在一种很颓丧的氛围里，像是被天神扔进血池里又爬上来的堕落神明。

说实话温郁的身上一直有一种矛盾感，偶尔他很张扬，像个正当青春的少年；但很偶尔的，他阴得得浑身上下都有种危险感，仿佛裹缠着由秘密织成的茧房。

"我不是这个意思。"她很无力地回答。

林羡清不明白他放弃了什么，也不明白他为何把成败看得这么重，但转而一想又似乎能理解，温郁是天之骄子，他有他的骄傲。

良久后，她听见温郁叹出一口气，像是有些懊恼自己的状态。他右手摸上脖颈，皱着眉向林羡清道歉："抱歉。"

温郁很轻地闭眼，神色间都很疲惫，嗓音越来越低越来越哑，说："我只是……"

他说不出话来，像失了声一样，喉咙干涩到发痛。

林羡清跟他漆黑的眼对视，她犹豫了一下，凑过去，克制地触碰着他的指尖。

有人说，说话时捏住别人的手，能更好地传递情绪。林羡清希望温郁别那么伤心，却又不敢握他的手，只能以这样的方式安慰他，告诉他："我明白的。"

温郁垂眸盯着她有些亮的眼睛，很清透明亮，总是含着一片希望，不像他的，黑沉沉的一片颓丧。

他哽咽道："我希望你不明白，我希望你别总包容我，我希望你放弃我。"

温郁越来越忍不住，他紧咬着牙不让自己说下去，但喜欢她是冲动，是生理性的，他克制不住的。

温郁的嗓音低得快听不见了，说："我忍得很辛苦了，快忍不住了。"

不是"快"，在说这句话的时候，他已经没忍住了。

"什么？"

她下意识地问，有点儿没反应过来。

温郁却突然倾身过来，本来相触的指尖逐渐缠绕交错，最后严丝合缝地附在一起，指缝贴着指缝，冰凉与温热交错。

温郁上身倾覆过来，下巴一低就压在她的肩窝上。

林羡清的呼吸陡然一滞，感受着喷洒在肩颈上的热气。

幽暗的房间里，感官的敏感度被无限放大。林羡清的视线是昏暗的，她努力地眨眼，也只能看清温郁后脑勺翘起来的几缕短发。

很突然地，压在她肩窝处的少年声音很轻地开口道："谈恋爱吗？"

"什么？"

她难以置信地问出口，一连两次，温郁的话都打得她措手不及。

温郁的指尖稍微用了点力，紧紧地扣上她的，他低吟道："在你走之前，我们谈恋爱。"

后窗的窗帘被风吹得鼓动了几下，凉风从窗缝里渗进来，钻进林羡清的领口，带来一阵无端的凉意，她突然觉得冷。

"你的意思是，谈十几天的恋爱，我离开的时候就分手对吗？"

她呵出一口气，笑问："这算什么？"

温郁的喉结很艰难地上下滚动几下，他的身体有一瞬间泄了劲儿，林羡清能觉到温郁捏着她手的气力正在慢慢退去。

"我……"他吐出一个字。

总是这样，话说不全，又吊着别人的胃口，让林羡清期待着他能说出一句"那就一直谈下去"。

可是他没说。

林羡清心里有点儿侥幸地想，他说出这样的话的时候，是有点儿喜欢她的吧？既然这样又为什么要定一个十几天的期限呢？

她低了头，有点儿自嘲地问："你只是想跟我玩玩？还是说看我每天围在你身边转很同情我，于是施舍给我一点儿爱？"她几乎快要笑出声了，嗓音却又泛着苦，"没必要，温郁，我也不缺你那一点儿可怜。"

兴许是太过疲倦，温郁低眸的时候眼尾染上一点红色。他顿了顿，又执拗地开口："不是可怜你。"

"那是因为什么？"

林羡清快被他这种若即若离的态度逼疯了，她脑子里几乎乱成一团，迫切地想寻求一个答案。

老屋的窗棂被风吹得"吭哧"作响，回荡在黑暗中，两人对峙，却没人开口打破这份寂静。

温郁的下巴还抵在她肩上，察觉到她生了气，他只能动作很慢地撤离，张了张嘴，却仍旧没能发出声音。

"还是不能说对吗？"

她有点儿想哭，先喜欢的那个人果然是败将，会因为对方迟迟给不出回应而着急，最后变成精神内耗。

"那就再见吧，衣服也还你了，你现在身体也挺健康的，你说的'要有下次'也应验了，你很聪明，每一步都算得挺准的，所有事情都如你所愿了，我们就不要再见了。"

她哽了下，深深吸了一口气，把自己的手从他的手底下抽出来，起身要走。

结果刚半站起身，就被温郁扯住衣摆。

林羡清忍了下，尽量把语气放平和，说："这很无聊，真的。"

温郁只是低着头，嗓音哑得像被沙子摩擦过，说："我之前在骗你。"

"我知道。"几乎是立刻，她回复。

温郁不敢抬眼，不敢看她，稍长的黑睫毛在发涩的空气中一下接一下地抖，说："陪我十几天，然后你想知道什么、想要什么，我都可以给你。"

紧接着，他声音放慢，几乎是低声下气地说："想要钱也没关系，多少都可以。"

林羡清觉得自己的鼻腔发酸，她回了头，盯向那个低头扯住她衣摆的人，不可置信地问："你想用钱买我跟你谈这十几天的恋爱？温郁，你是不是疯了？"

温郁轻扯着嘴角，讥诮地笑道："早疯了。"

他不松手，道："不是要求你，是我在求你，就当……走之前送我一场梦。"

他终于撩起眼皮，漆黑的眸子里很难看出有什么情绪。

林羡清被他的语气触动，她斟酌了好一会儿，说："我不要你的钱。"

温郁的手一瞬间松了劲儿，滑落的瞬间，又听见她说："我可以陪你这十几天，但我要知道为什么。"

"好。"他很轻地应了一声，又倏地皱起眉，"但这场恋爱最好不要透露给别人，抱歉。"

林羡清真的不想再听见"抱歉"这两个字了，她很无力地问："这也跟你背后那个秘密有关吗？"

温郁"嗯"了一声，林羡清无话可说，她推开温郁的手，说："先吃饭吧，我去做。"

温郁说让她为他织就一场梦，林羡清一边打开炉灶一边想：就当也为她自己织一场梦。

梦境结束之后，两个人都要抽身，所以要克制。

十几天内，不可以把喜欢变成爱，毕竟，人不能一直耽溺美梦里。

锅里的气泡翻滚着，炉上冒出一小阵滚烫的雾气。林羡清盯着看了好久，一连叹了好几口气。

桌上还放着她的手机，屏幕突然亮了起来，是林柏树给她发的消息："什么时候过来？爸妈已经把你的房间整理好了。"

温郁不着痕迹地看了一眼，复而垂下眸子，用指甲抠着桌子边沿，神色一点点儿沉下去，又咬起了下嘴唇。直至尝到铁锈味，他才后知后觉，自己又把嘴唇咬破了。

把粥端上桌子的时候，林羡清才看见他的嘴上又出现了伤口，她没好气地说："上次你说是不小心撞的，这次也是吗？坐着不动也能把嘴撞破？"

温郁开口又想道歉，林羡清听得脑袋疼，直接打断他道："算了，算了。"

她咕哝道："又没怪你。"

温郁的视线一直落在她身上，林羡清走到哪儿，他眼睛就看向哪儿。

她抽了几张纸，看都不看他一眼就扔给他，说："擦擦。"

她说完后，就坐在他对面的位置捧着碗喝粥。

林羡清尽量调整好状态，把刚刚的拉扯给忘掉，谈好这十几天的恋爱，于是她故作轻松地道："不爱喝了吗？怎么不动？"

温郁眨了眨眼，很听话地学着她捧起碗小抿了一口。这次的一点儿糖都没放，味道很淡，温郁吞下去后问："为什么不放糖了？"

"你不是不爱吃甜吗？"林羡清回道。

温郁顿了几秒，最后说："按你的喜好来，不用迁就我。"

林羡清笑笑，声音很轻快地说："那你下次多迁就我一点儿。"

"下次"，这是个温郁和林羡清都不敢想下去的词，但林羡清还是说了出来。

喝完粥后，林羡清蹲到角落去看猫。

墙角又落了一堆灰，小霹雳待得无聊，自己在地上打起滚来。林羡清看得笑弯了眼，沉重了很久的心情在这一刻终于明朗了点儿。

"你好点儿了吗？可以开灯了吧，好黑。"林羡清回头问。

温郁没说话，但是径直地走到墙边摁开了灯。林羡清顺势把房子里的窗帘给拉开，让外面的新鲜空气透进来。

她对着窗外做了几个深呼吸，笑吟吟地跟温郁搭话："你看小霹雳，它——"

猝不及防的，温郁声调很轻地打断了她："没必要这么努力，你看起来并没有装出来的那样高兴。"

他抿了下渗血的嘴唇，说："我说了不用迁就我，像以前一样就好。"

怎么像以前一样？林羡清已经忘记以前站在温郁面前的感受了，就好像那些站在灼日之下的日子、那些频频高温的夏天，已经久得记不起来了。

"要求好多啊你。"她走过去，坐在温郁旁边，眼皮耷拉下来。

屋内透亮起来，林羡清终于摁开手机看到了林柏树发的消息，她回："我不回那个家。"

她哥没回复，可能是忙什么事儿去了。

下一条是祝元宵发来的，他对林羡清要去上大学这件事挺大惊小怪的，直接消息轰炸，还说要给她举办个欢送会。

林羡清当时忙着，一条消息都没回复他，他就已经自顾自地敲定下来了。日程安排在二十五号，她走的前一天。

祝元宵让她问温郁要不要去，林羡清犹豫了一下，拿着手机在温郁面前晃了晃，问："二十五号他们要摆席送我，你去吗？"

"嗯。"

回完消息后，林羡清把手机搁在一边。她有些矛盾，不知道要以什么样的态度去面对温郁了，好像怎么做都不对。

林羡清趴在桌子上，一直叹气。终于，她开口道："要不明天再开始吧，我有点儿……"

不知道这算不算是一种难得的默契，他们两人都能听懂彼此卡在半截的话，虽然林羡清没接出"有点"后面的话，但温郁好像还是听懂了，他很轻地点头。

不知道是不是林羡清的错觉，她觉得温郁的话变少了好多，虽然之前话也少，但没少到现在这样只说"嗯"和"抱歉"的程度。

担心他这件事好似成了一种本能，林羡清忍不住问："你不会做什么的对吧？"

她说得隐晦，但两人都能听懂。

温郁破天荒地主动请求道："那你多给我发点儿短信吧，多跟我聊聊天。"

他真的很会装可怜。

林羡清还是心软，但转而又抱怨了一句："怪贵的。"

察觉到温郁又想开口，林羡清几乎是下意识就反应过来他可能会说些什么，于是抢先截住话头，说："别说'报销'之类的了，我现在听不得有关'钱'的话题。"

温郁明白她在为自己之前的话而生气，于是叹了口气，动作很慢地倾身过来环住她。但两人之间仍旧留着一道很大的缝隙，像是一个不太标准的拥抱，克制而又礼貌。

她听见温郁说了"抱歉"，又说了"那你回去吧"。

虽然说了"那你回去吧"，但温郁并没有放手。林羡清闭了眼，主动抱住他，她不知道第多少次叹气。

小姑娘默默抱紧他，说："不是要谈恋爱吗？那就好好谈。"

她像哄小孩一样拍着他的背，说："允许你抱一分钟。"

林羡清不想让温郁难过，哪怕自己很难过。

温郁也不想让林羡清难过，但是……他该怎么做？

他可能再也不会说出来，当林羡清从屋外进来时，好像照亮了整个昏暗的老屋。抬头见到她的那一眼，温郁以为自己见到了赶来渡他的神。

（2）

回到家时林老爷子不在家，可能又跑到哪里去下棋了。

想起温郁的话，林羡清躺在床上摸出手机，准备给他发个报平安的短信，结果收到她哥的又一条消息，说他们明天要来接她。

林羡清的手一抖，翻身从床上坐起来，眼睛直直地盯着手机屏幕。

明天？

她吓了一跳，立马给林柏树打了电话过去，语气有点儿冲地说："我不是说不回那个家了吗？为什么还要强迫我？"

电话对面静了几秒，林柏树迟迟不出声。好久后，林羡清听见了她爸的声音："自己家不回你还能去哪儿？"

男人的声音沉稳有力，有着一贯的命令语气，听得林羡清心里很不舒服。

"我不是你的下属，你也没资格命令我。"她赌气说，然后把手机撤离耳边，对着收音筒道，"你来了也没用，除非你五花大绑把我绑上车。"

对面沉默了好久不说话，林羡清正想把电话挂掉，却又听见林志斌的声音："林羡清，你是不是在乡下野惯了，只会耍蛮横脾气。"

这句话把林羡清说委屈了，这阵子所有乱七八糟的心绪一瞬间涌上心头，她用很低的声音告诉她爸："因为我只有爷爷教。"她耸了耸鼻子，"但是爷爷把我教得很好，我知道什么时候该礼貌，什么时候不用礼貌。对您这样从小把自己亲生的孩子扔在乡下，不闻不问十几年的人，我认为没有必要礼貌。我这样说，您那金贵的耳朵能听懂吗？"

林志斌不再说话，最后似乎把电话还给了林柏树。

她哥刚想出声，林羡清就打断道："总之你们别来，知道的吧？爷爷也不想见到你们，到时候灰溜溜地被赶出去的话，我不会再放你进来了。"

她把手机扔在床头的柜子上，手机又开始响动，林柏树坚持不懈地给她打电话。

林羡清盯着看了一眼，干脆直接把手机关机。

在关机的前一秒，她似乎看见有短信进来，但林羡清没太注意，直接把手机扔到一边了。

她侧头，看见橱柜里大量的金色奖杯，上面都刻着她爷爷林子祥的名字。几十年的荣誉，都储存在这个小小的柜子里。

老房子的床板不太结实，林羡清翻个身的功夫就吱呀作响。她扫视着老屋子里的一切，看着桌子上镀着金的算盘，突然觉得很可惜。

什么都还没有做到，就得离开了。

林羡清闭上眼，整个人缩成一团，沉积的疲惫席卷她，她迷迷糊糊地睡了过去。

在另一边，温郁试着给她发了好几条短信都收不到回应，他疑心林羡清还在生气，只能沉默着把手机搁在一边，不再打扰。

林羡清走后，他又把房间的灯关上，窗帘也拉了起来，所有的一切好像又回归到林羡清来之前的状态。

锅里的绿豆粥还没喝完，林羡清让他饿的时候自己热一下，但温郁只是缩在凉席上浅寐，醒来时他觉得浑身发冷，原来是窗户没关严实，凉风吹了进来。

入夜了，温郁踱步到厨房，锅里的粥都没加热，直接被他盛了出来。冷粥化不开糖，温郁吃了一勺，满嘴的甜腻，但下一口又是苦的。

又甜又苦，味觉失灵了一样。

一碗冷粥吃了一半，因为他加了太多的糖，后来吃下去的东西已经分不清是粥还是糖了，温郁的胃突然泛起恶心，跑到厕所弓着腰吐了出来。

他咳了几声，眼尾染上绯红，睫毛被生理性的泪水浸湿，懒懒地耷拉了下来。

温郁一边接冷水漱口，一边轻嘲着想，他真荒唐。

那天温郁又失眠了，他的手机一直放在床边，可是迟迟没有消息进来。

他等了一晚上，但林羡清没有回复他的短信。

也许是夜里容易伤感，温郁克制不住地想，他做了罪大恶极的事，他强制性从林羡清那里偷走了十一天，被讨厌是应该的。

凌晨三点四十七分，温郁从床上坐起来，他打开通往院子的后门，蹲在那棵石榴树面前，温郁记得她喜欢石榴花。

于是他拍了照给林羡清发过去，彩信一般发得都很慢，温郁受着风，在树下等了好久才见到照片已发送。

可是夜色太浓了，他拍的照片只是一团黑，根本看不清火红的石榴花。

温郁垂了眸，很抱歉地想，希望她不要再生气了，她已经够生他的气了。

林羡清第二天打开手机一看，温郁一晚上居然给她发了三十二条短信，最新的一条是早上四点半，他干巴巴地发了个"对不起"。

再上面一条，是一张全黑的图片，看得她云里雾里。

大清早刚起床，林羡清的嗓子还是哑的，就给温郁打了电话过去。对面几乎是立刻就接了起来，她连一声"嘟"都没能听见。

"今天是恋爱第一天，对吗？"她问。

温郁迟疑了一下，回应她道："嗯。"

林羡清举着电话走到窗户前，拉开窗帘，声音夹着半分叹，像是真的热恋第一天般高兴地说："那么，跟你说声早安吧，男朋友。"

真的很久了，温郁很久很久没有听见林羡清用这种轻松的调子跟他说话了。

他压了压心里的情绪，纵容小霹雳攀上他的胳膊，嗓音含混带笑地说："早安。"

院子里的林老爷子开始晨起打太极，他的收音机非常给力，响得整条巷道都能听见。

林羡清被收音机里的声音震了一下，连忙掩上窗户，小声吐槽道："太恐怖了。"

她捡起床下的一只拖鞋，边往脚上套边说："这就是为什么我每天早上睡不成懒觉的原因，像你这种每天可以睡到日上三竿，然后懒洋洋地拎着个书包去上珠算课的人肯定体会不到。"

"那确实，太可惜了。"他嗓音发虚，听起来好像没什么劲儿。

温郁的神经绷了一晚上，到这时候接到林羡清的电话才精神了点儿，他抬指捏了捏眉心，唇角翘着，眉头却皱得紧。

但林羡清看不到，她只能通过声音去判断，温郁好像不太精神。她暗自猜测他是还没有从失败的阴影里走出来。

"你怎么半夜还在给我发短信？那张黑色的图片是什么？"

温郁沉吟了几秒，很直白地回答："晚上有点儿睡不着。那张图片是我拍的石榴花，半夜莫名其妙想到你好像很喜欢石榴花，就想着拍给你，但是太黑了，没拍出来。"他停了几秒，扭头看着日光下摇曳的火红，又继续告诉她，"你有时间可以来摘几朵带回去，在它们枯萎之前。"

林羡清很难得地沉默下来，她哽了一下，只说"好"。

电话那头猝不及防传来几声猫叫，他好像在逗猫。小霹雳脾气火暴，大叫了几声，那声音实在称不上好听，但温郁居然在笑，尽管听起来有些勉强，他好像很努力地在让自己看上去快乐。

"听到了吗？"他突然问。

林羡清蒙了一瞬，问："听见什么？小霹雳的叫声？"

"嗯，它说：好想好想你。"

心脏突然被这几个字给揉得软了下来，林羡清差点儿以为这是真的。

她低眸，说："那我有时间去看它。"

老屋的大门被敲了几下，林羡清挂了电话，应了门："谁啊？"

屋外的人不回她，院子里的林老爷子正专心致志打太极，根本没听见敲门声。

林羡清放下手机，心里有个不太好的猜测。

可她明明说了让他们不要来，总之没人会好好听她的话对吗？

她觉得脑袋一抽一抽的。老屋子还是装的旧木门，没有猫眼，林羡清无法得知外面是谁，只能试探着问了一句："谁啊？不认识的不开门。"

意料之中地，她听见了林志斌的声音："是我。"

林羡清站在门前，说："我不可能给你开门。"

很突然地，门锁传出"咔哒"一声响，大门被拉开。林志斌，她几乎从未见过的父亲的脸就映入眼帘。

他说："敲门只是礼貌，本来就没打算让你们给我开门。"

他手上拿的是林柏树的钥匙，林志斌换了鞋，来这里像进了自己家一样自如。

他四下闲逛着，还不停喟叹道："老爷子还打太极呢？这家里怎么还跟我小时候一样？"

林羡清忍了忍，尽量不发火，说："谁告诉你说随便进别人家里到处看也是礼貌？"

林志斌笑道："可这里也是我家，我是他的儿子，你的父亲。"

老木门没关严实，被风吹得前后晃荡，生了锈的合页总是"吱呀"响着。林羡清用指甲抠着自己的裤子，这一刻无话可说，因为这是事实。

无论这个家还是那个家，都是林志斌的。

原来，没有一件东西是真正属于她的。

院子里的太极拳广播声顷刻间停止，后门被一把推开，白汗衫老头儿捞着个扫帚冲进来，扫帚把直指林志斌。

"谁允许你来我家的？"林老爷子声音洪亮，嗓门大得震天响。

他一边用扫帚把戳着林志斌，嘴里一边不耐烦地催道："滚滚滚！"

林志斌的脸色不大好看，在自己父亲面前，他也有些无奈，说："爸，我接女儿去我那儿住，她不是要上大学了吗？在家里住总归有人照顾一下，又不是什么坏事。"

上天在给人们选择人生时真的是公平的吗？

那为什么，为什么她的人生跟林柏树截然不同？她得不到父母的爱，得不到恋人的爱，甚至没有聪明的脑袋，做什么都失败。

所以世界上这么多事，遵循的分配法则本来就是不公平的，有的人生来光芒万丈满身华光，注定是骄子，但好可惜，林羡清不是。

她的人生只有被别人随意支配的份，人生最开始的几年被逼着进了珠算班，现在又要被逼着回到那个不喜欢的家。

她是不被上天喜欢的小孩儿吧，所以得不到一丝一毫的偏爱。

林老爷子被林志斌说得哽了一下，但也许他知道林羡清并不想去那个家里，于是他还是义正词严地高声道："用得着你？我老爷子把这里的房子卖了，跟孙女一起去市里上学又怎么样？"

老人家情绪容易激动，说不了几句就脸红脖子粗的，林羡清听着心里也难受。

没必要这样，这房子已经住了几十年了都不见他换过，爷爷有多念旧林羡清是知道的，她不可以这么自私地让老人抛弃住了多年的故土，跟她一起搬去市里。

林志斌还没来得及说什么，林老爷子又继续说："别以为你挣了几个臭钱，就得让别人都听你的，当初把人丢给我的时候倒是爽快，现在又装什么好父亲。"

这句话说得跟戳了林志斌一刀一样，他觉得林老爷子不理解他，上下喘了好几口气才好声好气地解释："我当初去下海经商，怎么带得了两个孩子？但凡我有那个能力，都不会把女儿丢给您。"

林志斌停了一下，说："那样也不至于让她现在只会打个没用的算盘，连个名校都没考上。"

听见林志斌说算盘没用，林老爷子又着急起来了，声音都快喊哑了，说着那句他这辈子不知道重复了多少遍的话："我们林家，祖上就是管账的！"

"行行行。"

林志斌听得脑袋疼，他也是气急了，没什么风度地直接进了林羡清的房间，扯出柜子里她为数不多的奖状和证书，还把她搁在桌子上的算盘也一起拿了出来。

他自以为苦口婆心地说："就这些，几张破纸，能顶什么用？换得到几个钱？"

这么说着，他手里抖动几下，零落的奖状一张张飘在地上。

林羡清隔着很远的距离看着，眼睛被扎得发疼。

林老爷子看不惯，拎着扫帚就跑上去往林志斌身上敲。林志斌下意识举起手里的算盘挡住，"啪嗒"一声，才修好的算盘又被敲坏了，算珠一个个地滑落，跳到地板上，有几颗还滚到了林羡清脚下。

她无能为力地想：好像就该这样。

她的人生，好像就该这样，被敲个粉碎，反正她也没做到过什么有意义的事。

一片寂静中，林羡清兀自红了眼眶，蹲下身去把珠子一个个地捡起来，再也站不起身来。

林老爷子也不知道该怎么办，只能一边打林志斌，一边大声骂他。

林志斌这几年过惯了优渥的生活，很少有像这样狼狈的时候，他忍着疼，还要执拗地说："您把我打死我也要把女儿带回去，不能再让她颓废地过下去，以后大学毕业了连个工作都找不到，难不成老爷子您还能养她一辈子？"

林羡清蹲着，喉咙里像卡了一串尖刺，一说话就发疼，可是她还是要说："我知道了，我回你的家，你别再来烦爷爷了。"

对面两个人追打的动作顷刻间停住。

林羡清撑着膝盖站起来，抹了两下眼睛，哽着说："但不是今天，我报到的那天再回去，至少你让我再跟爷爷待几天。"她停顿几秒，又很艰难地继续，"毕竟是他照顾了我十五年，这一点儿权利你没必要剥夺。"

话音落地后，林老爷子举着扫把的手慢慢垂了下来，他张了张嘴好像还想劝几句话，但是终究没说出来。

林志斌沉默一下，顺了她的意。

不速之客走后，林羡清慢步踱到房间门口，把掉在地上的奖状一张一张捡了起来，把翻折的角都折回来，拍掉上面的脚印。

"你真的愿意跟着他？"林老爷子气喘吁吁地靠坐在大桌子旁边的椅子上，面对着她问，脸还气得通红。

林羡清理好自己的奖状以及断裂的算盘，很轻地应了个"嗯"。

她说她不想让爷爷从老屋子里搬出去，年纪这么大了，也别跟着她到处遭罪。市里的大环境怎么样也不好说，这种小镇的老房子卖出去的钱，在大城市说不准连个厕所都租不了几天。

林老爷子听得沉默，最后也只是无可奈何地叹了口气。

林羡清说："大不了我住校，不回那个家。"

这句话是安慰林老爷子的，同时也是为了安慰她自己。

拎着碎掉的算盘出去修的时候，林羡清在半路上收到了温郁给她发的消息。

他说他摘了院子里的石榴花，他说想要见她。

那个时候林羡清已经到了南街了，她侧头看见夕阳亲吻河岸，从她这个视角看过去，岸边野草疯长，甚至盖过了映衬着天光的湖面。

"我在河岸，你来吗？"

对面的人说好。

因为要等温郁，林羡清就没有继续往前走，修算盘的事排在了"要见温郁"这件事的后面。

装着算盘的袋子被她搁在地上，林羡清坐在熟悉的大石头上，双脚悬空，她看着暖黄色的湖面，听着水潮翻涌的声音，目光空空，思绪空空。

直到温郁在她身后叫她的名字："林羡清。"

她肩膀僵了一瞬，然后扭头看向温郁驻足的远方。傍晚的风吹起少年松散的发，好像时间就要在此停住，不会再往前走。

可是没办法，夏天总要过去，四季总要流转，他们是蝼蚁，无力改变任何事。

明明没觉得那么难受的，但一见到温郁，林羡清被好好藏起来的悲伤就无以复加，纷纷冒出苗头来。上次在集合营的时候也是，这是种不太好的现象。

温郁迈着长步，三两下就从河岸上滑下来，走到她身边，手里攥着用彩带精心扎好的、火焰般的石榴花。

林羡清慢吞吞从他手里接过来，放在手里把玩，她问："为什么觉得我会喜欢石榴花？"

温郁斜靠在她旁边的石头上，乌黑的发被染上金色的光，睫毛沾了熹微的灿光，随着他眨眼的动作而在温热的空气中上下浮动，林羡清就那样听着自己的心跳声一下比一下大。

他放慢了调子，语气显得温柔，说："上次见你在院子里仰头看了好久，猜你喜欢。"

这么说着，他耸了两下肩，侧眸看着她，很认真地继续说："不喜欢的话也没关系，你喜欢什么花，我以后在院子里给你种，你来的话就能看见。"

他说这话的时候真的不像在开玩笑，仿佛真的能有"以后"，可两人分明都心知肚明，这是个为期十天的梦。

而且明明是他先提出来的，他先断送了梦想中的"以后"。

林羡清低了低眸，牵强地笑了一下，说："你猜对了，我很喜欢石榴花。"

那么，就陪他把这个梦做圆满。

也许是太沉浸在自己的世界里了，林羡清对温郁的靠近毫无察觉，等她反应过来而抬眼时，温郁没什么温度的指尖已然附上她侧脸。

少年微躬着身子，替她绾好耳旁散落的发，漂亮的眉眼直接跳进她眼帘。

林羡清呼吸一窒。

温郁问："你不高兴，为什么？"

前一句是陈述，林羡清为他的敏感而惊讶。

在张嘴的那一刻，林羡清仿佛能懂得那种有话却不敢说的苦涩，于是她只是指了指地上用塑料袋包裹住的算盘，哀怨地说："算盘又坏了。"

温郁稍稍退开些许，视线却一错不错地盯着她，说："我再帮你修就是了，别难过。"

这句话说得像幼稚的小孩儿，笨拙又认真地安慰人，结果憋了半天只能说出"别难过"这样干巴巴的说辞，但林羡清莫名很受用。

"别了，本来就不是你的错。"

温郁执拗地盯着她的双眼，说："可是我想让你高兴。"

这句话本来是林羡清说给温郁听的，没承想最后居然反馈到了自己身上。

午后金黄色的阳光倾泻而下，林羡清跟他并排坐在河岸的大石头上，仰头看着断不了的火车鸣着汽笛经过这片领域。

被砸烂的算盘还在脚边，林羡清沉默了好久，眼眶又发起酸来。

她怎么现在才发现自己这么爱哭？林羡清想。

"我们逃走吧。"她忍着眼泪瓮声道。

温郁半抬着胳膊，掌心附在脖颈上，漫不经心地回她一句："行啊。"

他垂眸，长睫毛遮住半边瞳孔，漂亮的眼睛很轻地弯了一下，说："巴黎、洱海、冰岛，都可以。

"前提是，你必须跟我在一起。"

如果他们以后能一直在一起，他们大概会背着行囊去北极冰川看极光，去南极看企鹅，去蹦极，去坐热气球高高地飞到天上去，去尝试一切不能做和不被允许做的事情。

可是不可能，现实里，他们是被困的金鱼，无论如何翕张着鳃吐气，都吸不到自由的氧。

"哈。"林羡清抽着鼻子笑了一声，晃了晃两只悬空的脚，"那可真好。"

在这一刻，他们都在努力把虚假的恋爱谈得真实。

火红的石榴花还在手里，林羡清转了转，看着花瓣上似乎还沾着露，沉吟一会儿后她又歪着头问："明天呢？明天什么时候见面？"

温郁难得怔了一下，漆黑的眸闪动几下，映射出她的脸。

他喉结轻滚一下，声音变得哑："都可以，我听你的。"

见面吧，在上一秒、下一秒、想起你的每一秒。

因为能够在一起相处的时间不多了，十天，二百四十个小时，一万四千四百分钟。

林羡清把石榴花带回家，用小碗装了水泡住它的茎尾，但是第二天早上去阳台上看它的时候，花还是枯了。

艳丽的花瓣变得萎蔫缩水，蜷了边，再没有一点儿生机。

林羡清叹了口气，干脆把花夹在书页里作书签。

(3)

那天下午约了见面，要去林羡清的学校逛逛，温郁说他从没去过。

其实林羡清对自己的学校并没什么感情，也从不怀念那里的日子，可能是因为她在学校里并没有多少值得夸口称赞的青春时光。

去学校的那条路很长，但是林羡清还是记得要怎么走，要在哪个路口拐弯。

车堵在半路，虽然还在暑假，但是高中一般都会提前几天开学，尤其是竞赛班的学生，几乎在八月份刚开始的时候就入学了。而且现在正是大清早，送学生的车堵得水泄不通，鸣笛声在马路牙子上炸开。

车轮缓缓往前蹭了快半个小时，林羡清才挤到大门口，在拥堵的人潮里，她总能第一眼看见温郁。

他今天穿了纯黑色的卫衣，宽松的款式遮不住清瘦好看的身形。

温郁低头站在电线杆旁边，手里还捏着手机，眉眼低垂着，在给谁发消息。

下一秒，林羡清感觉到自己口袋里振动了一下，点开后是温郁的短信："到哪儿了？"

她下车，回他："你抬头呀。"

温郁略略仰起头，林羡清刚好站在马路边上，笑着冲他招手。

她扎了个马尾，穿着高中蓝白相间的校服，跑过来的时候马尾在身后一跳一跳的，活泼又天真，像最开始遇见她的时候。

一跑过来林羡清就推着温郁的手，小声叮嘱道："我们现在得装成学生进去，手机快收收。"

温郁把手机装进卫衣口袋，低声问："但我没有学生证也没穿校服。"

林羡清侧身看了看大门，说："没关系，现在人多，说不准可以混进去。"

学生们排成好几队往大门里挤，林羡清跟温郁两个人浑水摸鱼，结果温郁一身黑的装扮在一众校服里还是太出挑了，保安大叔大声喊道："那个穿黑衣服的男生，你的校服呢？"

温郁被保安扯出来，林羡清见事情不对立马从队伍里出来，帮温郁打圆场。

保安问："校服不穿就算了，学生证呢？"

温郁抿了抿嘴，说："落教室了。"

"几班的啊？"

温郁快被问倒了，林羡清冲过来扯了扯他的袖子，跟保安大叔解释道："他是我同学，李雯洁老师班上的。"

说着，林羡清把自己以前的学生证拿出来给人看。保安狐疑地瞅了两人一眼，指了指门卫室，说："进去登记。"

登记板上都是无故迟到的，各种各样的字体龙飞凤舞，温郁拿了笔，照着林羡清念的填。

于是，字迹纷乱的登记板上，留下了唯一一道整齐好看的字，温郁写字喜欢把捺拖得老长，几乎戳进了下面一行的格子，结果排在两人身后下一个登记的学生就开始吐槽道："怎么把格子都占了啊……"

林羡清低了头，讪讪推着温郁往里走。

大清早的，天刚蒙蒙亮，有人捏着书包带子往教学楼冲，而林羡清跟温郁两个人慢悠悠在学校里闲逛，形成极大的反差。

林羡清侧着头问："为什么非得来我学校？学校里可没有什么好玩的。"

温郁与她对视一眼，开了口："因为没见过。"

林羡清没懂，温郁又补一句："没见过高中的你。"

夏天的尾巴，学校里的绿植还绿得葱郁，埋在花坛的喷水器开始往外吐水，教学楼门口的小池塘里浮出几片荷叶。

林羡清踢了踢石子路上的石头，半开玩笑般说："那你可有得看，还有我的初中、小学、幼儿园，你不是都得去看看？这样，你就从我十八岁看回到三四岁。"

温郁的喉咙里闷出几声笑，他说"好"。

因为是周日，一般这天是不上早自习的，进了教室就得上课，有人来得早就先去食堂吃早饭，还有的从校外买了早餐，扒在窗台上吃，免得味道积攒在教室里。

林羡清跟温郁路过一个窗户，那窗户猝不及防被拉开，一个小个子女生正端着一碗打包的面站在窗户口。

两人下意识偏头看过去，那女生看了温郁一眼，瞪大了眼睛，下意识地道："好帅。"

　　温郁倒没什么感觉，林羡清没忍住，单手搭在温郁肩上低着头笑出来。

　　那女生也觉得尴尬，又默默把窗户关上了，下一秒又听见她好像在对朋友叫嚷："快快快，窗外有帅哥，是我们学校的吗？"

　　温郁脸上没什么表情。

　　林羡清压着笑催他快往别处走，说："要被围观了，帅哥。"

　　温郁默不作声瞥了她一眼，林羡清毫无知觉，拉着他的手往另一边走。

　　走远了一点儿以后，林羡清问他想去哪儿，温郁沉吟了一下，说："你的教室呢？在哪里？"

　　林羡清环顾了一下周围，太久没来居然会有点儿不认路了。十几秒后，她指了指右前方的那栋教学楼，说："那栋楼，但我不确定我那个教室现在还作不作教室用了，因为里面的电子白板是坏的，学校好像说要改成办公室。"

　　那栋是老楼，学校刚建成的那几年就有了，设施什么的也挺旧的。

　　林羡清记得自己上学的时候电路就经常损坏，晚自习上到一半灯会突然黑掉，然后一教室的人都会叫嚷着提前放学。

　　她想了下，还是对温郁招了招手，说："你想去的话我们就去看看。"

　　楼里的楼梯挺旧的，崎岖不平，楼道的墙上有各种各样的涂鸦和恶搞的标语，大多是追星发言，或者是一些吐槽，斑驳的墙上连墙皮都不剩下几块了。

　　温郁往上走了两楼，很突然地问："这确定不是危楼？"

　　林羡清哽了一下，说："总之不会散架的。"

　　"如果真塌了，我会先跑向你的。"

　　"你来救我？"林羡清有几分感动。

　　结果温郁摇了摇头，很认真地说："我要在你身边。"

　　林羡清上楼的脚步一下子停滞住，她略无语地抬眼看向身前的少年。

　　林羡清的教室在顶楼，这一楼被空了下来，一片寂静无声。

　　楼底下各种吵闹声还在此起彼伏，混杂着无数少年人的大笑。林羡清跟温郁两个人走过廊道，推开尽头那扇破旧的门。

　　因为修建的年代太久远，门上的锁早就脱落了，轻轻一推就能开，只是会被扑一脸的灰。

　　林羡清捂着鼻子呛了好几声，温郁从边上给她递了纸巾和水。

　　她缓了一会儿后又摸进去，教室里的窗帘被尽数拉上，密不透光，林羡清朝电灯开关摸去，却摸了一手的灰。

　　不知道是开关失灵还是灯泡坏掉了，总之灯打不开。

　　林羡清回头对温郁说："灯坏了，把窗帘拉开吧，太黑了。"

窗帘上也积了不少灰，明明才离开了两个月，怎么感觉这教室跟几百年没人来过一样。

教室里透了光进来以后才像个样子，温郁站在最后一排正中间，林羡清在讲台上，他指了指温郁腿边的那个位置，说："我最开始就坐在那个位置。"

温郁眯了眼，他视力还不错，也只是勉强能看清黑板上残留下来的几个字，可能是高考结束那天留下的，写着"我们要永远在一起"。

但是林羡清是近视眼，并且温郁没见过她戴眼镜，那么她……坐在这儿的时候能看到什么呢？

下一秒，林羡清的手指不断往前滑动，指到了正数第二排靠近通道的位置。她说话的腔调很跳跃很轻快，说："最后我被调到这里来了，因为成绩冲上去了。"

听完她这么说，温郁又往前走了几步，到了她指着的地方，又试着看了眼黑板，作出了评价："这个位置还不错。"

林羡清被他说得哭笑不得。

温郁侧着身子挤进去，坐在靠里的位置，抬头看着讲台上的她，拍了下旁边的桌子，嗓音淡淡地说："同桌，坐。"

林羡清跑下来看了看，桌子和凳子上果然都有一层灰，她皱了眉，说："别坐了，好多灰。"

"我不介意的。"他说，然后似乎是想到了什么，温郁用纸巾把旁边的位置擦干净，又说了那句话，"同桌，坐。"

林羡清顺他的意坐下，再抬头的瞬间，看着熟悉的教室，扬起的灰尘在空气中像浮动的金子。

温郁在她发愣的时间里，从背包里抽了一张白纸，低头写上了一行字，然后推到林羡清眼前。

他说："同学你好，我是你的新同桌温郁，请问能知道你的名字吗？"

林羡清笑着说他幼稚，结果还是夺过他手里的笔，很认真地低头在纸上回复他："温郁同学你好，我是林羡清，很高兴见到你，希望你见到我也很开心。"

下一秒，少年清冽好听的声音从旁边传来，带着笑道："开心。"

他指尖摩挲着纸张的边缘，天生的笑眼勾勒出眼睛好看的弧度，温郁又重复道："见到你很高兴。"

其实，一想到要见面，就会高兴了。

他是《小王子》里的那只狐狸，林羡清是小王子，他终归要被她驯服，为她的到来感到快乐，这好像是这阵子唯一值得高兴的事了。

林羡清在这一瞬间会有种错觉，就好像她真的跟温郁一起念过高中，做过同桌。

那样的话，她大概会默默关注他三年，跟在他背后就好。

她问："你呢？你以前大概坐在哪个位置？"

温郁怔了一瞬，他又说："抱歉，我只上过一年高中，而且没有固定的位置。"

林羡清不知道该做出什么样的反应，她张了张嘴却无话可说，心里怀疑着这话的可信度，毕竟温郁骗她不是一次两次了。

思索一会儿后，林羡清把背脊往后抵，尽量让语气浑不在意，说："上学又不是一件多高兴的事儿，我就不爱上学。"

因为当时总是被人嘲笑，就仿佛成绩不好的人不可能是乖小孩儿，林羡清真的对自己的高中生活没有更多的怀念。

"我蛮讨厌上学，平时念分时总是倒数，考试完就想挖个坑把自己埋起来。看着那些天之骄子被表扬，照片挂在学校荣誉墙上，我只能看着。虽然最后我成绩提上去了，但还是没人看得起我。"

林羡清低了头，声音没什么所谓，看着黑板旁边的一系列奖状，什么"进步之星""单科优胜""学习标兵"，她后来每次都能挤上那个名单，只不过没人说过她很厉害。

突如其来地，空荡的教室里响起了格格不入的掌声。

温郁侧过身子看着她，黑沉沉的眼睛里染上晨起的熹光。他很轻地开口道："我看得起你，你在我心里是世界上最伟大的人。"

那神情特别认真，好像一颗真心经过层层包装才敢拿来送人。

林羡清被逗笑了，她撑着身子走到黑板前，在那句"我们要永远在一起"的前面加了前缀。

——温郁和林羡清，我们要永远在一起。

林羡清拍了拍手上沾染的粉笔灰，摇头晃脑地笑道："都要成为伟大的人啊，温郁。"

即使以后不在一起，我也要用伟大来祝福你。

其实她一点儿也不伟大，温郁觉得她伟大，大抵是因为喜欢她。

所以，是爱伟大。

温郁晃了一下眼神，眼睛轻浅地合动几下，好看的眼睛里酝酿出笑意，他轻声应道："好。"

清晨的阳光从破败的窗棂里射进来，在覆了灰的课桌表面交错，夏天接近末尾，蝉已经不叫了，只有风在疾跑，把脚步声遗忘在楼下的树丛里。

林羡清的手背覆上一点儿温凉，温郁的手指轻轻搭在她手背上。空寂无人的教室里，他们默不作声地将十指交缠，指缝贴着指缝，仿若这样就能把全部的心绪传达。

一下又一下，林羡清听见自己心如擂鼓。

在耳膜几乎被心跳声占满时，她听见温郁问："该去下一个地方了吧？"

林羡清慌乱地点头，想站起身，但左手又被桎梏着。

温郁扯住她说："抱一下我吧同桌，你还没抱过我。"

她怔了一瞬，想着她明明就有抱过，上次在他家就抱过。

但是听着他嗓音怪委屈的，林羡清还是抬了右手，上半身前倾，环住他的脖子。

温郁脖颈也修长，像天鹅一样细白，把下巴抵上去的时候，还能闻到一股让人安心的皂角香，林羡清眨了眨眼，嗫嚅道："真肉麻。"

温郁喉咙里闷出一声笑，他抬眼，看见被拉开的窗帘外，藏了几个人影。

路过的学生看见这教室里有人，躲在窗边偷看。

也许这在他们的青春里并值不得什么，不过是在一个废弃的空教室里，看见两个人在偷偷地拥抱，那是一个在少年时代不被允许的、亲昵到极点的拥抱。

下楼时，两人一前一后，手指勾在一起没松开。

半路碰见了一位老师，在早读声的掩盖之下还能听见她喊："那两个人干什么呢！手都拉上了！"

林羡清有种早恋被抓包的感觉，她使劲把手往回缩，温郁却默默攥得更紧，指腹蹭着她手心，给她写了个"人"字。

大脑空白的一瞬间，耳膜还在工作，温郁跟老师解释道："我俩不是学生，混进来玩儿的。"

那老师狐疑地看了他们一眼，问："没事儿跑学校来玩什么？出得去吗你们？"

她的视线落到林羡清的校服上说："出去的时候找你以前的老师开个假条，不然门卫不会放人的。"

老师再也没说什么，转身的时候嘀咕道："刚毕业就谈恋爱，速度真快。"

两人无奈地对视一眼，林羡清抱怨道："都说学校里没什么好玩的了。"

温郁抬了另一只手，很轻地拍了下她的后脑勺，浑不在意地说："当个纪念。"

至少一起走过林荫道，是不是也能算陪她走过一段青春？

走出学校大门的时候，外面已经静了下来，只有汽车的鸣笛声，但不至于像大早上那样堵。

这个小镇值得一去的地方太少了，根本找不出什么适合恋爱时去的地方。

最近小镇一直在兴建，还下发了翻新计划，估摸着一批老房子都要被拆迁。

西郊还新建了个公园，好歹找到一个去处。

约好去那儿已经是好几天以后的事儿了，中间几天都是林羡清去温郁家里待一会儿，每天中午去，温郁坐在桌前翻她看不懂的英文书，林羡清就躺在他的腿上看电视剧或者动漫。

很偶尔的，她会突然蹿起来，脑袋从温郁两臂之间挤出来，指着他书上的单词问是什么意思。

无论多少次，温郁都会被她突如其来的动作吓到，但又默默缩紧两臂，环抱住她，然后偏头为她解释。

这种时候一般是林羡清待得无聊了，故意捣乱的。

温郁也不恼，每次都顺着她，久而久之，他也觉得好像太沉闷了一些，偶然听到隔壁遛弯的大爷提到西郊的公园，就想着至少多出去几次。

每日她来，温郁都会采撷几朵树上的石榴花，放在桌子正中间，但当天下午他准备出门时，去树下一看，石榴树已经被他揪秃了，不见一点儿火红。

于是他只能空手去。

最近可能是因为快入秋了，气温降下不少。林羡清在公园门口见到温郁时，他已经穿上了薄大衣，双手揣在兜里，看上去很怕冷的样子，少年的头发松散又乖顺，被风吹得乱了几分。

林羡清背着手跳到他眼前，左右看了他几眼，然后哼了一声："你家的花终于被你摘完了吧。"

温郁拿她没办法，压低了眉眼细细瞧她。

姑娘笑吟吟地把藏在身后的花拿了出来，娇艳欲滴的，是石榴花。

"这次轮到我送你了，跑了好几个店才买到的，现在不怎么有人种石榴树了，而且这个季节，石榴花基本都凋谢了，可难找了。"

她说着，用手指拨了拨花瓣，把花的茎塞在了温郁兜里。

温郁无措地低头看她，林羡清毫不在意，扯着他的胳膊把他带进公园里去。

明明不是什么重要盛大的节日，但公园的湖上还是放着灯，承载着人们的祈愿。

很多老大爷绕着湖健走，林羡清想着让林老爷子也多来这边走动一下，能锻炼一下身体也是好的。

大广场上有许多人正在点孔明灯，纸糊的灯身在夜空中晃晃悠悠的，被火光点亮，热气撑着它把黑色的夜空戳破一个窟窿。

林羡清拉着温郁到一个卖灯的小摊旁，她兴冲冲地挑挑拣拣一番，买下了各种各样的花灯。

当然，最后是温郁给了钱。

好不容易在大广场上找到一个空位，林羡清点了两个孔明灯，灯身渐渐鼓起来，然后浮在了空中，林羡清赶忙拍了温郁几下，催他快点许愿。

她双手合十，小声嘟囔着说，希望上天能给她换个值钱的玉算盘。

漫天都是燃起的灯火，暖色染上少年的眉眼，温郁侧身看向她，很轻地开口道："上天说，你的愿望我都要实现。"

林羡清的身子僵了一瞬，她怔怔抬眼，看见他如墨般的瞳眸，心跳骤然漏掉一拍。

孔明灯升到视线最高处，却被突如其来的一阵夜风吹得晃悠。

湖面泛了涟漪，吞没了几盏花灯，不知道又是谁的祈愿没了归处。

微风撩动他的发，林羡清看着他，忽然不着调地想：喜欢一个人的话，连从他耳畔掠过的风都会被你嫉妒。

下一秒，她弯了眼，笑着说："那我等着你。"

湖边是绕圈跑步的人，旁边是游乐设施，多是一群小孩子在那儿玩，夜深了也哭闹着说不要走。

他们手里还有几盏放在湖上的花灯，这次林羡清没有把自己的愿望说出来，她在心里默念：希望他们不要分开，希望恋爱不要结束。

看着花灯随水流渐渐漂走的时候，林羡清失了神。

神明啊，他们的愿望，你一定全都要实现。

公园里因为这些点亮的灯火而通明灿烂，小孩子在铺了鹅卵石的小道上飞跑，大广场上有好多人在吹泡泡，让人产生不合时宜的错觉，好像跌入了幻境。

可这本来就是一场梦。

林羡清最开始的决心也没能实现，喜欢……好像无可抑制地会变成爱。

她握着秋千的拉绳，前后晃荡着，偶尔回头，看见温郁一动不动，头靠在拉绳上，就那样扬眼看着她。

秋千渐渐停下，林羡清吁出一口气，扭头问："走吗？很晚了。"

温郁点了几下头，夜里的温度越发凉了起来，林羡清跳下秋千的时候跺了几下脚。

回家的时候，温郁去了一趟便利店，带出来一杯热巧克力，放在林羡清手里，说道："暖暖。"

林羡清捧着热乎乎的热巧克力，小口抿着。

到了巷子口，街道空了下来，电线杆上停着未归的鸟，就到这里，该说道别了。

她转身朝温郁挥手，看见月光下少年清瘦的身影，温郁双手插着兜，脸上的表情是一贯的冷淡。

好多次，他们在萧索街道的月光下，直白而又小心翼翼地，凝视彼此。

还剩多少天呢？林羡清计算着。

三天。

她心里空掉一块，面上却还是笑着，勾了勾温郁的衣领，小声地说："你下来点儿。"

温郁低头盯了她几秒，没问为什么，只是照做。

林羡清往前倾了下身，很生涩地吻上去，位置甚至都不太对，只是堪堪蹭了过去。

唇瓣相接的瞬间，脑袋里仿佛炸起了烟花。

无论以后能不能在一起，第一个吻，至少要送给真心喜欢的人。

后脚跟落地后，林羡清垂着眼，耳垂染上绯色，她的声音很温柔，说："今天很高兴，再见啦。"

她抬眼看着他，温郁很茫然地眨了下眼睛，揣在兜里的手被抽出来，捂暖了的手牵上她的，很轻地捏了捏她的指尖，然后又僵硬地松开。

温郁发觉自己喉咙发干，只说："好。"

林羡清跑得飞快，好像觉得再多待一秒就会舍不得离开。

荒凉破败的街道，两面是红砖砌出来的墙，温郁伫立在原地，月下的影子像一棵冰凉的雪松。

他垂眸，唇角几不可闻地扬了几分，几秒后又想到什么，弧度随即消失，唇线被拉得平直。

还有，三天。

(4)

与祝元宵约定的欢送宴在二十五号，那天是难得的好天气，日光灿烂，照在人的身上暖洋洋的。

珠算班的几个熟面孔都在，连刘老师也都来了，还有林羡清高中时期为数不多的几个好朋友。

欢送宴的地点在一处很偏僻的山庄里，是祝元宵家里开的，虽然地理位置离繁华地带比较远，但是风景独好。半包围式的小四合院，院子中央拘着一方小池塘，池塘的水很清，有时还会有摆尾的红鲤鱼跳出来，溅起的水花猝不及防扑了林羡清一身。

几个小孩摆了几张桌子，因为都不是一群老实人，餐桌上嘻嘻哈哈的。几个小的只怕刘老师，有时候跑着跑着碰到刘老师了，又发着慌折返了回去，怕老师大概是学生的天性。

林羡清正低头拧着衣摆上的水，温郁从门口进来，把吹风机的插头插进插座，他低头用手心试了下风，才敢拿给林羡清用。

她用吹风机吹着衣摆上的湿处，还抽空抬眼看着温郁问："哪里来的吹风机？"

温郁正在倒水，顺口回应道："找前台那个阿姨要的。"

他好像不太会用这种老式的烧水壶，半天打不开烧水壶的盖子。

林羡清的衣服还是半干，但她看得着急，就扔了手上的事跑去帮温郁倒水，说："行了吧，大少爷，我给你倒。"

她倒了半杯热的，又兑了点儿凉水，边晃悠边说："桌上不是有现成的茶水吗？还用了祝元宵掏了家底的珍贵茶叶。"

温郁侧眸看了她一眼，说："我倒给你喝的，你又不喝茶。"

这么说着，他不知道从哪儿掏了瓶梨膏出来，林羡清怔怔地看着他把梨膏往杯子里挤。

"梨膏又是哪儿来的？你怕不是有个哆啦A梦的口袋？"

温郁把梨膏搅化，杯子被滑到她眼前，温郁说："家里带的，前几天就听见你在咳嗽了。"

林羡清没说话，仰头喝了半杯，甜度刚好。

屋外后厨的大婶在喊人吃饭，林羡清把杯子放下，转头应了声，拉着温郁出去了。

桌上一群人都叽叽喳喳的，只有温郁话不太多，吃得也少。

林羡清见状给温郁夹了个鸡腿，被祝元宵看见了，他调侃着说："给温大神偷偷夹鸡腿哦。"

桌上人的视线都落在林羡清的身上，她耳尖红了一瞬，狡辩道："我愿意，你管得着吗？"

祝元宵不依不饶地说："温大神不给点儿反应？"

温郁的筷子一滞，他抬了眼，但还没等温郁说话，林羡清就慌忙上去打圆场："温郁这段时间帮了我挺多的，给人家夹个菜怎么了？只是表达我的感谢。"

说完，她小心翼翼地看了眼温郁，后者正在低头吃东西，眼睫毛都不动一下，不过嚼东西的速度很慢，感觉他在走神。

林羡清心里腹诽着：不是你说不能让别人知道的吗？

一餐过后，疯了一上午的孩子都累得直犯困。李欣怡最近不知道怎么回事，总爱逮着祝元宵欺负，可能拿准了他嘴凶人好，这时趴在他背上就呼呼大睡，胖乎乎的小手里还揪着祝元宵的头发。

林羡清被祝元宵龇牙咧嘴的动作逗乐，笑得不行。

吵人的孩子都安静了以后，几个大孩子要去后山找野味，山庄后面是祝家的一处池塘，里面养了一些鸭子，懒洋洋地浮在水面上晒太阳。

几个小孩子顽皮，赤脚进去抓鸭子，激出的阵阵水花溅到林羡清身上，温郁反手握住她的手，捏她的指尖。

逮着野鸡回去后，他们在后山的旷野上支了个幕布，用投影仪放电影，小豆丁们搬着小板凳排排坐，各自叫嚷着自己想看的动画电影。

祝元宵烦死这些小孩子了，他才不从他们的意。

他提着一箱子影碟跑到林羡清身边，问她想看什么，毕竟这场欢送会是为了她办的。

林羡清想了一下，折了个中，说要看《寻梦环游记》。

当夜幕降下来的时候，烤得油滋滋的烤鸡端了出来，几乎是一抢而空。林羡清并不太饿，就没跟那些小孩子们抢，安安静静地坐着看电影。

电影放到一半，林羡清两只手撑在膝盖上托着脸，她眨了几下眼睛，问了个自己都觉得莫名其妙的问题："如果我比你先死，你会一直记得我吗？"

如果她先到了那个世界。温郁呢？还会记得有个叫林羡清的人跟他谈过十一天的恋爱吗？

她不怕死，她怕没人记得她活过。

身旁少年半边身子陷在小沙发里，他慢吞吞地眨了几下眼，深沉的视线很轻地落在她的身上，他说："我会永远记得你。"

然后他倾身过来，微凉的指尖顺着她的后脖颈往上抓，直至桎梏住她整个后脑勺。

林羡清被迫扭过头，盯着他蕴藏着复杂情绪的眼，看着他的瞳孔渐渐放大，眼睫毛变得清晰可数，看着他偏头凑上来，吻住她的唇。

后脑勺的手温是凉的，唇上却是滚烫。那一刻，无数只白鸽在她脑中被放飞，她思绪空白一片。

直至双齿之间被撬开，舌头滑进来，林羡清下意识往后仰，撑在一旁的手却被他空出来的手挟持住，十指紧扣，掌心磨着掌心，又麻又痒。

夜太黑了，黑得能吞没掉人的所有疯狂与迷恋，吞掉所有隐藏在角落里的暧昧，青苔爬上秘密，狂肆蔓延。

大多数人都因为冷而进了室内，小孩子正孜孜不倦地看着电影，露天的星夜，放映机投射出的灯光在闪，无人发觉爱意在肆意生长。

当唇舌分开毫厘，温郁轻微地喘着气，他肺里的氧气全都被心甘情愿地献祭给对面的人，他的嗓子哑得不行，说："你要走了。"

林羡清沉默了一会儿，温郁的掌心还在不断研磨着她的，指缝分开几毫米又被他抓紧，一下又一下，反复又反复。

她回答："是的，这将是我们恋爱的最后一夜。"

"我会永远记得你。"他又说，"这次没骗你。"

林羡清扬眼盯着他的眼睛，她最喜欢那里，因为万千灯火总是会争相跃进他眼底，像是盈了一片星海，总叫他继续沉迷下去。

她不说话，略略往外退开了些许，半低着眼，视线又落回到电影上，米格正抱着吉他唱"Remember me"。

"我没说不信。"

电影快到末尾的时候，已经睡倒了一片，林羡清也没撑住困意，眼皮上下一搭就倒在了温郁怀里。

祝元宵正好从屋内出来，舅舅的车已经发动了，他正准备叫大家上车回家。

结果猝不及防地，隔着一道透明的窗户，他看见沙发上躺着两个人，温郁略低了头，唇瓣在林羡清眼皮上停了一瞬，而后又轻缓撤离。

祝元宵反应了好一会儿，才慢慢拉开大门，正准备把人喊起来，却见温郁食指抵在唇边，让他安静。

温郁轻手轻脚地从林羡清身下逃出来，然后蹲下身子，拉着她的手把人搭在自己背上。

经过祝元宵旁边的时候，温郁放轻了声音，像是怕吵醒她似的说："我送她回去。"

也是在那一刻，祝元宵才知道，这个人的爱一直是隐晦又沉重的。

出租车开到花溪巷后，温郁背着林羡清往她家走，一路上安静得很，巷子里只有几只流浪狗在叫。前方有几家店铺，还做了灯牌挂着，只是已经不太亮了，好多字都缺胳膊少腿的。

这就是她住了十几年的地方。温郁想。

到大门口的时候，温郁发现门并没有关，他犹豫了一下，还是推开了。

白汗衫老头儿正坐在桌子边上，为了省电家里只开了一盏灯，他一开始眼都没抬就开始说："你看看都几点了，你——"

所有的话语在见到温郁的那一刻都被卡在了喉咙口，林老爷子眯着眼确认了好一会儿才叫出他的名字："温郁？"

温郁点了几下头，说："好久没见了，老师。"

林老爷子被这个称呼晃了一下神，手里的花生一下子被他捏爆了壳。

昏暗的光影下，少年的面容变得模糊不清，林老爷子说："早就不是你老师了，林羡清房间在左边，把人放下后，你就走吧。"

温郁没说什么，轻声"嗯"了一下，进去把人放在床上，给她掖了被子，却在转身的时候被人钩住手指。

温郁顿了一下，回头看着床上已经睁开眼睛的人，问："什么时候醒的？"

林羡清歪头看着他，说："下车的时候。"

温郁没说话，好久后，墙上挂着的钟表指针往前划着，两根针重合指到了"12"。

"结束了。"他说。

林羡清的手松了劲儿，最后垂落到床沿，指尖没了力气。

她还能说什么呢？

还有什么话可以留住他呢？

没有。

她一个字也说不出来，只能默默看着自己心里空掉一块，一块又一块。

大风吹过珠算班楼下的桦树，也吹过快凋谢完了的石榴花，吹过没有蝉的草丛，吹过那棵她爬了两千两百九十二个台阶才见到的扶桑树。

原来，没有哪一个夏天不会结束。

她双眼看着天花板，茫然地眨了几下，声音轻得不能再轻，说："那你该告诉我为什么。"

温郁背对着她，稍长的风衣盖住身体线条，他的头低着，被林羡清勾过的指尖轻蜷了起来。

好半晌后，温郁才找回自己的声音："其实等你到了那个家以后，你会知道的。但如果你现在就想听的话，那么，好。"

这一句话刚落音，林老爷子就从外面进来，问："怎么这么久了还不走？"

温郁很慢地把手揣进了大衣兜里，沉默了几秒才回复："这就走了。"

林羡清从床上坐起来，在温郁抬脚踩着门槛时叫他的名字："温郁。"

她的声音很着急，林羡清一边喊着就掀开被子要下床，林老爷子扯住她，问："你怎么回事？"

温郁最后回头看了她一眼，眼睑垂着，唇角绷得平直，半边脸被黑暗吞噬。

客厅的灯太暗了，林羡清无法看清他。

两人中间只隔着一张书桌，就这么一点儿距离，林羡清却不能靠近。

明明上一秒还在荒野里接过吻，下一秒就要道别。

人事哪有这样无常。

他来的时候没有一点儿声音，走得也缄默无声，只是在拐角的地方，两道视线快要断触的时候，林羡清看见他很勉强地笑了一下，一双笑眼弯着，在昏暗的灯光下对她做了口型。

他说："下次见。"

可是，哪有下次啊。

这明明就该是最后一次见面。

老屋里再也没有一点声音，林老爷子为了让她多睡一会儿就没着急逼问她，只是催她快睡觉。

书桌上搁了本书，屋外风很大，吹动了薄皮的书，书页哗哗翻过一张又一张，最后停在夹着干石榴花的那页。

林羡清侧躺在床上，视线触及书缝里夹着的石榴花，花瓣红得发黑，安静地矗立在月光下。

她记得，记得温郁拔光了院子里的石榴花送给她，记得旷野里排排坐的生日花灯，记得他无眠了十多个日夜才换到的手办，记得他说的每一句话，每一个"嗯"里不同的情绪。

他明明喜欢她。林羡清想。

她在浓郁的黑暗里合上双眼，心里默默骂他。

骗子。

撒谎精。

她再也不要喜欢温郁了。

直到最后，他都没有机会让她知道"为什么"。

第二天清早，林羡清收拾东西准备赶车了，她的包被塞得鼓鼓囊囊的，身体却是空的。

林老爷子从房间里出来，手里拿着一沓用花布包得整整齐齐的钱，老人翻来覆去数了一遍又一遍，最后才塞在她手里，说："我身上就这三千多块钱了，你都拿上，林志斌要是对你不好你就给我打电话，缺钱了也可以给我打电话，我转到你银行卡上。"

林羡清觉得这三千块钱分外沉重，她鼻腔骤然发酸，说："我不要钱，您留着用，我不缺钱的。"

老人的手因为经常干活做工而爬了茧，皮肤因为时间的侵蚀而变得松垮。

林羡清把钱塞了回去，抽了抽鼻子，说："我每年都会回来的，你好好在家等我来陪你。"

林老爷子叹着气，念了几声"好"，最后又问："昨天那个男生，你喜欢他？"

林羡清的身体僵住，她眼睫颤动几下，轻声答："不，不喜欢，他欠我东西没还而已。"

林老爷子若有所思地点了几下头，说："如果不是什么重要的东西，就算了吧。"

她不知道，她不知道温郁欠下的那十几天的恋爱，算不算重要。

她只知道，这辈子都很难忘掉。

到火车站的时候，人潮熙熙攘攘的，林羡清跟林老爷子两个人很费劲才找到车厢，最后进站的时候，她还是不死心地往后看了一眼——温郁没来。

她根本不该有这样的幻想，因为她连车次跟出发的时间都没告诉过温郁，他又怎么可能会来。

从车厢口进站的时候，因为人太多，林羡清被挤得差点摔倒，被人扶了一下，她感激地抬眼看了下对方，戴着帽子口罩，个子很高。

林羡清礼貌地跟他说了谢谢，对方却沉默着不说话。

那人很奇怪，他好不容易挤上了火车又下去，只是在车前站着，工作人员提醒他站到黄线以外，他就乖乖地退开。

火车发动时声响很大，又猝不及防地刮起了大风，两人之间，隔着远远的站台，隔着人潮拥挤，隔着陌生与熟悉。

她在车里，他在车外，好像就隔了不会再见的一辈子。

人终其一生，好像都在道别，有时是跟不同的人，有时是跟同一个人，要说无数次的"再见"。

火车驶离这方土地，在路过那片河岸时，林羡清盯着看了好久。

每一帧回忆都在脑海中放着慢速电影，车厢里不知道谁正在看天气预报，主持人说："八月结束了，今年的夏天难得准时结束，我们迎来秋天，大家记得多加衣服，最近可能要强降温。"

她听得怔然，脑海里又模模糊糊地想，温郁到最后好像都在骗她，他明明说了"下次见"，却没来见她最后一面。

可是火车仍然在向前走，时间不会停下，暑假、六月蝉，都成了不堪回想的经历。

火车到站，林羡清拎着包，看见耸立的高楼大厦时才意识到，自己真的已经离开了那里。

坐上林志斌派来接她的车时，林羡清在包里又摸到了那沓钞票，不知道林老爷子什么时候偷偷放进去的，用的居然是那块橘猫的花布。

在掏出那沓钱的那一刻，林羡清忽然就哭出来了，哭那三千多块钱，也哭那只猫。

开学没几天，校外住宿的手续办好了。

林羡清回家时能看到妈妈摆了一桌的菜，却都是林柏树才吃的东西，妈妈会很抱歉地告诉她道："清清啊，帮厨的阿姨不知道你爱吃什么，就还是按以前的菜单做的，要不你拟个单子出来？"

林羡清双手捧着碗，闷闷道："不了，我都行。"

她客气得像个来做客的客人，有时候晚上出来接水的时候，听见沙发上父母还在讨论她，她妈埋怨林志斌："都怪你，女儿跟我们不亲。"

林志斌也不好说什么，他每天很晚才回来，现在也很疲惫，捏着眉心叹道："当时那个情况有什么办法？她现在只跟老爷子亲，我们多照顾点儿，总有一天会好的。"

可是没过几天，林羡清发现自己衣柜里的衣服都被换掉。

她当时两眼一黑，去问她妈，但是她妈只是说："你那些衣服都穿了很久了，款式都挺旧的，我就给你换掉了，惹你不高兴了吗？"

林羡清被堵得说不出话来。她心里知道妈妈是好意，但是对于林羡清来说，那些爷爷精心挑选过的地摊货比那些名牌潮牌更有意义。

"别再动我东西了，求求您。"

林羡清时常会觉得在家格格不入，她根本一点儿也不适合待在大城市。

有那么一刻，她是感激林志斌的，感谢他把她扔给了爷爷，至少让她前十八年是快乐无忧的。

可是在下一次，林羡清发现那块小猫花布丢了以后，她再也忍不住了。

她妈只是说："可能是打扫的阿姨不小心扔了吧，妈给你买新的就好了。"

"不是所有的东西都能换新的，我不喜欢新东西，您能明白吗？"她心里着急得不行，眼泪一下子憋不住了，林羡清哽咽着，"我不喜欢这里，不想来到这个家，也不喜欢你们，可不可以给我留一点儿以前的东西，我已经什么都留不住了。"

房子很大，吃的东西都很贵，每天都有阿姨来打扫房间，她不用像以前那样跟爷爷两个人一起忙活半天去给家里做大扫除，东西坏了就扔，整个家里没有东西是修理过以后还要继续用的，这让林羡清很不习惯。

她把自己闷在房间里，再也不想出去。

（5）

告别的第一年。

林羡清带过来的所有东西几乎都被换新，她再也看不见跟温郁有关的任何事、任何物。她每天上课下课，然后面对让她无力反驳的家里，他们说着她要尽快适应。偶尔在梦里，她才能回到那个小镇，去电玩城，去珠算班，去河岸散步，去见温郁。

告别的第二年。

林羡清在学校里交了几个好朋友，大家一起去咖啡店，去大商场购物，去唱歌。她感觉自己习惯了灯红酒绿的生活，她觉得自己可以忘记温郁，忘记十一天的恋爱。可是在下一秒，她在路边看见一只尾巴秃了毛的橘猫，颤颤巍巍地朝她走过来，然后趴在她脚上，像极了小霹雳。

那一刻说不上来心里是一股什么感觉，酸酸胀胀的。

林羡清低头看着那只猫，却不敢用手去碰。

她问："你会挠伤我吗？"

小猫弱弱地"喵呜"几声，林羡清抿了抿唇，不说话，沉默地盯着猫。

最近风很大，林羡清脱了外套把猫包了起来，自己冻得瑟瑟发抖。

她呼出一口气，抱着猫停在一个十字路口。这里不像小镇，马路上总是很多车，整座城市遍地是科技，少了好多人情味。

红绿灯的灯光一下又一下地跳，林羡清看着数字从"25"变成"11"，最后快归为零了，她才很轻地开口："你叫霹雳无敌绝世帅气小可爱。"

——"你敢不敢再重复一遍它的名字？"
——"霹雳无敌绝世帅气小可爱。"

这是第二年，距那时已经过去了又两个夏季。

一百八十个夏日昼夜已过，她还是没能等来"下次见"。

告别的第三年。

林羡清有一天刚下课就接到林老爷子的电话，说话的却是个女人。她说："您好，这里是一医院，您是林子祥的家属对吗？他跟人起了争执而意外受伤，请问您能过来一趟吗？"

林羡清拿着手机的手在止不住地抖，她连连说了几声好，跟辅导员请了假立马往火车站赶。

火车要坐三个多小时才能到，林羡清心急如焚，一到站就打车往医院去。

病房外围了一群人，大家都在为这算谁的责任而争执。

从他们的口中，林羡清了解到，是因为拆迁的事。

老居民楼要被拆迁，林老爷子不想签拆迁合同，跟人吵了起来，还动了手，不慎跌倒磕了脑袋。

林羡清在病房外等了半天，手术结束后才从探视窗外看见了插着氧气管的林老爷子，眼睛也没办法睁开，一点儿也不像以前那个生龙活虎健步如飞的老头儿。

明明才过了两年，怎么身体就这样了。

医生说他脑袋里积了血块，压迫神经，记性会变得很差。

林羡清不太在乎，只要人没事就是不幸中的万幸了。

好在林老爷子还记得她，睁眼看见林羡清的那一刻，老头儿就古板地笑了下，说她怎么还知道回来。

林羡清搬了个凳子，坐在床边给他削水果。

医院每天接纳这样多的不幸，容着无数个人面对着医院的门与窗哭喊尖叫，但是病房外的天空仍旧蓝，麻雀仍旧要屹立在枝头，为人们唱赞歌。

林老爷子隔壁床的大爷是在家不慎跌倒伤了骨头的，人上了年纪骨头就会变得比较脆，受不得什么打击，但是大半个月了也不见有人来看过他，大爷每天只能顶着自己的老花镜，躺在床上不太熟练地发微信。

某一次林羡清看见他的手机页面，绿色的有大几十条，白色的只有稀稀拉拉的几条："对不起""没时间"。

那一刻林羡清更觉得愧疚，她走的这段时间，爷爷是否也这样每天踌躇着要给她发什么样的短信呢？

接林老爷子回家时，林羡清看见花溪巷颓败了不少，街头巷尾的树都枯败了，铺了一层焦黄的叶在大道上，好几栋房子大门口已经贴上了封条，墙上用红油漆写了个大大的"拆"字。

所有的一切都距离记忆越来越远了，什么都回不去了，时间是一个断了触的圆，人再也回不到原点。

再来看爷爷的时候，林羡清才发现他记忆真的有退化，时常会突然拍着她问，她怎么还不去珠算班上课，每每这时林羡清只能无奈地回复："珠算班放假了。"

"你别诓我。"

"真的。"

她把小可爱带了过来。小猫尾巴上的毛还没长全，当时也不知道哪个狠心的人拿流浪猫取乐，林羡清把小可爱捡回去的时候，它尾巴甚至被剃破了好几块。

小可爱不像小霹雳那么爱闹，每天就安安静静地待着。林老爷子本来很讨厌这种没什么用的小动物，久而久之，居然也会默默蹲在小可爱的饭盆前面给它添粮。

拆迁办的人又来了好几次，林羡清总是说不同意拆迁，对方却咄咄逼人，经常是一群人在家门口就吵起来。而且小镇的人知识文化水平都不怎么高，说不了几句就要骂人，林羡清时常觉得心累，又想着自己总不能像他们一样。

她也向有关部门反映过好多次，次次都没有回应，有时候经常要奔波到半夜，手里攥着一堆纸质文件回家。

巷子里的灯已经没几盏好的了，几乎黑了个痛快，入秋以后阴风阵阵，林羡清走在半路会一连打好几个喷嚏。

某天半夜她路过一家便利店，是之前温郁给她买过热巧克力的那家。

鬼使神差地，她走进去，拿了杯热巧克力。

到收银台付钱的时候，店员笑着回答："店里做活动，您这杯不要钱哦。"

第二次林羡清来，她却还是说了这样一句话。

她很摸不着头脑，端着热巧克力坐在了便利店的桌子前，杯子里的热巧克力才喝了一半就凉了个彻底。林羡清回头，看见收银处有个戴帽子的黑卫衣男生，身形跟温郁很像，林羡清看得晃了下神。

为什么到现在她看见一个身材跟温郁差不多的人，都会想起他，然后惴惴不安地问自己这会不会是他？

只是看见个背影，她已经开始怀念了。

店员报了价，五十八块七，恰巧是她这阵子买过的热巧克力的钱。

林羡清的手下意识捏紧了纸杯，她的视线紧紧黏在那人身上，心说：你回头，你回头让我看一眼。

看一眼我就放弃。

可是自始至终那人都把口罩拉得很紧，林羡清的盼望落空。

她早就偷偷去过春花巷的那栋老宅，却发现人去楼空。温郁也许走了，也许搬到了另一个地方，她找不到的地方。

便利店外人影绰绰，这条巷子已经空了，只有偶尔路过的人会进来买点东西。

林羡清走到收银台前，她问："我都在你们这里中了好多次奖了，这运气是不是有点太离谱了？"

店员朝她不好意思地笑，很惊讶地问："您男朋友还没跟您坦白吗？每次您的热巧克力都是他来付款的。三年前他就来找我说，以后您在这儿买东西都记在他的账上。"

林羡清在收银台前站了好久，她无比艰涩地问："刚刚那个人是他吗？"

店员笑着点头。

林羡清转身就往外跑，身后的店员还大叫着"祝有情人终成眷属"。

林羡清跑到店外，只看见枯败的树，褪了皮的红砖墙，看见满巷道的秋风，却不知道该去哪里找他。

那一刻她突然很后悔，如果她当时没有那么犹豫，是不是至少还能再见一面？

风吹得她太冷了，冻出了眼泪来。

林羡清从衣服口袋里掏出手机，摁到那个号码，电话响了几声，从巷子尽头传来铃声。

林羡清怔了一瞬，立马往巷子深处跑。

电话被挂断，她继续打，铃声又响，如此往复。

月色太凉，照在空寂无人的小巷里，照在不能相见、不能终成眷属的"有情人"身上。

林羡清明明听见铃声就在附近，却看不见人影。

她抽了抽鼻子，说："有本事你就把我拉黑，不然我就一直打下去。"

一墙之隔，温郁靠在墙边，长指一勾就拉下口罩，呼出的气在冷空气里凝结成道道白雾，翻涌着在夜空中消散。

他垂眸，看着手机上的来电人，只是默默把铃声关掉，并没有挂断，也没有把林羡清拉进黑名单。

他自嘲般扯了下唇。

他怎么舍得？

温郁把振动的手机放进口袋，背脊抵在凹凸不平的墙面上，仰头看着月亮。

这月亮怎么总是不圆。

无垠的月色照耀下，温郁很轻地闭眼，在心里默念：快走吧，不要再想他了。

所有的一切，就该结束在夏天的末尾了，人不能太贪心。

手机振动停止的那一刻，温郁缓缓睁眼，五十二个未接来电扎得他眼睛疼。

回家后，温郁懒得摁开灯，他赤脚踩在地板上。

搬家本来是为了不让他爸再来找他，但是因为之前把银行卡都扔了的缘故，温郁身上并没有什么钱，他只能租了个面积不大的小出租屋，房子比较破旧，设施不全，好在他并不经常做饭。

他保留着以前的习惯，在逼仄的空间正中央铺了块凉席，一进门就能倒上去。

温郁双手抱着膝盖，身子缩成一团，略长的黑发散在窗外射进来的月光下。床上是他买了很久的刀片，纸盒被他拉开过，刀片在月光下反光。

房间黑得不像样子，角落阴湿得爬满了青苔，小霹雳再也没有机会扒墙角，温郁每天在凉席上过夜，猫倒是舒服，蜷在被窝里睡得打呼噜。

无数次，温郁曾无数次地想过，为什么只有他的人生要过成这样？

要撒无数的谎，要推开爱的人，没有可以交的朋友，没有可以聊天的人。

因为他是在"规则"之下的人，因此他活该孤独。

是的，他是活该的。

——"听说了吗？附近又倒了几个珠算班，老牌的'唯心珠算班'也开不起来了。"

——"这几条巷子我都住了几十年了，怎么就现在要被拆了？"

——"温郁，这个成果是谁做出来的，你我都心里有数，报告上只你一个人的名字，你当惯了小偷吗？"

——"以后，就不要叫我老师了。"

——"我们不会是朋友。"

……

是的，他是活该的。

活该没人爱。

第二天清晨，温郁从凉席上慢慢爬起来，他受了一宿的凉，骨头都在叫嚣。

温郁退了这里的房子，穿了件薄风衣，把猫揣在大衣兜里，招呼也不打一声就走了。

他捏着一张车票，坐在最靠窗的位置，浑身上下只有一张车票，一只猫，一个平安结，一袋牛肉干和一件穿给林羡清看过的大衣。

他什么也带不走。

车开到地方以后，温郁按着熟悉的路线，伫立在家的大门口。

他敲了两下门，阿姨给他开门，别墅中央的沙发上坐着西装革履的男人。

男人对温郁笑，摁灭了指间的烟，金丝眼镜泛着凛冽的光。

"我说了，你总有一天会来求我。"

"在大门口跪着，什么时候我消气了，你就可以进来谈条件了。"

男人笑眯了眼，跟温郁如出一辙的天生笑眼。

他又说："你该知道，这是规则。"

——"规则"。

他们说，他是温家的人，就要遵循温家的"规则"。

假日不可以出门玩，不可以交"平民"朋友，不可以有没用的爱好。

他们说，只有这样，他的人生才能变得更好。

温郁不知道，不知道自己的人生是什么样子的。

破碎的，奇怪的，孤独的。

温家的别墅院子很大很大，比小镇的老屋大了不少，但是没有石榴树、没有野花，只有请人精心养护的名贵花种。

温郁不知道自己要跪多久，膝盖已经没有知觉了，但是他没办法，他不服软的话，珠算班要倒闭，父亲也会开始针对林羡清。

上面打算拆一批老居民楼，林羡清的家也被划分在拆迁范围里，而这一项目是温家的公司承办的，在让住户签署拆迁同意书这件事上，父亲的手段向来强横。

林羡清的房子可能保不住了，但他想保住她的理想、她的童年。

因为她跟他不一样，林羡清的童年并不像他的一般灰暗，而是光明璀璨的，他想帮她留住这份璀璨。

他一直低着头，觉得服软是一件很难堪的事。他像个灾星一样，没有人要。

下一秒，大门终于又被拉开，温郁看见一双锃亮的皮鞋，就在自己眼底。

头顶的男人说："起来，你可以进去了。"

温郁的身子僵了一瞬，他刚撑着地板站起来，小霹雳就在他口袋里鼓动几下，再也待不住，跳了出来。

温郁伸手抓了一下，却没抓住。

小霹雳跳到院子里，用灰扑扑的爪子扑蝴蝶，小小的一团在院子里打滚。

"那是什么？"温郁听见那人这样问。

"猫。"

温父眯着眼睛往远处看了一眼，土猫的爪子抓坏了院子里娇养着的花。

他毫不犹豫地开口下令："蔡叔，把猫处理掉。"

温郁立马抬眼，嘴唇抖了几下，声音轻得要被风吹散了，问："你要赶走它吗？"

男人低头漫不经心地摆弄着自己的腕表，他面上在笑，温郁却觉得很扎眼睛。

但男人只是说："它弄坏了我的花。"

他的花是生命，他的猫也是生命，为什么花的命就要比猫重要。

人不可以喜欢没有价值的东西，但他可以养一院子的花，他只是养了一只猫都不被允许。

温郁立马转身，在蔡叔的棍子落地之前抱住猫，背上受了一棍，他不吭声。

蔡叔是家里的老人了，年过半百，两鬓斑白。最开始的那几年，就是他亲自把温郁的房间关上，让温郁过了暗无天日的几年。可也是他半夜里偷偷给温郁送吃的，把封死的窗户打开，让温郁可以在晚上趴在窗户上，看看外面的世界，他才能知道天上有星星，地上的小孩儿是可以在路上到处跑的，人是可以发出笑声的。

温郁背对着蔡叔，声音又低又哑，快听不见了。

他说："蔡叔，别赶走我的猫。"

他说："求你。"

大门口的温父却没什么耐心了。"我听说，你认识的那个姑娘的爷爷因为拆迁的事情进医院了。"他低眼睥睨着温郁的背影，继续说，"如果可以，我会让下面的负责人以礼相待，而不是采取强制措施。"

他的声音放得更轻了，说："老人是经不起几次折腾的。这都取决于你，温郁。"

蔡叔捏着棍子的手也在抖，老人的声音半掺着叹，说："少爷，对不起。"

直到这一刻，温郁才明白，"对不起"这三个字有多无力。

怪不得，林羡清总是不爱听他道歉，因为根本不起作用。

他的手松了一瞬，橘猫毫无知觉，小小的脑袋往他怀里蹭。

最开始把这只猫捡回去，是他刚去那个小镇的时候，小猫性格暴躁，总跟其他的猫打架，身上都是撕咬出来的伤口。

温郁那一瞬间觉得，这很像被遗弃到小镇的他，于是把猫带回去了。

他记得自己幼年时，经常幻想在自己封闭的房间里养一只猫，当时他给幻想中的猫朋友起了个很幼稚的名字，那个名字终于有了主人。

薄薄的风衣上沾了不少猫毛，温郁低着头，缓缓站起来，手指无力地垂下，他指尖泛着苍白，攥都攥不起来。

很吃力地，他往旁边退了几步。

小霹雳歪着脑袋追他，温郁下颌上滑掉几滴水珠，滴在泥泞的土里。他抬手抹了几下，转身，往屋里走，下巴上挂的水珠从未断绝，少年眼睫毛湿润。

是不是，人都要放弃一些东西？

在珍贵与更珍贵之间做出抉择，在爱与更爱之间挣扎求生。

他想要保住林羡清爱的东西，就要放弃自己爱的东西。

世界的规则就是等价交换。

后来，小镇的路灯亮了；珠算班开业了，刘老师站在门口笑吟吟地对回来的学生打招呼；旧楼被拆除了，林羡清收到一笔巨额拆迁款，林老爷子虽然有点儿不高兴，但好歹两人搬进了更好的房子里；祝元宵高高兴兴地成了珠算班第二人，跟徐寒健两个人插科打诨，一起吹牛；李欣怡考级过得很快，一下子冲到了进阶班里，做的第一件事是揪着祝元宵的头发大笑。

天亮了，白昼到了。

温郁回到了他的牢笼，他的天黑得彻底，不会再亮了。

小镇的石榴花开了一轮又一轮，林羡清在第四年的暑假回去，看见熟悉的街道熟悉的人，看见唯心珠算班楼下的桦树又绿了，蝉又开始叫了，夏天又到了。

林老爷子的记性越来越差，戏也不听了，棋也不下了，每天就是坐在大门口用破了洞的蒲扇扇风，柜子里摆了一排的白汗衫。

那一天，林羡清刚考完能手一级回来，就看见门口的林老爷子笑着问："喝绿豆粥吗？女娃。"

她把东西扔在地上，赤脚走进去，累得半死，回了他一声："喝，记得放糖！"

爷孙俩捧着碗在院子里喝绿豆粥，林老爷子忘了很多事，但是不忘他的孙女爱喝绿豆粥。

粥喝到一半，林羡清的手机响了，说有她的快递。

那个快递盒子有半个胳膊那么长，林羡清看了眼发件人，是个猫猫头，没有名字，电话也是她没见过的。

一个很奇怪的快递。

林羡清把快递拆开，低眼的瞬间呼吸停滞。

里面是一把玉算盘，压着一个被揉烂的纸团。

她怔怔看了一会儿，玉算盘珠圆透亮，通体雪白，看起来价格不菲。

林羡清把纸团展开，上面的字迹潦草但漂亮，被划掉无数行，看得出他是在思绪混乱无秩序的状态下才写下一句：

林羡清，请放弃我。

温郁让她放弃他。

林羡清不明白，但她寻不到他的踪迹，不知道他去了哪里，也根本找不到问题的答案。

被揉烂的纸团，伴随着少女多年前对神明许下的愿望一起来到她身边，那个说要替上天实现她愿望的人呢？

再也不见。

小可爱迈着猫步从院子里跳进来，它尾巴的毛已经长好了，毛茸茸的，小猫很喜欢把身子蜷在一起舔尾巴。

小猫慢吞吞走到她身边，爪子踩在林羡清脚上，林羡清低头看它，用手顺着它后背的毛。

"再等他一年好吗？"

她轻声问，但没人回答。

林羡清把纸片折好，自言自语道："再不来，我真的要放弃了。"

人有多少个五年？

世界像个巨大的齿轮工厂，每个人的生命不过是巨大工程中的一个小齿轮，有的齿轮转三十圈就生锈腐蚀了，有的能转一百圈，齿轮与齿轮互相咬合，生命就有了联系。

她的齿轮已经转了二十二圈，再转一圈吧，如果温郁的齿轮还不来咬合她的，就放弃吧。

林羡清把纸片压在算盘底下，心里默念着：我只会等你到二十三岁，再多，爱意就没有了。

这是第四年的冬天，林羡清寒假回到小镇，她陪着老爷子去市场买了一袋冬枣，林羡清把冬枣洗好装在果盘里，放了好久却忘了吃。

等林羡清记起来的时候，她一连咬开三个，从里面钻出了三条不同的虫子。

林老爷子正佝着腰在窗前看院子里的雪，今年的雪下得尤其大，老人默不作声地看着。

林羡清问："爷爷，您还记得温郁吗？"

林老爷子怔神地眨了眨眼睛，反问："那是谁？"

林羡清只知道他当过温郁的老师，两人应该是认识的，他居然忘光了。

告别温郁的第四年，她吃了三个有虫的冬枣，这个小镇里，好像再也没人会记起那个少年。

告别林羡清的第四年，温郁的双手上不知道又多了多少新伤，数也数不清。

他很少说话，变得比以前更沉闷阴郁，房间里终年都是黑的，现在连蔡叔也不能进去，门干脆从里面反锁了。

至少这次是他主动锁的，不用受制于人。

这一年温郁进了好多次医院，每次都脸色苍白的，看着医院窗口的鸟，眼睛都不眨一下，耳边是无数人的痛苦尖叫，人永远不知道死亡和明天哪一个会先行造访。

温郁不哭也不叫，没一点儿人的活气，只有他自己知道，他的心里跟那群要病死的人一样感觉到痛苦。

家里的阿姨说，谁能知道，那只野猫成了压死他的最后一根稻草。

蔡叔总是说对不起，温郁听得毫无波动。

他爸说，他再这个样子，就会亲自去找林羡清，也许会跟她开个新"玩笑"。

于是温郁从病床上爬起来了，他往手上戴各种各样的名表，却怎么也遮不住那几道疤，有时他看得烦了，干脆找个手套捂上。

于是后来很多人都知道，那个温家终于回来的小少爷，一年四季都戴着一双黑色手套。

知道的人不会问他为什么，不知道的也不敢问。

告别林羡清的第五年，温郁终于学会了他爸那一套，成了"规则"之下的祭品。

他不说话也不笑，公事公办，记下了他爸定下的所有规则，每天按部就班地生活、工作，每一天好像都一样，生命是一条横线，每个点在纵向上都没什么分别。

温父终于舍得松了公司一半的权力给他，那次是温父久违地对他笑，说："欢迎回家，儿子。"

可是这里不是他的家啊，他的家可以是春花巷，可以是那间破烂的出租屋，就是不能在这里，在那个用棍子驱逐了小霹雳的别墅。

温郁心里想着，他好像没有家。

Chapter 05
我只等你到二十三岁

/ 放弃他也没关系，他祝林羡清新生活快乐。
祝她有理想，祝她有新的爱人，祝她变得伟大。
他要用一部分又一部分的自己，为她编织一个又一个美梦。/

（1）

秋天来得很快，刚去林老爷子那儿过完暑假，天气就立马凉下来了。

林羡清大学毕业后的这几个月，跟几个玩得比较好的朋友准备办一家珠算教育中心，但目前各方面的计划都还没定下来，几个人忙前忙后的，比读书时准备论文材料还要伤脑筋。

几个人今晚约好在一家大排档聚餐，林羡清到得最晚，秋风吹得她两条腿直打颤，她下意识捂了捂大衣，缩在桌子边上。

朋友王可心把自己的外套脱了下来，伸手递给她，说："要不你先穿着，待会儿走的时候再还我。"

林羡清很感激地看了她一眼，问："那你就穿这点儿行吗？"

王可心很无所谓地扯了扯领口，说："姐穿的可是羊毛衫，刚买的，总得拿出来炫炫。而且我刚喝了酒，身上躁着呢。"

她拉开一罐啤酒推给林羡清，说："要不要试试，喝几口好歹能暖和点儿。"

林羡清笑着摆摆手，她从小到大都没碰过酒，小时候被爷爷管着，连汽水都喝不了几口，后来就习惯喝白开水了。

"那你想喝什么？我去马路对面那家便利店给你买。"陈少彦说。

陈少彦比她小不了几岁，这年才刚大一。

一开始林羡清没想让他参与这个计划，毕竟还在上学，但是陈少彦很坚持，甚至说自己可以一分钱不要来当免费劳动力，几个朋友当时就打趣她，问弟弟是不是跟着她来的。

所以，在陈少彦说出这句话后，林羡清很明显地感觉到周围一遭人的视线都落在了她身上。

正主很淡定地咬下串上最后一块羊肉，利落地把签子扔进桶里，擦擦手后站起来说："不用了，我自己去看看吧。"

林羡清还没走出大排档，陈少彦立马拎着外套站起来跟上她，说："我去付钱吧，说好今天我请客的。"

这人怎么甩也甩不掉，之前别人一问他，他就摸着脑袋说："学姐是我的救命恩人。"

这话说得实在言过其实，当年她不过就是把录音笔给庄羽听了。听陈少彦自述，他妈从那以后再也没对他怎么样了，估计也是被吓怕了，开始心疼孩子了。

但是实在要感谢的话，当时的计划是那个人提的，录音笔也是那个人买的，所以他怎么也不该感谢她，而要感谢"那个人"。

告别的第五年，林羡清已经不敢在心底默念他的名字，她明明记得他，却又害怕想起他。

大马路上都是来来往往的车，黄的灯白的灯交织在一起，晃得人眼睛疼。

夜里起了风，林羡清的头发被吹得乱飞，旁边的陈少彦还很关切地问："学姐你冷不冷，要不先把我的外套借你？"

林羡清还没回答，他就作势想把外套往她肩上搭。

林羡清皱了下眉，侧着身子抬胳膊挡了下，说："不用——"

最后一个字还没出口，林羡清的声音忽然卡在喉咙口。

那一刻她恰好抬眼，从拥挤的车缝中间，从各色各样的灯火里，她看见了"那个人"。

时间好像要凝滞，林羡清连眼也不眨，嘴还张着，却发不出声音来。

耳边汽车的喇叭声在轰炸，冷风刮得她耳朵疼。

她就那样看着，温郁西装革履，被一群夹着公文包的老板环绕，几个人轮流跟他握了手，送出手中的礼，一行人在大街上告别。

几个老板上车后，温郁赶走了自己的司机，手里还拎着那几个人谄媚他而送的名贵酒品。

下一秒，青年眼都不眨一下，把所有礼品都扔进了街边的垃圾桶里，顺带着把跟人握过手的那只手套摘下一起扔掉。

温郁扔完后用湿巾擦手，再抬眸的时候，两人对视。

他视线冷淡，只是几不可察地眯了眯眸子。

仅仅一瞬，他又毫无波动地垂眸，眼睫毛再也不抬一下，转身就拦下一辆出租车，就好像不认识她。

他还是很奇怪，赶走了自己的司机，偏要坐出租车。

在林羡清怔愣的这一分钟里，红绿灯刚好跳到绿灯，路面的斑马线被空了出来，陈少彦的外套已经搭在了林羡清肩膀上。

出租车刚刚发动，林羡清往前跑了几步，肩上搭的衣服滑落在地上。

林羡清拦了后面一辆出租，关上车门的时候，看见陈少彦蹲下去把衣服捡起来，大喊着她的名字。

林羡清告诉司机跟前面那辆出租车走，司机问她要干吗，林羡清愣了一瞬。

"跟男朋友吵架了。"她撒谎说。

也许每个司机都有着丰富的情感经历，司机大叔一边把着方向盘，一边老神在在地劝告道："感情嘛，本就是分分合合，小姑娘可不要太卑微，如果不是自己的问题，千万不要屈服，男人都是越宠越坏。"

林羡清觉得这个说法很别扭，心里怀疑他如果面对着一个男乘客，会不会就说"女人都是越宠越娇"。

前面一辆车在一条没人的小巷口停住，林羡清跟着下车，看见小巷外边是一所小学，旁边就是网吧。

她明明看见温郁下了车的，却找不到他的人。

林羡清磨磨蹭蹭往巷子口探了几眼，巷子黑漆漆的，她什么也看不见。

倏地，巷子里传来清脆的一声响。

林羡清看见温郁正靠在墙边，单手拨开一支打火机并摁开。

青年的眉眼融化在明明灭灭的火光里，温郁眼都不抬，声调平直冷淡，说："你要跟到哪里去？"

林羡清就那样看着他，好像有很多话想说，又好像没有可以说的话。

"我就是见见你。"她说。

温郁一撒手，唯一的光源灭了，视线又是一片昏暗，林羡清只是听见他说："那你见过了，还有别的事吗？"

声音冷淡，语气毫无起伏，熟悉的声音说着她不熟悉的话。

气氛凝滞几秒，温郁突然恍然大悟般想起来什么，问："对了，我之前是不是许诺过恋爱十一天后，你可以向我要钱？你是来讨这个的吧，要多少呢？"

林羡清的脚踝裸露在秋风中，冻得颤颤巍巍地抖，她声音有点儿不稳，说："我没要你的钱，我当时要的是真相。"

温郁从小巷子里走出来，摘了手套的那只手被他揣在兜里，西服的款式衬得他身形更颀长笔直，看上去确实比以前更高贵了些。

他的眉眼在路灯下隐隐约约被照亮了几分，一双眸子漆黑深沉，见不到一点儿光。

温郁歪了下头，好像很迷惑地问："林柏树还没告诉过你吗？你可以回去问问。"

他抬了腕表，视线奋下看着指针，嗓音礼貌又克制地说："抱歉，我时间很紧，没空聊了。"

温郁抬着步子往街边走了几步，头也不回地说："别再跟我的车了，我会很苦恼。"

林羡清能听见他坐上车，然后车从她身边经过的声音。

口袋里的手机振动了好久，林羡清思绪渐渐收拢，她拿出手机看了下，陈少彦给她打了很多电话，消息也发了无数条，问她去哪儿了。

林羡清绾住被风吹乱头发，艰难发声："我有事先回去了，你们吃吧，别等我了。"

她等了五年的人，在重逢的这一天告诉她：这都是个笑话。

林羡清回家的时候，她爸妈正在大厅看电影。

林志斌以前经常是半夜两三点才回来，后来生了一场大病以后，再也不敢拼命应酬了，每天到了点儿就下班，家里终于有了点儿人气。

在一起磨合了五年，厨房的阿姨也逐渐摸清了她的口味，家里的餐桌上不再只有林柏树一个人吃的菜，冷淡的家庭关系在磨合中逐渐契合。

林羡清把外套挂在大门口，问："我哥呢？"

林母又叉了块水果进嘴里，眼睛还盯在电视上，她应声道："他要跟项目，出差去了，估计大半个月都不会回来。"

林羡清敷衍着应了一声，拉开冰箱的门看了一眼，想煮一杯热巧克力。

黑稠的液体在锅里渐渐化开，林羡清慢慢走神，等她回过神来，热巧克力已经被煮得冒泡。

她熄了火，低头盯着锅里，神色一沉就赌气般地把热巧克力倒了。

没忘记以前的人才可怜。

半夜里，放在床头的手机一直不停地振动，应该是王可心她们聚完餐回去了。

林羡清摸出手机看了一眼，群里说前几天谈的那个老板有意向投资，约了大后天的饭局。

珠算教育中心的企划初稿大部分是林羡清完成的，因为一堆人里只有她还算闲，大三大四实习的时候存下一些钱，再加上家里没少她吃和穿，林羡清不用像她们一样忙于生计。

有好几次，周围人都打趣说自己下辈子一定要投一个好胎，每每这时林羡清也只是低头应和着笑笑，并不插嘴。

几年前她还觉得爹不疼娘不爱，现在看来好像生活也还过得去，只不过很偶尔的，林羡清在想起那个小镇的时候还是会觉得怀念。

怀念那里破败的街道，怀念那里的人。

也怀念西郊公园上空的月亮，但是月亮明明听到了她那么多的愿望，怎么就是不给她实现。

她曾说等温郁到二十三岁，今年她二十三岁，她到底等的是谁？

林羡清晚上见到的他，是温郁又好像不是温郁，十八岁的温郁好像被扼杀在那个夏天。

林羡清喜欢的是十八岁的温郁，二十三岁的温郁已经变得让人觉得陌生。

（2）

因为要忙投资的事，林羡清忙得从早到晚晕头转向，每天都得大半夜里开门回去。

有一天晚上恰好碰见林志斌起夜下来倒水喝，林羡清开门的时候看见客厅里的灯还亮着。

林羡清边换鞋边跟他打了声招呼："还没睡呢，爸。"

林志斌沉吟了一下，站在桌边没动，问："你最近很忙吗？"

林羡清把手里塞着乱七八糟文件的包搁在鞋柜上，说："还好。"

"有什么要帮忙的，你可以跟我说。"

"好的，但目前我自己能应付得过来，谢谢您。"

林羡清跟他说话的语气客气得不像一家人，这五年都一贯是这样。她从林志斌身边经过的时候，又说了一句："早点儿睡。"

林志斌从身后盯着她，长长地叹出一口气。

那几天因为事情多，林羡清经常饥一顿饱一顿的，把肠胃给闹坏了。第二天早上就趴在洗手池里吐了出来，胃酸一阵阵上涌，林羡清漱了好几遍的口才把那味道压下去。

早上来不及吃饭，她妈在身后让她拿几根油条，林羡清只顾着摆摆手，然后就赶去搭公交。

家里其实雇的有司机，怎么着林志斌现在是个半大不大的老板，该准备的排场他是一点儿没少，但林羡清从来不坐家里的车，上学的时候她爸说要送她去学校，也被林羡清拒绝了。

本来跟那个老板约的是午饭，但是人家临时有事，饭局推到了晚上。

林羡清又得跑去房地产商那边商量教育中心的选址。

最后紧赶慢赶地在晚上九点前到了饭店，林羡清一路小跑着赶进去，拉开包厢的门的时候，看见里面坐满了人。

老板有点儿讽刺地说："林小姐真是让人好等啊。"

林羡清没话可说，只能弯下腰鞠躬，然后干巴巴地道了几声歉。

桌旁的王可心赶紧对她招手，让她过去坐，然后自己笑哈哈地打着圆场。

这个老板嗜辣，桌上点的菜几乎都是湘菜川菜那派的，林羡清吃不来，只能一个劲儿地吃土豆丝。

就这样还是要被找碴儿，跟着那老板一起来的对方公司的人指了指她盘里的土豆丝，说："吃点儿别的啊，今天我们结账。"

林羡清沉默了一下，慢吞吞地应了声"好"，但捏着筷子不知道往哪个盘里伸，最后只能像模像样地夹了一小块鱼，还把上面的辣椒给扒掉了，但一入喉她还是受不了那个味道，一连咳嗽好几声。

旁边的人给她递了喝的，她没怎么看就灌了一口，结果又被呛了一下。

——是酒。

她把杯子放在桌子上，喉咙火辣辣地疼，嗓子都哑了，说："我喝不了酒。"

王可心见状又替她圆场，把桌上杯子里剩余的酒给喝干净了，说："抱歉啊抱歉，她平时特别养生，不喝酒也不吃辣，让大家见笑了。没事儿，我陪大家喝。"

说着，王可心又给自己倒了一杯。

坐在林羡清旁边那个男人很不爽地把上半身往椅背上一靠，没什么好气地说："出来谈生意的，不喝酒谁给你们投资？我是给你们钱的，没道理还要看你们的脸色行事吧。"

男人低头点了根烟，烟雾缭绕的，熏得林羡清眼睛疼。

他又说："真是扫兴。"

林羡清低着头，脸色很不好看。她不想因为自己而让投资告吹，只能一边烦躁一边赔笑脸。

她拿着酒瓶把空了的杯子倒满，两只手捧着杯子仰头喝完，她垂了眼，声调平平地说："我的错，我赔罪。"

包厢里开着暖光灯，林羡清被塞着吃了一堆辣得喉咙痛的菜，还被灌了几杯酒，再加上她这段时间肠胃并不是很好，林羡清觉得自己的胃被烧穿了一样疼。

还好后来一起合作的几个朋友给她挡下了，林羡清难受得忍不住，借上厕所的名义出了包厢。

包厢外没有烟味，没有需要阿谀奉承的对象，林羡清因为喝酒而混沌的大脑一瞬间松快不少，她赶忙跑向厕所。

在饭店回廊的转角，林羡清的脚步停住。

她胃里直犯恶心，眼睛却一瞬不移地看向前方那个人。

温郁刚拉开包厢的门，在回廊的尽头，地面是铺的红毯，包厢上的挂牌摇摇欲坠，青年的手还搭在门把手上，视线就那样相撞。

这次林羡清能很清楚地看见他了，看见他变得凌厉的眉眼，薄薄的眼皮映衬着回廊上的暖光，眼尾下耷着，看着有点颓。

包厢里的人问："温总，你去哪里？"

林羡清胃里难受，她来不及去感慨什么，扶着墙就转进了厕所里，弓着腰开始吐。

清早刚吐过一回，现在再来一次，林羡清的喉咙跟要裂开一样疼，胃里有火在烧一样，林羡清额头都冒出冷汗。

她清理了一下，对着镜子平复了好几遍，才确认自己的脸色还算正常，不至于扫了那群大老板的兴。

林羡清刚从厕所出来，听见走廊尽头恰好传来关门的声音，有一道很弱的人声说："你在看什么？"

"没什么。"

因为隔得比较远，林羡清听得也不清不楚，就没太在意，又回到了包厢。

王可心发消息问她感觉怎么样。

林羡清实话实说："感觉非常糟糕。"

王可心："那要不我帮你找个理由让你先走？"

林羡清抬眼，看见王可心桌前已经堆了不少酒瓶。

他们这边没什么能喝的人，而且几乎是一群初出茅庐的大学生，根本比不过这些经常应酬的人。但每个人都还是在努力地喝，顺应着有钱人的喜好。

因为需要钱。

世界就是这么简单，又是这么复杂。

于是她只能回答："算了，我再撑一会儿。"

这条消息刚发出去，包厢的门被拉开。

林羡清摁灭手机，下意识抬眼看过去，却见到了穿着黑色高领毛衣的温郁。

他神色仍旧冷淡，见到一房间的人盯着他也不怎么难为情。温郁轻撩了眼皮，看了下房间的门牌号，很淡然地说了句："抱歉，走错了。"

门又被他合上，却没怎么关严实。

林羡清坐得离门最近，她起身想把门关上，结果手指刚搭在门把手上，门又从外面被拉开。林羡清的手还握在上面，被扯得跟跄了一下，往前跌了几步。

青年抬着胳膊挡住她，林羡清慌乱抬眼，看见温郁漆黑的眸正居高临下地睨视她。他眸子低垂着看她，唇角被拉得平直，一瞬间又恢复原状。

林羡清闻见他衣服上有很淡的冷木香，跟少年时期闻到的皂角香味相去甚远。

温郁开了口，嗓音毫无情绪，一副公事公办的样子，说："你刚刚是不是捡到了我的东西？"

她愣了一瞬，嗓子因为呕吐而沙哑，说："我没——"

话还没说完，温郁仍低着眼凝视着她，眸子很轻地眯起来，他轻呵一声："你想赖账？"

声音刚一落地，温郁扯着她的胳膊把人拉出门去。

他头也不回，漫不经心地对身后的人宣告："这个小偷借给我一下，待会儿还给你们。"

林羡清被他拉着沿着走廊走，都快走出饭店大厅了，林羡清才反应过来不对劲。

她挣了几下却没挣开，林羡清问："我真没捡到过你的东西，你要把我带到哪里去？"

温郁也不回头，也不停脚步，饭店大门口的风吹起他风衣一角，林羡清低头看见从他的大衣兜里飘出几根红线。

良久，林羡清听见他说："去医院。"

她反应了一会儿，对他莫名其妙的关心觉得奇怪，明明前几天还对她说过那样的话。

林羡清嘴硬道："我很好。"

"你不好。"他说。

温郁单手揣在兜里，秋天的街道人影绰绰，路边落下大量焦黄的枯叶，被行人的脚或是汽车的轮子碾过后破碎，然后被秋风卷着扑向未知的地方。

温郁的头发被风吹得飞起来，他扫了她一眼，等着出租车。

林羡清不想跟他耗，她的声音沙哑难听，但还是努力地发出声音："你是什么意思？我们现在好像没什么关系。"

她视线平直地看向前面，看着温郁的背影，继续说："打一巴掌再给个甜枣？好无聊。"

出租车到了，温郁抬手拦下，扔给司机一百块钱，只说了句："送她去医院。"

再转身的时候，温郁眼都不抬，再也不看她，只是从她身边经过的时候停了步子，声音很低很轻，几乎要冻结在凛冽的风里："没什么意思，就算不是你，是祝元宵、李欣怡、徐寒健，是我认识的任何一个人，我都会帮一把，没什么差别。"

温郁又说："至于无不无聊……"

他停顿几秒，顺带着抬眼看了下天上的月亮，跟他在出租屋里看过的好像没什么两样，一样的不圆。

"是挺无聊的，以后不会了。"

温郁抬脚要走，走之前好心提醒了她一句："记得自己撒个谎，就说是我纠缠你让你回不去了。"

说完他又顿了一下，眉心微蹙，像是觉得这个说法有点不妥，嗓音又染上些许烦躁，说："算了，随便你怎么说。"

出租车的司机摁了几下喇叭，从窗户里探出头来，问："还走不走啊？"

林羡清应了声，说："走。"

她坐上车，把出租车的车窗拉下来一些，凉风从车窗拉下的缝隙里吹进来。林羡清被风吹得眯了眼，不清醒的大脑变得清晰，她呼出一口气。

也不算"打一巴掌再给个甜枣"，林羡清没吃到过甜枣。

她只吃过三个长了虫的冬枣。

到了晚上，医院的人并不太多，林羡清去问诊，医生就给开了点儿口服的养胃药和解酒的药，胃病都得慢慢养，一时间是没办法好的。

林羡清回了家，用热水把药化开，但是没把握好温度，入嘴的时候把舌头烫了。

她捏着马克杯的杯柄，舌尖被烫得发麻，胃里也难受得要死，接连几天的劳累让她的心情很糟糕，再加上喝了酒，林羡清觉得浑身都没什么力气。

客厅里的父母今天仍是凑在一起看电视，林羡清听见电视里传来报道的声音：

"这次来参加我们人机大赛的是去年的老朋友了，他这次能否成功呢？"

"看我们的计算机已经算了一大半了，今天温郁的状态好像不是很好啊，明显比去年都慢了不少，听说好像是受了手伤？"

"哎呀，真是太可惜了，今年又是计算机占上风，希望温郁明年再接再厉！"

话筒抵在神色阴郁的少年唇边，温郁开口，声音没什么力气，说："不会有下次了。人要怎么做到不可能的事？"

在听到这句话的时候，林羡清还是忍不住出了神。

这是四年前夏天播出的节目，那是告别温郁的第一年，林羡清把这个节目翻来覆去看了个遍，下载在手机里，每年想起来的时候就拿出来看。

到今天，播放记录是二百九十二遍。

但在前几天重逢以后，林羡清已经把视频都删干净了。

她胆子很小，不敢再凑上去了。

她会害怕，害怕温郁用他的刺扎自己。

林羡清知道，每次听他说那样冷漠的话，都会让她很难过。

人要怎么做到不可能的事？人要怎么忘记爱过的人？

林羡清低头看着热滚滚的药还在散发灼热的雾气，她仰头把杯子里的药咽了下去，又苦又烫，但舌头发麻，好像就吃不出苦味，也就这样过去了。

半夜里，林羡清感觉到自己的手机振动了一下，但是她当时睡得迷迷糊糊，也懒得打开，第二天早上醒的时候，她才看见一个陌生号码给她发了短信。

"Is your life nice?"

"Have a nice day,please."

"Smile,please."

"Please."

最后一个"please"没有前话，不知道在请求什么，又或者是请求着前面所有的一切。

林羡清看着短信，又慢又认真地回复。

"Thank you.Happy every day."

实际上这几年正流行这种，给陌生的电话号码发一条温馨短信，总能让收到短信的那个人开心一点儿，但是用英文祝福别人还是少见。

语言有它独特的浪漫，林羡清有时很喜欢英文的浪漫，句子不需要多么复杂，但是包含的感情很真挚。

她能够感受到，对方是真诚地在祝她快乐。

（3）

项目的事最终还是告吹，林羡清听团队里的人说，那几个老板里本来有几个想投资的，合同都端上桌子了，最后却还是莫名其妙地被拒绝了。

一群人焦头烂额地围在桌边讨论，林羡清咬着笔头，把企划书翻来覆去地看，眉头越皱越紧。

陈少彦给她捎了杯咖啡来，他把咖啡放在林羡清面前，问："有什么要跑腿的事吗？我能去。"

房地产商已经来催了，那块地被另一家公司看上了，但因为是林羡清先去订的，于是还没被卖出去，但是他们这边迟迟交不上押金，林羡清已经被那边的人催了好几轮。

她烦躁地摇了摇头道："我这边能行，你去问问别的人吧。"

林羡清说完又顿了一下，她意有所指地说："别老在我身边打转了。"

陈少彦没说什么，在她旁边站了一会儿，又默默走远。

因为资金问题，目前他们只能先租下一个板房，基本所有的办公都在这个板房里进行。

林羡清拿过旁边镶了金又歪歪扭扭地钉上了木板子的算盘，开始计算着差价。

算到一半，王可心凑过来说："你真不打算换个算盘？这都快被你盘有包浆了。"

林羡清拨珠子的手一顿，她的视线轻轻落在上面，盯了好一会儿，说："不了，还挺好用的。"

算完所有的账，林羡清松了口气。她身子往后一靠，拉开了自己的抽屉，里面装着各种零食。林羡清随手摸了袋牛肉干出来，嚼得"吧嗒"响。后来她突然想起什么，默默噤了声。

有人说过，"吃东西不要吧唧嘴"。

林羡清不知道自己为什么记得这样清楚。

她皱着眉生自己的气。

房地产那边的人又打了电话来，林羡清看见手机屏幕上的那串号码就觉得脑袋疼，她缓了好几口气，尽量让自己的语气听起来足够平和。

对方说竞争者那边很急用这块地，如果他们再交不上定金，这块地就要出手给他们了。

林羡清捏了捏眉心，说："我们这边也挺急用的啊，钱马上就能汇过去，您稍微等一下行吗？"

"我们也是替人打工的啊，总不是老板说什么就是什么，有的事我们也解决不了。"

"那您帮我把那边的人约出来，我们这边派人去谈可以吗？哪怕把那块地分一下也可以。"

房地产这边说他们去帮忙约一下，林羡清说了"谢谢"，挂了电话以后难耐地吐了口气。

做生意无非靠两个东西，人脉和钱。

关键是这两样东西他们都没有，所以说大学生创业艰难。

一圈人绕着一张小桌子唉声叹气，几个男生抓破了脑袋，账算来算去就那点儿，林羡清最后说："我去筹投资，你们安心干自己的事吧。"

王可心看着她惊呼道："你上哪儿筹投资，该找的老板我们都找过了。"

林羡清只是说："总会有办法的。"

林羡清这天难得早回了家，打开家门的时候，阿姨刚把菜端上桌子，她妈在看电视，林志斌还没回来。

她妈问："现在要吃饭吗？你爸怎么还不回来。"

林羡清把外套搭在沙发上，说："等他回来一起吧。"

去洗手的时候碰到了做饭的阿姨，阿姨笑得眯了眼睛，用不太标准的普通话说："这次我用冰糖熬的绿豆粥呢，多喝一点儿哈。"

林羡清点了点头，但是林志斌迟迟不回来，母女俩先吃了饭，她妈上楼回了房间，林羡清就靠在客厅的沙发上用电脑办公。

大概凌晨一点多，林志斌提着公文包进来，林羡清合上电脑站起身来。

林志斌看着她，狐疑地问："怎么还不睡。"

"等您回来。"林羡清摁开了厨房的灯"阿姨把饭放微波炉里了，您热一下就成，吃完了我们再谈。"

林志斌把公文包搁在柜子上，长叹一口气道："我吃过了，直接说吧。"

林羡清说了"好"，她拿起沙发上的电脑，调开幻灯片，跟林志斌两个人坐在一起。林羡清跟他说："这是我们准备做的一个企划，您可以看看。"

"你想让我做什么？"林志斌问。

其实林羡清觉得这件事有点儿难以开口，她重重咬了下唇，说："您能不能……给我们投点儿钱？"

林志斌没说话，他拿着鼠标点了几下，沉声问："你还是要做这个珠算教育？"

林羡清耷拉着眼皮，发了个"嗯"的鼻音。

林志斌松了鼠标，下定结论："这赚不了钱。而且你要知道公司并不是我一个人说了算，并不可能因为我跟你有父女关系，我就能随意给你这个不切实际的梦铺下康庄大道。就算我把这个企划拿到董事会去讨论，也不会通过的。"

林羡清低头不说话，她呼出一口气，把电脑关上，说："浪费您的时间了，抱歉。"

"别做珠算了，不会成功的，你哪怕做个珠心算也有点利润啊。"林志斌的声音在身后响起。

林羡清停了脚步，说："谢谢您的劝告。但我要做，只做珠算。"

房间的门被关上，放在床头的手机又亮了起来，陌生号码给她发来短信。

"Stick to what you want to stick to."

——坚持你所想坚持的。

林羡清看着短信内容，回复："谢谢。"

那边不再回什么，林羡清坐在自己的书桌前，身子往前一倾就趴在桌子上，她把脑袋垂在臂弯里。

长夜的风在吹，秋天过半，落叶飘零一地，气温骤降。

林羡清抬手关了窗户，看见窗户上结了一层薄薄的霜。

林老爷子夜里给她打了电话，他说今天有人修好了巷子里所有的灯，还在他们家门口加了一盏灯，如果她回去的话夜里也不用怕黑了。

离过年还有好几个月，林老爷子已经开始准备灯笼对联了，好像很期待她能回去过年。

"别着急啊，还有那么久才过年。"

林羡清叹着说，她翻了下手机，过几天就是霜降了。

林老爷子又催了她几句，她连连应好。

霜降那天天气确实冷，气温降下不少，林羡清已经换上了小薄袄。

房地产那边帮他们约了下午的时间，林羡清跟王可心、陈少彦三个人一起去了。

到地方的时候，会议桌上已经摆好了茶水。

林羡清抱着杯子啜了一口，两只脚因为冷而在地上轻轻跺了几下。

看见那边的人来了以后，王可心他们都站了起来以示友好，林羡清也赶忙松开杯子站起来，她略一抬眼，看见了温郁。

青年双手覆着黑色的真丝手套，手腕处用一块劳力士扣住。林羡清很久之前就注意到，他的尾指很长，几乎赶上食指。

温郁很轻地抬了眼皮，旁边的人拉开凳子请他坐。他的视线扫过林羡清，黑睫毛轻轻耷下，坐在别人为他准备好的位置上，贵气得不像话，林羡清快不认识他了。

谈论开始之前，王可心先站了起来，笑着伸出手，介绍了自己。

温郁撩起眼皮看了她一眼，礼貌地跟她握了一下，下一个是陈少彦。

陈少彦认识温郁的，只不过当时的他并不知道，温郁在五年后会以这样高不可攀的身份与他见面。

他怔怔站着，直到王可心拍了他一下，说："愣着干吗？打个招呼啊。"

陈少彦下意识说了个"好"，把手伸了出去，说："您好，我叫陈少彦。"

温郁低头，唇角冷淡地撇着，他专心地把手上的手套一节一节地扯出来，好像没怎么听见。跟温郁一起来的几个人见状，连忙上前着圆场，跟陈少彦握了手，说："幸会幸会。"

最后一个是林羡清。

她有点犹豫地站起身来，下意识避开温郁，把手伸向旁边那个人，紧抿了好久的唇被松开。林羡清声音很低地说："很高兴见到您，我叫林羡清。"

旁边那个跟陈少彦握过手的人笑着想跟她握手，但温郁猝不及防地脱下的手套搭在桌边，劳力士手表堪堪戴在他腕骨处，他略一探身，摘了手套的手握上她的。

青年的声音清冷又克制，好像没什么感情地说："幸会，我是温郁。"

他的手温一如既往的凉，不知道是不是天气冷下来的缘故，掌心相接的那一秒，让林羡清想起那无数个十指相扣的瞬间。

明明触到的温度是凉的，但是她的手像被烫了一下一样。

林羡清立马松开手，礼貌地鞠了一躬。

周围的人都很诧异，本来想跟林羡清握手的那个男人有点尴尬地把手讪讪收了回去。

当然，只有陈少彦最尴尬，他脸色不太好地坐在一边，手指捏着桌沿，边开会边盯着温郁。

视线是很容易被发现的，陈少彦看见温郁漫不经心地换了一副新手套。漂亮的青年抬眼很冷漠地扫了他一眼，眸子微眯，唇角不太高兴地下拉。

很莫名地，这个表情让他想起了很久之前在人机大赛预选时，他去找林羡清，少年隔着半个广场叫林羡清的名字，视线冷淡地盯在他身上。

那时温郁的视线就足够让人发怵了，现在只是更甚。

温郁一见到他就不太高兴。

陈少彦以为是自己之前诬陷林羡清的事给温郁留下了不好的印象，他有点儿心虚地收回了放在温郁身上的视线。

周围的人唇枪舌剑，林羡清争论得嗓子发干，一连喝空好几杯茶水。而谈判桌的对面，矜持的男人默默垂眼，指尖拨弄着桌上的钢笔。温郁神色闲散，摆弄了一会儿后就用指尖抵开钢笔的盖子。

他写：他想都别想。

旁边的人看见温郁正低头写着什么，好奇地探身过来看。温郁却一瞬间把纸页翻了过去，他只堪堪看见了零碎的几个字。

"林""我""烦"之类的，很难拼清楚他到底写了怎样的语句。

温郁抿了下唇，侧目看了他一眼，眼神像是在说："你很闲？"

他讪讪缩回头，回身时看见林羡清杯中的茶水已经空掉了。

说实话，林羡清快渴死了。

对面的人怎么都不松口，出价也非常高，林羡清这边的团队根本叫不过他们。

她咬咬牙，心想要不就这样放弃算了。他们还可以找别的地方，只不过别的地段的人流量可能没有这边多。

招呼他们的人员又给林羡清倒了杯茶水，林羡清小声道谢。会议室的窗户和门都大大开着，她后知后觉有点儿冷。

她缩了缩脖子，两只手捂在杯壁上取暖。

温郁轻扫她一眼，他转了转手里的钢笔，说了句："能把门窗关上吗？吹到我了。"

候在边上的人走到窗前，心里觉得很莫名其妙。

他分明不在风口上，难不成这风拐弯了？怎么吹得到他？

林羡清捏了捏手里的杯子，低敛着眸子不再说话。

吵了好久后，两边的人都有点儿累了。王可心咳嗽了几声后喝了好几杯水，气氛沉寂下来。

王可心发消息问她："现在要怎么办？好像没什么机会了。"

林羡清沉默了一会儿，回复："抢不过就算了。"

她最后喝了一口暖茶润嗓子，跟对面的人说："抱歉，这块地让给你们吧，我们恐怕出不起更高的价。"

一行人准备撤，结果温郁慢慢把钢笔搁在桌上，说了三个字："等一下。"

温郁说："这块地你们可以一分钱不要地拿到。"

林羡清刚站起来，眼神狐疑地看向他。

温郁两手放在胸口处，裹着黑色手套的修长十指交搭在一起，他的声音很平静，说："周五带着你们的企划书来公司，如果我感兴趣的话，这块地就送你们。并且我会为你们投资，让我分股就行。"

他说完，眼睫毛轻缓地抬起，看向林羡清的脚背，然后突然站起身来说了句："走了。"

莫名其妙地，身边的人以为温郁在叫他们，于是跟在他身后出去了。

林羡清一行人还留在会议室里，吹出的暖气铺在林羡清的脖颈上，暖意攀登而上。

王可心慢慢靠在林羡清身上，语气难以置信，问："这是那天硬说你捡了他东西的那个人吧？"

她咂摸了一下，突然联系起什么，说："等等，他突然投资不会是因为——"

林羡清拍了她一下，咕哝着说："没影的事儿。"

陈少彦跟在最后面，脸色一直很沉。

王可心"啧"了几声，她又回头看见默默低着头的陈少彦，心里感叹着这神奇的缘分。

王可心叹气，拍了把陈少彦的肩膀，说："别急，姐非常仇富，所以我很支持你这样的穷光蛋。"

陈少彦无语。

他该庆幸吗？

其实企划书已经非常完善了，但林羡清还是比较担心，所以翻来覆去地修改跟审阅。

毕竟有人愿意投资确实是一件好事，虽然那个人是温郁。

好几次她改企划书改到深夜，眼睛发干发痛，林羡清就把眼镜摘下来，趴在桌子上闭眼睛小憩一会儿。

她的房间装潢还是照搬了以前在林老爷子老屋里的布置，窗户下面搁着她的书桌，上面还是乱糟糟的，最左边的抽屉里锁着那把玉算盘跟纸团。

自从收了这个快递以后，林羡清从来没有摸过那个算盘。

漆黑的夜晚染上月影，她眼一抬，看见了桌面一角那个咧嘴笑着的美少女手办。

林羡清下巴抵在桌面上，脖颈酸得发痛，她想把手办跟玉算盘放在一起。

拉开书桌的抽屉时，林羡清看见那个纸团，还是会出好久的神。

她把被折得整齐的纸团展开，字迹越来越模糊了，许是因为这几天气候潮湿。

近来一到夜里就有秋雨落下，滴滴答答地挂在窗棂上，然后沉重地下坠。有的会坠到林羡清的桌面上，整个房间都好像涌入了潮湿的雨水味。

她耷拉着眼睑，盯着那句"请放弃我"看。

林羡清心想：你到底想要什么呢？

书桌的抽屉被上了锁，林羡清的齿轮转了二十三圈，没等来十八岁的那个温郁。

带着企划书去温家的公司时，林羡清才知道温郁是国内房地产大亨温执的独生子。

温家的情况她曾略有耳闻，温执跟现任妻子刘婧婧是自由恋爱，他做事心狠手辣在商界是出了名的，没人愿意跟他合作，于是他就吞了多家公司，唯他独大。

关于刘婧婧……

结婚后就没人见过她。

林羡清跟王可心一起进了电梯，因为陈少彦今天上课，所以只有她们两个人有空来。

秘书把人领到了会议室门口，林羡清准备好幻灯片和要说明的文件，进去的时候会议室里的人并不多。

温郁坐在长桌的尽头，旁边是公司的一些股东，个个正襟危坐，看上去都是一群不太好对付的老古板。

青年神情淡漠，林羡清走到他旁边，把准备好的文件分发到他手里。

温郁略略颔首，极为礼貌地说了"谢谢"。

他转过眸子，视线落在打开的文件上，却在林羡清准备绕过他给下个人发文件时，又提醒她一句："鞋带。"

林羡清顿了一下，蹲下身把鞋带系好，起身后说了句："谢谢温总。"

温郁的眉头几不可察地蹙了起来，一瞬间又松开，低低道了一声"嗯"。

会议室的空间很大，林羡清在长桌的这一头，转身讲解着幻灯片上的内容，偶尔转身看看围在桌边的那些股东，以求达到更好的说服效果。

温郁在长桌的那一头，两人之间隔了十几米。青年眼底没什么情绪，映着投影仪里明明灭灭的灯光。在林羡清转身看幻灯片时，他就用炽热的眼神盯向她；在林羡清回眸时，又轻敛住眉眼，乌黑的睫毛微微耷下。

桌上的股东对此一言不发。

林羡清越说越紧张，最终还是磕磕巴巴地结束了自己的报告。

最右侧的一个中年男人翻了几页手里的策划书，皱着眉说："我觉得——"

"这是个不错的企划。"温郁说，偏头看着那个股东，没什么情绪地吐词，"不是吗？"

他的调子越拖越长，股东眼神躲闪了一下，紧闭着唇好像在怕什么，一个字也说不出来。

温郁很随性地拿起企划案，闲散地翻了几页。他抬眸看向林羡清，向她伸出手，问："合同带了没？"

林羡清呆了一瞬，还没来得及说话，王可心就从包里把合同拿出来，说："带了带了。"

温郁的手僵了一瞬，拐了个弯接过王可心递来的文件，很利落地签上了字。钢笔飞出来的字迹很潦草，捺拖得很长，让林羡清想起了之前两人一起去学校时填的登记表。

回忆总在不太恰当的时候跳出来伤人。

来之前还没下雨，但天气无常，林羡清走出大楼就发现天上渐渐沥沥地飘起了雨点。手里的企划书被雨点打得发潮，林羡清走到大门口还有种不真实的感觉。

王可心从身后一把捞住她，笑嘻嘻说："成功了！今天去聚餐吧。"

"行。"她把企划书塞进自己包里，喊着，"点一百串烤土豆！"

王可心骂她没志向，说这种时候当然要点大鱼大肉。

林羡清只是笑，侧头的时候看见股东们从身后的专用电梯里出来。他们神色很沉重，其中一个咕哝道："这温家人的性格怎么一脉相承？刚刚温郁笑着威胁我的时候，我还以为看见了温执。"

"别说了，温执可比温郁可怕。不过他教出来的孩子，估计也好不到哪里去。"

一行人摇摇头，叹着气走了。

林羡清慢慢吞吞地从包里抽出一把伞，这伞有点儿不太好撑，林羡清费了很大的气力才撑开。

细小的雨滴轻缓地打在伞面上，林羡清刚翘起来的嘴角又掉了下去。

在等红绿灯的时候，林羡清抬眼看见漫天的雨气弥散在铺满灯光高楼的城市，沥青路上没有坑洼，马路两边有着葱郁的绿植。因为在秋天，焦枯的树叶铺满大道，行人都撑着伞，旁边的王可心已经拿出手机开始点餐。

鸣笛声此起彼伏，林羡清看见马路对面红绿灯上的绿色小人亮了，她却没抬脚步，站定在路边。

王可心已经走到马路对面，她疑惑地对林羡清说："愣着干吗，快过来啊。"

林羡清拨出去的电话还没被接通，她借着这个空隙，对王王可心说："你先走吧，我打个电话。"

王可心小声嘀咕着什么电话要这么急着打，但林羡清已经转头走到了一家老书店的屋檐底下。

砖瓦砌成的屋檐还在往下滴雨，林羡清终于听到电话那头的人说了个"喂"。

那一刻，她本来不想去探索的、憋了五年都没去过问的事，突然让林羡清求知欲爆棚。

她把雨伞转了个圈，老书店屋檐上挂着的风铃轻声响着，和着雨声很有意蕴，让林羡清想起了温郁家后门上挂着的那串风铃。

潮湿的雨气里，她抬头看着那串风铃，话终于问出了口："哥，你之前说不让我跟温郁往来，为什么？"

雨滴慢吞吞地往下坠，有几滴恰好掉在林羡清的鼻尖上，她抬手摸了下。

电话那头的林柏树半晌没有发出声音。

林羡清也不着急，安静地等着。

良久以后，她终于听见她哥说了话："其实也不算什么大事，之前他是少年班的学生，我和他跟着同一个导师做课题。可能你很难相信，那个时候，他剽窃过我们的实验结果，只署上了他一个人的名字。最后温郁主动申请退学了。曾经，我们也是很好的朋友。我只是觉得他人品不太好。"

林羡清的眼神略有些失焦地盯着前方道路上铺成片的雨水，沿着路面流进下水道里。

好半天，她说："我知道了。"

挂了电话，林羡清握着伞柄，轻蹙起眉头。

虽然这件事也令林羡清很震惊，但这不是她想要的那个问题的答案。

她想知道的，是为什么只能恋爱十一天，她想知道的是，温郁究竟是不是喜欢她。

如果喜欢，如果爱，那么林羡清更想不通，他为什么要做到这个地步，即使时隔五年重逢了，却装作一副不熟的样子。

如果不喜欢，又为什么要恋爱十一天？

林羡清始终不能相信，那些日日送来的石榴花，每一句"明天要见面"，少年眼底的期待与悲哀，都是假的。

如果连爱都是假的，心跳声也是假的，那这个世界还有什么是真的？

雨气顺着潮湿的空气涌入鼻腔，林羡清把手机装进兜里。她转了转雨伞，在又一次经过红绿灯的时候，她突然好像能理解温郁的想法。

林羡清撑着伞在雨天的岔路口出神。

她想，温郁是不是想通过林柏树告诉她：你看啊，我烂到了骨子里，我天生就这样坏，大家都讨厌我。所以我这样一个烂人，就是在骗你而已。

远处大广场中央的广告牌换了页面，雨水唰唰往下掉，整座城市浸泡在湿润中。

她过完马路，拿着手机沉吟一下，给那个许久不联系的号码发了短信。

她说："温郁，我不等你了。"

几滴雨掉下来，覆在手机屏幕的那句"我不等你了"上面。

（4）

秋雨连绵，这几天一连下了几夜雨。

林羡清他们工作的板房屋檐漏水，地面甚至都积了水洼，墙角的青苔泡得绿油油的。

某天王可心从家里带了几个盆来接水，漏进来的雨水打在盆底滴滴答答的。

不知道从哪个墙缝里钻出一只肥硕的老鼠，把一屋子人吓得不轻，兴师动众地把进来躲雨的老鼠给赶跑。

王可心心有余悸地搭在林羡清肩上，声音都在抖，说："你们南方的老鼠这体格可真吓人。"

林羡清故意吓唬她道："你没见过更可怕的呢，我们这边的蟑螂有你半只鞋那么大。"

这话说得王可心起了一身鸡皮疙瘩，她问："真的假的？"

陈少彦从边上抱着一沓文件走过来，他笑道："倒也没那么夸张。"

王可心跑过来打了林羡清一下，她乐得不行。

今天的任务完成以后，大家提议一起出去吃饭。

雨恰好停了，出去的时候陈少彦又跑过来献殷勤，被林羡清婉拒了。

坐上车以后，车里不知道谁先提了"初恋"的话题，配上车载音乐伤感的歌声，不知道勾起了多少人的心酸过往。

王可心问："从来没听你说过，你有没有初恋什么的？"

林羡清扭着脖子往外看，她想了几秒，声音很轻地说："有啊，我还跟我初恋谈过恋爱。"

"谈了多久？"

"十一天。"

车上的人一瞬间不说话，这时间短得就像在玩闹。

有几个打着哈哈说："至少你还谈过，我们都只敢暗恋。"

说到这儿，一群人又把年纪最小的陈少彦拿出来批评："看看我们小陈同志，都暗恋了多久了。"

几个人的眼神有意无意地往林羡清身上看，她心里清楚也装糊涂，耸耸肩说："都看我干吗？"

陈少彦的脸被他们说得通红，他嘴唇嗫嚅几下，声音很小地说："别说了，我这暗恋也被你们宣扬成明恋了。"

一车的人开始大笑。

林羡清拉下车窗，刚下完雨，空气还是湿的，伴着风吹进来的时候很舒服。

王可心发消息问她："你真对陈少彦没意思？"

她回复："没。"

王可心："那还是尽早拒绝吧，总这样吊着也不是事儿，做人要利落一点儿，免得落人口舌。"

林羡清看了一会儿，说"好"。

她是切身体会过被人吊得上不下下的感觉的，像一块石头堵在喉咙管，吐也吐不出来，咽也咽不下去。

下馆子下到一半，从苍蝇小馆的边上冲出一只老鼠。

王可心又被吓得不行，她拍着林羡清的肩膀狂喊："救命啊！咱们活动资金还剩多少？能不能让我们换个地儿办公。"

林羡清吃了口烫土豆，烫得她张嘴呼着气，缓了一阵以后，才流利地报出一串数字："十二万五千一百三十八块七。"

她放下筷子，说："要换地儿的话，我们这个价估计也换不到什么好地盘，而且一般租房首款要先付半年的。"

一桌人的神色沮丧下来。

林羡清默了一会儿，用筷子敲了敲碗沿，"当啷"一声响。

"我回去瞅瞅，争取尽早换地方。"

这话一出去，一群狗腿子笑眯眯地往她盘里夹肉。

"林姐威武。"

"林姐吃肉。"

"林姐我爱你！"

林羡清哭笑不得。

一顿饭吃完，零零散散几个人去上厕所或者是去前台付账。

王可心对林羡清使了个眼色。

林羡清明白她的意思，起身拍了下陈少彦的肩膀，指着街对面的电线杆说："找你有点儿事，去那边说。"

陈少彦愣愣追上去，留下身后围在桌子旁边的几个人面面相觑。

有人问王可心道："这怎么回事儿啊？小陈同志拨开云雾见青天了？"

王可心咬下串上的肉，叹着气摇摇头。

"他俩没戏了。"

电线杆上面还停着几只鸟雀，林羡清捂了捂外面的袍子，头发被风吹得打在脸上。

她这辈子没拒绝过别人，要开口也挺难的。

林羡清低着眸子说："其实这样我会有点儿困扰。"

陈少彦捏着衣角，像个愣头青一样抬了抬鼻梁上架着的眼镜，还没反应过来，问："什么？"

秋夜的风吹得恼人，林羡清抿了抿嘴，还是把话摊开了说："我对你没意思，你应该……能感觉出来的吧？我之前怕扫了你的面子，一直没怎么好意思说，大家一直起我们俩的哄，我会很困扰。"

电线杆上的鸟雀归巢，路灯的光影打在尚还潮湿的路面上。

陈少彦低头笑了笑，低声说："抱歉，我会跟他们说清楚的。"

林羡清在风里点了点头，她刚转身，又听见陈少彦在身后追问："你说的初恋，是温郁吗？"

她的脚步顿了一下，好久才艰涩地发出声音来："是。"

他扯了扯嘴角，笑着自言自语："怪不得。"

怪不得温郁每次看向他的眼神都带有敌意。

他从那个小镇追着林羡清追到这里来，居然还是比不过那令人发笑的十一天？

陈少彦不死心地问："为什么？既然你们都分手了，为什么不能给我一个机会？"

林羡清慢吞吞地转身，路灯的光洒在她衣角。林羡清温和地笑着摇头，只是说："因为你不是他。"

因为她喜欢温郁，而陈少彦不是他。

就是这样简单。

回到饭桌以后，气氛一时间有些尴尬。

王可心凑过来小声问："事情都说清楚了？"

林羡清点点头，拎上自己的包准备走。

结完账以后大家都回来了，吃了瓜的几个人一副眉飞色舞的表情，惹得刚回来的几个很奇怪地问："怎么了，你这表情？"

"等会儿再说。"

开了车来的那个人说要把大家送回家，林羡清摆摆手说："我去那边买点儿东西，你们先走，我待会儿自己打车回去。"

他们坐进车里了，还伸出头来嘱咐她道："那自己小心点儿。"

林羡清"嗯"了一声，转头去便利店买了两小袋猫粮。一袋是带回去给小可爱的，另一袋是专门留给这边巷子里的流浪猫的。

在便利店旁边有一条窄巷，她就是在这条巷子前面不远的地方捡到小可爱的。那天，尾巴秃了毛的瘦猫从她手里跳下来，把她引到了这条巷子，她才知道这里有一窝流浪的野猫。

但是林家不准她带那么多猫回去，她就只把跟小霹雳最像的小可爱带回去了，剩下的猫她一有空就会来喂。

林羡清拎着两小袋猫粮走到巷子边上。她刚探了个头，借着路边熹微的灯光，她看见有个男人蹲在地上靠着墙。

男人抬了手，裹着黑色手套的指尖摸上小猫的脑袋，动作轻缓地撩了几下小猫头顶的毛。

他的语气没什么起伏，说话的声音很低，却莫名让人觉得温和，他说："好脏。又去哪个泥坑里打滚了？"

林羡清的脚步一顿。

巷子里传来很弱的几声猫叫，小猫冲温郁撒娇，温郁用指尖挠了挠猫脖子，低敛着眉目盯着它。

下一秒，他侧了下头，那黑漆漆的视线还带着未尽的温柔，就那样与林羡清对视。

他脸上有点儿笑意，一双笑眼微弯，裹着路灯的光，让林羡清想起来还什么都没发生过的十八岁的夏天。

林羡清默默攥紧了手里的猫粮袋子，她沉吟一下后走过去。几只小猫慢悠悠地往她腿边蹭，她闷不作声地蹲下，拆了手里的猫粮袋子。

温郁身子僵了一瞬。

"我已经喂过了。"他说。

林羡清拆袋子的动作停下来，她"哦"了一声，手掌摸了摸猫脑袋，对它说："吃过了的话我就不喂你了，怕你撑着。"

小猫舒服得眯起了眼睛，把脑袋往她手边凑。

中雨刚歇，从屋檐的瓦砾上往下滴雨，有几滴滴在了林羡清的衣领里，她抬手摸了一把。

林羡清跟他搭话道："你经常来喂吗？"

空气潮湿，温郁的嗓音好像被雨气压低了一样，他吐出两个字："不常。"

"小霹雳呢？它还好吗？"

温郁的动作一下子十分僵硬，额前的发在空气中发潮而搭在薄薄的眼皮上。昏黄的光照在他身上平白无故透出一种透明感，只是好久他都不说话。

"嗯。"他嗓音发哑。

吃饱后餍足的猫把身子蜷在一起休息，林羡清拍了拍手上沾上的灰，她突如其来问："以前那个号码你还在用吗？"

温郁站起身来，视线还盯着地上的猫，说："在用。不用提醒我，我收到过你今天发的短信了。"

青年的视线好像很平静，只是眨眼的次数有点频繁，就好像眼底在发干。他最后说："挺好的，不至于耽误你。"

林羡清还蹲在地上，抬了眼看着半身裹在光里的人，她两只手搭在膝盖上，双唇张合几下。

"就这样吗？

"温郁，你不说什么挽留一下我的话，我也会没有勇气的。

"我已经很努力地朝你靠近了，如果这次你还是不朝我走来的话，我就放弃你。"

这么说着，林羡清站起身来，她往后退了几步，半只脚站在路灯投影的光下，散落的发丝被风吹得飞起来。

林羡清面对着他，视线落在窄巷里的青年身上。

他的手套被攥得皱起来，温郁不错眼地看向她，脚边围着一群满身灰的猫。

等了五年，林羡清这一刻站在灯下，想着，再等五秒。

他走过来，就喜欢；不走过来，就放弃。

五——

路边起了风，街角的灰尘被卷到半空，林羡清揪着自己的衣角。

四——

从大排档里走出了一伙人，个个喝得醉醺醺的，从林羡清身后经过。手里的易拉罐掉下来滚到林羡清脚边，她看见温郁转过身。

三——

小猫叫着，喵呜声弥散在黑暗的巷子里，林羡清低了眼盯着脚下踩着的斑马线。

二——

她合上眼。

一。

温郁没来。

五秒过后，林羡清转过身子，她捂紧身上的外套，抽了抽鼻子。

两人之间隔着不近不远的几十米，林羡清的声音伴随着秋风送进他耳朵里。

她说："就这样吧。"

——就这样吧。

林羡清拦了车离开，身后的小猫往前扒了几步，追了一段她的车，然后还是停下，只是小声叫着。

谁都不会知道，他曾抬脚往前走过两步，最后却还是停下，驻留在原地不再靠近。

夜色渐浓，温郁等了好久才等到一辆出租车。

他一路沉默，掌心被攥得发痛。

回家后，他听到的第一句话是："你向我承诺过的，每天去哪里都要跟我报告。"

温郁弯着身子换鞋，没什么起伏地回答："忘了。"

他径直走上楼梯。

温执坐在大堂的沙发上，手里捏着高脚杯，语气漫不经心又危险，说："今晚回来得这么晚，定位也关了，下次再发生这种事，你就没有出门时间了。"

温郁踩在楼梯上的步子停滞住，他低眸扯着唇，捏在扶手上的手指暗暗发力，说："你把我和我妈当作你院子里的花吗？只能被困在土里。"

沙发上的男人喉咙里闷出几声笑，他语带欣赏地说："你妈妈，是我养过最美的花。"

但是，还是不同的。

院子里的花是被他种在土里不得动弹的，而刘婧婧，是自己把自己囚住的。

他把盛着红酒的高脚杯轻缓地放在桌面上，视线透过窗户看着院子里排排艳丽的花枝。金丝眼镜戴在他耳朵上，确实让他看起来有几分斯文的感觉。

温执笑笑道："我也是为了你好。

"我现在还允许你去喂那群又脏又臭的猫，已经很宽容了。

"想想以前，你该满足了。温郁，不要试图挑战规则。"

温郁抬头看了下二楼拐角一直紧闭的房门，他对他爸说："我不是你养的花。"

温执不理会温郁的这句话，他突然提了个新话题："对了，你自作主张投了个珠算项目？谁让你这么干的？"

温郁不说话。

他爸虽然给了他职位，但现在也只是虚权，公司的权力现在还在温执的手上，他能做到的事很少。

"这个项目能赚钱，能给公司带来收益，为什么不投资？"

温执侧头瞄了他一眼，语气轻松地就像在讨论明天会不会继续下雨，说："那你能保证吗？一年内要是赚不到千万收益，你就乖乖待在家里，别再想当鸟儿了。"

温郁抬步继续上楼，低低回道："嗯。"

大不了就是回到小时候的生活，待在房间里而已，不自由而已。

不过是用外出时间交换了她的美梦，没什么，挺值得的。

房间是纯黑的，温郁进去往墙角看了一眼。他抬着脚步走过去，把脏了的手套摘下来扔到垃圾桶里，扣得很紧的表也摘下来放在床上，腕骨处是连成一串的疤痕。

青年安静地垂眸，蹲在墙角，抬手往虚空摸了两下。

"她不等我了。"温郁说，"你们都走了。"

放在床上的手机亮了一下，弹进来一条短信，林羡清回他一句"Who are you？"

上一条他发出的，是"Happy new life"。

放弃他也没关系，他祝林羡清新生活快乐。

祝她有理想，祝她有新的爱人，祝她变得伟大。

他要用一部分又一部分的自己，为她编织一个又一个美梦。

（5）

找新办公楼的事熬了半个多月才得以实现。期间林羡清货比三家，终于找到了一个地方，凭他们现有的资金刚刚能付半年的首款。

新的办公地点离市中心不算太远，坐地铁十来分钟就能到。

举家搬迁的那天，王可心大包小包地收拾，甚至撑坏了一个塑料袋。林羡清在边上难以置信地问："我怎么没发现你办公桌里塞了这么多东西？"

隔壁桌的吴涛闻言连连咂舌道："你是不知道，上次她让我帮她找个东西，我一拉开她的柜子，跟火山爆发了一样，那东西都像爆米花一样被挤得一个个往外蹦。"

吴涛冲她竖大拇指道："你是真能塞啊。"

王可心无语，推搡他两下，说："一边儿去。"

林羡清的东西少，就帮着王可心拎了点儿，搬上楼的时候很费劲儿。

王可心扶着腰说休息一下，她抬头打量了一下新的办公地点，这儿像个夹层一样，王可心觉得自己伸手就能摸到天花板了。

但是这个价能租到地儿就不错了，王可心也不能抱怨什么，她扯了个话头，说："这儿离你家挺远的吧，以后上下班你多麻烦。"

林羡清倒是没什么所谓，说："我决定搬出来住，地儿都找好了，跟这儿隔不了几条街。"

"跟你家里说了？动作这么快？"

林羡清抿了下唇，声音低下来，说："我跟家里关系不太好，决定搬出来的时候确实跟我爸吵过架。"

她耸耸肩说："管他呢，反正现在我搬出来了。"

聊了会儿天，两人又一起把东西拖了上去。

其实林羡清因为手里没什么钱，并没租到很好的住处，自己大学实习存下的一点儿钱在换办公楼的时候搭了一些进去，她没说。

这是林羡清第一次回新家，那地方小，弯弯绕绕特别多，她找了好久才找到自己租的那栋老筒子楼。

这里是一片老居民区了，楼底下很随意地拉了几根线，什么衣服都往上搭，有的还直往下淌水。

林羡清到家门口的时候袖子都打湿半边，她心想：以后回家顺便还能洗个澡。

满是灰的木门被她推开，出租屋的空间很小，都堆满了她还没来得及收拾的东西。

林羡清看见正对面的窗户是打开的，房间正中间是一张凉席，落满了灰，房间的桌面上还搁了一盒上任租户没收走的刀片。

听房东说，上一任租户一声招呼不打就走了，当时他还押了两个月的租金都没要，人就不见了。

房间从那以后就空下来，也没人收拾过。床上的被褥都是完整的，墙角爬了青苔，四个墙角都落了一堆墙灰，被林羡清给扫走了。

衣柜倒是干净，只有几件衬衫，林羡清都收了起来压在柜子底下。

可能是个男租户？她迷迷糊糊地想。

在擦窗户的时候，林羡清往窗外一眺，看见楼下恰好有一棵石榴树，也算是很巧了。

只不过现在不是石榴花开的季节，那棵树的叶子已经掉得差不多了。然而，林羡清却在书桌的抽屉里，发现了枯死多年的石榴花。

几乎所有的抽屉都是空的，但只有那里，是堆满一抽屉的干枯石榴花。

出租屋长时间没人住过，哪儿哪儿都是灰尘，林羡清打扫好久才把房间打扫干净。

夜里，月亮钉在窗外的一隅天空上，月色像流心的蛋黄般从老旧的窗户里流进来，跌在窗前的书桌上。

林羡清侧躺在床上，烦躁地翻了个身。天花板上还有没清扫干净的蛛网，摇摇欲坠。

她慢慢吞吞眨了几下眼睛，最后又紧紧闭上。

楼下不知道哪里来的流浪狗三更半夜地叫了起来，林羡清刚搬过去的那几天都没怎么睡好。

她把清扫出来的石榴花都装进了一个大袋子里，扔到了楼下的垃圾箱。她刚把手洗干净，就接到了王可心的电话。

王可心说她的一个在市里上高中的表弟要去看心理医生，问林羡清能不能一起带他们去。

王可心不是本地人，在这儿没待多久，还不怎么熟悉。

林羡清有点关心地问："你表弟什么问题啊，很严重吗？"

电话那头的人叹了口气。"高三生，在家经常跟他爸妈吵架，家都快砸没了。他爸妈觉得是孩子心理有点儿问题，非让我带他去看看。"王可心还在车上，鸣笛声一阵接着一阵，"我看家长也有问题，之前总对我那个表弟恶狠狠的，昨天孩子闹上吊，这下才慌了神。"

林羡清高中一直跟林老爷子待在一块儿，林老爷子对她宽容得不行，只要老师不给他打小报告，林老爷子从来不过问她在学校的事儿，她还算乐得清闲。

高三确实压力会大，情绪不好是正常的，但是闹到想不开，绝对有他父母的责任。

林羡清其实也不怎么了解哪个地方的心理医生好，她只能四下打听了一下。市中心有个所里的医生资格很老，而且周末会有免费咨询时间，林羡清就想着先去试试看，如果聊得不好的话大不了再换。

那地方挺远的，林羡清跟王可心会合后又转了好几路公交车才到地方。

一路上王可心的表弟都没吭过声，口罩把脸遮得严严实实的，还戴了个大绒线帽子，整个头都被包得紧紧的。

林羡清从包里找了几包牛肉干出来递给他，小孩儿脾气很大，抱着手臂不说话。

林羡清给王可心发消息："他吃了吗？"

王可心回复："他昨天上午闹的，被他爸妈救下来了。从昨天到现在连口水都没喝，怎么说都不听。"

公交车到站后，三个人一起下了车。

到达地点，林羡清先到前台问："李慧医生在吗？"

前台点点头，给她指路，说："二楼左拐第一个就是。"

一行人上了楼，林羡清看见门上挂了个牌子，写着"进前请敲门"。

因为是专门的心理咨询所，楼道的墙上都是各种各样的标语，还有一些很温暖积极的插图。

林羡清敲了几下门，里面传来一个中年女人的声音，说："进来。"

因为这种咨询一般都是很私密的，林羡清和王可心都不能跟着进，两人得在外面等着。

林羡清觉得口渴，跟王可心打了招呼："我下楼买瓶水。"

一楼好像也是用来咨询的，但是一般都是常来的老客户，一楼的心理医生一般资历都很老，要价也高得离谱。

林羡清在自动贩卖机旁边看见一块牌子，大多是讲一下医生得过的证书，资历有多深之类的，那些医生看起来都很慈眉善目的，怪不得会让人有亲近感。

从贩卖机里掉下一瓶水，不知道是不是挡板松动的原因，那瓶水直接滚了出来，林羡清跟着追了一段。

她弯下身子捡矿泉水，左边的门缝忽然间被拉开，里面穿白大褂的医生嗓音很轻缓，说："祝您快乐。"

拉开门的青年双手揣在兜里，嗓音含混，说："嗯，再见。"

林羡清捏着矿泉水瓶的动作一顿。

她起身，歪头看过去。

房间里的窗户开着，日光洋洋洒洒地落在他的肩颈上，温郁很轻地抬眸，两人视线交缠。

仅仅一瞬，他立马错开眼。

旁边的医生问："怎么，认识？"

温郁微微侧身，说："不认识。"

林羡清盯了他几秒，用两只手捏住瓶身，低着眸子转身就走。

温郁跟医生说话的声音很轻，他说："抱歉，麻烦你了。"

医生笑笑，说："没事儿，这好像是我第一次给你开药。有时候我能做到的事也很有限，你要找到'你的钥匙'。"

温郁抿了下唇，没说话。

他左手捏了下兜里的东西，几根红线从口袋里翻出来，又被他塞了进去。

林羡清上楼后，坐在大门口的板凳上，闷头喝了半瓶水。

王可心诧异地看着她，问："你渴成这样吗？"

林羡清拧了瓶盖，说："有点儿。"

旁边的房间被打开，王可心的表弟从里面红着眼睛出来。他使劲儿揉了一把眼睛，又把口罩拉上了。

李慧医生从房间里出来，她对外面的两个人招招手，示意她们进去。

她说："孩子的情绪现在确实有些偏激了，平时要让他的父母注意一下，不要跟他争论，最近尽量对他好点儿，有时间可以多把人带过来跟我聊聊天，能不用药咱就别用药。"

王可心点点头，说："麻烦你了医生。"

李慧笑笑，说："没事儿。很多高三学生都会有这样的状况，家庭和学校两边压，情绪有点儿异常是正常现象，不要过分注意，不然也会让他心里过于紧张。"

两人起来准备走，下楼下到一半，林羡清突然很抱歉地跟王可心说："我好像有东西落在房间了，要不你们先回去，不用等我，反正我们也不坐一路车回家。"

王可心站在楼梯上回头，说："那你一个人小心点儿，有事儿打电话。"

林羡清哭笑不得，说："我又不是小孩子。"

她立马转身又上去，李慧医生还在里面。

林羡清拎着包坐下，眉头还轻蹙着，她有些犹豫地开口："那个……我有点儿问题想咨询一下。"

医生很和蔼地摊开手，说："你说。"

林羡清组织了一下语言："就是我有一个朋友，他应该是由于原生家庭的原因，抑郁倾向很严重。我们之前……是很好的朋友，但是因为我来市里上大学以后就跟他好久不见了。"

李慧说："看起来你跟他关系很好，他还有其他的朋友吗？"

林羡清很难划定哪些人称得上是温郁的朋友，祝元宵他们跟温郁也不是太亲近，他好像跟谁都不亲。

于是，她摇摇头说："他性格很孤僻，我所知道的就只有我一个。"

李慧说："听上去他很难相处，你跟他是怎么成为朋友的？"

怎么成为朋友的……

夏天、暑假、珠算班、比赛、低血糖、过生日、平安结、石榴花、放孔明灯……

好久以前的记忆，在被翻出来的那一刻却历久弥新。

林羡清张了张嘴，尽量简洁地说了一遍，只不过省去了扣过的十指和星夜接过的吻，省略了那荒谬的十一天。

李慧听完后点点头，说："听上去那个时候他性格不算阴沉？会开玩笑，人也挺仗义的。那你对他的原生家庭了解多吗？"

这就触及林羡清的盲区，她尴尬地摇摇头，只是说："我不清楚。"

"那我们无法知道他现在的境地，你还能见到他的话，注意下他是否有持续性的自残行为。而且感觉你们一起在那个小镇的时候，他的状态还不错，既然你是他唯一的朋友，有时间你们一起回去一趟，找点儿开心的事情做。对于这种情况，我们一直是倡导身边的人多包容和关心一下，没有人是天生心里就带着病的，大多都是外部环境影响了心理状态。当然，最好还是及时就医。"

林羡清沉着声音说"好"。

就刚刚的情况来看，温郁已经就医了，只不过不知道治疗时间的长短。

而且，又来医院的话，是不是代表温郁最近的心理状态很糟糕？

林羡清攥了下袖子，突然有点儿懊恼，她想起温郁总是戴着手套的双手，默默咬住下唇。

手机里还存着那个号码，最后一条消息是她发给温郁的："我不等你了。"

那个时候发这句话，只是林羡清自己内心的赌博。

她在赌，如果他没有换号并且看见了这条短信，温郁会不会觉得失去她很难过。

最后的结果在那天夜里已经揭晓了，温郁没有朝她走来。

明明她已经靠近了九百九十九步了，可温郁一步都没朝她靠近过。

林羡清提着包回家。

老旧的楼道里满是落叶，包里的电话响个不停，爸妈跟她哥三个人轮流给她打电话。

不用想也知道，他们是想打电话叫她回家的。

十八岁的话她都不敢出远门，因为身上空空如也，浑身上下都会没有安全感。

所以说，人是真的会长大的吧。

林羡清回家看到房间中央的席子，还是无可抑制地想起了那个爱躺在凉席上小憩的少年。

有的时候她会很讨厌自己的这种想法，却又压不下去，不理智得让人抓狂，心和脑达不成一致。

她都长这么大了，怎么好像还是爱他。

半夜里，林羡清的电话还响了好几次，她觉得吵，关机前一秒看见林志斌给她发消息告诉她：

"如果你只是因为我没有给你的项目投资的事而赌气离家出走，我们可以继续商量。家里都很担心你，毕竟你只是个才毕业的孩子，独居很危险。"

她侧着身子躺在床上，看完消息后，只是缓缓吐出一口气。

林羡清："我没那么幼稚，因为这种事跟你们赌气。我只是想自己独立出来，我不是小孩儿，你们也没必要太过担心，我哥大学毕业出去的时候你们好像也没这么反对吧。"

林志斌："你为什么总在跟你哥比较？你们不一样。"

林羡清很无奈地闭了眼，回复："房子已经找好了，不给退的，住到期了再说。"

手机刚关机，屋外就下了雨，淅淅沥沥地敲在窗前的桌案上。

雨一直下到第二天早上，秋天不知道为什么这么爱降雨。

林羡清出门的时候多穿了一点，在衣柜里翻到了之前收进去的上一任租户的衣服，有几件有点眼熟。林羡清没怎么多想，还说找个时间把这些衣服捐出去，反正她也用不着。

新的办公地点不漏雨也没有老鼠了，王可心搬来没几天就收了一堆快递到公司，还差使吴涛给她装转椅，自己又"哼哧哼哧"拎着一堆快递往工位上搬。

林羡清问她："你这不是要在这儿安家吧？"

"她就是这么想的，巴不得免掉房租。"蹲在地上装椅子的吴涛大叫。

王可心扔了快递，给了他一个锁喉，表情似笑非笑，咬牙说："我的房租什么时候少交过，倒是你，每次都拖，到底是谁害我们每个月都交不上房租的？"

吴涛被王可心勒得直咳嗽，王可心才松了手，结果看见一行人都眼神发直地看着她。

林羡清讪讪地问："你俩住一起？"

这下王可心才意识到自己失言了，她尴尬地吐了两个字："我们……"

刚缓过劲儿的吴涛摸着脖子愤愤说："还不是你说要我存钱买车带你去海边玩，日子才这么紧巴巴的。"

其他人一副看戏吃瓜的样子，王可心冲上去捂住他的嘴："吴涛跟我是多年的铁哥们儿了，我俩从小一起长大的，关系肯定好啊。"她重重拍了下吴涛的背。

吴涛被噎了一下，撇撇嘴答道："噢。"

从对面的房间里走出一个人，叫着林羡清的名字："林羡清啊，你去投资商那边送个文件吧，这事儿给别人我也不太放心。"

林羡清愣愣地放下杯子，答了个"好"，心下却想着送个东西有什么放心不放心的。

雨天她也不好一边撑伞一边骑小黄车，只能搭附近的地铁去，但是到站后还有一段步行的路。林羡清下地铁没一会儿就突然刮起了大风，街边好多小摊摆的东西都被吹飞了。林羡清紧紧握着伞，结果伞面被吹折了，最后伞直接脱了手，林羡清被风夹着雨打了个措手不及。

好在那种程度的大风只刮了一次，林羡清终于艰难地到了温郁的公司楼下。

她这个时候浑身都是湿的，自己也觉得狼狈，但被交代的是要把文件给到温郁本人，林羡清只能坐在大厅的沙发上，一边拧头发一边等温郁。

直到秘书好心给她递了毛巾，叫她去温郁的办公室谈。

林羡清吐了口气，觉得这样去见人实在不体面，但也没有别的办法。

于是，在办公室的门打开的刹那，林羡清手里紧紧捏着半干的毛巾，抬着湿漉漉的睫毛看向红木桌前双手交叠的那个人。

温郁原本漫不经心敲打桌面的手指倏忽间停下，他往这边扫了一眼，视线又慢慢回落在自己的手指上，轻声说："进来。"

林羡清走进来，门被送她来的那个秘书给关上。

她站在红木桌前面很远，因为衣服是湿的而不太好落座。

温郁抬着眼皮看了她一眼，说着"随便坐"，林羡清便不跟他客气，找了个靠边的沙发坐下。

他抬手打开房间的暖气，然后扯过搭在沙发上的外套扔给她，语气像闲聊："外面雨很大吗？"

林羡清没打算跟他闲聊，只是把包里的文件拿出来推给他，说："这是交给你的文件。"

温郁低眸看了一下一点儿雨都没沾到的文件，又看了看她，然后身子懒懒地往后一仰，闲散地翻了几页，神色没什么波澜。

他还继续问："你没带伞？"

怎么总在围绕这个问题。

温郁的外套还搭在她腿上，丢过来是什么样还是什么样，林羡清没动过。

"伞被吹走了。"她低着声音回答。

温郁慢慢抬眼，盯着她潮湿的睫毛和尚在滴水的头发，他合了下眼，视线又转移到手里的文件上。

青年嗓音淡淡地说："头发没擦干，衣服穿上。"

林羡清紧紧捏住手里的毛巾，沉吟几秒后继续擦头发，却始终没有动他的外套。

温郁的胸膛起伏了一下。他有点烦地把文件扔在一边，起身去办公桌上捞了把车钥匙，背对着林羡清说："你要回哪儿，我送你去。"

林羡清仍坐在原地，执拗地说："我可以自己回去，不劳温总大驾。"

温郁的脚步一顿，他扭头回望她，说："你自己再淋着回去？你知道你现在什么样吗？"

浑身都湿透了，嘴唇都冻白了。

他半靠在门边，手指转了几圈钥匙环，目光低低地落在她身上。

温郁说："要么穿上外套跟我走，要么你就在这里待到衣服干了再走。"

林羡清咬着下唇，最后还是套上了他的衣服，跟了上去。

外套上一股很淡的冷香，被湿淋淋的雨气慢慢冲淡。

林羡清就那样低着头，跟着温郁进了电梯。

大厦外的广场是被风打散的一地黄叶，脚踩上去就碎成好几瓣。

林羡清看见温郁拿了把伞，她抓着搭在肩上的外套的领子，开口说："要不你把伞借……"

"不。"温郁立马回复，背对着她撑开伞，肩背开阔单薄，西装衬出精致的肩胛骨，"我就一把伞，借去还来的很麻烦，所以不借你。"

他这么说着，又回头看了她一眼，冷淡的嗓音在雨气中发潮，被泡软了一样，说："过来我这边。"

林羡清慢慢走过去，跟他一起走进雨幕。大厦与楼房在"唰唰"落下的雨雾中变得模糊，林羡清的思绪也变得模糊，像眼前一样看不清。

她想着：你又不缺这一把伞。

林羡清坐进副驾驶，通过后视镜，她看见后座搁了个猫窝。可能是小霹雳的？

温郁坐进驾驶位后，没着急开走，他径自拉开方向盘旁边的夹层，丢了一句："有想吃的吗？"

林羡清侧头看过去，是一盒牛肉干，初见时她送他的那种，牌子都一样。

明明就只有牛肉干，她哪里有选择的余地，居然还问"有想吃的吗"。

林羡清随手拿起一袋，落到掌心了却发现这袋已经长了白毛，生产日期是五年前。

下一秒，温郁夺过她手里的牛肉干，囫囵塞进口袋。他眉头蹙着，说："这一包坏了，你拿别的。"

她出了几秒的神，然后又拿了一袋，这袋是最近生产的。

在温郁开车的过程中，她佯装不经意地在夹层里翻了下。果然，除了她最开始拿的那一袋，其他都是最近生产的。

所以，那一袋是她五年前送给温郁的牛肉干对吗？

他留到了现在。

车在亮了红灯的十字路口停下，眼前与耳边都只有雨声和雨刷器刷玻璃的声音。

林羡清突然说："已经坏了，不扔掉吗？"

温郁扣着方向盘的两只手有一下没一下地敲着方向盘的边沿，他抿了下唇，干巴巴地说："不能扔在马路上。"

她缓缓低下眼，看着搭在自己身上的外套，声音很轻地说："这样啊。"

雨气钻过车窗的缝隙，温郁晃了神，不小心摁响了车喇叭。

路边零零散散的行人来来往往，林羡清偏头看着，她说："你还会把小霹雳带去公司吗？"

温郁淡淡垂了眼，鼻间轻"嗯"一声。

这种聊天着实无聊，这一秒恰好亮了绿灯，堵在路口的车流动起来。林羡清回头看了眼那张猫窝，新得不像有猫躺过的样子。

"接下来怎么走？"温郁问她。

本来是应该回去工作的，但是王可心她们说换新公司应该庆祝，都跑出去聚餐了。林羡清懒得绕远路过去，干脆推掉聚餐说要回家。

但是林羡清住的那个地方实在是偏，她说不出具体的街道和门牌号，于是温郁只能靠她口述导航。

道路七拐八绕的，温郁的眉头突然轻蹙了起来，神色莫测地把车开进巷子。

到了地方后，林羡清打开车门下去。一只脚刚迈出去，她突然听见温郁问："你住哪户？"

林羡清回："问这么清楚干吗？"

车里的人顿了下，也从车上下来，青年说："这里看起来很乱的样子。"温郁回头瞥她一眼。

"多送你几步也没什么。"

老旧的楼道里，砖瓦已经被侵蚀了大部分，砖缝都开始发绿，只不过在每一层的阳台处都搁了几盆花，有几盆已经被雨打得不成样子，像被火燎过一样可怜。

两人一起爬了几层楼，林羡清站定在门口，没打开门，转身面对他说："送到了。"

温郁抬眼看了下屋子大门，然后缓缓收回视线"嗯"了一声。

天气阴沉沉的，楼道里也少有光亮。

林羡清看见温郁从口袋里掏出一个打火机，她以为温郁会再摸出一根烟，像无数个故作深沉的成年男人一样吞云吐雾。

但他没有，温郁只是拨开打火机的盖子，摁出火苗。

暖色的光映上青年纯黑的瞳眸，睫毛在潮湿的空气中很轻地抖。

他捏着打火机，用明火照路，下了楼。

居民楼下停着一辆车，温郁把脑袋靠在车窗上，低眸间看见了滑过车窗的雨水，照得窗外蒙蒙一片。

温郁拉下车窗，任雨水侵占领口与座椅。

有个老人撑着伞路过，看见温郁后冲他招手，笑呵呵跟他搭话道："是你啊，听说你搬出去很久了，是又搬回来了吗？"

说完，那老人又打量了一下他的着装和锃亮的车，突然很小心地说："看来你现在过得不错，挺好。"

说实在话，温郁不怎么记得这个老头儿是谁，但是一看见老人和蔼地对他笑，温郁还是敛着眸说："还过得去，就回来看看。"

老头儿撑着伞抬头看了看，说："你住的那间屋子刚租出去，前一阵子还看见一姑娘一个人拖了一大袋子的花下来扔。都秋天了，怎么还有那么多花儿呢？"

温郁缩在座位上不说话，老人最后向他道谢："上次你救了快从楼梯上跌下去的我的小孙儿，当时想感谢你的，结果你一声不吭地走了，也没来得及。"

老人从红色塑料袋里捞出一把枣，颤颤巍巍地倒在温郁手里，说："没什么东西能给你，你吃几个枣吧。"

人走进楼道里以后，温郁低下头看着掌心的枣，他咬开一个，居然是坏的，又酸又苦。

因为居民楼建得太密集，几乎没什么光能透进来，温郁看见有很小的孩子独自撑着伞回家，裤脚湿了半截，他摁开车灯，窄巷里亮堂起来。

温郁看见那小孩儿对他笑。

在远处的没人来收的垃圾箱里，隔着远远的距离，温郁看见了那个装着石榴花的垃圾袋，有几朵花从袋子里掉出来，泡在泥水里。

他就那样看着，眼也不眨。

温郁不太记得自己救过小孩儿，但是他记得自己每年夏天都会摘楼下石榴树上的花。

他以为，石榴花能留住十八岁的夏天。

(6)

林羡清的周末过得不算那么愉快，因为那天淋了雨，她周末有点儿低烧，一直待在家里，温郁的外套被洗好后挂在了窗外。

周一去上班的时候也是无精打采的，大早上就连喝好几杯咖啡。

但是工作还要继续，林羡清要去跟进项目的工作，得联合一家珠算教育的负责人，谈谈入驻问题。

因为人手不够，林羡清的活儿也很杂，大到谈合同，小到跑腿送东西，她都得做，其他人也几乎跟她差不多，工作日连轴转。

对方约在了附近的咖啡店，林羡清踩点到，连连道了几声歉。

见到那个人的时候，林羡清还有点惊讶，居然是几年前跟她同桌比赛过的周忠涛。

他几乎没怎么变，跟以前长得差不多，脸上还是时刻笑憨憨的，眼睛眯成一条缝。

说实话，林羡清没想到他现在会是一家大型珠算教育会所的负责人。

"好久不见啊。"周忠涛笑着说。

林羡清把包放下，有点惊讶地说："确实没想到居然会在这里见面。"

因为见面的主要目的是聊工作，两人并没有闲聊多久，在谈话过程中，林羡清发现这人居然很"正经"。

不像之前，除了发出"哈哈哈"的奇怪笑声，几乎不说什么话。

在她把这个想法告诉周忠涛以后，周忠涛温和地笑了下，端着咖啡杯喝了一口，说："毕竟在职场上打磨过，为人处世肯定要圆滑一些了，当然不能像以前那个性格。"

两人聊了会儿天，周忠涛很幽默，经常冒出几句打趣的话，林羡清有时候直接绷不住地笑。

谈妥以后，他很利落地拔开笔盖准备在文件上签字，低着头感叹道："我记得之前见你的时候你还挺开朗的，怎么现在变安静了。"

林羡清怔了一下，她自己倒是没什么感觉，觉得自己一直以来好像都这样。

"因为长大了吧。"

周忠涛低头半天，因为视线昏暗而看不清签名的位置，可是明明他们的位置是靠窗的。

他抬头往窗外看了下，发现有辆黑色的车停在窗边，几乎挡住了所有的光。

之前一直在口头聊天，不怎么需要视线，所以两人都没怎么在意这件事，这下周忠涛才注意到这辆车，他随口问了句："这车什么时候停在这里的？"

林羡清偏头看过去，迷惑地说："不知——"

最后一个字卡在牙关，窗外的那辆车拉下了车窗，身着高定西装的青年单手搭在车窗上，手指修长纤瘦，他一只手拨弄着打火机，视线落在扣住手套的腕表上。

温郁的眼神在表盘上停顿一会儿，报了个数："一小时十三分二十二秒。"

林羡清只看见他的嘴唇在动，并听不清他在说什么。

温郁移开眼睛，视线晃过周忠涛也晃过她，几秒后直接拉开车门下来。

他径直走进咖啡店，开门的时候，咖啡店上的风铃被撞得"叮当"作响。他步子没停，走到林羡清身边，然后坐下，两条腿交叠在一起，单手搭在沙发靠背上，在林羡清颈侧。

周忠涛捏着笔的手一顿，他笑着说："我好像记得你，叫温郁对吗？"

温郁也笑，唇角扬起来，笑眼也弯着，吐了几个字："我的荣幸。"

他虽然在笑，但是兴致不太高的样子，那种笑就像之前面对那群股东的样子。

林羡清记得，那时候会议散了以后，股东们悚然地说，他笑得像温执。

林羡清皱着眉转头看他，客客气气地说："您找我有事？"

在她颈后，温郁的手指挑了她几缕头发，在指尖绕了几圈又撒开了。林羡清没感觉到，但是坐在对面的周忠涛倒是看得清楚。

周忠涛品出什么来，低了头喝咖啡。

温郁歪了下头，目光懒洋洋地擦过她的脸，说："没人跟你说吗？这个项目我要亲自盯。"

林羡清的眉头皱得更紧了，确实没人跟她说过。

说着，温郁朝对面那人伸了伸手，说："合同给我看一遍。"

周忠涛没说什么，把文件交到温郁手里。

温郁垂眼扫了一遍，黑色手套捏住页脚，一页一页地翻过，最后几页像是没什么耐心了，匆匆翻过后就把文件合上，扔到了桌子上，淡淡说了句："还行，签吧。"

这场面逐渐变得奇怪。

按理说应该是林羡清求着周忠涛签的，这个项目要不要参加的决定权在周忠涛手里，怎么到了温郁这里就变成了命令一样。

周忠涛一直扬着的唇角也落下去几分，有点儿维持不住了。

可能是怕温郁的气场，也可能是在担心别的，周忠涛没跟温郁抬杠，低头把合同签了。

文件回到林羡清手里后，温郁话也不说一句，抬着步子就走，往前走了几步以后又回头说："事情谈妥了，你还不走？"

林羡清觉得他很奇怪，她坐在原地没动，回答："我点的东西还没吃完。"

温郁微微抿住唇，唇角拉下去。

"哦。"

他回了车里，却没开走，车窗还开着。

林羡清一偏头就能看见他正低头盯着手腕上的表盘。

坚持了几分钟后，连周忠涛也有些汗颜，他劝说："我请客，不用觉得可惜，要不你先走吧，他好像等了很久的样子。

"我记得你们当时就是一起去比赛的？总能看见你们在一起，这么多年了还能待在一起也是很难得了。"

周忠涛一边收拾东西，一边八卦："他是你的谁？"

林羡清绷了下唇角，蹙着的眉尚没松开，一时找不到一个确切的称呼。

是前男友，是喜欢的人，是投资人？

她张了张嘴，说："初恋，掰了。"

周忠涛也有点儿讶异，他说："你们看起来不像掰了的样子。"

哪儿有掰了以后还过来大摇大摆地宣誓主权，故意玩头发给他看的人？

林羡清摇摇头说："我不懂他。"

不懂他喜不喜欢她，不懂他为什么一边说冷言冷语，一边来关心她。

"可能他还想挽回你？如果你还有感觉的话就别放弃他，毕竟在这世界上，很少能找到双向喜欢的人。"

林羡清笑笑，说："谢谢你啊，清醒大师。"

他每次说的话都很有道理，这世界上多的是单向发出和单向接受的感情，很多时候都要一个人走单行道。

窗外温郁的车还没开走，他抿着唇盯了好久的表盘，直到林羡清走近他，问："你在等谁？"

他默默记下总和时间——一小时三十五分零五秒。

温郁不错眼地看着她，吐字："等你。"

林羡清还垂着眸子从车窗里看他，温郁的手指搭在车窗旁边。他说完后就错开眼，视线平直地落在前方。

"送你回公司。"他说。

林羡清没进他的车，静静站在车旁，说："我不回公司，还有事要办。"

车里的人眼神暗了下，有些烦躁地转着腕上的表，"哦"了一声后就发动了车。

这边街上的人很少，人行道上只有零散几个人牵着狗在散步，秋天的叶残落一地，像栖息着一森林的枯叶蝶。

林羡清转身看见他的车慢吞吞驶离，她往反方向走了几分钟，却发现旁边有辆车追上来跟住她——温郁把车开回来了。

她站住不动，路上的车也停下了。

温郁的车窗半开着，他烦躁地狠捏着腕骨处，眼睫垂下，两人无声对峙，都不说话。

林羡清率先打破沉默，她问："你回来干吗？"

隔着一排排在秋天萎蔫凋零的枯枝败树，温郁远远望向她，眼瞳漆黑，眼神深沉，像极夜的黑天。

"上车，去哪儿都顺路。"

林羡清默然几秒，说："没必要，我自己坐地铁也不麻烦。"

在被接二连三拒绝以后，温郁也没坚持，窝在驾驶位看着林羡清走进了地铁站才离开。

　　车里的电台声音聒噪，本来是怕她上车时无聊才打开的，既然林羡清不坐他的车，好像也就没了这个必要。温郁抬手关了电台，动作间从兜里掉出那袋过期的牛肉干，他捡起来，塞进了原来那个盒子里。

　　上了地铁后，林羡清才有空在工作群里问："温总要跟项目？什么时候的事儿？"

　　底下有好几个人也迷惑地打了几个问号出来，看上去好像也不知情。

　　直到王可心冒个头出来回答："大概一个小时以前吧，我也觉得很突然。"

　　没多久以后，王可心反应过来什么，她问林羡清："他秘书也是才告诉我的，我还没来得及跟别人说呢，你怎么这么快就知道了？"

　　林羡清看着手机屏幕有点为难，她也不好直说刚刚的事，于是半真半假地回复："刚刚碰到他秘书了。"

　　这事儿就被她糊弄过去了。

　　其实她跟温郁说的那句"还有事要办"也不是全然用来搪塞他的。林羡清接下来还要跑好几个地方，主要是拉拢几个珠算方面的老师，请他们去教育中心任教。

　　有一家珠算班开在一片濒临拆迁的老筒子楼里，这家培训班的名声其实并不太大，但是是位资历很老的老爷子开的，林羡清想把这位老爷子挖过去。

　　珠算班的教室都很狭小，好在收的学生不太多，一个教室里松松散散地坐了十来个学生。

　　林羡清从狭窄的走廊里穿过去，在最顶楼的一个小房间里看见了老爷子。他名字叫温和，看上去也很温和，确实是人如其名了。

　　见到温和的时候，老爷子正缩在一张缺了角的木桌子后面，半晌后才很艰难地挤出来。

　　林羡清上来的时候扫了几眼楼下的教室，里面的桌子都是完好无缺的，好桌子都给学生用了，他只落得个破破烂烂的缺角桌子，一边的桌腿还垫了报纸以维持平衡。

　　因为办公室的地方太小，温和请林羡清到走廊上交谈。

　　老人留着很浓密的胡子，已经发白了，但是他挺爱笑的，眼睛笑起来的时候弯成一条缝，总给林羡清一种熟悉的感觉。

　　很莫名地，林羡清对他很有好感。

　　也许是因为爷爷的原因，她对这个世界上众多的老人都怀有莫大的善意。

　　于是跟老人交谈的时候林羡清一直微笑，语气轻缓地说："如果您同意加入我们的教育中心的话，可以搬去我们那边继续开珠算班，屋内设施也由我们提供，第一年的租金可免，室内条件和人流量肯定会比这里要好很多，孩子也能受到更好的珠算教育。"

　　温和听着点点头，浑厚苍老的声音带着笑意，他说："听起来很好啊。"

林羡清也莞尔，刚以为这次能很顺利地谈下来的时候，又看见老人慢慢摇着头，把合约给关上了。

温和说："但是我不能迁址。"

"为什么？"

老爷子指了指楼下，声音掺着叹息，说："你知道这里的孩子都是什么家庭条件吗？住在这片老城区的，基本都是跟着爷爷奶奶过日子。我看见好多孩子，一年到头换来换去都是那几件衣服，也就我的珠算班每周都有免费公开课，他们才能来看看，能摸到算盘。"

从走廊的另一边跑过来个小孩儿，他们停在温和面前，摸着头笑着说："爷爷，我的算盘的梁断了，您能帮我修修吗？"

小男孩这么说着，从背后拿出一把小小的算盘，因为梁断了而散了几颗珠子出来。他脸色有点儿窘迫，好像觉得这样拜托人家是一件难堪的事。

温和指了指自己的办公室，笑道："放在里面的桌子上吧，明天记得来拿。"

小男孩点头，飞奔去房间。

林羡清这才看见老爷子办公室的桌子上搁了好几把坏掉的算盘。

小孩儿走后，温和看着林羡清，有点无奈地说："所以要是我搬走了，谁来教他们呢？"

要是这个又偏又小的珠算班没了，谁来告诉他们，生活在泥沼与深巷里的孩子，也可以有理想和爱，而不是只能在生活的柴米油盐里打滚，扑得一身挥不掉的尘埃。

有时候人不是没有理想，而是因为承担不起追逐理想要交付的代价。那些励志鸡汤，所谓的"坚持到底就能找到理想的出路"，在这些人看来都只是纸上的墨字，因为他们能找到生活的出路就已经很困难了。

日头渐斜，林羡清看见老人银白的头发与胡子逐渐变得金黄，她听完后笑笑，朝他鞠了一躬。

"我明白了。"她说。

林羡清把头伸出窗外，看见楼底下有几个孩子围成一团，脸红脖子粗地争论谁算得快，然后被各家的爷爷奶奶给扯开，催着小孩儿回家吃饭。

这场景很熟悉，她小时候好像也是这么牵着林老爷子的手回家的。那时候小镇的商业街和西郊的公园都没建成，一老一小能绕着河堤走上好几圈。林老爷子会边牵着她，边给她讲那些老师不讲的"林家秘籍"，说得玄乎极了。

林羡清总是不信，林老爷子会板着脸重复那句话："我们林家，祖上就是管账的！"

林羡清在看见楼下那群小孩儿的时候，突然觉得怀念，恍然间发现自己已经长得这么大了。

温和有点儿奇怪地问："按理说我这个珠算班并没什么名气，也没请过很厉害

的老师，你们为什么会找到我？"·

"是我爷爷，他跟我推荐您的。"

"你爷爷是？"

林羡清笑笑，说："他叫林子祥。"

这个名字脱口而出的瞬间，对面的老人突然爽朗地笑了，说："老会长啊，怪不得，我跟他当了很长时间的同窗。"

林羡清愣了，吞吞吐吐地重复："老……会长？"

"你不知道吗？在冷思成之前，他是那个镇的珠算会长。而且他那个人严肃又古板，整个小镇的珠算班都怕他，不过听说现在那边的珠算班已经倒了不少，他恐怕要气死。"温和说着说着就笑了。

林老爷子确实没跟她说过自己以前当过协会会长，更有可能是在她去到林老爷子身边时，他已经退休了。

温和又说林羡清小时候他还带她出去玩过，但她已经想不起来了。即使有这层关系，温和最后也还是没松口，要坚守在这里教他的学生。

林羡清非但不觉得可惜，甚至觉得这比她把人挖去教育中心要更有意义。

回到自己的出租屋已经是傍晚了，居民楼底下都是放学的孩子，林羡清走上楼才发现自己家门口堆了好多大大小小的包，包上贴着一张纸条，是她妈妈写的：

本来想亲自来看看你，但是来了发现你不在家，工作很忙吗？

这些都是过冬的衣服，你没带走，我怕你冷就给你捎过来了。生活有困难的话偷偷告诉我，我不会跟你爸说，妈妈这里也有点儿小钱，还能帮帮你。你住的地方确实有点儿不安全，还是希望你早点儿回来，家里人都很担心。

我们清清明明就还是没长大的姑娘，也没人盼着你长大，希望你有时间能跟妈妈聊聊天，不然我们不知道你有没有委屈，有没有不快乐。

看到纸条的这一秒，林羡清突然觉得自己很幼稚。

根本不像自己说的什么"因为长大了"，她因为原来被抛弃过的事，总是埋怨家里，讨厌林柏树，讨厌林志斌，讨厌她妈妈，像个小孩子一样赌气不回家，只是为了证明"我不跟你们一起也可以过得很好"。

一直以来，有可能只是她单方面地觉得"他们都不爱我"，只是她单方面觉得，自己没得到父母的爱，并且暗暗把自己得到的部分跟林柏树比较。

其实她得到的并不少了，她拥有很多的爱。

林羡清忽然想到温和说的——"谁来教他们理想和爱。"

原来在很早的时候，她就学会了，她比大多数孩子都幸福得多，因为有人一样也没得到过。

她很费劲儿地把妈妈送来的包拖进了屋子，屋子本身空间就不大，被这几个大包占据以后，活动空间被占掉小半。

因为下雨的缘故，屋内发潮，时常会有一种霉味。

林羡清晚上躺在床上的时候，尤其觉得这种味道难闻，翻来覆去地睡不着觉。

不知道是第几个失眠的夜，冷风经过窗外，像发怒的老虎在狂吼。

Chapter 06
情迷莫斯科

/ 就算规则说不能爱她，他也偏要爱她。
因为爱是本能，就好像他一出生，就是来爱她的。/

（1）

因为温郁的突然参与，一群人做事都认真了很多。

温郁也不知道抽什么风，经常让秘书来转悠，美其名曰"看看他们的工作情况"，他自己又不来。

因为这事儿，王可心收了刚买的毛绒玩具和毯子，每天在工位上正襟危坐。而林羡清极为怕冷，也不太敢把毯子拿出来盖，就怕被指责"工作态度不好"。

派人来监视还算好的，没过几天事情更离谱了。

温郁那边本来是要出一趟远差的，出国拓展业务，这事儿应该是吴涛去跟的，但是吴涛因为最近的强降温发烧请假在家了，这事儿又落到了林羡清头上。

按理说这类小事不该劳烦温郁这样的人亲自去，但是谁也摸不准他的想法，没人知道为什么这位年轻的总裁坚持要自己去。

她很蒙地从老板办公室出来，机票还是临时加的，因为订票的时候没座而给她升了头等舱，起飞时间是明天下午七点。

明天就出发了，她今天才知道，真是够戏剧性的。

王可心在转椅上转了几个圈，调侃她道："牛啊你，单独跟大帅哥出国约会。"

她听完王可心的话，心想大帅哥还是我前男友呢。

当然，这句话林羡清没说出来。

因为时间很紧，林羡清领了通知就得回家收东西。

出差日程比较长，有两周左右，而北欧那边又冷，林羡清就多带了几件厚衣服。

机场离她住的地方很远，林羡清得提前很久出发去赶车。拖着行李箱下楼的时候，刚走到那棵石榴树下，有什么东西突然砸中她的脑袋。

林羡清抬手摸了一把，摸到半边裂开的石榴皮。

这个时节刚过石榴结果的时期，况且这棵树长在居民楼中间，几乎是一结果就被摘空了，她倒是没料到现在还能有"幸存者"掉下来，还正好砸在她脑袋上。

林羡清被砸得蒙了下，远处有辆车的车灯直直照向她。

这天是个阴天，天不太亮，再加上居民楼间隙的过道常年都是黑不见光的，林羡清的眼睛适应了黑暗，被这么猝不及防地一照，眼前一瞬间发白。

她抬手挡在眼前，眯着眼睛看过去，车牌号很熟悉。

温郁从车上下来，身子松散地倚在车门旁边。他今天没穿西服，简单的灰色外套覆在黑色高领毛衣上，气质忧郁，像他又不像他。

两人之间隔着一棵树干歪折的石榴树，林羡清手里捏着那块掉下来的石榴皮，眼神直直落在他的身上。

"林羡清，还不过来？"温郁说。

他叫了她的名字。

鬼使神差地，林羡清把那块石榴皮装进了包里。她抬步朝温郁走过去，坐进副驾驶的时候发现那个猫窝还在后座，待在原位没动过。

温郁后于她上车，进来的时候裹着一身冷冽的气息，像是刚从北极的冰水里捞起来，也像缠了一身秋风。

车载音响开着，音乐声缓缓入耳，放的是 *Past lives*。

温郁坐进来以后，低头拿出兜里的打火机，随意又散漫地扔在右手边的盒子里。

林羡清下意识低眼看了下，打火机的金属外壳上有好几道划痕，底部刻了一串数字和字母。林羡清因为眼睛近视，看不太清。

她扯上安全带，状似不经意地问："你在这儿等了多久？"

温郁把车发动，车灯扫亮前方一段路，巷子里更亮了些。他略略领首，思忖了几秒，低眸看着腕表，没什么情绪地说："刚来，没等多久。"

他次次撒谎都面不改色，车里一直开着暖气，暖和得很，不像是没等多久的样子。

温郁把车发动，在绕出巷子的时候顺手扔给她几袋牛肉干，他的车里好像有吃不完的牛肉干。

快到机场的时候，因为晚高峰堵车，两人被堵在路中间。

温郁的话一贯少，分别五年后更甚，大部分时候都是冷淡地压低眉眼，说话时虽然会笑，但是笑得很假，更多时候是用来威胁人的。

车里的气氛沉闷下来，车载音响重复播放着那首歌。

林羡清顺嘴问了句："你现在抽烟吗？"

温郁身子后仰，背脊懒懒地抵在椅背上，他漫不经心地"啊"了一声："你想问打火机的事吗？我就随便玩玩。"

言外之意，他不抽烟。

林羡清确实没见过他叼烟的样子，说实话也想象不出来。

车里还放着歌：

This isn't our first time around

（这并不是第一次）

Past lives couldn't ever come between us

（过去的生活再也无法阻碍我们）

乖乖答完话以后，温郁抬眼看了下车内后视镜。

他眼神颤了几下，修长的手指一勾，拉开另一个夹层，从里面拿了个三指大的小瓶子，神色很平静，抖出几粒白色的药丸在掌心。

Past lives couldn't ever hold me

（往日的生活早已无法压抑我）

Don't wake me, I'm not dreaming

（我没有在幻想，不要唤醒我）

林羡清奇怪地盯着他，温郁倒是没什么所谓，还把那个没标签的药瓶伸到她眼前。他掀起眼皮看了她一眼，问："维生素，要吃吗？"

她摇摇头，撕开一袋牛肉干，说："我怕苦，什么药都不爱吃。"

温郁轻点了几下头，直接把药咬碎吞掉，然后拖着调子说："我知道。"

他知道她怕苦，喝绿豆粥都要加一大块冰糖。

林羡清撕牛肉干包装的手一下子停住，她眼睫毛颤了一下，牛肉干一下子跳出来掉在脚下。

"抱歉。"她说，然后用纸把东西包起来。

堵了好久的车终于开始流动，天已经黑透了，两人赶上飞机。

林羡清拖着行李慌张赶路，温郁像个大爷一样不紧不慢地在后面散步。

广播里已经开始催促办理登机手续，林羡清回了头催他："快点儿啊，要赶不上了。"

温郁两手插在兜里，懒洋洋应了声"哦"，步调却没快多少。

林羡清看见安检员的脸色有点儿不耐烦了，她深吸一口气，扔下自己的行李折回去扯着温郁跑，她咕哝着："我可不想错过飞机头等舱。"

出示完登机牌以后，温郁很顺手地拉上她行李箱的杆就往登机口走，他自己的行李都托运了，只用捎上林羡清的。

林羡清步亦步趋地跟在他后面，看着他灰色外套的一角被风吹得飞起来，身上特有的冷木味道杂糅在风里，窜入鼻息。

两人的座位并排靠着，温郁把她的行李抬上去，然后脱下外套坐下。他侧眸睨了一眼冻得肩膀轻抖的林羡清，状似不经意地把外套丢给她，淡淡地说："帮我拿一下。"

他的外套很大，能盖住林羡清大半个身子，她缩在座位上垂眸眨了眨眼睛，那股冷木香味聚集在一起，味道不算浓烈，很符合他的气质。

机身抖动几下，慢慢开始滑行。

林羡清突然想起来，上次下雨时温郁借她的外套还在家里挂着，她忘记带来了。

林羡清因为冷，往他的外套里缩了缩，说："谢谢。"

她又看了眼只穿了一件毛衣的人，温郁随手抽了本杂志出来，垂眸散漫地翻着。他翻书的速度很快，不像看进去了的样子。

大概十几秒后，温郁眼也不抬地问："还有话要说？"

林羡清才反应过来自己盯着他看了十来秒，但她自己全然没发现，被温郁提醒了以后才有点儿尴尬地说："你不冷吗？其实我行李里有外套的。"

温郁把杂志合上，轻飘飘看向她，说："我不冷，你盖着吧。"

说完，他又换了一本杂志。

都是些枯燥的文字，林羡清最不爱读这样的东西，干脆把脑袋抵在窗户上睡觉。

其实座椅是可以调节的，但是林羡清没坐过头等舱，她也不太懂，再加上一连好几夜的失眠，干脆就那样靠着睡着了。

这趟飞机要坐很长的时间，乘务人员中午要送餐，刚走到温郁这边的时候，就看见衣着单薄的青年抬手勾下自己的耳机，食指抵在唇边做了个"嘘"的动作。

空乘人员往他对面一看，林羡清已经换了个姿势趴在桌子上睡着了。林羡清睡觉一贯不安心，她一连换了好几个姿势，温郁刚给她盖好的外套又从她肩上滑下去。

路过的空姐低声询问他们是否需要毯子，温郁摇摇头拒绝了，他把电脑放到一边，捡起地上的衣服又给她轻缓地盖上，顺带着把她咬进嘴里的头发给勾了出来。

转身的瞬间，温郁感觉到自己的裤腿被扯住。

他低眸回头看，林羡清睡得很不安稳，眉头皱很紧，她在很小声地呢喃："为什么要走？不想你走。"

林羡清的睡相虽然霸道狂野了点儿，两条胳膊大剌剌扑在桌面上，但好在表情还算恬静，只是睫毛一直在不安地抖动，唇瓣也抿得很紧，时而低低地吐出几个字来。

温郁低睫看着她攥得越来越紧的手，怔了一下后，轻微俯身，漆黑的眼睫毛安静地垂下。他的眼神一瞬不移地缠在林羡清身上，薄唇凑在她耳畔，良久后，没什么情绪地说："我没走。"

说话间喷涌的热气洒在她头发里，温郁甚至能闻到她洗发水的味道，是很清新的柑橘味。

也不知道她是否真的听懂了，林羡清缓缓松了劲儿，手指默默地垂下了。

机身忽然抖动几下，广播里传来空姐温柔的解释声："受天气影响，飞机可能会有些许颠簸，属正常现象。请各位乘客系好座椅上的安全带，不要随意走动，厕所现已禁用，等待气流平缓后会再开启。"

广播声响起后，林羡清被吵醒。

她很慢地睁开眼睛坐起身子，第一眼先瞥向飞机舱外的天。刚过晌午，高空飘散的云彩都被染成橙黄色，像撒了满天的流心蛋黄，浓稠又绮丽。

林羡清刚睡醒的时候情绪总会有一阵低落，况且她又做了个不太好的梦，抬眼看见懒散窝在座椅里办公的男人时，还觉得有点不真实。

温郁眉眼冷淡地盯着电脑上的文字，薄薄的眼皮总有种抬不起来的闲散劲儿，睫毛倒是长，随着慢吞吞的眨眼动作而翕合，骨感的手指时而会抵在唇边，做思考状。

"饿吗？"他掀了眼皮看过来。

林羡清扯了扯肩上的外套，温声答："还好。"

气流已经平稳下来，温郁看见林羡清的安全带没扣上，松松搭在腰间，便主动抬手环住她，给她系安全带。

青年背脊开阔，肩胛骨随着低腰的动作暴露在林羡清眼皮底下，身形流畅，只穿着单薄紧身的毛衣，勾勒出清瘦的身材。以前温郁总穿长袖的卫衣，林羡清还不觉得，现在才发现他的身材也配得上那张漂亮冷淡的脸。

温郁眼睑闲闲垂着，指尖一压就把安全带的铁扣扣好。

撤身的瞬间两人对视，鼻尖隔着一个呼吸的距离。

林羡清看见他漆黑的眼瞳，薄薄的眼皮甚至能隐约看见黛色的血管，唇角微抿，整个人看起来有种精致的易碎感。

下意识地，她往后靠了靠，身子后仰，跟他拉开距离。

林羡清低眸，呼吸变得急促。

温郁淡淡别开视线，没说什么，跟空乘人员打了声招呼，对方送来了吃食。

他把东西搁在桌上，冷淡地吐字："吃。"

两人的座椅相邻，温郁身子一压就半躺在座椅上。他的手指在电脑触摸板上滑动几下，找了下载好的电影，然后把电脑推给林羡清，怕她无聊，自己倒是很不讲究地拿了本乱七八糟的航空杂志看起来。

其实头等舱有可以放电影的显示器，但两人都没用。

温郁给她找的是个动漫电影，五年前，两人还在恋爱十一天的时候，温郁安静地坐在桌边看英文原著，她就躺在少年腿上看少女漫画，时而为漫画里美好的爱情流泪。

那个时候，温郁会几不可闻地叹息，在她哭得一抽一抽的时候抽纸给她擦眼泪。

林羡清盯着电脑屏幕上声嘶力竭的女主角出神，之前看到这种情节她都会跟着流泪，现在倒是没那么敏感单纯了。

飞机飞了八个半小时，终于在天黑的时候落地，此时莫斯科正好是晚上十点左右。

莫斯科这边气候比较冷，现在是十一月初，从机舱里出来的时候天上已经开始飘小雪了，冷风刮到脸上很疼。

林羡清在开了暖气的机舱里尚且觉得有点冷，现在出来了，面对只有三四摄氏度的气温冻得牙齿打战，缩着脖子躲在温郁的外套里面。而温郁连外套都没穿，就那样拉着他的行李箱出来，面不改色，好像没有体温似的。

她紧紧皱眉，停了步子，想都没想就把外套扒下来丢给温郁。

他愣了一下，淡然吐词："我不冷。"

"怎么可能不冷，"她说着，抽了抽鼻子，蹲下去拉开行李箱的拉链，从里面掏了件厚外套出来，又咕哝了一句，"又不是冷血动物。"

林羡清把自己裹得像个粽子，圆溜溜的，半个行李箱都快被她扯出来穿身上了。

一切装备齐全后，她拍了下穿得严实的自己，回头看见温郁慢悠悠套上外套，拉链半拉，修长冷白的脖子全然暴露在外面，看着就直灌风。

她皱着的眉就没松开过。

林羡清就戴了一条围巾，她解下来搭在胳膊上，然后走过去扯住温郁的衣角，捏着他的拉链往上拉，一直拉到头。她的手指蹭上他线条瘦削的下颌，冰凉的温度从指尖传来。

离得近了，林羡清才发现他的肩膀在很轻地抖，都这样了还嘴硬自己不冷。

从飞机上下来一拨人，零零散散地颤着腿走出飞机场。林羡清捞过胳膊上的围巾想给他围上，结果发现自己身高不太够。

她很尴尬地摸摸鼻子，把围巾塞在温郁手里，说："你自己戴上。"

温郁本来穿了一身暗色衣服，林羡清给他的围巾是很土的大红色，戴在他身上总有种不伦不类的感觉。但是他一声没吭，垂着眼又乖又笨拙地把红色围巾往自己脖子上环了几圈。

围巾罩住鼻子和嘴唇，毛茸茸的感觉蹭着他的皮肤，呼吸间有种很浓的柑橘味。

她怎么哪儿哪儿都是柑橘味。温郁出神地想。

一起走出飞机场后，林羡清被扑面而来的雪粒迷了眼。这雪看上去才刚刚下起来，地上只有薄薄的一点儿雪水，莫斯科的夜晚灯火长亮，点亮了一条街。

街上到处都是人，各色各样的头发，各种各样颜色的眼睛。

林羡清抬头看见从黑绸布般的天空里挤出纷纷扬扬的雪粒，她两只手交合在一起接住一些，冰凉的感觉在手心化开，她很高兴。

林羡清笑得眉眼弯弯，很兴奋地扭头对温郁说："我们住哪里？民宿吗？"

温郁看着她弯起的眼睛和翘起的唇角，冷淡的眉眼倏然间柔和，眼尾略略扬起，将落的雪覆在他精致的眉骨上。

温郁叹出一口气，浓白的雾气在冷空气中升腾。他说："嗯，是啊。"

衣角被扯住，温郁低着眸子看向一脸着急的林羡清，说："快走，快走。"

坐上车以后，温郁熟练地跟司机交流。林羡清听不懂，只能扒在车窗边上看走马灯一般闪过的街道。

林羡清这二十多年都没出过国，第一次出来玩自然觉得新奇，她扒在窗边看得眼也不眨，像个刚出生的孩子，怀揣着对整个世界的好奇。

倏忽间，开车的大胡子叔叔爽朗地笑了几声，叽里咕噜地说了一通林羡清不能理解的话。司机的眼神通过后视镜落在她身上，林羡清直觉他们讨论的话题是她，就蹭过去戳着温郁问："你们在说我吗？"

温郁别着眼睛瞧了她一眼，懒散地冒了个鼻音："嗯。"

他的视线漆黑，又夹着满街亮起的灯火，温和地落在她身上。

"他说你很可爱。"

林羡清一直认为这个词对应的是"幼稚"，她不太喜欢，可能是因为第一次出国有点激动，自己好像是兴奋过头了。

她坐回去，安安静静地把手搭在膝盖上，想起了什么又扭头回来问："那你呢？你回了他什么？"

温郁的手指蜷了一下，低下的睫毛敛住暗色的眸，他错开眼回答："没什么，就说'承蒙您夸奖'这类的。"

林羡清没怎么怀疑，这类聊天好像也只能这样回答。她轻点几下头，视线又回到窗外，只是克制了不少。

旁边的温郁手指有一下没一下地转了几圈腕上的表，眼一直垂着，辨不清情绪。

——"你们是夫妻吗？您的妻子看起来很可爱。你们应该生活得很幸福。"

——"谢谢，我们相爱五年了。"

温郁单手撑在窗户旁，撑住下颌，他扭头看向窗外纷纷扬扬落下的小雪。

俄语，应该没什么关系。

林羡清不会俄语，听见了也没什么。

温郁的肩膀一瞬间塌下来，逃到了几千公里之外的地方，就好像牵制提线木偶的细线被这样的远距离拉断，温郁觉得轻松。

（2）

订的民宿远离喧嚣的街市，林羡清推开大门，发现楼底下环住了一片很大的草坪，草坪上沾了点儿白色的雪，民宿的主人一家都聚在门口，很和蔼地看着他们。

林羡清拎着行李向他们打招呼，然后拉着温郁的衣角想让他快说点儿什么。

温郁跟他们相谈甚欢，林羡清一脸蒙地站在温郁旁边，抽了个间隙小声问："你们说的什么，他们怎么笑得那么开心？"

"啊，"他漫不经心拖着调子发出个感叹词，然后微微低头瞧了她一眼，冷淡的眉眼染了雪，有种不谙世事的感觉，用好听的嗓音说着，"他们说你可爱。"

林羡清很慢地皱起眉，她一脸怀疑，嘴唇嗫嚅几下，说："我感觉你在诓我。"

俄罗斯这边的晚餐必备沙拉和土豆，这民宿是一家人开的，子孙三代都住这儿，房子占地不大但好在楼层够多，楼建得够高。

晚餐的时候女主人点了壁炉，暖融融的火在壁炉里燃着，整座房子里都充满了暖意。

林羡清在里面坐了一会儿就发现头发变得潮湿，应该是头上的雪化掉了。

湿软的头发黏在后脖颈很难受，林羡清一边吃饭一边抓头发。

女主人看见后很好心地给她拿了个皮筋来，他们人都很热情，不停地往林羡清盘子里夹菜。

其实她吃不了那么多，但是因为不好拒绝别人的好意，只能硬往肚子里塞，吃到最后只能强颜欢笑。

桌上还坐了两个小孩儿，哥哥是个捣蛋鬼，把挤出来的番茄酱往妹妹脸上抹。小女孩大叫着四处逃窜，一点儿都不怕生地抱住林羡清的腰，脸上的番茄酱蹭在林羡清的衣服上。

因为壁炉够劲，屋子里热腾腾的，林羡清就把外套脱了，只穿着内搭的一件白毛衣，小女孩脸上的番茄酱蹭上去很明显。但是林羡清一低头看见金发碧眼的小孩子一副无辜样，还瘪着嘴指责哥哥，她的心一下子软下来。

女主人把孩子拉到一边教育，然后对着林羡清说了几句话，她听不太懂，但是也能猜到对方应该是在道歉，于是用英语回复她说没什么。

一顿晚饭草草结束，林羡清抽了几张纸擦着衣服上的番茄酱，但干擦肯定是擦不干净的，只能换下来洗掉。

女主人带着林羡清去了楼上的房间。

房间的床很大，看上去软乎乎的，床侧是一扇巨大的落地窗，映着屋外簌簌落下的雪，能看见很漂亮的雪景。

林羡清靠在落地窗边看了一会儿，因为身上脏脏的，想进浴室洗澡，结果半天放不出热水。

她在这方面有点儿强迫症，睡前一定要洗澡，不然根本睡不着。于是林羡清咬咬牙，干脆冲个凉水澡，从浴室出来的时候牙齿都冷得打战。

浴室的门被拉开，林羡清裹着睡袍颤颤巍巍地走出来，迎面被人裹上一件大棉袄，她一抬头看见了温郁。

他的外套已经脱了搭在房间的椅背上，屋子正中间搁着他的黑色行李箱，靠在她的行李旁边，大有在这里住下的趋势。

也许是冷得大脑都冻住了，林羡清半张脸都埋在他盖过来的棉袄里，有点儿没反应过来情况，怔然地眨了好几下眼睛，说话声闷在棉袄后面："这是我的房间。"

温郁垂眸盯着她。

她的眼睫毛上还有未干的水渍，衬得眼睛湿漉漉的，半个身子都被他包在棉袄里，连手都伸不出来，就那样抬着眸子乖乖看他。

他伸手拉好棉袄的拉链，缓声告诉她道："这里也是我的房间，主人家以为我们是……一家人，就只空了一个房出来。"

他说得隐晦，到底没把那个词说出来。

林羡清反应了好一会儿，她又扭头打量了一下房间的陈设，连张沙发都没有，除了床就是圆桌和椅子，她总不能让温郁在桌子上趴一夜。

也就是说，他们今夜要睡在一张床上，盖同一床被子。

落地窗外雪还在下，偶有几片雪花打在透明的玻璃上，然后无声无息地坠落，只是刮风的声音有点儿大。

林羡清在风声里走向床边，然后坐下。

"那……你睡哪边？"她有点犹豫地问，声音越说越低。

说到底这是一件挺不好意思的事儿，孤男寡女共睡一榻，况且他们现在没什么实质性的关系，但房间里连个地铺都打不下。

此时已经将近零点了，温郁站在圆桌旁边，低头漫不经心地摘了腕表。他的背脊充满骨感，站立的时候挺直笔直，只有颈椎因为低头的动作而稍稍弯曲，额前漆黑的发梢稍有些遮眼。温郁将表缓缓放在桌面上，闻言沉吟一下。

"我睡外边吧，我睡觉老实。"

换言之，他知道林羡清睡觉不老实。

在飞机上就看出来了，能从座椅睡到桌子上，还时不时张牙舞爪的，把空乘吓得够呛。

林羡清抿抿唇说了个"行吧"。

她刚扯开被子，又想提醒温郁一句，结果一扭头正好看见他两指捏住黑色毛衣一角往上撩，像是就要在这里脱衣服。

撩开的一角露出一截冷白劲瘦的腰，线条流畅，隐隐能看见人鱼线延伸进皮带下方，白皙的皮肤与纯黑的针织毛衣形成极强的视觉冲击，林羡清的眼睛渐渐瞪大。

她吓了一跳，连忙丢了手里的被子，喊他的名字："温郁！"

这么多年没见，她终于叫了他的名字，而不是"温总"这类生疏到难以入耳的称呼。

对面的人长指一松，撩开的衣角掉下去，遮住一截腰。

温郁转过身子来，一只手松松撑在桌子上，鼻间发出一声反问："嗯？"

他表情有点儿蒙，漂亮的眉轻挑，问："怎么？"

林羡清有点儿无措地站起来，原地转了几个圈，想要躲进一个看不见他的地方，现在这种情况太尴尬了。

"要不我先出去吧。"

她像个鹌鹑一样缩着脖子往屋外走，还好心地把门关上。

被屋外冷空气一吹，林羡清头脑清醒几分，她忽然又想起来，在看见温郁的腰以前，她是想提醒他来着。

她不敢进去，只能不轻不重地敲了几下门，在门外告诉他道："浴室没热水。"

几分钟以后，房间的门从里面被打开。

温郁看见靠在墙边站着的人，他好整以暇地抱着胳膊，头歪着抵在门框上，已经换上了睡衣。

林羡清疑惑地看着他："你不洗澡了？"

温郁瞧了她一眼，侧身让她进去，说："你不是说没热水吗？西方国家都是早上洗澡，晚上没准备热水。"

林羡清有点嫌弃地看了他一眼，犹犹豫豫地说："那你就不洗了？"

他摊手道："没办法。"

直到晚上，林羡清在床上翻来覆去。

床一直在抖，温郁以为她是被风吵得睡不着，就睁了眼跟她说话，嗓音还带着夜里的暗哑："睡不着？"

床又抖了几下，林羡清翻过来面对着他。

她皱了一晚上的眉，还是有些不能接受这件事，于是很严肃地发问："你晚上真的不洗澡了？"

空气安静了一瞬，林羡清睁着眼睛，看见月光下温郁流畅的下颌线，鼻尖在冷白的月光像一块圆润的玉。

温郁眉心跳了跳，他拉开被子坐起来，有点儿无奈地叹息道："败给你了。"

他利落地脱下睡衣上衣。

林羡清正面向他侧躺着，能看见他冷白的皮肤被月光染得发透发亮，肩颈线条平直拉着，肌肉匀称，只是腰看上去非常细，却不会让人觉得脆弱。

林羡清的呼吸不自觉地放慢，缓缓眨了好几下眼睛后，才发觉自己的眼神太热切了，连忙闭上眼睛，抬手拉起被子遮住头。在黑暗里呼吸几下后，却发现涌入鼻腔的都是温郁身上的冷调香，思绪顿时更加爆炸了。

浴室响起水声，淅淅沥沥的，林羡清睡得仍旧不安稳，她紧紧抓住被子，心里想着这还是她第一次跟异性同床共枕。

她都没跟林老爷子睡过一张床。

第一次恋爱给了温郁，第一个吻给了温郁，现在连第一次跟异性躺在一张床上的经历也给了温郁。

大概十来分钟后，林羡清听到趿拉着拖鞋的脚步声，随后身旁的位置塌下去，温暖的被窝涌进冷冽的气息。

也是，刚洗完冷水澡，身上肯定是凉的。

林羡清躲在被子里，紧紧闭着眼，眼睫毛还在不安地抖动。她感觉到温郁倾身过来了，离她越来越近。

就像温郁正双手撑在她身侧一样。

下一秒，盖在脑袋上的被子被温度极低的手指给拉下去。

林羡清惊慌抬眼，在黑夜里对上温郁漂亮的眼。

漆黑深沉，像一潭深水，总让人见了就觉得安宁。

温郁很轻地蹙眉，说话间喷出的气都是凉的，他说："不怕把自己闷死？"

他身上裹着睡衣，脖颈的水没擦干，连头发都是湿的，一滴一滴地滴在林羡清脸上，凉得她一哆嗦。

见状，温郁翻过身子仰躺在她旁边，压在被子上面，还顺手盖好林羡清的被子，声音在寂静的黑夜里终于不再显得冷冰冰的，说："睡吧。"

林羡清盯着天花板看了几秒，耳畔有很沉的呼吸声，听起来有点儿不稳，可能是冷。

风声也大，还能听见树叶被大风卷起的婆娑声。

林羡清转了个身子问："你不睡进来吗？"

身边的人双手交搭在腹部，睡姿安稳得像神话里的神明，温郁声音又轻又淡地说："我进来了你会冷。"

这话说得让林羡清的心里蓦然软了一下，她抬手把他压住的被子扯出来，凑到他身边给他盖上，最后看他半合不合的眼睛，低声说："其实也没那么冷。"

她躺回去，背对着温郁，把自己蜷成一团。

"要是怕我冷，你就努力让自己变暖和一点儿。"说着说着她的声音就变成了咕哝，"以前就这样，浑身冷冰冰的，怎么会有像你这样焐不热的人？"

温郁双眼有些涣散地看着天花板，浅浅眨了几下，四肢百骸都是她身上清新的柑橘味。

他突然想着，哪里有焐不热的人？

他明明，早就被她焐得化成一摊水了。

第二天早上，林羡清终于如愿以偿地洗了个热水澡。

她擦着头发出来的时候，发现温郁还在床上窝着，瘦削的背脊弯了个弧度，接着就听见他闷声打了个喷嚏出来。

林羡清站定在床边，拉下他蒙在头上的被子，探手过去的时候被温郁一下子抓住。

他略略掀开眼皮，说话带着鼻音，问："你干吗？"

昨夜的小雪渐渐下大，今天早晨她醒的时候，落地窗外一片白，地上铺了一层薄薄的雪，玻璃窗上蒙了一层霜。

林羡清低眸看见他连眼睛都睁不太开，因为长时间闷在被子里，眼尾若有似无地泛着红，重重地喘息着。

她挣开他的手，一边说："看看你发烧没。"一边伸手摸上他额头，还好没发热。

温郁抿着唇轻轻挥开她的手，从床上撑着坐起来，说："我没发烧。"

鼻音很重，应该是感冒了。

这样搞得林羡清很愧疚，毕竟昨晚是她催着温郁去洗凉水澡。而且她晚上睡相不好，喜欢用被子把自己卷起来，早上一睁眼就看见自己缩在堆叠的被子里，旁边那人只能背对着她缩着，那个可怜劲儿莫名其妙让她想起了小可爱。

她让温郁先去刷牙，自己在行李箱里翻找半天，找出了带过来的感冒药，用热水冲好放在床头柜上。

浴室的门还没打开，温郁还在里面，林羡清边穿外套边跟他说："我冲了感冒药放在床头了，你待会儿喝完了下来吃饭。"

女主人又敲了几下门，已经是第二次来叫他们下去吃早饭了。

林羡清一拉开门，两个小孩儿就一边一个抱住她的腿，她有点儿蒙。

扎着两个麻花辫的小女孩毕恭毕敬地弯腰冲她鞠躬，用甜甜的嗓音说着什么，林羡清仍旧听不懂。

没了温郁跟着，她在这里简直寸步难行。

正当林羡清苦恼的时候，温郁不知道什么时候从浴室洗漱完出来了。

他单手捏着杯口凑到唇边喝了一口，然后闲散地迈着步子走过来靠在门框上，漫不经心地垂眸看了看小姑娘，又咽下一口感冒药，嗓子哑着，说："她在跟你道歉，说很抱歉昨天弄脏了你的衣服。"

林羡清看了眼温郁，说："你跟她说没关系，我原谅她了。"

温郁了然地点点头，跟那个小姑娘对话，结果那小孩儿突然很羞涩地笑了下，捏着棉衣一角跑下楼了。

林羡清狐疑地瞟了温郁一眼，问："你到底跟人家说了什么？"

温郁浅淡地笑了下，耸了两下肩膀，仰头把杯子里的药一饮而尽。吞咽的时候喉结上下轻滚，划出流利的弧度。

他把杯子随手搁在桌子上，说："就那么说的啊。"

当几个人一起下去后，林羡清刚坐下，小女孩突然抱着她的脖子在她脸上亲了一下，还在她兜里放了几块奶酪。

林羡清脑袋空白，缓了好久才哑摸出来什么，她立马扭头看向身旁笑容散漫的人，问："你让她这么干的？"

温郁上半身往后一靠，手里捏了块三明治。他无辜地歪了下头，说："没啊，我只是跟她说：'在我们国家，道歉的时候最好送上一些礼物。'送什么是她自己决定的。"

吃饭间隙，男主人恰好从外面买完东西进来，他浑身都沾着雪，一家人都围上去给他掸去衣服上的雪，小孩子抱着父亲的腿问着外面的事。

林羡清就那样看着，忽然很羡慕，眼都不眨一下。

桌上的热牛奶还在散发热气，三明治被切得块块匀称，有人冒风雪而来，有人为他掸尘埃。林羡清一直很向往这样的生活，有自己爱的家人，有一个不大不小的房子，做什么都不用顾忌。

在她还在走神的时候，温郁已经把饭吃完了。他懒懒地往后一靠，拉开凳子站起来，捞起椅背上的大衣穿上。

林羡清仰头看着他，嘴里还在嚼东西，含混不清地问："要出去了吗？"

她快速把三明治吃完，跟着温郁一块儿出门。

院子里的雪像一层雪白的地毯，也像成千上万只白鸽偶然落下的鸟羽。

林羡清穿着棉鞋，一踩一个坑，棉鞋不防水，没一会儿她就感觉脚趾开始发潮，化掉的雪水侵进鞋子里。

温郁双手揣兜在前面走着，林羡清为了避免踩雪，就照着他的脚印走，踩上去的时候林羡清才发现温郁的脚比她大了一圈。

男人步子迈得大，林羡清很吃力地跟着，他不知道怎么的突然停了下来，林羡清一脑门儿撞在他背上。

温郁回头，好笑地睨着她，嗓音轻哑，问："林羡清，你学我走路干吗？"

她摆了摆脚，皱眉指给他看，那表情好像在说：又不是我想学你的，鞋子湿了而已。

他顺着她指的方向轻轻打量一眼，然后直白地问："要我背你吗？这里还打不到车，待会儿打车去了街上给你买双新鞋。"

温郁低眼盯着她，一丝一毫的注意力都没有分给旁边的风雪，因为感冒，他吐字很慢，总让人觉得温柔。

林羡清以前就不喜欢麻烦别人，现在也只是拒绝了他，说："别了吧，我自己的问题，没必要麻烦别人为我承担后果。"

她努力抬着步子往前走，走了几步又回头叫他，有点儿不好意思，说："不需要你背，但是需要你付钱买鞋，回去了我再还你行吗？"

温郁脸上没什么表情，抬了抬下颌，低垂的睫毛落了雪。他走过来抬手拍了下她脑袋，嗓音散淡地说："真会客气。"

但他根本不想她这么客气。

林羡清换了新鞋以后脚好受不少，温郁去前台付账了，林羡清在地上踩了踩，软乎乎的很舒服。她跑去前台看着温郁付账，然后自己偷偷用手机换算了一下汇率，顿时觉得这双鞋子很烫脚，但是看温郁浑不在意的样子，她也没好意思吐槽。

来到莫斯科的第一天，林羡清跟着温郁一起去见了个华裔老头儿。

听温郁说，他之前是中国珠算第一人，但是现在老人只能坐在轮椅上，手都抬不起来了，家里的橱柜里大部分都是曾经在中国各种比赛里得过的奖。

老人现在年纪虽然大了，但是威望可不低，林羡清跟他说想以他的名义办珠算教育，他有点儿热泪盈眶，肩膀耸动几下，因为牙齿不全而含糊吐字，说："拜托你们，别让它失传。我想……看到还有孩子……愿意用算盘算数。"

林羡清一贯泪点低，听到他用苍老的声音说这句话也难过得不行，连连点头，哑声应着"好"。

企划书被留在老人这儿，温郁很尊敬地说他愿意的话可以看看他们的方案，随时欢迎他参与讨论。

回去的时候主人家里已经把院子里的雪轻扫掉了，温郁进屋里脱了外套，林羡清立马掏出包药给他，嘱咐他喝掉。

温郁有点无奈地说："他们说今天晚上要在院子里烤鸡。"

林羡清没明白，问："这跟你喝感冒药有什么关系？"

看上去好像确实没什么关系。

只不过温郁自己受不了感冒药那股清苦的味道，而且他的感冒几乎已经好了，他认为自己不需要再喝药了，就在林羡清离开后偷偷把药给倒掉了，换成了水。

在夜里，一家人在院子里点了火，架上男主人早上买回来的几只鸡在烤。柴火噼里啪啦地响着，雪已经停下来了，只是空气还是冷冽，空旷的地带会刮大风。

温郁往黑色手套上套塑料手套，左手拿着鸡腿，右手端着药杯，一边吃饭一边喝药，林羡清看得想笑。

她有点不解地说："你可以把里面黑色的手套脱下来，现在好像没那么冷。"

温郁动作停滞一下，他蜷了下指尖，把杯子里的"药"喝光，眸子低着，看着跟前燃起的火堆，声音还泛着哑意，说："不了，丑。"

突如其来刮起了风，点燃的火苗在凉风中摇头晃脑，冷风冰刺刺的，吹得扎人。林羡清的耳朵被风刮得发疼，她上下牙咬合一下，也不知道该说什么好。

这边的人都很豪放，主人家拎来一箱子酒，林羡清是滴酒不沾的，温郁被他们劝着喝了大半瓶，他脸上倒是没什么颜色，动作也很自然，林羡清以为他很能喝来着。

结果烤鸡宴结束以后，其他人纷纷开始收拾东西回屋了，他还一个人呆呆坐在原地受风，眼睫毛垂着看已经熄掉的火堆，塑料手套被摘掉了，双手交叠搭在腹部，居然跟他睡觉是一个姿势。

林羡清折回来叫他道："回去了，温郁。"

温郁迟钝地转眼看林羡清，林羡清站在他跟前，温郁还坐在小板凳上，他需要仰头才能看清林羡清。

她身后是灯火通明的楼房，顶了一身的光，正低着眼睛看他。

温郁稍稍弯起眸子，天生笑眼看起来水光潋滟，唇角扬起了很轻很好看的弧度。他的眼底终于有了光，抬手牵住林羡清的手，十分熟练地跟她十指相扣，指缝扣紧指缝，掌心相接，隔着一层薄薄的真丝手套。

林羡清被他牵得一愣，眼都忘了眨，呼吸与心跳声在夜色里渐渐加重。

温郁拉着她的手，把人往下扯。

林羡清被他拉得被迫弯下腰，听见他在她耳边吐着热气，酒水味弥散在呼吸之间。

他喘了好几下，才用一种哑得蛊惑人的声音说："你终于来见我了呀。"

林羡清眼睫抖了一下，她敛着眸凝视他，声音很轻地说："对，我来带你回家了。"

刚吃完饭，明明雪已经停好久了，却又在这一秒落下来，轻轻柔柔地落在温郁的鼻尖上。他皮肤白到透明，像窑里烧出来的精致白瓷，一直不眨眼地抬头仰望她。

良久，温郁嘴唇翕张几下，他问道："我没有家啊，哪里是我的家？"

两人的手还牵着，林羡清有点撑不住这个弯腰的姿势了，她站起身却有些无言。

怎么会没有家？温郁应该回到了他真正的家里才对。

天气变得冷起来，林羡清扯了扯他，说："你的家在中国，这里是莫斯科。我们该回房间了，温郁。"

温郁低下眸子，眼尾颓唐地耷着，他轻声应着"好"，说话间吐出一连串热腾腾的白雾，消散在雪天里。

为了顺应他们晚上洗澡的习惯，主人家晚上也为他们准备了洗澡的热水。

林羡清洗了个头，头发被浴室的热气蒸得半干，她擦着头发出来，发现温郁正乖乖坐在小板凳上，床铺整洁无比。

她看见温郁又拿了包感冒药想冲着喝，连忙上前去制止道："刚刚已经喝过了。"

青年"哦"了一声，迟钝地把药剂包放下，又坐回自己的小板凳上，双手搭在膝盖上，背脊挺得很直，像是那种想得到老师夸奖的小学生。

"你不洗澡吗？水还是热的。"

他慢吞吞地眨了几下眼，又说："哦，洗的，不洗的话你会讨厌。"

林羡清擦头发的手一下子慢下来。她无法形容现在心里的这种感觉，喝醉了的温郁居然乖成这样，做什么都小心翼翼地照她的想法来。

他在浴室里待了很久，林羡清都开始怀疑他是不是睡倒在里面了，下一秒就见他拉开浴室的门出来。浴室里蒸腾的水汽弥散在房间，温郁身上有很好闻的沐浴露味。

他的头发还是半湿的，他毫不在意地用手抓了两下，漂亮漆黑的眸子垂着，微湿的指尖撩开被子一角，躺下后只扯了被褥一角盖在腹部，没擦干的头发直接压在枕头上，整个人都是潮湿的。

林羡清翻了个身面对他，见状把他往内侧扯了扯，说："你盖好被子，这样很冷。"

温郁偏了头，沾了水的眼睫湿嗒嗒地往上撩，安静地盯了她几秒，嗓音沙哑地说："我感冒了。"

这话没头没脑的，林羡清蹙眉说："我知道你感冒了，所以才让你睡进来，不然感冒加重了怎么办？"

温郁又说："我怕传染给你，不要靠我太近。"

林羡清干脆坐起身，温郁错愕地看着林羡清，林羡清倾身过来，上身罩在他身体上方，身上的香味笼罩他。

温郁略略睁大眼睛，嘴唇微张，漆黑眼瞳一瞬不移地看着她逐渐靠近的侧脸。

她的鼻尖小巧精致，此刻不悦地略略抿着唇，发潮的发尾划过他脖颈，带来微微的痒意。温郁的喉结无可抑制地上下滑了一下，眼底有藏不住的迷恋溢出来。

林羡清揪着被子给他盖好，撤身的时候对上他发愣的眼神，说了一句："我不怕你传染。"

黑夜吞噬掉所有思念，屋外大雪翻飞，院子里的草被埋掉半截，莫斯科的夜，月光很亮，勾着想念在叫嚣。

明明隔着不远的距离，明明抬手就能摸到她发尾，可是还是好远。

之前他们隔过一张桌子，隔过远远的人潮与站台，隔着他留下的谎言，隔着靠不近的五年。

可是现在，酒精上脑，温郁觉得喉口发干发涩。

他发了疯般地想：为什么不可以靠近？

念头突破思绪障碍的瞬间，温郁发现自己手指已经触上她散下来的头发，指尖染上潮意，他眨了眨眼，安静的空气里响起他发干的声音，他叫她的名字："林羡清。"

林羡清动了动头，捏在指间的头发滑落，她轻缓地应了一声："嗯？"

"林羡清。"

"干什么？"

他不知疲倦，一遍又一遍地叫，仿若在确认着什么。

温郁探手重新捏住她的发尾，好像这种触感会让他觉得真实。

"林羡清。"他又叫。

醉酒的人有点烦人，林羡清叹着说："我在。"

她翻了个身过来看他，问："你睡不着吗？"

林羡清背后是层层叠叠的窗帘，窗帘没拉严实，露出的缝隙里隐隐能看见雪落的痕迹，透了点光亮进来。

"你是林羡清吗？"温郁总问莫名其妙的问题。

她咕哝着回道："我是啊。你喝糊涂了？"

温郁眉眼松着，指间轻轻搓捻着她的头发，倏然垂下眼，声音好轻好轻地问："如果我亲亲你，你能原谅我吗？"

好久都没有回答，林羡清本来还有些困的，睡意被这句话打得一下子散了个干净。她难以置信地反问："你在说什么？"

这样玩笑的一句话，温郁的神色却很正经，他很珍惜地望着林羡清，不太理解地问："可是，主人家的小女孩亲亲你，你就原谅她了的。为什么我不行？"

他上半身微微靠近，两人之间的距离越来越小。

林羡清抬眼看见他黑得发亮的眼，薄薄的眼皮覆着黛色的血管，在昏暗的月光下格外清晰，她听见温郁用好听的嗓音执拗地问："林羡清，为什么我不可以？"

他好爱叫她的名字，林羡清已经记不清这是今晚多少次从温郁嘴里听见自己的名字了，就好像他在反复地确认——林羡清在他身边。

她憋住呼吸往后退，直至背脊抵上冰凉的墙面。林羡清平着调子声明："这是两件性质不同的事，如果你只是把番茄酱弄到我身上，我也不会怪你。"

可他不是在这件事上犯了错，是因为他骗了她，所以她才生气。

温郁靠近的动作突然间停滞，时间仿若静止，动起来的只有屋外的雪。他微湿的头发从额头滑落，扫过眼皮，他半合着眸子，哑声说："这样啊，所以你不原谅我。"

那是因为他连一句解释都没有，她怎么可能原谅。

几秒后，温郁突然撑起身子，双手撑在林羡清身子两边。温郁低垂着眼凝望她，眼里有一团化不开的墨，与夜色交织融合。

他漫不经心地扯了下唇，低腰，温热的唇瓣蹭过她脸颊，灼热的呼吸交缠。

林羡清觉得自己的心跳已经静止，她被圈在温郁怀里，没有可以退开的余地，只能感受到他轻柔地吻了下她的脸颊，灼热的吐气从脸颊蔓延到耳畔。

温郁闷声说："不原谅也没关系，我还是亲亲你。"

呼吸间有淡淡的酒气，温郁骤然间起身，冰凉的手指覆上她眼睛，那触感像雪，冰凉温软。

"睡吧，好梦。"

他低声说，然后退开。

林羡清侧身面对他躺着，温郁背过身子，修长的脖颈透露着脆弱病态的白。

她缓了下呼吸，胸腔的心脏几欲冲破束缚跳出来，跳得剧烈而无可控制。

林羡清听着风声，缓慢地闭上眼睛。

你是不是爱我？

爱我为什么不说？

黑夜终过，天将破晓。

（3）

这几天里还没收到老人那边关于珠算企划的意见，林羡清他们也算乐得清闲，没事儿的时候会帮主人家做点儿活儿。

林羡清几乎没有什么厨艺，只有在女主人做饭的时候帮着洗个菜，几个人在厨房忙活，屋外两个捣蛋鬼在追着逐去，不小心打开了大门，屋外的风雪都吹进暖融融的屋里。

温郁站起身把门关上，也不说话，就低着黑漆漆的眸子看着两个小孩儿，他们就怵怵地拉着手走了。

温郁没什么别的用处，冷淡的神色用来吓小朋友倒是挺有用。

厨房里，女主人温和地笑着跟林羡清说了一段话。林羡清用手机语音翻译了一下，她说："你的先生以后一定能管好孩子。"

林羡清无奈地笑，他们都把温郁跟她当成一起来度假的夫妻了。

她想解释两句，但是温郁正好进来，神色怏怏地靠在门边，低声问："还有感冒药吗？"

林羡清擦了手，疑惑地问："你感冒不是好了吗？"

说完，她上楼去拿药，温郁一直跟在后面，拿了药以后客气道谢。

很自然地，两人都忽略了那晚的一个不受克制、规则之外的吻。

可能温郁是酒醒以后忘记了，林羡清也不想提，这事儿自然而然翻了篇，混沌过后，他们好像还是一起出差的上下级。

主人家把东西装上车后备厢，预备一起去野餐，爷爷奶奶腿脚不好，也受不了凉，就待在了家里。但是一辆车里坐六个人还是有点儿挤，温郁就让他们先走，他和林羡清可以自己坐车去。

络腮胡大叔大笑着冲他们招手，催他们尽快赶到。

林羡清本来以为又要像上次一样走到街上去打车，却没想到温郁懒洋洋地回了屋，一点儿也不着急。

她倒是很着急地问："不是要跟着去聚餐吗？我们怎么还不走？"

温郁闲散撇眼瞧她，淡然吐字道："等车来。"

看上去他有自己的计划，林羡清就没多嘴，跟着他一块儿等。

十来分钟后温郁接了个电话就出门，林羡清从敞开的门里看见他跟一个外国青年碰了下肩，接了对方手里的车钥匙。

一辆火红色的敞篷跑车停在民宿门口，林羡清捂着棉袄看得瞠目结舌，她问："谁家在大冬天开敞篷出去玩啊？"

温郁抿了抿唇，说："有就不错了。"

敞篷车开到公路上，路边是鳞次栉比的西式建筑，圆顶屋，钟楼，在大广场散步歌舞的人们高声唱着俄罗斯的民歌，碧蓝色的眼睛交织着金色的头发。

很有异域风情，但林羡清无暇感受，她只能窝在敞篷车的副驾驶上瑟瑟发抖，头发被风吹得糊到脸上。

她眯着眸子，风吹得眼睛发干，车停在一座教堂附近。

林羡清疑惑地问："不是还没到吗？"

温郁觑她一眼，双手插着兜从车上下去，调子拖得不刻意，说："先进去待会儿，暖暖。"

在克里姆林宫墙外的圣瓦西里大教堂，是莫斯科有名的景点之一。

也真是奇怪，明明是来出差的，现在居然像出国度假一样惬意。

林羡清拉开车门下去，教堂的所有过道和门窗旁边的空墙上都绘制着壁画，进来后有一种被上帝凝望的肃穆感。

她虽然不太信什么神和上帝，但还是会被这种气势震撼到。

大堂里有人在祷告，各自虔诚地低着头，信奉着他们的"主"。

也许是人多的缘故，教堂里确实会比外面暖和一些，她跟着温郁走进人堆里，偏头看见温郁闭了眼，居然也开始像其他人一样乞求着什么，乌黑的睫毛安静地抖了几秒又被掀开。

出了大堂以后，林羡清才好笑地问："你也信这些？"

温郁轻飘飘地看了她一眼，又抬头看着教堂里的吊灯和壁画，有的抽象有的诡谲。

"半信半疑吧，万一呢。"

万一上帝是真的存在的，真的听见了他刚刚的心语呢？

听见了他在心里说的："主啊，如果你真的存在，请让我爱她。"

让他不用顾忌什么，好好地爱她。

差不多到身体暖了一点以后，主人家已经到了野餐的地方，他们打电话来催，二人就离开了教堂，又坐上了敞篷车。

红色敞篷游行在公路中间，目的地在野外的一处公园。山间修的公路没什么车，路也宽阔，林羡清偏头看见断壁峭崖之间升上来好几个热气球，底下勾着的篮子里还站了人。

像动漫里一样，坐热气球环游世界，林羡清小时候也憧憬过这种事，没想到在二十三岁的时候能够亲眼看见。

车还在向前开着，温郁眼都没瞥，却好像知道她在看什么，问了句："你想坐吗？"

林羡清立马回头看向他，说："可以吗？"

前方的公路开阔，路边有好多绿植，朝阳从这里的山顶上升起又坠落，霞色漫天，扩散在两人身上。温郁轻轻额首点了点头，说："为什么不可以？"

他双手握着方向盘，感受着初冬的冷冽空气，略有些出神地想：为什么不可以？

他之前跟上天承诺过，林羡清的愿望，他都要实现。

车开到了地方，主人一家已经把东西都铺在了地毯上，菜肴丰盛，草坪上是已经化掉大半的雪，草尖还发着潮，连带着铺上去的垫子也有些湿润。

一餐过后，主人家收了东西准备回去，温郁说要出去转转，就跟他们告了别。

他把林羡清带到那片空地上，有专业人员在指导，全程都要靠温郁跟他们交流，最后做好安全措施后，他们才能上篮子。

身体渐渐失重，热气球带着篮子摇摇摆摆地晃上天空，初冬的风还挺大，热气球飞离地面，林羡清低眼看见地面小小的人，突然觉得很新奇。

她想跟温郁说点儿什么，刚张开口就晃了一下，温郁撑住她后腰，他身上冰凉的温度夹着平原的凉风一起送上来。

刹那间，平原起风，吹得林羡清有些恍惚，耳朵被风声灌满，头发遮住视线，她模模糊糊看见温郁的唇张合几下，却听不见他说了什么。

风平息以后，她理了理头发，问："你刚刚跟我说了什么吗？"

温郁两手交叠，搭在热气球的栏边，垂眼看着下面的景色，很轻地开口道："没有。"

眼前，日光乍泄，光线洋洋洒洒地把人裹起来，呼吸顺畅。

那是第一次坐热气球飞上天，跟所爱之人一起，总会让人觉得愉快，觉得世间一切都可爱。

回去以后，林羡清的鞋子还是湿了半边。她把鞋子放在阳台晾着，接到了林老爷子的电话。老人的声音苍老了不少，听起来很哑的样子，问着她的近况。

林羡清这边倒是没什么，反而很担心林老爷子，但对方只说是小感冒。

"我给你推荐的那个人你拉拢了没啊，我以后还想找他去你的珠算中心聚聚呢。"林羡清叹了口气。

"没拉到，他说要留在那里教那边的小孩儿。"她嗓音松快一瞬，"挺好的。"

说到这里，林羡清又想起来林老爷子瞒了她小半辈子的事，说："我才知道您是协会会长，之前怎么一点儿都没跟我提过。"

电话那边重重咳了几声，林老爷子哼了声，嗓音有点儿虚弱，说："告诉你的话，你当时卡级的时候肯定想求着我给你走后门，我才不干。"

说完，他停顿几秒，苍劲的声音裹着叹息："孩子，你要走正道。"

林羡清笑道："我又没走过歪门邪道。"

"温和他还好吗？我记得他说跟儿子吵架了，现在一个人住着呢，之前他小孙温郁还记着去看看，现在都还好吗？"

林羡清从他嘴里听到那个名字还愣了下神，她卡了一下，只说："我跟老爷子也不熟啊，您跟温爷子那么要好，打个电话问问呗。"

林老爷子有些着急，说："不是，你不是老跟温郁待一块吗？他得记得常去看看他爷爷啊。"

这话说得林羡清也难过，电话那头的老人又咳嗽起来。她声音有点歉疚地说："我会告诉他的，我出差回去了也会去看您的。爷爷，您要好好的。"

老人笑了一声，说："净整这些没用的肉麻话，你爷爷我身体倍儿棒，吃嘛嘛香，小小的感冒能怎么样？行了你忙吧，电话费怪贵的。"

林老爷子挂了电话，把老人机塞进枕头底下。

隔壁床的大爷笑眯眯看着他，说："给家里人打电话呢？什么时候来看看你，让我们这病房里也热闹热闹。"

他笑起来，腰坐得疼，头发也掉得差不多了，成了个秃头老头儿，倒是看不见那些烦人的白头发了。

林老爷子躺在病床上，看着摆满一桌子的药瓶和挂在他头顶的点滴针剂，一边笑一边叹息：

"来什么来啊，都忙着自己的事儿呢，我这个老头子说不定过几天就走了，到时候还得劳烦你送送我。"

人老了容易感伤，林老爷子古板坚强了一辈子，这个时候倒有点儿想哭。

这个病房里都是镇上的老人，得了大病也没什么人来看，病房里几乎不会有外人来，空荡荡的。

有些人的一生，就是看着儿女飞走，然后拖着年迈的身躯，自己安守自己的窝罢了。

有些飞出去的鸟可能会回来，有些鸟飞出去了就不会回来了，只留下一只老鸟，在自己出生的地方安静地死去。

收到批注回来的企划书已经是一个星期以后的事了，老爷子的批注做得很详细，密密麻麻的，占了小半篇幅。

来这一趟似乎没办什么公务，他俩一起来更像是在莫斯科度了两周的假。

房子里点了壁炉，热得很，温郁在打电话，屈着食指把高领毛衣的领子往下扯了下，随意答道："嗯。"

林羡清不予理会，埋头收拾衣服。

回程的机票是提前就订好的，明天离开，今天还能在莫斯科待一天。

林羡清刚把行李箱的拉链拉好，回头就看见温郁默默坐在小板凳上，单手撑着下颌，百无聊赖地看着她，视线有点儿发直。

他手边搁着一杯热腾腾的水，外国人都不怎么爱喝热水，这杯还是温郁自己烧的。

不知道该不该值得庆幸，以前他连烧水壶的盖子都打不开来着。当然，一如既往地，他还是倒一杯滚烫的水等着它凉。

莫斯科的雪断断续续下了两天，白天下了一会儿后晚上又停了。

主人家今晚的晚餐很丰盛，桌子上还有之前过万圣节没有吃完的糖果。林羡清撕开一个，居然已经快化了。而且因为是俄语包装，她也看不懂是什么口味的，就随手拿了一个塞进嘴里，味道很怪异，她一下子皱了眉。

"怎么，不好吃？"温郁偏头问她。

林羡清嘴里含着糖，含糊着应了个"嗯"。

下一秒，温郁垫了张纸在手心，伸到她眼前，安静地垂着眼说："吐出来。"

眼皮底下的一只手骨节匀称，用薄薄的真丝手套裹着，尾指很长，是一双很漂亮的手。

温郁看上去漫不经心的，好像不太在意，林羡清却不太好意思，她推了推温郁的手，嗫嚅着说："我自己吐掉就行了，哪还需要你接着……"

她扯了张纸把糖果吐出来包住，扔进了垃圾桶里。这动作吸引到了女主人，她担心地过来问林羡清是不是吃了什么不好的东西，林羡清茫然地戳了戳温郁。

温郁稍稍笑了下，说了句话。

在这里待了将近两周，林羡清也是学到了几个词的，刚刚温郁回复女主人的时候，她分明听见了"妻子"这个词。

难吃的味道还滞留在唇齿间，林羡清抿了下唇，只能装傻。

晚上睡觉的时候，林羡清想在房间里找几张纸做做笔记，把企划书上的批注分析一下，结果房间里基本都是一些日用品。

她拉开床头柜第二个抽屉，里面躺了几个盒子，外国牌子的，林羡清也看不懂是什么，以为是烟或者卡牌什么的。

拎起来的时候重量很轻，她试探性地撕开一盒，把东西揪出来的时候双手不稳，盒子一下子掉在地上，她惊恐地把东西全部塞回抽屉里，重重关上。

两只手好像摸到了什么不干净的东西，林羡清把双手都揣进兜里。

温郁洗完澡站在她后面，睡衣领口的扣子松了一颗，锁骨明显，皮肤上还沾着水汽。

他的睫毛与头发上都是未干的水渍，被关抽屉的声音吸引过来，问她："你在找什么？"

林羡清僵硬地扭过脖子看他，怔怔咽了下口水，赶忙起身跑到别的地方去，假装在找东西，语气很不自然地说："我找可以写字的纸。"

她刚离开几步，温郁就蹲下身子准备拉开床头柜的抽屉："我帮你找找。"

林羡清惊恐万分，她连忙折回去想拦住他，双手握住他伸出去的手腕，大大喘了几口气，说："这里我找过了。"

温郁半挑着眉梢，视线落在她握住他手腕的地方，停了一秒，然后伸出另一只手拉开抽屉，好笑地说："你表情怎么那么——"

他垂眼看见几个盒子，视线停了一下，要说的话就哽在喉咙口。

林羡清讪讪松开手，很尴尬地低头说："我不知道那是……"

"挺厉害啊，还打开看了？"温郁做出评价。

她撒手起身，想赶紧逃掉，打着哈哈说："我去楼下问问有没有写字纸。"

温郁冷不丁关上抽屉，懒洋洋地迈着步子过来，三两下就拦住林羡清的路。

她惊慌抬眼，略略往后退了几步，哽着声音说："你干吗？"

温郁目光垂视着她，眼尾微微耷下，说："你不会俄语，我去问吧。"

他转身出去，说："乖乖待好。"

温郁走后，林羡清才松松呼出一口气，一下子跌坐在床边，表情很懊恼。

当天晚上，两人睡在一张床上，中间难得隔得跟天河一样，背对着对方躺着，林羡清的脸几乎贴在了墙上。

温郁有点儿烦地侧了个身，林羡清闭着眼，听见他在黑夜里微哑的嗓音："睡过来点儿，冷。"

两人盖着同一床被子，隔得远的话，中间空出来的地方就会灌风，林羡清倏然间睁开眼，磨磨蹭蹭靠近些。

温郁哑着嗓音笑，他抬手把人往中间捞，单手环住她上半身，微凉的温度直直往上攀附，像酒精一样麻痹大脑。

林羡清吓了一跳，直到被人捞到跟前了才很严肃地申明："我们现在是上下级。"

如墨般浓厚的夜色里，温郁的眸子被黑色浸透，他唇角撇下去，好久没说话，环住她的手臂慢吞吞撤下去。

温郁翻了个身，背了过去，声音凉凉地说："我知道。你就睡这儿，不用避我那么远，我不会对你做什么。"

两人的呼吸声都很重，各自有各自藏住的心事，在无人倾听的莫斯科最后一夜。

第二天早上，林羡清拉着行李箱出门，两人背过身子跟主人家招手，两个小孩子还赖床没起，只有几个大人为他们送行。

两人把东西搬上车离开后，女主人上三楼收拾东西，她拉开床头的抽屉，发现里面居然空了。

把这件事告诉男主人后，他也很惊恐地说："天哪，都用空了？至少也节制点儿吧。"

（4）

林羡清出差回来后，在自己的出租屋楼下遇见了林柏树。

她哥转着手里的车钥匙，看起来是刚要上楼的样子，她回来得真不是时候。

林柏树见了她也没说什么，径直拉着她的行李箱往楼上抬。林羡清很执拗地攥住自己的箱子，说："我自己可以。"

林柏树凉飕飕地瞥了她一眼，很干脆地撒手，好整以暇地靠在一边，说："不是自己可以吗，你怎么抬不起来？"

老居民楼里不隔音，进了楼道还有家家户户看电视的声音，有的家里还在吵架，脏字儿一个一个往耳朵里蹦。

林羡清试了好几下都没能拎动，上楼的确比下楼费劲。

场面有点儿尴尬，林柏树没为难她，拉过她的行李箱往楼上抬。

"好好的家不回，非得住这个破地方，你看这片还有像你一样的大学刚毕业的小姑娘一个人住吗？"

她耷拉了眼，说："那是你的家，不是我的。"

林柏树重重把行李放在地上，两人还在楼梯上，他转身居高临下地看着她，眉头拧着，说："什么叫'不是你的家'，林志斌不是你爸，还是说徐云然不是你妈？"

她知道，她知道他们是自己的父母，也知道他们对自己确实会觉得愧疚，但她还是会忍不住觉得，当年她一个人被抛弃在林老爷子的小镇，就是因为她的父母在她跟林柏树之间做出了选择。

——她不如林柏树重要。

林羡清在小镇的无数个日夜，这个想法总是在折磨她。

她不懂为什么，明明是同一对父母生下来的孩子，凭什么要林柏树而不要她。

后来她看见她哥在各种比赛上拿奖，大学刚毕业就进了大厂，看见他事事锋芒毕露，她才终于明白，因为她哥比她更有价值。

世人都爱出类拔萃而贬斥平庸，这很正常，林羡清逐渐也能接受。

她不想因为这件事跟林柏树在这里吵起来，于是只是轻声说："我没说他们不是我父母，你总得给我一点时间接受，毕竟我被他们丢下十多年。"

林柏树沉默了一下，他不作声，沉着眸子把行李往上拎。

林羡清用钥匙转开老旧的木门，木门上爬了几道裂缝，看起来岌岌可危。

林柏树实在看不下去，但他知道劝不动林羡清，只能说："你还要在这里住多久？换个好点的门，这能住人吗？"

他一边吐槽一边进屋里打量，批判这个东西破，那个东西脏。

林羡清听得太阳穴生疼："你来这里就是为了看看我住的地方有多破？"

林柏树把双手揣在兜里，说："下周三徐云然女士过生日，你回去给她庆生，她想让你去。"

林羡清捏着自己的行李箱，低声说"好"。

"还有什么别的要告诉我的吗？"

空气寂静一瞬，林柏树抬了眼看向她，眉眼沉着。

"你不用觉得被他们抛弃过。"他低头扯着唇，自嘲地笑了下，"真要说起来，当初被选择的应该是你。你在爷爷家那十几年，至少吃饱穿暖，可以高高兴兴地上学上培训班。但是那些年，爸爸下海经商，最开始的时候一分钱都赚不到，还赔了不少，因为做了担保人而东躲西藏。我跟着他们住过漏雨的屋子，吃一整天的馒头配开水，那个时候我连书都没得读，只能找垃圾场收废品的人要几本破破烂烂的课本自己点着灯一点点儿看。"

林柏树抬了步子准备走，到了林羡清跟前的时候，他语气平静地说："你不信的话，可以问问他们，是不是因为知道如果带上你，会让你跟着他们一起过苦日子，才选择把你留给爷爷养。所以你猜，猜他们为什么一直强调珠算没出息、不赚钱，不想让你做。"

因为挨过饿、淋过雨，知道没钱在这个世道就难以活下去，所以跟她强调钱的重要性，大家都是第一次做父母，只会把自己会的东西都告诉孩子。

有时候，热爱真的抵不了一切，很少有人能靠理想填饱肚子，大部分人都是一边仰望光，一边背着光走。

老旧的木门发出一声"吱呀"的叹息，林柏树走了。

林羡清搭在行李箱上的手指慢慢垂落下来，书桌前面的那扇窗户插销没插紧，风一刮就被弹开，凉风吹进屋子，桌面上搁着妈妈贴在包裹上的那张纸，被风撩起，飘至她脚边。

林羡清低了眼。

——我们清清本来就是还没长大的姑娘，也没人盼着你长大。

徐云然女士生日那天，家里来了很多人。

因为徐云然平时总是与人为善，交往的朋友很多，林志斌是经商的，难免要与一些老板打交道，徐云然的性格让她能跟所有人都交好，那群富太太都很喜欢她。

林羡清看见家里的桌子上堆了很多礼物，价值不菲的一大堆，她还看见几个玉镯和金链子，没见过世面的她难免多看了一会儿，被林柏树调侃："再看也不是你的，你不是说这里不是你家吗？"

刚说完这句话，徐云然女士从后面敲他的头，说："就你会说，清清想要就给她，有你什么事儿啊？"

"对啊，"林羡清附和，"难不成你也想要挂个金项链在脖子上？"

林柏树想到这儿就一阵恶寒，他撇撇嘴，吐槽着"说不过你们"，就逼走了。

林羡清看着徐云然笑，她在一堆礼物里翻翻找找，把自己的礼物找了出来。她没那群富太太有钱，也送不起什么华贵的玩意儿，只能拿出在莫斯科买的一个水晶球，里面是一只橘猫和一家四口，两男两女，跟他们家倒是相衬。

当时本来只是看中了那只橘猫，后来在给妈妈准备礼物的时候又觉得这个场景挺有意义的，就拿来送她了。

徐云然女士感动地笑笑，温声说："早点儿回家。"

林羡清点头说"好"。

吵吵嚷嚷的客厅里突然有人开始惊呼，说着屋外下雪了。

她见过莫斯科的雪，但这是今年第一次下雪，雪降得格外早，明明才十一月末。

天气预报里说是阵雪，下一会儿就会停，明天还是个晴天。

吃饭时，一群人围着她妈聊天，林羡清插不上嘴，一边吃东西一边听着她们聊。

突然有人提了个名字，跟徐云然打听刘婧婧的近况。林羡清看见她妈的表情僵了一瞬，低头敷衍地说："不知道啊，我也好久没见过她了。"

有人说："之前你们关系特别好来着吧，我记得在她嫁给温执之前你们就认识了，这几年都没见到过她的人影，怪奇怪的。"

"温总金屋藏娇吧，哈哈哈。"

"我就之前在温家公司周年庆的时候见过她一次，人挺温柔的，就是不爱说话。"

"她之前不是画画的吗？艺术家有点儿忧郁气质很正常啦。"

一群人你一嘴我一嘴地提了几句就翻页了，只是徐云然的表情一直僵着，落寞地垂着眸子不说话。

林羡清记着刘婧婧应该是温郁的母亲，就多听了几句，跟她之前所知道的没什么出入，自从跟温执结婚以后，就没人见过她。

但是据温执所说，他没丧妻，刘婧婧还活着。

家庭势力越大的家族关系越复杂，一环扣一环，不在漩涡里就理不清。

林羡清垂眼往嘴里送饭，漫不经心地想着：很难想象温郁究竟生活在一个怎样的家庭里。

一顿饭吃完以后，雪还没停，林羡清跟着家人一起在门口送客，看着他们拥抱然后坐上车离开，薄薄的一层雪铺在地面上，被轧出道道车轮印。

林羡清在寒风里发觉自己装在口袋里的手机在振动，她打开一看，是那个一直用英文给她发短信的人，又发了一张照片。

是雪顶，底下是一条河，远方是亮着灯火的家家户户，看起来很漂亮。

对方附带了一条文字短信：

"Winter is coming.Happy winter."

那个人总是祝她快乐。

林羡清在雪夜呼出一口气，雾气蒸腾，迷住了眼睛，每次那个人给她发祝福短信，她也没什么好回的，只能干巴巴地说谢谢。

不知怎的，看着那张照片，她觉得照片里的地点让她觉得熟悉，但是仔细去想又想不起来究竟在哪里见过。

送完所有客人，林羡清回了屋子，她有点疑惑地问："怎么一晚上都没看见爸？"

徐云然拢了拢披肩，回复道："好像说今天有个很急的生意要谈，早上出去就没回来过了。"

说着，徐云然看见林志斌给她打了好几个电话，但是刚才一直在应付客人而没接到，她回拨过去，电话嘟了好久后才被人接起来，是个女人的声音："您好，这里是市医院，您是林志斌先生的家属吗？"

徐云然愣了一下，肩上挡风的披肩一下子滑落下去，她怔怔地问："我是他妻子，他怎么了？"

护士说："他胃出血了，现在在住院，刚刚给你们打了好几个电话都没人接。"

林羡清看见徐云然的表情一瞬间紧张起来，她连掉下去的披肩都没精力管，连忙叫着林柏树的名字，让他开车去医院看看。

三个人坐着车一起去。

林志斌正躺在病床上小憩，他们吵吵嚷嚷地一来，林志斌就醒了，从病床上撑着身子坐起来。

他的出血程度不太严重，不至于手术，但是要用药物保守治疗。

徐云然在一旁碎碎念："都说让你别高强度工作了，偏不听，现在好了吧，落到这个地步……"

林志斌听得脑瓜子"嗡嗡"疼，他干笑着挥了几下手，说："行了行了，以后会按时回家的。"

医生留林志斌住了一周的院，接人回家的那天，家里的阿姨做了满桌子的菜，说要洗去他身上的病气。但是林志斌刚出院，只能吃一些好消化的流食，做了一桌子菜他也只能干巴巴地看着，被徐云然女士嘲笑了个彻底。

他倒是没那么强的自尊心，乖乖应下了，然后靠在椅背上感慨道："好久没有一家人坐在一起吃饭了。"

林柏树经常出差，满世界跑，林羡清在外租了房子也不常回家，家里就他俩和阿姨，林志斌白天也上班，徐云然经常是一个人待在家里看电视剧，没事儿浇浇花之类的。

林志斌看着林羡清说："你之前那个企划书呢，爸爸想了下，觉得也不能全盘否定，如果你想试试的话就去吧，有需要随时找我。"

坚持了这么多年的事情终于被他接受，林羡清心里也酸酸的。她尚且记得那年夏天林志斌撕她的奖状砸她的算盘，现在好像一切都在往更好的方向发展。

她正感动呢，林志斌又补了一句："对了，前几天我的一个朋友，听说清清回来了以后，一直想让他儿子跟你认识认识……"

林羡清一下子呛住，咳了好几下，不是没在电视剧里见过父母催婚的场景，只不过没想到来得这样快。

她猛灌了口水，把噎住的食物咽了下去。

林志斌也有点儿没办法，说："这是老朋友的请求，而且人家只说认识一下，你要是见了面觉得不行，以后不跟人家见面就行。"

这事儿林羡清几乎是被按头答应的，说是认识认识，实际上就是变相的相亲。

很不巧的是，她这个人只看眼缘，而且对相亲总有不太好的刻板印象。

对方订了个西餐厅，可能想装装浪漫，林羡清到的时候那人已经到了，穿得比较休闲，长相也不差，叫申蒙。

林羡清是吃不惯西餐的，对方一看就是家里温养出来的小少爷，总跟她谈一些名著和西方哲学，说完了还要假装温文尔雅地说一句："啊，你没读过吧？"

确实，她没读过也完全不感兴趣，但碍于礼貌，面上还要笑着。

林羡清在心里暗说：以后随他们怎么说都不会再来相亲了。

同样是含着金汤匙出生的富家公子，温郁怎么就没他那么爱显摆家世呢？

温郁读过的书也不少，他就不会故意讲一堆她不爱听的大道理。

温郁应该也吃过很多山珍海味，他从来不会在她面前描述那种贵得出奇的东西有多好吃多珍稀。

温郁也是家世显赫的孩子，但是他从来不会以这个来贬低、看不起别人，他甚至总把自己的位置放得比别人更低，虽冷淡，但谦和温柔。

温郁——

对面的人还在滔滔不绝地长篇大论，林羡清却已经出神好久了，等她回过神来的时候，不知道已经在心底默念了多少次温郁的名字。

"温郁。"

林羡清举着杯子凑到唇边，但半天都没有喝一口，直到对面的申蒙突然说："你想泡温泉？"

她怔了一下，惊慌抬眼，放下手里的杯子，有点疑惑地说："为什么这么说？"

"你刚刚说了'温浴'，不是想泡温水浴的意思吗？"他又笑笑，说话跟机关枪一样，"我之前倒是去过日本的一家温泉旅馆……"

后来的话林羡清都没听进耳朵里，她所有的思绪都集中在一件事上——

她刚刚失神叫了温郁的名字。

从开始坐在这里到现在，她想了他四十八分零两秒。

腕表上的分针已经转了大半圈，在四十八分零两秒里，温郁一直坐在车里通过前窗看着她。

看见她向对面的人扬着笑脸，明明不太高兴，却还是在努力地笑，但是林羡清怎么在他眼前就很少笑。

打火机的盖子被拨开又合上，温郁支着下颌，垂眼漫不经心地看着。

手边的电话响了好久了，温郁实在觉得吵，就接通了，对方催着他赶紧过去，他不去的话对家连菜都不敢点。

他本来是来跟合作方吃饭的，倒是没想到会撞见一出大戏。

温郁指尖下压，打火机喷出蓝色的火苗，他烦闷地咬住下唇，直到唇齿间漫上铁锈味，才垂着眼松开。

打火机发出的温度灼热，腕表上的分针又转了一大格。

他终于看见窗户边上的林羡清偏了头看向他，眼瞳略略睁大，握着杯子的手抖了一下，杯中的水溅了出来。

——五十三分零五秒，她终于看了他一眼。

林羡清吓了一跳，连忙抽了几张纸擦着身上的水渍，她手忙脚乱的时候还不忘再看向窗外确定一下。

温郁已经下了车，手里散漫地转着车钥匙，靠在车边，下唇在渗血，还弯着眸子笑。

杯子里的水是烫的，林羡清穿得不多，手腕被烫了一块。

申蒙看见了以后，拿了纸过来想帮她擦擦，手刚伸出去就被后面一个人扯住。

他怔然回头，那人身高比他高出一大截，居高临下地睨视他，冷淡垂眼，眉眼间有种温和又危险的矛盾气质。

温郁大力把他往后扯，申蒙跟跄了几下，看着男人大步迈过去，低头从兜里掏出一块素白的手帕，垫在林羡清烫伤的地方。

他很小心地捧着她的手腕，修长的手指抵在她小臂下方，温凉的触感向上攀附，胳膊上像有层层叠叠的藤蔓在缠绕、收缩。

温郁懒散耷下眼睫，注意力全在她烫红的小臂上，眼尾拉得很长，盯人的时候总给人一种很深情的感觉。

他抬眼，双眼皮薄而窄，林羡清听见他漫不经心地说："见到我就这么激动？"

她猝不及防哽了一下，视线直直地落在他身上。

温郁对服务员挥手，问着洗手间的位置。

洗手间的洗手池是男女共用的，温郁自始至终都托着她的小臂，牵着她去往洗手间，然后小心翼翼地用凉水帮她冲洗。

在洗手间的镜子里，林羡清看着温郁启唇咬下手套，黑色的真丝手套被他叼在嘴里，他表情冷淡，眼尾垂着，冷白的皮肤在灯下更显精致。

他一只手扶着她，另一只手掬了水往她小臂上浇水，然后指尖轻轻附上去搓了几下。

因为被烫得没知觉了，林羡清也不好说那是一种什么感觉。

她全部心思都在温郁脸上，以及他咬住手套的时候露出小半截整齐白皙的牙齿。

不好形容那个画面，总之很诱人。

林羡清偏过头缩了缩胳膊，小声说："我可以自己来。"

温郁还低着头，闻言轻飘飘扫她一眼，因为齿间衔着东西而显得口齿不清，声音含混地说："别动。"

说着，林羡清感觉捏住她胳膊的手又紧了些，把她往回扯了一下。

差不多消了红以后，温郁扯了几张纸擦手，然后低眸戴上手套。他动作很慢，瘦白骨感的手慢慢地往手套里塞。温郁不抬眼地问："工作时间，你来见谁？"

林羡清憋了半天不知道说什么，想了想又觉得这事儿好像也没必要跟他解释，就答道："我请了假的。"

温郁正半倚在洗手池边上，他冷笑道："请了假，来跟男人吃饭？"

小臂还麻着，林羡清抬着胳膊，眼神半垂半落，声音极轻地说："温郁，你现在是以什么口吻问我这些呢？如果你只把自己当作我的上司，那么我刚刚的解释已经够用了，我好好请过假，也被批准了。至于我请假出来干什么，跟谁一起，不是你该在意的部分了。"

洗手间的灯光是昏黄的暖光灯，在这种灯的照耀下，温郁半合着眼帘，有点儿走神地扯弄自己的手套，然后哑声回道："嗯，是我多管了。"

真是要疯了。

温郁开始不耐烦地把手套往下扯，直到完全盖住腕骨上的疤。

他后来没再看过林羡清，直直走出洗手间。大厅里的合作方还坐在位置上，连个菜都不敢点，直到看见温郁冷着表情落座后，他们才递上菜单。

"温总想吃点儿什么，随便点。"

餐厅办了现场钢琴独奏，穿着晚礼服的人在台上弹着钢琴，古典音韵味道很重，一个个音符像飘在空气里一样，很高雅很有意境，是属于有钱人的浪漫。

在缓慢的钢琴声中，温郁指尖捻起菜单的页脚，回忆了一下林羡清那桌点的东西，抬手勾了几道菜。

对面的人还有点惊讶，倒是没听说过温总喜欢吃甜食，点的几乎都是甜点。

菜上桌了以后，温郁垂眼舀了一勺含进嘴里，甜得发腻。

林羡清虽然嗜甜，但是吃多了也会觉得腻，她实在吃不下去了就把餐具搁下，申蒙因为刚才的事，脸色有点儿不太好看。

他也面色很沉地放了餐具，扬了头直勾勾地审视林羡清，问："你跟刚刚那个人认识？"

她怔了一下，只说："是朋友。"

看申蒙的表情都知道他不信，但是为了维持住自己的绅士风度，他也没评价什么，招了手叫服务员过来买单。

付完账以后，申蒙挺无所谓地耸了耸肩，说："看来我们不太适合往来，都是被家长催着来的，回去解释一下的话他们应该不会强行配对了。"

男人的自尊心都很强，这次被温郁像小鸡仔一样往后拎，估计申蒙心里也挺不舒服的，再加上他高谈阔论的时候林羡清一句话也没接过他的，申蒙对她完全没兴趣。

把外套搭在胳膊上以后，申蒙回头问了她一句："需要我送你回去吗？"

看他的样子，就知道他只是客气一下。

林羡清摆摆手，说自己可以回去。

对方点点头，自顾自走出去了。

现在临近圣诞节，街上好多店家已经开始布置了，有的甚至连圣诞树都装扮好，摆在店门口，街上到处拉着彩灯，五颜六色的光晃着她的眼睛。

十二月了，天气已经很凉了，晚上出街的人也少了大半。

林羡清把围巾裹得紧些，一阵冷风刮过来，她连眼睛都睁不开。

步行到公交车站台处，林羡清把双手都缩在外套的口袋里。

马路两边街市繁华，摆摊卖气球的小贩被一群孩子团团围住，路上掉满了黄叶，远处广场的大广告牌恰好换了页，推送着最火的当季时装。

林羡清上了公交车以后给林老爷子打了个电话，却没人接，老头儿经常出去遛弯儿，林羡清也没在意。

手机里的工作群都在讨论公司过几天的圣诞晚会，不仅要评年度优秀员工，还有免费的酒水和吃食。这是温郁公司办的，只不过他们这些合作方也都可以去。

王可心给她发了一堆晚礼服的图片，问她喜欢哪个，到时候两人租两套衣服，漂漂亮亮地去参加。

林羡清向来没什么审美，也看不出衣服的差异，有点儿好笑地说："有必要这么大张旗鼓吗，又不是去走秀。"

王可心说："当然！这次圣诞晚会花了大钱，好像要办成假面舞会那种风格的，好玩儿嘛。"

公交车的窗户没关紧，风"呼呼"往里灌，林羡清拉紧窗户，心想着这阵仗着实有点儿夸张了。

（5）

酒会在圣诞节当天晚上。

林羡清刚上楼就听见了震耳欲聋的音乐声，王可心很兴奋地挽住她的胳膊。大门口搁了张桌子，上面摆了一行行的面具，半脸型的。王可心伸手就拿了个花枝招展的蝴蝶，吴涛见状在旁边小声吐槽她果然是个花蝴蝶。

王可心的脸一下子垮下来，扯着吴涛的领子讨要个说法。

林羡清在旁边看得好笑，她低眼间看见一张很素的面具，是一只橘猫的造型，什么装饰和水钻都没有，素净得很，怪不得没人挑中。

她把面具拿起来，王可心好奇地凑过来看了眼，评价说："长得好像你养的那只猫。"

林羡清把面具的带子系好，解释说："就是长得像我家猫，我才挑中的。"

推开门后，里面的灯球闪得很，晃得人什么都看不清。林羡清眯着眼睛看见大厅正中间的柜台里摆着各种各样的点心，都是甜品和饮料，几个人三五成群地凑在一起聊天，场地很大，容下了小一千人。

大厅的音乐放起了圣诞快乐歌，花花绿绿的灯光也恢复原状，变成了白光，主持人上了台，王可心摁住林羡清的手，示意她别吃甜品了。

她们来得早，挑中的座位很靠前，林羡清抬眼看见第一排正中间的人，坐姿松散，在灯光正中心，手里百无聊赖地拨弄着打火机，正单手支着下颌看舞台。

他也戴了面具，居然也是橘猫，林羡清顿时觉得自己脸上的面具在发烫。

说是圣诞晚会，搞得像年终报告一样，很多股东和合作方的老板上台致辞，就像上学的时候聚在大操场听领导讲话一样。

随后，开始给公司员工送福利了，当时进门的时候每个人都领了个号码牌，是一个四位数，就要根据这个来抽奖。

主持人在盒子里摸球，摸三个，最后一个是一等奖，有奖金和假期。

"0808。"

"1253。"

"2292。"

林羡清向来是中奖绝缘体，她根本就没好好听，只是抬手挡着嘴往里面塞了一小块蛋糕。

直到王可心摇着她的手，大叫道："一等奖！你！"

她愣了好一会儿，慢吞吞把嘴里的蛋糕咽了下去，才看了眼自己的号码牌——2292，一个很有缘的数字。

王可心催着林羡清快上去领奖，林羡清被她推了出去，走上台后被给了一块巨大的牌子，写着"奖金一万块"和"年假翻倍"。

舞台上的聚光灯打在她身上，林羡清被晃了眼睛，下意识地眯着眼，对上台下那人没什么情绪的眼睛。

温郁已经收了打火机，背脊懒懒往后靠在椅背上，两条腿交搭在一起，修长好看的手轻轻覆在膝盖上，上半张脸被面具覆盖，只露出弧度优越、线条流畅的下巴，唇线拉得平直，一副冷淡且不感兴趣的样子，长睫毛也淡然耷拉着。

不知道是不是上次跟温郁说话有点儿冲，总之自那以后，两人再没有什么交流了。

现在居然到了对上眼神都要错开视线的程度。

林羡清慢吞吞垂下眼睫毛，等人家拍完照就跑下台了。

跑下台后，林羡清听见收道具的场务疑惑地说："这个盒子里的球怎么——"

那个人话还没说完，就被另外一个管事儿的推到一边了，两人压低了声音交流："领导的意思，别管了。"

林羡清低眼看了下自己的球，在场务走后，她走了进去。

地上还摆着刚拿下来的抽球的盒子，上面有左右两个洞，左边那个是正常的，号码随机。但是从右边那个洞里拿出来的球，无论多少次，都是2292。

她蹲在地上，几乎把右边的球都拿光了，没发现除了2292以外的数字。

——"领导的意思。"

林羡清很轻地眨了几下眼睛。

大厅里的灯光又恢复了五颜六色，头顶的灯球射出各种各样颜色的光线，音乐声渐渐变得躁动，大厅旁边立着的圣诞树上粘着的糖果和巧克力被摘了个精光。

她从后台出去的时候，王可可和吴涛他们已经不见踪影了，在一片灯红酒绿之中，她只能看见坐在长凳上的温郁。

很莫名其妙，纵使熙熙攘攘的人潮再多，她的眼睛也只会看见温郁。

兴许是福至心灵，在下一秒，冷淡的青年轻缓抬头，他指尖夹着高脚杯的杯杆，里面是半杯红酒，西装衬得他气质高贵，举手投足间有种散漫的随意感。

七色的光映在他脸上，交织出迷蒙梦幻的光影。

温郁轻抬胳膊，朝她举了酒杯，他的唇张合两下，室内吵得听不见声音，但能看见口型——

"过来。"

正好，她也有事要问，就把球抓在手里朝他走过去。

长凳上就他一个人在喝酒，要不是林羡清知道他是一杯倒，还会以为他多能喝呢。

等她走到的时候，温郁杯子里的酒已经空掉了，他又从台子上拿了一杯，放在手里漫不经心地晃。

"高兴吗？"

他抿了一口酒，手肘撑在柜台上，低着眼状似不经意地问。

林羡清坐在他旁边，两人顶着一模一样的面具，她展开一只手里的球，声调平静地说："你是说这个吗？号码中奖的事？"

温郁低低觑了一眼，指尖捏着杯子转了几圈，凑到唇边把酒全部咽下，他的声音被酒浸得发哑，说："一等奖，不挺好的吗？"

她把那个乒乓球摔在桌子上，乒乓球被弹得很高，落下来的时候又被她抓住，她把两只手都展开在温郁面前，里面是两个一模一样的 2292 号乒乓球。

林羡清看了眼手里的球，又看了眼他，直白地说："我还有很多，你要看吗？有半盒子的 2292 号球呢。"

周遭声音嘈杂难辨，她的声音却是如此清晰，温郁低眸看着两个球，眼睫毛抖动几下，又错开眼神，不说话。

"是你干的吗？"

温郁安静地咽下第三杯酒。

林羡清又重复问："是让你人暗箱操作的吗？就为了让我得奖？"

她最后问："你还喜欢我吗？"

温郁指尖抖了一下，眼睛半合着，长睫毛在斑斓错乱的灯光下无措地扇动几下，死死抿着唇，牙齿咬得很紧，腮帮鼓了一下，有种暗潮涌动的压抑。

总是这样，暗地里面面俱到地护着她，真正问起来，又一个字不告诉她，嘴里也从没说过喜欢她，单方面示爱，又拒绝她的爱。

她的爱又不是廉价商品。

半响没等到回应，林羡清低了眼帘，起身准备离开，最后一句话说得很轻："算了，没意思。"

转身的瞬间，林羡清的手腕被他拉住，温郁仍旧不说话，只不过握着她手腕的力道很重，他西装革履，拉着她往外走。

林羡清被他拉得跟跄了几下，讶异地问："你带我去哪儿？"

公司储物间的门被他粗鲁拉开，林羡清被他推进去。

温郁低头，背手锁上门。

储物间的窗户半掩着，月光丝丝缕缕地渗透进来。

林羡清还没说话，温郁单手搂着她的腰把人压在门板上，她穿着露背的礼服，背脊直接触到冰凉的门板，裙摆长长地拖在地上，被温郁倾身过来一脚踩住，连腿都动不了。

"你干——"

最后一个字还没能脱口而出，眼前的青年长指绕到脑后勾下面具的系带，露出完整的漂亮的脸，他抬着漆黑的眼盯向她，视线是少有的炽热粘腻。

温郁弯了脖子，手掌摸上她露背的后腰，手套的纹路摩擦着她后背，泛起阵阵涟漪，他搂住她的腰，越扣越紧，低头热切又笨拙地寻她的唇。

滚烫的呼吸夹着酒气蔓延弥散开来，林羡清微微睁大眼睛，偏开头。她说话有点儿喘："你疯了？"

温郁停住一秒，他低敛住眉眼，精致的五官在月光下显得宛若神祇，黑睫毛半垂，遮住小半片瞳孔。

他的声音又哑又低，像是压抑了很久，温郁生平第一次骂脏话——

"去他的规则。"

空寂的储物间里，月凉如水，照在两个人身上，在弥漫的月光里，只听得见他的声音，是近乎坦然的放弃。

就算规则说不能爱她，他也偏要爱她。

因为爱是本能，就好像他一出生，就是来爱她的。

温郁擒住林羡清的腰，手顺着她的脊梁往上滑，摩擦感明显，林羡清的身子很轻微地抖。

温郁的手直直滑到她后脖颈，五指张开，撑住她后脑勺，顺手解开她脸上的面具，面具掉落在地上，声音清脆。

他另一只手抬起来，捏着她下巴往上抬。林羡清的头整个被他控制住，他轻微俯身，她没地方躲，双唇交叠，唇齿间留下一腔的酒香。

温郁的唇很软，捏着她下巴的手轻微用力，她被迫松开牙齿，上身忍不住后仰，被他的手撑住，林羡清的活动范围只能在他两臂之间，被迫承受他毫无章法的侵袭。

周遭是让人无法忽略的冷香。

温郁眸子低垂，月光化作丝线缠绕在他睫毛上，缠绕在密不可分的深吻与唇齿间，呼吸太过灼热，干柴烈火得让人发疯。

林羡清有点儿受不住，她的手抵在门板上，蜷起又松开。

门板是凉的，但是撑在脑后的手掌温度却热了起来，体温一贯低的人，在这种时候倒是浑身都烫。

唇瓣被摩擦得失了知觉，像是成千上万只蚂蚁在啃啮，酥麻而触电，直到肺部呼吸被攫取了个干净，温郁才微微退开少许。

两人都在空荡的月色里自救般喘气，林羡清的眼睫毛潮湿，她没什么气力地抬眼，看见温郁眼尾发红，唇瓣水光潋滟，脸上第一次出现情欲激起的绯红。

他眼尾懒懒耷着，往前倒了一下，下巴压上她的肩头，粗重的呼吸竞相喷洒在林羡清肩窝。温郁顺着她肩部弧线往上蹭，潮湿的唇抵在她耳畔，嗓音哑得只剩下气："我好爱你。"

擒住后脑勺的手又转移到林羡清的后腰上，他低眸看见自己把她下巴捏红了，又很珍爱地用拇指轻轻蹭了几下，储物间里只有两人的呼吸在空气里跳跃、游动。

林羡清虚虚抬眼，倒不是她不想说话，只不过现在实在喘得厉害，口腔和喉咙都发干，她有点儿说不出话来。

温郁靠在她身上，身子很重，没什么安全感地一直抱着她。

林羡清有了点儿力气以后就推了他几下，难耐地说："你压得我喘不上来气。"

他往后退开一些，低低说："抱歉。"

林羡清整理了一下自己的裙子，她抬眼看着温郁，嗓音还是发干，说："你现在是清醒的吗？"

她看着他灌了好几杯酒，但温郁喝醉不喝醉的都不上脸，她看不出来，完全无法判断他刚刚的行为是不是酒精上脑的冲动之举。

月光很白，储物室里很黑，黑与白的交织间，温郁抖了抖睫毛，洒落一地清冷的月色。

"清醒也爱你，不清醒也爱你，没什么区别。"

屋外似乎有三两个人从会场出来到储物室里找东西，储物室的门被拉动几下，外面的人奇怪地嘟囔："谁把储物室的门锁了？"

他旁边应该还有一个人，问："你带钥匙没？"

"没，王管那儿应该有。"

"走走走，快去找他拿，待会儿活动没道具了。"

林羡清惊得转身往后一退，直到外面没声了，她才赶紧催着温郁走。

"快点儿出去，待会儿有人来了。"

屋外两个人拿到钥匙准备开门，却发现门已经开了，他暗说了一句"真是稀奇"。

推开门以后，储物室的窗户还是开的，凉风钻进房间，空气湿润清新，在月色照亮的一小块地板上，躺着两个一模一样的橘猫面具。

（6）

林羡清上了温郁的车，坐下后发现自己的裙摆在刚刚的动作间已经破了一个洞，沾了一裙摆的灰，她撩起衣摆用手拍灰，怎么也拍不干净。

温郁靠在驾驶位，浑不在意地把领口扣好，瞥了她一眼后出声："我买给你，别生气。"

林羡清没好气地瞪他一眼，很小声地说："你要是有意拦我我跑得掉？干吗踩着我裙子。"

温郁哑声笑了下，他刚把钥匙插进去，就被林羡清摁住手，她很严肃地说："你喝酒了，不能开车。"

温郁偏头垂眸，看着她微微蹙起的眉头，月光从车窗倾泻进来，她浑身像披着一层浮动的白金，又长又顺的黑发从肩头滑落，温郁看见她露出的大片后背。

他眼神闪烁一下，解开自己的外套搭在林羡清身上，然后低头松了松腕骨上扣着的表。

"还好，就喝了一点儿，没醉。"

看他的样子也挺清醒的，林羡清就松了手，移回自己的座位，轻声说："没醉还做这么出格的事。"

温郁叫的代驾到了，司机坐在驾驶位开车，他俩坐在后排。

青年的眼睛一瞬不移地看着前车窗，语调平直，显不出什么情绪，说："跟我醉不醉的关系不大，是我意志力薄弱。"

林羡清被他说得哽了一下，她抿着嘴偏头看向窗外，注意力却一点儿也集中不了。

车堪堪挤进窄小的巷子，林羡清先一步下了车。楼道里很黑，她身后有一道脚步一直跟着她。她憋了口气，恨恨转身，质问道："我到家了，你跟过来干什么？"

身后的温郁低于她三个台阶，他安静地抬眼，手指拨开打火机摁亮一簇火苗，风推着火苗晃动，两人脸上的光影也晃来晃去，他说："我以为你原谅我了。"

林羡清心里还是很介意，她看着三个台阶以下的温郁，说："我可没说过这样的话。"

她垂眼，老旧楼道里始终弥散着一股霉味，钻进人的鼻腔和肺腑里，很难受。

"我又不是小狗，你说一句爱我我就巴巴凑过去，等有一天你又不要我了，又会说之前都是骗我的。你知道的，温郁，你在我这里没什么信誉。"

一阵大风吹进楼道里，吹得帘布交缠在一起，打火机的火光也被吹灭，视线一片漆黑。

林羡清抬脚往上走，温郁站在原地没动，林羡清"吱呀"一声推开门，她摁亮家里的灯，又回头看着乖乖站在楼梯上的温郁，说："进来吧，你给我写个有效力的保证书，我再考虑要不要原谅你。"

温郁有些怔地抬眼，林羡清低眼看着楼下的他，他的下唇又被他自己咬出血了，真是一刻都不让人省心。

她侧了身子让他进来，还故意威胁道："我可没跟你开玩笑，写完了我要拿去公证的，这次你要是再骗我——"

"不会骗你。"他说，"再也不会骗你。"

林羡清的话被他很急地打断，她隔着阶梯望向他，视线停滞几秒，然后把门朝他大大敞开。她说："进来吧，外面很冷。"

他瞒过她、骗过她很多事。

但在是否爱着她的这件事上，他从没撒过谎，答案自始至终都是唯一的，哪怕之前分开，他也没骗林羡清说"我不爱你了"这种话。

爱是真实，爱不会撒谎。

林羡清的出租屋占地很小，两个人进去后活动空间就小了不少。

温郁看见大厅中间的凉席和窗台上的花，洗手间的门口挂着干净的毛巾和漱口杯，这里都是林羡清的生活痕迹，他的痕迹已经被抹除不见了。

屋子供电不稳，头顶的灯一下亮一下不亮的，木制的衣柜发出淡淡的潮味。

林羡清扯了张纸出来拍在桌面上，她晃了晃笔尖，想了好半天后说："你写吧，要是下次你又无缘无故提分手，就……分我一半家产。"

说完，她又扭头过来问："你家产挺多的吧，有上亿吧？"

温郁有点儿无奈地看向她，她家沙发小，还不禁坐，温郁一个大男人坐下去几乎塌了半边，场面有点儿滑稽。

他说："有的。"

这下林羡清又觉得不太道德了，匆忙皱着眉改了主意，说："那算了算了，太多了让我有种惶恐的感觉，分我百分之二十吧，只要你心疼就行。"

她把笔塞进温郁手里，还说："不好意思哦，第一次骗钱没什么经验。"

温郁鼻间哼笑一声，他很利落地写了保证书，写的时候还不着调地想，他才不会心疼钱，他只会心疼林羡清。

时间掐得刚好，温郁刚签完自己的名字，头上的电灯就彻底黑了，房间里黑漆漆一片，林羡清跑去把窗帘拉开，终于透了点光进来。

她摸着黑给温郁倒了杯水，一边把保证书折好塞进左手的抽屉里，一边催他道："给你倒的薄荷水，来不及煮醒酒汤了，你凑合着喝点儿，喝完快走吧，很晚了。"

温郁手指摸上杯子，指尖转了几圈，慢吞吞喝了一半，然后突然扭头，看着她发问："我不喝的话能不走吗？"

这话说得让林羡清觉得好笑，兴许是喝的酒现在起了后劲儿，林羡清这下才从他身上看见一点儿醉酒后的迹象，很听话，问一些无厘头的问题。

"不能。"她义正词严，"我这儿可没地儿给你睡。"

温郁没说话，又捧着杯子乖乖把剩下的薄荷水喝完。

他在门口换鞋，林羡清把外套脱下来还给他，还有点儿不太放心地嘱咐一句："要是开不了车就打车，别出事儿了。"

话音刚落，温郁一手撑在鞋柜上，上半身前倾，凑过来在黑暗里跟她安静地接吻，鼻腔都仿佛漫进了呛人的薄荷味。

她脑子被吻得发蒙，浓烈的薄荷味里还掺杂着淡淡的血腥味，应该是温郁咬破的下唇还没愈合。

她算是发现了，这人心情一烦就会把嘴咬破。

唇舌分开毫厘，林羡清胸腔剧烈地起伏着，虚虚抬眼，在一片黑暗里看见他发亮的眼睛。

温郁也在喘，嗓音是蛊人的哑，说："怎么吻不够。"

再亲多少次都像是饮鸩止渴，心尖总是止不住地发痒。

林羡清终于得空呼吸，她用手轻轻推着温郁，有点不好意思地避开他的视线，略略低着头，看着出租屋地面的砖缝。

"快走吧，待会儿打不到车了。"

说完，她就赶紧把人往外推，生怕他不知足地再来一次，肺里可再找不出多余的空气献给他了。

她把门关上，老旧的合页"吱吱"作响，晃荡了几下，空气重新恢复安静。

林羡清背靠在门边，听见门外响起打火机的声音——温郁用打火机照明，下了楼。

脚步声沉稳，倒是看不出他喝醉了。

电压还是不稳，灯一直不亮，林羡清只得摸黑去浴室洗澡，出来的时候电灯闪了几下，恰好亮了。

她擦着头发去收拾桌子上温郁喝完水的杯子，转眼间不经意看见沙发上被遗漏的一个小药瓶，瓶子上的标签被撕掉了，应该是温郁的，上次见他在车里吃过，还说是维生素。

说实话，林羡清没见过装在这样小的罐子里的维生素，兴许是什么高级货。

她把药瓶收好，想着下次见面的时候还给他。

温郁没打车，他坐回自己的车里，仰靠在驾驶座的椅背上。椅背被他调得很低，他半躺着，侧头就能从窗外看见林羡清家的窗户。

那扇窗户熄了灯，温郁也轻轻合上眼，他思绪空了几秒，捞出手机拨出一个电话。

车窗被他拉下来，午夜的风掸去人身上的燥热，凉丝丝的，额前的发被风撩起来，扫过眼皮有点儿痒，温郁抬手漫不经心地拨了一下，放在耳边的手机仍旧无人接听。

正当他准备放弃的时候，电话那边终于传来人声："喂？"

温郁眨了眨眼睛，他嗓音有点儿艰涩，犹豫好久后才开口道："爷爷，我知道妈妈百分之十五的股份在你那里，能不能……先借给我？"

电话那头的温和沉吟了半天，终究叹着说："你想好了吗？你要是取走了，你父亲肯定知道你要跟他对着干了。"

温郁慢慢掀起眼皮，看着楼上紧闭的窗户，她窗台上还搁着三两个花盆，只不过不是当季的花，所以没绽放，只有个枝丫，在夜风里誓死坚守。

他不再权衡利弊，轻声开口道："想好了。"

知道便知道吧，股份变更这么大的事情，温郁知道是逃不过温执的眼睛的。

大不了，就公然跟他对着干。

温和说："好，但是需要你去找一下你妈妈，还需要她的签名。"

其实走到这一步是早有预料的，在温执分出小半权力给他，让他坐到这个位置的时候，温郁早就想好了。

他不要做一辈子的提线木偶，也不要替父亲守护温家代代相传的"规则"。

在他逃到小镇，在珠算协会门口看见那个背着一把坏算盘的人，规则已经被打破了。

温郁调节好座椅的高度，他把车扔在林羡清家楼下，只身出去，还是选择搭车回去。

温家的公司一直是代代相传的，最大的股份持有权一直在温家手里，其余的都是一些参股的小股东。这份事业承袭到现在，在温执手里到了鼎盛时期，成了业界的龙头公司，作为他唯一的儿子，温郁本可以不在现在就跳出来，等人死了，权力自然会到自己手里，因为温执没得选择。

温郁知道过早让林羡清卷进他的家事里并不是什么明智之举，他忍了这么久，林羡清一句"算了，没意思"，就让他的理智全线崩塌。

出租车到了温家别墅门口，温郁从车里下来，别墅楼下的大门自动朝两边挪开，温郁两手揣在兜里，霎时以为时光回到了五年前，他第一次回来求温执的时候。

在他上任的这段时间里，他团结了很多人，董事会里目前也不尽是拥护温执的股东，有一部分人是向着他的，他需要让自己的权力慢慢渗透，不夺走温执的掌权，他永远都要困在这里，飞不出去。

但是所有事情都没落地，温郁暂且还要屈服，他现在"扳不倒"温执，这是毋庸置疑的事实。

大门开合，温郁拉开家里的门，温执坐在沙发上百无聊赖地看电视，居然是艺术品鉴，讲着古今中外的名画鉴赏。

在温执前面的桌子上，是被砸碎的玻璃杯，碎片散落一地，温执的手在渗血。他靠在沙发上，一只胳膊搭在沙发靠背上，金丝眼镜反射着电视上的光线。

温执声音厚沉地说："我以为你不回来了。"

温郁默不作声地换鞋，他把声音尽量放轻，好像云淡风轻地说："手机没电了，忘了跟你报备行程。"他关上门，"下次我会记得。"

温执踢了踢桌子腿，玻璃杯的碎片落在地上，变得更加稀碎。

"你想说又是不小心？温郁，你什么时候会这样疏忽？之前你去俄罗斯出差，让你开定位，定时打电话报备，你说你忙元了。现在是彻底不听我的了是吗？"温执头也不回，渗血的手有一搭没一搭地在腿上敲着，"你有什么不能让我知道的？我之前就告诉过你吧，我说爸爸是为了你好，怕你遇到危险而我来不及知道。我们温家世代都这样，我也是到了二十五岁，你奶奶去世，我才自由的，都是这么过来的。你是温家的孩子，又凭什么搞特殊？"

温郁站在大门口，他低着头也不知道有没有听进去，只是清清淡淡地说了个"对不起"。

温执冷笑一声，他虽然人至中年，但是背脊一直挺得很直，不像大部分中年人变得腰弯背驼。

别墅里只开着客厅的一盏灯，温执懒得看他，抬步走上楼梯，轻飘飘地说了句："以后除了上下班就不要出门了，我会让蔡叔每天接送你。"

他停了一下步子，意味不明地说："我们都要好好待在家里，只有家里才安全。"

温郁不理温执，等到上楼进了卧室以后，才慢吞吞脱下外套，却没直接回房间。

刘婧婧的房间在顶楼，他等到凌晨才敢出去。

房间是从里面反锁的，刘婧婧把自己锁在房间里，不允许任何人进去。

自从她生下温郁，患上抑郁症之后，就一直是这样。

温郁在门口停了一会儿，屈着手指轻轻敲了敲门，声音又轻又低地问："妈妈，我是温郁，能让我进去吗？"

这大抵是温郁第一次和自己的母亲说话，他甚至觉得"妈妈"这个词对于他来说都格外生涩。

他单手抓着门把手，停了一会儿才听见房间里有转开门锁的声音。

温郁轻轻地推开了门。

屋子很大很大，堆满了各种各样的油画，有的狰狞，有的唯美。刘婧婧没睡，巨大的落地窗前，女人回身，安静地坐在椅子上，面前是一张草稿，看上去像是一只鸟。

窗户大大开着，夜风毫无顾忌地钻进来，刘婧婧还是穿着一身白色纱裙，上面沾了各种各样的颜料。

温郁转头把门关上，他迟迟不说话。

女人扔了画笔，她很轻地说："他没在这个房间装东西。"

像是好久没说话了，刘婧婧的声音哑得厉害。

温郁对于她的记忆已经很淡了，他不记得她有接过自己上下学，不记得一家人有坐在一张桌子上吃过东西。

好像自从温郁有记忆以来，她就被困在这个房间，永无止境地画画。

刘婧婧拿手指在画布上抹了一下，留下一串鲜艳的红，她说："这么多年没见你来找过我，现在是有事吗？"

温郁低声说："抱歉。"

半夜的月亮最亮了，风撩动纱帘，刘婧婧垂眸看着一地月光。她脸色很素，眼角有褶皱也丝毫不影响她静美的气质，像是一朵被豢养在温室的白蔷薇。

"我希望，您能把您手上的股份借给我，等事情结束了我再还您。"因为没什么母子情分，温郁说话都用了敬称，生疏得过分。

他安静地站在原地，听见刘婧婧问："你也想要逃出这里吗？为什么？"

"因为我有了爱的人，我想去她身边。"他说。

落地窗前，女人轻微抬眼。她视线扫过黑夜里未归的鸟雀，面前是一张只打了稿的瘦鸟。刘婧婧低吟道："是吗？"

她从一边抽出一张画纸，直接用蘸了颜料的笔写字，写完后，她终于站起来，转身走向温郁，抬头看了看他。

"我记得，我给你起的名字是温郁？"

温郁接过她递来的纸，轻微颔首道："嗯。"

"温郁，妈妈希望——你可以飞出去。"

在她脚边展开的杂志上，是十几年前对一位女画家的采访，那时她画的一朵白蔷薇被一位富豪以高价买得，也让她小有名气。

杂志上登着一个大标题——

我们是艺术家，在灵魂上画油画。

那是刘婧婧曾经的人生。

Chapter 07
林羡清，请别放弃我

/ "温郁，邪瘟病疫都不要侵扰你。

"万事万物，都要如你心意。

"我把全部的爱，都给你。" /

（1）

老筒子楼不隔音，林羡清一大早就听见隔壁屋子里正在吵架，小孩子在家里哭啼不止，家里的大人却只顾着吵架，锅碗瓢盆摔得"砰砰"响，大有把整座楼都拆了的架势。

楼上楼下的人都披着衣服出来劝人，隔壁屋的女人急急从家里冲出来，眼角眉梢都是哭过的痕迹，眼睛肿得像枣子一样。

邻里街坊都拉住她，劝她有什么话好好说，林羡清稍稍把门拉开一些，靠在一边看。

女人抹了把眼睛，凄厉地哭喊："有什么好说的，一晚上不回来，我说干什么去了呢，出去偷腥啦！天天伺候他跟伺候老佛爷一样，没几个钱还要拿出去泡女人，家里的孩子连尿布奶粉都快买不起了，他给我搞这种事，谁能忍？离婚！"

屋子里的男人光着膀子出来，上半身都是抓痕。

林羡清默默低了眼，眼不见为净。

小孩儿从男人腿边钻出来，步子不稳地想去拉妈妈。女人正在气头上，推了小孩儿一把，叫嚷道："别来找我，找你爸爸去。"

男人破口大骂："谁想要这个拖油瓶，要离婚就把他带走！"

女人不理会，直直走下楼，小孩儿跌倒在林羡清家门口，场面一度乱得很，小孩儿大哭。

林羡清本来只是拉开一个门缝，看小孩儿哭得厉害也有点儿忍不住，把人扶起来，从兜里拿了纸给他擦眼泪。

她尽量把语气放柔软，说："别哭别哭，妈妈给你买糖去了。"

说着，林羡清转头回屋从抽屉里拿了几根棒棒糖，塞进小孩儿手里，说："你看，妈妈让我给你的，她说她出去买东西，一会儿就回来了，哭鼻子不是乖小孩哦。"

小男生口齿不清，断断续续地说："她不喜欢我。"

林羡清看着他，像是看见了以前的自己，总是一个人躲在被窝里啜泣着说"爸爸妈妈不喜欢我"。

她摸摸小孩儿的头，说："不会的，妈妈一定很喜欢你。"

后来小孩儿的爷爷赶过来，把孩子抱起来哄，林羡清也默默退回自己的屋子里。

地上掉了张折好的纸，是温郁之前寄给她的，上面细细碎碎的折痕很明显。

应该是在她拿糖的时候不小心掉出来的。林羡清弯腰去捡，突然发现纸的背面好像还有很轻的铅笔字迹。

屋外哄孩子的老人在跟人打招呼："怎么又拉着行李箱回来了？"

他说："回来找人。"

屋外还有小孩儿的抽泣声，老头儿说："这屋有人住了啊。"

他说："我知道。"

林羡清听见自己家的门被敲响，她正好把那张纸片展开，在熹微的日光下，她看清了那行铅笔小字。

屋外的人叫她："林羡清，我是温郁。"

——别放弃我。

在念完那行字的时候，她又恰好听见温郁的声音，脑子里有什么东西"噼里啪啦"炸开，像夏日的烟火，她顿时觉得眼眶发涩。

打开门的一瞬间，屋外的人手里拖着行李箱对她笑，温郁的眼睛笑起来很漂亮，弯弯的像新月，冲淡了身上的冷淡气质。

清晨，麻雀刚开始啼鸣，风刚停息，太阳堪堪露面，他身后是吵吵嚷嚷吵架的人群，他身前是林羡清。

林羡清的手还在门把上，她突然间眼睛开始发潮发红，有要落泪的趋势。

温郁倒是有点被吓到，说："倒也不必这么激动。"

她耸了下鼻子，一把将人拉进来。

把纸条拍在他胸口，林羡清红着眼睛，声音也哽咽："你可真能忍。不想让我放弃你怎么不早点说？我要是真的放弃你了，一辈子也没看见纸条背后的字，我们俩是不是就真的算了？"

温郁松开行李箱的拉杆，上半身前倾，双臂环住她，头也微微低下来，抵在她肩上，乌黑的碎发挠得她脖颈发痒。

他缓缓眨了几下眼，林羡清身上很暖和，温郁觉得舒服。他稍稍低眸，声音又低又轻地说："所以，还好你发现了，还好你没放弃我。"

林羡清下半张脸都埋在他怀里，他身上有好闻的冷香，她又抽了下鼻子，憋住泪意。

她看见温郁的行李箱，这才想起来问："你带着行李来我家干吗？"

温郁仍旧抱着她，闻言背脊僵了下，装可怜道："我没地方去了。"

她皱眉，说："你不是住温家的大别墅吗？"

林羡清一巴掌推开温郁，温郁往后退了几步，视线紧紧粘着她，嗓音真是好可怜："为了跟你在一起，我被我爸赶出来了。"

林羡清半信半疑地反问："真的假的？你爸不喜欢我？"

温郁被她说得哽了一下，他有点迷茫地错开眼，又改口："他的意见不重要，反正现在我没地方可以去，只能来投奔你。"

林羡清腹诽道：我可真是信了你的邪。

以温郁的身份再租一个公寓又有何难，怎么也不至于沦落到跟她一起挤这个小出租屋的地步。

林羡清脸上没什么表情，连人带行李一起推出家门，说："地儿不够，出去。"

门被狠狠关上，老旧的门锁一下子脱落，没关上，自己又开了。

林羡清站在屋里，温郁在屋外，两个人大眼瞪小眼。

她有些尴尬，愤愤不平地说了句："什么破锁？"

温郁拉着行李进门，林羡清都没什么可以拦住他的东西。

温郁说："破锁说想让我跟你住在一起。"

十五分钟后，林羡清给温郁腾了半个衣柜，把他的衣服往里面收拾，温郁被她派到门口修锁。

温郁手里拿着螺丝刀，左右比画了半天，漂亮的眉蹙起来，有点儿无奈地冲屋里喊："我不会修锁啊。"

柜门后面伸出一个脑袋来，林羡清说："你弄坏的你修！"

他明明都没有动过这把门锁。

温郁颇为无奈地从兜里掏出手机，开始搜索。

等林羡清收拾完东西出来，温郁正低头看着手机，灰色大衣上沾满了门板上的灰，他手上试探性戳几下，门锁坏得离谱了，"叮当咣啷"散了一地。

螺丝滚到林羡清脚边，两人对视，温郁偏头无辜地看着她，手里拨出一个电话。

"你好，能上门修锁吗？"

……

师傅带着工具箱来，他瞅了眼岌岌可危的破烂木板门，声音是抽烟多年造成的沙哑："这门都烂成这样了，直接换新的吧。"

林羡清说："其实我觉得还能……"

温郁眼都不眨一下，说："换。"

她扭头看着温郁，颇有点咬牙切齿地说："你出钱？"

这句话提醒了温郁，温郁怅然地摸了把口袋，有点尴尬地说："钱被冻结了。"

林羡清感觉自己的太阳穴直突突，眼角都开始抽搐了。

敢情是净身出户来投奔她的？

她僵硬地扯出一个笑容，对师傅说："先不换，把锁修好吧。"

两个穷光蛋搭伙过日子，林羡清的钱包更紧张了，温郁也有点儿过意不去地说："我过一阵子应该能到一笔钱。"

"到多少？"

"几千万吧，不是太多，能给你换个好门。"

听到这句话，林羡清走路的脚突然崴了一下，她单手搭在沙发上，对温郁露了个笑。

"少爷，洗澡水放好了，您快去洗吧。"

林羡清住的楼层比较高，水压不是很稳定，一会儿出水一会儿不出水的。温郁在里面洗了一会儿，花洒半晌不出水，他在浴室里问："是不是停水了？"

她起身去厨房瞅了一眼，还能放水，水柱还挺大的。

"没停水啊，你是不是没拧到最大啊？"

"拧到尽头了。"

林羡清想了一会儿，她在浴室门口叫道："你穿衣服先出来，我进去看看。"

几分钟后，温郁拉开浴室的门，这厮没穿上衣，就围了条浴巾，上半身还有没冲掉的泡泡，细软乌黑的发直往下淌水。浴室里雾气蒸腾，他眉眼间也染了潮意，漂亮的人鱼线和腹肌线往下延伸，收缩进浴巾里。

温郁略略抬眼，长睫毛还挂着水珠，精致流畅的下颌沾了沐浴露的泡沫。他略略侧身，漂亮的眉轻蹙，说："你进去看看。"

林羡清实在没眼看，她默默低了眼，耳尖染上红色，嘟囔说："不是让你穿好衣服再出来嘛。"

温郁低眸看着她，稍稍扬起唇角，漆黑的眼里涌出一点压不住的笑意。他嗓音清冽好听，说："不是故意的，泡沫没冲掉，不太好穿衣服。"

林羡清低头从他旁边经过，控制住自己的视线不往那边看。

水龙头确实拧不动了，但好像不是拧到尽头，只是卡住了而已。

她使了点劲儿，又能转动了，从淋浴器渐渐沥沥地洒出水来，林羡清被浇了个猝不及防。

浴室旁边挂着毛巾，她顺手扯过一条披在头上，说："好了，你继续洗吧。"

刚走到门口，林羡清看见温郁正好整以暇地靠在浴室的门框上，垂眸看着她。

他抬手撩起林羡清湿掉的一缕头发，放在指尖轻微搓捻几下，低了眸子，长睫毛微潮，更显得黑。他的语气漫不经心，像喃喃自语："头发都湿了。"

温郁浑身上下都是沐浴露的香味，裹着温暖的潮湿水汽，冷白瘦长的手指轻挑着她的黑发，眼神倒是清白，视线轻轻下撇，定格在她沾了水珠的唇瓣上，猝不及防地直白发问："现在可以亲吗？"

林羡清听完后下意识缩了下脖子，抬着湿漉漉的眸子看了他一眼，然后往旁边退了几步，小声呢喃："你还没完没了了？"

她捂紧了头上的毛巾慌张往外跑，边走边催道："洗你的澡！"

"洗完了可以亲吗？"

"不能！"

……

家里的沙发对于温郁来说实在伸展不开，再加上沙发的质量不是太好，林羡清在黑暗中不断听见沙发发出的"吱呀"声，温郁翻了好几个身，像是睡得不舒服。

她从床上坐起来，从衣柜里掏出一床新被子垫在地上，给温郁铺了地铺，叫人过来睡。

"将就一下吧，你睡地上。"

温郁拿过沙发上的枕头，没说什么，安静地躺在地上。

被子里的棉花塞得不厚，躺下来的时候像是直接睡在硬床板上，硌得骨头疼，但好歹比缩在沙发上舒坦了不少。

林羡清睡在他左手边的床上，半夜里她翻了个身，一只手伸出床，呼吸均匀。

黑夜里，浮动的空气都慢下来，呼吸声就显得格外清晰。

温郁失眠都习惯了，晚上一闭眼就能看到那只已经死掉的橘猫，所以他每天都把眼睛睁到发涩，受不了了才小憩一会儿。

彼时他还没睡着，神经深处隐隐约约挑起一丝丝困意，他双手规整地搭在腹前，宛如黑曜石的眸子轻缓地眨了几下，慢慢聚焦在林羡清露出来的手指上。

女孩儿指甲修得圆润好看，她不爱花里胡哨，从来没折腾过自己的指甲，于是指甲干净好看，温郁以前多次想过，为什么她的手温度那样烫。

兴许是因为自己体温过凉的缘故，他总是贪恋林羡清的体温。

窗外不知道什么时候落了雨，雨点飘飘洒洒地拍在窗户上，发出"噼里啪啦"的响声。

乌云脱离皎月，月光仿若化为了丝线，丝丝缕缕地缠在林羡清的指尖上，像玉一样泛着温润的光泽。

温郁躺在地上，怔然看了一会儿，然后脱下手套，慢慢抬起胳膊，薄薄一层皮肤裹住他匀称修长的指骨，他伸出食指，慢慢向林羡清的手靠近。

夹着雨的风钻过窗缝，屋里变得凄冷起来。

温郁不错眼地看着上方，漂亮的眼睛都不眨一下，眼里干净纯粹，在指尖相触的瞬间，喉头微滚。

"林羡清，你为什么这样温暖？"

仅仅是碰了个手指，心上就暖得燎了火。

窗前的书桌被飘进来的雨水浸湿，老旧的屋子墙皮不稳固，一发潮就容易掉墙皮，猝不及防有一块掉在林羡清脸上。她微微转醒，掀开眼皮的第一时间，看见地上的人正抬着手，克制地触碰她的手指。

她下意识张开五指，抓住他没什么暖意的手指。

林羡清还没完全清醒，嗓音有点哑地问："地板会发潮，你抱着被子上来睡吧。"

林羡清撑着床板坐起来，挥掉脸上的墙皮，抬头看见墙角的颜色变深，被雨浸透了，掉下好几块墙皮，碎在床上。

半夜家里漏雨，实在不是什么好事。

林羡清蹙眉看了一会儿，然后扭头看着同样坐起来的温郁，提醒了一句："我开个灯，你适应一下。"

温郁轻缓眨眼，说"好"。

开了灯以后，林羡清在家里翻翻找找，温郁穿着拖鞋从地上起来，站定在她身后，问："你在找什么？"

林羡清拉开一个抽屉，说："找个宽点儿的胶带什么的，把泛潮的墙角贴住，不然一直掉墙皮。"

温郁默默转身，熟稔地拉开一个柜门。他低头看了眼，以前塞在这里的杂物还在原位，林羡清没换过位置。

"在这里。"他说。

林羡清果真在里面看见了一大卷胶带，她拿起胶带，有点儿狐疑地看着温郁，问："你怎么比我还熟悉家里东西的位置？"

温郁像是有点儿困了，懒懒打着呵欠，拿走林羡清手里的胶带，拖着步子走到床边，脱了鞋站上去，伸手把掉了墙皮的墙角粘住。

困意渐渐随着屋里翻涌的雨气生长，温郁随手把胶带丢在一边，十分自然地掀起林羡清盖过的被子搭在身上。

他没回答林羡清的那句疑问，只是慢吞吞地吐了句："睡吧，困了。"

见温郁真的安静地闭上眼，林羡清也没多说什么，她走到床边才发现温郁盖着她的被子。

林羡清一把扯开他拢住的被子，把地上真正属于温郁的被子抛给他，十分有原则地说："各自盖各自的被子，我们还没到那一步呢。"

她缩进被子里，把自己裹得严严实实，背对着温郁睡下，几秒后却被人拽了过去。

温郁强制她转身面对着他，用干净得蛊惑人的眸子凝视她，神色有点儿认真地问："那什么时候可以？"

林羡清看着他，默默咽了下口水，斟酌着回复："明年吧。"

反正很快就要过年了。

温郁替她把被子掖好，自己倒是浑不在意，把被子松松垮垮地搭在身上，漂亮的肩颈暴露在空气中，皮肤在微弱的月光下显得更加冷白，他好像完全不觉得冷一样。

温郁叹口气，声音极轻地说："接吻也不可以，盖同一床被子也不可以，那什么是可以的？"

林羡清看着他，怔然了一会儿，有点儿别扭地把身子转了过去，拿后脑勺对着温郁，却偷偷伸了个手出来，在两床被子的交界处轻轻勾了下他的手指，隔靴搔痒一般。

她的声音闷在厚厚的被子里面，说："牵手可以。"

温郁松松垂眼，视线下移到两人交握的手上。

他喉咙里发出一声轻笑，反手扣住林羡清的，把自己的手指往她指缝里挤，直至每一个指缝都被占满。

"好。"

（2）

早上，林羡清睁眼起床，旁边已经空掉了，屋外有经久不绝的鸟鸣声，林羡清穿着拖鞋出去，温郁正站在炉灶面前。

她好奇地上前觑了一眼，眉梢陡然一跳。

林羡清指着锅里的东西问："这是什么？"

温郁还握着把手，小心地想把锅里的东西翻个面，反正两面都是黑的，到底翻成功没有也看不出来。

他回答："煎蛋。"

林羡清难得沉默了好久，她有点担心地看着垃圾桶里被抛弃的无数蛋壳，心想绝对不能让他继续浪费下去。

一个蛋要八毛，垃圾桶里那些好歹也有五六块钱的样子，林羡清现在很穷，她很心疼。

锅里又浪费了一个蛋，林羡清叹口气，把灶关上，轻轻把温郁推开，说："我来吧。"

这样下去，家里非被这少爷搞破产。

忙活大半天以后，林羡清的猫也饿了，但是小可爱的性子不闹腾，它只会安静地蹲坐在林羡清脚边，以此表达它想吃东西了。

林羡清忙得不可开交，吩咐温郁帮忙喂一下猫。

其实温郁这两天刻意地在避开这只猫，他也没提过关于猫的事，好像想驱走什么印象。

他找到猫粮，往小可爱的猫盆里随手倒了一些，一贯冷淡的视线在接触到那只跟小霹雳无比相像的猫的时候，还是会轻微波动。

仅仅几秒，温郁抽离视线，站起身又回到厨房，凑到林羡清旁边去。

身后的猫吃了几口猫粮又扬起脑袋看着新来的男人，好像在迷茫他为什么不喜欢自己。

吃完早餐后，林羡清拎着包要去上班，温郁从家里逃出来了，自然不会再去公司，只能乖乖待在屋子里。

林羡清走之前想起了什么，她回头对温郁说："上次你在我这儿掉了一瓶维生素，我给你放在书桌上面了，你自己拿。"

温郁抬起眼睫毛，没什么情绪地说："嗯。"

他轻微弯眼笑着说："一路顺风。"

破烂木门被关上，温郁的唇角撇下来，他侧眸盯了那只猫好久，身子一动不动。

猫被他黑漆漆的眼睛吓了下，但是小可爱安静归安静，它不怕人，即使被温郁那样看了几眼也还是想凑过来陪他。

温郁不搭理，抬步走到书桌前，低头拿起那个小药瓶，倒了好几片药出来。

小可爱像对林羡清一样对温郁，眯着眼想趴在温郁脚上。

温郁低头毫无情绪地凝视它几秒，视线下耷，眼睫毛抖了几下。他身子僵了一下，复而抬眼看向墙角，眼神开始发空，视线发散，思绪毫无目的。

他轻微抬脚，小可爱从他脚上溜下来，不满地"喵呜"叫了几声。

温郁沉默好久，才终于说了句话："你别过来，我害怕。"

一个一米八几的男人居然会怕一只猫，听起来像开玩笑的一句话，他却说得极为认真。

他看了墙角一眼，转身又吞了几片药。

虽说温郁不用去温家的公司上班，但是他也没闲着，今天不停有电话进来，基本都是跟着他的股东。他正在收揽人心，以逃脱温执的掌控。

温郁一边低眼把玩打火机，一边懒洋洋地跟人聊事情，林羡清回来时看见他还在阳台，衣服都不加几件。

他像个没有体温的人，浑身上下的血都是冷的。

仅有心上一点点儿滚烫，也尽数给了林羡清。

阳台上风很大，林羡清换鞋进来，温郁懒散靠在阳台的围栏边，单手搭在上面，指间盘弄着那个打火机，动作间手背上显露突出的指骨，被白皙细腻的皮肤紧紧裹住。

他说话间一直没什么表情，眉眼淡淡垂着，眼尾收拢。

温郁漫不经心地回头扫了一眼，在看见林羡清以后愣了一下，草草结束已经打了几个小时的电话。

他拉开阳台的门，裹着一身寒气进屋，抬眼问："吃了没？要不一起上外面吃点儿？"

林羡清刚换完鞋子，她瞅了眼屋外的天，冬天天色黑得快，记得下班时天还是亮的，现在居然已经开始变得昏暗起来了。

她懒懒地回答："待会儿吧，让我歇一下。晚上去逛逛夜市也不错，吃的东西种类多。"

温郁不置可否，他拿过那件灰色大衣穿上。

林羡清发现他很爱穿这一件，几年前就见他穿过，这么多年了也没扔。

外边天冷，林羡清在衣柜里翻出两个大围巾，给了温郁一个。

温郁接过去围在脖子上，比上次去莫斯科围的时候要熟练了一些，围巾也围得规整了些。

在家坐了一会儿，又喝了杯热茶，临出门时温郁把手机递给她，问她想要哪套。

林羡清接过手机一看，全是一些出租的高级公寓信息，离市中心不算近也不算远。但不管位置好不好，三室一厅加小区物业管理，这种配置就让林羡清望而却步。

温郁好像知道她在担心什么，笑着说："我出钱，不用管租金。"

这样林羡清就稍微放心一些了，她在手机上划拉几下，然后停住，抬眼看向他，问："你现在可以租新房了的话，我们就没必要住一起了。"

温郁在大门处穿鞋，闻言，他肩膀僵了一下，回头不咸不淡地觑她一眼，淡淡地说："有必要。我的证件不能用，租房的话可能要用你的身份去租。"

林羡清假装恍然大悟地"啊"了一下，故意逗人道："那我租完房了，你一个人住不就行了？"

温郁沉默着不说话，有点为难地看着她，精致的眉蹙得很轻。

林羡清的目的达到，她笑了几声，扯过他的手出门，声音很轻地说："骗你的，直接说想跟我一起住就那么难？"

木门被她转身锁上，楼道里视线黑下来，老房子不隔音，各家各户的糟心事都往外蹦，想听不见都不行。

良久，林羡清听见温郁低低出声："想跟你一起住。"

她莞尔笑了下，两手揣在兜里，转身抬眼看着他，说："行吧，我勉为其难地答应吧。"

那几天温郁好像很忙的样子，每天林羡清回来，就看见他窝在阳台的藤椅上打电话。

林羡清放轻了声音不去打扰他，折回厨房做点儿吃的，有时候林羡清犯懒不想做，温郁就带着她出去吃。

两个人都有自己的事要做，连说话的时间都很少。

有时候林羡清百无聊赖地在大厅看电视，会有意透过窗户看看他。温郁脸上总是没什么情绪，一副提不起劲儿的恹恹样子，说话的时候眼尾下拉，看起来无精打采。

在注意到林羡清的视线后，他又会立马抬起眼睛笑，捂住手机冲她做口型："马上结束。"

结束后，他会很自然地过来，屈着一条腿跪在沙发上，半环住她，上半身凑近，带着冬日的凛冽。

温郁会居高临下地捏着她的下巴，把她压在沙发上亲，有时候又只是很单纯地紧紧抱住她，在她耳边很轻地叹气。

　　林羡清轻缓地眨眼，她有时候也能感觉到温郁确实有些疲惫。在接完吻以后，温郁就那样用额头抵着她的肩，她就抱住他的背。在阳台待了大半天的人，浑身都是凉的，林羡清只能抱抱他，借此给他一点儿安慰。

　　"你爸在找你？"她问。

　　温郁用额头蹭着她的肩颈，微硬的发尾戳着她敏感的皮肤，带来细细麻麻的痒意。

　　他缓缓呼出一口气，温热气息勾着林羡清的呼吸，良久才听他低哑着声音说："我会解决好的，马上。"

　　林羡清双手捧着他的头，轻吻了一下他唇角，轻声道："我等你。"

　　反正五年都等了，再多等温郁一会儿也没什么。

　　他说他会解决好一切，要带林羡清换更大的房子，安心又毫无隔阂地住在一起。

　　他说他小时候其实过得很不好，温执很恶劣，把他关在家里，没人跟他说话，他有好多好多年，都是一个人撑着下巴，仰头看着房间里唯一一透光的窗户。

　　冬夏雨雪，绿茵赤日，繁星与娇花，他只能通过那扇被锁死的窗户窥见。

　　温郁说，他从来没有自由，第一次认识世界，是通过林羡清的眼睛。

　　因为她喜欢石榴花，他就去看、去摘；她喜欢去河岸看波光粼粼的湖面，他也去看；她偏爱西郊公园上空的月亮，他想起来的时候也会记得抬头看看月亮。

　　他说，他其实认识林羡清家里的每一个人，林老爷子是他曾经最喜欢的珠算老师，林柏树是他的同窗，徐云然是他妈妈最好的朋友。

　　林羡清这才知道她妈妈小时候就抱过温郁，但那个时候林羡清还在林老爷子家里住，没能跟他见一面。

　　要是当时见过面就好了，哪怕跌跌撞撞，她也要好好抱温郁一下。

　　要是她小时候就见过他就好了，这样她还能让他有个稍微快乐点儿的童年。

　　那天温郁心情挺不好的时候，林羡清仰着脖子被他压着吻了好久，唇齿交缠，软舌扫过口腔上颚，卷走每一缕热得着火的气息，舌头被吮得泛起麻意。

　　林羡清疑心自己的嘴唇马上要被磨破皮，温郁才微微敛着眸往后退了几分，眸子如墨一般深沉，像一潭幽井，泛着潋滟的光。

　　他轻声叫她的名字："林羡清。"

　　"我在。"

　　"要陪着我，一直。我们会一直在一起。"

　　她笑，唇上还麻木着，只说："好。"

　　五年前，在林羡清上高中待过的那个教室里，他们溜进去，拥抱，十指交扣。在废弃的教室，她在黑板上写下：林羡清和温郁，我们要永远在一起。

　　她希望这句话能成真。

当天晚上，林羡清难得允许他窝进自己的被子里，温郁身上总是很凉，林羡清就缩进他怀里，尽量让他感觉到温暖。

窗外有很轻的撞击声，不知道什么时候下起的雪，簌簌地积在窗台上。

林羡清呼吸均匀，被温郁箍在怀里，浑身上下都仿佛浸透了他身上的淡冷香味。

午夜时分，从窗户缝隙钻进屋里的凉气，让林羡清微微转醒，她睡眼惺忪地缩了缩脖子，抬起眼睫毛就看见温郁清冷的眉眼。薄薄的眼皮衬着月光，皮肤干净白皙，没有一点瑕疵，仿佛上帝精心雕琢出来惊艳世人的美玉。

温郁的睫毛微颤，林羡清把呼吸放轻，她知道温郁总在夜里睁着眼睛，他总失眠，今天难得睡得早，她怕惊醒他。

夜太静了，呼吸声就显得格外清晰。

林羡清的呼吸不平缓，温郁察觉到她也没睡着，就开了口："睡不着？"

她第一次在午夜跟人闲聊，也不知道说什么好，就扯了个话题："我们什么时候搬家？"

温郁偏了下头，说："早就能搬进去了，只不过你一直说没时间收拾而已。"

这一阵子林羡清确实很忙，教育中心已经开始搭钢筋水泥了，但是现在连老师都没招齐，她每天都辗转在好几个区的珠算班里谈入驻问题。

头顶的灯闪动几下，林羡清抬头看着忽闪忽闪的灯泡，更加坚定了要搬家的想法。

等彻底收拾好以后，天已经破晓了，地上积了一层薄薄的雪，冷风从四面八方打过来，她冻得直跺脚。

温郁的胳膊不太能使得上劲，林羡清就帮着他把行李抬到后备厢里，坐进车里的时候温郁已经打开了车里的暖气，等着雨刷扫下覆在前窗的雪。

两个人静默地坐在车里，只有暖气喷涌而出的声音。林羡清一晚上都没怎么睡，困倦地打起了呵欠。

"多久能到啊？"她声音带着困意。

温郁开了导航，低垂着眼看手机地图，说："没事儿，够你睡一会儿。"

林羡清应了一声，歪头靠在座椅上浅眠，这一睡不知道睡了多久，等她中途睁开眼睛的时候居然还在车里。

车里的暖气很够劲，车窗内侧附上一层薄薄的白雾，林羡清坐起身来，发现身上正搭着温郁的那件灰色大衣。而驾驶位的温郁只穿着一件单薄的内衬，他略略偏着脖子，睡得不安稳，眼睛闭得很紧，睫毛一下又一下地颤。

林羡清的手不知道什么时候被他牵住了，十指相扣，交叠的掌心焐出了一层薄汗，但他的掌温还是不高。

这车不知道在这里停了多久了，前窗已经搭了一层厚厚的雪，入眼白茫茫的。

他一直把车停在这里等她睡醒。

他怕吵醒她。

他等得自己都睡着了。

林羡清觉得自己心尖软得不像样子，她想，自己爱上温郁是有原因的，明明没有人会不爱他，可是又确实没多少人爱他，因为了解他的人太少太少了。

她动了动身子，想把外套还给温郁，结果一动温郁就醒了，眼皮颤动几下，慢慢露出清亮漆黑的眼瞳。

刚睡醒，他下意识抓紧了林羡清的手，嗓音还哑着，问："醒了？"

温郁转过身子，因为歪头睡了半天，脖子发酸，他抬手揉了下脖子缓缓。

林羡清把外套还给他，轻声问："下车吗？回家睡吧。"

温郁听了这话还有点儿没反应过来，轻眨了几下眼睛。

回家。

他终于有了自己能去的家了。

温郁慢条斯理地套上外套，衣服被林羡清焐得很暖，领口处仿佛还能嗅见她呼吸中的暖香。

公寓里还是一片空白，各种设施都不全，林羡清首先把主卧的床铺好，让温郁继续睡。

温郁摇摇头，说自己睡不着了。

他也只有碰碰林羡清的时候才能安心一点。

小可爱也精神得很，在新房子里漫步，摇头晃脑地到处看。只是它一碰见温郁就会自然而然地避开些，好像很有灵性地知道这位男主人不喜欢自己。

两人花了一天才收拾了个大概，公寓的房子比出租屋大了不少，有三个房间。

林羡清不用跟温郁睡在一张床上了，到晚上的时候温郁也只是抿着嘴，一句话也不说，眼尾不悦地下垂。

说实话，没个冰块抱着自己，林羡清倒是有点不适应了。

后来温郁不再成天到晚待在家里，他时常出去，一出门就是一整天，说是要线下谈合作。

温执的权力几乎渗透在各个方面，房地产这个行业本来就是块难啃的硬骨头，温郁这才发现想要从温执手里夺权居然是这么困难的事。

他知道温执已经发现那百分之十五的股份到了他手里，他正在找他。

温郁很害怕这个公寓会被温执发现，他想了好几天，有一瞬间会觉得，要不让林羡清回家吧，别跟他住在一起了，他害怕会祸及她，因为温执的手段都很强硬。

那个男人有点疯，他从小就知道。

但是当他有这个想法以后，回家推开门就看见客厅的灯还亮着，电视开得很大声，声音空荡荡地回荡在偌大的公寓里，林羡清裹着薄被窝在沙发上浅寐，电视的灯光照在她恬静的脸上，变换着各色各样的光线。

温郁第一次觉得，房子太大也不是什么好事。

他放轻了步子走到沙发边上，微微弯下腰，低敛着漂亮的眸子亲吻她的唇角。

外面是风雪，屋里是一室柔情，温郁冰冷的唇也沾上她身体上的暖意。

他迷茫地想，他要怎么心甘情愿地放她回家？

林羡清睁开眼，看见温郁正蹲在自己面前，客厅亮着一圈昏黄的灯，她盯着他看了一会儿，静静地说："回来了啊。"

披在身上的薄被随着她起身的动作滑落，林羡清弯腰捡起来。

"本来做了饭的。"她又抬眼问，"你应该吃过了吧？"

温郁淡淡地"嗯"了一声。

现在都快午夜一点了，林羡清困得不行，边打着呵欠边往卧室里走，说："那我就不给你热饭了，睡吧。"

她的话刚说完，温郁突然出声叫了她的名字："林羡清。"

她的脚步顿住，回头望向他，等着他的下文。

昏黄的灯光下，温郁略略抿住嘴角，眉头轻微蹙着，声音又慢又低，他艰难地问："你想不想……"

你有没有想过回家？

后几个字几欲出口，又被他硬生生憋住，因为他看见林羡清回头看向他的眼神，那双眼睛很亮，因为打呵欠而变得湿漉漉的，很好看。

于是想放她离开的话又被温郁憋了下去。

林羡清挑了眉，疑惑地问："想不想什么？"

两人之间隔着一张沙发，沙发上似乎还残留着她的体温。温郁盯了她一会儿，然后转了调子问："你想不想跟我一起睡？"

气氛沉默下来，林羡清斟酌了一下，还是让理智占据上风。只不过她没有拒绝得足够坚定，给了个缓期说："过完年说不准我会松口。"

她单手扒着房门，只露了个脑袋出来，笑着说："看你表现。"

大概是受了林老爷子的影响，林羡清的思想比较保守，虽然两人认识这么久，对彼此也足够信任，但是真要日日夜夜睡在一张床上，林羡清还是会有点儿担忧。

毕竟感觉温郁和她都不是很能克制住自己的人。

意识到自己在想什么以后，林羡清的耳朵突然慢慢变红，她把头缩进被子里，暗暗痛骂自己到底在想什么乱七八糟的。

但是说实话，她倒是不太介意婚前就……

因为足够信任温郁，不然也不会等他那么久。

这种信任连她自己也觉得莫名其妙。

当然，不包括床上的信任，温郁看着就不像很会的样子。

林羡清觉得自己有必要担心这种事。

迷迷糊糊地想着这种漫无边际的事，林羡清最后红着耳朵睡过去了。

（3）

第二天一早，又不见温郁的人影，他凌晨五点给林羡清发了消息，说以后会早出早归，免得总让林羡清苦等。

早饭时，林羡清慢吞吞地嚼着面包，心想怎么现在就过得跟婚后生活一样。

小可爱在新家待得有点不适应，总是四处逛，想熟悉地盘似的，它的爪子踩过茶几，溜进了温郁的房间。

林羡清一时没察觉，没过一阵就听见了一阵"叮当咣啷"的声音。

她扔下面包往温郁房间去，地上一片狼藉，小可爱跳到书桌上，尾巴乱扫，把桌子上的东西都扫到地上去了。

林羡清第一次见它这样调皮，皱着眉把猫捞到笼子里关住。

温郁的房间地上乱糟糟的，各种文件的纸页和一些瓶瓶罐罐都散落在地上，小可爱甚至还打碎了桌子上的一个杯子。

她叹口气，开始默默收拾。

窗帘很厚，遮住所有的光，密不透风的，导致他的房间似乎从早到晚都黑得像夜晚一样。

有的小罐子滚进了桌子底下，林羡清看不太清，就拉开了窗帘，她把桌子底下的小罐子捡出来，发现是个撕了标签的药瓶。

不止一罐，林羡清捡起好多罐没标签的白色药瓶，有的甚至已经空掉了。

她看着一排空掉的药瓶沉吟了一下，慢慢蹙起眉。

门外突然有人在敲门，林羡清被迫压下心里的疑惑，去门口开门。

来的人是温郁的爷爷温和，上次她跟老爷子见过面。

老人手里还拎了袋菜，他见到林羡清居然一点儿也不感到意外。

林羡清侧身给他让地方，试探着问："是温郁找您来的吗？他现在不在家。"

大门敞着，冷风直往里钻，林羡清心里惴惴不安，心想老爷子会不会是跟温执一伙的，来找温郁。

温和拍拍大衣上的雪，积雪落在门外，很快化成一摊水。

老人进了门，慈眉善目地笑着说："我找你的。"

林羡清有点儿惊讶，她转身给老人倒了一杯热水，从杯口氤氲出一圈圈的蒸汽，在微凉的空气里飘散开。

温和坐在她对面，从自己包里掏出一份已经填好的合同，推到林羡清面前。

林羡清拿起来看了眼，是上次她找温和入驻教育中心时交付给他的合同，只不过那个时候老人说要为了那群孩子坚守而没填，而如今摆在她面前的是一份签了字的合同。

"这是……"

温和用热水暖手，眼睛笑眯眯的，跟温郁很像的一双笑眼。

"温郁跟我说了下你的情况，他想让我帮帮你。虽然我年纪比较大了，但是唯一能拿出手的也就是学了半辈子的打算盘的技术，你要是需要，我可以去教育中心。"

她怔了一瞬，皱着眉沉吟说："但是那些孩子怎么办？"

温和笑笑，说："那边的班我托付给我的一个学生了，他会管好的。"

说着，老人缓缓叹出一口气，声音似笑似叹，说："我这孙子很少拜托我什么事，一般能让他开口的都是在他心里很重要的事了，我能帮就帮一把，再加上我确实对你们的企划书很感兴趣。"

林羡清捏着合同页脚的手默默紧了些。

温郁知道她在为这些事忙东忙西，他人不在温家公司了，但是也在尽全力减少她的麻烦。

自从温郁离开公司后，林羡清这边跟温家的合作就一直耽搁着，没人来跟项目，王可心和吴涛去温家公司蹲了好几天也没人理，珠算项目跟无人问津了一样，只有这几个大学生在四处忙活。

他总是这样，什么都不说，又默默为她铺好路。

"你们是在谈恋爱吗？"温和直白地问。

林羡清抬头看向他，默默咽了下口水，才慢吞吞地应了个鼻音："嗯。"

虽然有点儿猝不及防，林羡清还是把这当成第一次见家长一样，突然开始紧张起来。

温和扭头看了看屋子里的陈设，有点感慨地念叨道："挺好的。"

最后他说："终于有个人陪他了。温家的情况有点儿复杂，你可能没太清楚，温郁那个性子大概也不会告诉你，但你们现在这个关系，我觉得你需要了解一下所有的他，不然很难坚持下去。"

老人说这话的时候一直垂着眼，像是想起了自己一样。

林羡清有种奇怪的感觉，就像是他没有坚持下来，但是希望她可以坚持。

"其实温郁跟我说过一些，关于他小时候的事，我大概知道你们家的状态。"林羡清平静又耐心地继续，"但他说的不一定全，您可以从头说，我慢慢听。"

她要慢慢听，听完全部的温郁。

她窥见他童年的一角，那些灰暗的、晦涩的、长满青苔的回忆，被她慢慢掀开一角。

但她也只是知道这些而已，从温郁告知她的话来想，林羡清大概能知道他当初离开她、骗她，很大程度上跟温执有关。

这天温和跟她促膝长谈好久，喝空好几杯茶水，大多数时候是温和在说，她在听。

她知道温郁活到现在都没有朋友，知道了他唯一养过的猫被温执给赶走了，生死不明，知道那五年里他多次放弃生的希望住重症病房，送进医院的时候差点儿救不回来，后来在他掌管公司的那几年，一举一动都要被温执清楚地知道，硬生生剥夺他所有自由的权利。

温和说，在温郁躺在病房里昏迷的时候，听见林羡清的名字就会哭。

本来就是个情绪很淡的人，在昏迷的时候居然还会流泪，只因为听到了她的名字。

他觉得自己伤害了林羡清，自己唯一爱和唯一爱自己的人，所以即使意识不清醒，他也会愧疚到眼睫湿润。

不清醒的时候是这样，清醒的时候呢？

在两人重逢时，他一次又一次，清醒地推开她的时候呢？

在他说"你跟别人没什么区别"的时候，在那五秒他忍着不靠近的时候，他甚至不能像昏迷的时候那样表露难过的情绪。

温郁该好难过啊。

林羡清回过神来的时候，发现视线一片模糊，温热的泪浸泡着眼前模糊的光影，无数影像在她眼前飞奔而过，那唯一的夏天、一起去莫斯科度过的夜晚。

她无声地哭，温和最后告诉她："我知道他在看心理医生，希望你能多关心一下。他是个可怜的孩子。"

温和来的那天恰好是除夕，天气却不好，雨夹着雪，地面泥泞一片。

林羡清送走老人，呆呆地站在门口，屋外风好大，她有点儿按捺不住，给温郁打了电话。

"我快到了。"这是温郁说的第一句话。

林羡清听见他的声音，眼泪又有点儿止不住。她一贯知道自己爱哭，这个时候也不想忍了，在温郁面前，她好像从来不需要刻意掩饰情绪。

"温郁。"她发现自己嗓音发哑，夹着哭腔念他的名字。

眼眶持续发酸，林羡清又说："我好爱你。"

电话对面默然一会儿，冰天雪地里，只能听见温郁略有些粗重的呼吸。

他安静良久，才平静地开口问："为什么突然这么说？"

林羡清被他搞不会了，她这个人容易害羞，很少说这么直接的话。而且总不能跟温郁说是因为他爷爷把他以前的经历、那五年里发生的事告诉了自己，所以她就突然爱意爆发了。

这样会让温郁误会她是怜悯他，林羡清不想给他一种被可怜的感觉。

于是她一面迎接屋外的冷风，一边轻叹着说："没什么，就是想起来我还没跟你说过这句话。"

眼眶里残余的热泪在冷空气中干掉，林羡清的眼睛干得有些疼，几秒后又被他一句郑重的"我也爱你"给润湿了，像是沙漠苦行的骆驼反复咀嚼胃里的东西一样，林羡清反复心疼他，反复爱他。

她笑了下，心里默默觉得现在这个劲儿太黏糊了，但是也不奇怪，本来就是迟到了很久的爱意，是五年前没能说出口的话。

因为是除夕夜，温郁只是上午出去了一下，没几个小时就回来了。

冰箱里还有提前预备好的年货，徐云然女士不久前又给她寄了一些，温和也带了菜来，两家的菜基本都集齐，是一顿不像样的"团圆饭"。

屋外下着大雪，林羡清看见停在楼下的车渐渐被雪覆盖，世界变成白茫茫一片，道路两旁已经没什么绿植了，枯枝遍地，冬季植物倒是开始焕发生机。

温郁回来的时候顶了满脑袋的雪，像是从雪堆里生出来的雪孩，洁白的雪映衬着精致淡漠的眉眼，那一瞬间像是清冷无情的天外神祇。

神在看向她的那一瞬间，眼神化水，如冰雪初融。

林羡清让他把沾了雪的衣服搭在门口的架子上，公寓里的灯光全部打开，亮堂得仿佛到了另一个世界。

桌子上摆了满满一桌子菜，许久不开的电视机被打开，热闹的声音灌满了偌大的公寓，全国人民都在等待着恭庆这一夜。

旧年将过，新的一年，他们还要在一起。

一顿饭吃到中途，温郁突然停住筷子，瘦白的手指捏住筷子，他静了一会儿，垂眸轻声问："你家那边没叫你回去过年吗？"

"叫了，"林羡清嚼了几下嘴里的菜，又笑，"我推掉了。"

"我只想陪你过年。"

温郁倏然间抬起睫毛，家里开着热腾腾的暖气，只穿薄衫都嫌热，浓重的生活气息渐渐覆盖他的整个生活，他觉得自己浑身上下都暖和起来。

下午，他们窝在沙发上看电视，林羡清找了几部口碑不错的片子，其中有一部是曾经看过的《寻梦环游记》。

沙发就那么大点儿地方，林羡清怕冷，找了条毯子盖。她下意识地觉得温郁肯定比她更冷，于是两人一起缩在一个毯子里，林羡清今天很亲昵地抱着他的胳膊。

实际上温郁一点儿也不冷，他快躁死了。

林羡清看电视，他就看林羡清，低垂着眼帘望了她好久。

电视里又开始唱"Remember me"。

温郁喉结滚动几下，用干涩的声音问："这部不是看过了吗？"

林羡清眨眨眼，被电影内容感动得一塌糊涂，泪失禁体质又开始发作。

她抽着鼻子，说："那次没好好看，被你打断了。"

话一出口，两人都怔住了。

是被打断了。

被他的亲吻打断了。

温郁笑了下，胸腔里闷出一道尾音下沉的"啊"。

"那这次也别看了。"

他偏头过来，单手捏着她下巴往上抬，从唇角开始接吻，覆住双唇时，吻住一口咸涩——林羡清的眼泪还没擦。

温郁便又往上亲，轻吻她的眼角，双手捧住她的脸，痴迷地盯着她仍然泛红的眼尾，用拇指指腹拭去她的泪。

"别哭了。"他低声哄人，"电影不好看，我好看。"

林羡清倒是没想到，他能脸不红心不跳地说出这样自恋的话。

她说话还带着鼻音，闷闷地问："你什么时候变得这么自恋了？"

温郁用那双漂亮到蛊惑人的眼睛紧紧盯住她，视线下移，又盯住她泛着水光的唇。

他的眼尾懒懒下耷，垂眼的时候，只有小半片漆黑的瞳孔露出，长睫毛掩住视线，他像是心魄都被眼前人攫取。

温郁没应她的话，只是略一低头，含住她下唇。

捧着她头的手指是冰凉的，深入她口腔的舌却是滚烫的，像他这个人一样，淡漠的皮囊裹住了炽热又热忱的灵魂。

他像一朵绝美的昙花，只为等待他的人绽放，露出艳丽的花蕊。

贝齿被他慢慢磨开，林羡清脑袋后仰，脖颈压在沙发靠背上，同他深入接吻，口腔上颚泛着酥麻的痒意。

温郁平时对她很温柔，舌头却强势得不行，舐舔过她口腔的每一寸，亲得她到处都麻，脆弱的唇瓣像是要碎掉，吐露出汹涌的爱意。

室内灯光大好，电影已经临近结尾，两人分离，额头轻抵额头，粗重的喘息交织。

林羡清偏过头，抵在他肩上，两手抱住他的腰，感受他起伏的呼吸。

"你今天到底怎么了？"温郁哑着声音问。

两人还抱在一起，林羡清把头埋在他肩膀处，暗暗感叹着他的敏感度。

温郁很聪明，他察觉出来林羡清主动得不像话，他亲得那么凶都不躲一下，从他回来就一直黏着他。

确实是高兴得快要疯掉了，但是心里还是会觉得奇怪。

怀里的人沉默几秒，突然叫他的名字："温郁。"

他下意识地答："我在。"

"在我等你的时候，你是不是也在等我？"

等她把他从黑暗的屋子里拉出来，等她给他一个家。

温郁在这五年里的难过无以复加，他一定比自己要难受上千千万万倍。

他一定是在黑暗里哭泣着等待黎明。

可黎明迟迟不来。

林羡清抱他抱得更紧，温郁反应过来什么，他垂眼看着她埋进去的脑袋，然后回抱住她。

"是啊。"他叹着，"等了好久啊。"

这辈子，不会有别人了。林羡清想。

电影结尾了，林羡清这一次还是没把电影看完。

晚上吃过饭，电视里全是除夕夜的倒数，吵闹欢腾得不行。

林羡清今天忙了一天，现在也累得不行，本来想跟温郁一起守岁的，但是有点儿撑不下去，脑袋点了好几下，差点儿从沙发上栽下去。

温郁用手托住她，说："要不你先回房睡吧。"

林羡清强撑着眼皮摇摇头，呢喃道："我要守岁，我还没有祝你新年平安。"

家里开着灯又点着蜡烛，林羡清眼睛都快闭上了，声音越来越低地说："要新年快乐，邪瘟病疫都不要侵扰你。"

最终她还是被温郁抱回了房间，此时距离零点还有一个多小时。

温郁放下她后就回房了，他关门，一室黑暗。

他在黑暗里隐隐听见几声猫叫，神经又紧绷起来。

桌子上还搁着他的药罐，有几种已经空掉了，他还没来得及去补。

温郁才反应过来自己有好久没吃过药了。

药片都吃完了，温郁低头撑着门，他眨眨眼，好像看见了什么，瞳孔倏然睁大。

距离零点还有半小时左右，大概是因为心里有执念，林羡清尽管睡着了都不安稳，没睡一会儿就醒了。

她摁开手机，距离零点还有半小时，她稍微放了心。

她觉得有点儿渴，就拉开房门想出去接水喝，结果在屋外看见了抱着被子的温郁。

他比她高了一个头，被子叠得整整齐齐的，被他捧在怀里，双眼清亮，垂眼看向她，双眉微蹙，抿着唇一声不吭。

林羡清狐疑问："你干吗？"

温郁抬眼，脸不红心不跳地说："小可爱和小霹雳两只猫钻进我房间了。"

林羡清浑身僵住，她的呼吸都快停滞住了，良久后才用发哑的气声问："它们……去你房间干吗？"

温郁也有点迷茫，略略歪了下头，说："生小猫。"

气氛停滞，温郁一直看着林羡清，林羡清却咬着下唇不说话。

"我可以进去吗？"他问。

林羡清怔怔抬眼，她心里有个无比荒谬的猜想。

她知道温郁在看心理医生，她以为是因为温郁的抑郁倾向，但是原来比这更严重更复杂。

所有的灯都熄灭，窗外是簌簌下落的大雪，狂风拍打窗棂。

"可是温郁，"她无比艰涩地发声，"我们家就只有小可爱一只猫啊。"

林羡清哽了许久，说："小霹雳它已经……"

无人应话，温郁只是低低垂着眼，用好听的声音轻轻喃道："小霹雳已经不在了对吗？"

他抱紧了被子，手指关节发白，有点抓狂地复述道："我知道啊，它被我爸赶跑了。我知道啊。但我怎么总是看得见它，它总在我眼前摇着尾巴晃。"

说完这一连串的话，在林羡清的怔愣中，温郁低头，视线下移到她脚背上。

他腾出一只手，指了指她的脚，淡定出声："看啊，它还趴在你脚上呢。"

林羡清的身子晃了几下，她眼眶又红了。

"温郁，那是假的。"

温郁迷惑了，他不解地微微眯着眸子，漂亮漆黑的眼里透露出硕大的迷茫。

温郁安静了好久，看着林羡清的脸，轻声问："假的？"

"什么是真的，什么是假的？

"林羡清，你是真的吗？"

林羡清抬眼难以置信地看着他，声音开始抖，说道："你一直以为我是假的吗？"

万籁俱寂，冷空气在室内流动，像是一条光滑的绸缎，勒住人的脖子，遏制人的呼吸。

两人对立站着，温郁不说话也不动，只是安静地盯着她。

好久后，他低低说："我不知道。"

他看见了小霹雳，但小霹雳是假的，是他幻想出来的。

那林羡清呢？

他也看见了林羡清，现在在他眼前的林羡清，是真的，还是他臆想出来的？

温郁无法分辨。

沉默良久后，林羡清嘴唇翕张几下，她抬手去牵温郁，隔着他怀里的被子拥住他。

温郁身子僵了一瞬，他听见女孩儿压着声调说："感受到了吗？我有体温，你能触碰我，我不是假的。假的林羡清不会像我这样，只是看着你就有这样剧烈的心跳。"

林羡清低眼看见他赤着脚踩在地板上，就稍稍松了手，把人拉进房间。

温郁被她推到床上，林羡清把他的被子给他盖好，声音稍微哽咽着说："睡一觉，明天我们去看医生好吗？"

林羡清俯着身子，两手摁住他被角。

温郁仰面躺在床上，他眼都不眨一下，安静地看着林羡清。

她的头发从肩头滑落，丝丝缕缕划过温郁的鼻尖，散落下来的头发遮蔽了从窗外渗透进来的月光。

头发丝在温郁脸上印出明明灭灭的光影，窗帘被风撩得微动，风雪都被阻隔在窗外，他倏忽间感受到几滴热泪，掉落在自己脸颊。

温郁睫毛微颤，抬起冷白的手指摸上林羡清的后脑，以一种极其依赖的姿势环抱她。

"医生没用，只有你有用。"

林羡清把脑袋埋在他肩头，洇湿他一小片衣服，她哑然开口道："那温郁，我做你的药。"

好久没有应答，温郁轻拍着她后背，眼神失焦地聚集在天花板上。

他说话的声音极轻，将要散掉一样。他说："你不是药，你是我的钥匙。"

医生说，他要找到自己的钥匙。

他找到了。

他抱住了自己的钥匙。

闻言，林羡清怔了下，她仰起头，主动捧起温郁的头，落下一个颤抖的吻。

"这样能证明我是真的吗？"她问。

话音刚落，她的头埋下去，温郁顺从地张开嘴，胸膛因喘息而起伏，漂亮的眼睛轻微眯起来。

林羡清不太熟练地舔舐他的唇舌，手指穿过他的后脖颈，有些紧张地抓住他后脑勺的头发。

唇舌分开毫厘，呼吸凑得极近，眼睛在黑夜里发亮。

温郁盯了她几秒，略略撑起身子，两人翻了个身，林羡清一下子跌在床上。

温郁双手撑在她身侧，缓缓俯身，复而吻住她，舔得人牙齿都发麻。

"可以吗？"他真诚发问。

温郁没有具体指明什么可不可以，林羡清被吻得大脑发蒙，她喘着问："什么？"

他略微低头，讨好地吻她的眉梢眼角，换了个说法，低声问："我房里有上次从莫斯科带回来的外国货，第一次，你想试一下吗？"

林羡清咽了下口水，问："你还把那东西都带回来了？"

"嗯。"他毫不羞耻地懒声应了下，有点着急地翻身下床。

温郁轻微蹙眉，说："不过我不太了解。"

他的黑睫毛微垂，又凑上来吻她。

温郁试了一下，他烦躁起来，就习惯性地咬住下唇，视线转移到林羡清的脸上，低声哄她道："我不会，教教我。"

林羡清几乎两眼一黑，她捂住眼睛沉默。

她就知道这人根本就不会。

林羡清觉得自己脸红得快滴出血来，说话断断续续的，问："要不今晚……就算了？"

"不要。就要在今天。"他坚持说。

他抬手挑起她下颌，逼迫林羡清与他对视，用漆黑好看的眼睛蛊惑她。温郁嗓音又轻又哑，说："不是要证明你是真的吗？证明呀。"

只有这样才能证明吗？

林羡清不太理解这种逻辑。

她好半天没说话，又感觉到温郁的视线漂移到墙角，他手上的动作也停顿了一下。

林羡清意识到什么，她抬手扳过温郁的头，叹着气说："不要看别处，那里什么都没有。"

她心一狠，索性闭了眼。

林羡清溃不成军，她快教不下去了。

温郁一双漆黑的眼在月光下微微发亮，像是月下的潮汐，眼里像是泛着潋滟的水光，带着摄人心魄的美，让看向他的人眼神失了焦。

林羡清咬牙切齿道："你……"

零点。

窗外炸开第一簇烟花，"噼里啪啦"地响在耳边，七彩的光在苍穹崩裂开，穿透公寓的窗户，照在两人的脸上。

微凉的指尖顺着脖颈往下滑，撩起浑身的火焰。

灯火照耀间，林羡清模糊的视线里出现他潮湿的眼睫毛，温郁眼尾都是红的，眼睫毛又潮又耷拉。

"你在哭吗？"她忍不住问，突然觉得好笑，"你哭什么？"

温郁细细密密地在她唇上落吻，嗓音哑得不像话："没忍住，你不是也哭了吗？"

林羡清无言几秒，心想，这可不一样。

她有些受不住了，呜咽着问："可以结束了吧？"

温郁漂亮的眉眼染上潮意，耳尖上象征渴望的红，他低吟道："不可以。"

"你要赔给我两小时二十八分零十秒。"

他黏人地吮着她肿胀的下唇，嗓音低哑好听，说："我都记着呢，你得还给我。"

林羡清一脸疑惑。

她什么时候欠了他两个多小时？

来不及思考，她就又沦陷。

他们在除夕夜接吻，在除夕夜相拥，这是他们一起度过的第一个年夜，屋檐落雪，唇上落吻，心间落爱。

往后的每过一个除夕，她都会更爱他。

零点时分，林羡清在心里许愿，重复念叨着：

"温郁，邪瘟病疫都不要侵扰你。

"万事万物，都要如你心意。

"我把全部的爱都给你。"

万籁俱寂里，她等待着一朵只为她开的昙花，那是瞬间的永恒。

(4)

新年第一天，林羡清模模糊糊地醒过来，温郁跟八爪鱼一样箍着她，两只胳膊紧紧拥着她，还把脑袋埋在她颈侧，呼吸均匀绵长，热气和微硬的头发都戳着她的脖子。

温郁一贯失眠，头一次睡到这么晚，林羡清也不忍心打扰。

她昨晚还说今天要带温郁去看医生的。

但是大过年的，医生不一定在，估计最早也得等到初十再说。

那看来她最近得看着点。

林羡清还模模糊糊地打算着，身后的人突然动了几下，闷着嗓音叫她的名字。

仿若确认一般。

她转回身子抱住他，说："在呢。"

又在床上待了一会儿，温郁也彻底清醒了，他穿好衣服收拾着地上的狼藉，在林羡清去洗手间洗漱时还皱眉看着床单。

他心里默默嫌弃着，床单怎么变成这样。

明明也没有很过分。

兴许是出自心里的愧疚，温郁很自觉地去厨房，给林羡清煎了几个黑乎乎的鸡蛋。

坐到桌子前的时候，林羡清难得眼角抽搐了几下。

她拿着筷子，半天无法说服自己夹起这个鸡蛋。

温郁坐在对面，轻声叹口气，又转身拿出几个打包盒。

"知道你可能不吃，今早吃外卖吧。"

看着他的眼神，林羡清也有点儿过意不去了，她还是留下了温郁的鸡蛋，跟外卖一起吃掉了。

"看着黑，其实里面没煳，大不了以后我教你。"

温郁盯了她几秒，懒懒地说"好"。

他好像很困，吃完早饭就又回床上睡觉了，睡之前还铺了个新床单才安心躺下。

他明明可以直接回自己房间，却偏要去林羡清房里睡。

这一天林羡清的手机响了个不停，大多是同事发的新年祝福。

她妈妈给她打了电话，说还是想要她回家吃个团圆饭，一家人就缺她一个。

林羡清拿着手机沉默了一下，她看了眼紧闭的房间门，还是叹着气说"好"。

毕竟她也好久没回家了，一家人吃团圆饭就缺她一个，她也会有点儿过意不去。

而且，这次可能是第一次，她能毫无芥蒂地跟父母、哥哥一起吃团圆饭，往年的团圆饭都吃得貌合神离的。

林羡清换上沙发上搭着的棉袄，走之前给温郁发了消息，告诉他自己回家吃顿饭就回来。

到家的时候，徐云然一个人在厨房忙活，家里请的阿姨也回家过年了。

剩下三个人坐在沙发上看电视，现在电视台基本都是新年节目，唱歌、跳舞和小品。

林羡清一边看节目，一边从果盘里抓了把瓜子磕。

家里开着暖气，热得她额头沁汗，林柏树跟看鬼一样看她，问："屋子里这么热，你领口拉那么高干吗？"

林羡清怔了下，默默缩了缩脖子，心想：那是你能看的东西吗？

她扯谎道："感冒了，怕继续着凉。"

林柏树没继续问下去，冷淡地"哦"了声。

厨房里忙活的徐云然叫林柏树去端盘子，她哥懒着调子应了声，终于离开。

林羡清盯着电视屏幕出神。

温郁的事她始终没跟家里人说过，但是现在都到这个地步了，感觉有必要跟家里人坦白。

她不可能偷偷摸摸跟温郁谈恋爱。

徐云然准备的午饭很丰盛，一张桌子都快摆不下了，四个人围坐在圆桌前，各自面前摆放着一副碗筷。

徐云然给她倒上饮料，透明的玻璃杯里满溢着"咕噜噜"的气泡，在冷冽的空气中炸开。

电视机里锣鼓喧天的，不断地从扬声器里传出欢笑声。

饭吃到中途，林羡清碗里都是爸妈给她夹的菜，她低头看着满满当当的碗，突然失了下神。

这是第一个与家人一起过的好年。

她咽下一杯饮料，喉咙里都是炸开的碳酸气泡，舌根都开始发麻。

徐云然突然问："你新家还住得惯吗？要我说，一个人住在那儿还是孤单了些，哪有一家人和和美美地待在一起好。"

林羡清喉咙里哽住，她惊慌垂眼，两只手捧住玻璃杯子，在手里转了几下。

"其实……不是我一个人。"她嗫嚅着。

圆桌上的气氛沉寂下来，三个人的动作都停下来。

徐云然愣了一下，打着哈哈说："我就说你怎么突然换了个那么贵的房子，原来是跟别的女孩儿合租的啊。没事儿，只要两个姑娘家合得来就行，做个伴也——"

林羡清皱了皱眉，有点纠结地打断道："不是合租，也不是跟女孩儿住一起。"

她紧紧抓住杯子，坦白说："我谈恋爱了，房子是他出的钱。"

徐云然手里的筷子一下子掉在桌子上，她缓了好久没说话。

林志斌也放下筷子认真问："现在就开始同居了？你们谈了多久啊就这样？从来没听你说过。"

林羡清也觉得这事儿摊到哪对父母头上都挺令人头疼的，她斟酌了一下措辞。

"你们都认识他啊，温郁家里的情况你们也都知道，他爸抓他抓那么严，他根本就不能自己租房……我们——"

"你说谁？"徐云然嘴唇颤抖了几下，"你在跟温郁谈恋爱？温执的儿子？"

电视机里交杂着各种热闹的声音，房子里只有电视机在发出响动，气氛开始变得剑拔弩张。

林柏树撑住额角，声音很疲惫地说："你还是跟他谈了，明明之前跟你说过不要跟他靠得太近。"

林羡清执拗地问："为什么不可以？我知道他家里——"

"你不知道。"徐云然突然特别生气。

她第一次见徐云然那个表情，如此悲哀，如此害怕。

徐云然看着僵着身子的林羡清，就像看着另一个人。

"你不能去他们家，温家的边你都挨不得。"

圆桌上的菜还冒着热气，热锅里煮着的汤汹涌地冒泡，雾气氤氲在眼前，模糊母女俩的视线。

林羡清直直看着她，问："为什么？他家的水深我知道啊，温执可能不是个好人，但你不能说温郁也一定像他爸一样不是好人。"

林志斌沉默地别开头，徐云然两手撑住太阳穴，垂着头低叹道："妈妈不是说温郁会跟温执一样，只不过我……不想你变成下一个刘婧婧。"

刘婧婧。

这个名字她曾多次听到，温执的妻子，温郁的母亲，结婚后就无人见过她。

"她死了吗？"林羡清问。

徐云然摇摇头，说："我不知道，十多年了，她从来没出来过，不知道她是否还活着。"

林羡清哑然几秒，但是她始终觉得温郁不是温执，她不会落得跟刘婧婧一样的命运。

徐云然两手捂住眼睛，嗓音涩然地说："你说你都了解，那么你应该知道，如果你们在一起，就算你不在乎自己的命运，但是下一代呢？你是在延续下一代的悲剧。"

徐云然在这一刻突然想起了好多好多年前，刘婧婧最后一次来找她。

刘婧婧淡笑着，坐在她对面，本来是个活得潦草的艺术家，却开始穿漂亮的裙子，绾好看的头发，在她面前说温执的事。

"你们的孩子也得是温家人，他得遵守温家传承了几代人的规矩，他要被监视，要被压迫着成为人上人，成年前要被杜绝一切的社交。清清，你告诉我，你希望这样吗？"

屋外的风好吵，风雪交加，林羡清的嗓子像被冬风吹得干裂，碎成一块又一块，发不出声音。

半晌，她才艰难地开口道："这些都是可以改变的，我们都在努力改变这个规则，规则未必是不可打破的。"

徐云然看着她道："温家并不是一个人说了算的，就算温郁取代了温执，他还得受家族的牵制，那群老古董骨子里都是腐朽封建，就算你们慢慢磨，把温家有话语权的人都给磨下去了，那你呢？你已经熬了大半辈子，还能过几天好日子？"

徐云然站起来牵住林羡清的手，眼睛红了，像要落泪，说："可是妈妈不希望你不幸福，你选择别的人，安安稳稳的，一定会比跟温郁在一起要过得舒坦不少。"

三个人的视线都落在林羡清的身上，林羡清感受到妈妈的手在很细微地颤抖，他们都不希望她一脚踏入泥沼。

林柏树淡漠地看着她，也开了口："不管你答不答应，我不喜欢他，就算你执意要跟他在一起，我也不会想见到他。"

他踢开椅子走上楼，背对着她冷淡地道："我不跟小偷在同一个屋檐下相处。"

林柏树像是脾气不好的样子，连关门的声音都很大。

林志斌坐在凳子上叹气，默默呢喃："怎么偏偏是温家……"

徐云然把她的手握到发痛，期待着她能点头，期待她能放弃他。

好像所有人都不喜欢他。

大家都近乎祈祷着，祈祷她放弃温郁。

林羡清张了张口，接着说："妈妈，您能不能，信我们一次？"

她把手从徐云然手里抽出来，然后覆在徐云然手背上反握住，说："温郁可以改变温家的，我相信他，也求求您，相信我。相信规则割不断爱意，相信坚持会有结果，腐朽会败，我们会赢。"

她低下头，头发垂落在徐云然手心。

徐云然看着垂着头的女儿，仿佛看见了多年前，刘婧婧坐在她对面，单手撩了撩黑直的头发，如黛的眉眼浅浅弯着，告诉她说："相信我们吧，温执太孤独了，我要救救他，他会为我打破规则的，我信他。"

徐云然突然很想哭。

温家到底有什么魔力，她最亲近的两个女人都要往里跳。

明明如坠地狱。

"妈妈，我不可以放弃他，至少让我们试试，好吗？"

徐云然迟迟不说话，她眼皮都在颤抖，说："我暂且不以温郁和你哥之间的纠纷来评判他的人品，就凭他姓温，我就很难说服自己接受他。"

林羡清哽着不说话。

徐云然看着僵着脖子的女儿，眼神变得无奈，她做了个深呼吸。

曾经她相信了自己最好的朋友，盼望着好友能有个好结局，可是最终没有。

现在她的女儿也让她相信她。

徐云然抱住林羡清的头，声音近乎叹息："除非他能证明他有多好，他有这个能力为你推翻温家的桎梏。"

她只会信最后一次。

刘婧婧没能冲破的束缚，现在轮到她儿子来尝试了。

因为他是最好的朋友的儿子，是最爱的女儿的恋人，所以徐云然想着，给他一次机会吧。

她从不会一棒子打死所有人。

林羡清闻言微微睁大眼睛，眼睫毛轻颤几下，还有点儿难以置信。

林志斌看了她们一眼，别扭着调子说："如果你们最后还是酿成苦果，我们举着刀也会冲进去把你拉出来的。"

徐云然拍拍她脑袋，让她继续吃饭，但是三个人坐在桌子旁边都没动筷子，看着饭菜一点点儿冷掉，蒸腾的热气消散。

"我虽然没强硬要求你们分手，但是也没允许你们同居。清清，等会儿你把那边的东西收拾一下，我和你爸在楼下接你回家。"徐云然态度很强硬。

"我不限制你们见面，也不做棒打鸳鸯的坏人，只是我需要时间完全接受他。"

"嗯。"林羡清轻声应了，没办法拒绝。

以为是一顿团圆饭，可又因为她的事不欢而散。

林志斌开着车到了公寓楼下，此时家家户户都在吃年饭，远处的爆竹声从未停息，"噼里啪啦"地炸了一半的天。

她推开门的时候，家里是暗的，窗帘到处都拉着，黑漆漆的，一点人情味儿都没有。

林羡清以为温郁还在睡觉，轻手轻脚地进去，一只脚刚踩进客厅，大厅的灯就被摁亮了。

温郁从厨房里出来，看见她的时候眼睛会亮一点儿，没那样灰扑扑的。

温郁掀开桌子上的菜，说："我努力做了几个，还好没糊，怕你不吃，就又点了几家外卖，不过现在开店的人太少了，可能味道没那么好。"

温郁伸了几根手指去试探温度，盘子已经变得冰凉，他蹙起漂亮的眉，说："有点儿凉了，再热一下吧。"

林羡清不知道说什么好，她没提要搬走的事，而是抬眼看了看被拉上的窗帘，轻声问："好黑啊，为什么关着窗帘？"

听到这话，温郁抿住唇角。他眼尾耷拉着，抬手拉开窗帘，透明的玻璃窗上歪歪扭扭地贴了几个"福"字。

"本来是想布置一下，让家里有点儿过年的味道，但是没贴好。"他说着，把盘子往厨房里端，"你先坐会儿吧。"

林羡清站在门口没动，她双手紧紧攥着，用力呼吸了半天，终于憋出几个干涩的字眼："不了，我不吃了。温郁，我得先回家一阵。"

她偏过头，不敢看温郁。

刚转过身的青年背影定格住，单薄的肩胛骨把衣服顶出好看的弧度，黑发温顺地垂落，却莫名让人觉得孤寂。

温郁轻落下眼帘，如黑曜石一般的瞳孔晃动几下。他淡淡出声："你要走了吗？"

林羡清闭眼叹息："暂时的，我跟家里说了我们的事，他们——"

"他们不接受我，对吗？"温郁又问。

明明是个疑问句，被他说出口却像个肯定句一样。

她往侧边走了几步，牵住他的衣角，低声说："不是，他们想着等一切尘埃落定了再谈我们的事，没让我们分手。我们还在一起，可以见面，想念了可以给对方打电话。我妈只是不让我们住在一起，这也可以理解。"

温郁沉默着没说话。时间一分一秒地过去，钟表的秒针一下又一下地颤动，划过了几大格。

温郁安静地说："只要我把我家那边的事解决了就可以吗？"

窗外还响着烟花爆竹炸开的声音，不绝于耳，室内却静悄悄的。

林羡清接过他手里端着的盘子，放在桌子上，正面抱住他僵了好久的身体。

"我们一起解决，不是只有你一个人要面对。"

温郁回抱住她，用好听的声音在她耳边一字一顿地念着她的名字："林羡清。"

"我在，我是真的林羡清。"

"我会尽快处理好，我想娶你回家。"温郁下巴一低，压在她肩头，高挺的鼻梁戳着林羡清颈窝。

林羡清的鼻息都埋没在他怀里，她安心地闭了眼，闷声答"好"。

电话开始响，待在楼下的父母开始催促她。林羡清捏着眉心应和几声，然后开始收拾家里的东西。

温郁最爱穿的那件大衣还放在她房间的椅子上，因为被洗了很多次，开始结球了他也没扔掉。

林羡清把他的大衣拎起来抖灰，一个红色的平安结却猝不及防从他大衣口袋里掉落出来，跌落在地面上。

她低头看着那个登了两千多个台阶才求来的平安结，原来温郁都有好好保存着。

每一样寄托着她祝福的物件，温郁都没有丢掉，都如珍似宝地储存着。

曾经他为自己放弃过很多事，他一个人离开小镇，回到牢笼，只是为了护她周全，护住她的理想，护住她的家。

温郁从来不会让她去付出什么，他总是默默做好一切，好事坏事都不曾开口说过。

她能做些什么呢？林羡清想。

她把平安结塞回温郁的大衣口袋，珍惜地搭在椅背上，拎着自己的行李箱走出房间。

客厅里的窗帘都被温郁拉开了，他一个人沉默地撕扯着窗户上的窗花和"福"字。

有的地方贴得太紧了，温郁心情本就有点糟糕，不耐烦地直接把窗花撕坏了。

行李箱滚轮的声音在客厅响起，温郁的指尖触到冰凉的玻璃，又蜷缩了一下，他默默垂眸，克制住转身的冲动。

滚轮声响了一阵又停下，林羡清捏着行李箱的提手没有继续走。她思考了几秒，撒开手坐在沙发上，叫温郁过来坐。

电话铃声响个不停，林羡清低头看了下，给父母回话说让他们稍等五分钟。

温郁沉默着坐下，屋子里很安静。

林羡清偏头说："有个事儿想问问你，你跟我哥……之前是不是闹过什么误会，今天他知道了我们的事以后，态度很不好。"

她一个人做不到填满温郁的所有生活，如果说她能做到什么事，就是消除大家对他的误会。

林羡清不想让温郁的世界只有她一个人，那样太可怜了。

她爱他，所以希望他的世界丰富多彩，充斥着各种各样的爱，她希望朋友也爱他，父母也爱他，不要只有她一个人爱他。

林羡清等着他回答，耐心地等。

风雪扑腾到窗户上，雪花经久不绝地打在玻璃窗，又无声无息地坠落。天气太冷了，随意呼出一口气都能升腾出白雾。

温郁抿住唇，舒出一口气，热气翻滚上升，掩住他低垂的睫毛。他开口道："之前我和林柏树跟着同一个导师做项目，项目临近结尾的那一阵，温执到了四十五岁，温家开始挑后继者。

"我们家一共三个分支，祖上是温家的三个兄弟一起白手起家的，为了保证竞争的公平，由三个分支后代里最精英的那个来继承事业。

"为了一直继承这份事业、有更多的权力，我家这条分支才会延续一种很极端的培养方式，而那一阵在选后继者，温执为了让我更有竞争力，延续我们家的主导地位，就使了手段。

"他买通了很多人，把一群人的研究报告改成了我一个人的研究成果，最终所有的成就都落到我一个人头上。"

他的话突然断了一下，接着声音变得更加沉闷："但是，团队里的所有人都不再跟我联系，导师从那以后也说不再带我了，温执封了他们的口，这件事被他压下来了。"

林羡清看了他几秒，说："所以后来你过意不去，退学了，离家出走去了你爷爷住的地方？"

"是的。"他说。

温郁略略转过头，看向她，眼神一瞬间变得如释重负，说："也是在那里，我遇见了你。"

心脏颤了一下，林羡清失神地看着他的眼，说："我明白了，我哥那边我去说。"

见气氛有点儿沉闷，林羡清就转了个话题："对了，突然想起来我还没有送过你新年礼物，可以多给我一些时间准备吗？"

温郁像是也没反应过来这话题怎么转得这样快，他沉眸忖度了一下，说："你不是昨晚才送过吗？"

"什么？"

"你把你送给我了。"他似乎一点儿也不觉得羞耻。

林羡清觉得很羞耻，她慌忙眨了几下眼，匆匆忙忙站起来，拉着行李箱往外走："你、那个……我走了，有事打电话。"

温郁坐在沙发上轻笑了下，在门关上的那一刹又收敛了笑意。

茶几上还搁着他的打火机，温郁看了眼窗外。

雪太白了，天太亮了。

他拉上窗帘，室内又恢复黑暗，温郁随手抄起打火机，手指摩挲着打火机下面刻着的数字和字母。

温郁支着下颌沉吟一下，打了个电话出去。

对方好久才接通，温郁身子往后靠了靠，语调缓慢地说："大伯，好像很久没见过了。"

本来不着急的。

但他现在想早点儿进林羡清的家门。

（5）

温家的事得靠温郁处理，林羡清恐怕插不上手。

但是林家这边对温郁的偏见，林羡清可以努力消解。

反正，破除重重关隘，他们终会在一起的。

在林羡清收拾东西回家以后，她找机会跟林柏树说过这件事，她希望她哥能理解温郁。

但印象是刻板的，再加上她只有苍白无力的语言去辩解，林柏树半信半疑，他还是认为林羡清是听了温郁的鬼话而为温郁开解。

林羡清也不知道能拿出什么证据让他相信，她真的不希望温郁没有朋友。

这件事忙得她团团转，工作上的事又压得她喘不过来气。

才大年初四，王可心就急急忙忙给她打了电话，说温家停止对教育中心的投资了，现在工程被耽搁下来，无法继续进行。

林羡清撑着太阳穴，终于还是到了这一步。

温郁离开公司后，掌权人又重新变成了温执，停止投资对他来说只是一句话的事，对林羡清他们而言却是极大的打击。

"换投资方呢？"

王可心也着急得不行，说："不现实，教育中心下面那块土地的所属权在温家公司手里，目前已经建了楼了，如果我们放弃拉拢温家就意味着要放弃这块地，我们之前所有的投入都血本无归。"

她说完又停顿了一下，声音变得有点儿小，说："但是温总的秘书传话说，如果想要他们继续投资，要你去亲自谈。"

林羡清怔了下。

这很难不让人觉得是温执想跟她谈话。

不过谈话的内容很可能不是投资，而是温郁。

温氏集团过年就放了三天假，基本到初五的时候公司里就陆陆续续地来齐了人。

既然是温执要见她，林羡清也只能大过年的去一趟温氏。她进去的时候温执正坐在办公桌后面，他人至中年但气质仍是一丝不苟的，架着的金丝眼镜显得整个人更加斯文。

"温郁还跟你在一起吗？"他抿了口咖啡，开门见山地问。

说实话，林羡清对他的印象不是太好。温执的事迹口口相传，在她听来怎么也不算个好人。于是她的态度也很淡漠，说："我来跟您谈投资的，跟温郁无关吧。"

温执两手交搭在一起，胳膊肘抵在黑木办公桌上，把整齐的西装压出褶子。他冷笑一声，锐利的视线掩藏在镜片后面，说："如果不是凭你跟温郁的关系，我又怎么会让你站在这里跟我谈话？"

他撒开手，身子后仰，语气平直冷淡，说："让温郁撤掉手里的股份回家，你的事业就可以继续，很简单的交易。"

林羡清站在他面前，视线冷静地落在男人身上，说："我做不到。"

"做不到？"他咬着字眼反问，眼眸略微眯起，"他现在只听你的话吧，你怎么会做不到？我没想过要干涉你们两个人的事，不然早在五年前我就找上你了，但我没有那么做，足以见得我的诚意。我只不过想要儿子回家继承我的事业，现在因为你，他反抗了。"

林羡清告诉他："那我很高兴，他早就该反抗了。"

她两手拍在温执面前的桌子上，身子前倾，直视温执的眼神。

正是因为知道温郁过去过得有多苦，正是因为她爱他、感同身受，林羡清才更加讨厌面前这位道貌岸然的人。

"你想让我把温郁送回你家那个监狱一样的地方？想都不要想。我不知道你是出于怎样神经的想法，才要掌控自己的妻子和儿子，我也不想懂你们家奉承的所谓'精英教育'。在我这里，温郁是自由的，他不应该被任何一个人束缚。"

温执周边的气氛开始变得低沉，她看见男人的眸子不善地眯起来。

林羡清用手指点着他的肩膀，说："您和我，都没有这个权利限制他，就算您是他爸爸，我是他女朋友。"

她把带来的文件扔在桌子上，说："谈垮了，撤资吧，我也尊重您的自由选择权。"

她抬步要离开，温执在她身后幽幽出声："你有没有想过，你一个人冲动，你们整个团队都要付出代价。"

林羡清顿住脚步，说："我会承担这份责任，不劳您费心了。"

曾经，温郁可以为了她不计代价地回到牢笼。

现在，她也可以不计代价地做那把钥匙，打开他的笼子，还给他自由。

应该承认，那时候跟温执叫板，的确是因为林羡清心里窝着一口气。

至于怎样承担这份后果，林羡清尚且没有做好全然的打算。

如果舍弃温家的投资，那他们只能重新拉投资，重新开始圈地盘建楼，这意味着之前小半年的努力全部付之东流。

林羡清不知道第几次在工位上叹气，王可心见状，转着椅子滑到她旁边，给她扔了几个面包。

"看你坐一天了，吃点儿东西吧。"

吴涛也靠过来，安慰着说："温家那边攻不破就算了吧，大不了我们一起重新再干一遍，就当历练了。"

林羡清真心觉得很对不起大家，因为她是为了自己的私人恩怨而耽误了这么多人的工作。

她扯开面包袋子，低着头给大家道歉。

"没事儿。"王可心拍拍她的肩膀，"这项目本来有一大半都是你做的，我们没出多少力，不用跟我们道歉了。"

林羡清勉强笑了下。

项目的重启也举步维艰，有没有新的投资还不好说，跟温执闹掰的话，就意味着市内所有繁华地域他们都买不到，因为温家会出手阻挠，他们不松手的话，林羡清这边就毫无办法。

她每天晚上都在想这个事，有时候想着想着就趴在桌子上睡着了，夜里却突然察觉到手机的振动，温郁给她打了电话。

冬天的夜冷得刺骨，林羡清模模糊糊醒来，抬手掩上未闭的窗户，接通了电话。

那头的人呼出一口气，声音轻缓地说："今天的月亮好圆。"

林羡清听完这句话还觉得茫然，她撩开厚重的窗帘，外面黑沉沉一片，只有漫天飘散下来的飞雪，连颗星星都见不着，更别提满月了。

她视线下落，看见了街道对面的路灯下长身玉立的青年，乌黑的发上落了满头的雪，像精致易碎的瓷娃娃。

林羡清讶异了一瞬，说："你怎么这个时候来了？连伞都不打。"

她握着手机跑下去，连外套都来不及披。

手机里，温郁还在轻声回她的话："突然很想你，很想见你。"

实际上他刚从大伯那边回来，大伯对于他们家垄断公司主导权这件事颇为介怀，连带着对温郁也没什么好气。

两人僵持不下的时候，他就单手搭在沙发扶手上，另一只手有一搭没一搭地挑弄打火机的盖子，漆黑的睫毛低垂，掩住骇人的淡漠眼神，只是唇边带了几分笑意，说道："我知道大伯对我家霸占公司这件事不满很久了，现在温家所有地产企业的控制权都在我父亲手里，只要您愿意帮我上位，我可以把几家分公司的支配权交给您，我不过问。"

沙发对面的中年男人嘴里还叼着烟，他沉默良久不开口。温郁抬指把烟灰缸推到他面前，嗓音懒淡地问："您难道没有想过，自己做老板吗？"

大伯把烟捻灭在烟灰缸里，沉吟道："但是祖上定的规则就是这样。"

"那就从我这一代开始，废了所有的规则。"温郁两腿交叠在一起，身子往后靠在沙发上，坐姿懒散。

大伯看了他一眼，嗤笑一声说："不愧是温执的儿子，跟他一个样。"

坐姿、口气、处理问题的方式，都跟温执一模一样。

温郁眸色沉了沉。

说到底，他处理问题的思想受教于温执，一遇到生意上的事情，便习惯性用他教的东西来思考和解决。所以经常会有人说，他一到生意场上就仿佛变了一个人，变得跟温执一样。

"帮，还是不帮，您自己拿定主意。"

温郁看了眼手表，已经很晚了，他说完就抬步出了门，坐进车里后靠在驾驶位的椅背上沉默了好久。

他看着玻璃窗上投映出自己的模样，越看越觉得跟温执相像，越看心情越糟糕。

他怕自己像温执一样，更怕林羡清最后的下场会跟他母亲一样。

温郁告诉自己，他不会是温执，林羡清也不会是刘婧婧。

等他回过神来的时候，车已经开到了林羡清家楼下，电话打了出去。他抬眼看着夜空，压了压嗓子，在电话接通的那一瞬间说了句无厘头的话。

现在，林羡清淋着风雪跑到他眼前，穿得单薄，脸颊被冻得发红，还不断喘着热气。

"你跑那么快干吗？"他问。

林羡清反应了一会儿，她不好意思说她也着急见他，于是只是别扭着回答："天太冷了，跑跑更暖和。"

温郁拉开车门让她进去，车里开了暖气，比外面暖和。

林羡清很自觉地系好安全带，偏头问他："你要带我去哪里玩吗？"

这话把温郁给问倒了，他也就是一时冲动，想来见见她而已。

温郁歪头看了她一眼，看见她的眼神后，抿抿唇后说："嗯，去公园吧。"

最近过年，很多人在公园放灯，即使在夜里也有挺多人留在那儿，时不时会有大爷夜里在公园拉二胡。

在小镇的时候，他们一起去过西郊的公园，但那个公园跟市里的完全不能比，市里的明显更繁华，再加上刚过完年，年味儿还没散，公园里从早到晚都有人。

林羡清现在对放灯已经有了经验，她把包装撕开，下意识地想找旁边的大叔借打火机，却突然听到"叮"的一声，温郁已把灯点燃了。

"我都忘了你有打火机。"

温郁低着眸子，纤长的眼睫毛下是孔明灯映上的灯火，昏黄明亮，在他眼里像是倒映了一片星河。

"就是为了这种时候准备的。"他轻声答，抬手把孔明灯送上天空。

他对打火机并没有什么兴趣，这个是温执送他的生日礼物，本来没想要，却又想起有个姑娘点灯总是没有打火机，于是就收下了。

他一直带着这个打火机，就是想着，有一天林羡清想许愿了，他随时都能点个灯或是点个蜡烛，让她的愿望有个寄托。

林羡清一直愣着，温郁瞥了她一眼，问她："不许愿吗？灯要飞走了。"

她仰头，灯光把黑夜烧开一个又一个洞。林羡清牵住他的手指，看着从温郁手心飞出去的那盏孔明灯，声音很轻地说："算了，我每年都许同一个愿望，神明都听烦了。"

"你许了什么？兴许我可以帮你实现。"

林羡清转了转眼睛，笑吟吟地瞧他，说："我跟神明说，要温郁一辈子都平安喜乐。"她捏捏他的手指，"帮我实现吗？"

温郁冷白的皮肤在灯火的照耀下显得透明，他轻浅地眨了眨眼睛，平静地说着情话："你就是我的平安喜乐。"

林羡清摸摸自己的耳朵，生硬地转了话题："对了，你打火机下面刻的什么？"

温郁觑她一眼，拉着她的手摸打火机下面的刻痕。

——20160722 LXQ&WY

是他们第一次见面的日子。

从那一天开始，命运的脚步开始往前走，时光有了痕迹，生命的齿轮咬合在一起。

林羡清很破坏气氛地打出一个喷嚏。

出来的时候穿得少，到现在才觉得外面居然这样冷。

林羡清抽了抽鼻子，温郁把自己的大衣给她披上，说："今天就这样吧，我送你回家。"

转身的瞬间，二人跟陈少彦打了个照面。

陈少彦手里还拎着孔明灯，视线直直落在林羡清身上，又在她肩头的衣服上停留几秒。

"过年好。"他对二人说。

林羡清想回一句什么，却被温郁抢先，说："谢谢。"

陈少彦是跟庄羽一起来的，庄羽没几秒就跟了上来，抬眼打量了他们一下。

这个女人气质变得温顺了些许，笑着对他们说："是你们啊，好久不见，也一直来不及感谢。以前我的确很极端，谢谢你们点醒了我。"

林羡清连忙摆手，说自己没做什么。

庄羽笑着扫了他们一眼，温郁的手还极有存在感地压在她肩头。

"看来我儿子跟你有缘无分，我还挺中意你做我儿媳妇的。"

陈少彦立马扯了扯她的衣服，急急叫道："妈！"

这场面有点儿尴尬，林羡清眨眨眼，迟钝地"啊"了一声，然后打出一个喷嚏。

温郁替她理好衣服，拆着庄羽的句子回复："确实是有缘无分。我妈也挺喜欢她的。天太冷了，我们就先回去了。"

林羡清还有点儿没玩够，本来还想坚持一下，温郁却把她推进了车里。

她笑问："你吃醋？"

温郁毫不掩饰，沉着眸子低低"嗯"了一声。

林羡清仰了下脑袋，在他下巴上落下一吻。

"我还跟神明许过一个愿望。"

温郁慢慢垂下漂亮的眸，喉结上下滚动一下，嗓音含混，问："什么？"

她还坐在车里，温郁刚替她拉开车门，就站在她面前。

林羡清两只手绕上他的脖子，带着他俯身，轻柔地蹭吻着他的唇。

"我说，我们要永远在一起，谁也不背叛，谁也不放弃。"

温郁愣着不动，林羡清就着急了，她捏捏温郁的后脖颈，很小声地催道："你张嘴啊。"

有的爱，显露在眼睛里，溢出于唇齿间。

温郁顺从地松开牙关，失神地想，他的爱在嘴上，在唇齿间，在他每一次看向她的眼神里，在他残缺刻薄的命运里。

林羡清笨拙地亲吻他，舌头钻进温热的口腔，温郁轻缓地闭眼，躬身为她挡去车外的风雪。

——听见了吗？我在说好喜欢你。

这一晚上，手机被搁置在一旁冷落了好久，期间一直振动不止，二人都毫无察觉。

（6）

等到林羡清重新拿起手机的时候，气息仍旧不是很稳。

一共十多个未接来电，都是爷爷打来的。

按理说他这么晚应该早就睡了的，爷爷从不会晚于八点睡觉。

温郁进了驾驶位，把车发动，雪早就停了，车轮在地面的余雪上轧出道道车辙印。

林羡清低头回拨过去，接电话的却是个女人。

"您好，我是第一医院的护士，您是林子祥的家属吗？他目前状况不太好，但是一直没人来照顾，所以想问问你们家属那边是……"

林羡清的手抖了一下，她张了张嘴，干巴巴地问："我是他孙女，请问他怎么了？"

"骨癌，已经晚期了，你们……到现在都不知道？"

手机一瞬间掉落在地上，林羡清鼻头涌上酸涩，这种感觉冲入眼眶，她两眼倏然间变红。

温郁把车停在路边，等着她打完电话，不插话。

她哆哆嗦嗦地把电话捡起来，冲对面说了句："我立马赶过去。"

林羡清挂了电话开始订车票，好在还剩下最后一班车，她让温郁快点儿开车去车站，然后又憋着泪意给父母打电话："刚刚医院给我打电话，说爷爷他癌症晚期了，我今晚不回家了，回去一趟。"

徐云然那边刚睡下，闻言立马穿着衣服说他们也一起去。

"你们现在去肯定来不及的，今晚好好睡一觉，明早去吧。我快到车站了，我今天先去看看爷爷。"

说到最后，林羡清忍不住哽咽，发不出声音。

她急急挂掉电话，温郁停在一个红绿灯路口，扯过几张纸，倾身过来擦去她掉下的眼泪。

"我跟你一起去。"

她情绪有点儿崩溃，一路碎碎念："他以前就老说骨头疼，我以为是人老了骨头脆，前几年摔了一跤就摔折了，今年才刚过年啊……"

她以前说希望林老爷子活到两百岁不要死，这还没活到一半呢，怎么就这样了。

"而且他还憋着不说，得病了怎么能一个人待在医院呢？没人照顾怎么行呢？他又抠，肯定舍不得请护工，那他怎么办呢？"她一边哽咽着念叨，一边断断续续地掉眼泪。

两个人两手空空，就那样上了高铁，因为时间太晚，高铁上没什么人。

林羡清看着窗外飞驰而过的楼房与荒野，祈祷着高铁跑得快一点，再快一点。

温郁坐在她旁边，抬手抚上她眼睛，微凉的温度缓和了她哭得灼热的眼睛。

"还得一个多小时才到，你先睡会儿。"

他低头看着林羡清，低声哄着人，掌心又涌上一片灼热。

温郁轻缓地眨了眨眼，语调放得很轻，像摇篮曲："他是个很好的老师。我在他手底下学珠算的时候，他看起来很严厉，不苟言笑地板着一张脸。我一开始很怕他，他就默不作声地往我桌子上丢糖果，说要害我，把我的牙都吃坏，来惩罚我算盘打得不快。"

温郁难得笑了下，说："可是他知道，我家里管得严，在遇上他之前，我都没尝过糖是什么味道。"

林羡清抽了抽鼻子，脑袋往侧边歪了一下，虚虚靠在他肩头，哑着声音问："那之后呢？"

温郁低头沉吟几秒，他偏头看了看窗外一晃而过的荒野，冬雪覆上枯木，电线杆上少有鸟鹊停栖。

说话间吐出阵阵热气，温郁平静叙述："珠算是我爷爷带我到林老爷子那儿学的，后来我跳级上大学，老师知道我去报了计算机，就不喜欢我了，他大概觉得我背叛了他。"

林羡清闷着笑了下，她闭上眼，最后一滴泪从眼角滑落，说："这确实像他会做的事。"

她靠在温郁肩头，哭累了，就握着他的手浅眠。

梦里有一辆破旧的自行车，那也是爷爷的古董宝贝，只不过那个后轮老是掉。有时候爷爷接她放学回家，她坐在后座舔着冰棍，后轮突然歪了出去，她从自行车上跌倒，冰棍碎了一地。

林羡清哭，傍晚的热风吹开她不对称的双马尾，白汗衫老头儿就用花布帕子给她擦眼泪，哄她说再买一根，然后跑到河岸下面去捞那个滚出去的自行车后轮。

半夜里，还能听到老头儿搬着跛腿的小板凳，在后院里修自行车的声音。

爷爷的东西都是旧的，偶尔林羡清用攒起来的零花钱给他买个东西，老人也舍不得用，都用花布包着，锁在抽屉里。

那个破了洞的蒲扇应该是奶奶去世前买给他的生日礼物，爷爷用了大半辈子都不舍得扔，那时候老屋子里还没安空调，林羡清睡午觉睡得满头大汗，爷爷就坐在边上，一边打哈欠一边给她扇风。

蒲扇漏风，根本扇不起来，老头儿困得要死，还怕自己的孙女睡不好午觉。

小时候的蒲扇风吹了十六年，吹过一个又一个四季，吹过最单纯的快乐。

她成绩不好，经常拿着刚及格的试卷回家给他签字，老头儿从来不骂她，眯缝着眼睛板正地写下"林子祥"三个字。

他从不会觉得林羡清很丢人，总是一边嘴硬一边对她好。

林羡清睡着睡着，像是睡回了五年前的夏天。

原来那时，就是最好的日子，谁都没有走，大家都能陪着她，她仿佛有过不完的盛夏，有无数个值得期待的明天。

高铁到了目的地，车厢内响起提示到站的声音，林羡清睁开眼睛，发觉自己眼角又有湿意。

温郁用指腹蹭过她眼角，说："下车吧，去医院。"

林羡清坐起来，立马飞奔下车，在马路上急急忙忙拦下一辆出租车。

小镇夜里还欢腾着，因为没有市里管得那样严，街道旁边还有不少鞭炮碎片，红的鞭炮与白的雪掺杂在一起。

出租车停在医院门口，林羡清拉开门冲下去，一边大喘气一边撑在前台问着病房号。

病房门关着，他甚至舍不得花钱住个单人间，屋里都是跟他一样孤独待在医院的老人。

两人站在门口，护士说林老爷子好不容易才睡着，刚刚因为疼，叫唤了一阵，打了针以后就睡了。

林羡清想给他换个好点儿的病房，温郁就出钱让医院里调剂。

温郁去交钱的时候，林羡清守在门口，她看见林老爷子旁边那个床的老人翻身下来，慢吞吞戴上老花镜，摁亮了手机。

好像是发现没有消息，老人叹息一声，又躺回床上。

她看得沉默，心里酸起来。

本来跟林老爷子说好了过年来看他，结果她忙忘了，违了约，让老人在病房里过了个孤独的年。

林羡清去问爷爷的情况，医生说本来给他准备了剔骨手术，把骨头上的肿瘤剔出来，结果林老爷子不同意。

林老爷子跟医生说，不要给他家里人打电话，人的一生也就这样了，他活了七十多年，活够了，不想浪费钱。

看着他的小鸟都飞出去了，他是开心的。

林羡清跟医生说手术一定要做，温郁捏着她发潮的掌心，说手术费他会出，让林羡清不要担心。

"我在他手底下学珠算，他没找我要过一分钱学费，现在该我报答他了。"

两人办完所有的手续，在外面睡了一晚，林羡清突然很没安全感，蜷成一团缩在温郁怀里。

温郁半合着眸子低低看她，抬指从她耳郭滑到她后脑，理好她散落的头发。

他轻吻着她泛红的眼皮，安抚道："都会没事的，你这么好，想要的都会得到。"

林羡清默默抱紧他。

林志斌他们第二天一早就到了，买了一大堆东西往病房里塞，几个人一起搭把手，把林老爷子转移到了单间。

林老爷子瘦了不少，只剩个骨头架子，一贯硬朗的脸颊也凹了下去，他吐着气音："谁叫你们来的啊，我好得很。"

林羡清一把掖住他的被子，哭着说："好个鬼。"

林老爷子躺在病床上，他吃不下饭，只能挂点儿白蛋白维系生命。

老人的视线扫过围住病房的一圈人，松弛的眼皮挤出几滴泪，小声说："哎哟，搞这么煽情。"

他自从上次摔了以后记性就变差了，看见温郁还不记得两人曾经闹过矛盾，还虚虚抬手叫他过去。

徐云然虽说心里还有点儿不愿意，但这个时候也不好说什么，就任温郁上前去。

林老爷子把手虚虚搭在他手上，细细瞧了他一眼，用有气无力的声音叹道："哦，是温郁啊。"

"老师知道，你是好小孩儿。"他很努力地笑了下，"你只是不好热闹。你很好，很优秀，老师特别喜欢你。"

他意识有些不清醒，瞥见床头柜上的果篮里有糖，就抬手指了下。

林羡清明白他的意思，拿了几颗糖给他。

老人把糖塞进温郁的手心，说："继续加油。"

温郁捏了捏手心的糖，抬眼看着阔别已久的老师，紧抿着唇角。

他很难有情绪的起伏，他觉得世界也就这样，除了林羡清之外的人他都毫不在乎。

他以前认为，自己可以没有朋友，没有父母，哪怕与其他任何人毫无瓜葛都没关系，只要有林羡清陪他就可以了，其他的他都不在意，他可以为林羡清奉献一切。

可是林羡清说，他不能这样，他要有自己的生活，不能只把她当成世界中心。

这一刻，温郁看着掌心那几颗糖，第一次因为其他人而觉得难过。

从来没有人告诉过他："你是好小孩儿。"

"老师……"

他叫了一声，但是贫瘠的词汇又让他不知道如何继续。

温郁向来话少，只是低头把糖果的包装袋捏得发响。

"您会痊愈的。"他艰涩道。

林老爷子动了动手指，示意林羡清把第二个抽屉给拉开。

林羡清顺他的意，在抽屉里只躺了一个用花布包住的铁盒子，盒子周围都生锈了，花布太小了包不住，露出几个生了锈的盒子角。

这个铁盒子林老爷子用了好多年，有什么贵重的东西都往里搁。

老人掀了掀眼皮，说话只剩气音："这盒子里……是我所有的积蓄，你都拿去，拿去……做珠算。"

林羡清掀开铁盒子盖，里面有林羡清给他买的手机，和很多现金。

她又忍不住哭，眼泪滴落在一沓皱巴巴的钞票上。

林羡清走到他床头，握住他的手，说："您会好的，到时候您拿着这些钱，去我们教育中心，继续当老师，好吗？"

她说的话林老爷子不知道听进去没，老人只是一边哭，一边念叨着："老祖宗的东西……不能丢。我们林家，祖上……就是管账的。"

一室沉默。

一贯不允许林羡清学珠算的林志斌，此时也背过身子去默默擦眼泪，他蹲在林老爷子跟前，用纸巾给他擦眼泪，说："爸，放心，林家还有我，我会帮着清清的。老祖宗的手艺，不会失传。"

林老爷子朝他笑笑，又因为体力不支，睡着了。

手术约在周四，在手术开始前，徐云然他们回了趟家，说要把冬衣都运过来，在这边住一阵，好照顾人。

林羡清和温郁收拾了林老爷子住的房子，看样子林老爷子已经好久没回过家了，家里的老家具上都落了一层灰。

林羡清一边清理空调的出风口，一边晃了神。

这空调是为她买的，自从她离开以后，林老爷子估计就没开过。

温郁从她旁边经过，轻轻勾了勾她的手指，仰头跟她说："擦干净了就下来吧，站在凳子上太危险了。"

晚上两个人搬着凳子坐在后院里喝粥，像以前她和林老爷子一样。

后院的草许久没清理，长得又长又扎人，草尖从雪堆里冒头出来，泛着点点绿意。

碗里的粥渐渐被喝空，碗身在冷空气里渐渐变得冰凉，林羡清呼出一口热气，直直看着院子里的树。

她这阵子总是发呆，温郁也不打扰她，只是安静地陪在她身边，把自己当作她的安慰，让她累了有个肩膀可以靠。

林羡清靠在他肩膀上闭眼，声音因为长时间不开口而变得沙哑："说好有时间带你去看医生的，明天林柏树去病房值班，我俩去找医生吧。"

温郁身子僵了一瞬，他失措地耷拉了眼睫毛，声音很淡很缓慢地说："不急。"

林羡清哽咽了一下，她掀开眼皮，看见了他紧绷的下颌线，下意识地咬住的下唇。

温郁咬得很用力，隐隐又有要咬破的趋势。

林羡清眉头一皱，抬手摸上他的下唇，在雪天冻了许久的手指倏然间覆上灼热的唇。

"松开，你不能再咬嘴了。"

温郁侧眸轻缓地盯住她，随即松了劲儿，垂着眼乖乖答"嗯"。

院子里进风，他额前散落的发丝被风撩起，长睫毛在冷冽的空气里抖了几下。

林羡清看了他一会儿，说："我希望你健健康康的，明天我跟你一起去，我陪着你，好吗？"

温郁捏了捏她的手指，感受着掌心传来的温度，最后还是应下。

许是因为经历了太多事，林羡清这一刻有些感慨："我之前其实把你的情况跟医生介绍过了，医生说让我陪你来小镇多玩玩，你在这里好像会觉得开心一点儿，我多陪着你做一些快乐的事。"

她的话卡了下壳，又染上泣音，哽咽着说："等爷爷好了，我们就在小镇里转几圈，我知道可多好玩的地方了，我们可以一起走个遍。"

"都会好起来的。"她抽了抽鼻子，"大家都会幸福的。"

那几天林羡清夜里总是睡不好，她总会想起以前的事，半夜里哭着醒过来，发现床边没有人。

徐云然回家的那几天，温郁还能来陪陪她。林羡清夜里一睁眼就能看见温郁正侧躺在她眼前，明明眼皮还在动，却非要装出一副睡熟了的样子来让她安心。

可是徐云然回了小镇以后，就把温郁赶回了自己家里，不让他跟林羡清住一个屋。

于是次次午夜醒来，都没人陪她了，她一睁眼就是空荡荡的房间，屋子的书柜里都摆放着爷爷的证书，总看得她想哭。

跟温郁一起去见医生那天，林羡清把温郁的事解释给妈妈听，徐云然看着她欲言又止，林羡清知道她还是对温郁有顾忌，就解释说："温家那边的事他在解决了，爷爷也很喜欢他。妈妈，这些天他也一直为爷爷忙前忙后，没少守夜，爷爷所有的手术费也是他包揽的，您还不放心他吗？"

徐云然看着她，叹了口气，说："早点儿回来。"

林羡清松了口气，又听见妈妈说："晚上……带温郁回来吃饭吧。"

她眼神颤动几下，难以置信地发声："您是……"

徐云然也不好多说，匆匆把她推出门，说："我还没说什么呢……看他表现。"

林羡清走出巷子，温郁的车还停在巷口，他见林羡清来了就亮了车灯，雨刷器扫开一小片雪，露出他精致的眉眼。

林羡清小跑着进去，边系安全带边打量着他。

温郁两手搭在方向盘上，见林羡清一直盯着他不放，就偏头回视她，视线有点儿茫然。

"怎么？"

林羡清扬了下唇角，说："待会儿见完医生，你回去好好换身衣服。"

温郁继续看着她，半挑着眉梢。

"我妈让你今晚去我家吃饭。"

温郁修长的手指一僵，指尖轻缓落下，搭在方向盘边缘，眼神闪动几下，迟疑地问："他们……同意了？"

林羡清扣上安全带，温软笑了下，说："我妈说看你表现，今晚记得说点儿好听的话。"

这对温郁来说可比跟人谈生意难多了。

林羡清约的医生是小镇里最有名的了，但是这边的人不太重视心理问题，于是这个诊所也开得破败。

两人穿过窄窄的楼道上去，林羡清试探性地敲门，里面传来一道温文尔雅的嗓音："进来。"

林羡清最后抱了温郁一下，踮脚蹭上他颈侧，在他耳边鼓励着："不用顾忌什么，我们都会帮你，我在外面等你出来。"

温郁盯了她几秒，略微颔首，低低回应道："我会好的。"

他要治好病，成为一个正常人，再和林羡清在一起。

室内通风良好，采光也不错，医生的办公桌背对着窗户，抬眼还能看见屋外的老树。

温郁略一掩眸，规整地坐在桌前的椅子上，一板一眼地回答着医生的问题，他有问有答，没什么欺瞒。

实际上之前他也看过不少医生，只不过臆想症还是越来越严重，最后还是得靠药物治疗。但可能是因为近些天事情多了起来，他时常两头奔波，导致这段时间已经很少看见小霹雳了。

陈述完所有事情以后，温郁淡然坐直身子，气质高贵的男人神态从容，不像别的病人一样急急忙忙地担心自己是不是精神病。

他不太在乎自己是不是精神病，就算真的治不好，装成正常人也没什么，只要林羡清不因此离开他，他怎么样都好。

这种淡然的态度让医生微微讶异，他笑了下，说："你之前也看过挺多心理医生，我就不班门弄斧了。

"我这里呢，不会给你开药，因为听你的叙述，你最近的情况有好转，那么往这条路上继续走就行了。"

医生顺手撕了个笑脸贴纸贴在温郁的手套上，温郁低眸看着黑色手套上的滑稽笑脸。

"很抱歉没能给你提供什么帮助，但是我觉得能带你走出困境的人不是我，是你自己和你的爱人。祝你开心。"他说。

温郁走出屋子的时候，林羡清正坐在外面冷得直跺脚。她把围巾系紧，两只手揣进袖子里揣着，听见开门声就抬眼靠过来，眼里带了光。

"怎么这么快就出来了？"

温郁沉默着摸了摸手套上的贴纸，略一思忖，从腕骨处把手套卷起来，挨个扯出自己的手指。狰狞的伤口暴露在微冷的空气中，偌大一个疤痕，在精致漂亮的皮肤上有种破碎之感。

林羡清微微睁大眼看着他，迟疑地问："你干吗？"

温郁抬起漆黑的睫，视线毫不避讳地对上她的。

他轻微弯起眸子，声音很平静，像涓涓的细流，说："没什么好藏的了。"

越藏就越压抑，以至于每次想起来的时候，都像是心上碎了一块。倒不如大大方方把伤口露给世界看，看看他的伤，能有多惊心动魄。

他低头，如玉般漂亮盈透的皮肤终于染上点人的活气，说："我把所有的自己都给你看，医生说，你可以救我。"

所有的他，美丽的，丑陋的。他把全部的善都给了林羡清，恶都自己埋藏起来。

他的睫毛抖动几下，牙齿咬住下唇，随即想起什么又松开。

林羡清轻抚过他腕骨上的伤，轻叹着气道："早就约好了，我做你的钥匙，不用怕我不接受这些。没人会讨厌你的伤，我爱你，我只会心疼你。"

她拉着他的手下楼，边走边问："医生有说我该为你做些什么吗？"

温郁看着两人交握的手指，心绪缓缓收拢，轻声应道："你待在我身边就行。"

只要看见她，他就心情大好，别的什么都看不见了。

两人下楼坐进车里，温郁得回家换件衣服，林羡清就待在车里等他。

她待得无聊，只能刷刷手机，却发现猝不及防弹进来一条消息，是不常联系的祝元宵。

自从她走了以后，两人有事没事能聊上两嘴，但是因为生活差距渐渐变大，待的圈子也不太一样了，就只剩下节日祝福。

这次倒是稀奇，祝元宵没有给她发表情包，而是发了文字："你回来了？"

林羡清愣了下。

林羡清说："你怎么知道？"

祝元宵说："因为我在你车屁股后面。"

她拉开车窗探头出去，果真在车尾看见了提着大塑料袋的祝元宵，徐寒健还跟他一起。

好久没见了，算着日子他也该高中毕业了，身子拔高了不少，穿着肥嘟嘟的蓬松棉袄，下巴上还留着小胡子。

就是因为那簇小胡子，她差点儿没把人认出来。

相比之下，徐寒健就端正多了，笑吟吟地跟她摆手。

因为离得近，林羡清很清楚地听见他一面笑着，一面问："她是谁？你们认识？"

林羡清内心腹诽：还是熟悉的味道，笑面虎一个。

祝元宵看见她也瞪大了眼睛，他是出来买东西的，倒是没想到会在这儿碰见回乡的林羡清。

他一个箭步冲过来，围住车窗，冲着她左瞧右瞧，狐疑地问："你怎么变了这么多，以前傻大缺一个，现在看着……怪温柔的，让人好不适应啊。"

林羡清颇为嫌弃地看看他下巴上的小胡子，心想她也挺不适应的。

"你怎么留起了胡子？"

祝元宵埋怨地看了她一眼，咕哝道："行了，相信你是林羡清了，还是熟悉的味道。"

徐寒健这才跟过来，却站得离祝元宵三步远，他淡然道："哦，林羡清啊。刚刚看见温郁从车上下来了，你俩一起过来的？"

林羡清冲他点了几下头。

这时候温郁恰恰好换好衣服从屋里出来，就看见两个人围着车。他瞥了眼祝元宵，蹙眉对林羡清问："你朋友？"

祝元宵无语。

徐寒健仍旧一副笑脸，默默又往旁边挪了几步。

祝元宵揪住他，怒问："你干吗？"

徐寒健笑得没了眼睛，说："我不跟大胡子一起玩。早就说让你把胡子剃了，跟你一起出街怪丢人的。"

祝元宵瞪他，徐寒健不为所动，冲温郁招了招手，叫一声："哟，师兄。"

这个称呼真是好久没听过了。

温郁愣神几秒，才略一颔首，轻声答了个"嗯"。

祝元宵先是笑嘻嘻地叫他"温大神"，然后立马扒着车窗小声跟林羡清告状："我跟你说哦，你走的前一天晚上，大神他偷偷亲你，我都看见了。"

说完，他就咂舌道："啧啧啧，现在你俩这样……是成了？"

林羡清哭笑不得地说："是成了。"

这话应得祝元宵又开始变得苦大仇深，说："没想到我的两个朋友都凑一起过日子了，我怎么还没找到女朋友？"

徐寒健扯着他的领子把人扯离窗口，说："刚成年呢你，先把你的胡子剃了再想这事儿吧，就你这胡子，得吓退一大堆姑娘。"

祝元宵皱眉摸着自己心爱的小胡须，真诚地发问："看上去没有男人味儿吗？"

徐寒健懒得搭理祝元宵，说："没看出来。"

他两手揣进棉袄兜里，轻抬下巴，说："行了，你们有事儿就去吧，叙旧也叙得差不多了，有时间再约。"

祝元宵这才回过神来，大声嚷嚷道："有空找我啊，我请你俩吃饭！"

温郁拉开车门进去，徐寒健眼尖地看见他手上未加遮掩的疤痕，还怔了几秒。

以前他总是喜欢穿袖子又大又长的卫衣，即使在热得冒汗的夏季也没换过，就是为了遮住伤口。现在是大雪纷飞的冷冬，他反而不顾忌了。

徐寒健盯着那辆喷着尾气驶离的车，低低感叹道："走出来了啊……"

他是眼睁睁看见过的，在那个寂静无人的午后，空荡昏黄的教室里，他毫无情绪地拿起刀片，破口时眼底灰暗漆黑。

现在终于见证温郁开始面对自己了，徐寒健居然会觉得有一丝痛快。

他曾经，是真的把温郁当作指路明灯，事事都追随着温郁的脚步，想着自己终有一天要赢过温郁。

那天，温郁来找他，因为他跟林羡清泄露了信息，两人互殴。

徐寒健没想到少年一身单薄骨头，出手那么狠，他疼得靠在墙边不敢动。

完事儿后，温郁敛着冷眸舔了舔唇角的伤，从贩卖机里买了两瓶冰可乐，扔给他一瓶。

徐寒健疼得直抽气，问："至于这么生气吗？怕她知道？"

那时温郁只是没什么情绪地看了他一眼，警告他道："不该说的别说，有些事她不需要知道，对她没什么好处。"

"那对你呢？让她心疼你，你的目的不就达到了吗？"

温郁扯着唇角冷笑，嗓音低下来，说："她好过一点儿就行了，我不需要什么好处。而且，至少现在，我跟她没可能。"

曾经说着"没可能"的人，现在最终也得偿所愿了。

徐寒健这个人很欣赏温郁，想和温郁做朋友来着，但是他也察觉出来了，直到现在温郁都不把他们当朋友，就好像在温郁的世界里没有"朋友"的概念。

目前为止，只有林羡清走进了他的世界，灰暗的大门只对她一个人敞开。

祝元宵看不见徐寒健一通乱七八糟的心理活动，他只看见徐寒健一个人待在雪地里出了好久的神。

他问："什么走出来了？你神神道道的，冻傻了吧。"

徐寒健无语地凝视他几秒，转身就走，说："东西也陪你买完了，各回各家吧。你别跟着我，别人会以为我也不是什么好人。"

祝元宵一脸疑惑。

厚厚的雪地上留下一连串脚印，混杂着车轮印子。

林羡窝在副驾驶，车里的暖气对着她脖子吹，暖乎乎的。她想起来祝元宵的告状，眼角微微弯起，象征性咳嗽几声。

车恰好停在她家门口，温郁把车熄火，歪头看过来，问："感冒了？"

林羡清发觉这人很不解风情。

"刚刚祝元宵说，我走的前一天晚上，你偷亲我。"

温郁毫不掩饰地说："啊，是啊。"

林羡清正襟危坐，侧过身子认真盯住他漂亮的眉眼。

她笑得有些得意，说："不用偷亲，我现在允许你光明正大地亲我，我们是正规的男女朋友。"

温郁好笑地看着她，唇角微弯，语调拐着弯地勾人，说："这样啊。"

他倾身过来，鼻尖离她一个呼吸的距离，睫毛在闪动的时候会扫在她皮肤上，痒痒的。

温郁很恶劣地停住，眼睛弯着，很蛊惑人。

"那吃过今晚这顿饭，我是不是能有个更正规的身份了？"

林羡清看着他，沉默一会儿，紧接着垂下眼帘，有所顾忌地说："等爷爷好起来再说吧，万一……"

她停住不说，抿了抿唇。

万一林老爷子手术不成功，也不适合谈婚论嫁得太快。

温郁指尖微动，淡声说"好"。

冬日的雪覆盖在门口的台阶上，林羡清领着温郁进去，温郁拎着大包小包的礼品，毕恭毕敬地交给徐云然。

徐云然还围着围裙，客客气气地道谢。

她给林志斌递了个眼神，后者连忙打着哈哈迎上来，说："来就来，带这么贵重的东西干吗。"

他指了指桌上的空位，说："随便坐，自家做的菜，也不知道你喜欢吃什么。"

温郁极为礼貌地冲他问好，轻抿嘴角，露出一个克制的笑容，坐在林羡清旁边。

他的右边是林柏树。

林柏树两手抱臂，跟个大爷似的大大咧咧敞着两条长腿，鼻间冷哼一声，默默把位置拉远。

林羡清瞧了她哥一眼，瞪他。

林柏树不为所动，毫不掩饰自己对温郁的讨厌。

桌上还煮着热锅，"咕噜噜"冒泡，香菇和菜叶都浮上来，冷冽的空气融化在扑鼻的暖香味中。

林羡清给温郁夹菜，怕他介意，就小声凑过去解释道："别理他，他脾气就这样。"

温郁指间夹着筷子，略微停滞了一下，他温声开口道："毕竟跟他闹过矛盾，这样正常，我没怪他。"

林羡清从温郁的话里咂摸出什么意味，她轻拍两下温郁的手背，认真地告诉他道："那也不能怪你自己，那事儿本来就不是你的意愿啊，我就是怕你把什么错事都往自己身上揽。"

这样就画地为牢了，他一辈子都走不出来。

两人一直偷偷摸摸讲话，徐云然跟林志斌两个人坐在对面看着，无奈地叹了口气。

以前她就爱偷偷摸摸跟温郁讲小话，还被刘老师点过很多次名。

林羡清觉得这确实是有原因的，无论她说多么无聊的事，温郁都会回应她。虽然有时候回话字数少，但是也没什么敷衍的意味，总是能从他的话里读出"你继续说，我有在认真听"的意思。

其实她家里平常不喝酒，林志斌经常外出应酬，把胃都喝伤了，后来也渐渐地不怎么喝酒了。但今天不知道是怎么回事，兴许是林志斌觉得男人之间吃饭喝点儿小酒才能叫待客，就很难得地开了瓶茅台，给温郁倒了一杯。

喝酒的杯子都是那种很小尺寸的，一口就能喝完。

林志斌边给温郁满上，边教他怎么品酒。他说："我跟你说，喝这种酒，就得一口闷进嘴里，然后在嘴里含几秒，舌头泡在酒香味儿里，然后再咽下去，那才得劲。"

他朝温郁举了杯子，说："其实你小时候我见过你，但是时隔这么多年了，这算是正经意义上的第一次正式见面，敬你一杯。"

林羡清看见温郁端了酒杯，她一下子抓住温郁的袖子，用眼神询问他。

她尚且记得上次他在莫斯科，没喝多少就醉了。

虽然温郁喝醉了也不出格，顶多是看起来傻了点儿，但林羡清多少有点儿担心。

温郁回了她一个眼神，漂亮的眸子慢慢弯了下。

他腾出一只手来蹭了蹭她的手心，随后还是陪林志斌把酒喝完了。

屋外下了大雪，洁白的冰雪覆盖石板路，树叶支撑不住雪花的重量，簌簌落下一摊积雪。

屋子里热气腾腾的，几个人吃饱喝足，开始饭后闲聊。

林志斌双颊喝得通红，徐云然没好气地盯着他，小声骂他不知节制，上次把自己喝进医院了，现在还敢碰酒。

林志斌许是有些醉了，大笑着说："这不是女婿在这儿嘛，小饮一杯有何妨？"

他笑呵呵冲温郁招手，低叹道："等老爹出院了，一家人团团圆圆的，到时候再请小婿你来做客啊。"

徐云然猛地拍了他一下，小声道："什么女婿！少说些有的没的。"

温郁略一点头，面不改色地回复："一定一定。"

林志斌醉得开始说胡话了，又唱戏又大笑。

徐云然觉得实在是丢脸，就匆匆让林羡清送温郁出门。

林羡清套了棉衣，温郁却坐在原地没动，他见徐云然一个人扶着林志斌回屋有点吃力，就走过去想帮一把。

徐云然看了温郁一眼，还没来得及说话，林柏树就把温郁挤开，扶着林志斌的胳膊皱眉说："怎么醉成这样。"

温郁乖乖待在一边，低了头。

徐云然又看了温郁几秒，跟他说："这边没事儿了，你跟清清一起出去逛逛吧。记得早点儿回来，明天还得去医院。"

话音刚落，林羡清在门口叫他的名字。

温郁懒声应了下，然后立马转身，步子迈得很快，直直往林羡清身边走去。

林羡清畏首畏尾地关上家里的大门，转身对温郁左看右看，狐疑地问："你醉了吗？"

"没有。"他平静地说。

她发觉自己不该问这句话，哪有喝醉的人承认自己醉了的。

老屋外是一条长长的老巷，巷子里前几年安了新路灯，灯火通明的，连屋檐上的砖瓦都能细细数清。

温郁看着远方挂雪的屋檐，慢吞吞地眨了几下眼睛，从兜里掏出手机开始拍照。

林羡清凑到他旁边说："想不到你还有这种兴致。"

她刚说完，温郁低头在屏幕上点了几下，她的手机就立马响了一下。

她低头一看，是曾经总给她发英文短信的那个号码，几秒前给她发了彩信，是温郁刚刚拍下的覆雪老屋。

这次温郁写的是中文："下雪了，想你，祝你快乐。"

林羡清的指尖停留在那张图片上久久没移开，画面里路灯的光亮映着他的身影，在屋子上投出一道影子。

"是你啊……"她呢喃着。

温郁把手机放回口袋，他神态自若地走过来，头一低，压在林羡清头顶，然后抬手紧紧抱着她。

雪花落了他一身，温郁抬指掸去林羡清头发上沾的雪，嗓音低低地说："我醉了，送我回家吧。"

林羡清闷着声音应答："你刚刚还说你没醉。"

"骗你了。"他直白道。

"你还有别的事骗我了吗？"

"之前骗过你很多，撒过很多乱七八糟的谎，后来就没有了。"

温郁低眸看着她的头发，无比眷恋地挑起一缕，像小孩子玩玩具一样往自己手指上缠。

他视线下移，微微松开些许，颇为固执地说："如果我亲亲你，能原谅我吗？"

他仿佛对这件事非常念念不忘，上次林羡清拒绝了他，这次他又旧事重提。

林羡清微微抬眼，"嗯"了一声。

温郁的眉眼变得柔和，他唇角扬了下，轻抬起她的下巴，无比虔诚地印下一枚热吻。

牙齿相撞，林羡清往后躲了一下。

温郁起开少许，突然漫不经心地说："岳父说，品酒，要先在唇齿间转一圈，让舌头都浸透酒味。"

她不解，一边喘气，一边抬头问："所以？"

温郁笑，精致好看的眼睛弯成一片月牙。

"你还没被浸透。"

说得这么委婉，意思就是他没亲够。

林羡清见他又要蹭上来，抬手捂上他下巴，反问了一句："我看你挺会的啊，那上次你……"她猝不及防卡壳了一下，又接住话头，"你说你不会，让我教你，也是骗人的吧？"

他睫毛上下交合几下，低低"嗯"了一声，然后说："是骗人了。因为你很可爱啊。"

温郁一副很无辜的样子，说出的话却越来越难听，他说："当时你很着急的样子，一边脸红，一边教我怎么做。"他乖乖地笑，瓷白的脸颊连一点儿羞耻的神态都没有，"看了就让人想欺负。"

林羡清一把捂住他的嘴。

这人一喝醉就跟打开了什么乱七八糟的开关一样，什么话都开始往外蹦。

"你……回你家去！"

她连忙拉着他的胳膊把人送到路边，拦了一辆车就把他塞进去。

温郁拉下车窗，盯着她沉默了一会儿，闷闷地说："你这么不想见到我啊。"

林羡清哽了一下，说："酒醒了再来跟我说话！"

他无奈，尾音拉得极长，有种恋恋不舍的意味，说："好吧。"

出租车开始往前驶动，温郁走马观花一样看着街道，好多都是他和林羡清去过的地方。

他轻一合眼，心里默念着，就快了。

温家就快到他手里了，届时所有问题都会解决的。

他和林羡清，会有未来。

这个想法持续到车停在家门口，温郁走到大门前，抬手摸上已经被撬坏的锁。

大门被破开过。

他略一沉吟，推开门走进院子，院子里倒是没什么异样，但正屋里却是一片狼藉，东西扔了一地，能砸的几乎都被砸了个干净，碎玻璃和碎瓷片都躺在地板上，柜子东翻西倒，电器上被砸出一个又一个深坑。

这不是入室盗窃了，明显能看出来是蓄意破坏。

能找到这个地方，做出这种事的人，想来也没有别人。

温郁的手机开始持续振动，来电号码指向那个他一辈子也不想再见到的人。

"回家。"温执言简意赅。

温郁扫了眼满地的碎片，回道："那里不是我的家。"

电话那边只有静静的呼吸声，随即传来温执的一声嗤笑，说："你自以为是的那些小手段，我都清楚，你难不成真以为你大伯会站在你那边？你能给他的，我都能给他，他凭什么要帮你？现在你大伯还不是慌慌忙忙找我通风报信。"

温郁轻皱起眉，不是说没想到大伯会答应自己，而是没想到他反水这么快，立马把这事跟温执说了。

"给你三天时间回家，十五号中午十二点，我要在门口见到你。不然，她的事业包括她父母的公司，我全都能毁掉。我能用这威胁你一次，就能有第二次，你没能力反抗我。"

电话被挂断，温郁默默攥紧手机，沉默着陷入黑暗。

只有向温执委曲求全才能保住林羡清吗……

温郁咬了下牙齿，腮帮子略微鼓起，他把大衣随手扔在沙发上，踩着一地碎玻璃，站定在那张凉席前面。

他想起五年前，林羡清躺在他腿上看漫画，在厨房煮粥，蹲在门外偷偷给他塞平安结。

想起她告诉自己说，她的快乐太多了，要分给他一些。

"我不要。"

他突然在黑夜里呢喃出声。

他不要走，不要再回到温执身边做提线木偶。

一定有别的办法，可以两全。

温郁扶住额角，精致的眉心皱起来，在垂眼的一瞬间，他又看到了墙角的墙灰。

大脑尚且被酒精麻痹住，神智变得混沌，他慢慢抬起眼睫毛，转过身子对向墙角。

耳边仿若还有爪子摩擦墙面的声音，他沉默着，看见一只橘猫后脚掌触地，两只爪子不停扒着墙，抠下一簇簇墙灰。

小霹雳的尾巴前后扫荡着，毛发在熹微的月光下发亮，蓬蓬的像棉花糖。

橘猫缩了缩脖子，转头朝向他，胡须在月色下浮动。它"喵呜"叫了两声，摇着步子朝他走来。

温郁呼吸急促了几秒，他开始往后退。

小霹雳却一直朝他走来，还歪着脑袋叫，像是在问为什么丢下它。

温郁退无可退，鞋底又踩上一地的玻璃和瓷片，他被倒地的柜子绊住，跌了一下，尖锐的玻璃渣捅进他的手心，渗了血。

疼痛让人回神，温郁轻轻眨了几下眼，视线恢复清明。

小霹雳从他眼前消失，只剩一地沉默的月色，泛着凉意的月光滑过他眼底。

他瘫坐在原地微微喘了几口气，然后爬起来，拉开柜子的抽屉，从里面掏出几个药瓶。药物被倒在手心，雪白的药丸掺了血，被他一口咽下。

他神色颓靡，用力把药丸咬碎，心里有个念头疯狂叫嚣着。

他不要得这样的病，他要好起来，变成正常人，才配得上林羡清。

温郁在那片废墟中坐了一夜，一如之前的无数黑夜，他沉默地等待天明，手掌的细碎伤口慢慢凝血，鲜红黏腻的血液慢慢干掉，变得发黑。

坏事总是接踵而至，来的时候连门都不敲。

直到黎明的第一声鸡鸣刺穿黑夜，温郁才缓缓站起身，他随意踢开脚下的药瓶，走到洗手间冲掉手上的血渍，用凉水冲脸。额前的黑发被沾湿，不停往下滴水，挂水的黑睫毛颤颤巍巍地低垂下来。

不管用什么办法，他必须赢。

Chapter 08
共赴迦南

/ 从此以后，死亡和爱，都只与他有关 /

（1）

林老爷子的手术定在今天，进手术室之前，病房里突然来了一大群人，都是林羡清未曾见过的新面孔。

他们大多是跟林老爷子岁数相仿的老人，有几个还是专程坐着轮椅赶来的。

林羡清有点儿蒙。

温郁捏了下她的手，靠过来说话时声音很哑，显得很疲惫，说："他们是老师的好友，多年前一起在珠算协会任职，我把老师的事告诉了他们。见到以前的好友，老师的心情可能会好点儿。"

林羡清看着他，点了点头，又握住他温度很凉的手，说："你声音怎么听起来这么累？"

刚说完，她又摸到温郁掌心几道凸起的结痂，不免皱眉，强行翻过他的手掌。

"这怎么回事？你——"

温郁叹着气闭了闭眼，说："不是，昨晚喝醉了，回家不小心撞碎了杯子，摔了一跤，不是故意弄伤自己的。"

林羡清低头，心疼地咕哝："小心点儿啊，一会儿没看住你就多了一堆伤，看来以后我得往自己身上贴个强力胶，黏你身上才好。"

温郁依恋地往她身上靠了靠，笑着说："好啊，黏着我吧。"

病床上的林老爷子有了点儿力气，跟一群老朋友一起聊了会儿天。

医生进病房以后，林羡清轻轻拍了下他手背，说："你快去找医生处理一下吧，爷爷要进手术室了，我就不陪你去了，你待会儿来找我。"

温郁瞧了她好几眼，最后也没说什么。

林老爷子在一群人的注目下被推进手术室，在进门的前几秒，老人皱巴巴的眼角弯了起来，滑过一滴泪。

　　"谢谢你们。"他哑着说。

　　谢谢，在他垂垂老矣的时候，还念着他、陪着他。

　　他这一生，活到现在，七十来年，早早地送走了老伴，又注视着自己巢里的小鸟背对着自己一只只飞远，却在自己将死之际，得到这么多人的垂怜，也不枉此生了。

　　林老爷子用有些干瘪的手指很费力地蹭了蹭林羡清的手背，他到现在还念着那件事，嘱咐林羡清道："记得我交代你的，珠算……"

　　林羡清眼眶红起来，眼里隐隐有了湿意，说："我记着呢，等您手术成功了，自己拿您铁盒子里的钱来投资。您要是没好好地活下来，我就偷偷拿那些钱去买冰棍吃。"

　　林老爷子一边笑一边哭，念叨道："你啊，你啊。"

　　手术室的门被关上，一群人围在门外，林羡清一转身，就碰到上完药回来的温郁。

　　他张开两臂，林羡清鼻头一酸，朝他跑过去，把头埋在他胸口哭出声来。

　　温郁手上有药水，他不敢摸林羡清的头发，只好用下巴蹭了蹭她，低低出声安慰。

　　几个人坐在门外的长椅上，神色一个比一个凝重。

　　其间温郁的手机一直在响，林羡清问："你不看一下消息吗？可能真的有很重要的事找你。"

　　"不了，等老师出来了我再处理，现在先陪你。"

　　手术室门上的灯熄灭了，几个人"唰"地从椅子上站起来，静候着医生出声。

　　医生松了口气，说："手术挺成功。只不过老人身子骨弱，腿骨又做了手术，以后可能腿脚很不便，尽量别让他下地了。"

　　林志斌连连弓腰感谢，一家子人都松了一口气。

　　好歹命保住了，腿脚不便可以休养，大不了用轮椅推着林老爷子到处逛，总比失去要好得多。

　　林老爷子转到普通病房后，麻药劲儿还没过，人还睡着。

　　林羡清跟着大家一起把林老爷子抬上医院的病床，转头却发现温郁已经不见了，只给她发了个短信，说他有事要先回去处理。

　　那几天林羡清一直守在林老爷子床边照顾，老人醒了以后状态好了不少，也很少因疼痛而彻夜难眠了，甚至到了夜里还会响起雷鸣般的呼噜声。

　　李欣怡和祝元宵、徐寒健他们都来看过林老爷子，林老爷子对李欣怡很是亲近，说看见她跟看见了小时候的林羡清一样。

　　老爷子身体好转了一些后就又捣鼓起算盘了，还手把手教李欣怡怎么打，但是老人记性不好，今天教完的东西第二天就忘记自己教过了，然后又重新教一遍。

　　后来林志斌坚持要把林老爷子接回家住，尽管老人百般推辞，最后还是被扛上了车。

徐云然替他捂好腿上的褥子，说："您就安心住着吧，您一个人在老屋子里多不方便啊，尤其现在腿脚不便，总得有个人推着吧。"

林老爷子也就此作罢。

旷工多日后，林羡清终于重新上班了，她过去的时候工位上简直一团乱，各种白花花的文件散落一地。

电话响了好几下，王可心焦头烂额地从一堆纸张里扒出自己的手机，接通电话。

"不能再帮我们争取一下吗？

"价钱好商量，就是这块儿地我们真的很需要。

"喂，再谈谈啊……"

王可心咕哝了一句"什么人啊这是"，然后灰头土脸地挂了电话。

林羡清见到这种状况还有点不知所措，问："怎么了这是？"

王可心很凝重地看了她一眼，说："我们所有的路都被温家阻断了，他铁了心要让我们无路可逃。没有一家公司愿意投资，所有的地产商全部都说不能卖给我们，包括一些现有的楼房我们也盘不到。"

王可心抓了抓头发，小声骂道："这是要逼死我们啊。"

林羡清的神色也凝重起来，有些内疚地说："是我的原因，温执上次找我谈条件我没同意，所以才把大家逼到这个地步。"

她攥着手，指甲戳入手心，泛起密密麻麻的疼痛感。

"我惹的麻烦，我会想办法解决的。"

她刚坐回工位上，准备跟几个之前很支持她的老板打电话。

王可心凑了过来，神态不太自然，支支吾吾地说："倒也不用那么责怪自己，前几天小温总来过……就是温郁，他说，他会帮我们。"

林羡清怔了一下。

可是温郁，已经好几天没联系过她了。

没有电话，没有短信。

她之前给他拨过几个电话，也都没通，她当时觉得是温郁在忙。

林羡清缓了会儿神，拿起手机又给温郁打过去。

可还是没人接。

从医院回市里的那天，没下雪。

温郁手掌上的药水已经干掉了，凝在掌心很难受，他毫无知觉地用纸巾擦掉，然后把纸巾团成一团随手扔掉。

路面都是未化的雪，他沉默着，开车到了大伯家。

大伯开门时，温郁拉下车窗，单手扶在窗沿，苍白的指尖叩了叩。他偏头轻笑了一声，笑意不达眼底，说："又见面了。"

大门口被温郁的车堵住，大伯双眼眯了下，丝毫没有请他进去做客的念头，只是冷声说："你不用来磨我，我不会背叛你父亲的。"

"磨你？"温郁弯着眼冷嗤，伸出车窗外的那只手懒洋洋地往前招了下，从车里下来几个提着公文包的人。

那些人递给大伯一个文件，是他的房产备案。

"很不好意思，您住的这处地界本来是温氏地产的，不久前温郁先生已经全部买下，现在是他的私人房产，不为公司所有了。所以您看……"

大伯皱着眉一目十行地扫过文件，温郁居然在几年前就把这处房产买下来了，看样子是早有打算。

他咬咬牙道："你这手段使得倒是早得很。"

温郁表情懒倦，他靠在车椅背上。冬天天色昏暗，车里尤甚，他的大半张脸都隐匿在阴影里，只露出线条流畅的下颌。

"本来不想用这个逼您的，但是您自己做出了选择，也只能请您搬走。"

大伯胸膛剧烈起伏几下，他把文件一把拍在那些人的胸口，吹胡子瞪眼地嚷："搬走就搬走！了不起我还有公司的持股权，又不会饿死自己！"

温郁抬了眼，嗓音幽幽地说："对了，您妻子最近好像跟您闹了矛盾，带着孩子跑了？"

大伯怒冲冲的脚步突然顿住，他倏然间回头，咬牙切齿地问："是你带走了他们？"

温郁漫不经心地拆开一袋牛肉干，他一边无聊地嚼着，一边道："那您可真是冤枉我了。她说她恨死你了，永远也不想见到你。我说我能帮她躲着您，她就自己带着孩子跑过来了。"

青年温润地笑着，一张漂亮而具有蛊惑性的脸上露出一种堪称天真的笑意，说："放心，她一点儿事都没有，我会给她提供律师，打官司跟您离婚。我还会千挑万选，给您的儿子找个……不喝酒打人的继父。"

他的尾调拖得很长，说到最后，又缓缓"啊"了一声，掏出手机放了个视频。

大伯听到视频里的声音后脸色一僵，他冲过来想抢。温郁一勾手指，车窗关上，他只能在外面拍玻璃。

"哪儿来的？她给你的？"

温郁冷眼侧睨着他，又拆了包牛肉干，说："要想人不知，除非己莫为。您把自己的妻子儿子打成那样，就该想到会有这一天。"

本来他无心掺和这堆烂摊子，温郁自知情感淡漠，对除林羡清以外的任何人、任何事，都丝毫没有兴趣。

大伯家的事，跟他有什么关系？

他只在意林羡清。

温柔、纯良、乖巧，他所有良好的、能拿得出手的品质，都尽数给了林羡清。

温郁坐在车里岿然不动，车窗外的人开始还怒吼着拍车窗，后来也没了力气。

他听到大伯磨着牙齿念叨："可是我不能背叛他啊……"

温郁转头看了眼抓耳挠腮的人，有点好奇地问："您为什么那么忠心于我父亲？谁都知道他不是什么好人。"

大伯很挣扎，犹犹豫豫地开口道："看来你父亲确实把你保护得很好，你对温家了解得还不全面。只有他帮过我，在我因为竞争失败要被赶出温家的时候，只有他留住我。我本来是应该净身出户的，是温执他分给我持股权，我才能光鲜地活到现在。"

温郁冷淡地瞥着大伯，会对自己的妻儿大打出手，但人倒是挺义气。

他不想知道这些事，只是淡然反问："所以呢，您现在考虑好了没？要自己的家庭、名声，还是要兄弟？"

这一刻，温郁觉得自己无比像温执，像温执五年前问趴在院子里护猫的他，是要这只猫，还是要那两条巷子、那些珠算班。

大伯垂下头，嗓音怆然地说："股份转让协议，给我。"

温郁对车外的人示意，他们从公文包里拿了文件和笔。

大伯弓着腰抵在车窗上签字，冷嗤一声，挖苦道："你那么讨厌自己的父亲，却好像也没比他好到哪里去，明知道我会家暴，却还是以此做条件，把人送回我身边。"

温郁目视前方。

"那些跟我有什么关系，那是你的家事。"想了想，他眼睫颤动一下，"而且，如果你做得过火，是瞒不住的。我只把人还给你、把我手机里你家暴的视频删掉，却没说不让她跟你离婚。她自己还有视频，你有把柄在她手里，自己做错了事还不改，总会有人来收你。只不过，收你的人不是我。"

说实话，温郁最开始不打算用这种不光彩的手段，威胁性太强，跟他在林羡清面前的性子相去甚远，他还是挺怕暴露的。

但是没办法，既然到了这个地步，他不择手段，也一定要赢。

文件到手的一瞬间，温郁扯了扯文件。大伯低眼看着他，突然说了一句无厘头的话："你是赢不过他的，你还是没他心狠。"

温郁皱了眉，从侧边突然伸出一双手，用布帕捂住他口鼻。他坐在车里，空间逼仄，施不开拳脚，只能蹭动几下，把车门全部锁上。

昏厥的前一秒，他看见自己的车被人团团围住，温执从侧边走出来。

男人的声音变得极弱，语气平淡地说："说了让你回家，怎么不听呢？"

（2）

温郁一连失联了三天，林羡清给他打了无数个电话，通通没人接。

她在家里着急得不行，最后还是一咬牙把这件事跟徐云然说了。徐云然在一群阔太太里人缘较好，多找几个人打听一下，说不准可以问出来什么。

徐云然扶住脑袋，说："要不然……报警吧。"

林志斌还有些顾忌，说："可不可能只是他手机摔坏了，是真的失踪了吗？"

林羡清捏了捏眉心，嗓音因情绪激动而变得有些高："就算手机摔坏了，他这么久也该买到新手机了。温郁不可能这么久都不联系我，我问了那么多人，甚至没有人见过他。"

"可是那孩子本来就一直独来独往的，除了你，他还跟谁有过往来？怎么可能会有别人知道他的行踪。"

林羡清被林志斌的话噎住，只能一声声叹气。

她甚至去问了祝元宵，结果他们都说从上次以后就没见过温郁了。

手机响动一下，林羡清立马打开，却是祝元宵发来的消息："你先别急，我和徐寒健今天正好要来市里玩儿，我们跟你一起去找，大神总不至于人间蒸发。"

林羡清把手机扔到桌上，她沉吟几秒，又把手机捞起来，说："不行，还是得报警，无论如何得先把人找到。"

电话刚拨出去，徐云然披着皮草从外面回来，她脸色很不好看，沉重得能滴出墨来。

对面的女警"喂"了一声，林羡清看了眼徐云然。

徐云然怔了下，小声说："你先跟警察说明情况。"

报备完所有事情以后，警方说会立案调查。

林羡清挂了电话，抬眼看着徐云然，问："有人知道吗？"

徐云然两手交错着捏了捏，她抿了抿唇，说："我跟温家老大的妻子还算有些交情，她说在自己因家暴逃出来时，温郁救济过她，但是她没过几天就被带回了家，温家老大亲自去接的人。"

她说着，停顿了下才继续道："他喝醉了以后没把住嘴，多少跟他妻子说了点儿。温郁前几天去找他大伯，说股份转让的事，后来好像被温执强行带走了，连车都拉到空地给凿了。"

林羡清双手握着拳头，指甲嵌进掌心的软肉里。

她缓了几口气，说："这件事先跟警方说。"

她正要打电话，林志斌有所顾忌地摁住她的手，说："清清啊，不是我不想管这件事，只不过这个浑水，我们不一定有那个能力蹚。"

林志斌皱眉别过脸去，说："爸爸一直没跟你说过，从你跟温郁在一起以后，我的公司就频频受到打压，现在日流水已经跌成负增长了。这个世界用钱能买到很多东西，万一你急忙跑去报信，温执把苗头对准了你怎么办？那个时候我不一定能护住你的。"

林羡清怔愣着看他，涩然开口道："所以呢？您让我看着温郁被关在家里，但是不去管吗？"

林志斌急了，说话语气变冲，他说："你也知道他是在家里啊，父亲跟儿子的事，最后很可能会被处理成家庭纠纷，进行民事调解，你觉得有用吗？"

头顶的大吊灯开始慢慢晃动起来，灯光变得摇摇晃晃不稳当，晃进林羡清眼睛里，照出她发红的眼眶。

她这几夜从未入过眠，整宿整宿地担心，睡不着觉，眼里慢慢爬了红血丝。

嗓子因许久不进水而变得干涩，她把手从父亲手下抽出来，艰难开口道："我答应过他，这一辈子，我绝不会放弃他。"

林羡清穿上外套，一边掉眼泪一边说："你们不管他，那就我管他。我就算拿把刀冲进温家，砍开锁着他的那扇门，也会把他从那里拉出来。"

说到最后，她弯下腰，朝桌子边上的父母鞠了一躬。

"对不起，如果你们担心惹祸上身，就跟别人说，我不是你们的女儿。"

徐云然也开始哭，她急忙跑过来要拉住她，嘴里低低叫着她的名字："清清啊……"

"别拦她！"话语被人打断。

林老爷子自己推着轮椅从屋子里出来，表情是一贯的严肃古板，老人说话声音洪亮："你只管去，我给你挡着他俩，你去把我的好学生找回来。你要是回不来，我老爷子拼了一把老骨头也会去救你，他俩不支持你算了，爷爷会永远支持你。"

林羡清一边抹眼泪，一边哑声说"好"。

她转头出门，门内父母唉声叹气："爸！您记性不好，您不知道温家——"

"我是什么都不知道，我老糊涂了，我只知道清清是我爱的好孙女，温郁是我爱的好学生，我该疼爱他们，支持他们。相信他们的决定，这才是爱。"

林志斌跟徐云然身子一僵，在原地垂了头。

林老爷子一骂起人来就拿出了当年教学生的势头："这不让做那不让做，珠算不让学，喜欢的人不让追，你们算什么好父母！林志斌，我小时候有限制过你发展什么爱好吗？就算你要下海经商，我不是也相信了你，让你放手去做吗？你现在，又凭什么一边说爱你的孩子，一边推翻她做的一切决定？"

老人推着轮椅堵在门口，正襟危坐，说："今天我就守在这里，你们谁都不许出去拦她。"

——小鸟，爷爷看着你飞。

林羡清先把这件事告诉了警方，警方告诉她说会第一时间派人过去。

她刚冲出大门，脚下的雪濡湿了她的棉鞋，冰冷黏滑的感觉从脚尖传至四肢百骸，连带着头脑也冷静下来，心凉下半截。

林羡清突然发觉，自己刚刚那么义正词严，到了现在却还是孤身一人，恐怕连温家大门都进不去。

她拿什么拯救温郁？

地上都是将化未化的积雪，道路两旁有商户已经开张了，支起了摊子，用铲子清扫着路面的积雪，铲雪声一道又一道地转悠在林羡清耳边。

她跑得急，大喘着气，胸腔里的心脏快要跳出来，身体却越跑越慢。

她应该到哪里去？

她要如何救出温郁？

是不是应该，等警察的消息？

林羡清的步子慢下来，她站定在某家商户门口，卷帘门刚被拉起，露出大门上贴的窗花和"福"字。

耳畔突然有一瞬间的失声，她什么也听不清，种种画面走马灯一样在她眼前晃过，那些见面的、未见面的日子，都承载着无数的思念。

她感受到口袋里手机的振动，林羡清无知无觉地接起来。

"喂。"

祝元宵的声音像过年的爆竹，"噼里啪啦"地把她的思绪拉回来，她说："喂！你在哪儿呢？我们已经到火车站了，温郁还没有消息吗？"

林羡清木然地眨了几下眼，听着对方拍胸脯安慰她道："既然都是朋友，我们一起找到他。"

"朋友……"她低低重复了一句。

眼泪一下子从眼眶涌出来，她哽咽着哭道："应该在他家里，他被他爸关在家里了。"

祝元宵那边咕哝着："那就是没有生命危险，虽然我不清楚他家的情况，但是应该不用太过着急。"

他嚷嚷了两句，被徐寒健接过电话："我们先见面商量，你一个人着急也没用。跟警方接洽好以后，先看警察那边的情况，他们总是更权威的。"

三个人约在一家餐厅，开了包厢，餐厅里开着暖气，让林羡清冰冷的手脚稍稍回了点儿温。

她用手撑着头，跟二人解释道："他爸性格很偏激，从小就限制了温郁的社交，我害怕温郁这次也……"

祝元宵赶了一路车，口渴得很，猛灌了一杯水，把杯子拍在桌板上，怒骂："什么人啊这是！疯子！"

徐寒健觑了祝元宵一眼，祝元宵默默噤了声，尴尬地转了调子，说："我是说他爸啊，温大神人挺好的，没遗传到他爸的恶臭品格。"

徐寒健两手交叠在桌板上，说："警察还没消息吗？"

林羡清双手撑住脸，苦闷地叹着气，说："刚刚给我打过电话，听他的意思是觉得这就是父亲跟儿子吵架闹矛盾，说要派社区调解员去查看情况。"

"他们不知道他以前的事吗？"祝元宵皱起眉问道。

林羡清疲惫地摇摇头，她想起林志斌跟她说的话，突然就能理解了。

气氛沉寂下来。

现在最棘手的是，警方那边没有出手硬闯的打算。像是游戏卡了关，无数计划在脑海中滚过一遍，一次又一次被推翻。

要怎么进入温家，找到温郁，并把他带出来？

他们甚至没有一个可以通信的方式。

桌上点的饭菜渐渐冷掉，林羡清像温郁一样，心烦的时候就开始咬下唇，直至口中尝到铁锈味，她才惊觉她学会了温郁不好的习惯。

搁在桌子上的手机不知道是今天第几次开始响，对于三人来说却无异于希望的曙光。

林羡清看了一眼，皱眉说："是陌生号码。"

祝元宵用一种侥幸的心态说："说不准是大神自己跑出来了，借手机给你打电话呢？"

林羡清微微闭上眼又睁开，摁了接通。

"喂？"她出了个声。

对面的两人憋住气凝视她，林羡清等着电话那头的回答。

"您好，是林小姐吗？第一次联系您，我姓蔡，叫我蔡叔就行。"

（3）

第一次醒来是在夜晚，睁眼时是满目的黑色，密不透风的昏暗铺天盖地地笼罩他。

他知道自己早已经适应了黑暗，并且在这种环境下找到了久违的安全感。

像是被训练出来的一样，在童年的封闭房间里，在紧锁的房门与窗户围困的小小房间里，他度过了十几年，于是他逼迫自己爱上黑暗。

因为生命需要有个寄托，不然人难以活下去。

温郁抬着胳膊覆在双眼上，他无知无觉，复而睡去，光阴没有了计量单位，也许他将在这个小房间里死去，如自己的母亲一样，终身不得自由。

第二次醒来是在白天，窗户被锁死了，只有外面的光能从玻璃里透进来，丝丝缕缕，排成一行行蚕丝般的线，投射在地板上。

温郁从床上翻下身，用手去摸，光便投在他手上。

耳边经久不绝地有猫叫声，有挠墙灰的声音，小霹雳踩着光线从书桌上跳下来，窝进他怀里。

可是他手边没有药了，他无法停止这种幻觉。

小霹雳开始变得抽象，身子膨大起来，在他眼前成了一个少女，举着漫画书躺在他膝盖上，偶尔嘬着嘴咕哝漫画里的剧情。

"林羡清"甩开漫画书，抬眼看着他笑，问："温郁，你在干吗呀？"

温郁有些无措地低眼，眼前的一切无比真实，他甚至还能嗅到院子里的花香，能听见门帘上挂着的风铃被风一下下叩击的声音。

"林羡清"从他身上起来，慢慢靠近他，双手捧着他的脸颊，秀眉微蹙，低低抱怨：

"怎么瘦了？"

温郁连眼都不敢眨，他好听的嗓音此时哑得厉害，像是咽过最粗粝的砂石。

"林羡清。"

"我在。"

"你是真的吗？"

"是真的。""林羡清"用额头抵着他的额头，灵动的睫毛扇了几下，一汪水一样的眸子望着他笑，"我是真的林羡清。"

温郁喉头艰涩地滚动一下，他轻轻闭上眼，贪恋这一点旖旎的气氛。

你是假的。他在心里默念。

假的也好，幻想的也没关系。

只要能陪他一辈子，怎么都好。

他近乎放弃地抬手，想拥抱这一抹缥缈，却又被吵醒。

紧缩的门被拉开一条缝隙，送饭的阿姨把饭送进来，又拿走了昨天未动一毫的饭菜。

阿姨端着餐盘怔然，低叹着说："小温总，吃一些吧，别把身体搞坏了，等您父亲消了气，您总能出去的。"

温郁不说话，他低眼看见从门缝里透进来的光，略微转了头，眸子无波无澜，语气平静地说："她走了。"

"谁？"阿姨颤颤巍巍地问了一句。

她看了坐在地上的青年一眼，迟疑着问："您怎么哭了？"

哭了吗？

温郁毫无知觉，他不说话，像是灵魂都被抽丝剥茧，成了个没有骨头的棉絮娃娃。

阿姨把门关上。

温执把房间里收得空荡荡的，甚至连送饭的碗都是塑料的。

他想起刘婧婧小时候对他说过的话。

——"我很爱你的父亲。"

温郁又躺回床上，看着空白的天花板，思绪了无边际。

听说人死前最后消失的是听觉，那么在他死前，还能听到林羡清叫他的名字吗？

他不怕死，只是有点不甘心。

他承诺过要解决温家的事，要娶林羡清回家，他费尽心思在她父母面前献殷勤，好不容易讨得欢心了。

人生以后总该好过一些了吧，他这么想着。

温郁闭上眼，是他搞砸了一切，没能完成承诺的事。

林羡清会为他难过的吧，她会哭吗？

眼睫毛变得潮湿，眼底模糊起来，他不敢睁眼，怕眼泪掉下来。

他不死，他怕林羡清难过。

他为林羡清而活。

"好想见她。"青年哑声念出声。

颤抖的尾音飘散在空气中，无人应答。

"咚咚！"

门被敲了几下，温郁听见有东西滑进来的声音。

脚步声渐渐离开，温郁又在床上躺了几秒，瞥眼看见一柄泛着光的钥匙。

他眼神颤动一下，走下床，看见被从门缝里塞进来的是打开窗户的钥匙，连带着一张字条。

他拿起字条，指尖颤抖，跪在从窗缝里渗透进来的微弱光线下，虔诚又小心地展开它。

好想见你。

周日凌晨三点，用钥匙打开窗户，我在窗外等你。

走廊尽头，被久久封住的门开启一个缝隙。

蔡叔握着门把，没急着推开，毕恭毕敬地叫了一声："夫人。"

屋内的女人落下最后一根鸟羽的颜色，她瘦白的指尖微顿，停在画中鸟被折断的双翅上。

她一头顺滑的乌发中不知什么时候掺了一半白发，温顺地耷在肩头，又垂落在沾满颜料的白纱裙上。

"蔡叔？"刘婧婧念了一声。

温执还在家里，蔡叔连门都没拉得太开，隔着一层门板轻叹着告诉她：

"夫人，温郁他……想走了。"

刘婧婧抬了眼，落地窗内的轻纱一层覆着一层，在月光下轻闪，像是幽湖上粼粼的波光。

凉风入室，她把画笔丢在地上，赤着脚站起来，走到门边。

"所以你来找我，是想让我帮他一把吗？"

蔡叔自认为对她有愧，让当初那个大笑着喊他"蔡老头儿"的人变成如今这样消沉寡欲的模样，他不敢见她的面，只敢隔着一扇门告诉她："温郁惹怒温执了，这孩子像小时候一样，被限制了外出。您也待在这里许久了，应该知道，被折断翅膀的鸟儿，会是怎样的感受。夫人，如果您也会心疼自己的孩子，还烦请您帮他一把。"

天气这么凉，她的脚直接接触地板，却好像毫无感知一样。

刘婧婧想起自己甚至都没抱过他几次，没听见过自己的孩子叫"妈妈"，没给过他一丝一毫来自母亲的爱。

依稀记得，温郁小时候很乖，牙都没长齐，每天就睁着滴溜溜的眼睛看着她。

那阵子温执不许她出门，她跟温执吵架，加上刚生完孩子产后抑郁，家里的阿姨把孩子抱给她的时候她总是尖叫着推开。

在她无数次尖叫里，温郁却从没哭过，每次都是静静地看着她。

以至于后来每逢午夜梦回，她总会看见那双稚嫩又安静的眼。

明明是那样可怜的孩子，她曾经却丢下他自己跑过，她恨恨地想逃出这个牢笼，自由了半生，她无法忍受被困在那个空荡荡的别墅里。

但是无一幸免，她次次都被温执带回家里，最后一次失败的时候，温执也崩溃了。她第一次见那个男人哭，那样矜持的人，那样漂亮的一双眼睛流下泪来。

他说她是这个家唯一的精神支柱，他说外面太危险，只有家里是最安全的。

他死死抱着她，额头抵在她肩上，一遍遍地重复说"我爱你"，声音低哑浑厚，跟很久之前他在她床边念古典诗的声音一样。

那一刻，她知道温执实际上很脆弱，于是她自愿卸下自己的翅膀，步入他的牢笼。

而温郁，生来就在这个笼子里，从他生在这个家庭开始，他的人生就注定不得自由。

刘婧婧耷下眼，温热的感觉席卷眼眶。她摸了摸湿润的眼角，哑声问："我该怎么做？"

蔡叔把所有的计划都告诉了她。他跟林羡清商量好了，周日凌晨三点，以他对温执的了解，这个点温执已经入睡，是行动的最好时机。

届时他会打开温家别墅的大门，林羡清和祝元宵、徐寒健会拖着床垫到后花园去，温郁打开窗户跳出来，他们会赶紧拉着温郁跑走。

当然，那个时候动静可能比较大，温执也许会醒，那个时候需要有人拖住他。

那个人就是刘婧婧。

（4）

周日凌晨，鸦雀归巢，空气也变得寂静。

温郁守在床边，借月光看着腕表的秒针划过一圈又一圈。

那张字条上是林羡清的字迹，他不会认错，温郁把那张纸条当作自己全部的希望，紧紧握在手里，像以前无数次与她十指相扣一般。

秒针划过一圈，分针就颤动一下。

分针转过一圈，时针就转移一格。

他就这样数着，数到凌晨三点。

时间到了。

她说，她会在窗外等他。

温郁捡起地上的钥匙，钥匙周身泛着冷光，他略微退后，将钥匙戳进锁眼。

再次抬眼时，他看见了窗外流动的月光。

他推开窗，窗户发出"吱呀"一声响，房间里的红外摄像头闪动几下，他没管，只是看见婆娑的树枝在凉风中舞动，皎洁的月亮弯着眼冲他笑，连呼吸间都是屋子外清冽凉爽的空气。

他忽然有一瞬间的失神，手中钥匙掉落在地，别墅里传来温执的喊声，他不想去在意。

温郁低眼，看见楼下三个人聚拢在一张厚厚的床垫旁。

他们三个的脸都被风吹得红彤彤的，不约而同地把双手合拢在嘴旁，做喇叭状，齐声把声音喊至嘶哑："温郁——

"跳！"

——"温郁。"

他一只脚踏出窗户，迎面而来的风撩起他凌乱的头发，月色夹着凉意渗透进他的骨头。

温执说，他生在温家，就该被规则束缚。

温郁踏出另一只脚，坐在了窗台上。

他不要。

他要死在自由里。

——"妈妈希望——"

温郁轻轻闭上眼。

下坠的一瞬间，身体开始失重，逆流的空气推着他单薄的脊背，冷风从衣服下摆灌进去，他毫无知觉。

直到背脊抵到有弹性的床垫，温郁怔怔掀开眼皮，看见了满眼的月亮，跟童年时从窗外窥见的一模一样。

——"你可以飞出去。"

他发觉自己眼底有潮意，月光辉映着林羡清的脸庞，涌入他眼底。

林羡清的眼泪掉在他冰凉又苍白的脸颊上，掉在他透明如蝉翼的眼皮上，掉进他心里，灼伤着心脏。

她一边哭一边握着他冰凉的手，把他拉起来，声音带着点儿惊魂未定的哭腔，她说："我们快走，我带你回家，回我们的家。"

林羡清拉着他跑在第一个，祝元宵和徐寒健在后面护着他。

别墅里，温执打开了关着温郁的门，却只看见窗户大开，以及一室流动的月色，凉得刺眼。

他眼瞳颤抖一下，急急下楼，发现大门开着，蔡叔面对他，恭敬地笑着。

"蔡叔！"温执咬牙叫着，"谁准你——"

"温执。"

身后有人在叫他的名字，声音温柔，是听过千百遍的悦耳音色。

男人的身子很明显地僵住，从刘婧婷患上抑郁症开始，她就再也不愿见他。

温执发觉自己像不会活动的木偶一样，他艰难转动着脖子，看见那个久久紧闭的房间里，走出一个穿着白纱裙的女人，一如初见。

她低眉，像一幅如黛的远山写意图，细得仿若一捏就碎的脖颈如同白蔷薇的花茎，脆弱、美丽。

温执哑然半晌，他这一刻不想管逃出去的儿子，他眼圈开始泛红，转身就冲上楼。

"你也想要离开我吗？"温执压抑不住呼吸，喘息得一下比一下重，鼻腔哼出将死小狗般的悲鸣。

刘婧婧的眼里没什么情绪，她的声音带着柔，轻得一触即碎，说："我已经陪你很久了。"

女人透过别墅的大门，看见四个跑出去的身影，许是心有灵犀，温郁在那一刻回了头，那双眼里有了光，成了她梦魇的尽头。

她自觉不是什么称职的母亲，这辈子没为自己的孩子做过什么事。

刘婧婧看他最后一眼，嘴角弯了下，勾了个脆弱的笑。

温郁，妈妈最后能为你做的事。

是把被夺走的自由还给你。

温执的指尖都在颤抖，他哑声说："你不能。"

她最后看着温执。

她是孤儿，在遇见温执的前半生，她活得潇洒，背着个画板就能走南闯北，她见过太多景色，本以为自己不会为谁停留。

可是在初见的那个大广场上，她看见一双悲哀的眼，她为他的悲伤驻足，决心做他的肋骨、他养在温室的白蔷薇。

可在这一刻，这个世界上已经没什么她在乎的了，走不出去的这些年，磨灭了她所有的意志，她人生的最后一个愿望是为自己画一幅画，现在那张画也完成了，她没有任何遗憾。

她说："温执，我做不了你的白蔷薇了。"

那就是她的诀别。

温郁跟他们一起跑到大门口，蔡叔正守在门口，他怀里抱着一只橘猫。

见到那只猫的那一秒，温郁的步子停住，林羡清回了头，也怔然一瞬。

蔡叔笑着，他撒了手，小霹雳就立马朝温郁跑去，用爪子扒他的裤腿。

"我……"

他低眼，动作有一瞬间的无措，温郁握紧林羡清的手，他以为这又是幻想。

林羡清反握住他的手，说："我也看见了，现在你眼前的一切，都是真的，小霹雳没有走。"

祝元宵担心得要死，他也不知道温郁的病情，急吼吼地把猫抱起来，火烧眉毛一般着急地催道："快走快走……这猫真沉。"

四个人又跑起来，温郁看着林羡清的背影，低眼又看见两人相连的手，眼睫毛不自觉颤动一下。

在踏出温家别墅大门的那一瞬，他在心底一字一句地念道：

"妈妈。

"我飞出来了。"

徐寒健拦了辆出租车，林羡清和温郁先上了车，祝元宵把小霹雳从车窗里递进去。

这猫好久没见到温郁，竟也不觉得生疏，直接趴到温郁腿上窝着，懒懒地用一副细软的嗓音叫着。

祝元宵打着哈欠说："困死我了，你们先走，我和徐寒健再打个车回酒店睡一觉，等明天休息好了再见。"

林羡清点点头说"好"。

出租车到了两人租的房子，一进门林羡清就反手关上门，直接朝温郁扑过去。

温郁被她猝不及防地抱住，身子略微后仰，还是稳稳撑住，双手托着她。

林羡清两手搂住他的腰，把脑袋抵在他胸口，闷闷地哭起来。

温郁怔了一下，手上松了劲儿，橘猫从他胳膊上跳下去，蹲坐在主人脚边。

他的手指在空中滞了很久，最后还是摸上她的头发，给予她一种无声的安慰。

林羡清好不容易憋住眼泪，说："我差点儿以为你再也回不来了。"

温郁眉眼弯了一下，他捧起林羡清的脸，无比轻柔地在她发红的眼尾落下一个吻，然后用指腹蹭干她的泪。

"还好，你把我拉出来了。"

林羡清慌张地用手背蹭了下脸，然后踱步去了厨房，说："你饿不饿，我给你做点儿吃的。"

这几天他被困在那里，整个人都不修边幅，下巴冒出星星点点青色的胡楂，估计也没吃好也没睡好，眼睛总是下耷着，没什么精神的样子，整个人看起来更加阴沉颓靡。

林羡清不想见他这样，好像随时都会在她面前碎掉一样。

温郁没应声，就坐在沙发上，视线不离她一秒。

油烟味在公寓里弥散开，暖色的灯火铺了一地板，耳畔是油锅起泡的声音。

他好久没睡过好觉了，现在林羡清就乖乖待在他视线可触及的地方，温郁安了心，伴着一室的烟火气，迷迷糊糊地靠在沙发上睡过去了。

林羡清做完了饭才发现温郁已经睡着了，她看着冒热气的菜，无声地叹了口气，又把菜裹上保鲜膜放好。

黎明破晓，天边吹来的第一束风钻进了屋子，吹开他眼皮上耷拉的黑发，任由晨曦照亮他眼尾那一点未干的晶莹水迹。

天亮了，他们等到了黎明。

那天的事传得沸沸扬扬，据说他们跑了以后，蔡叔一回家，寂静无声。

那可以被称为是一场荒诞的浪漫，温执怀里抱着那幅翅膀渗血的囚鸟油画，金丝眼镜碎在一边，他眼里含着泪。

不知出于什么心理，温执还好整以暇地在地板上画了一个歪歪扭扭的房子。

房子里有一个戴眼镜的男人，一个穿裙子的女人，和一个平直拉着嘴角的小男孩。

他用小指勾着刘婧婧的手指。

蔡叔推门进去时，见到的就是这样一幅画面。

他无法形容自己的感受，毕竟他是从小看着温执长大的，明明把温执当自己的孩子看待，却还是让温执走到了今天这个地步。

温家最大的掌权人下台，按理说温郁应该担起大任，但关键时候他却把手上的股份全部抛出，换了一大笔现钱，发话不再参与生意，温氏地产以后就让大伯和二伯去争。

他说，他不再是温家人。

初春，万物复苏，枯枝再春，枯败的黑色树枝冒了点点绿芽，世界迎来又一年春天，迎来新生的希望。

冬去春来的交界点，换季期下了雨，温郁手腕处缠着白巾，跪在垫子上向桌上的两张黑白照片叩头。

照片上印着陌生又熟悉的两张脸，他认识又不认识的两张脸。

林羡清撑着伞在门外等他，温郁出来的时候表情依旧平淡，他甚至没有大伯哭得惨。

大伯这几天刚离婚，妻子带着孩子跑回娘家，刚领完离婚证就得来参加温执的葬礼，也算霉运当头。

温郁接过她手里的伞，抬眼看了看屋外的雨气，大雨淅淅沥沥地落下，润湿了沥青路。

徐云然挽着林志斌赶来，她带了一大束白蔷薇，那是刘婧婧最喜欢的花。

她进门前对温郁稍微颔首，然后把花放在刘婧婧照片前。

她们说好做一辈子好朋友，这辈子太曲折，下辈子一定约好了，要继续做朋友。

刘婧婧的遗照还是她二十多岁拍的，自从嫁进温家后她再没有拍过照。

照片上的人头发凌乱，耳边别着一支铅笔，笑得恣意洒脱，像一阵谁也留不住的风。

徐云然咬着牙憋住想哭的冲动，转身出门，一群人一齐站在大门口，身后奏着哀乐，身前是模糊视线的雨幕。

徐云然看了眼温郁，缓了几口气才说："你父母刚下葬，就不急着谈你和清清的婚事了，等过几个月吧。"

温郁轻声答"好"。

父母终于完全松口，林羡清心里松了口气，她安抚性地捏了捏温郁的手指，温郁摸到她手指冰凉，就握着她的手揣进自己兜里。

每天他的上衣口袋都会被林羡清塞几个暖宝宝，连鞋里也不放过，林羡清总说他四肢冰凉，出门在外要做好保暖措施。

这下挺好的，他口袋里暖和，能给林羡清暖暖。

这一切被徐云然看在眼里，她悠悠叹了口气，咳了几声又声明："我可先说好，你现在虽然有钱，但是没工作可不行，咱家的女婿必须要有上进心。而且，因为老爷子守旧，你俩婚礼最好办一遍中式，三书六聘下齐全了，我才答应。"

她掰着手指头一一数过去："婚房、车子……"

林羡清听得一个头掰成两个大，她笑着打断道："行了行了，妈，不是说过几个月再讨论吗？我们都不着急，您怎么还急上了。"

徐云然敷衍地挥了挥手道："行行行，我跟你爸先走了。"

林志斌看戏看得笑呵呵，徐云然没好气地瞪他一眼，他就收敛了表情，转头拍着温郁的肩膀，说："等你俩结了婚，我们也是你半个父母，现在也别太难过。下次来家里，一起喝几杯啊。"

徐云然一听这话就变了神色，一边扯着林志斌走一边念叨："喝喝喝，喝什么喝，下次再进医院我可不去照顾你了。"

林志斌打着哈哈："说笑的，可不敢喝了。"

这场景把林羡清看乐了，她突然问温郁："我们再长大一点儿也能变成那样吗？"

温郁偏头低眼瞧向她，嗓音低低地说："你想，就能，毕竟我最听你的话。"

他说得认真，连眼都不眨，林羡清看得耳朵一热，一把推开他下巴，吐词有点不太自然："你可得了。"

"雨下大了，早点儿回去吧。"她急忙转了个话题。

在下雨的夜晚，温郁突然转了个身，不知怎的他今天尤其躁动。

他眯了眼，在月色下打量林羡清的眉眼，窗外的雨声还在响，屋子里的时间好像被无限拉长。

温郁抬起一只手，顺着林羡清的脖颈往上摸，指尖触到她的下颌线，继续往上，指腹蹭上她眼尾的睫毛。

林羡清本来是闭着眼的，但这触感实在不太好受，像是一个冰块从脖子滑上眼睛，凉得慑人。

她一把抓住他的手裹在被子里，慢吞吞掀开一只眼睛，迟疑着问："你干吗？"

温郁看着她，安静地眨了下眼睛，纤长的睫毛微微遮住漆黑纯粹的瞳仁，像一场无声的勾引。

他叹了一声："没想干吗，就想抱抱你。"

温郁盯着她，突然说："其实他们今天都说让我别难过，可事实上，我真的不难过。"

他翻了个身，仰躺在床上，说："可能是我对他们的印象都不是很深刻，其实没什么感情，离开了我也不难过。"

温郁的视线落在天花板上，听着屋外的雨声，他安静了一瞬，又启唇轻声道："自己爸妈死了，我一点儿感觉都没有，我是不是不正常？"

林羡清扣住他的手，跟他十指相扣，她看着温郁的侧脸，鼻尖蹭上窗户折射进来的光，像一件透明的工艺品。

"这有什么不正常的，要是是我的话，没有感情基础我也难过不起来。"她说着，停顿了一下，"那如果是我死了，你会为我哭一场吗？"

温郁眨眼的动作停了下，他转了转眸子，嘴唇翕张了好一会儿，才重重应答："会，我会哭的。"

之前跟林羡清分开，他躺在病床上昏迷的时候会哭；困在屋子里见不到林羡清的时候会哭。

所以温郁笃定，只是见不到她他就难过得要死了，更别提是永远离开他。

他为林羡清而活，没有林羡清他就不想活。

林羡清闷声笑了下，说："所以你哪里不正常了，你很正常。"

窗外的雨还在下。

"一切都会变好，我们会有未来，我们会幸福。"她闭着眼说。

（5）

重逢后的第一个夏天，林羡清跟温郁一起回了小镇。

林老爷子还是想念自己原来的家，总想着回去看看，于是林羡清和温郁决定就在小镇办婚礼了。

因为是中式的，盖头都是温郁自己学着绣的。那一阵他正好也没事儿，成天在家绣盖头，有一点冒针脚他都会皱眉，然后捻着针重绣。

绣坏的盖头就充当家里的抹布了，林羡清每次去他家就看见一屋子的红盖头，小霹雳睡的窝都堆满了绣坏的盖头。

林羡清失笑，她靠近了点儿，看着温郁微眯着眼认真地布针，就忍不住插了一嘴：

"其实绣得稍微丑点儿，我也不会嫌弃你的。"

温郁微微拧着眉头，声音低而重地说："不行的，给你的东西都得是最好的。"

林羡清笑得弯了眼。

这一年夏天，石榴花绽满枝头，红得刺眼，门框上挂着的风铃响过六个四季，姗姗来迟地与他们重逢。

婚礼前几天，温郁终于绣出最满意的作品，交了差。

他没做过这种活，手上密密麻麻地布满了针眼，林羡清总是握着他的手翻来覆去地看。

明明是这样修长漂亮的一双手，却哪儿哪儿都是伤。

婚礼定在七月二十二日，他们相遇的日子。这时候蝉鸣得最厉害，声音嘶哑地拉扯着夏季，白昼被它们的叫声无限拉长。

林羡清记起之前医生的话，决定带温郁在小镇转转。

他们走过了河岸，这里的河水浅了些，只能堪堪没住半截小腿了。水质仍旧很澄澈，只不过岸边再也见不到那个用石子拼凑的算盘。

林羡清也跟他一起去了归元寺，摆摊卖木牌和燃香的小贩换了一拨又一拨，她再也遇不见五年前的那一个。

林羡清双手合十，她每一年的愿望都在变，每一年也都是为同一个人许愿。但这次，她想为他们两个人许愿，永生永世，再不分离。

走出大殿的下一秒，她抬眼看见那棵扶桑树。它又熬过了六个夏天，叶子无数次枯落又无数次翠绿，承载着众多人的祈愿。

旁边卖木牌的阿姨捣弄着同一套说辞："这棵扶桑树可是千年古树了，好多小情侣都在这树上挂牌子许愿呢，试试吧。"

林羡清笑着摆摆手，婉拒着阿姨的好意。

可这阿姨实在是热情，林羡清几乎被她撵着跑，好不容易摆脱了她，一转头的工夫温郁就不在身边了。

她回头张望，在层层叠叠的山峦里，在鳞次栉比的寺庙里，怪石嶙峋，身姿颀长、容貌俊美的青年正抬手捏住一块木牌，抬眼怔怔看着。

林羡清在远处叫他："温郁，看什么呢？"

温郁偏过头来，视线一掠过她就弯了眼，一双好看的笑眼像是盛着这山间所有的熹光。

他肩线拉得平直，挽起的袖子毫不掩饰自己腕骨的伤，道道疤痕像蜿蜒绵亘的藤蔓，纪念着他的过去。

"没什么。"温郁应着，懒懒松了手，朝林羡清走来。

山间过风，树枝相碰，婆娑作响，发出一片沙沙声，两块木牌随风晃动，碰撞在一起。

温郁万事顺遂，事事如愿，比赛顺利——LXQ留

愿林羡清永生永世平安喜乐，苦厄已消，与我共赴迦南——温郁留

婚礼前，几家人一起坐了一大桌，吃了一顿和和美美的团圆饭。

温家支离破碎以后，蔡叔也不再当管家，被林羡清请来一起吃饭。

林老爷子喜欢热闹，又跟温和老爷子坐在一块儿，两人有唠不完的陈年旧事，从珠算说到下棋，又谈起了茶道。

林志斌说好不喝酒的，还是没忍住小酌了一杯，被徐云然重重拍了下手，疼得呼痛。

祝元宵还是没舍得剃掉自己的小胡子，被徐寒健嫌弃了，他又哭丧着脸来找温郁评理。

而温郁正跟林柏树说着话，祝元宵倒成了全场最孤独的一个人。

林柏树彻底了解了温郁家的情况，他拉不下脸，到现在也只是顶着一张酷脸，伸直了手用拳头砸了砸温郁的肩膀，别扭说："算你倒霉，娶了我妹妹，但是听说你现在还没工作？我妹妹吃的多，养她可是一笔不小的开销。"

林羡清听着恨不得把筷子掐断，她面上笑得灿烂，嘴上却说："不用你担心，他存款十二位数，养你妹妹绰绰有余。"

林柏树腹诽：冒犯了，妹夫。

因为很担心温郁这一杯倒的酒量，林羡清都没让他碰一口酒，以至于席散回家时，整个人都是神清气爽的。

路边草丛里不知道藏了多少只蝉，嗡鸣声快要扯破天了，天好像马上就要亮了一样。

林羡清牵着他踩着石子路回家，想了想，她搭话说："你最近有开心一点儿吗？医生说让你多做快乐的事。"

温郁捏着她手指，安静地点头，嗓音闷在喉咙里，松快如晚风，说："有你在就很快乐。"

这份快乐持续到晚上。

徐云然不再管她和温郁住一起的事情，林羡清为了陪他就搬到了他的家里。

在这样一个闷热无风的夏夜，温郁双手撑在她两侧，轻微低下脖子，蹭吻在她耳郭，温热气息刮弄着耳蜗，带来痒意。

林羡清推了推他肩头，不敢看他，只小声说"热"。

温郁的动作停了一秒，他翻身下床，打开房间的空调，然后又压上来。

他的吻密密匝匝地落在她的脖颈和胸口，吮出一片片痕迹，然后又按捺不住地仰了头，寻她的唇。

吻得又急又过火，以至于牙齿磕磕碰碰，磨破了嘴唇，唇齿交融间弥漫着铁锈味。

林羡清忽然撑住他的肩头，眼里压抑着水汽，与他对视，视线雾蒙蒙的，手上力气小却仍阻止着他的下一步动作。

温郁盯着她，嗓音染上哑意："医生说，要多做快乐的事。现在这样，我很快乐。"

他仿佛是祈求着她允许进一步深入，她偏不。她缓了下呼吸，问："虽然你的事我都了解得七七八八了，但我还是很好奇，你之前为什么要走？"

她卡住他不让他继续，非要他回答。

温郁用漂亮纯粹的眼眷恋地凝视她，说："如果你知道我的事，你肯定不会不管我，所以你不能知道这些，我需要你放弃我。"

所以他撒谎也要瞒住这件事。

"而当时候温执要求我回家，他说我不回去，这里的珠算班和你家的那条巷子，都保不住。"

林羡清松了劲儿，温郁就继续亲吻安抚她。

"珠算也没有你重要，我离开这里，放弃珠算，也没什么。我放弃那十来年的梦想，却能让你做一辈子好梦。"

林羡清伸出胳膊，揽住他的脖颈，抬了头与他额角相抵，交错的呼吸传递灼热的情绪。

"可是没有你，就全是噩梦。"

她吻住他渗血的唇角，对他说："温郁，爱和理想，同等伟大。我希望你做一个伟大的人，不要为我放弃什么。"

爱很伟大，我爱你，你也伟大。

温郁的动作有一瞬间的停滞，他不解地眯了眯眸子，说："可是林羡清，你不用愧疚，我为你放弃这些是我自愿的。"

温郁漂亮的眼里显露出一丝迷惘，月色映入他眼帘，像死水倒映着皎月与群星。

"我就是为你而存在的啊。我没有父母，朋友，你是我可以信赖和依靠的人，我这一辈子就是为你而活的。"

是她赋予他的生命以意义，她是他的太阳，他的百般念头，都环绕她而行。

温郁觉得，他就是一株菟丝花，依附着她的爱而生长。

林羡清看着他，慢慢说："不是的，你可以把我的父母当成你的父母，你也不是没有朋友，祝元宵、徐寒健，包括我哥，他们都愿意做你的朋友。你并不需要为我而活，你得活成你自己，也不需要太听我的话。我不想到最后，我成了拴着你的锁链。"

温郁在那种极致封闭的环境下长大，什么也不会，只会干巴巴地掏出一颗被生活摧残得稀巴烂的真心，虔诚地捧到她眼前，对她说："瞧啊，我的心还是滚烫的，我把它给你，你爱我一下吧。"

爱太过炽热沉重，所以它被盛放在胸膛，而非唇齿间偶尔的吐露。

温郁抿了抿唇，认真地说了一句："我会尝试的，我会爱你所爱的人。"

午夜，屋外开始起雾，绵延漫长光阴的妄念肆意生长，像潮湿的青苔和成线的雨雾，爱意再也藏不住，化为了室内一湾流动的旖旎风光。

　

第二天早上，林羡清记挂着自己还没誊完的婚礼请柬，早早就想起来要把剩余的写完。

因为是中式婚礼，请柬都是她和温郁两人一人写一半，红纸上用烫金字体竖着书写了一列又一列。

林羡清的毛笔字总写不好，练了好久也总是写歪，她便总是记挂着这件事。

结果一只脚刚下地，就被温郁扯了回来。

他的眼皮懒懒地耷拉着，困得抬不起来，像只树袋熊一样环住林羡清，把下巴挤进她肩窝，嗓音低沉，拖着调子恳求道："再陪我一会儿，别走。"

林羡清垂眼看见他在晨光下颤抖的睫毛，一时被他蛊惑，竟也任他安静地抱着。

事情被他耽搁了，最后积压了一堆没写的请帖，温郁只能自己默默写完，发到宾客手上。

　

七月二十二号，大婚当天。

林羡清一边抱怨自己头上戴得过于沉重的珠钗，一边跨了火盆，迈步进了轿子。

她坐在轿子里，微微撩起盖头一角，又掀了帘子，把两份请帖递给外面的王可心。

"你待会儿去一趟温郁父母的墓前，帮忙把这两份请帖烧给他们。"

他们说她亲手烧东西寓意不好，但是林羡清想着，他们也有资格知道这件事，所以还是决定让别人帮忙烧过去。

王可心笑着打趣道："庆幸吧，我第一次当伴娘，新娘子的要求肯定全部完成。"

林羡清也揶揄她道："等你和吴涛办婚礼，我也给你做伴娘。"

王可心别过头去，声音不太自然地说："谁……谁说要跟他结婚了。"

轿子颤颤巍巍落地，她顶着盖头在屋里等了好久，终于等到有人在哄闹声中踏进她的房间。

针脚拙劣的盖头被挑开，她对上一双含着笑的眼。

见到他的一瞬间，林羡清心里想的居然是：嘿，这个夏天，我仍在爱你。

在远方，石墓前两折火红的婚柬烈烈燃烧，热浪席卷烫金的字体，捺拖得长：

从兹缔结良缘，订成佳偶，赤绳早系，白首永偕，花好月圆，欣燕尔之，将泳海枯石烂，指鸳侣而先盟，谨订此约。

苦厄已消，共赴迦南。

这个世界人生总是好坏各一半。

但人活着总要有个盼头，要相信，这个世界这么大，总有人在不遗余力地爱你，总有人跋涉千山万水，为你而来。

从此以后，死亡和爱，都只与她（他）有关。

—正文完—

Extra 01
甜蜜日常

/ 要永远爱我，不可以爱别人。/

没了温家的阻拦以后，林羡清的教育中心终于可以继续筹划了。

这阵子她走访了几条商业街，突然有个新想法。

而温郁自从脱离温家以后，干脆用抛售股份换来的那些钱投资林羡清的事业，成了她最大的投资方。两人平时抬头不见低头见，讨论什么也方便。

林羡清带着那个新想法回家的时候，温郁正对着菜谱研究，那神色简直比看合同文件还要认真不少。

温郁坐在地毯上，两腿盘在一起坐得笔直端正。笔记本电脑上正在播放教学视频，面前还搁着一个摊开的本子。他单手支着下颌，骨节分明的手指轻抵在唇边，做沉思状，另一只手慢悠悠转着笔，时而落在纸页上写着什么。

客厅的窗帘都被卷了起来，亮堂极了。本来温郁是不喜欢屋子里太亮的，但是林羡清喜欢，于是他也跟着适应了。

屋子里各个角落都摆了盆栽，因为温郁很爱花草，所以家里一年四季都有花开，跟开了花店一样。

林羡清在玄关脱了鞋赤脚走进去，熟稔地拉开冰箱门拿了瓶冰可乐，她顺嘴跟温郁搭腔："今天医生有说什么吗？"

温郁现在定期去看心理医生。最开始的时候，他症状比较严重，整夜睡不着觉，睡着了也总是呓语，然后被惊醒，紧紧抱住林羡清问她是不是真的。

心理医生建议他多放松，有时会让他做几个任务，比如去海边晒晒太阳，去公园喂喂鸽子之类的。他懒得很，没林羡清陪就不去。

治疗了几个月以后，温郁现在已经停药了，晚上也不怎么做噩梦了，只不过还是把林羡清抱得很紧，跟只树袋熊一样缠人。

她的手指刚摸到易拉罐的拉环，身后走过来一个人，靠近后就蹲了下来，单手环住林羡清的腰，另一只手关上冰箱门。林羡清的后背抵上冰箱，失重的感觉让她下意识用双腿环住温郁的腰，拿着冰可乐的手搭在他脖颈上。

温郁把人抱稳以后就抽走她手里的冰可乐，林羡清措手不及，说："你——"

她被抱得高，低头才能看见温郁的脸。

他在笑，然后仰了脖子缠上来吻人，后面的字眼尽数被他吮过去吞掉。

林羡清的手刚摸过可乐，还是冰的，一下子又从他的脖子往上摸，指尖插进他松散乌黑的发里。腹腔的空气被夺走，她眼尾被憋出一抹红。

林羡清缩了下脖子，躲开他下一轮攻势。她低眸看他一眼，他就把额头抵在她肩膀上，闷闷地笑。

他现在才回答她的问题："医生说我现在状态很稳定。"

林羡清松了口气，她用脚跟点了点他后腰，嗫嚅道："放我下来，有事跟你说。"

温郁什么都听她的。

她一下来就想够那瓶可乐，被温郁皱眉握住手腕，他抢先把可乐夺走，放回冰箱。

"不可以，你马上要生理期了。"

林羡清据理力争道："不是还没来嘛。"

"那也不行，我怕你到时候疼。"他坚决不让林羡清靠近冰箱，怕她总惦念着可乐的事儿，就换个话题，"不是有话要说？"

林羡清的注意力果然被转移，说："哦，对，就是我想拓展一下业务。开始不是说做珠算教育中心嘛，一开始的打算是只做珠算的，但最近我在做调查的时候发现，不只是珠算，其他的一些传统工艺也后继无人，所以我想着直接办一个文化教育中心，让各种各样的传统文化手艺都能被教学。"

她说着，又抿了下唇，声音有点没底气，说："当然，有些工艺师傅要是想请过来教学的话，那个费用肯定不低……"

温郁侧头看她一眼，语气轻飘飘的，说："我的卡不是都在你那里？密码你也知道，大不了多投一笔。"

林羡清还是很犹豫地问："这件事挺有风险的，万一亏本了呢？"

"那就是我投资失败。"

"那成功了呢？"

"那就是你善于经营。"

林羡清被他逗笑了，温郁又走回桌子旁边继续学做菜。

他边走边说："想做什么就去做，我永远不会阻止你。"

得了这话，林羡清又偷偷摸摸地想从冰箱里偷可乐，温郁立马转身，叹着气把她两只手钳在一起。

"我就不能让你的手离开我身上。"

林羡清哑口无言，什么话啊这是。

"你不是说我想做什么就做吗？"

"不包括这件。"

"那我要是无恶不作呢？"

温郁拉着她坐下，把下巴压在她肩上，两只手分别与她十指相扣，紧紧握在一起。他的视线还落在电脑屏幕上，闻言应道："那我也包容你。"

林羡清忍着笑，继续逗人道："那要是……我又爱上了别人呢？"

扣在她指缝里的手指紧了紧，温凉的体温瞬间变得更冷了，温郁本来把下巴压在她肩上的，闻言就低头咬在她侧脖的皮肤上，留下两排整齐的牙印。

林羡清抽了下气，他又连忙讨好性地伸舌头舔了几下，用幽幽的语调说："那我一定会拆散你们，在你身上涂胶水，黏在我身上。"

他不敢去做"如果林羡清不爱我"这个设想。

这个念头只要在脑海中存在一秒，他就像一串编译错误的代码，大脑快要宕机，理性即将崩溃。

要永远爱我，不可以爱别人。

温郁觉得这才是他活着的意义。

每年夏天，林羡清就会和温郁一起回小镇玩几天，那个地方对于他们来说意义非凡，温郁几乎觉得，这里才是他人生的开始，是他的出生地。

院子里的石榴花不厌其烦地开着，休养几年以后，林老爷子的腿已经好了不少，下地活动也没什么问题。老人闲不住，最近迷上了种东西，老屋的院子被他开拓成菜园子，今年夏天出了一批西瓜，林老爷子便嘱托林羡清带给朋友尝尝。

林羡清想着带两个西瓜去温郁家，那一段时间王可心跟吴涛吵架，她没地方去，就说跟林羡清一起来小镇躲躲，这下正好可以帮她提个西瓜。

一路上烈日炎炎，王可心不怎么会骑自行车，一路蛇形曲线行车，好在最后有惊无险地到了目的地。

她拎着个大西瓜，说："我算是知道了，我来这儿当免费劳动力的。"

林羡清笑着看她，说："怎么是免费？你好歹吃了西瓜。"

王可心哼了一声，还是任劳任怨地提着西瓜进屋。

祝元宵、徐寒健、温郁三个人正盘腿坐在地上玩游戏，说是三个人，但是这游戏手柄只有两个，所以是输的下，赢的守擂。

再换个说法，是温郁守擂，祝元宵和徐寒健两个人轮着跟他打，温郁就没下过场。

这几年温郁跟他们的关系特别好，他像是把林羡清的话听进去了，有了属于自己的社交圈。

林羡清拎着西瓜一进门，温郁抬眼看向她，然后立马扔了手柄走过来，起身时说："你们先玩。"

祝元宵跟徐寒健两个人面面相觑，了然于胸地叹气摇头。

他的社交圈跟林羡清比起来，简直不值一提。

“搬得动吗？我来吧。”

温郁从林羡清手里接过西瓜，搬到厨房切了。

王可心靠在门框上扼腕叹息道：“这就是有老公的好处吗？”

林羡清撞了撞她肩膀，说：“说得跟你没有老公一样，这么羡慕就回去和好啊。”

“才不！”王可心义正词严。

不得不说，林老爷子的种瓜技术确实不错，这几个瓜都是沙瓤的，甜分特别足。

温郁不喜欢吃一片片的西瓜，他觉得会溅到身上，很恶心，但是其他人觉得这么吃很爽。

此时他正在厨房里给自己切能叉着吃的块装西瓜，祝元宵趁这个工夫，凑到林羡清身边小声问：“我说这么久了，你俩还跟对方直呼其名，没什么亲热的称呼？”

林羡清想了想，她跟温郁确实没什么爱称，有事儿都叫名字。

倒不是说不愿意取亲热的昵称，只不过两个人都对这种事情无所谓，久而久之就习惯了。

要让她现在叫温郁什么“宝贝”“老公”，她还有点儿叫不出口，林羡清本质还是挺容易害羞的。

祝元宵看她点了点头，就皱着眉说：“这样可不行啊，夫妻生活多冷淡啊。别看温郁一副冷淡样，他肯定内心里也是希望你亲热地叫他的。男人都这样，只不过温郁太听你的话了，不好意思说而已。”

听了这话，林羡清开始认真地考虑起这个问题。祝元宵跟温郁关系很好，他说不定是听了温郁几句话才来提醒她的。

“真的？那我叫什么好？”林羡清连西瓜都搁在一边了，认真跟祝元宵讨论起来。

“宝贝？

“哈尼？

“亲爱的？

“要不然直接喊老——”

她身体突然悬空，温郁一把将她捞起来抱住，切好的西瓜被他重重搁在桌面上，祝元宵吓了一跳。

温郁脸色不太好，长长的睫毛微垂，唇角也绷得很紧，几乎是咬着牙吐字：“你老公在这儿。”

他冷着眸子扫了眼祝元宵，然后扛着林羡清就往房间走，期间的嗓音一直沉着：“这些事情你可以跟我讨论。”

客厅里几个人尴尬地看了彼此一眼，祝元宵面如死灰地说：“我是不是完了？”

徐寒健冷静地咬了口西瓜，说：“准备后事吧。”

王可心本来也想跟林羡清说这件事儿的，只不过这西瓜太甜了，她给吃忘了。

现在她觉得，还好她忘了。

过了好一会儿，两个人才从房间里出来，林羡清的嘴破了一块，大家心照不宣地避开眼睛。

祝元宵在徐寒健耳边小声问："怎么这么快？大神没做什么少儿不宜的事儿吗？"

徐寒健推开他的头。

林羡清本以为温郁都把她的嘴给啃破了，这事儿就算过了。

结果到了晚上，少儿不宜的事才真正发生。

皎洁的月光铺洒在地上的凉席上，偶尔几缕月光映在温郁劲瘦的腰上。

林羡清把声音憋了回去，微张的眸子里有着要溢出来的水汽。

"叫我呀。"他低头咬着她耳垂。

"老……公。"

温郁把头埋在她颈窝，喉咙里闷出几声含混的笑。

青年低头吻她，唇齿交缠间，他含糊着低低道："老婆，我爱你。"

Extra 02
温郁的自白

/ 见到林羡清的一瞬间，温郁觉得，自己好像也没那么讨厌光。/

离家出走的那个夏天，温郁捡到了一只猫。

刚遇到小霹雳时，它浑身都脏兮兮的，躲在绿化带的草丛里，饿得"喵喵"叫。那时候的小霹雳远没有现在这样胖，浑身没有几两肉，瘦骨嶙峋的。

温郁听到叫声后，在草丛附近停了一会儿。

他蹲下来，用手扒开郁郁葱葱的枝叶，发现了这只猫。

他身后是慢慢悠悠驶过的汽车，像上个世纪的老爷抽烟管一样，慢条斯理地吐着烟雾。柏油路被太阳晒得发出焦油味，天气好热，没人来救救这只猫。

说实话，温郁的洁癖本来特别严重，但是在见到这只猫的这一刻，他无可抑制地想起了自己小时候孤独地待在那个不见天日的小房间时，也曾特别希望有个东西陪陪他。

他自知等不到一个人来陪他解闷，于是他那时候想的是，什么猫啊，狗啊都好，能有个会动的小东西在他写题时看着他，晚上睡觉时，有个暖和的东西让他抱抱就好，这样他不至于在夜里感觉到那样冷。

当时他给自己未来的这个"朋友"起了个很厉害的名字：霹雳无敌绝世帅气小可爱。

后来觉得叫它小可爱太不酷了，温郁便叫它小霹雳。

他垂眼看着那只缩在一起的橘猫，低声说："你也没有可以去的地方吗？"

不知道去哪儿，那就跟他回家吧，做他的第一个动物朋友。

他太无聊了，陪陪他吧。

这是他的第一个朋友，一只流浪在外的猫。

后来他遇到了最重要的人。

在那个珠算协会的门口，温郁第一次见到林羡清。她背着一个很夸张的大书包，跑起来的时候一颠一颠的，大家都进去考试了，她还在门口徘徊。

直到林羡清发现了他，跑过来找他借算盘。

温郁没什么同情心，本意是不想把自己最珍爱的算盘借给她的。

她看上去就大大咧咧，不是个很细致的人。但是温郁也无法直截了当地拒绝她，听上去总过于小气了些。于是他开了个"天价"，因为那时候的林羡清，不像是能随手掏出两百块钱的样子，他想着这样她就能知难而退。

但是没想到，林羡清居然咬咬牙同意了。

看来她真的很看重这次考试，明知道这是个坑还往里跳。

没办法，温郁只能借给她。

越相处温郁越发现，林羡清真的是个很缠人的人，几乎做什么都要和他一起，连小霹雳都没有这样黏他。

她总在乎他身上大大小小的事，连他手上有几条疤都要管。

说实话，连他自己都记不得手上的疤痕究竟有多少条了。有的旧疤脱落后，会变成一道粉红色的印记；有的疤痕会发黑，逐渐变成他抹不去的痛苦回忆的纪念。

林羡清握着他的手反复看的时候，温郁就盯着她，盯她垂落的头发，因不悦而微微抿起的唇角。她有一双很好看的眼睛，清澈又干净，像林中的一潭清水，看向他的时候，总有一种直白的热烈，让温郁无所适从。

他想着，在被那双眼睛凝视的时候，他的心跳就已经不属于自己了。

相爱似乎从很久之前就早有踪迹可循，每一次靠近时响如擂鼓的心跳，擦肩而过时驻足的眼神，那都是溢出来的爱意。

但是这份爱意让温郁烦躁。

他自知自己不应该爱人，或者说不能与自己真心爱的人在一起。他不希望林羡清被自己的家庭束缚，也许几年以后，他会被温执找回去，他也会被迫成为操控木偶的人，他与林羡清的孩子会成为下一个"温郁"。

而跟他一起生活在那个笼子里的林羡清，应该也会难过的吧？

她不像自己，林羡清自始至终都很正义，像是童话故事里的英雄。

所以在林羡清要说出那句告白的话时，他及时制止。

那天的晚风应当是很温柔的，暮色轻拍河岸，留下一串珍珠似的波纹，一圈圈荡开。河岸上的大石头都透着暖意，但温郁第一次觉得连发出声音都这样难。

他很疲惫，他多次因为这份不合时宜的爱而辗转反侧。

温郁看着林羡清被拒绝后离开，他看见小霹雳去拦她，于是他说："回来，别挡她的路。"

他不挡她的路，她应该有更光明快乐的人生。

可是当林羡清真的答应他当他的好朋友时，温郁心里突然涌上一阵莫大的空虚。他一次次坐在院子里，守望那轮月亮，耳边的风铃一阵阵地响，他的灵魂突然空掉了。

见不到林羡清的那些天，他的耐心一点点耗尽，在又一次参加人机大赛失败后，他脑子里的那根弦突然绷断。

他把自己关在房间里，眼睛里看不见东西，家里所有的窗帘都被他拉上，他真的讨厌光。

反正什么事都做不好，反正以后也没人真的爱自己了，他该为什么而活呢？

理想破碎了，家庭也是畸形的，爱人被他推走了，他也不曾交过朋友。

温郁了无边际地想着，从今以后，该为什么而活呢？

在他自暴自弃的时候，是林羡清敲了他的门，在门外一下又一下地叫着他的名字，把他从堕落的深渊拉回人间。

见到林羡清的一瞬间，温郁觉得，自己好像也没那么讨厌光。

他什么都抓不住，但他好想抓住她，温郁这辈子没因自己的意愿选择过什么，但他这次想自私地选择林羡清。

他谈了十一天的恋爱，谈一天少一天，每一天都像梦。

林羡清就是温郁的美梦。

可是梦醒时分，他空着手离开这里，温郁不知道自己该属于哪里。

他知道温执迟早会找到他在小镇的那个家，所以他只能到处在外租房。房子很破旧，楼上楼下每天都在吵架，他发现原来世界上不幸的人多的是。

没有了，什么都没有了。

温郁之前把所有的卡都扔了，身上的现金没多少了，他最后买了一盒刀片，却在拉开包装盒的那一瞬间，想起了林羡清的话。

她说要他好好保护自己，不要再受伤，她会难过。

那么，好，她让他爱自己，他就爱自己。

林羡清说什么他都听。

但他更爱她，于是他自愿回到温家，甘愿做温执的傀儡。他想保护好林羡清珍爱的一切，不论付出什么代价，也许等到有一天，林羡清高高兴兴和别人结婚了，他就有勇气拉开那个刀片盒子了。

每个睡不着的夜晚，他都会起身坐在自己的书桌前，提笔想写点什么，但常常是写完她的名字，又不知道该说什么。

第一封信，他写：

林羡清啊，你过得好吗？我过得很不好，小霹雳不见了，再也没谁陪我了。

第二封信，他写：

林羡清啊，我过得很不好。

后来的若干封信，都只有"我过得很不好"这一句内容。温郁觉得这样的信件内容太消极了，他最后写的一封信是：

林羡清啊，我过得很好，你不用担心。小霹雳回来了，你什么时候能出现在我眼睛里？

那是他第一次出现幻觉，第一次幻想出小霹雳，此后便一发不可收拾。

后来他趁温执出差的时候，把那些信堆在院子里烧掉了，思念却越烧越旺。

好在最后他们又重逢了，他又见到了林羡清。见到她的时候，仿佛流浪在外的灵魂找到了归宿，回到了他没有温度的身体。

可是他还是推开她。

林羡清一步步向他走来，他却只敢慢慢后退，时而还需要对她说些违心的话，说得他都快吐出来了。

温郁知道，没有人会一直前进，更何况他是个自私鬼，一边告诉她"不可以"，一边又制造各种机会与她见面。

去莫斯科的事是他提前安排好的，温郁想着自己好像还没有跟她好好出去旅游过，他太想她了，再见不到她就要精神失常了，所以制造了这次机会。

酒会的抽奖装置也是他特意吩咐的，温郁知道林羡清从小运气就不好，大大小小的抽奖总是轮空，于是他特意给她一个最大的奖项。

可是林羡清居然对他说"算了吧"。

算什么？什么算了？

他不想算了。

温郁才发现自己的理智原来这样脆弱，这样的三个字，就能烧尽他的理性，感性占了上风。这一刻，他不想去考虑未来，只想抓住现在。

好在他最后抓住了自己唯一的救命稻草。

他听林羡清的话，在他心里林羡清说什么都是对的，他交朋友，有空跟祝元宵他们一起打游戏。

林老爷子摇着蒲扇让他陪着下棋，他不想扫了老人的兴致，常常让着他，老人便吹胡子瞪眼说他少瞧不起人。

徐云然做的饭很好吃，林柏树一直劝他回去继续上学。

温郁摇摇头，他现在的工作就是支持林羡清的事业，再留一些闲钱，没事儿跟她一起出去旅游，曾经许诺过的巴黎、洱海、冰岛，全都要去。

他正在规划旅游路线，林羡清给他打了电话，她在水果铺子里。

"这里有苹果、香蕉、青提、西瓜还有小柑橘，你想要什么？"

温郁低了低眸。

"想要你回来。"

Extra 03
平行时空

/ "莴苣，莴苣，把你的头发垂下来。"她喊着。
楼上的洋娃娃安静地眨眼，又不说话了。/

这将是一个值得"举家欢庆"的夏天，因为林羡清破天荒考了个重点高中。

收到市重点通知的时候，徐云然女士手都在抖。

天知道她这个女儿初一吊车尾一年，初二才正儿八经废寝忘食啃书，初三经常熬大夜，终于把那点儿可怜的分数捞上来了。

她爸说是不是考试当天出门踩到狗屎了，不然怎么有这种运气。

林羡清一脸冷漠地把房门一关，不想跟这群人说话了。

她趴在自己床上，把自己的通知书摆在床上，调整好角度后拍了个照，给温郁发过去。

配文："公主，都说了我能考上了吧？"

一分钟，没回她。

五分钟，还没回她。

林羡清翻了个身仰躺在床上，她有点不悦地皱眉，又发了个问号过去。

她吃晚饭时还在看手机，徐云然敲敲桌子，说："吃饭还看手机？再这样我得考虑没收你的手机。"

林羡清讪讪地把手机揣进兜里，用筷子把碗里的饭戳出好几个洞。

不回就不回，搞得跟她很期待一样。

消息是第二天下午才回的，说话语气冰冷："恭喜。'公主'这两个字可以不要。"

林羡清故意晾着他，打算学他，第二天再给他回。

关于"公主"这个称呼，还得追溯到小学时期。

那时她刚搬家，林志斌的生意从那一年开始才有起色，一家人终于可以从以前那个漏雨的小出租屋里搬出来。那个出租屋一到雨天就开始"滴答滴答"，地面终年都有抹不去的水渍，家里的墙角也是爬满了绿苔，也贴过墙纸遮盖，但是天气一潮墙纸就发卷，不顶用。

小时候林羡清还挺羡慕能跟着爷爷生活的哥哥，起码不会像她一样，在经济特别困难的时候吃榨菜配白粥，好在现在生活有了起色，林志斌也混得越来越好了。

刚搬家的那一阵，徐云然说要去见朋友。林羡清一个人在家她不放心，就捎着一起去了。

徐云然的朋友家很大，两层楼小洋房，是林羡清只在电视上见过的精致程度。

刚进大门，徐云然就说有事要谈，林羡清可以在院子里玩玩，但是不可以跑出去。

院子里一点也不好玩，种的花倒是漂亮，只不过林羡清叫不出名字。

除了花，院子里还有一棵大榕树。现在正值盛夏，大榕树就成了蝉的栖息地，林羡清找了块树荫，靠着榕树坐下躲阴凉。

风吹的时候有婆娑声，林羡清顺着声音抬头，头顶的绿叶遮住灼热日光，榕树的枝干很粗，上面纹路盘虬错杂，呼吸间是夏天独有的闷热气息。

在高楼之上，林羡清看见一双眼睛。

小洋楼二楼的窗户是开的，有个年纪跟她差不多的小孩正够着窗户，看着她。

不到十岁的年纪，林羡清还不太分得清美丑，那个时候温郁年纪也小，五官没长开，但是在林羡清的认知里，他长得跟洋娃娃一样，很漂亮，瞳孔大而黑，只是表情太过冷淡。

她仰头看着那扇打开的窗户，提高声音问："你要下来跟我一起玩吗？"

楼上那个小孩不说话，只是看着她眨了眨眼睛。

他皮肤白，被阳光照到的时候简直像彩色透光的水晶，连睫毛都会沾上光，又不说话，真的很像洋娃娃。

没收到回应，林羡清撇撇嘴，打算继续玩自己的。

她刚低下头，就听见上面那个人说："我不能出去，没办法和你一起玩。"

林羡清又抬眼看看他，她忽然想起自己看过的《格林童话》，有个《莴苣姑娘》的故事，女孩被困高楼，只能垂下头发拉人上去。

她离开那片树荫，靠近那栋楼。

"莴苣，莴苣，把你的头发垂下来。"她喊着。

可是，没人应她。

林羡清有点疑惑，楼上的温郁比她更疑惑。

她又说："你不是莴苣公主吗？你的头发不能变长？"

楼上的洋娃娃安静地眨眼，又不说话了。

这个时候徐云然从屋子里出来，叫了林羡清的名字。林羡清还想对楼上那人说些什么，但是还没等她开口就被徐云然牵走了，妈妈看上去脸色不太好，林羡清也不知道她有没有见到那位朋友。

被带回家以后，林羡清问："下次你什么时候去见朋友？"

徐云然有点儿不解，问："你问这个干什么？你很喜欢在那里玩吗？"

林羡清想了一会儿，她不知道该不该告诉妈妈，那里有一位被困高塔的公主。

"院子里的花很好看。"林羡清这么说着。

徐云然看上去也很疲惫的样子，她摆了摆手，说："下次有机会再说吧。"

林羡清后来一直等着去那栋小洋房，还存了零花钱，买好了莴苣藏在房间里，现在的莴苣并不是应季的菜，买这些还花了林羡清不少零花钱。

只是她买的莴苣烂了好几番，她买了又买，徐云然还是没有带她去。

第二次去那里已经是一个月以后，林羡清出发前把莴苣装进一个巨大的包里背着，徐云然问她那是什么，林羡清谎称是玩具，她说在院子里玩有点儿无聊。

这次她成功把莴苣带了过去，莴苣公主也还在窗子边上。

她把包里的莴苣掏出来，重复那句咒语。

这次公主终于回应她了，他说："《格林童话》，我看了。"

林羡清等着他把头发放下来，仰着头看他。

温郁低头看着站在院子里、抱着一个莴苣的小女孩，抿抿唇，有点为难地说："我是男生，而且是短头发，怎么可能是莴苣公主？你不要再这样叫我了。"

林羡清怀里的莴苣一下子掉在地上，她存了那么久的零花钱，买了那么多莴苣，等了一个月。

她尚且没有从"莴苣公主变成男生"的打击中回过神来，呆呆地站在原地。

那天林羡清是哭着牵着徐云然的手回去的，她在哭以前还把那根重金买来的莴苣埋在榕树地底下，当作送给楼上那人的礼物。

"你有空就来挖吧，我不爱吃莴苣，送你了。"

后来徐云然有幸翻阅了林羡清珍爱的《格林童话》，看见《莴苣姑娘》那一章，所有的"姑娘"都被涂黑了。

那时候林羡清有点分不清"莴苣姑娘"和"长发公主"，她把二者混为一谈，生生造出一个"莴苣公主"，认为所有童话书里的主角都会成为公主。

后来她再去小洋楼的时候，发现埋在榕树边上的莴苣已经被挖走了。

好吧，公主还是喜欢莴苣的。

一来二去，叫温郁"公主"的这个习惯就改不了了，小时候林羡清不懂温郁为什么总是待在家里。稍大一点儿以后，她不再需要跟着徐云然一起来，平时有空她就过来，温家的蔡叔已经跟她很熟，会偷偷给她开门让她进去。

林羡清跟温郁在院子角落藏了把梯子，平时不用就用树叶堆起来遮住，用的时候林羡清就把梯子捞出来架在窗户上，让温郁踩梯子下来，带他出去玩。

蔡叔睁一只眼闭一只眼放他们走，还会提醒他们一定要在下午五点前回去，这时温执会下班回家。

在假期，林羡清白天就带着朋友和温郁偷溜出去玩，下午五点再把人送回去，藏好梯子后回家。

她有时候会玩儿得忘了时间，都靠徐寒健掐着点提醒，祝元宵是靠不上的，但是他人缘广，跟他一起出去玩能靠关系省下不少钱。

五个人里就王可心家里有电动车，她教会林羡清怎么骑以后，林羡清经常骑着她的小电动接送温郁，又快又方便，免得赶不上时间。

五人从小学玩到高中，虽说是这么多年的友谊，但只有林羡清和祝元宵会叫温郁"公主"。

这个称呼沿用至今，温郁之前还会很别扭地让她不要这么叫，见林羡清不怎么听他的话后也作罢了，有种破罐子破摔的意思。

手机的消息一条条弹进来，几个朋友都来祝福她考上重点高中了，在一派祝福中，夹杂了温郁一个孤独又可怜的问号。

"怎么不理人？"

林羡清有点得意地想：着急了吧？你活该。

八月的尾巴，躁动的热浪稍微停息下来，前几天刚下了一场雨，地面上潮湿的痕迹尚未消散，林羡清把书包扔进后座，边打哈欠边拉开车门。

她坐在后面，抱着自己的书包，车窗打开一个缝，雨后微凉的气息都往车里钻。

林羡清到学校正是早饭时间，教室进进出出的人很多，吵闹得很。一中的教学楼是新建的，走进来还能闻到淡淡的油漆味，墙倒是刷得挺白，不知道能坚持多久。

因为来得晚，基本是教室空出来哪个位置她就坐哪儿，没得选，于是林羡清光荣地去守饮水机了。

才把书包塞进抽屉，班主任从外面进来，叫着她的名字，林羡清抬头应了一声。

包小平说话还夹了点儿乡音："跟我一起去领你的课本。"

她艰难地从墙与桌子之间挤出来，跟着班主任去办公室。

这段时间正盛行流行感冒，学校要求空闲时间都要打开门窗，办公室也不例外，窗户大开，吹风的时候还有点凉。

包小平的桌子上搁着杯刚泡好的茶，还在袅袅地冒着热气。

他拉开抽屉，把课本一本一本捞出来，碎碎念着："咱们是昨天才正式开始上课的，你自己赶赶进度，不太懂的可以随时进办公室问。"

林羡清看着越堆越高的课本和练习册，呆滞地点了几下头。

办公室门口传来高跟鞋踢踢踏踏的声音。

林羡清回头，看见一个染着红棕色长鬈发，穿皮裙踩高跟鞋的女老师抱着课本进来，她头也不回地跟后面一个人说话："这点儿卷子你发给他们做一下，明天下午我上课前收起来。"

"好。"

林羡清怔了一下，感觉耳朵有点儿痒，但是后面那个人站在门外没进来，林羡清这个视角看不见对方。

声音倒是有点儿熟悉，林羡清偷偷挪了挪脚，身子略微侧了下往外看。

个子高，伸手接卷子的时候探出的手指长而骨感。

林羡清继续抬眼，对上一双无甚情绪的黑眸，眼睫毛微耷，看上去懒散没劲的样子。

温郁的视线轻扫过她，在她脸上停了几秒。

"愣着干什么，把卷子拿走啊。"倪丽催他。

温郁眨了几下眼，才低头把卷子接过去。

林羡清也是有些惊讶，她还没来得及去找温郁，结果在这儿碰上了。

包小平问："抱得动不？这书还不少。"

林羡清回头看了一眼，还没来得及回，门外的温郁把卷子夹在胳膊底下，抬了步子走过来。

"我帮她抱一点儿。"

他抱起一大半书，回头看她，语气淡而松散地说："带一下路。"

林羡清抱起剩下的书跟上他。

办公室里，包小平抿了口滚烫的茶，跟倪丽搭话道："你们班这同学还挺热心的。"

倪丽表情还带着几分错愕，她愣愣地回道："是的。"

是个鬼，尖子班比普通班早一个月开学，这一个多月以来，倪丽就没见过温郁这么热心过。

他是个懒学生，班级劳动从来叫不动他，一到大扫除人就没影了，一下课要么待在座位上做题，要么就趴着睡觉，懒得很。

现在大家都去食堂吃饭了，教学楼里安静得很。

温郁回头问她一句："你在几班？"

"十一班。"

两人一前一后进了十一班，温郁把课本放在林羡清座位上，他看见林羡清的位置后皱了眉，说："你就坐这儿？"

林羡清收拾起课本，唉声叹气道："没办法，来得晚，哪有好位置留给我坐。"

她回忆了一下包小平刚刚在办公室的唠叨："月考后换位置，没多久了，忍一下呗。"

有几个学生刚吃完饭后回来，进门后就一直絮絮叨叨，还时不时回头往温郁这儿看。

几个人的视线小心翼翼地往后移，林羡清微微笑了一下，有点儿尴尬地说："我是新来的。"

说话间，广播已经停止放歌，距离上课还有五分钟。

温郁把卷子拿在手里晃了晃，说："我得回班发卷子，我在五班，有事来找我。"

林羡清点了几下头，埋头收拾课本，好不容易把书都收进抽屉，一抬头看见一群人的视线缠在她身上。

她抽出一本书，默默遮住自己的脸。

幸亏林羡清假期提前预习过，高一的课程她已经预习一半了，落了一点儿正课也不打紧。

中午吃饭的时候，一打下课铃，一群人就风一般跑出去，林羡清还卡在座位里，等她好不容易挤出来，教室已经空了，林羡清站在原地呆滞了一会儿。

她抱着侥幸心理出去，打算应付一顿。

经过五班，林羡清下意识往里面看了一眼，扫见一个后脑勺，那人正趴在桌子上睡觉，窗台边上有很多糖果，都是别人给他的。

她凭衣服认出了温郁，于是走过去好奇地看了几眼，都是奶糖。

可是温郁似乎不爱吃甜的。

林羡清咂了几下舌，暗道可惜。

温郁的胳膊动了动，他略略抬头，露出一只眼睛，稍长的睫毛被掀起，他趴在课桌上看林羡清，安静地眨了几下眼睛，却没移开视线。

两个人谁都没动，一阵风从走廊穿过去，林羡清看见他额前的碎发轻缓地晃动。

几秒后，林羡清讪讪把糖放回去，佯装无事道："你不吃饭？为什么不在午睡时间睡？"

温郁动了动脑袋，直起背往后靠了靠，懒洋洋地吐了个字："困。"

他抬眼看了眼教室里的钟，好心提醒："只剩十五分钟了，你还不去食堂？"

林羡清惊呼一声，她挨不住饿，少吃一顿都不行，临走前给温郁留了句话："你等着我。"

温郁等了，午餐时间都过了林羡清也没来，学生要午睡，他关了窗户，拉上遮光的帘子。

拉上帘子的那一秒，少年眉眼微垂，很轻地吐了一句："骗子。"

让他等，她又没有来。

下午两点，广播响起，陆陆续续有人出去洗脸。温郁从厕所回来，看见自己的窗户旁边摆着两袋面包。

经常有人从窗户里给他塞东西，温郁一开始没太在意，直到看清便利贴上的字。

午饭还是迟到了，给你带的面包，不要饿肚子！

他把便利贴折好，夹进自己的笔记本里。

高中的第一个月假，徐云然和林志斌打算去老家把哥哥接回来住，出门前给林羡清留了钥匙。

林羡清上午写完练习册，下午打算骑车去商业街，只是骑车到湖边时，自行车突然歪了一下，她滑进了湖里，幸亏这湖的水不深，刚到她膝盖。

她浑身湿了个彻底，衣摆直滴水，裤子吸了水以后重得不行，蹬车都费劲。林羡清一摸口袋发现钥匙没了，兴许是刚刚被湖水冲走了。

手机进了水，也没办法跟人联系。

林羡清暗暗道了一声倒霉，抬头四下看了一眼，这地方离温郁家近，她可以去借个手机给爸妈打个电话，让他们早点儿回来。

林羡清对温郁的父亲有几分忌惮，她到了温郁家也不敢大声喊人，只敢从后院里把梯子捞出来，踩着梯子爬上去。

温郁正在书桌前做题，一抬头就看见一个浑身湿透的人扒在窗口，头发湿成一缕缕的。

那画面冲击力太强，温郁手里的笔都掉了，他抬眼，反应了好久。

林羡清朝他露了个笑，有气无力地说："救命啊。"

温郁把她拉上来，转头把窗户关上，免得屋子里进风。他从衣柜里捞出自己的衣服，按着林羡清的身高挑了几件。

他的房间有内置的洗手间，温郁没着急问林羡清什么，而是把衣服交给她，说：

"把湿衣服换掉，浴室里有吹风机，把头发吹一下。"

折腾了大概半个多小时，林羡清才浑身干爽地从浴室出来。

温郁坐在床边，把被子扯开，说："林羡清，过来。"

她不明所以，一走过去温郁就扯着被子把她包住，按着她坐在床边。

林羡清抽了几下鼻子，抬眼看着他。

温郁捞过书桌旁的椅子，面对面坐在林羡清面前，他双手抱臂，神情很淡，一个字也不说，只是淡然凝视着林羡清。

不用他说，林羡清自己就一股脑儿交代完了，说完以后，她小心地问："可以借我个手机给我爸妈打个电话吗？"

温郁看了她一会儿，视线落在她吹得半干的头发上，把手机递给她。

林羡清给徐云然打了电话，说钥匙弄丢了。

徐云然问她现在在哪里，林羡清怔了一下。

她抬眼看着眼前的少年，两条腿伸得很长，姿势懒散地靠在椅子上。

"在朋友家里。"

徐云然说："这边是山路，下雨滑坡把路堵了，我们今天回不去，你要不在朋友家待一晚，明天我到家了给你打电话。"

林羡清几乎是下意识地提高音调，说："不行！"

她看了眼温郁，有些难堪地压低声音说："我朋友家没多的地方住。"

徐云然没太当回事，说："两个女孩子，挤一张床也能睡啊。"

可关键是那个朋友不是女孩子啊，怎么挤一张床。

林羡清半天憋不出话来，徐云然以为她默认了，说："明天我们尽早回去。"

电话挂了，林羡清很慢地把手机拿开。她想了想，提议道："要不你借我点儿钱，我出去找个酒店住？"

"我现在手上没有钱。"

林羡清欲哭无泪，把手机还给温郁，又听见他说："住这儿吧，明天你再回去。"

窗外的雨声经久未息。

林羡清只露出一双眼睛，鼻子埋在被子里，呼吸间有种熟悉的冷香。

屋子里的灯熄掉了，只能从窗外窥见一缕摇摇晃晃的月光，照亮地板上单薄的被褥。

林羡清睁着眼睛，试探性地往床下看了一眼。

温郁睡姿端正，月光映在他清俊的面庞上，隐约能看见眼睫毛下方投映出的阴影。

她很小声地问："公主，你不冷吗？"

温郁把床让给了她，自己垫了个薄得不行的被褥就躺地上睡了，林羡清心里有点儿过意不去。

温郁的睫毛颤动几下，没睁开，淡声回答："还好。"

"哦。"

林羡清应了一声，整颗头都埋在被子里。

第二天温郁就感冒了，林羡清爬梯子下去的时候，温郁还闷声打了个喷嚏，说话时的嗓音也是哑的，说道："踩稳点儿。"

林羡清十分担忧地望着他，抿着唇下去，踩在院子里湿掉的泥土上，沾了一鞋底的泥巴。

她狼狈地回家，徐云然讶异地瞟了她两眼，问："你身上穿的衣服怎么那么像男款？"

林羡清卡了几秒，说："这是中性风。"

她埋头冲进家里，刚被接回来的哥哥自己待在房间里，她没见着，也乐得清闲。

第二天上学，林羡清起了个早，她往保温杯里灌了一大杯生姜可乐，还把各种感冒药用塑料袋装好，塞进书包里，早早地去学校，拉开那扇窗户，塞进温郁的抽屉里。

九月份末尾，天气彻底凉下来，早晚都刮风，还总下连绵不断的雨。

好不容易雨后天晴，午后稍微涌出一点暖意，教室里打了起床铃，教室的学生一个接一个出去洗脸透气，林羡清把窗户拉开，撑在窗台上往外眺望。

空气十分清新，夹着淡淡的凉意，入目的都是黄了一半的叶子，操场上有不少睡完午觉醒瞌睡的人，在跑道上转悠。

五班应该是下一节上体育课，因为她在操场上看见了温郁，推着一车的羽毛球拍往操场中间走。

在一棵白杨树旁边，几个女生推推搡搡地出来，林羡清听不清他们说话，只看见很多人把温郁团团围住，一边搭话，一边拿推车里的羽毛球拍。

有人指了指他小指勾着的粉红色保温杯。

林羡清盯了一会儿，刚睡醒的倦怠突然散了大半，整个人都有了精神。

兴许是福至心灵，温郁明明被人群簇拥着，还是仰头朝她这个方向看了过来。

教室里还在播放音乐，可是那一刻，林羡清什么也没听清。

因为她看见那个被所有人围住的人远远地望着她笑，眼睛会弯起来，像一钩新生的月亮。

他从人群里抽身，在那么多人的注视下，温郁的小指坠着十分不符合形象的粉红色保温杯，直直朝她守望的那扇窗户走来。

温郁个子比她高不少，学她的姿势，两只胳膊压在窗台上，那张脸离她很近，细密的睫毛交合几下，复而垂下。

温郁拿下手指勾着的保温杯，放在她手边。

又开始刮秋风了，地面的树叶划过地面，温郁稍长的头发被吹得凌乱，但丝毫不影响他清冷的气质。

温郁掀起薄薄的眼皮，问："明天还有吗？"

林羡清仰头盯着他漂亮的眼，那里仿佛盛了细碎的秋光。

她只是说："有的。"

身后有人叫他："班长，集合了。"

温郁没有立刻回头应声，他毫不搭理身后催促的声音，只是安静地垂眼看着她。

林羡清被他看得有几分不自然，她把保温杯握在手里，准备关上窗户，结果窗户外的那个人看了看她，淡声嘱咐道："脸上睡出压痕了，下次可以带个小点儿的枕头。"

林羡清吞吞吐吐地憋出一句"知道了"，立马把窗户关上。

窗户是透明的，林羡清又把帘子拉上。

广播里的起床歌不知道什么时候停的，林羡清紧紧握着手里的保温杯，十分迟钝地呼出一口气。

学校要求六点十五到教室早读，林羡清基本五点二十就得起，这种状态一直持续了四五天。

十一月份有两个考试，月考考完后没多久就是期中考试，期中考试比较重要，成绩够好能被提进尖子班。

为了这两个考试，林羡清回家都没歇着。她一天能刷两张数学单元卷，又找老师要了三两张别的学校的期中卷子。夜里十点半，林羡清还坐在书桌前用笔尖戳着卷面，放在一旁的手机震动一下，林羡清扫过一眼。

温："月假有安排吗？"

明天就暴富："学习！写题！"

温："见面吧，我教你。"

看着温郁发过来的消息，林羡清很明显地迟疑了一下，才缓慢地打字："好。"

月假当天，林羡清带上练习册和卷子，跟家里打了声招呼就出门了。

她找了个自习室，到的时候温郁已经坐在里面了。

林羡清从抽屉里掏出自己的题，她已经写了大半，只空了几道比较难的题拿来问温郁。

自习室的空间狭窄，只有一张长桌和连在一起的长椅，空间都是封闭的，避免打扰到其他人。

温郁打草稿时字迹潦草得不行，他真的很懒，多一个字都不愿意写，所以给出的方法都是最简单，步骤最少的，林羡清得好一会儿才能琢磨透。

温郁耐心很足，讲得一遍比一遍详细。

林羡清听得一知半解，苦大仇深地皱眉点头，说："我再顺一遍。"

温郁偏头看她，长桌上摊满了练习册和课本。林羡清认真地盯着练习题，捞过一边的课本对照定理的解释看。

"林羡清。"温郁单手支着下颌，看向她的视线懒散，念她名字的时候总是很慢，"你能不能……再往上爬一点儿，我想你来五班。"

林羡清握笔的手一顿，笔尖渗出的墨在纸面上晕染出一个小小的点。

她有点慌乱地颤了下眼睫毛，笔尖停在那里写不下一个数字。

她沉默几秒，又开始"唰唰"写题，回答得有点儿敷衍："我已经在努力了。"

温郁从书包里拿出一沓书，有他的笔记本和尖子班用的练习册，他把一摞书推给林羡清，说："我们班老师画的重点我都有标，你用得上的话可以看一下。"

"这些东西我拿去用的话，你用什么复习？"

温郁身子松散，一手转着笔一手撑住下巴，视线扫过她，说："这些都是为你写的，我平时比较懒，都直接写在课本上。"

她翻了几页，温郁平常不太爱记笔记，觉得那样很浪费时间，通过笔记了解一个知识点不如直接做几道题来得实在，但是笔记本上的字都一板一眼的，练习册上的题也认认真真标了知识点和易错点。

这应该挺花工夫的，除非他从很早就开始做这件事了。

林羡清垂眼看着纸页上的字，张了张嘴又不知道该说什么。

"谢啦。"她最后说。

温郁"嗯"了一声，开始写自己的假期作业。

林羡清最后回去的时候，书包沉得差点背不动，一直到期中考试结束，她的课桌上都堆满了温郁写的分析笔记。

考试结束后，老师会在成绩出来之前就开始讲卷子，林羡清看着自己满页的勾，突然有点兴奋。

李欣怡拿着她的卷子翻来覆去地看，突然有些伤感地说："你要是真进了五班，我们就不能总是一起玩了。不过温郁也在五班，你们真有缘。"

"跟他有什么关系？"林羡清回复道。

李欣怡表情狐疑。

林羡清看着她探视的表情，突然有点儿哑口无言，舌头打转了半天，才堪堪说出一句："真的。"

成绩出来以后，林羡清在所有平行班里占第五，压线被调进尖子班。

搬东西那天，温郁专门在十一班门口等她，躁动的课间因为他的突然出现而寂静下来。

平平无奇的校服给他平白增添了一股少年气，温郁的表情是一贯的冷淡。

"林羡清，我来接你过去。"

李欣怡侧着身子，给他让了道。

林羡清把书塞进书包里，费力地拉上拉链，回着温郁的话："马上就好。"

一阵穿堂风，吹得人瑟瑟发抖，林羡清越着急就越拉不上书包的拉链。

温郁直接进了教室，大步流星地靠近她的座位，拎起她的书包，把书往下抖了抖，然后顺畅地拉上拉链，背在自己肩膀上。

"还有别的书吗？"温郁偏头看着林羡清。

有那么一瞬间，林羡清看着他说不出话，哽了半天才回道："剩下的我自己可以拿。"

温郁垂眼看着她脚边的书箱，拿脚轻轻踢了下，问："这也是你的？"

林羡清点头，看着他俯下身子把书箱搬起来，直起身以后朝她扬了扬下巴。

明明是她换班，结果是温郁拎着大包小包的，她轻松得不得了，手上就端着三本书。

林羡清把东西搬到自己的位置以后就开始收拾课本书籍了，她的桌子在温郁旁边，桌面和抽屉都是干净的，应该被人提前擦过。

她把温郁之前给她的复习资料摞成一沓还给他，温郁瞥了一眼，只把自己的练习册抽了出来，剩下的笔记本都推了回去。

"我用不上，你拿着继续往后写。"

恰好打了上课铃，倪丽抱着课本进来，叫值日生上去擦黑板，上课前扯了几句闲话："是新来了五个同学是吧，咱们班的进度比平行班快一些，新同学可能得辛苦一点儿，把差的课补上来。"

她站在讲台上，一边把课本和幻灯片都打开，一边说："我还是继续上新课，新同学对之前的内容有疑问的话，随时进办公室找我，我一般都在。"

林羡清对照着幻灯片上的标题在课本目录上找，好家伙，这进度差得不是一星半点儿，几乎差了半册书。

她越往后翻手越抖，唉声叹气地说："公主，可能下次调班我就得跟你说拜拜了。"

"不用担心。"

温郁头也不偏，可能是怕被倪丽发现讲小话。

他伸了手，帮林羡清把书翻到对应的地方，说："我会帮你，你走不掉的。"

林羡清眨了眨眼。

她连忙摆了摆头，集中精力听课。

下晚自习以后，一部分人拎着书包回家了，还有一部分人刻苦一点儿，还留在教室里做题，一般等到熄灯以后他们才会走。

林羡清得补差课，所以她没急着走，耳朵里塞着耳塞，继续看教辅书。

差不多到点了，距离熄灯还有五分钟，林羡清扔了笔，缓缓呼出一口气，身子往后一靠，看见温郁也没走。

这人也没学习，正趴在课桌上睡觉，头发被胳膊压住，拱出一个浅浅的弧度。

林羡清侧着身子看看他，想着待会儿走的时候再叫醒他。

就在这时，教学楼熄灯了。

视线突然一片黑暗，连楼下的路灯都灭了，世界唯一的光源只剩下挂在天上的月亮。

沉默几秒以后，林羡清摸黑站起来，跟温郁说："走吧，该回家了。"

说着，她脚一抬就撞在别人的书箱上，可能把箱子踢倒了，里面的书洒了一地。

林羡清连忙蹲下身子囫囵收着，但她实在是看不清东西。

温郁站在她身后，俯身把人提起来，说："先站在一边。"

他蹲下去，帮她把洒落的书全部收拾好，然后把书箱往里推了推，方便她走。

温郁站起来，上下扫了她一眼，上半身突然前倾过来。

林羡清能闻见他身上淡冷的气息，与月光融为一体。

她感觉有点儿窒息，憋住气，干巴巴地问："你干吗？"

温郁仍旧盯着她，轻缓地眨了几下眼，淡声说："我还以为你什么也看不见了，你有夜盲症？"

"不清楚，但我现在确实什么都看不见。"她如实回答。

温郁又问："那你刚刚怎么知道我靠近你了？"

林羡清不太自然地撇过头，虽然现在她看不清温郁的脸，但她知道温郁就站在她面前。

"你凑那么近，我闻也闻到味儿了。"

"哦。"少年散漫地拖长了调子，似乎觉得十分好奇，"我是什么味道？"

林羡清哑口无言，张嘴张了半天，有点儿愤愤地说："狐臭味。"

她快步挤过他，嘴里叫道："走啦，我赶着回家。"

但是她看不清路，教室里的桌子又排得密集，简直一路跌跌撞撞，林羡清差点儿被椅子绊倒，好在及时被温郁握住胳膊。

他闷声笑了一下，声调有点懒散地说："生气了啊，不逗你了。"

温郁握住她的手腕，拉着她走，偶尔回头提醒她一句："跟紧点儿。"

夜晚还有未归的鸟雀停栖在路灯上，十一月的末尾，树叶落了一地，一脚踩上去能听见碎裂声。

学校大门处还亮着灯，久违的光亮让林羡清安心，向门卫出示完走读证以后，老大叔笑说："这么晚才回去啊，现在的学生真是刻苦。"

林羡清笑笑，走出大门，用钥匙开着自行车上的锁。

都十点多了，马路上的车少，林羡清一路顺畅无阻地骑回家，回房间的第一件事是打开手机，给那个昵称叫"温"的人编辑了一条消息："我到家啦，明天——"

对话框里末尾的竖线还在一直闪动，林羡清愣了一下，十分懊恼地把手机关掉，四仰八叉地趴在床上。

她在干什么啊。

林羡清拍拍自己的脑袋，怀疑自己脑袋进水，然后翻了个身，仰面看着纯白色的天花板，很小声地背着：

"植物细胞壁的主要组成成分是纤维素和果胶；真菌细胞壁的……"

"温——"

她突然停住，死死闭嘴，背着背着突然偏题了。

林羡清用枕头压在脸上。

真烦。

林羡清第一次在月假的时候补课，补课的安排很极端，一上午数学，一下午生物，晚自习全是英语，听得脑袋要爆炸。

数学抽了两节课出来小测，林羡清奋笔疾书，旁边那个人慢慢悠悠地答完了题。

林羡清有点好奇他做完了以后在干什么，发呆吗？

她稍稍转了一下脑袋，偷偷往他那边看，结果温郁把卷子往她这边推了推，可能以为她是想照抄。

看不起谁呢？

她把头扭了过去。

兴许温郁是真的太无聊了，居然在考试的时候给她扔纸团，林羡清慌张地把纸团一下子捏在手里，心虚地看了老师一眼，生怕被发现。

她回头瞪了温郁一眼，又趴在桌子上继续写题。

考试时间结束，林羡清的压轴题只写了第一问，倒数第二题写了一半左右，选择题和填空题最后一问直接放弃了。

她讪讪交了卷，看见别人答题卡背面几乎全写满了。

林羡清才想起来自己手里还有个纸团，她刚把纸团展开，整个人突然被带得后仰——温郁连人带凳子给她拖回去了。

她抬眼看着他，对上少年淡漠的眼睛，他瞳孔幽黑，唇瓣不悦地回抿。

林羡清刚看清纸团里的字，被揉得皱巴巴的，上面写道：**回来，你挡那么严实干吗？我又不抄你的。**

她煞有介事地申明："公主，以后你不能这样。"

温郁懒散地靠墙，淡然而散漫地应声道："哪样？"

林羡清说："考试就考试，就算以后我求你，你也不能给我抄，更不能给我扔纸团，被发现就惨了。"

"懂。"他漫不经心地答了一个字。

晚上得上三个小时的英语课，林羡清的英语是强项，她在别的学科上蠢得像木头，在英语上就是开花的木头，还算有点灵气。

晚自习还没开始，温郁被一群人叫出去了，几个人在走廊里窃窃私语，回来的时候，林羡清看见他手里拎了个纸袋子。

她好奇地凑过去看，发现是一罐茶叶。

林羡清惊讶了几秒，狐疑地问："你买茶叶干什么？"

温郁做了个"嘘"的手势　他勾勾手指，示意林羡清凑近点听。

"其实也不是什么大事。鲍国这人爱喝茶，我们几个班委一起给他买了罐茶感谢他，就指望着今天送出去，好求着他今晚给我们放电影看。"

林羡清偏头看了他一眼，表情很无语。

鲍国就是五班的英语老师，讲一口纯正的英式发音，一张国字脸，但是总是笑眯眯的，看上去不算难相处。

上课前五分钟，英语课代表跑到讲台上去，把等会儿的事跟大家交代了一遍。

补课这天是不打铃的，时间一到，鲍国刚夹着课本走进教室，温郁喊了声"起立"，整个教室的人"唰"的一声就站起来了，比军训练正步还要整齐。

鲍国看得一呆，"嚯"了一声。

"今儿什么日子啊，不是节日，也不是我生日的，你们怎么这么兴奋？"

温郁拎着那罐茶叶迎上去，说："这是班上同学给您买的。"

鲍国连连推辞，最后抵不过大家的坚持，这才收了这茶，一抬眼看见一群人都还围着没走，问："还有什么要说？"

几个人你撞我我撞你，最后撞到温郁身上，他面不改色地说："老师，能不能给大家放个电影，上次我们班的英语各项都是第一，可以放松一下了。"

鲍国扫了这些学生一眼，每个人都用那种可怜巴巴的眼神看他。

有人大声恳求道："答应吧，我愿意在放假多写一张卷子！"

"让他一个人写全班的！"

"这事我看行。"

鲍国笑了声，叹着气摆摆手道："来个人放，只能看英文版的啊。"

底下一阵欢呼："关灯关灯，拉帘子。"

"刘大猴你能不能趴下，挡到我了！"

"早知道吃饭的时候去小卖部买点零食了，看电影没点儿零嘴配，就像吃辣条没有可乐。"

"过来过来，我这儿有存货，两块一包啊。"

林羡清把挡视线的课本都塞进抽屉，电影都开始了，温郁还没回来。

她有点疑惑，后来被电影剧情吸引了以后就忘记这茬了，仰着脑袋看剧情。

他们很奸诈，放了个贼长的电影，《乱世佳人》，这时长将近四个小时了，看到下自习都看不完。

剧情刚起了个头，林羡清突然听见有人在小声地叫她的名字，窗户的帘子被一只骨感的手撩开一个角，林羡清从窗外看见了温郁。

她凑过去，问："你怎么在外边？"

温郁没说话，从衣服里往外掏东西，辣条、薯片、袋装的爆米花，还有奶糖和可乐。

林羡清看得傻了眼，问："你偷偷跑去小卖部了？"

十一月末的天已经很冷了，温郁还脱了校服外套用来包零食，自己就穿了个薄衫，林羡清看着就冷。

他像是没觉得这有什么大不了的，解释道："再晚老板就关门了。"

后桌有个身材胖乎乎的男生，大家都喊他小胖。

小胖看见温郁带回来的零食，立马想伸手去捞，说："卖我一点儿吧，正愁看电影没吃的。"

温郁面不改色地打掉他的手，直白地说："没你的份。"

他把所有零食都倒在桌子上，捞过凳子坐下，拉开一罐可乐推到林羡清面前，易拉罐里的可乐还在汩汩冒泡，"噼里啪啦"地响。

怕打扰别人看电影，温郁说话刻意放低了声音："随便吃，都是你的。"

林羡清说："我也吃不了这么多，分一点给小胖也没什么。"

后面的小胖连忙附和道："对对对！"

温郁眉头几不可闻地蹙起来，双眼眯了下，连带着唇角都明显下拉，说话的语气冷淡没温度，说："你倒是对别人大方，也没先问我吃不吃。"

小胖充耳不闻，看起了电影。

只要不上课，就会觉得时间过得异常快，电影还有几十分钟才放完，但是已经到放学时间了，鲍国催着大家快回家。

林羡清拎着书包打算走，温郁扯了她一下，说："等等我。"

林羡清闻言稍做停顿，等着温郁一块儿走。

明明也一起走不了多远的路，顶多到了大门口就得分道扬镳，但还是想找个人陪着自己走，总归不会太孤单。

路灯昏暗的光影下盘旋着几只飞蛾，初冬的夜晚极静，不像夏日那般有吵破天的蝉鸣，天气渐冷，随便呼出一口气即见白雾。

林羡清把双手插在兜里保暖，她突然想起一件事，就跟温郁提了一句："祝元宵说要一起去新开的游乐场玩，你有时间吗？"

温郁轻微颔首，随意问着："什么时候？"

她思考了几秒，道："可能得等到放寒假吧，还早得很。"

话音刚落，从身后突然冲出来一个人，十分自来熟地捞住温郁的脖子，温郁被他的力道带得一歪，偏头无语地看着刘邬逸。

刘邬逸是英语课代表，今天的主意就是他一早谋划的。

他说话心直口快，毫不在意别人尴不尴尬。他说："班长，跟新同学一起走夜路？"

林羡清一愣，温郁扯了扯嘴角，给了他一手肘。

刘邬逸连连呼痛，戏精般捂住自己的胸口，无力地道："谋杀啊。"

他混不讲理地说："赔医药费，请我吃几串烤面筋。"

温郁懒得搭理他，擦过他肩膀就走，刘邬逸看了眼林羡清，又装模作样地对林羡清声音很大地说："哦，原来温郁也没请你吃过东西啊，真小气，跟哥走，哥请你吃。"

林羡清张了张嘴，刚想说他今晚看电影的时候刚请自己吃过东西，又见刘邬逸一直朝自己递眼神，她顺着看过去，没走几步的温郁已经停住，说话时没什么好气。他说："跟上来。"

刘邬逸欢呼一声跑上前去，温郁又折了回来，看向她的时候眼神居然有点儿为难，说："不是不想请你吃这些夜宵，不过这些地摊不大干净。"

他扯了扯她的书包带子，说："今天高兴，带你吃一次。"

走在前面的刘邬逸见半天没人跟上来，就疑惑地回头，看见两个人匿在两盏路灯间隙的黑暗中，温郁凑到林羡清耳边说了话。

他大喊一声："说什么悄悄话呢，再晚人家就收摊了啊。"

两人又往前迈了几步，重新立在光线里。

因为留校的学生少，那些摆摊的老板大概也知道今天只有尖子班补课，于是出摊的也少，小烧烤摊倒是支起来了，刘邬逸很不客气地要了好多，老板烤得手忙脚乱。

温郁侧过身子问她想吃点什么，林羡清看了眼，最后只要了一串火腿肠。

烧烤架子的烟平地升起来，各种摊位前零零散散地围了些学生，夜间的校门口是最有烟火气的地方。

温郁在前面付钱，刘邬逸偷偷撞了下林羡清的肩膀，小声问："刚刚班长跟你说的什么？我好奇。"

"没什么啊，跟我讨论题目呢。"

刘邬逸明显不信，嘟囔道："谁讨论题目跟说悄悄话一样？"

烧烤摊的老板刚烤好一把面筋，叫嚷道："面筋好了。"

刘邬逸应了一声，上前去拿。

林羡清这才有空去想温郁刚刚跟她说的话。

少年轻一俯身，校服领子都浸透了他身上的冷香，他精致漂亮的容颜隐匿在黑暗里，只有鞋尖沾了一点路灯的光。

温郁只是说："下次有空，带你去干净的地方吃。"停顿几秒他又补充，"不带他。"

前方温郁从老板手里接过火腿肠，他用纸巾包住木签，避免脏手，才递给林羡清。

烤肠上沾满了孜然和辣椒粉，林羡清咬了一口，嘴烫得合不拢。

温郁又给她塞了几张纸巾，低着眉目说："慢点儿。"

他看了眼时间，再晚回去温执会问了，于是就跨上了自行车跟林羡清打了声招呼走了。

烟火小摊还在吆喝着，校门口的书店里也堆满了人，各种声音穿插，各色光线交杂，林羡清手里捏着烤肠的木签子，感知着初冬夜里微凉的温度。

她又慢悠悠咬了一口手里的东西。

风的温度，刚刚好。

转眼又入深冬。

林羡清放了寒假，假日她总是懒得很，睡到日上三竿才起来吃午饭。

林柏树刚转学，林羡清还没怎么跟这位哥哥说过几句话。

吃饭吃到一半，林羡清戳着碗里的饭试探性地问道："妈妈，明天我约着跟朋友一起出去玩，不回来吃饭了。"

徐云然在这方面从不会限制她，只说让她多注意安全。

第二天一大早，林羡清把衣柜翻得一团糟，最后还是选了比较薄的大衣穿，好看是好看，就是不保暖。

出门时，徐云然还在身后说："穿那么一点儿小心感冒啊！"

林羡清在寒风中咬咬牙，还是坐上了小电动。安全起见，她戴上一个头盔，又拎着另一个稍大点儿的，搁在座位下的空格里，然后骑着电动车到了约定的奶茶店。

王可心见到她时眼睛都快掉下来了，惊讶着说："你不要命了？今天才三度，你穿这个？"

林羡清抽了抽鼻子，勉强说："没事，我不——"

话还没说完，她打出一个喷嚏来。

虽然是骑电动车来的，结果林羡清还是最晚到的一个，坐在小沙发上的温郁看了她一眼后，眉头轻蹙，好在奶茶店里开了空调，倒是比外面暖和。

温郁站起身来，对林羡清说："给你点了热巧克力，你坐我这儿，我出去买点儿东西。"

林羡清"哦"了一句，乖乖坐下。

祝元宵看了眼时间，提醒温郁道："公主你得快点儿了，待会儿赶不上车了。"

说到这茬林羡清就来了精神，她自信满满地拍了拍胸脯，说："没关系，我开了小电驴，到时候我带公主过去。"

几个人的视线投在她身上，有几分不敢恭维的意思。

林羡清眨了眨眼睛，严肃地说："怎么了嘛，以前我一直骑车带他呀。"

徐寒健笑着扎刀，说："是啊，所以你俩翻过沟，还把膝盖摔得冒血，我们几个抬着你俩去医院的。"

林羡清心虚地喝了口冒热气的热巧克力，小声说："那都多久以前的事儿了，现在我早就骑得很熟练了。"

良久，温郁还没回来，店里温暖的温度让人昏昏欲睡。

林羡清看了眼时间，对其他人说："要不你们先走，待会儿我带温郁过去，再给你们打电话。"其他人一看时间确实不早了，就没执意留下，三个人先打车走了。

奶茶店的门被推开，温郁进来的时候裹着一身凛冽的冬气，他手里拎着个纸袋子，印着某服装品牌的标志。

温郁走近，从袋子里把羽绒服里掏出来，很干脆地扯了吊牌。

"把外套脱了，穿这个。"

林羡清把漂亮大衣脱了，换了个纯黑长款羽绒服，长得只露出个脚踝，裹在身上倒是暖和。

温郁去柜台结账，林羡清就坐在电动车上等他。

他出来后盯着她的电动车看了很久，却迟迟没有坐上来，表情有点儿莫测。

林羡清回头催他，说："快点儿坐上来啊。我已经骑过很多次了，安全得很。"

温郁跨坐在她身后，熟悉的味道席卷过来。

他扯着她的衣服，懒洋洋地开玩笑道："万一这车半路爆炸，我俩得一起死。"

林羡清瘪了瘪嘴，说："你也盼我点儿好吧。"

她扭了钥匙，车身开始抖起来。

大约几十秒以后，听见身后那人低低喃了一句："这有什么不好吗？"

该说不说，温郁这嘴跟开过光了一样，虽然这杂牌车没有中途爆炸，但是在大马路上开到一半就突然熄了火。

敲敲打打一番后，林羡清皱着眉艰难地下了结论，它坏了。

她还蹲着，扭过头看向温郁，以一种很认真的表情说："要不，拦个出租车吧。"

温郁几不可闻地叹气。

最后两人是迟了一小时才到，到的时候正是大中午，祝元宵他们都吃上午饭了。

林羡清累了一路，终于可以吃点儿饱肚子的东西了。

几个人看见林羡清身上的羽绒服，问："晚了这么久，就是去买衣服了？"

温郁喝下一口水，声音也有点疲惫，说："不止，电动车路上熄火了，又耽搁了一会儿。"

几个人纷纷把视线投向林羡清，跟约定好了一样，摇头叹息。

林羡清一脸疑惑。

游乐场里设施齐全，几乎集齐了所有游乐项目。

林羡清属于那种又菜又爱玩的，追求刺激，但是真的坐上去了又怕得不行。

跳楼机的工作人员给她做好防护措施，林羡清缓缓吁出一口气，她左边是王可心，右边是温郁。王可心胆子一贯大，温郁又是个冷淡性子，估计根本没把这种程度的东西放在眼里，只有林羡清是一脸视死如归又隐隐兴奋的表情。

跳楼机慢慢升上去，林羡清并不恐高，还能睁开眼睛往下看一眼，直到升到顶了以后，她才紧紧咬牙，知道最刺激的部分就要来了。

高空的空气稀薄一些，林羡清觉得自己的心跳得厉害，恍惚间听见有人叫她的名字，她向右偏了偏脑袋，疑惑地看向温郁。

他在笑，不知道在笑什么，一双好看的眼睛弯起来。

降落的时候，林羡清看见他的头发被风吹得凌乱，但丝毫不影响那样好看而干净的眉眼。温郁的双唇张合一下，说了一句话，但是当时她耳边只有风声，温郁的声音又实在太小，她什么也没听见。

等她想出声问的时候，脚已经触地。

林羡清有点儿没回过神来，旁边的王可心已经解开安全带走了出来，她看着呆坐的林羡清，问道："吓傻了？怎么这个表情？"

到了？

她就看了温郁一眼，怎么就到地面了。

花钱玩了个寂寞。

林羡清失魂落魄地从座位上下来。祝元宵捂着胃，一副想吐的样子，徐寒健扶着他去一边的小卖部里坐了一会儿。林羡清也深觉口渴，去小卖部里买了瓶水喝。

店里摆了些电玩，不过大多是小孩子爱玩的那种。

有小孩子正在打弹珠，但是一连投了几个珠子都没进洞。林羡清在一边看着，觉得好玩，温郁也凑了过来，低眸扫过一眼后问："想玩？"

那群孩子恰好把所有玻璃珠子都输掉了，一个个耷拉着脑袋跑开了，林羡清得了空，就坐了上去，浑不在意地道："试试呗。"

一块钱四个珠子，她先买了五块钱的。

十几分钟后，还剩两个珠子，其他的全输了。

林羡清玩到最后总结道："这游戏不适合我。"

温郁轻笑一声，从林羡清手里捏起一个珠子投进去，胳膊从她身后绕过来。

"握住拉杆。"

他说着，林羡清就照做，把手搭在拉杆上。

少年的手骨节修长，手指匀称，皮肤白得没有一点儿瑕疵，她像是触到一块品质极佳的玉。

温郁握着她的手拉动拉杆，小球被弹出去，晃晃悠悠地在隔板里左弹右弹，林羡清低眼看着。

林羡清很紧张，温郁瞧着她，轻声说："我刚刚跟你说的话，你听清没？"

——小球入洞，机器响起欢乐的声音。

机器又吐出几颗珠子来，林羡清顿了几秒才问："你说了什么？"

身后少年久久没说话，但是那种清洌的气息也没撤去，他好久后才说："没什么，只是让你别害怕。"

不对。

林羡清记得那时候温郁的表情，莫名觉得，他那时候说的一定不是这句话。

祝元宵终于缓过劲儿来了，只是脸色还有点苍白，王可心叫着他们俩的名字，林羡清慌慌张张地赶过去了。

温郁慢吞吞直起身子来，眉目沉寂着，神色有些滞然，不知道在想什么。

王可心催道："可以走了，但是祝元宵情况不太好，估计太刺激的他玩不了，要不咱分开行动？"

温郁同意了。

刚一回到小卖部门口，徐寒健问王可心道："他俩呢，不跟我们一起了？"

王可心说："咱俩先走吧。"

林羡清把最后几个珠子输光了才走，天也渐渐黑下来了。

林羡清打了个电话问才知道因为祝元宵实在难受，后面又吐了还几次，几个人就把他送回家了，三个人早就离开了。

到了晚饭的点儿，就只剩下温郁和林羡清做伴吃饭，这个点儿无论哪个店里都是大排长龙，两个人又排了好久的队，林羡清站得腿酸，忍不住扶了下旁边的栏杆。

温郁沉吟了一下，提议道："要不你去别处坐一会儿，我在这儿排队。"

林羡清望了眼前面，最后还是说："算了，前面也没几个人了。"

最后他们潦草地吃了一顿速食，从店里出来的时候，广场上有工作人员拿着喇叭宣传，游乐场今晚会放烟花，可以到围栏那边看。

林羡清想着反正也等不了多久，就拉着温郁等看完烟花了再走。

游乐场里圈着一片湖，面积不大，湖边已经有工作人员在搬弄烟花。

林羡清玩了一天有点儿倦怠，两条胳膊轻搭在栏杆上，看着湖面上泛起的涟漪，一圈又一圈，水面散着浮金一般。

围观的人越来越多，到了晚上温度也变凉了，林羡清到现在才庆幸自己穿了个密不透风的大羽绒服。

夜风吹得她睁不开眼，没过几天就是新年了，底下的人已经开始给烟花点火。

林羡清很轻松地笑了下，轻声祝福温郁道："公主，新年快到了，新的一年，祝你健康自由。"

别人的祝福可能是一生平安、无灾无难、新年暴富之类的，但是林羡清知道，这些对于温郁来说都不是最重要的。

于他而言，最重要的是拥有自由的人生，不用在房间里奋笔疾书。

尾音刚落地，烟火"唰"地冲上天空，炸出满目迤逦，光彩在厚重的云层里穿刺，黑夜如同被点亮。栏杆周边游客的眼瞳里都是对新年的美好期待，林羡清也很想像别人一样举起手机拍个照，只不过她的手机没电了。

她有些失望地回头探看一眼，却发现温郁也举着手机在拍，她问了一句："照片可以发我一张吗？"

温郁偏头看了她一眼，睫毛被烟火的彩光缠绕。

"可以。"

回家以后，林羡清给手机充了电才看见温郁发来的照片，却不是天上的烟火。

照片里是她的侧脸，被如同破晓的烟花照亮，眼眸里神采奕奕。

过年当天，林羡清被迫起了个大早，徐云然早早就起来忙活，终于做出一大桌年饭来。

她不习惯早上吃正餐，随便吃了一点就准备继去房间里补觉，进门后又瞥见书桌上的寒假作业，想起自己岌岌可危的成绩，唉声叹气地认命了。

林羡清有个知识点不太懂，就发信息问了温郁，但是那边好久没回，林羡清这次没有催。新年了，估计他爸爸在家。

林羡清猜得倒对，温执的确在家，新年这天，温家的别墅里集结了三个姓温的——温和也来了。

温和每年都会来温执这里过年，温执对他的态度一直不冷不热，却也没有过分抗拒。

温和有这里的钥匙，温执给的，他对这位父亲还算尊重。

温和亲自下厨做了菜，看见桌边的几个人以后又问："小刘呢？今年也不下来吃饭？"

温郁垂了眼没说话。

温执漠然道："她身体不舒服，不想下来吃，依她吧。"

这种事不是一次两次了，温和来这儿过了这么多次年，却始终没见到自己这位儿媳，每每提及她，温执总是说她身体不适。

兴许是身体确实不好，冬天的天气又冷，温和心里怀疑，看着自己表情冷淡的儿子也没多问。

在吃完饭以后，温和让温郁进厨房帮他洗一下碗。

温和一边往水槽里放热水，一边随口问了温郁一句："你妈妈……究竟是怎么回事？"

温郁眼神闪动一下，客厅里温执还在看艺术频道，电视节目的声音开得比较大，就像是想为这寂静的别墅里增添一点儿人的活气。

他沉了眉目，低声道："她不想出来。"

话一出口，两个人谁也不再说话，水龙头的水还在继续放着，温和低叹着自语："也是我的错。"

都说一个人的性格大多是后天环境造就的，没有哪个人是天生就坏或者天生就善，温执变成这个样子，温和觉得自己也脱不了干系。

如果他能多给温执树立一些正面的形象，也不至于到这个地步。

温和叹一声气，把最后一个盘子归置原位。

温执看都没看温郁一眼，让他回房学习。

温和也没急着离开，他坐在温执旁边，与他一同看着枯燥的电视节目。

"你喜欢书画？"

温和问着，温执没搭理他，直到电视节目进入广告，才"嗯"了一声。

气氛沉了下来，期间温执的视线一直落在电视屏幕上，一瞬不移，直到温和再次开口道："其实，我一直觉得挺对不起你。"

老人的声音变得沉厚，说："你这样不快乐，有一部分原因在你妈妈，另一部分在我，是我没有做好一个当父亲的榜样。"

温执沉默不严，电视里的广告声轻松快乐，每个人都在笑，温执冷漠看着，说："说这些，没意思。"

过去的事情谁也无力改变。

温和自嘲地笑了笑说："说这些是有点儿晚了，但是作为你的父亲，我没有做好，却还是希望你能做好。至少，不要让你的儿子像你一样，多年以后，你与他像我与你一样，对坐促膝长谈，而他却不再原谅你。"

温执的眼神颤动一下，他唇瓣微动，最后还是紧紧抿住。

电视的节目又开始继续，温和却突然说了一句好似风马牛不相及的话："有些鸟，从笼子里飞出去了，是还会回来的，因为它们对主人有感情。"老人停顿一下，话语里尽是岁月的沧桑感，"但是有些鸟被关久了，感情就被消磨光了，若有一天它们能出去，便不会回来了。"

温和最后说："看你是要感情，还是要笼子。"

他好像言尽于此，离开了别墅。

那天的温执看着电视看了很久，却又好像没把心思放在上面，除了他自己，没人知道他在想什么。

冬天了，窗外的鸟还在叫。

过完年，林志斌先带着一家人去看住在镇上的爷爷，在那边歇了几天以后，又去大姨家吃席，跑了好几天才回家。

学校尖子班初十就得开学，林羡清走完亲戚后，就剩两三天的寒假了，简直欲哭无泪。

开学前一天，家里来了陌生的客人。

也不全是陌生的客人，更准确点来说，是一个陌生的女人带着林羡清十分熟悉的温郁来了。

那个女人很漂亮，尽管能看出年纪不小了，但是眉眼间的风韵犹存。徐云然女士见到她的时候呆愣得说不出话来，最后只剩一句带着哭腔的"真是好久不见了"。

从她们的对话里，林羡清知道，那是温郁的妈妈，刘婧婧，也是在她幼年时徐云然多次造访却总也见不到的故友。

两个女人聊天，温郁很安静地坐在一边，林羡清就跑下楼，很殷勤地给几人接水倒茶。

徐云然只顾着跟好朋友说话，完全没空理她这个无事献殷勤的女儿。

林羡清顺势就坐在徐云然旁边、温郁对面，手里捧着杯热腾腾的茶水捂手。

徐云然情绪有些激动地问："你终于出来了？"

刘婧婧垂了眼，她在画室里长久不说话，再开口居然有些不习惯了，嗓音发沙，说："是的，但是我还是……打算离婚。"

林羡清一口茶水哽在喉咙里，她大声咳嗽起来，这声音打断了谈话中的两个女人。

徐云然疑惑地看了她一眼，问："你在这儿干吗，大人说话，小孩子听什么，回房间待一会儿。"

她闷闷应了一声"哦"，起身没走两步，转头又看见温郁还坐在原地慢条斯理喝着茶，就折回来拍了拍温郁的肩膀，说："大人说话，小孩子不要听，你跟我一起走。"

徐云然觉得她这态度有点儿不礼貌，刚想训她，又听见温郁懒散抬眼出声："去你房间？又想让我教你写作业。"

徐云然的话一下子噎在嗓子里，她倒是不知道林羡清跟温郁会认识，对话听上去还很熟的样子。

林羡清也看出了徐云然的疑问，她解释了一句："我俩是同学。"

温郁淡然看了她一眼，接着补充道："同桌。"

这话说了以后，徐云然没再多问，摆摆手让他们上楼去。

把人带进房间以后，林羡清小心关上门，她轻声问："我是不是听了什么不该听的东西？"

温郁很不客气地坐在她书桌前，随意地翻着她桌上摆的作业，敷衍地回答："没什么不能听的，又不是什么丑事。"

这对于他来说，不痛不痒。

林羡清以为提到了他的伤心事，立马噤了声，但这人实在有点儿过于无聊了，一直翻她的作业，还懒声指出她哪些地方做错了。

她一把扑上去抢过自己的作业，拍在桌案上，假装气势汹汹。

下一秒，温郁撑着下巴看过来，她就讨好地捞过一个凳子靠着他坐，声音都放轻了些，问："那该怎么写？"

"刚刚不是很凶？"

"没啊，你看错了吧。"

这个冬天只是飘飘洒洒地下了几夜小雪，天气没几天就放晴了，路面只剩化雪后的冰水。

冬天好像变短了不少，才二月底就已经有春天的氛围了，教学楼底下那棵樱花树已经开始绽出绿芽，长出花苞了。

学校里很多人开始带相机，趁着教导主任不在的时候，跑到楼底下拍那棵樱花树。

樱红色花瓣轻飘飘落下，初春的天气还带着点儿凉意。

上完第二节课以后，大家去操场上跑操，温郁是个懒骨头，跑到半圈就声称脚疼，回教室补觉了，而林羡清足足跑完两圈，下操场的时候还冒了点薄汗。

三月份刚换过一次座位，林羡清跟温郁从同桌变成了前后排，因为总有人从走廊的窗户里给温郁扔东西，被倪丽逮了好多次，她就给温郁调了个靠近外窗的位置。

温郁喜欢靠窗，他讨厌闷在教室里的感觉，总会勾起一些不太美好的回忆。

此时跑完操，林羡清口渴，急着回来喝水，第一个冲到教室里，却发现自己的杯子已经接满了热水，盖子敞着放凉，杯里的水还在冒滚滚的热气。

她回头，后排的少年还伏在桌子上浅寐，半个脑袋埋在小臂后面。

他旁边的窗户拉开一半，窗外正好对着那棵樱花树，正是容易刮风的时候，风一带，花瓣就颤颤巍巍地从窗外滑进来，落到他的课桌上。

林羡清一动不动，她低眼看了一会儿。

教室里冲进第二个人，林羡清连忙回了头，视线又落在自己冒气的杯子上。

她默默吐槽，确实是个家里养出来的少爷，接水都不知道加点凉水调一下温度。

林羡清把双手附上杯身，温度灼手，她很轻地叹口气。

其实她可以倒掉一部分，再重新接进一些凉水。但林羡清没有这么做，她忍了大半节课的口渴，等这水凉下来以后才喝。

周而复始，每天大课间，就有个人懒洋洋地抱怨自己脚疼，提前回教室给她接一满杯的热水，林羡清每天都得忍半节课，再喝掉他接的水。

从三月到四月，她每天都会做第一个进教室的人，再从小憩的少年手边，捡走流浪的樱花花瓣。

这是个和煦又温柔的春天。

临近高一放月假，而高二的比他们要晚几天。

林羡清昨天晚上跟爸爸一起出去逛摊子，在街边的钓鱼摊里钓上来一只乌龟，那只乌龟又呆又懒的，成天缩在壳里不动弹，林羡清觉得它这副情态像极了温郁，就带过来送给了他。

刚把礼物送出去，当天下午，学校紧急通知因为台风逼近要提前放学。

有人兴奋有人慌，整个教室乱成一团，老师催促着赶紧收拾东西回家，只有温郁一个人坐在原位，脸色十分不爽。

他记得把装有乌龟的盒子放在课桌下面的，可最后被踢来踢去，居然直接就找不到了。

门口的林羡清已经收拾好东西，发现温郁还坐在教室里一动不动，她大声喊着他的名字。温郁抬起眼帘扫了她一眼，微抿着唇，还是不死心地俯下身子继续找。

林羡清急得不行，她往往喜欢把事情往坏了想，就耽误了这短短的几分钟她都会觉得，如果台风提前到了，她和温郁不会在路上就被刮走了吧？如果路上堵车回不去了怎么办？

此时教室里已经没剩多少人了，林羡清冲进去问他还有什么东西没找到。

温郁眉头皱得很深，嘴角绷直，沉默几秒后才回答："乌龟。"

林羡清没太听清，问："什么？"

他看上去很烦躁，拎了包就推着她快走，鼻间叹出一口气才说："没什么，快回家吧。"

虽然他说了没什么，但是那之后的很多天，每次林羡清路过他的座位，都能看到他百无聊赖地趴在课桌上。

那一阵他情绪总是很低落，总盯着课桌走神。

后来有一次，林羡清在他课桌上看见了一个用铅笔画的很丑的乌龟，才反应过来是因为乌龟丢了。

于是她自己在月假的时候又偷偷去了一次海鲜市场，钓了将近一百块钱才把乌龟钓上来，最后交给温郁的时候，她颇为得意地说："这次再附赠你几条小金鱼吧，开始看你不喜欢那乌龟，没想到它丢了以后你会这么伤心。"

温郁被她的话气笑了，叹："算了，跟你说不通。"

人走了以后，林羡清去接水，经过温郁的座位，她下意识往里看了一眼，小金鱼还在水里摆着尾巴游，乌龟又缩回壳里去了。

话说回来，林羡清这人从小就挺招小动物喜欢的，钓鱼从没出过空钩，一些带毛的小动物也爱往她身边凑。

以前有一次她骑小电动把温郁送回去，半路电动车没电了，停在一条胡同口，两个人在那儿耽搁了好一会儿。

林羡清偶然听见几声猫叫，两道石墙中间有一道极其狭窄的缝隙，声音好像就是从那里传出来的，林羡清就顺着这声音扒开枯草钻了进去。

这里安静极了，只有鞋底踩进泥里的声音和拨动杂草的声音。

林羡清咳了几声后，拉长声音学猫叫："喵喵喵？"

温郁低声笑了下。

气氛有些尴尬，林羡清愤愤瞅了他一眼，反问："要不你叫一声试试？还不一定有我像呢。"

温郁今天似乎心情较好，按照他平时不咸不淡的性子，铁定是不理她的。

破天荒地，他嗓音哑哑地说："喵。"

又短又急，一点都不像猫叫。

林羡清眨眨眼，小声吐槽道："半斤八两。"

虽然是这么说着，在他们脚边的某个野草堆里，居然有一下细细的"喵呜"声。

林羡清蹲下身子，拨开草堆，捧起缩在那里的一只猫。

温郁靠在她身边，抬指拨开了小猫身上的干草。是只橘色花纹的幼猫，只是过于瘦了，连声音都不大能发得出来。觉察到有人在碰它，小猫只蜷起一条腿。

温郁皱了眉，轻轻拨了下小猫右腿，露出一道凝血的划痕。

林羡清摸摸小猫脑袋，它又微弱地"喵"了一下。

她把猫捧在怀里，想带它去宠物医院。

两人走了好久好久，走到林羡清已经不认识的地方，还是没有一家宠物医院。

她问温郁道："你能帮忙养着霹雳无敌绝世帅气小可爱吗？"

"霹雳无敌绝世帅气……小可爱？"他意味不明地反问。

林羡清极其认真地点头道："这是我给它起的名儿，就刚才。"她用手指挠挠小猫脖子，"我以前也求过爸妈给我买个宠物，但是他们软硬不吃，就是不同意。"

她仰头看着他，抿抿唇后恳求道："求你了。"

天色有些晚了，整个天都红艳艳的，小贩都收了摊，路边只剩几个卖煎饼果子的还在吆喝。

温郁低眸看着她，鼻间"嗯"了声。

温郁也不能把这只猫带回家，于是两人说好把猫治好以后就安置在一个安全的地方，温郁让蔡叔帮忙买了个能遮风挡雨的窝。他那个时候还不能自由出门，只能在每天的上学路上让蔡叔停一会儿，给那只猫喂点儿吃的，晚上一般都是林羡清来喂。

他把猫粮倒进橘猫窝前的盆里，温郁从没做过这种事，他仰头按了按眉心，淡声道："霹雳无敌绝世帅气小可爱？她可真会起名。"

小可爱慢吞吞爬到他脚边，试探性地用软软的爪子扒拉了一下他裤脚。

温郁刚低下头去看它，这小猫拖着一条腿跑得倒挺快，钻进猫窝里以后用蓝绿色的猫瞳小心瞥了他一眼。

温郁扯起唇，挺轻地笑了下。

只是好景不长，橘猫的腿好了没多久就不知所终了，可能是自己离开了，或者被好心人收养了。

要是情况糟糕一点，可能就是被不怀好心的人拖走了。

林羡清为此还担心过好一阵，可是那只猫再也没有回来。

高二下半年，学校办了运动会。

大概会举办两天，早上林羡清就买好了零食，准备跟李欣怡她们一起玩牌。

五班还挺争强好胜，可能因为做贯了第一，连运动会的第一都势在必得。班上男生多，几乎都报了项目，温郁作为班长也逃不掉，尽管他什么也不想参加。

林羡清的身体素质不太强，干脆一个项目都不报，也乐得清闲，专注打牌。

大广场上的广播正在播送比赛情况，现在好像是男子短跑，林羡清隐约听见了温郁的名字，但是听八卦入了迷，就没把广播里的东西放在心上。

她正在抽身份牌，手气不好，抽了张狼人牌。

第一轮，线索过少，基本是看谁不顺眼就刀谁，被刀的那个人也是莫名其妙，连遗言都没有。

第二轮，"上帝"宣布："天黑请闭眼。"

林羡清还没来得及闭眼，身后突然探出一双手，捂住她的眼睛，她的视线顿时一片漆黑。

那双手凉，手指长，而且不似女孩子一般柔软，几乎是立刻的，林羡清就知道身后那人是谁。

可是温郁好像不是这样幼稚的人。

"上帝"愣了一下，不知道该不该继续下去，林羡清攥着他的手腕往下拉，视线恢复光明以后，连忙扯着他往别处走。

温郁刚跑完短跑，看着她说："你玩得挺高兴啊。"

不知为何，林羡清从他的语气里听出了一些不悦的滋味。

她回想着自己做过的事，深觉自己没有做错什么，于是很疑惑地问："我怎么了？我又不比赛，还不能玩玩啦？"

温郁有点幽怨地瞅了她一眼，语气莫名地说："你没比赛，我有，你也没来看。"

他费尽心思第一个冲过终点，在终点处四处环顾，却什么也没看到。

林羡清看着他，一瞬间失了语，想了好一会儿才说："你还有下场比赛吗？下次我一定去看，行了吧。"

温郁稍稍眯了一下眼，带着笑意开口道："怎么感觉你一副迫不得已的样子，看我比赛就这么为难你？"

"也说不上为难，"林羡清挠了挠脖子，"我不是很喜欢运动，看什么跑步、打球啊，觉得没意思。"

温郁的瞳孔是纯粹的黑，漆黑的睫毛垂下，他看了一会儿林羡清，懒淡拖着调子说："哦……"

温郁说："玩狼人杀就有意思，听课也有意思，连做题都让你觉得有意思，你就是觉得我挺没意思。"

他说完，又盯了她一会儿，见她没有要说话的打算，就扯了下嘴角，不咸不淡地问："不反驳一下？"

林羡清深吸一口气，温郁已经站直了身子，眼里的情绪有点复杂。

"你为什么这么在意这件事？"她问，"我没看你比赛，你很不高兴？我玩儿狼人杀、我上课、做题，不搭理你，这不都是很正常的吗？大家都有自己要做的事啊。"

温郁沉默下来，过了半天才问："要是我因为这些事不理你的话，你会怎么样？"

林羡清眨了几下眼，轻声回道："我会理解。"

温郁没什么情绪地敛着眼，闷着声应答："哦，谢谢理解。"

"公主。"林羡清这样叫他，温郁还低着眼在想什么，闻言后却几乎是下意识地应了个"嗯"。

她的表情看上去很正经，说："你别管我的事了，专心做你自己的就好了。"

温郁突然笑了一声，声音低低地问："你就这么不乐意搭理我？"

操场上人声鼎沸，广播里响着播报员的鼓励，树林里栖息着各种各样的小动物，夏季是昆虫的狂欢，却不是他们的。

他低着眼，嗓音发哑发闷，说："这么嫌我烦？好，随便你。"

温郁重重吐出一口气，离开了小树林。

林羡清皱眉看着他的背影。

她什么时候说嫌他烦了？

她想了半天没想出个所以然来。

自从温郁搬去跟妈妈住以后，林羡清想找他都没有办法，现在又是暑假，她连人都见不到。

更麻烦的是，从上次运动会以后，温郁的态度就有点不对，也不是说冷淡，只是不主动了而已，不会主动跟她挑话题聊天；不会主动请她吃东西；不会主动给她讲题；不会主动把笔记借给她看。

如果林羡清主动去找他的话，温郁也会搭理她，并不会冷脸，真要说有什么不对，就是太客气了，一丝一毫都没有僭越。

林羡清在床上打了几个滚，仰躺在床上，高高地举着手机，她做了个深呼吸，点进温郁的对话框。

删删减减好一会儿，林羡清才发出一条消息。

明天就暴富："王可心说明天想请大家吃饭，你去不去？"

她憋着一股气，等着对面的回复。

林羡清盯着那个"对方正在输入中……"看了几秒，温郁回复得很快。

温："好。"

林羡清掀起被子，捂住脑袋。

天气热了以后，林羡清就开始穿吊带短裤了。她很少穿裙子，但是这一天，她神情严肃地挑了一条带小碎花的裙子，还带了个同款式的小花夹子。

林羡清轻轻关上家门，屋子外头热，太阳直晒着头皮，她眯着眼睛打了把伞。

虽然已经是下午了，但太阳还是毒辣。

王可心约了一家火锅店，林羡清刚进门，王可心就拉着她坐。

温郁靠着墙边坐，她坐温郁边上，对面是祝元宵他们。

完了，这更尴尬了。

火锅煮得"咕噜噜"冒泡，祝元宵他们都吃上了，林羡清这阵子总觉得跟温郁之间的关系很尴尬，她没好意思往那边看，一直低着头夹菜吃。

她没跟温郁说话，温郁也没找她，是了，他从几个月以前开始，就不主动找她了。

祝元宵还在侃侃而谈，偶尔跟温郁搭几句腔，说下次约着去他家打游戏。

温郁的心情有些不好的样子，也回得冷淡。

王可心突然把手机伸到她眼前，林羡清低眼看了一下，是一张照片。

"给你看，这是我们学校的风云帅哥，这张照片还是从他朋友圈翻到的，怎么样？"

林羡清有点儿看不太清，她眯着眼凑近了点儿，眼前突然横过去一条胳膊，把屏幕挡得严严实实。

破天荒地，温郁第一次主动跟她说话了。

"抱歉，夹个菜。"

林羡清偏头去看他，温郁却目不斜视。

他动作真的很慢，夹个丸子半晌夹不上来，林羡清看着都着急，说："要不你直接用筷子戳吧。"

温郁轻飘飘睨了她一眼，仅仅几秒，又收了视线，嗓音清冽冷淡地问："怎么，你很急？"

林羡清刚说了个"我"字，温郁就利落地把丸子夹了起来，丢进碗里。

而王可心的手机，已经熄屏了。

她把手机还给王可心，试探着问："太糊了，看不清啊。"

王可心看看她又看看温郁，咳了几下后说："下次有清晰的了再发给你吧。"

她对林羡清眨眨眼睛，说："对了，我记得附近有家奶茶店很火爆，清清，你知道我爱喝什么，帮我去买一下。"

祝元宵立马附议道："我也要！"

王可心道："那就每个人都带一杯吧，但是她肯定提不了那么多。"

这话一说，祝元宵准备起身，说："那我——"

话没说完，被徐寒健摁住了。

他一脸蒙，徐寒健笑笑，说："我记得还点了一个套餐，怎么还没上，你去看看吧。"

祝元宵脑袋两头转，看看徐寒健又看看林羡清，为难地说："但是奶茶——"

"我去帮忙拎奶茶，你去问菜吧。"温郁站了起来。

王可心笑了几声，说："麻烦啦。"

看见两个人都出了门以后，她才呼出一口气。

祝元宵还真的准备去问服务员，又被徐寒健拉住了，他无语了，问："你到底要干吗？"

徐寒健抬手涮了一片肥牛，说："坐着吃吧，没有点套餐。"

祝元宵一脸疑惑。

奶茶店确实火爆，门口排了超级长的队。

天气热，连刮的风也是热的，林羡清为了漂亮，没有像在学校里一样扎马尾，长发散下来，只在耳边夹了个小花夹子。

头发散下来就热，她吐了口气，把头发全部拨到一边，露出后脖子。

裙子有点露背设计，后背的领口开得低，头发一撩就露出一片白色皮肤，隐隐能看出蝴蝶骨的形状。

温郁瞥了一眼，然后皱眉。

"你先排着，我去便利店买雪糕，有点儿热。"

林羡清点点头。

温郁回来的时候，给她捎了一根。

林羡清迟疑着接过，小声说："我还以为你在单方面跟我冷战。"

她一低眼，看见雪糕上还系着一根皮筋，皮筋上有个小花图案，跟她衣服上的花很像，是小雏菊。

温郁粗鲁地撕了包装袋，有点心不在焉地说："没冷战。怕热就把头发扎一下。"

夏季的风，闷热、干燥，林羡清把皮筋取下来扎头发，然后咬了一口冰棍，直冒凉气。

嘴里又凉又甜的，林羡清缓缓垂眼，开始说："其实，运动会的时候我不是那个意思。没有觉得你烦，也没说你这个人没意思。我就是……"

温郁侧眸瞥了她一眼，说："什么？"

她抿了抿唇，坦荡地说："我怕自己拖了你后腿，你聪明优秀，但我脑子又没那么好使，得拼命才能追上你的步伐，你又是把你的笔记给我，又是教我写作业的，自己每天都困得趴在桌子上睡觉，我不想你还担心我的事。"

林羡清的声音越发小了，说："有的时候我真觉得，你要是丢下我自己往前跑就好了。"

"所以你的意思是……"温郁没什么情绪地开口，"想要我别管你了，咱俩互不干涉？"

他停了两秒，又说："你觉得可能吗？"

她张了张嘴，看着少年漆黑漂亮的眼睛，一个字也说不出来。

林羡清这一瞬间想了很多，最后说出口的却只有个干巴巴的"对不起"。

温郁很轻地叹气，抬手拍了下她的脑袋，语气不冷不热地说："傻不傻？"

"257号！"奶茶店的店员在叫号。

温郁低眼看了下手里的单子，没等她把话说完就走到收银台，说："这里。"

温郁一个人拎着五杯奶茶，没看她，说："拿到了，回去吧。"

林羡清把最后一口雪糕咬完，棍子扔进垃圾桶里，跑出去追温郁。

她叫他，很大声："温郁！"

街上的人看了她一眼，林羡清脸一红，走在前面的温郁倒是真的停了脚步。

她立马跟过去，扯了他的袖子，低低道："你等我一下啊。"

温郁看着她扯住的地方，抿住唇。

"等到了，走吧。"他说。

太阳又落下去一点，天渐渐变暗，林羡清夜盲，对面少年的脸逐渐变得模糊。

回到店里以后，王可心疯狂向林羡清递眼神，林羡清一笑，她就什么都明白了。

——这两人和好了。

温郁往林羡清盘子里夹菜，突然跟王可心说："帅哥照片，让我看看。"

王可心一怔，敷衍地笑笑说："说着玩的，可没你帅。"

温郁一挑眉，笑了笑。

吃完饭，他们各回各家。

天已经黑透了，街上的路灯亮了起来，灯火通明的，马路上的车灯闪来闪去，绿化带里藏着的蝉不停鼓动翅膀，发出嘈杂的响声。

"电动车呢？"温郁问，"不送我回家了？"

"之前那个坏了，充不进去电。"

温郁勾勾手指，林羡清凑过去。他说："我有，这次我送你。"

他走到路边停着的一辆小电动旁边，把钥匙插进去，还拎出一个头盔来。

林羡清戴上头盔，看着有模有样的温郁，忍不住问："你行吗？要不还是让我开吧。"

温郁两脚踩上去，说："我练过，你放心坐，肯定不会把你带到沟里去。"

这句话勾起惨痛的回忆，林羡清坐在后座，怀疑地问："你是不是一直在心里默默记恨我，怎么把这件事儿记这么久？而且我就那一次不小心翻了车。”

“我记得的又不止这一件事，好的坏的都有，谈不上记恨。”

林羡清扯着他的衣服。

温郁不动，林羡清催着他，说：“我坐好了，怎么还不开？”

她只看得见温郁的背影，他还是不动，只说：“你没坐好，这样不安全。”

林羡清盯着他后脑勺看了一会儿，明白了什么，把他的衣角牵得更紧了些。。

温郁终于发动了车，他的轻笑声散在风里。

夏夜的风仍是暖的，电动车开过架在江上的桥，江岸对面是阑珊的灯火，是烟火人间。

桥路上来来往往的车很多，车笛声轰炸耳膜，掠过江面的风还带着江水的清新。林羡清看着温郁的后背，突然觉得，这个世界如此热闹，幸亏她把温郁带进来了。

结束高考的那天，林羡清坐着学校的大巴回校。

考完最后一场以后已经是下午了，又一年的夏天，撩开大巴的帘子，能看见马路上抬头回望的路人。

大巴上挂着“高考大捷”的横幅，驶进学校大门的时候，有守在门口的家长大喊：“高考大捷，一定都考得好！”

场面无比喧闹，带队的老师跟几个学生聊成一片。

而在大巴的最后一排，靠窗的座位里，林羡清坐倒数第二排，温郁在最后一排。

众人为终于到来的自由而疯狂，期待没有作业的暑假，为终于过去的苦难三年而叫嚷。

只有他们，躲在无人的角落，谁也没有说话。

教学楼里全都是被撕碎的练习册和各类卷子，电子白板被他们随意调用。

教导主任黎旭呵斥不止，只能靠在窗边长叹，叹完气以后就笑。

“算了，一辈子就这么一次……”

刘邬逸刚巧从这里经过，他熟稔地揽住黎旭的脖子，把他当哥们儿一样，陪他看着窗外。

“黎老师送走我们这届刺头，高兴得很吧。”

黎旭白他一眼，说：“都是成年人了，幼不幼稚。”

刘邬逸嬉皮笑脸的，转头看见温郁，又把温郁抓着，嘴碎地问：“怎么样，你想去哪个大学？要不要跟我一起啊，继续当兄弟！”

温郁突然停住，刘邬逸不明所以。

他停在五班教室的后门，窗户关着，帘子也拉着，里面的人在用电子白板看视频。

温郁拉开窗户，把帘子挑起来，林羡清正在收拾东西，疑惑地看过来。

温郁说："你问我没意义。"

刘邬逸笑了下，调侃道："哟？"

林羡清被人盯得尴尬，她一把把帘子拉下来，隔绝了他俩的视线。

收拾完以后，林羡清给林志斌打了个电话，林志斌还堵在路上，林羡清只好先坐在教室里等。

她随口问："谁来接你？你爸？"

温郁干脆把所有书都扔了，就带了几个笔记本回去，清闲得很。

他单手撑着下巴，看着白板上的视频，语气毫不在意地说："不是，他来不了。"

林羡清从他的表情里读出什么来，识趣地没继续问下去。

他另一只手还托着下巴，视线落在视频上，漆黑的瞳仁里映出五彩的光亮。

林羡清看着他的侧脸，突然一阵心悸，心中突然涌上一股很复杂的感受。

就好像，这一切美好得不是真的。

最后，她笑了笑，说："今年我们十八岁，我依然陪在你身边。"

……

不知道是几月几日。

林羡清感觉自己睡迷糊了，她从床上坐起身子，迷蒙地打量着周边的一切。

床头柜上的闹钟时针指到了"11"。

落地窗外是一片海，映着透亮的蓝天，林羡清下床扒着玻璃窗看，一时有点记不起来自己在哪里了。

应该是洱海？她好像和温郁一起旅游来着。

教育中心那边的事情进入正轨以后，她也给自己休了年假，一路从巴黎、冰岛走来，最后一站就是洱海。

楼底下的海面翻起几朵浪花，林羡清听到身后有人说话。

"醒了？要不要下楼吃点东西？"

她回头，温郁穿得休闲，推门而入。

林羡清抱怨道："早点儿叫我啊，怎么让我睡到中午，多浪费时间，应该下去好好转一圈的。"

温郁弯了弯眼睛，说："我看你睡得熟，还一直在笑。"

他把手上打包的东西放下，偏头问："做了好梦？"

林羡清坐在床边，低眼又看见了温郁手上的疤痕，她回忆了一下。

"是个很好很好的梦。"

在这次的梦里，她做了最想做的事情。

在他最孤单的时候，有她陪着他。

在梦里，温郁的手腕上没有疤痕，她会把他从那扇窗户里救出来，他从小就拥有很多朋友，他们一起疯闹，跌跌撞撞走过十几年。

在梦里，温郁的父亲意识到自己的错误，温郁的母亲会一直陪着他，他有家人的爱，朋友的爱，也有她的爱。

在梦里，他们一起走过了整个青春。

他之前说想跟她做同桌，梦里也实现了，他们做了很久很久的同桌。温郁还是很优秀，很多人都喜欢他，很多人都爱他，她也终于是自始至终跟父母在一起，他们都没有被其他人抛弃过，过着最幸福的人生。

最让她欣慰的是，在那个充满爱的世界里，十七岁的温郁张扬、嚣张、爱开玩笑，学业有成，众人敬仰。他快乐，做事情随心所欲，他很自由，可以去像其他少年人一样，做一切他愿意做的事情。

如果不出意外的话，如果温郁不在这个家庭的话，如果他的父亲早一点儿认识到自己的错误的话，他也本该有那种恣意张扬的性子，他也本该拥有轻松快乐的青春。

林羡清打开温郁带回来的打包盒，居然只是一碗简单的绿豆粥。

她又一次低叹。

如果，梦是真的就好了。

但好在，以后，她会真的陪他一百年。

Extra 04
情人节

/ 在不知道多少年以前，也是在这个院子，也是同样的人。那时候他还是少年，给她摆了一院子的生日花灯，如八音盒一般的音乐声响了一夜。/

路面的霜冻刚刚消融，公园的草丛里还结着朵朵霜花，林羡清怕冷，出门都得裹得严严实实的，浑身上下一点缝都不能留，否则就会往衣服里灌风。

今年只在过年的那几天下过几夜的雪，很快就停了。不知道是不是全球变暖的趋势，连冬季似乎都没有那样寒冷了，只是昨夜突然兜头泼下一阵大雨，今天早上雨才停，又刮起了大风，出门的时候连眼睛都有点儿睁不开。

林老爷子舍不得老家的房子，手术以后腿好得差不多了，就又搬回来住了。林羡清有点儿不忍他孤家寡人住在这儿，一有空就回来看看他。

今年的春节假期放得长，能在这里待到情人节以后。

二月十四号当天，林羡清得跟温郁一起出去逛逛。她临走前还不放心林老爷子一个人在家，边换鞋子边回头看看，结果那老头儿转头就打起了电话，让隔壁王爷爷过来陪他下棋，还扬言要大战三百回合。

林老爷子："孙女出门了，一整天都不会回来，王老头儿你快来，今天咱们好好对峙！"

林羡清幽怨地盯了他几秒，本以为爷爷会不舍得自己，结果这老头儿乐呵得很，巴不得她快点走。

屋外狂风夹雨，实在不是一个值得约会的好日子，但是日子到了，恋人之间总得庆祝一下。

温郁的车就停在大门口，可能是体温低的缘故，他向来不怕冷，在这样的天气下还把车窗打开，一只手松松搭在窗沿，指根处紧紧戴着一枚戒指。

他的手有一搭没一搭地敲着，看得出来他等得很无聊。

林羡清拉开副驾驶的门坐进去，才发现他居然只穿着一件薄款大衣。

她拉上车门，微微瞪大眼睛问："这么冷的天，你就穿这个？"

温郁轻轻转过眼来盯着她，把搭在窗外的手收了回去，有点儿无辜地说："我不是很冷。"

林羡清还是不放心，让他把车开回他家换外套，不然就不跟他一起出去。

她不懂那件风衣对温郁来说有什么特别的意义，只知道每到重要的日子，像情人节、结婚纪念日、两人的生日，温郁就总是穿着那件大衣。

林羡清不知道，温郁当初一个人坐着火车离开这里的时候，带的那几样东西都在今后很长的岁月里成了他的精神支柱。

这里几乎还跟以前一样，墙角留着几块斑驳，贴墙纸都不管用，小霹雳能连墙纸都抓破。后来温郁没办法，专门给它买了个猫抓板，状况才好了点儿。

因为天气太冷，小霹雳不愿意出窝，把自己蜷成一团缩在猫窝里，无论林羡清怎么逗它都没有用。

她小声嘟囔："小可爱那孩子可比你乖多了。"

小霹雳听到小可爱的名字，耳朵动了动，难得睁开眼睛看看她。

林羡清很认真地用手指点了几下它的头，叹着气说："别想了，小可爱它已经做了绝育，你俩是没可能的。"

"喵。"小霹雳悲伤低鸣。

恰好温郁换好衣服出来，把小霹雳赶回窝里，免得它跑出来捣乱。

今天的节日气氛还比较浓，马路两边都是摆摊的，有的卖花，有的卖情人节小礼物，各式各样的都有，连餐厅都办起了情侣餐，气氛好点儿的餐厅都坐满了人。

温郁把车停在路边，林羡清偏头看了一眼旁边的餐厅，是一家四川人最近搬家到这里，开了个店做本土味川菜。

林羡清爱吃辣，之前提过几次说特别想吃，但是新店一般都有很多人来打卡，她订不到位置。

倒是没想到温郁心细成这样，她随口一句都能被记在心里。

怎么说呢，感觉非常不错。

车子刚熄火，林羡清问："这家很难订，而且你不是不吃辣吗？"

温郁把自己的安全带扯开，轻微抬了抬眉，声线压得低低的，说："确实难订。现在能吃一点了。"

他突然凑近，上半身靠过来，左手绕过她的腰，虚虚揽着，指节摁住林羡清的安全带，漂亮的眉眼微抬，漆黑的瞳仁里只有她一个人的影子。

他笑，好看的眼睛弯成月牙状，故意压低声音用气音说："不表扬一下吗？"

车内的温度渐渐攀升，车外还刮着大风，街道两边的绿化带里的树都左摇右摆，

343

婆娑声连成一片，空气里还浮动着一夜大雨过后的潮意。

林羡清咽了下口水，被抱得有点猝不及防，于是局促地道："做得很好！你很厉害！"

她自己也觉得这话有点搪塞，不好意思看他，只能略微转过头，两眼盯着窗外。

温郁用另一只手轻轻捏住她的下巴，把她的头转回来，直白的目光微微下移，靠得更近了。

他的长睫毛低垂，视线透露出丝丝眷恋，低声抱怨道："敷衍人。"

下车的时候，林羡清的嘴是肿的，而且这个时机赶得真不凑巧，林羡清吃第一口菜，嘴唇就火辣辣地疼。她边吃边用怨恨的目光看向温郁，后者不紧不慢，把菜涮一遍水，然后再入口。

吃到后面，林羡清的嘴肿得更厉害了，又麻又疼。

餐厅的服务员还过来推送着活动，撺掇他们办会员卡，但是他俩本身也不经常回来这里，就婉拒了。那个服务员又说，完成情人节挑战可以打折。

林羡清向来是个财迷，她顺嘴问了一句："什么挑战？"

服务员笑眯眯地说："亲吻一分钟。"

她立马拎着包就准备撤，反正吃得也差不多了。

服务员还不死心地劝："可以打七折！"

这个折扣力度确实很诱人，但耐不住她的嘴实在承受不住了。

结账的时候，连收银员都在问："真的不试一下吗？"

温郁停顿一下，歪头看向她。

林羡清扯了个僵硬的笑，嘴唇又红又肿。

那副表情像是在说：你看我这像还能跟你亲一分钟的样子吗？

最后还是原价付了钱。

回去的时候，马路两边还热闹得很，粉白气球在风中凌乱地摇头晃脑，摆在摊上的玫瑰花瓣都被吹散了。路边有个小姑娘，估计是放假来赚外快的女大学生，她不像那些老道的贩子一样熟练，估计进的一点玫瑰花还没卖出去就被吹烂了。

小姑娘可怜巴巴地抱着自己的两个桶，减少损失。

林羡清看见了也心疼，就让温郁把两桶烂玫瑰花买回去。

温郁听到这话的表情有点儿为难，但是没说什么，下车收了女孩儿所有的花，基本都只剩茎秆和一点儿花心了。

回到温郁家了她才知道，温郁当时觉得为难是因为他已经买过花了，都堆在房间里，本来是打算铺到院子里的，但是今天刮大风，他担心把花吹坏，就摆到房间里了。

除此之外，他还买了各种各样的小玩意。

林羡清惊恐地看着那一箱子烟花。

她问："你买这么多干吗？今天晚上放得完吗？"

她翻了翻，挑出几个长得几乎一模一样的，说："这些不都是一样的吗？"

温郁瞥了一眼，答道："不一样。"

"哪里不一样？"她看包装明明就是一样的。

结果温郁很严谨地回答道："你左手上那个是点燃以后是心形的，右手那个是方形的。"

林羡清哑然。

这是怎么看出来的？

温郁去柜子里拿了医药箱，林羡清还在翻来覆去地比对，怎么也看不出来这两个烟花到底有什么不同。

他蹲在她旁边，从医药箱里取了棉签和碘酒，转过林羡清的脑袋，给她嘴上的伤口消毒。

屋外风声大作，客厅里的小霹雳像是刚刚睡醒，用爪子扒拉着笼子。房间里的灯光昏暗，林羡清觉得疼，身子下意识后仰，就贴上了后面的衣柜。

温郁的动作很专注，一手捧着她的头，另一只手捏着棉签轻轻摁在伤口处。

林羡清抬眼看着他，他的眼角长，可能是刚刚受了风，从脸颊到眼角都是红的，白皙的皮肤里透出脆弱的红，实在太容易让人心神不宁了。

这人似乎向来有这种魔力，第一次跟他去医院的时候好像也是这样，只要盯着他看，就容易失神，连身体上的疼痛都能够一并忘却。

说到底，还是她自己意志力不坚定，太容易被美色诱惑。

狭窄的过道里，呼吸声交织在一起，织成一张网。

林羡清撑在身后的手略微紧了紧，等到上好了药，她才别扭地说："我嘴上上了药，你今天就不能亲我了。"

温郁好整以暇地看了她一眼，视线有点打趣的意思，他懒淡地拖着调子说："嗯，没事，反正今晚你不走，总能从别的地方——"

他轻轻笑了。

林羡清愣了。

她好像听懂了他的意思。

温郁把医药箱放回原处，林羡清就站起来打量床上的布置。

床上摆着玫瑰花，是个歪歪扭扭的心形，明明妈妈是个艺术家，温郁自己好像没有任何的艺术天分。

差不多到晚上的时候，风声渐渐停息了，空气寂静下来，只是还泛着凉意。

林羡清裹紧羽绒服，让温郁把烟花都抬到院子里放。

她首先试验了温郁说心形方形的那两个烟花，居然跟他说的一样。

不知道是谁家的守门犬在叫，声音回荡在街头巷尾，后门门楣上挂着的风铃轻轻地响，院子里的泥土浸透了雨水的潮味，燃尽的烟花跳进湿土里，随后销声匿迹。

林羡清偏头看见乖乖蹲在她旁边放烟火的人，他漆黑暗淡的眼里晕染进了冬夜唯一的光。

她突然想起来，在不知道多少年以前，也是在这个院子，也是同样的人。那时候他还是少年，给她摆了一院子的生日花灯，如八音盒一般的音乐声响了一夜。

想来，居然已经过了这么多年。

那一箱烟花最后还是没有放完，被抛弃在凛冽的冬风里，风铃颤颤巍巍地响，床上的玫瑰花被扫在地上，花瓣碎了一地，被碾出淡淡馥郁的花香。

冬夜好长。

爱意更长。

—全文完—